ABIGAËL
Les voix du passé

*

MARIE-BERNADETTE
DUPUY

ABIGAËL

Les voix du passé

✲

Roman

CALMANN
LÉVY

CALMANN LÉVY
ÉDITEUR DEPUIS 1836

COUVERTURE
Conception graphique : Constance Clavel
Photographies : © Alexia Feltser/ Arcangel Images
© Sébastien Ortola / Rea pour le portrait de l'autrice

ISBN 978-2-7021-8459-2

Note de l'auteure

Chers amis lecteurs,

Je suis ravie de vous présenter la suite de la série *La Messagère des anges*, où vous retrouverez Abigaël, Claire, Bertille et bien d'autres personnages que vous avez été si nombreux à apprécier.

Au fil de ces pages, je vous emmène dans la belle vallée des Eaux-Claires et dans sa voisine, la vallée de l'Anguienne, où se joue une intrigue riche en suspense et en mystères.

Tout en me basant sur des faits historiques, j'entraîne mon héroïne et ses proches dans une spirale de dangers dont nul ne sortira indemne.

Comme bien souvent, mon inspiration m'amène à évoquer le domaine du surnaturel. Suis-je guidée ou non sur cette voie ? Encore un mystère.

Je tiens aussi à préciser, pour celles et ceux qui ne connaîtraient pas les titres précédents, que ce roman peut très bien se lire indépendamment des deux séries dont il est la continuation. Il vous invitera ainsi à découvrir Abigaël, sa famille et ses proches, tout un univers qui a déjà fasciné d'innombrables passionnés de lecture.

J'espère que vous ne serez pas déçus et je vous souhaite une agréable lecture.

Marie-Bernadette Dupuy

1

Les échos de la guerre

Tours, jeudi 20 juin 1940

Le grondement sourd des avions était étouffé par les déflagrations incessantes des mitrailleuses. Les stukas de l'armée allemande, volant à basse altitude, semaient la panique et la mort.

Sur la route ensoleillée, la foule de l'exode se dispersait dans un épouvantable concert de cris terrifiés et d'appels affolés.

Une adolescente aux longs cheveux châtain clair était poussée en avant par les autres fugitifs. On la bousculait et elle évitait de son mieux les obstacles qui ralentissaient sa course. Là, un landau renversé dont la literie jonchait le sol, ici, un vélo abandonné.

— Tantine, où es-tu ? appelait-elle.

Une femme s'écroula à ses côtés, le dos ensanglanté. Le garçon qui lui tenait la main se mit à hurler de frayeur.

— Maman ! s'égosilla-t-il en fixant d'un air égaré sa mère tuée sur le coup.

Après avoir effectué un large virage, les stukas revenaient. Les clameurs s'élevèrent à nouveau, ponctuées de conseils ou de sanglots.

— Il ne faut pas rester là, dit l'adolescente à l'enfant.

Elle l'entraîna vers une charrette renversée dans le fossé. Ils se glissèrent sous le véhicule, dans les hautes herbes au parfum de prairie. De leur abri, tous deux assistèrent au sinistre spectacle qui se jouait alentour. Certains échappaient aux rafales de balles et d'autres s'effondraient.

— Tu étais seul avec ta maman ? demanda-t-elle tout bas.

— Oui, papa n'a pas voulu quitter Paris, expliqua le garçon qui n'arrêtait pas de pleurer.

— Il faudra donner le nom et l'adresse de ton père à ceux qui te recueilleront, conseilla-t-elle.

L'écho des bombardements ébranlait l'air chaud empreint d'électricité. Le ciel bleu se couvrait peu à peu de nuages d'un gris métallique.

— Les avions continuent à tirer, ajouta l'adolescente en prenant l'enfant contre elle. Ferme les yeux. Comment tu t'appelles ?

— Martin… Et toi ?

— Abigaël. Je t'en prie, ferme les yeux, Martin.

— Toi aussi.

— Non, je ne peux pas. Je cherche ma tante.

Son regard très bleu se posa sur une voiture garée de travers, vidée de ses occupants, à la carrosserie parsemée d'impacts, puis s'attacha à un cheval noir. L'animal, en sueur, assailli par les mouches, tirait un lourd char à bancs encombré de matelas et de valises. Le vieil homme qui le menait tomba du siège, fauché par les balles.

— Il y a des morts partout, dit-elle à voix basse.

Immobile au milieu du chaos, une toute petite fille brune pleurait, la bouche grande ouverte sur son immense détresse.

— Mon Dieu, elle va se faire tuer, souffla Abigaël.

Soudain une femme se rua sur l'enfant et la souleva. De taille moyenne, coiffée de courtes boucles blondes, elle s'éloigna avec son précieux fardeau.

— Martin, tu vois cette dame là-bas ? C'est ma tante. Ne bouge pas, je reviens.

Les gens poursuivaient leur course folle vers un hypothétique salut, dans l'espoir de franchir la Loire avant la destruction des ponts. La veille déjà, des quartiers de Tours avaient été détruits par les bombes.

— Tantine, attends-moi ! hurla Abigaël.

Elle tentait de se frayer un passage pour traverser la route lorsque trois individus débraillés la bousculèrent si violemment qu'elle tomba en arrière, étourdie par la chute. On la heurta encore et encore, l'empêchant de se relever. Un attelage déboula au grand trot, tiré par un énorme percheron blanc.

— Au secours ! cria-t-elle, sûre de mourir sous les sabots de l'animal.

Mais on l'aida à se redresser et les mêmes bras vigoureux qui l'avaient mise debout la poussèrent à l'écart du cheval. Abigaël perçut le contact d'un autre corps tout proche du sien, d'où émanait un surprenant parfum de lavande.

— Merci, dit-elle en se retournant.

Un jeune homme la dévisageait avec une expression aimable. Les cheveux raides, d'un noir de jais, les yeux ambrés dessinés en amande, il esquissa un sourire.

— Vous avez toute ma gratitude, monsieur, ajouta-t-elle, encore sous le coup de la frayeur et un peu troublée par la beauté de son sauveur.

— C'était bien naturel, mademoiselle. Soyez prudente, le monde devient fou.

— Abigaël ! Seigneur, je te retrouve enfin.

— Tantine !

La femme, qui avait mis en sécurité la fillette brune, étreignit l'adolescente.

— Je te croyais morte, Abigaël, gémit-elle, en larmes. Suis-moi, un curé accepte de nous prendre à bord de sa camionnette. Il convoie des enfants perdus jusqu'à un monastère situé près de Poitiers. Je viens de lui ramener une petite orpheline qui avait échappé à sa surveillance.

— Vraiment ? s'extasia Abigaël. Tantine, ce monsieur m'a sauvé la vie, j'étais tombée et un attelage arrivait…

Elle n'en dit pas plus, ayant constaté que l'inconnu se fondait déjà parmi des dizaines de silhouettes anonymes.

— Dieu soit loué, il existe encore des âmes charitables, prêcha sa tante. Tu me raconteras ça plus tard. Dépêchons-nous.

Abigaël était orpheline. Marie Monteil, la sœur de sa défunte mère, l'avait élevée seule, en prônant discipline et piété religieuse. Encore une fois, elle se plia à son autorité, mais une émotion nouvelle faisait battre son cœur sensible en songeant aux traits harmonieux du jeune homme.

— Tantine, il y a un garçon d'une dizaine d'années à qui j'ai promis de revenir. Sa mère a été tuée sous ses yeux, mais son père est resté à Paris. Nous devons l'emmener. Il doit avoir tellement peur.

— La peur est devenue notre quotidien à tous, répliqua sa tante. Dépêchons-nous, je t'accompagne. Nous ne pouvons pas laisser ce pauvre petit en pleine tourmente.

Sur ces mots énoncés d'un ton tremblant, Marie Monteil eut une pensée amère pour ce qu'elle avait dû abandonner le matin même. Leur rue, à l'écart du centre-ville de Tours, mais proche d'un pont, avait été bombardée. Sa machine à coudre devait être sous les décombres, ainsi que les meubles qui lui appartenaient.

— C'est un sort terrible de fuir sans savoir où aller, soupira-t-elle. Porte notre cabas, je n'ai plus de force dans les bras. Nous avons encore du pain et de l'eau.

Abigaël approuva d'un signe de tête. Ses grands yeux bleus demeuraient hantés par toutes les scènes tragiques qu'elle avait vues en quelques heures.

— Je voudrais tant aider ces gens, déplora-t-elle.

— Et comment ? gémit sa tante. Nous avons tout juste de quoi survivre. Il n'y a plus d'essence, plus de nourriture, plus d'eau potable.

Sa nièce ne répondit pas. Elle était penchée sur un vieillard assis sur la chaussée. Il sanglotait, les mains ensanglantées.

— Monsieur, levez-vous, c'est dangereux à cause des bombes, lui conseilla-t-elle tout bas.

— Mon épouse a été tuée hier et je ne retrouve plus notre petit-fils, se lamenta-t-il. On devait habiter chez un cousin, dans le Lot.

Marie saisit sa nièce par le coude pour l'obliger à s'éloigner.

— Viens, par pitié, viens, Abigaël.

Une voiture noire obliqua dans leur direction avant de s'arrêter brusquement. De la fumée s'échappait du capot. Son conducteur fut immédiatement harcelé.

— Vous avez de la place ? s'égosilla une femme, son bébé niché contre sa poitrine et maintenu à l'aide d'un foulard.

— Non, et puis je suis en panne, rétorqua l'homme d'un ton dur. Fichez-moi le camp !

Partout des altercations éclataient, ponctuées de plaintes et de vociférations hargneuses. Le véhicule immobilisé au milieu de la chaussée gênait le passage, mais son propriétaire s'entêta et se remit au volant. Il hurla qu'il offrait une forte somme d'argent si on lui fournissait du carburant.

— Tantine, c'est affreux, les gens sont comme fous, déplora Abigaël.

La foule continuait à déferler, dans sa fièvre de traverser la Loire et de gagner le sud du pays. Des rumeurs circulaient de bouche en bouche, affirmant que l'ennemi n'irait pas au-delà du fleuve, les ponts étant détruits à Orléans et dans d'autres villes.

Marie et Abigaël réussirent à atteindre la charrette renversée. Martin rampa pour s'extirper de sa cachette.

— Je croyais que tu m'avais oublié, dit-il en claquant des dents.

— Non, je ne serais pas partie sans toi.

— Vite, vite, les exhorta Marie. La camionnette est garée là-bas, à l'entrée d'un chemin. Nous pourrons veiller sur ces pauvres enfants. J'offrirai mes services au monastère si nous y parvenons vivantes. Seigneur, quelle horreur !

Le cadavre d'un bœuf gisait au bord de la route, survolé par un essaim de mouches. Une flaque de sang se répandait à hauteur de son encolure. Un grand gaillard au rictus déplaisant, en gilet de corps et tablier noué à la taille, affûtait un couteau de boucherie.

— Ce bestiau ne tenait plus debout, fallait l'achever, jeta-t-il d'une voix rauque. Avis aux affamés, je vends la viande pour pas cher.

Très vite, des amateurs se regroupèrent, en prévoyant de faire un repas consistant le soir même, quitte à allumer un feu au bord de la route. Outrée, Marie pressa le pas, sans lâcher la main de sa nièce qui tenait celle de Martin.

— Dieu soit loué, nous sommes arrivées. Les enfants sont à l'arrière, tu monteras avec eux. Nous avons de la chance dans notre malheur, dit-elle en effleurant le métal tiède d'une camionnette blanche et ornée d'une croix rouge.

Des taches de rouille se devinaient sous la peinture.

Le curé leur faisait signe de se hâter lorsqu'une autre escadrille de stukas survola la zone à basse altitude. Les sirènes des avions émirent leur sinistre signal, ponctué par les détonations soutenues des mitrailleuses. L'enfer se déchaîna.

— Mon Dieu, les enfants, articula péniblement Abigaël.

Des balles la percutèrent à ce moment précis, dont elle ressentit l'impact fatal. Un cri de douleur et de terreur précéda son anéantissement.

Charente, vallée des Eaux-Claires,
lundi 5 janvier 1953

Adrien Lafaurie n'avait aucune envie de quitter le lit conjugal, malgré les aiguilles de la pendule qui indiquaient l'heure où il se levait chaque matin pour partir travailler. Il gérait une imprimerie florissante, située à moins de deux kilomètres de son domicile.

Il s'étira, en ayant soin de ne pas déranger sa jeune épouse endormie. Mais elle se redressa brusquement, en poussant un hurlement de frayeur. Elle avait le front et le cou en sueur.

— Abi, qu'est-ce que tu as ?

Des pleurs stridents de bébé retentirent aussitôt. Tirée d'un sommeil paisible, la petite Édith, âgée de trois mois, protestait à pleins poumons.

— Oh non, je l'ai réveillée. Pauvre mignonne, je suis désolée.

— Tu as dû faire un mauvais rêve, Abi, avança Adrien.

— Sans doute, admit-elle.

Rejetant en arrière ses longs cheveux d'un blond foncé aux reflets dorés, elle s'empressa de prendre sa fille qui gigotait au creux de sa bercelonnette en osier.

— Pardonne-moi, mon bébé. Tu es tellement sage, tu fais même tes nuits.

Son mari se leva et se posta à la fenêtre. Il avait neigé la veille, une fine couche blanche qui embellissait le paysage.

— Mes congés sont finis, déplora-t-il en ôtant sa veste de pyjama. Si je traîne encore, mon ouvrier devra patienter devant la porte.

— Je te remercie d'avoir pris quelques jours, Adrien. Nous avons passé un merveilleux Noël en famille.

Il acquiesça d'un grand sourire et sortit sur le palier, pour aller dans la salle de bains. Une fois seule, Abigaël mit sa fille au sein afin de la calmer, mais de sa main libre, elle tordit entre ses doigts un pan de drap, la mine soucieuse.

— Qu'est-ce qui s'est passé ? s'interrogea-t-elle tout bas. Ce n'était pas un mauvais rêve, non, j'ai revécu un triste épisode de ma vie à Tours.

Elle s'allongea, ses yeux bleus tournés vers la fenêtre. Des flocons voltigeaient au gré du vent.

— Ce jour-là, j'avais douze ans et demi, pourtant je faisais presque la même taille qu'aujourd'hui, murmura-t-elle. On me croyait souvent plus âgée, peut-être parce que j'étais déjà grande et sérieuse. Dès que grand-père sera levé, je lui en parlerai.

Abigaël admit qu'elle avait oublié l'intervention providentielle d'un jeune homme, alors qu'un cheval arrivait au trot et allait la piétiner.

— Je l'avais trouvé très beau, mon sauveur, maintenant je m'en souviens, avoua-t-elle tout bas en souriant au bébé qui tétait.

— Qui trouvais-tu beau ? s'étonna Adrien, de retour dans leur chambre.

— Une page de mon passé m'est revenue d'un coup, je t'en dirai plus ce soir. Va vite travailler.

Son mari avait enfilé la longue blouse en coton gris qu'il portait à l'imprimerie. Il vint se pencher sur le lit et lui donna un baiser. Elle le contempla ensuite, fidèlement charmée par son grand front, sa bouche charnue au dessin sensuel, son regard vert et ses boucles brunes.

— Ne crains rien, tu seras toujours le plus bel homme de la terre pour moi, affirma Abigaël.

— J'espère bien, répliqua-t-il.

Ils s'embrassèrent encore, sans prêter attention à un léger bruit de pas. Quelqu'un, qui avait effleuré le parquet d'une démarche aérienne, les surprit.

— Maman, papa, je suis là ! Maman, tu as crié très fort et ça m'a réveillée.

Annabelle, leur fille de quatre ans et demi, se tenait près du lit. Plus blonde que sa maman, dotée des mêmes prunelles bleues, elle tenait son ours en peluche serré contre son cœur.

— Je peux venir avec toi, maman ? demanda-t-elle d'un ton déterminé.

— Mais oui, Belle. Il neige un peu ce matin, nous irons nous promener.

Adrien se décida à partir, après les avoir admirées toutes les trois, bien au chaud sous l'édredon en satin rose.

— À ce soir, mes petites femmes, lança-t-il.

Abigaël cajola sa fille aînée, sans pouvoir détacher ses pensées de cet étrange voyage dans le passé qu'elle avait fait tout en dormant.

« Tout était conforme à la réalité, tout, la camionnette du curé, le bœuf saigné au bord de la route, mais je n'ai pas reçu de balles. Aucune rafale ne m'a touchée, puisque nous avons pu atteindre Poitiers et être hébergées au monastère pendant un mois. Je ne comprends pas... »

Allaiter le joli poupon qu'elle avait mis au monde en automne la réconfortait. Édith était brune comme Adrien, et elle avait les yeux noirs, ce qui avait surpris ses parents, lors de sa naissance.

— Voilà, ta sœur est rassasiée, dit-elle une dizaine de minutes plus tard. Tu m'aides à la changer, Belle ? Je crois que grand-père nous rend visite.

On frappa aussitôt à la porte entrebâillée et un noble vieillard apparut, ses traits altiers couronnés d'une chevelure blanche.

— Bonjour, mes chères enfants, déclara-t-il en souriant. Je suis béni des dieux, pour avoir chaque matin le bonheur de voir un si touchant tableau !

— Papi ! s'exclama Annabelle en courant vers lui.

L'enfant vouait une affection débordante à son arrière-grand-père. Il caressa sa joue d'une main douce.

— Viendrais-tu avec moi préparer le petit déjeuner, Belle ? dit-il d'un ton enjoué. Ta maman aura le temps de faire sa toilette et de s'habiller. Notre brave voisin Jakob a sûrement déposé un litre de lait sur le seuil de la maison. Grâce à son initiative d'acheter deux vaches l'année dernière, nous avons du bon lait frais chaque matin.

— Bien sûr, papi, je vais t'aider.

Abigaël se retrouva seule avec le bébé. Après des mois d'un quotidien serein, tissé de joies toutes simples, elle éprouvait une pénible angoisse.

« J'avais oublié ce genre de sensation, se dit-elle en langeant son nourrisson qui gazouillait. Pourquoi ai-je été projetée dans le passé, en 1940 ? »

La question la tourmentait. Elle recoucha Édith et la berça quelques minutes.

— Dors, ma petite fée, dors.

Abigaël dut patienter plus d'une heure avant de pouvoir se confier à son grand-père. Assise près de la fenêtre de la cuisine, elle surveillait les joyeuses déambulations d'Annabelle. La petite fille, chaudement vêtue, gambadait sous une nouvelle averse de neige.

— Tu sembles préoccupée, Abi, lui dit Pierre Lussac.

— Oui, je ne peux rien te cacher. Il s'est passé quelque chose d'étrange, durant mon sommeil, ce matin. Je n'ai rien dit à Adrien, je ne voulais pas le retarder. Et aussi j'ai eu peur de le contrarier. Il est si content ces temps-ci, parce que je ne vois plus d'âmes errantes.

— Mais tu es née ainsi, ton mari devrait le comprendre. Que t'est-il arrivé, dis-moi ?

La jeune femme relata avec force détails ces heures de son adolescence qu'elle avait eu l'impression de revivre.

— Tu ne m'as jamais raconté ce que ta tante Marie et toi avez enduré à cette époque, s'étonna-t-il ensuite.

— À quoi bon ? C'est loin, grand-père.

— Je comprends, il est souvent vain d'évoquer une période difficile, j'en suis la preuve vivante, moi qui ai brassé de sombres idées durant des années, en deuil de mon amour pour Edmée de Martignac.

Abigaël regardait sa fille, dont le bonnet en laine rouge était constellé de flocons. Elle toqua au carreau et quand Annabelle se tourna vers la fenêtre, elle lui envoya un baiser du bout des doigts.

— Une chose m'intrigue, dit-elle enfin, je n'ai pas été touchée par une rafale de mitrailleuse, ce jour-là, pourtant j'ai ressenti une terrible douleur avant de perdre conscience. Je me suis réveillée en hurlant. Adrien a cru que j'avais fait un cauchemar mais je n'appellerais pas ça ainsi. C'était différent. Le plus troublant, c'était de revoir cet inconnu. J'ai longtemps pensé à lui, après notre brève rencontre, avoua-t-elle en souriant.

— C'est normal, tu serais peut-être morte ou handicapée sans ce garçon. Abi, n'y attache pas trop d'importance. Tu es médium, certains de tes rêves ont sans doute une signification. Voyons un peu ! Qu'est-ce qui aurait pu te ramener en 1940 ? Tu n'aurais pas écouté une émission sur ce thème à la radio, hier ?

— Non, je t'assure.

— Abi, ma chère petite, ne gâche pas ta journée à cause de ces réminiscences. Si nous allions en promenade ?

— Tu as raison. Irons-nous du côté de Ponriant ou du Moulin du Loup, grand-père ? demanda-t-elle d'un air malicieux.

— Je serais enchanté d'aller saluer Claire, la dame de mes pensées, mais nous pouvons aussi monter rendre visite à Cécile.

Annabelle entra, une boule de neige au creux des mains. Sans annoncer son dessein, elle trottina jusqu'au poêle et déposa son trophée sur la plaque brûlante. Immédiatement, une petite flaque se répandit et s'évapora.

— Je fabrique de l'eau, se vanta-t-elle. Papa m'a expliqué, la neige, c'est de l'eau gelée.

— Ainsi, notre Belle fait des expériences, s'esclaffa Pierre. Dis-nous, où irais-tu te promener si tu avais le choix ?

— Sur le chemin des falaises, pour voir Sauvageon qui reste tout le temps chez marraine Claire. Maintenant, il ne vient presque plus chez nous.

— Sauvageon vieillit, ma mignonne, et il a ses habitudes au moulin. Déjà tu as de la chance, il n'y a pas beaucoup de petites filles qui peuvent caresser un loup et jouer avec lui, prêcha le vieil homme de sa voix douce.

— Je sais, reconnut Annabelle.

L'animal avait été recueilli à quatre mois par la marraine de l'enfant, Claire Dumont, au début de la guerre. Depuis, les gens du pays s'étaient habitués à voir le loup apprivoisé parcourir les chemins de la vallée.

— Allons au moulin, insista la fillette. Comme ça, je pourrai entrer dans l'imprimerie de papa. J'adore l'odeur de l'encre.

La repartie, assortie d'une moue volontaire, fit rire Abigaël et Pierre. Ils décidèrent de se plier à sa jeune volonté.

Ruffec, même jour, même heure

L'inspecteur Samuel Claudin ne supportait pas la vue du sang. Malgré ce souci, il avait tenu à retrouver son statut de policier. Hervé Rigaud, son ancien supérieur à la fin de la guerre, promu commissaire, avait validé sa candidature. Pour l'instant, ils arpentaient tous les deux le sol d'une cave voûtée, en s'éclairant de grosses lampes à pile. Une odeur ferreuse, mêlée à celle du salpêtre, flottait dans l'air glacial.

— Vous tenez le coup, Claudin ? bougonna Rigaud.

— Tout à fait, commissaire. J'ai eu la nausée, mais c'est passé grâce aux pastilles de menthe que mon épouse m'a achetées.

— Je ne vous comprends pas, jeune homme, déclara-t-il. Nom d'un chien, vous pouviez exercer en tant que juge au pénal, en plus vous avez fait un bel héritage, avec le domaine de Ponriant, pourtant vous rempilez dans la police !

Grisonnant et bedonnant, en costume de lin gris, chemise blanche et cravate bleu foncé, Rigaud considéra son adjoint dans le faisceau de sa torche.

— Vous pouviez jouer les bourgeois, Claudin, au lieu de tourner de l'œil devant chaque cadavre !

— Jusqu'à présent, je n'ai jamais tourné de l'œil, comme vous dites. J'éprouve un certain malaise que je domine rapidement. J'ai choisi d'intégrer de nouveau la police pour lutter contre le crime sous tous ses aspects. Ainsi, j'ai l'impression de rendre hommage à mes parents, morts à Dachau sous le joug cruel des nazis.

— Ouais, bougonna le commissaire, ça se tient. Bon, revenons à notre affaire. Nous avons désormais deux victimes : maître Buissonnier, notaire respecté dans la région, dont le corps a été retrouvé avant-hier dans son étude, et son épouse, découverte baignant dans son sang ce matin par la bonne de la maison qui était descendue remplir un seau de charbon. Et tous les deux ont été poignardés en plein cœur.

— Exactement, commissaire, renchérit Samuel.

Il sortit son mouchoir de la poche intérieure de sa veste et l'appliqua sur son nez.

— Nous pouvons attendre le médecin légiste en haut, dit-il d'une voix mal assurée. Hélas, pour cette malheureuse, il n'y a plus rien à faire.

— Si, Claudin, nous cherchons des indices. Le meurtrier de Mme Buissonnier a forcément marché ici. Il a emprunté cet escalier en pierre deux fois. La moindre trace de pas peut nous aider.

Ils continuèrent à inspecter la terre battue qui composait le sol. Parfois, du rocher affleurait. Rigaud alluma une cigarette, dont la fumée masqua un peu les relents écœurants stagnant dans la cave.

— Qu'est-ce que vous me disiez, déjà, hier soir, quand nous dînions au restaurant de la gare ? lança soudain le commissaire.

— Qu'il ne fallait pas se fier aux apparences, ni aux rumeurs. Tout le monde loue l'honnêteté du notaire, son expérience. On nous le dépeint très épris de son épouse, mais peut-être cet homme dissimulait-il sa vraie nature ?

— Ouais, peut-être, admit son supérieur en faisant la moue. Mais le préfet et le maire de Ruffec n'apprécieraient pas votre théorie. S'il y avait un scandale, on nous recommanderait de l'étouffer. Tiens, un mégot de cigare.

— Il peut avoir été jeté par n'importe qui, et on ne pourra rien en tirer, fit remarquer Samuel.

— Maître Buissonnier ne fumait jamais, d'après des témoins dignes de foi. Je garde le mégot, par précaution.

Ils revinrent sur leurs pas, ce qui les confronta au corps de la femme du notaire. Elle était en chemise de nuit rose, maculée de sang au niveau de la poitrine. Ses cheveux bruns, ondulés, auréolaient un visage anguleux, aux yeux fermés, dont les traits crispés trahissaient une intense surprise.

— Hum, fit Rigaud, ça me tracasse cette histoire de boucles d'oreilles. Son assassin les lui a arrachées, soit par appât du gain, soit pour faire croire à un crime crapuleux.

Samuel dirigea courageusement le rayon jaune de sa lampe sur la tête de la victime. Il fixa les lobes déchirés du cadavre et au bout de deux minutes, il courut vomir le long d'un mur. Ses hoquets spasmodiques navrèrent Rigaud.

— Remontez prendre l'air, Claudin. Et recommencez à interroger les domestiques, ils se souviendront éventuellement d'un détail.

— Merci, commissaire, répondit le jeune homme.

Il s'empressa de gravir les marches en pierre, creusées en leur milieu par d'innombrables passages. La demeure du notaire avait été bâtie un siècle auparavant, mais la cave voûtée et son accès semblaient dater d'une époque plus lointaine.

« Pourvu que je puisse rentrer à Ponriant demain dans la journée, se dit Samuel une fois dans le large vestibule au carrelage noir et blanc. Je dois coucher à Ruffec ce soir, Cécile sera déçue. »

Le jeune inspecteur parcourut le couloir qui menait à l'office. Il lissa du bout des doigts ses courts cheveux d'un blond cuivré, qu'il tenait de sa mère. Son regard brun doré ne perdait rien du décor environnant, un élégant dosage de tableaux dans leurs cadres dorés, d'appliques en cuivre imitant des flambeaux, le tout égayé de plantes vertes.

— Bonjour, madame, dit-il à la robuste personne qui rinçait de la vaisselle dans un évier en grès.

— On s'est déjà vus, m'sieur, rétorqua-t-elle. Pardi, les gendarmes et vous, on n'peut pas vous empêcher de fouiller la maison de haut en bas.

— Nous faisons notre travail, madame. Vraiment, vous qui dormez au second étage, vous n'avez rien entendu durant la nuit ? Mme Buissonnier a été tuée dans la cave, elle s'est obligatoirement levée.

— Et alors ? J'ai le sommeil lourd, et puis j'suis pas femme de chambre, j'ai été embauchée pour cuisiner. De toute façon, Madame était du genre à se coucher tard.

— J'en tiendrai compte. Autre chose, on lui a arraché ses boucles d'oreilles, pourtant, selon le constat de sa sœur, on n'a pas emporté les autres bijoux, qui représentent une petite fortune, insista Samuel. Est-ce que Mme Buissonnier rencontrait des individus peu recommandables lors de ses sorties régulières le mardi après-midi ? L'un d'eux aurait pu lui rendre une visite nocturne, après avoir éliminé le mari.

La cuisinière posa avec rudesse une casserole sur la table. Sa face couperosée vira au cramoisi.

— J'la suivais pas, la patronne ! J'me retrouve sans boulot, à cet'heure. Fichez-moi la paix. Je dois faire ma valise.

Un parfum de café chaud attira le policier vers le fourneau à gaz. Il désigna la cafetière en aluminium d'un geste timide.

— Puis-je en avoir, madame ? Avec du sucre.

— Z'avez qu'à vous servir, m'sieur.

Samuel prit une tasse sur le vaisselier. Il observa en même temps une rangée de grands couteaux, disposés sur un plateau, en songeant que l'arme du crime demeurait introuvable.

— Bien, je vous laisse tranquille, cependant ne quittez pas la ville tant que l'enquête n'a pas abouti.

— Oui, m'sieur.

Deux heures plus tard, le commissaire Rigaud et son adjoint prenaient leurs quartiers à la gendarmerie de Ruffec. Le froid était vif et autour de la petite ville, la campagne se couvrait de neige.

— On doit attendre les résultats de l'autopsie de Mme Buissonnier. À mon avis, l'affaire est grave, Claudin, et nous ne mettrons pas facilement la main sur le coupable. Continuez les interrogatoires ! Les voisins, les clients du notaire, etc. Je rentre à Angoulême voir ma femme et mes gamins. Je vous ai réservé une chambre à l'hôtel du Faisan Doré.

— D'accord, commissaire. Je vous appelle si je trouve une piste sérieuse. Excusez-moi, je dois téléphoner à mon épouse.

Domaine de Ponriant, même jour, même heure

Cécile Claudin s'était assise dans le renfoncement d'une des fenêtres de la bibliothèque. Elle contemplait le paysage enneigé de son regard vert, où se lisaient l'ennui et la lassitude. Les fréquentes absences de son mari lui pesaient et rien ne réussissait à la distraire.

— J'aurais préféré habiter une petite maison, comme Abi, se plaignit-elle tout bas. C'est trop grand, ici, et ça nous oblige à avoir des domestiques.

La sœur d'Adrien Lafaurie avait eu une enfance tourmentée. Sans Abigaël, qui l'avait prise sous son aile pendant la guerre, elle aurait sûrement échoué dans un orphelinat.

Mariée depuis six mois à Samuel Claudin, elle ne s'accoutumait pas à sa nouvelle existence.

— Enfin, ce n'est pas sa faute si l'homme que j'aime est l'héritier du domaine de Ponriant. Mais je n'aurais pas dû lui céder quand il m'a demandé de m'occuper de notre foyer. J'aurais préféré continuer à travailler.

Très brune, ses boucles soyeuses coupées à hauteur de la nuque, elle était ravissante mais n'en tirait aucune vanité.

— Samuel est parti alors que je dormais encore, ce matin, se désola-t-elle. Il a fallu que son supérieur l'appelle samedi, et depuis je ne l'ai presque pas vu. Aussi, pourquoi a-t-il changé d'avis ? Nous aurions pu avoir une vie tranquille s'il était resté juge d'instruction, mais monsieur veut devenir commissaire. Ah, les hommes !

Un vol de mésanges s'abattit sur la terrasse, en quête de nourriture. Cécile se promit de leur mettre des miettes après le repas de midi.

— Je devrais avoir honte de me morfondre, déclara-t-elle dans un soupir.

Elle bondit sur ses pieds et se précipita dans le salon voisin. Mince, la poitrine arrogante, elle esquissa un pas de danse au milieu de la grande pièce. Son ample jupe en jersey voleta autour de ses jambes.

— Si j'allais embrasser Abi et les petites...

Le téléphone mural installé dans le hall égrena sa sonnerie métallique. Elle hésita un peu avant de courir décrocher, avec l'espoir d'entendre Samuel. Elle évoqua les yeux noisette de son séduisant époux, sa chevelure cuivrée. Son cœur manqua un battement sous le coup de l'émotion quand elle reconnut sa voix.

— Cécile ? Je voulais t'avertir, je dois dormir à Ruffec ce soir. Nous avons un double meurtre à élucider. Heureusement, j'avais prévu cette éventualité, j'ai emporté quelques affaires et ma trousse de toilette.

Muette de consternation, elle se retint de pleurer.

— Tu ne coucheras pas là, Samuel ?

— Non. Cécile, ma chérie, je suis désolé.

— Mais je serai seule cette nuit, pour la première fois depuis notre mariage. Rentre ici, même s'il est tard, je t'attendrai.

— Allons, ne fais pas l'enfant, Cécile.

Sur ces mots, il raccrocha et elle éclata en sanglots nerveux.

— Comment ose-t-il me dire ça ?

On toussota dans son dos. Elle virevolta sur ses talons hauts pour se trouver nez à nez avec Monique, une de leurs deux employées qui avait endossé le rôle de gouvernante.

— Vous pleurez, Madame ? C'était une mauvaise nouvelle ?

— Rien de grave, Monique. Je déjeunerai à mon retour ou pas du tout. J'ai besoin de me détendre.

— Dans ce cas, il faudrait changer de chaussures, Madame, car il neige, recommanda la domestique avec un sourire maternel.

— Je vais enfiler des bottes en caoutchouc, mon manteau est là, je serai prête dans deux minutes.

La brave femme hocha la tête, attendrie par le joli minois chiffonné de sa patronne. Elle avait le double de son âge et faisait de son mieux pour lui être agréable.

— Monique, soyez sincère, déclara Cécile. Est-ce que je fais l'enfant ? Je suis majeure, j'ai enseigné plusieurs mois à Fléac et je n'ai eu que des louanges, mais je crois que l'oisiveté me rend idiote. Je me languis de ne plus travailler.

— Pourquoi ne pas postuler à Puymoyen ? Le nombre d'élèves a augmenté et Mme Roy serait sans doute soulagée d'avoir de l'aide.

Frappée par la justesse de cette remarque, Cécile évoqua l'aimable Faustine Roy, qui dirigeait l'école de la commune.

— Je vous remercie, je vais de ce pas en parler à Claire ! Après tout, Faustine Roy est l'épouse de son frère.

— C'est une bonne idée, allez vite, je suis certaine que vous recevrez d'excellents conseils.

Cécile gratifia son employée d'un grand sourire, puis elle sortit pour descendre jusqu'à la route, en coupant à travers les pelouses.

Moulin du Loup, même jour, même heure

Adrien avait vu passer Annabelle devant l'imprimerie. En anorak et bonnet rouge sur ses nattes blondes, sa fille égayait le décor gris et blanc de la cour pavée. Il s'empressa d'ouvrir la porte et il la trouva sur le seuil.

— On se promène, papa, annonça-t-elle de sa voix flûtée, tandis qu'il l'embrassait sur le front. Maman et papi arrivent eux aussi.

— J'espère qu'Édith est bien emmitouflée, il fait froid.

— On voit à peine le bout de son nez ! Maman l'a couverte avec la peau de mouton que Jakob lui a offerte. C'est dommage, je ne verrai pas ma marraine.

Tout de suite, son père pinça les lèvres. Le don de voyance d'Annabelle lui causait toujours un malaise.

— Comment le sais-tu ? demanda-t-il néanmoins.

— J'ai vu la voiture de Jakob rouler sur la route qui va en ville, et il y avait Bertille devant, à côté de lui. Marraine Claire était assise derrière.

— Et tu n'as rien dit à maman ?

— Non, parce que je voulais venir quand même pour faire une caresse à Sauvageon.

— Tu as mal agi, Belle.

Abigaël approchait, en poussant le landau. Coiffée d'une toque en fourrure, le teint rosi par le vent, elle remarqua aussitôt l'air agacé de son mari. Pierre Lussac marchait un peu en arrière, toujours élégant dans sa redingote noire à col d'astrakan. Une écharpe beige protégeait le bas de son visage.

— Je suis désolé, il n'y a personne au moulin, précisa Adrien. Bertille tenait absolument à faire des achats rue Marengo. Le trio doit déjeuner en ville, chez Ludivine. Claire voulait passer un bon moment avec sa fille.

— Quel dommage, si nous l'avions su, nous serions montés à Ponriant, déplora la jeune femme.

Elle était très déçue, ayant prévu de solliciter l'avis de Claire au sujet de son étrange expérience.

— Notre fille le savait, mais elle a eu soin de se taire, Abi, expliqua son mari.

L'enfant s'était déjà esquivée. De ses petits doigts habiles, elle poussait le loquet fermant l'ancienne écurie et entrouvrait la porte.

— Sauvageon, appela-t-elle. C'est moi, je viens te soigner.

Le loup avait treize ans. Annabelle entendait si souvent des paroles inquiétantes concernant son âge qu'elle s'était mis en tête de lui imposer les mains, à hauteur du cœur, dès qu'elle en avait l'occasion. Là encore, agenouillée près de lui, elle se livrait à tout un cérémonial.

— Tu vivras aussi vieux que l'autre Sauvageon, le premier loup de marraine Claire, chantonna-t-elle. Je suis guérisseuse, comme ma mère.

À quelques mètres de là, Adrien faisait preuve d'un accès de mauvaise humeur dont il était de plus en plus coutumier.

— Je voudrais tant que Belle soit une fillette normale, déclara-t-il d'un ton sec. Que fera-t-elle à l'école ? Ses camarades la rejetteront à cause de sa différence.

Pierre Lussac haussa les épaules, sans donner son opinion. Il évitait en règle générale d'intervenir, afin de ne pas irriter davantage Adrien.

— Nous avons le temps d'y penser, répondit Abigaël. Belle n'a pas encore cinq ans, tu l'oublies souvent, car elle est précoce et d'une rare intelligence. Nous la mettrons en garde.

Il capitula vite, sous l'expression déterminée de sa femme.

— Excuse-moi, j'ai tendance à me montrer sévère. Je l'étais déjà avec ma sœur. Je devais la protéger, quitte à la gronder pour être obéi.

Au même instant, un appel résonna à l'entrée de la cour. Cécile accourait, en manteau de tweed, ses boucles noires parsemées de flocons.

— Quelle chance ! leur cria-t-elle. Vous êtes tous là ! Abi, tu me manques tellement !

— Il faut venir à la maison plus souvent.

Elles s'embrassèrent en riant. Cécile se jeta ensuite au cou de son frère.

— Adrien, fais-moi un câlin, minauda-t-elle.

— Allons, ne fais pas l'enfant, lança-t-il. On parlait de toi, petite folle.

— Ah non, Samuel m'a dit la même chose au téléphone. J'en ai assez !

Ils rirent tous de bon cœur devant sa mine outrée, car Cécile pouvait être irrésistible quand elle faisait semblant de bouder.

— Entrez au chaud, je vous offre le café, proposa Adrien.

— D'accord, monsieur l'imprimeur, répliqua sa sœur.

Annabelle revenait, suivie du loup. Abigaël confia le landau à son grand-père pour caresser l'animal, dont l'épais pelage gris fleurait la paille fraîche. L'animal lui fit la fête.

— Tu es toujours magnifique, Sauvageon, souffla-t-elle en le caressant. Mon fidèle ami...

Sa gorge se noua. Un étrange pressentiment ternissait la joie qu'elle éprouvait chaque fois, à proximité du Moulin du Loup.

« Pourvu que ça ne recommence pas cette nuit, songea-t-elle. Je refuse de revivre mon passé d'adolescente, de revoir des morts, des scènes de violence et de chagrin... »

Abigaël eut alors une vision très brève de la fontaine aux arches de pierre, dans la vallée voisine de l'Anguienne. L'eau limpide qui coulait de la roche avait toujours eu la vertu de l'apaiser et de lui redonner courage et espérance.

« J'irai bientôt boire à la source », se promit-elle.

2

Une nuit de neige

*Angoulême, rue de l'Arsenal, même jour,
deux heures plus tard*

Ludivine de Martignac, assise dans un confortable fauteuil en cuir, guettait le coup de heurtoir qui lui indiquerait l'arrivée de ses invités. Vêtue d'une ample robe en lainage bleu, elle plaqua soudain ses paumes sur son ventre.

— Doucement, bébé, murmura-t-elle. Vilain, tu fais presque mal à ta mère.

Un sourire amusé plissa ses joues au teint mat. Enceinte de six mois, la fille de Claire et Jean Dumont avait la certitude d'attendre un garçon. Dotée d'une volonté de fer, elle avait interdit à sa mère, à Abigaël et à la petite Belle de lui révéler le sexe de l'enfant, si toutefois elles l'avaient deviné.

— Ah, enfin, on frappe.

Sa chevelure noire répandue sur les épaules, Ludivine alla ouvrir d'une démarche énergique. Elle vit Jakob Kern, le bon géant mosellan, et Bertille, mais sa mère se dissimulait derrière un gros bouquet de roses.

— Maman, vous avez encore fait des folies, tantine et toi, déplora-t-elle malgré sa passion pour les fleurs. En cette saison, les roses proviennent de serres, c'est ruineux.

— Ciel, quelle plaie ! La grossesse te transforme en rabat-joie, Ludivine, rétorqua Bertille en fronçant les sourcils. Claire, avance donc, je suis gelée.

Ludivine étreignit sa mère dès qu'elles furent à l'abri du vent, dans le vestibule sombre qui embaumait la cire. Son époux, Quentin de Martignac, un jeune avocat renommé, avait acheté récemment une demeure bourgeoise de la rue de l'Arsenal, située à courte distance du jardin de l'hôtel de ville.

— Qu'il fait bon chez toi ! s'extasia Bertille. Le chauffage central fonctionne mieux que celui installé au moulin. Je le ferai changer cet été.

— Je te le défends, princesse, trancha Claire.

C'étaient ses premiers mots depuis qu'elle était entrée, aussi Ludivine, pour couper court à une éventuelle querelle, décocha aux deux cousines un regard impérieux.

— Vous êtes incorrigibles, mesdames, plaisanta-t-elle. Votre grand âge ne vous rend pas plus sages.

Gêné, Jakob approuva d'un signe de tête. Il ne se séparait jamais de sa « Poupette », surnom qu'il donnait à son épouse Bertille, cependant il était mal à l'aise en ville, notamment dans cette maison au décor luxueux.

— Je suis si contente que vous déjeuniez ici, ajouta Ludivine. Quentin va passer la journée au tribunal et comme j'ai arrêté de travailler à l'hôpital, je m'ennuie un peu.

— Ce qui ne t'autorise pas à nous traiter de vieilles dames, lui reprocha Bertille.

— Tantine, je vous taquinais. Regardez-vous, maman et toi, on dirait que vous avez découvert la fontaine de Jouvence dans nos falaises. Vous êtes encore très jolies, tout le monde le remarque.

— Mais oui, Poupette, tu es ravissante, renchérit Jakob.

Claire prit la main de sa fille, en lui dédiant un regard vibrant d'amour maternel. Très jolie, Ludivine avait hérité du charme magnétique de son père et de ses yeux d'un bleu intense, ourlés de longs cils noirs. Héros de la Résistance, Jean Dumont reposait au cimetière de Puymoyen, mais son souvenir était très vivace pour tous ceux qui l'avaient aimé.

— Ne m'en veux pas, Ludivine, mais tu ressembles tant à Jean. À chaque fois, je suis bouleversée.

— Je suis flattée de ressembler à mon cher papa, mais ne pleure pas, maman. Passons à table, il est presque 13 heures, je suis affamée. Il faut me donner des nouvelles de la vallée.

Elle les guida vers la salle à manger, dont la porte-fenêtre à petits carreaux ouvrait sur un jardinet tapissé de neige.

— Tu as cuisiné ? s'intéressa Bertille, auréolée de ses éternelles bouclettes d'un blond platine. Ton mari est riche, pourquoi n'as-tu pas engagé quelqu'un ?

— Une femme de ménage tous les deux jours me suffit, ma chère tantine. Le sujet est clos. Comment vont Abigaël et ses filles ? Et Cécile, Pierre Lussac... Je sais grâce à mon beau-père le moindre événement ayant lieu au château de Torsac, mais de votre côté, je suis en manque de renseignements.

Ludivine ponctua ce propos d'un sourire chaleureux. Claire s'empressa de la satisfaire.

— Abigaël me semble très heureuse. Elle ne tarit pas d'éloges sur le caractère de sa petite Édith. Si tu la voyais : à trois mois, elle éclate de rire et elle dort toute la nuit. Annabelle aide sa maman à la langer, à la bercer.

— Et Faustine, Mathieu ?

— Faustine se dit au paradis, répondit Bertille. Penses-tu, elle dirige l'école de filles de Puymoyen et surtout elle habite notre cher moulin, dans l'appartement au-dessus de l'ancienne salle des piles. Pour un couple, c'est suffisant, j'ai tout fait rénover.

— Mathieu passe quelque temps à Paris, chez sa fille. Je ne sais pas si tu es au courant, mais Gaby a obtenu son diplôme de sage-femme, précisa Claire.

— Mais il paraît que Mathieu veut relancer la fabrication du papier, avec de nouvelles machines, insista Ludivine. Le projet est sérieux ou encore à l'état de rêve ?

— Très sérieux, affirma Bertille, un éclat farouche au fond de ses prunelles grises. Nous rendrons ainsi hommage à mon oncle Colin Roy, le maître papetier qui aimait tellement son métier. N'est-ce pas, Clairette, il faut honorer la mémoire de ton père ?

— Oui, princesse, il en sera ainsi, puisque personne ne peut s'opposer à tes idées. Pour résumer, jamais notre vallée n'avait connu une telle paix, j'espère que cela durera longtemps.

Près de Sainte-Maure-de-Touraine,
vendredi 21 juin 1940

Le soleil se couchait sur une étendue de prairies qui longeait le cours de la Manse. Abigaël admirait l'harmonie de ce premier soir d'été par une mince déchirure de la bâche verdâtre de la camionnette. Elle était blottie contre le soubassement métallique de l'habitacle arrière, afin de laisser le maximum de place aux douze enfants assis à même le sol, sur des couvertures.

— Dis, on m'emmène là où est ma maman, hein ? gémit une petite fille de sept ans.

— Non, Laura, mais tu seras dans un endroit où tes parents pourront sûrement te retrouver, répondit-elle. J'ai noté ton nom sur le carnet que m'a donné monsieur le curé.

— Abigaël, est-ce que les avions vont revenir ? demanda Martin, qui se sentait privilégié de l'avoir rencontrée le premier.

— Je crois que nous sommes hors de danger maintenant.

Laura et Martin étaient les plus âgés du groupe et ils la secondaient pour rassurer et consoler les autres enfants perdus, dont la benjamine avait trois ans. Il s'agissait de la petite fille que Marie avait emmenée à l'écart de la route.

Par la force des choses, l'adolescente prenait auprès d'eux le rôle d'une adulte. Le véhicule brinquebala puis s'immobilisa. Le moteur fit quelques ratés avant de s'arrêter. Abigaël entendit une portière s'ouvrir et bientôt sa tante Marie apparut.

— Monsieur le curé a décidé d'une halte, annonça-t-elle. Vous allez pouvoir vous dégourdir les jambes, le lieu paraît tranquille. Nous avons quitté la grande route.

— Il était temps, certains de nos protégés ont des envies pressantes, tantine. Et ils sont affamés.

— Je vais leur distribuer du pain et des biscuits, approuva Marie d'un air las. Sortez, les enfants, il fait bon.

Elle avait cru qu'ils atteindraient Poitiers en une journée, mais ils avaient parcouru seulement une quarantaine de kilomètres et dans des conditions éprouvantes.

Une fois encore, Abigaël fut sensible au contraste entre la beauté de la nature et la cruauté de leur situation.

— Les couleurs du ciel sont si belles, du rose et de l'or ! Il y a tant de fleurs dans les champs et sur les talus, confia-t-elle à sa tante. La guerre ne devrait pas exister.

— L'humanité est ainsi, des conflits meurtriers ont lieu depuis la nuit des temps, décréta le curé qui approchait. Je me suis voué au salut de ces petits malheureux, plaise à Dieu que je puisse les conduire à bon port. Mais il y en a des centaines dans leur cas, privés de tout, affolés.

Ces paroles débitées d'un ton lugubre firent pleurer Laura. Vite, Abigaël lui prit la main. La fillette avait le visage sale, ses nattes étaient à moitié défaites.

— Mon père, me permettez-vous d'emmener les enfants au bord de la rivière qui coule au bout de ce chemin ? Je leur ferai un brin de toilette.

— Votre tante ferait mieux de vous accompagner, vous aurez besoin d'aide.

Tout de suite, Marie acquiesça d'un pauvre sourire. La rupture brutale avec son quotidien lui causait un épuisement nerveux qu'elle dissimulait mal.

— Laura et Martin m'assisteront, ils étaient les aînés, chez eux. J'ai eu droit à beaucoup de confidences pendant le trajet.

— Moi, j'ai perdu mon petit frère près d'Orléans, dit un garçon roux d'une voix tremblante. Je crois que mes parents ont été tués. Je courais, je n'ai pas regardé en arrière, car maman m'avait crié de me cacher sous un buisson.

— Je ferai en sorte de retrouver des membres de ta famille, avança le curé, dont les traits affaissés témoignaient de sa fatigue et de son chagrin.

— Allons-y, dit Abigaël le plus gaiement possible.

Son cœur lui faisait mal. Elle éprouvait pour ces enfants une immense compassion, qui la poussait à vouloir les amuser et leur faire oublier durant quelques instants la guerre et la mort.

— Venez, l'eau de la rivière sera bien fraîche, mais il faudra m'obéir, ma petite troupe.

Elle tenait par la main deux fillettes d'environ cinq ans, Laura ayant choisi de veiller sur trois petits garçons hébétés. Ils suivaient le mouvement, incapables de prononcer un mot. Une fois sur la berge, où l'herbe était haute, l'adolescente les fit tous asseoir.

— Je vais vous laver un par un, d'abord la figure, le cou, puis les bras et les mains, bien sûr, dit-elle en souriant. Je sais que vous êtes très tristes, privés de vos parents, de votre famille, mais au moins, vous n'errez pas seuls sur les routes.

On lui répondit d'un murmure confus, d'où se détacha le timbre sonore de Martin.

— Est-ce que tu es un ange, m'selle ? demanda-t-il.

— Pas du tout. Tu peux m'appeler Abi, c'est le diminutif de mon prénom. Quand nous arriverons au monastère, je resterai avec vous tous, si j'en ai le droit.

Elle commença par la toilette des plus petits, qui se laissèrent faire sagement. Chacun de ses gestes était tendre et délicat. La fillette de trois ans se mit à pleurer en réclamant sa mère. Nul ne savait son nom et si on lui posait la question, elle secouait la tête en signe de refus.

— Courage, bout de chou, ta maman reviendra.

Abigaël se sentait obligée de proférer de pieux mensonges, afin d'apaiser les larmes et les colères. Elle s'apprêtait à rincer la frimousse de Laura lorsque Martin montra quelque chose du doigt, à la surface de la rivière.

— Mon Dieu ! souffla-t-elle, horrifiée.

Le flot tranquille charriait le cadavre d'une vieille femme. Ses vêtements noirs flottaient autour d'elle.

Elle fit lever les enfants et, d'un regard, indiqua le chemin à Martin. Le garçon comprit aussitôt.

— Venez, on retourne au camion, pour manger ! s'écria-t-il.

Laura demeurait figée, les yeux rivés sur le sinistre spectacle. Abigaël la poussa en avant, tout en appelant sa tante. Dès qu'elle entendit crier, Marie Monteil se précipita vers la rivière, suivie par le religieux.

— Je dois sortir cette malheureuse de l'eau, se dit tout bas l'adolescente. Le courant pourrait l'emporter plus loin. Je ne peux pas attendre.

Comme une somnambule, elle entra dans la Manse. Ses pieds s'enfoncèrent dans le sable détrempé, puis elle se jeta en avant. Bonne nageuse, elle voulut faire la brasse, mais l'eau froide la submergea immédiatement. Il lui sembla qu'on la tirait par les chevilles pour l'entraîner au plus profond de la rivière.

Abigaël suffoquait, peu à peu asphyxiée. Elle ne pouvait pas remonter à la surface et respirer, on l'en empêchait. Son esprit se ferma à tout ce qui n'était pas cette chute fatale vers la mort. Bientôt tout devint noir.

Vallée des Eaux-Claires, mardi 6 janvier 1953

Cette fois Abigaël se réveilla en sursaut, sans avoir crié, mais elle était en sueur. Son front, son visage et son cou ruisselaient. La clarté d'une aube grise filtrait à travers les rideaux en macramé.

« Adrien a dû se lever et descendre à la cuisine », se dit-elle.

D'un geste vif, la jeune femme repoussa drap et couverture pour aller chercher un mouchoir propre dans le tiroir de sa commode. Comme Édith dormait, elle changea d'avis et se rendit dans la salle de bains. Elle s'aspergea d'eau fraîche puis ôta sa chemise de nuit, humide dans le dos. Le miroir surplombant le lavabo lui renvoyait une image qui la désola. Elle était échevelée, le teint blême, les yeux agrandis par l'effroi ressenti en se noyant.

— Adrien va remonter me dire au revoir, je ne veux pas qu'il me voie ainsi.

Abigaël brossa ses cheveux et les attacha sur la nuque. Elle tapota ses joues et se mordilla les lèvres. Enfin elle regagna la chambre pour enfiler une robe.

Des voix masculines lui parvinrent du rez-de-chaussée. Son mari et son grand-père discutaient, sans doute autour de la cafetière fumante. Abigaël se pencha sur le berceau d'Édith. Du bout des doigts, elle effleura le duvet brun de son crâne rond.

— Je voudrais vous offrir une enfance enchantée, à ta sœur et toi, ma toute petite. Tant d'innocents ont souffert, pendant l'exode. Que sont devenus Laura et Martin, je n'ai jamais pu le savoir…

Elle était chez elle, en 1953, mais il lui semblait s'être séparée de ses protégés à peine une heure plus tôt.

— Que s'est-il passé exactement, ce soir-là ?

Elle s'exprimait tout bas, de crainte de réveiller Annabelle ou Cécile. Sa belle-sœur avait dormi là, dans la chambre de sa petite-nièce, afin de ne pas se retrouver seule à Ponriant.

Soucieuse, Abigaël s'assit au bord du lit.

« Il y a eu ce cadavre qui flottait. Martin a pu emmener ses camarades, et moi, j'ai réussi à éloigner Laura. Tantine et le curé sont venus. En homme d'Église consciencieux, le père Rémi, oui, il se prénommait ainsi, est entré dans la rivière pour sortir de l'eau la pauvre femme. Il a creusé une tombe peu profonde où il l'a inhumée, en prononçant les paroles consacrées. Je n'ai rien vu, je me souviens que tantine l'a assisté, malgré sa fatigue. Pendant ce temps, je m'occupais des enfants. Mais je ne suis pas allée dans l'eau. »

Adrien la surprit en pleine réflexion, les bras croisés sur la poitrine.

— Abi, tu es un peu pâle. Tu as mal dormi ?

— Disons que j'ai eu un réveil pénible.

Il prit place à ses côtés et l'enlaça avec passion. Elle nicha sa tête au creux de son épaule.

— Dans mon sommeil du matin, je revis des moments de ma vie pendant l'exode de 1940, et à chaque fois, j'ai la sensation de mourir. Je voulais t'en parler, je n'en ai pas eu l'occasion.

— Ce sont des cauchemars. Tu ne manges pas assez et tu allaites Édith.

— Peut-être, mais je voudrais comprendre le sens de ces mauvais rêves, insista-t-elle d'un ton net.

Elle s'écarta un peu de lui pour le fixer de son regard bleu, où il lut un vague reproche.

— Adrien, j'ai hésité à aborder le sujet car tu manques souvent de tolérance.

Il la reprit dans ses bras et déposa un baiser sur son front.

— Je te demande pardon, Abi. Je suis un type borné, incapable d'apprécier les dons inouïs de ma femme et de ma fille. Je te promets d'être plus attentif et à l'écoute, désormais.

Elle chercha ses lèvres et ils échangèrent un baiser fébrile. Édith émit un petit cri avant de pousser une clameur plus vigoureuse.

— Bébé réclame sa tétée, dit Abigaël, rieuse. Pars tranquille. Si tu pouvais prévenir Claire, j'ai l'intention de lui rendre visite en fin de matinée. Ta sœur et grand-père garderont les petites.

Son mari promit, la quittant à regret.

Moulin du Loup, même jour, deux heures plus tard

Abigaël franchissait toujours le porche du Moulin du Loup avec émotion. Ce cadre, qui lui était désormais familier, demeurait enchanteur à ses yeux. Elle l'avait vu en ruine, dix ans auparavant, mais il avait suffi d'un rosier rouge en fleurs et d'un rayon de soleil sur les pans de murs séculaires pour la conquérir.

— Bonjour, Abi, lui lança le Mosellan, qui fendait du bois sous le hangar. Votre mari nous a prévenus de votre visite, Claire vous attend.

— Bonjour, Jakob ! Encore merci pour le lait, vous devez nous l'apporter à l'aube.

— Pardi, je trais les vaches à 5 heures du matin. Oh, vous avez une petite mine !

— Un peu de fatigue, rien de grave.

Des bêlements s'élevèrent de la bergerie, auxquels fit écho le hennissement d'un cheval.

— Vulcain a reconnu votre voix, affirma Jakob. Je vais les mettre au pré, Éclair, Perle et lui, quand j'aurai fini ça.

— Je vous accompagnerai, je pourrai donner du pain dur au poney d'Annabelle. Elle en avait mis de côté pour Éclair.

— Ui, ui[1], Abi, nous irons ensemble, approuva Jakob en forçant son accent mosellan.

Abigaël traversa la cour après avoir regardé du côté du local abritant l'imprimerie. Elle espérait distinguer la silhouette de son mari derrière une des fenêtres, mais Adrien devait être penché sur les lettres en plomb de l'atelier de typographie. Elle lui rendrait visite en s'en allant.

Elle s'apprêtait à gravir les marches du perron quand une voiture noire, aux chromes brillants, déboula sur les pavés glissants. Le conducteur avait dû tourner trop vite dans la cour et il avait perdu le contrôle.

1. Prononciation de l'est de la France.

— Jakob, attention ! cria-t-elle tout en se réfugiant derrière la rampe en pierre.

Un affreux bruit de tôles froissées retentit. Le véhicule venait de percuter violemment le mur de l'ancienne papeterie. Tout de suite, Claire ouvrit la porte. Elle considéra la scène de son regard de velours noir, puis elle hocha la tête.

— Quentin, je ne suis guère surprise... Je lui ai déjà reproché sa façon de conduire. C'est un vrai danger public.

Son gendre s'extirpa du siège avant, en marmonnant un chapelet de jurons. Sidérée, Abigaël vit Adrien surgir à son tour de l'imprimerie. Il se répandit immédiatement en invectives contre le visiteur.

— Un peu plus et vous percutiez ma femme ! Qu'est-ce qui vous a pris de rouler aussi vite dans une cour, alors qu'il neige ?

— Je cherche Ludivine, elle a déserté le domicile conjugal ! clama Quentin en matière d'excuses. J'ai la certitude qu'elle est ici !

— Vous faites erreur, mon gendre, déclara Claire d'un ton qui avait perdu toute note aimable sous l'effet de l'inquiétude. Pourquoi dites-vous ça ? Eh bien, entrez et expliquez-vous. Venez, Abi, j'avais préparé une boisson chaude à votre intention.

Quentin s'inclina devant Abigaël en lui prenant la main. Il paraissait sincèrement bouleversé.

— Je suis désolé, ma chère cousine. J'aurais pu vous blesser grièvement.

— Je ne vous le fais pas dire, renchérit Adrien qui approchait, l'air menaçant.

Jakob Kern estima nécessaire d'intervenir. De haute taille, doté d'une musculature impressionnante, il méprisait les conflits de toutes sortes. Ses cheveux blonds et ondulés grisonnaient aux tempes, mais l'éclat de ses yeux verts, pailletés d'or brun, en imposait à tous.

— Du calme, jeunes gens, ordonna-t-il de sa voix rocailleuse. Il n'y a eu que de la tôle endommagée. À l'avenir, monsieur de Martignac, soyez plus prudent.

Gêné, Quentin acquiesça en silence. Abigaël, sensible à son désarroi, lui tapota gentiment l'épaule. Elle l'aimait beaucoup et le considérait comme le frère qu'elle n'avait pas eu.

— Nous discuterons à l'intérieur, souffla-t-elle. Vous n'étiez pas dans votre état normal.

— En effet, vous comprendrez vite pourquoi.

Jakob et Adrien retournèrent à leurs occupations, tandis que Claire précédait Abigaël et Quentin dans le saint des saints du Moulin du Loup, la grande pièce où s'étaient joués tant de drames et d'heures exquises.

— Que s'est-il passé avec Ludivine ? interrogea-t-elle en fixant son gendre d'un air farouche. Ma fille est orgueilleuse et dotée d'un fort caractère, mais hier, rien n'annonçait une querelle entre vous.

— C'est à cause de ce torchon, rétorqua-t-il, après avoir sorti un papier de la poche de son veston. Une lettre anonyme de très mauvais goût. Comment Ludivine a-t-elle pensé une seconde que j'étais coupable ? Je l'aime comme un fou, Claire, or on me prête une liaison avec Victoire de Géré. Certes, nous avons été amants avant que j'épouse Ludivine, mais je ne l'ai jamais croisée depuis notre rupture.

— Faites voir, Quentin, dit Abigaël. En touchant la feuille, j'aurai peut-être un indice.

La dénonciation était écrite à l'aide de mots découpés dans un journal :

Votre mari vous trompe allègrement. Il rencontre la belle Victoire de Géré à l'Hôtel de la Paix. Le tribunal a bon dos.

— Quelle bassesse, déplora Claire qui avait parcouru les quelques lignes également. Quentin, je connais Ludivine. Elle est assez intelligente pour se méfier de ce genre de chose. Je l'imagine plutôt vous attendant de pied ferme, afin d'exiger votre version des faits.

— Non, à mon retour vers minuit, hier soir, la maison était vide, mais il y avait cette maudite lettre sur le guéridon du salon. Ludivine l'avait posée là, en guise de message.

Dépitée, Abigaël redonna la feuille à Quentin.

— Je n'ai rien ressenti, la personne qui a fait ça devait porter des gants. Cependant je suis d'accord avec Claire, Ludivine n'a pas pu croire à ces calomnies.

— Elle est quand même extrêmement jalouse, précisa-t-il. Son état n'arrange rien. J'ai beau la rassurer, elle se trouve difforme et s'accable d'autres défauts physiques de son invention.

Claire dut s'asseoir, envahie d'une légitime angoisse. En toute logique, sa fille aurait dû venir au moulin si elle était furieuse et malheureuse.

— Où a-t-elle pu aller? s'effraya-t-elle à mi-voix. Chez une amie ou une collègue de l'hôpital?

— J'ai téléphoné à ses deux amies, infirmières elles aussi. Peut-être ont-elles menti, mais j'en doute.

Abigaël perçut alors un léger bruit de pas à l'étage. Elle supposa que Bertille se levait tard, selon son habitude. Mais son intuition la poussa à regarder en haut de l'escalier. Ludivine était assise sur la première marche et lui faisait signe de se taire, son index devant la bouche.

— Ne vous inquiétez pas trop, Claire, dit aussitôt Abigaël. Je suis sûre que votre fille est en sécurité. Quant à cette lettre anonyme, il faudrait la montrer à Samuel Claudin. La police pourrait relever des empreintes digitales.

Claire servit du café frais à Quentin et versa de la tisane à Abigaël.

— Une préparation spéciale pour vous requinquer, puisque vous allaitez, Abi. Votre grand-père m'a confié que vous dormiez mal, en ce moment.

— Merci, j'ai toute confiance en votre science d'herboriste.

— C'est réciproque en ce qui concerne vos dons, ma petite Abi, répliqua Claire en souriant. Quel paradoxe ! Hier, Quentin, je me félicitais de la paix qui régnait dans notre vallée. Et de bon matin, vous emboutissez votre coûteuse voiture car ma fille vous a quitté. Ne prenez pas le coup de tête de Ludivine trop au sérieux. Elle va nous contacter.

Quentin avala d'un trait son café. Il regarda autour de lui d'un air désespéré. D'un geste vif, il rejeta la mèche blonde qui dansait sur son front.

— En parlant de voiture, je doute qu'elle redémarre. Je dois remonter en ville. Puis-je utiliser votre téléphone pour appeler un taxi ? Et si Ludivine vient vous voir, dites-lui que je ne l'ai jamais trompée, même pas en pensée. Ni avant notre mariage, ni en Indochine, ni récemment. Je l'aime et je la respecte, et ça date de notre première rencontre à Villebois, quand nous étions enfants.

Quelqu'un descendit l'escalier. Ludivine apparut, en chemise de nuit blanche, sa chevelure noire en désordre.

— Quentin ! Pardon, chéri, pardon ! Je t'ai écouté du palier et j'ai honte de t'avoir soupçonné.

Il la reçut dans ses bras, éberlué. Claire était tout aussi stupéfaite. Elle se releva et saisit sa fille par le coude.

— D'où sors-tu ? J'ignorais que tu étais là.

— Tante Bertille m'a accueillie à 23 heures, car par chance elle veillait au coin de la cheminée. Un taxi m'avait déposée sur le chemin. J'ai couché dans mon ancienne chambre, je m'étais enfermée à clef. Je suis désolée de t'avoir causé du souci, maman.

Abigaël jeta un coup d'œil à sa montre-bracelet. L'heure tournait et Édith aurait bientôt faim.

— Je vous laisse en famille, dit-elle. Je reviendrai plus tard, Claire. Édith est très sage, sauf si elle veut téter.

— Revenez en début d'après-midi, lorsque ces jeunes fous seront calmés et rentrés en ville. Je dois aussi gronder ma terrible cousine ! Bertille s'est amusée à nous duper, elle est vraiment incorrigible.

Chez Abigaël et Adrien, même jour, vers midi

L'ambiance était tendue autour de la table familiale où Cécile avait pris place, refusant de retourner à Ponriant malgré les conseils de son frère.

— Tu es vraiment obstinée, lui reprocha-t-il encore d'un ton irrité.

— Mais c'est un plaisir d'avoir une invitée, surtout ta sœur, avança Abigaël. J'ai souvent dit à Cécile qu'elle pouvait venir chez nous si elle s'ennuyait.

— Et c'était le cas, répliqua celle-ci. Je me suis rendue utile, j'ai bercé Édith après sa tétée. N'est-ce pas, grand-père ?

Pierre Lussac avait tenu à être appelé ainsi par Cécile, qui était âgée de onze ans à l'époque où il avait fait sa connaissance.

— J'aurais été bien embarrassé sans ton aide, approuva le noble vieillard en lui souriant.

— Ah, tu as entendu, Adrien ?

Abigaël avait servi des parts de la daube qui mijotait au coin du poêle depuis le matin. Elle pensait encore à l'attitude exaltée de Ludivine, deux heures auparavant. Les deux jeunes femmes étaient très amies, mais elles se voyaient rarement depuis deux mois.

— Est-ce que Ludivine et Quentin sont repartis du moulin ? demanda-t-elle à son mari.

— Sois tranquille, la superbe voiture de ce paltoquet a finalement bien voulu redémarrer, ils ont dû rentrer sans problème, trancha Adrien.

— Papa, c'est quoi, un paltoquet ? s'intéressa Annabelle.

— Le dictionnaire donne en définition un homme prétentieux et sans intérêt, répondit Pierre Lussac.

— Ce qui ne correspond pas à mon cousin, se rebiffa Abigaël. C'était une plaisanterie douteuse, Adrien. Belle, papa est en colère, car ce matin Quentin aurait pu provoquer un accident dans la cour du moulin, mais les pavés glissaient beaucoup, il n'était pas tout à fait responsable.

— D'accord, maman, souffla la petite fille.

Très sensible, l'enfant percevait la tension qui régnait dans la pièce. Elle mangea dès lors en silence. Adrien haussa les épaules, incapable de changer d'humeur. Il ne se remettait pas de la peur atroce qu'il avait éprouvée. De surcroît, Quentin de Martignac avait le don de l'exaspérer par ses manières affectées.

— Moi, j'ai fini, je m'en vais, annonça-t-il en se levant. Nous devons boucler une commande pour la fin de la semaine. À ce soir.

Il enroula son écharpe autour de son cou et prit sa veste sur le bras. Abigaël le suivit dehors. Le ciel était lourd de nuages gris qui présageaient de nouvelles chutes de neige. Un vent âpre venu du nord fit frissonner la jeune femme.

— Qu'est-ce que tu as, Adrien ? s'alarma-t-elle en le tenant par le bras. Belle était inquiète. Surveille tes propos en sa présence, elle aime chaque membre de notre famille. Quentin aussi.

— Il ne fallait pas me raconter ces rêves bizarres où tu meurs, Abi. J'essaie de rester rationnel, mais entre Claire, ton grand-père et notre petite fille, c'est difficile. Je suis désolé.

— Si tu es vraiment désolé, fais un effort.

— J'en fais déjà beaucoup. Rentre vite, tu vas attraper froid.

Son mari s'éloigna sans même l'embrasser, au moment où un bruit de sabots résonnait sur le chemin tapissé de neige. Une jument grise apparut, menée au grand trot par Claire Dumont. En dépit de ses soixante-treize ans, elle montait régulièrement à cheval, ce qui suscitait l'admiration des gens du pays.

— J'étais navrée pour l'incident de ce matin, alors je suis venue vous rendre visite, Abi, expliqua-t-elle en immobilisant Perle devant la grange de la maison.

Au passage, elle avait salué Adrien d'un geste amical. Abigaël prit les rênes de l'animal.

— Nous pouvons la mettre à l'abri, proposa-t-elle. Les stalles de Vulcain et du poney sont propres. Mais Perle voulait sûrement faire une plus longue balade ?

— J'en reviens, j'ai déjeuné rapidement après le départ de ma fille et de mon gendre. Et j'ai pu avoir une discussion avec Bertille. Je l'ai sermonnée, bien sûr, du coup la princesse boude dans sa chambre. Jakob lui a porté un plateau avec leur repas.

Elles installèrent la jument dans le bâtiment jouxtant la petite maison du chemin des falaises. Il y faisait sombre et très frais.

— Avant toute chose, Claire, dites-moi si Ludivine s'est remise de ses émotions.

— Oui, Quentin a pu la convaincre de son innocence. Je suppose que vous avez été aussi surprise que moi de découvrir une facette insoupçonnée de ma fille. La grossesse la rend très nerveuse.

— Qui a pu envoyer une lettre pareille ?

— Sûrement une personne au courant du passé de Quentin, peut-être une de ses anciennes conquêtes. Son côté volage m'inquiétait, avant l'époque des fiançailles.

— Mon cousin est sincère et loyal, Claire.

— Je n'en doute plus, Abi.

— Venez au chaud. Édith doit bientôt téter, nous parlerons dans ma chambre. Mais vous aurez le temps de boire un café avec nous, vous qui l'appréciez tant.

Pierre Lussac s'illumina en accueillant la femme qu'il aimait. Ils vivaient une relation chaste et très tendre depuis un peu plus d'un an, sans même songer à habiter ensemble. Ils se vouvoyaient encore, d'un commun accord.

— Quelle joie de vous voir, Claire, même si nous avons passé l'après-midi d'hier tous les deux, dit-il tout bas en lui étreignant les mains.

— J'avais besoin de me détendre et rien ne vaut un tour à cheval. Bonjour, Cécile. As-tu confié ton idée à Faustine ?

— Oui, madame, je vous remercie. J'espère pouvoir travailler après les congés de Pâques ou le mois prochain.

Des discussions anodines présidèrent à la dégustation du café. Dès qu'Édith se réveilla, Abigaël et Claire s'isolèrent au premier étage. La jeune femme se décida à lui confier ce qui la préoccupait.

— Ne vous inquiétez pas trop pour ces réveils pénibles, ma chère Abi. Il m'est arrivé à moi aussi de revivre en rêve des instants atroces. Tout était fidèle au passé que je m'efforçais d'oublier, et même si je n'ai jamais eu la sensation d'être tuée ou de mourir, j'avais parfois l'impression d'être violemment projetée en arrière.

Le timbre suave de Claire vibra de notes douloureuses. Elle se pencha sur le bébé qui avait fini de téter.

— Dieu soit loué, il y a la grâce exquise des enfants qu'Il nous accorde. Je me réjouis d'être grand-mère au printemps et j'ai hâte de pouponner.

Claire prit les mains d'Abigaël et ferma les yeux quelques minutes.

— Vous êtes en parfaite santé, Abi. Le problème pourrait venir de vos nerfs, qui ont toujours été fragiles, votre tante Marie me l'avait dit. Prenez chaque soir deux tasses de la tisane que je vous ai apportée. Ces plantes vous feront du bien, de la camomille et du tilleul, ainsi qu'un peu de valériane.

Abigaël s'assit au bord du lit. Elle était déjà réconfortée par la suggestion de Claire.

— Je vous remercie de veiller sur moi.

Elle avait à peine prononcé ces mots qu'on effleura son front et ses joues de caresses légères, d'une agréable tiédeur. Tout de suite elle sut qu'il s'agissait d'un contact de l'au-delà. Si aucune forme humaine ne se dessina dans la pièce, elle en était certaine, quelqu'un était là.

— Je préfère descendre Édith dans son landau, dit-elle du ton le plus anodin possible. Elle dort aussi bien entourée de bruit.

— Vous avez raison, les enfants du Moulin du Loup faisaient souvent la sieste dans la grande cuisine.

Claire, qui de toute évidence n'avait rien perçu d'anormal, la précéda dans l'escalier en parlant de la neige et de ses chèvres.

3

L'invitation au domaine

Ruffec, vendredi 9 janvier 1953

Le commissaire Hervé Rigaud consultait un feuillet tiré du dossier sur les meurtres du notaire et de son épouse, installé dans un petit bureau de la gendarmerie de Ruffec. Il fumait cigarette sur cigarette, ce qui incommodait Samuel.

— Quelle tuile, Claudin, maintenant c'est la cuisinière des Buissonnier qui a disparu. Où est-elle passée, cette bonne femme ? Au fond, je m'en méfiais. Le préfet de police m'a passé un sacré savon au téléphone.

— Vous la suspectez ?

— Si elle s'est enfuie, bien sûr, mais rien ne le prouve.

— Son mari avait l'air vraiment inquiet quand il a appelé ce matin pour signaler sa disparition. Mais ça ne veut rien dire. Soit il est son complice, soit il est arrivé malheur à cette pauvre femme car elle a été témoin de quelque chose.

— On se rejoint là-dessus, Claudin, maugréa Rigaud. Il y a eu des affaires similaires. Des domestiques assassinant leurs patrons, par rancœur ou pour les voler.

— Ce qui n'est pas le cas.

— Bon, on n'avancera pas davantage en restant enfermés ici. Les gendarmes continuent les recherches. Je vous donne quartier libre jusqu'à lundi, mais à condition que vous épluchiez le dossier soigneusement. Un détail a pu nous échapper.

— Je vous remercie, commissaire. J'étudierai tout cela et je vous ferai un nouveau rapport.

Samuel retrouva avec soulagement l'air glacé de la rue. Il considéra d'un œil indifférent les façades voisines, se réjouissant de regagner dans la journée son domaine de Ponriant. Il se promit de se consacrer à Cécile, dont l'amour passionné le flattait et exaltait sa sensualité.

Une fois au volant de sa voiture, il roula prudemment. Après la neige, il avait gelé et les routes étaient verglacées. Le paysage lui parut morne, avec ses teintes brunes et blanches. Enfin, parvenu à destination, dans les locaux familiers du commissariat d'Angoulême, il téléphona à Cécile.

— Vraiment, tu resteras avec moi jusqu'à lundi ? s'écria-t-elle. Oh, je suis si contente, Samuel ! Dis, tu n'as pas oublié le dîner que je donne demain ?

Le jeune inspecteur différa sa réponse, un peu honteux. Il était tellement accaparé par ses investigations que cela lui était complètement sorti de la tête.

— Non, évidemment, mentit-il d'un ton chaleureux. Je suis ravi que tu aies eu cette idée. Tu prends à cœur ton rôle de maîtresse de maison, je te félicite.

— J'ai écouté les conseils d'Abigaël. Je lui répétais que je m'ennuyais, alors elle m'a suggéré d'organiser un repas de fête. Je me suis tellement amusée à tout préparer. Reviens vite, je te montrerai les menus.

Le couple échangea à mi-voix des mots propres à tous les amoureux du monde avant de raccrocher, l'une enchantée et fébrile, le second attendri.

« Nous aurons au moins la soirée et la nuit en tête-à-tête, songea-t-il. Ma petite Cécile, qu'elle est encore enfant, sauf dans notre grand lit… »

Vallée des Eaux-Claires, Moulin du Loup,
samedi 10 janvier 1953

Bertille, en peignoir de laine rouge, était assise au coin de la cheminée, dans la grande pièce du moulin. Debout à côté du fauteuil où sa cousine s'était nichée, Claire s'impatientait.

— Ne sois pas sotte, princesse, Cécile sera déçue si tu déclines son invitation. Je suis prête, Jakob aussi. Monte vite t'habiller.

— Non, je reste ici. Faustine me tiendra compagnie. Je n'ai pas la force morale d'aller dîner à Ponriant.

— Toi ? As-tu déjà manqué de force morale ? se moqua Claire. Si encore tu n'y avais pas remis les pieds, mais tu as aidé Cécile et Samuel pour la décoration et l'aménagement de leur demeure.

— C'était différent, on se croyait sur un chantier. Là, si je me retrouve à table dans la salle à manger, plein de souvenirs vont me sauter à la gorge et me tuer, déclama Bertille en haussant le ton. J'ai vécu là-bas des années et...

Une voix grave, à l'accent caractéristique de Moselle, s'éleva du cellier. Jakob sortit du local où trônait un réfrigérateur, une bouteille de champagne à la main.

— Poupette, je l'avais mise au frais pour l'apporter à Cécile. Je parie qu'une fois là-bas, une petite coupe te donnera du courage. Sois mignonne, viens avec nous. Je suis en costume, rien que pour te faire honneur.

Le couple entretenait un amour tissé de complicité. Bertille considéra son mari.

— Tu es superbe, admit-elle. Oh, tu portes la cravate que je t'ai offerte à Noël. D'accord, je capitule, mais tu ne lâcheras pas ma main, Jakob, tu chasseras les fantômes !

— Ui, ui, la taquina-t-il.

— Veux-tu te taire. Et viens m'aider à choisir une robe.

Claire regarda l'horloge comtoise dont le balancier rythmait le quotidien du moulin. C'était la copie conforme de celle qui avait brûlé pendant la guerre.

— Je ne dois pas penser au passé, s'exhorta-t-elle tout bas. Bertille fait un caprice, moi je n'ose pas, pourtant j'ai aussi de tragiques souvenirs à Ponriant.

Une grande et jolie femme blonde entra au même instant. En pantalon de jersey noir et pull à col roulé, elle avait relevé en chignon sa chevelure soyeuse. Comme sa demi-sœur Ludivine, Faustine Roy avait des yeux très bleus, sertis de cils dorés. Elle avait cinquante-trois ans, mais paraissait plus jeune.

— Tu tiens sincèrement à rester seule ici ? s'écria Claire en l'embrassant.

— Oui, j'ai une pile de cahiers à corriger, répliqua-t-elle. Si Mathieu était rentré de Paris, je vous aurais accompagnés. Et je ne serai pas seule, il y a notre Sauvageon.

À l'écoute de son nom, le loup redressa sa belle tête grise. Il darda sur les deux femmes ses prunelles couleur d'ambre.

— Ce sera bizarre lorsqu'il nous quittera, déplora Faustine. J'ai toujours vu un loup étendu devant la pierre de l'âtre.

— Ne parlons pas de ça, le premier Sauvageon avait atteint l'âge respectable de vingt ans, grâce à mes soins, or cette fois nous sommes trois guérisseuses à veiller sur sa santé.

— Qui est la troisième ? s'étonna Faustine. Je connais vos dons à Abigaël et toi, bien sûr, mais je ne vois pas qui…

— J'évite le sujet, à cause d'Adrien, murmura Claire. Mais ma petite filleule Annabelle possède les dons de sa mère et de son arrière-grand-père, Pierre.

— Ah, ton amoureux !

— Ne plaisante pas, Faustine. J'aurais été bien surprise si on m'avait prédit cette tendre relation sur la fin de mes jours.

— C'était gentil, pas moqueur, maman. Je vous ai vus tous les deux en promenade et j'étais enchantée, car tu avais ton beau sourire.

Des bruits de voix dans l'escalier coupèrent court à leur discussion. Bertille fit son apparition, en robe de velours noir et collier de perles. Ses frisettes d'un blond lunaire s'ornaient d'un bandeau noir à sequins argentés.

— Suis-je assez chic ? demanda-t-elle.

— Tu es magnifique, tantine, affirma Faustine. Partez vite, et saluez Cécile pour moi. J'apprécie cette jeune femme et j'espère qu'elle pourra me seconder à l'école.

Claire, selon son habitude, avait mis une toilette assez sobre, mais très élégante, en l'occurrence un tailleur en tweed gris chiné. La veste cintrée s'ouvrait sur un corsage en soie blanche. La longue jupe droite, selon la mode, s'accordait à son allure élancée. Comme dans sa jeunesse, elle arborait une natte dans le dos. Ce soir-là, elle portait du rouge à lèvres, ce qui faisait ressortir son teint laiteux et son regard sombre.

— En route ! Il faudra conduire prudemment dans la montée de Ponriant, Jakob, il gèle dur.

Installée sur le siège passager de leur voiture, Abigaël venait de donner le même conseil à Adrien. Elle tenait Édith dans ses bras, chaudement emmitouflée. Son grand-père et Annabelle avaient pris place sur la banquette arrière.

— Quand Cécile m'a rendu visite ce matin, ajouta la jeune femme, elle voulait me rassurer, pour les enfants.

— Comment ça, mon ange ? demanda gentiment son mari.

— Samuel a eu l'idée d'engager une nurse pour la soirée. Une personne qualifiée, paraît-il. C'était nécessaire. Béatrice et mon oncle Louis ont répondu à l'invitation. Ils viennent avec Philippe qui a eu six ans à Noël et leur petit Antoine de dix mois, qui va dormir pendant le repas.

— Mais je pourrai jouer un peu avec Philippe ? s'inquiéta Annabelle.

— Bien sûr, à condition d'être sages et de ne pas faire trop de tapage, signifia Adrien. Nous rentrerons de bonne heure, Abi, n'est-ce pas ?

— Oui, si tu veux. Je sais que tu n'as pas du tout envie d'assister à ce dîner. Tu ne peux pas faire faux bond à ta sœur. Elle s'est donné tant de mal.

— En commandant les plats chez le traiteur de la rue des Postes et en faisant trimer ses domestiques, rétorqua-t-il à mi-voix. J'avais rêvé d'un autre mariage pour Cécile. Samuel est un brave type, mais trop riche à mon goût.

— Ces jeunes gens s'aiment et c'est le plus important, nota Pierre Lussac de son timbre suave. Adrien, ne soyez pas si sévère. Réjouissez-vous plutôt de savoir votre sœur bien lotie.

Ils étaient parvenus sans encombre en haut de l'allée qui menait à l'escalier d'honneur du domaine de Ponriant. Les grandes fenêtres à petits carreaux brillaient dans le bleu sombre du crépuscule. Adrien se gara à côté de la voiture de Jakob, pour constater que ses occupants s'apprêtaient à en descendre.

— Au moins, nous arriverons à plusieurs, dit-il tout bas.

— Ne sois pas intimidé, mon amour, souffla Abigaël à son oreille. Les temps ont changé.

Cécile rayonnait de bonheur. Elle étrennait une longue robe du soir en satin vert foncé, qui moulait sa poitrine arrogante et soulignait la finesse de sa taille. Ses boucles noires, maintenues par des peignes, luisaient sous la clarté dorée des lustres.

— Ma chère enfant, ce domaine mis à mal par la guerre peut s'enorgueillir d'une nouvelle hôtesse, ravissante de plus, lui dit Louis de Martignac.

— Merci, monsieur.

— Je suis l'oncle de votre belle-sœur Abigaël, nous formons une grande famille, appelez-moi Louis.

Le châtelain de Torsac, à cinquante-deux ans, était toujours séduisant, couronné de cheveux ondulés d'un gris argenté. Ses yeux clairs avaient une expression mélancolique qui ajoutait à son charme.

— Je suis navré pour vous, Ludivine et Quentin ont renoncé à venir au dernier moment. Ils sont soucieux à cause de cette triste histoire de lettre anonyme.

— Je comprends, mais ce n'est que partie remise, répliqua Cécile en se reprochant aussitôt la banalité de ces mots.

Elle fut soulagée de voir entrer Claire, Bertille et son mari, puis Abigaël, son frère et Pierre Lussac. Tout de suite, Annabelle courut vers Philippe de Martignac, qui faisait sonner une à une les notes du piano à queue.

— Moi aussi je veux faire de la musique, dit-elle en s'asseyant sur le tabouret, tout près de l'enfant.

Ils commencèrent à taper sur les touches de l'instrument avec frénésie. Adrien était en train de serrer la main de son beau-frère Samuel, mais il se précipita pour les gronder.

— Où est Béatrice ? s'enquit Abigaël auprès de Cécile.

— Dans la nursery, elle couche son petit Antoine. Viens, allons-y, je te présenterai la nounou.

— Je peux monter seule, tu dois t'occuper de tes invités.

— Très bien, la nursery se trouve au premier, sur ta droite. Elle nous servira bientôt, Samuel veut au moins quatre enfants.

— Tu ne t'ennuieras plus, dans ce cas, nota Abigaël.

Elle se rendit à l'étage, toujours impressionnée par les dimensions de la belle demeure refaite à neuf. Elle était déjà venue pendant la guerre, lorsque les soldats allemands avaient laissé le domaine en piteux état, et plus récemment pendant les travaux.

« C'est immense, se dit-elle. Je ne m'y plairais pas. »

Une fois sur le palier, une voix familière lui parvint. Béatrice de Martignac, malgré tous ses efforts, continuait à parler fort et à rire aux éclats.

— Ah, voici ma petite Abi ! s'exclama-t-elle. Garance, je vous présente ma cousine et sa deuxième fille, baptisée Édith, un adorable bout de chou.

— Bonsoir, Madame, dit à voix basse une jeune femme brune, vêtue d'un gilet et d'une jupe en lainage marron.

Elle avait un visage aux traits un peu masculins, le nez fort, le front bas, mais de jolis yeux noisette très expressifs.

— Bonsoir, mademoiselle, vous avez un prénom original. Je l'ai découvert au cinéma, dans le film *Les Enfants du paradis* avec Arletty.

— Ah, je ne vais jamais au cinéma, Madame.

— C'était une des quatre fois où j'ai vu un film, rassurez-vous, affirma gentiment Abigaël, apitoyée par la mine angoissée de la fameuse nounou.

— Abi, on habite à quelques kilomètres l'une de l'autre et on vit comme des étrangères, se plaignit Béatrice. Regarde comme Antoine a changé depuis cet été.

Abigaël admirait surtout le décor ravissant de la pièce, aux murs tendus d'un papier bleu ciel, aux motifs floraux, et meublée de quatre lits. Une frise à mi-hauteur représentait des animaux aux couleurs pastel.

— Édith dort bien, je vais la coucher, dit-elle. Je l'ai allaitée avant de venir, elle ne se réveillera pas.

— Tu as de la chance, soupira Béatrice. Antoine fait ses dents, il pleure beaucoup. Si tu pouvais le soulager, que je puisse dîner en paix.

L'allusion directe de sa cousine froissa Abigaël. Elle évitait de dévoiler d'emblée ses dons de guérisseuse.

— Béa, il suffit de lui masser les gencives avec un sirop calmant, répliqua-t-elle. Les poussées dentaires ne sont pas une maladie, même si elles font souffrir.

— Allez, ne te fais pas prier, insista celle-ci. Vous verrez, Garance, mon fils s'endormira comme un ange.

— Oui, Madame, répondit docilement la nounou.

Dissimulant sa contrariété, Abigaël se pencha sur le petit lit protégé par un voile de tulle. Elle caressa les joues rouges d'un robuste bébé aux cheveux bruns qui mordillait son poing.

Antoine est magnifique, dit elle. Il te ressemble, Béa, et plus tard il tiendra de ton père. Mais il n'a pas mal aux dents, il a trop chaud. Mademoiselle Garance, je vous conseille de lui enlever son gilet, et une couverture lui suffira. Le chauffage central me paraît poussé à fond.

— Toi alors, souffla Béatrice en quittant la pièce. Mais ne lui donne pas du « mademoiselle », enfin ! Elle est plus jeune que nous et peu qualifiée.

Son corps sculptural rendait presque indécente sa robe moulante en fine laine angora, d'un beige délicat. Sa chevelure très brune se répandait en souples ondulations autour d'un visage un peu dur.

— Tu me surprendras toujours, Abi. Tu as l'air d'un poisson dans l'eau ici, et très à l'aise avec la nurse. Moi, je crains sans cesse de révéler mes origines, même si on me donne du madame de Martignac.

— Tes origines ? Tu n'as pas à en avoir honte, ni à les renier. Tu es la fille d'un fermier et alors ? Ton père est un héros. Il s'est illustré dans la Résistance, et durant l'Occupation, il nous a tous nourris, grâce à un travail éreintant sur ses terres.

— Chut, la nounou va t'entendre. Abi, ne sois pas fâchée. Tu n'es pas aussi nerveuse, en règle générale.

— Excuse-moi, mais j'aime beaucoup mon oncle Yvon. Il serait déçu s'il lisait dans tes pensées. Descendons, Cécile aura peut-être besoin d'aide.

Les deux jeunes femmes n'étaient pas véritablement cousines, Yvon Mousnier, qui avait été l'objet de leur querelle, étant le frère adoptif du père d'Abigaël, décédé très jeune. Mais Béatrice, de nature affectueuse, avait toujours considéré Abigaël comme un membre de sa famille.

— Tu nous rendras visite, dis ? demanda-t-elle avec une moue enfantine. Louis est soucieux ces derniers jours à cause des lettres anonymes que reçoit Quentin.

— Il y en a eu d'autres depuis lundi ?

— Mais oui, une au tribunal et une à leur domicile. Trois en tout. Et on accuse encore mon beau-fils de coucher avec ses anciennes fiancées. Ludivine s'inquiète, je l'ai eue au téléphone ce matin.

— Qui peut en vouloir à Quentin ?

— Ou à Ludivine...

Elles en discutèrent jusqu'au rez-de-chaussée. Une joyeuse rumeur s'élevait du grand salon où Monique, la gouvernante, avait fait servir des apéritifs. Abigaël reconnut le rire flûté de Bertille, qu'elle aperçut assise près de Jakob, quand elle traversa la salle à manger.

Claire avait pris place sur une méridienne tapissée de chintz, entourée par Annabelle et Philippe, qui semblaient l'écouter avec sérieux.

Béatrice constata que son mari et Samuel animaient à eux seuls ce début de soirée, sous le regard pétillant de joie de la nouvelle maîtresse de Ponriant. Quant à Adrien, il se tenait à l'écart, plongé dans la lecture d'une revue. Abigaël se dirigea vers lui, certaine qu'il était mal à l'aise et espérait son retour.

— Édith dort bien, précisa-t-elle en s'apprêtant à poser une main câline sur l'épaule de son mari.

Son geste fut freiné par des doigts invisibles qui retenaient son poignet. Stupéfaite, elle ne put retenir un petit cri indigné.

— Abi, qu'est-ce que tu as ? s'enquit Adrien.

— Rien, j'ai failli trébucher. Je porte rarement des talons hauts.

Il la considéra d'un air attendri, peu accoutumé à la voir aussi élégante, dans une robe en satin bleu nuit, cintrée et décolletée, dont la jupe large frôlait ses chevilles.

— Tu es très belle. Au fond, ma sœur mènera une existence plus plaisante que la tienne, murmura-t-il. Je ne pourrai jamais t'offrir un tel luxe.

— Je m'en moque éperdument, lui répondit-elle tout bas. Je ne veux qu'une chose, vivre auprès de toi avec nos filles.

Pierre Lussac, à la demande de Claire, s'était mis au piano. Musicien talentueux, il interpréta une valse de Chopin. Cécile lui adressa un regard ravi.

— Après le dîner, nous danserons, souffla-t-elle à son mari qui la tenait par la taille.

— Pourquoi pas maintenant? répliqua-t-il.

Le jeune couple s'élança sur le parquet ciré où il évolua avec grâce. Le cœur serré, Bertille s'était blottie contre Jakob. Les souvenirs qu'elle redoutait tant affluaient.

« Il y a eu tellement de soirées semblables, jadis, songeait-elle. Bertrand le souhaitait, pour le plaisir de me couvrir de bijoux et de nouvelles toilettes. C'était un époux attentionné, follement amoureux, qui me pardonnait tout. Il me traitait comme une princesse... Seigneur, je devais être irrésistible, à l'époque. »

Ses prunelles grises errèrent du côté de Louis de Martignac, avec qui elle avait partagé une brève liaison en dépit de leur différence d'âge.

« Il se prétendait épris de Faustine à l'époque, mais il m'a adorée. C'est loin, si loin, se rassura Bertille. Dieu merci, il ne m'accorde pas un regard. »

Adrien, qui avait bu une coupe de champagne, se leva tout à coup et entraîna Abigaël au milieu du salon.

— Un tour de valse, mon ange, chuchota-t-il à son oreille.

— Volontiers, répliqua-t-elle, tout heureuse.

Béatrice lançait des œillades suppliantes à son mari, mais le châtelain n'y prêta pas attention. Il était obsédé par cette affaire de lettres anonymes et guettait le moment opportun pour en discuter avec Samuel Claudin.

— Jouez-nous encore une valse, Pierre, demanda Claire.

La musique la bouleversait, source de joie et de nostalgie. Elle contemplait sa jeune amie qui virevoltait dans les bras d'Adrien lorsqu'elle la vit reculer brusquement, la mine effarée. À ce moment précis, la gouvernante convia les invités à passer dans la pièce voisine, le repas étant prêt.

Pierre Lussac arrêta de jouer, tandis qu'on le félicitait. Claire rejoignit Abigaël qui était très pâle.

— Vous vous êtes fait mal, Abi? lui demanda-t-elle. Une entorse peut-être?

— Non, je n'ai rien.

— J'ignore ce qui s'est passé, répondit Adrien. Nous dansions et tu as failli tomber.

— C'était un simple étourdissement, ne vous tracassez pas. J'ai eu tort de boire un peu de vin alors que j'étais affamée.

Elle s'éloigna d'eux en souriant, mais son grand-père la prit par la main. Il la dévisagea d'un regard perspicace.

— Sois prudente, petite, je sens une présence que je qualifierais d'esprit mal intentionné, dit-il tout bas.

— Je sais, après plus d'un an de tranquillité, on revient vers moi. J'ignore pourquoi et de qui il s'agit. Nous en parlerons plus tard, grand-père. Je n'avais encore jamais été bousculée ainsi.

Pierre Lussac hocha la tête, alarmé par cet aveu. Il s'efforça de le cacher, car Cécile désignait sa place à chaque invité.

— Bon appétit à tous, déclara Samuel, égayé par le champagne.

Le dîner s'était déroulé dans une ambiance relativement sereine. Le maître de maison et le châtelain avaient orchestré les conversations entre chaque plat, l'un relatant ses premières expériences dans la police, le second racontant l'histoire du château de Torsac.

Jakob Kern et Adrien demeuraient silencieux à leur habitude, ce qui n'étonnait personne. On servait le dessert quand Cécile incita son frère à parler de la bonne marche de l'imprimerie du Moulin du Loup.

— Il n'y a rien à dire, ma clientèle est établie, mon carnet de commandes est rempli jusqu'au printemps, dit-il simplement.

Abigaël approuva d'un sourire distrait. Elle était troublée par les singulières manifestations de l'au-delà dont elle venait d'être victime.

« Qui est-ce ? se demandait-elle. Je doute que ce soit une âme malveillante... »

Soudain, une main se posa sur son épaule. Elle ne put s'empêcher de sursauter.

— Je suis désolée de vous avoir surprise, Madame, fit la voix de Monique, la gouvernante. La nounou est venue me dire que votre petite fille s'est réveillée.

— Oh, je monte tout de suite. Je vous remercie.

À peine sur le palier, Abigaël entendit des cris stridents. Jamais sa fille n'avait pleuré aussi fort.

— Je vous ai vite fait prévenir, Madame, plaida la nurse. Je n'osais pas la prendre dans mes bras et descendre.

Sans lui répondre, la jeune femme souleva son enfant et la serra contre sa poitrine. Édith tremblait convulsivement, son minuscule visage rouge de colère ou de souffrance.

— Qu'est-ce que tu as, mon bébé ?

Le fils de Béatrice se réveilla au même instant et hurla lui aussi. Il s'agitait et se cambrait.

— Faites quelque chose, mademoiselle ! s'exaspéra Abigaël. Rassurez-le, prenez-le.

— Bien, Madame, mais je ne sais pas ce qu'ils ont eu. Je lisais à leur chevet, ils dormaient tous les deux.

— Ce n'est pas votre faute, soyez tranquille. J'emmène Édith au rez-de-chaussée et je préviendrai ma cousine. Elle saura sans doute calmer Antoine.

Confuse, la dénommée Garance acquiesça d'un air gêné. Au moment où Abigaël allait quitter la nursery, elle trouva le courage de parler.

— Je vous en prie, dites à Mme de Martignac que je n'ai rien fait de mal. Elle souhaitait m'engager pour veiller sur ses fils. Je suis pauvre et c'est difficile de trouver du travail.

— Ne craignez rien, mademoiselle. Béatrice compte vraiment sur vous.

— Je suis une réfugiée, Madame. Mes parents sont morts pendant l'exode, j'avais seize ans. Ensuite j'ai échoué dans un couvent.

Toujours encline à la compassion, Abigaël adressa un doux sourire à la nurse.

— Il y a eu tant de familles brisées, à cette époque, concéda-t-elle. Soyez tranquille, vous serez à votre aise au château de Torsac. Louis de Martignac est mon oncle, il traite ses employés avec respect.

— Merci, Madame, merci…

L'incident mit fin à la soirée, du moins pour Abigaël et son mari. Ils décidèrent de rentrer chez eux immédiatement, malgré les protestations d'Annabelle. Mais sa petite sœur pleurait encore et Adrien n'écouta aucune de ses récriminations.

— Allez-y, recommanda Claire, nous déposerons Pierre un peu plus tard. Cécile voudrait danser, il nous faut notre pianiste.

— Je resterai volontiers, sauf si tu as besoin de moi, Abi, avança celui-ci.

— Non, grand-père, ça ira.

Dès qu'ils furent dans leur voiture, Adrien scruta les traits tendus d'Abigaël.

— Tu penses qu'Édith est malade ?

— Elle a une forte fièvre et je sens qu'elle est en danger. Je veux que tu nous emmènes à l'hôpital de Girac.

Son mari ne discuta pas et prit la direction d'Angoulême.

Hôpital de Girac, mardi 13 janvier 1953

Très pâle, le regard noyé d'angoisse, Abigaël veillait sur le lourd sommeil de sa petite Édith. La vue de son enfant si fragile et si malade lui broyait le cœur.

Depuis trois jours, la jeune femme dormait peu et s'alimentait à peine. On leur avait attribué une petite chambre particulière afin d'éviter tout risque de contagion, le pédiatre de l'établissement redoutant une méningite.

— Qu'est-ce que tu as, mon bébé ? s'interrogea-t-elle, au bord des larmes. Personne n'a pu te soigner. Même pas moi, ta maman.

Claire était venue examiner le bébé la veille, ainsi que Ludivine. Leur don de guérisseuse s'était également révélé impuissant.

— Je t'en prie, Édith, lutte de toutes tes forces, gémit-elle en la prenant dans ses bras.

On frappa un léger coup à la porte. Pierre Lussac entra, les traits tirés, un paquet sous le bras.

— Comment va notre mignonne? demanda-t-il tout bas. Il n'y a pas d'amélioration?

— Non, grand-père, ce matin j'ai l'impression qu'elle s'éteint doucement malgré le traitement que lui a prescrit le docteur. Mais tu gardais Annabelle, où est-elle?

— Je devais venir te soutenir, ma pauvre petite, j'ai confié Belle à Claire et à Bertille. Jakob lui a promis qu'elle monterait son poney. Le redoux s'annonce, la neige fond.

Abigaël approuva distraitement, obsédée par l'état de sa fille. Elle n'avait encore avoué ses soupçons à personne.

— Autant te le dire, grand-père: je crains qu'on ait fait du mal à Édith pour m'atteindre. Elle se portait très bien avant l'intrusion de cet esprit chez nous. Je pense à un esprit envieux qui règle ses comptes avec les vivants, trop heureux à son goût. S'il s'en prenait à moi, je n'aurais pas peur, mais un enfant innocent! Je suis révoltée et désespérée.

Pierre Lussac hocha la tête avant de répondre.

— Tu crois qu'il a pu rendre Édith malade? Abi, ce genre de manifestation ne s'est jamais produite. Comment un esprit pourrait influer sur la santé d'un bébé?

— Je l'ignore. Le pédiatre voudrait lui donner de la pénicilline mais j'ai refusé car elle n'a aucun symptôme de méningite. C'est autre chose, je le sens. Mon Dieu, si je la perdais... Je prie sans cesse. J'implore le Seigneur de guérir mon enfant. Il est le seul à pouvoir vaincre les forces mauvaises.

Pierre déposa son paquet sur la table d'angle, entre une carafe d'eau et le missel d'Abigaël.

— Qu'est-ce que c'est? demanda-t-elle.

— Des potions mises au point par Claire hier soir. Même si elle n'a pas pu soigner Édith, elle a songé à des remèdes. Bien sûr, elle comprendra si tu refuses de les utiliser.

— Je vais y réfléchir. Avez-vous des nouvelles d'Antoine ? Il est peut-être souffrant, lui aussi ?

— Bertille a téléphoné à Béatrice, le bambin va très bien. Cette jeune nurse, Garance, te transmet tout son soutien dans l'épreuve que tu traverses. Elle s'est installée au château.

Mais Abigaël n'écoutait pas. Toute son attention se portait sur son bébé, plongée dans une somnolence alarmante. Soudain, elle vit Édith sursauter et suffoquer.

— Grand-père, sonne ! Appelle le docteur, une infirmière ! s'écria-t-elle, affolée.

— Oui, oui, répondit-il, saisi de panique.

Bientôt la chambre fut envahie de blouses blanches et de visages anxieux. Abigaël observait leurs faits et gestes, la vision brouillée par les larmes.

— Courage, mon enfant, courage, répéta Pierre en la serrant contre lui. Prions ensemble.

Adrien apparut peu après, en costume de ville. Il découvrit sa femme qui sanglotait entre les bras de son grand-père.

— J'ai fermé l'imprimerie, je voulais être avec toi, balbutia-t-il, affreusement inquiet. Où est Édith ?

— Elle étouffait, ils me l'ont prise, répliqua Abigaël. Elle va mourir, Adrien, notre bébé...

À bout de forces et en proie à une crise nerveuse, elle vacilla sur ses jambes avant de perdre connaissance.

Poitiers, pension de famille Grangier, août 1940

Marie Monteil raccommodait un drap en lin écru. Le tissu, rêche et usagé, irritait la peau sensible de ses doigts. Elle avait confié à sa nièce des chaussettes à repriser.

— Qu'il fait chaud, tantine, se plaignit Abigaël. Nous étions mieux logées au monastère.

Elles avaient loué une chambre sous les toits, contre une somme d'argent qu'il leur fallait gagner chaque semaine. La patronne de leur modeste hôtel, qui avait bon cœur, s'était mise en quête de travaux de couture dans le quartier.

— Nous sommes saines et sauves, Abigaël. Et nous pouvons suivre les offices religieux, l'église est toute proche. Dieu nous a préservées.

— Mais des milliers de gens sont morts et des milliers d'enfants innocents sont perdus, sans grand espoir de revoir leur famille. Je voudrais me consacrer à eux, au moins dans la région.

Abigaël capta le regard de sa tante, où elle lut de la fatigue et un peu d'agacement.

— Tu es toi-même encore une enfant, rétorqua Marie. Une fille de douze ans et six mois que je dois protéger.

— Je me sens beaucoup plus âgée, tantine. Ce doit être à cause de mon don de médium.

— Qu'est-ce que tu racontes ? Enfin, un don, même singulier, n'agit pas sur ton corps et ton esprit. Tu iras au lycée à la rentrée; ça ne te réussit pas de trop réfléchir.

— Comment achèteras-tu les fournitures, tantine ? Mon cartable et ma trousse sont restés sous les décombres, à Tours.

— Je m'arrangerai. Le jour où nous serons vraiment en difficulté, je me déciderai peut-être à solliciter l'aide de ton oncle Yvon Mousnier. Il exploite une ferme en Charente, dans la vallée de l'Anguienne. S'il pouvait nous loger, tu serais au bon air de la campagne. C'est le frère de ton papa.

L'adolescente se mit à rêver, tandis que sa tante reprenait son ouvrage. Elle aurait voulu grandir entourée de ses parents, qui, embellis par l'absence, lui semblaient les personnes les plus admirables de la terre.

— Parle-moi de maman, je t'en prie.

— Pas maintenant, Abi. J'adorais ma sœur Pascaline, je vais me mettre à pleurer. Seigneur, on étouffe ici ! Si seulement nous avions un orage, ça rafraîchirait l'atmosphère.

— Je peux sortir et rapporter une bouteille de limonade fraîche, j'ai assez d'argent.

— Si tu veux, mais ne traîne pas sur la place.

Soulagée de pouvoir passer un peu de temps à l'extérieur, Abigaël dévala les quatre étages. Sa jupe en toile voletait autour de ses mollets et ses nattes dansaient dans son dos.

Quelques minutes de solitude lui paraissaient un luxe, car sa tante priait beaucoup et se lamentait davantage encore. Parvenue sur le trottoir, elle marcha sans hâte vers l'épicerie. Ses pensées allaient vers Laura et Martin, ses protégés, qui avaient pleuré en la voyant partir.

— Les pauvres petits, murmura-t-elle.

En traversant la rue, Abigaël croisa une femme très brune qui poussait un landau. Le bébé couché à l'intérieur poussait des cris aigus, entrecoupés de plaintes chevrotantes.

« Sa mère ne fait pas attention, elle roule sur les pavés bien trop vite, elle secoue son petit. »

Un assourdissant coup de tonnerre retentit, suivi d'une pluie drue. Stupéfaite, Abigaël regarda le ciel d'un gris sombre.

— Mais il faisait grand soleil à l'instant, s'étonna-t-elle, déjà trempée par l'averse.

Les grondements s'amplifièrent, ponctués par des éclairs d'argent presque aveuglants. Le bébé hurlait de plus en plus fort et ses clameurs déchirantes ébranlaient le cœur de l'adolescente. Elle crut alors entendre des appels et tourna sur elle-même. La foudre s'abattit sur sa mince silhouette, qui s'effondra sur le sol mouillé.

— Je devrais être morte, articula-t-elle avec peine, ayant sous les yeux l'alignement des pavés bruns et luisants. Oh, le bébé ne pleure plus. Mon Dieu, Édith... Édith !

Hôpital de Girac, mardi 13 janvier 1953

En reprenant conscience, Abigaël appelait toujours Édith. Elle était allongée sur un lit et quelqu'un lui étreignait la main. Au prix d'un gros effort, elle ouvrit les yeux et vit Adrien à son chevet.

— Abi, tu nous as fait peur, soupira-t-il.

— Pourquoi ? Où est Édith ?

— Calme-toi, par pitié. Notre petite fille est sauvée, mais tu es restée inconsciente une vingtaine de minutes. L'infirmière a diagnostiqué un état extrême d'épuisement. Tu n'as rien mangé, paraît-il.

— Je ne pouvais pas, j'essayais de soigner Édith. Vraiment, elle est sauvée ? Qui te l'a dit ?

— Le pédiatre et une infirmière qui est amie avec Ludivine. Je sais juste que les convulsions d'Édith se sont brusquement arrêtées et elle a recommencé à respirer normalement. Le docteur n'a pas d'explication pour l'instant. Tu auras des détails très vite. Ils vont te l'amener.

— Où est grand-père ?

— Il a été très secoué, je lui ai conseillé de marcher un peu et de boire un café. Abi, tu es blanche à faire peur.

Elle demeura impassible, tandis qu'il l'enlaçait et l'embrassait. Malgré sa fatigue, elle voulait se souvenir de son court voyage dans le passé.

— J'ai à nouveau vécu un épisode de ma vie en 1940. C'était en août. Je me souviens très bien de cette journée, j'étais sortie acheter de la limonade. Il faisait très chaud, un bébé pleurait fort. Néanmoins il n'y a pas eu d'orage cet après-midi-là et je n'ai pas été foudroyée. Adrien, cette fois, j'ai survécu. J'y vois un présage favorable.

— Excuse-moi, je suis désarmé face aux expériences que tu vis, mais je te fais confiance.

— Je le sais... Mais ne pensons plus à tout ça. Édith va mieux, c'est tout ce qui compte.

Une infirmière entra en souriant. Elle portait le nourrisson qui lançait de vigoureux cris de faim.

— Elle réclame sa tétée, précisa Abigaël en s'asseyant. Merci mon Dieu, c'est un miracle !

— Vous pouvez le dire, madame Lafaurie, approuva la femme en lui donnant le bébé. Le docteur va venir, il vous donnera les résultats de la prise de sang que j'ai effectuée dimanche matin sur votre petite.

Abigaël murmura un « oui » presque inaudible, infiniment soulagée d'allaiter Édith qui la fixait de ses prunelles noires.

« Qui que vous soyez, pensa-t-elle intensément, ne touchez plus à mes enfants. »

Mais à sa grande surprise, des doigts invisibles caressèrent sa joue, comme pour dénier son accusation. Désemparée, elle attira sa fille plus près de son sein. Adrien les contemplait, sans se douter une seconde qu'un visiteur de l'au-delà faisait de même.

4
Le sort contraire

Ruffec, jeudi 15 janvier 1953

Le dégel rendait la cour de la ferme boueuse. Trois hommes et deux gendarmes se tenaient autour du puits d'où les pompiers avaient remonté un cadavre. Samuel Claudin détourna le regard, malgré l'aspect intact du corps. Il avait fait si froid pendant une semaine que la cuisinière des Buissonnier semblait être morte la veille.

— J'me trompais point, c'est ma bru, la Janine, soupira le vieil agriculteur avec un accent du terroir prononcé. V'là que mon fils est veuf.

Le commissaire Rigaud leva les yeux au ciel, écœuré par l'apparente indifférence du paysan.

— Vous auriez dû trouver le corps bien avant, décréta-t-il d'un ton dur. Je suppose que vous tirez de l'eau tous les jours ?

— Pardi, j'suis ben obligé. Hier soir, elle n'y était pas. Pensez donc, j'm'en serais aperçu, quand même. Je l'ai vue ce matin et j'ai vite envoyé mon voisin à la gendarmerie. J'en suis encore tout retourné... Janine, c'était une brave femme.

— On l'aurait donc jetée dans le puits au cours de la nuit, déduisit Samuel. Mais elle a sûrement été tuée peu après sa disparition.

Son supérieur hocha la tête, songeur. Avec cette sinistre découverte, il venait de perdre sa principale suspecte.

— On en saura plus grâce à l'autopsie, trancha-t-il. On peut d'ores et déjà écarter la thèse du suicide : les marques autour de son cou indiquent qu'elle a été étranglée. Elle connaissait le coupable, à mon avis, et il l'a éliminée pour éviter qu'elle ne le dénonce.

— Et s'il s'agissait de sa complice ? avança Samuel.

— Tout est possible, mais pour le moment, nous n'avons que des hypothèses. Je vais proférer une banalité, cependant nous devons trouver à qui profite la mort du notaire et de son épouse. Brigadier, faites transporter le corps à la morgue d'Angoulême.

— Entendu, commissaire.

— Misère, comment j'préviens mon fils, moi ? se lamenta le vieux fermier. Il travaille dans les vignes, à trois kilomètres de là.

— Indiquez-nous l'endroit précis, nous allons l'avertir, décida Samuel sans avoir consulté le commissaire.

Celui-ci approuva d'un signe de la main évasif. Dès qu'ils eurent le renseignement demandé, ils regagnèrent leur voiture, tous les deux accablés par ce nouveau meurtre.

— Troisième victime, bougonna Rigaud une fois assis au volant. Et maintenant, nous n'avons plus une seule piste. À ce rythme, le mari de la cuisinière pourrait être visé lui aussi. J'ai assisté aux obsèques des Buissonnier, il y avait le préfet, beaucoup de notables et une foule de gens. J'ai eu beau scruter les uns et les autres, je n'ai rien remarqué.

Il démarra en trombe, projetant des gerbes d'eau boueuse. Le paysage qui les entourait, terne et morne, n'améliora pas leur humeur.

— Je penche pour un crime passionnel, dit soudain Samuel. Les comptes de maître Buissonnier étaient parfaitement clairs et en ordre. Il n'a traité aucun litige grave depuis des années. Et nous savons que ces crimes n'ont pas été motivés par l'argent puisque rien n'a été volé ni à l'étude ni chez eux. Ce geste d'arracher les boucles d'oreilles, commis après la mort de cette pauvre femme, me fait songer à un acte de vengeance.

— Continuez, Claudin, vous m'intéressez !

— Imaginons un amant jaloux et exigeant, commissaire. Il se débarrasse du mari de sa maîtresse, le notaire, mais Mme Buissonnier, révulsée par ce crime, le rejette et menace de le dénoncer. Furieux, il lui rend visite la nuit et la tue après l'avoir emmenée de force dans la cave, puis lui arrache ses bijoux. La cuisinière devait être au courant de cette liaison et constituait un témoin gênant.

— Hum, ça se tient, toussota Rigaud. Mais nous n'avons pas de preuve ni de suspect. Tiens, regardez sur votre droite, dans le champ labouré, voici l'homme à qui nous devons apprendre une bien triste nouvelle. Je me charge de lui parler, vous êtes trop sensible, Claudin.

Samuel eut ainsi tout loisir de réfléchir. Une idée lui vint, qu'il retourna dans son esprit jusqu'à la trouver excellente. Il préféra cependant ne rien dire au commissaire avant d'être sûr de pouvoir mener son projet à bien.

Le soir même, de retour à Ponriant, il chercha comment exposer son plan à Cécile. Il eut soin d'attendre le moment qu'elle préférait, lorsqu'ils se couchaient dans l'intimité de leur chambre.

— Que tu es jolie, dit-il d'un ton câlin. Je bénis le chauffage central, qui te permet de porter des chemises de nuit très légères, presque impudiques.

Il admirait sa poitrine voilée de dentelle blanche, qu'il se mit à caresser.

— Tes seins sont magnifiques, murmura-t-il. Je pense souvent à eux, la journée.

— Ce serait plus décent de penser à mes yeux. Tu répètes que tu les adores.

— Bien sûr, ils ont la couleur des feuilles au printemps, mais tes seins sont merveilleux, insista-t-il en posant ses lèvres sur son décolleté.

— Flatteur, se moqua-t-elle. Que dois-tu m'annoncer ? Tu ne dormiras pas là demain soir, c'est ça ?

— Pas du tout. Mon amour, tu es d'une rare séduction, ce soir. J'ai à te parler, seulement à présent je renonce. Il y a mieux à faire.

— Comme quoi ?

— Te donner des baisers, oui, t'étourdir de baisers.

Cécile ne résista pas. La bouche de Samuel, chaude et douce, se posa sur la sienne. Il savait combien elle aimait être embrassée et cajolée avant de s'abandonner à son désir viril. Il glissa une main sous les draps pour relever le bas de sa chemise de nuit.

— Si je l'enlevais ? suggéra-t-elle, alanguie.

— Non, pas tout de suite, ton corps est encore plus tentant moulé par la soie et ces dentelles...

Il la contemplait sous la clarté rose de la veilleuse, charmé par le tableau qu'elle lui présentait. Ses boucles noires étalées sur l'oreiller blanc, les bras écartés, elle clignait des paupières et respirait un peu vite.

— Ma petite épouse, comme je t'aime, lâcha-t-il, haletant.

Bientôt il se fondit en elle, avec la vigueur fébrile qu'il avait du mal à contrôler. Mais Cécile appréciait ce traitement passionné et elle retenait des cris de plaisir, pour ne pas être entendue de ses deux domestiques, logées au second étage.

— Je t'ai peut-être fait un bébé, balbutia-t-il après avoir joui dans un ultime coup de reins. Ou deux, trois, quatre.

Elle eut un rire de gorge très voluptueux, en l'enlaçant pour l'attirer à ses côtés.

— Un enfant suffira, dans un premier temps, soupira-t-elle en riant. Je ne sais pas si je suis prête à devenir maman. Samuel, j'ai eu si peur quand ma nièce était à l'hôpital. Abigaël demeure persuadée que sa petite Édith a failli mourir.

— Et moi je suis certain que les soins de Claire Dumont et de sa fille ont eu raison de la maladie. Sans compter les dons inouïs de ta belle-sœur.

— Quels dons, Samuel ? Abi doute souvent de ses capacités de guérisseuse.

— Je pensais surtout à son don de médium. Je n'oublierai jamais la façon dont elle a pu aider la police, il y a cinq ans, lorsque le petit Philippe de Martignac et sa sœur Agnès avaient été kidnappés.

— Oui, c'est vrai. J'ai vécu un véritable cauchemar à cette époque, je me sentais coupable, car je n'avais pas accompagné Agnès en balade. Mais tu es venu chez M. Mousnier, dans la vallée de l'Anguienne. Nous nous sommes rencontrés dans ces tragiques circonstances, toi et moi. Tu m'impressionnais, parce que tu étais inspecteur.

— Je débutais. Mon Dieu, tu étais si jeune. Cécile, je suis très sérieux, au sujet des enfants. Mes parents sont morts dans les camps de concentration. J'ai grandi comme un orphelin, même si mon grand-oncle Gédéon m'a élevé et choyé. Je veux deux garçons et deux filles pour que nous formions cette famille dont j'ai été privé.

— Si tu y tiens, on peut essayer encore, tout de suite, le taquina-t-elle.

Samuel l'étreignit et l'embrassa de nouveau. Enfin, à voix basse, il lui confia l'idée qu'il avait eue. D'abord réticente, Cécile finit par accepter de l'aider.

Vallée des Eaux-Claires, vendredi 16 janvier 1953

Abigaël préparait une soupe de légumes pour le déjeuner. Elle se reprochait de s'être mal alimentée ces derniers temps, ce qui avait pu provoquer l'inexplicable maladie d'Édith. Peut-être avait-elle mangé quelque chose de mauvais qui était passé dans son lait, ou bien était-ce l'eau du puits.

Le regard bleu de la jeune femme revenait sans cesse au landau où dormait la petite fille. Elle était seule avec le bébé dans la petite maison des falaises. La radio diffusait un air de jazz, à bas volume, et l'odeur réconfortante des carottes et des poireaux en train de mijoter flottait dans la pièce. Depuis son retour de l'hôpital, Abigaël guettait le moindre signe anormal autour d'elle. Pourtant, la mystérieuse âme errante, obstinée à rester invisible, semblait avoir déserté les lieux.

Une silhouette en ciré jaune passa devant la fenêtre. On toqua à sa porte et, ayant reconnu Cécile, la jeune femme courut ouvrir.

— Tu t'enfermes à clef, Abi ?

— Adrien me l'a conseillé, comme grand-père est parti à Torsac. Claire et lui étaient invités à passer la journée là-bas.

— Et Annabelle ?

— Ils l'ont emmenée, elle voulait jouer avec Philippe, et puis Belle se plaît beaucoup au château.

— Alors on est toutes les deux, pardon, toutes les trois. Édith compte aussi. Comment va-t-elle ?

— On dirait qu'elle n'a jamais rien eu. Ma petite fée sourit, réclame sa tétée sur un mode exigeant et elle dort bien. Mais je ne la laisse plus seule à l'étage. Je tiens à la surveiller. Installe-toi, je vais te préparer une tisane pour te réchauffer.

Cécile ôta son ciré et ses bottes en caoutchouc. Frileuse, elle s'assit en tailleur sur le divan, près du poêle à bois.

— J'ai eu raison de venir, on peut bavarder tranquillement, constata-t-elle.

— Oui, Adrien sera là vers midi, nous avons donc deux heures devant nous, concéda Abigaël. Je n'ai pas eu l'occasion de te le dire, cependant je suis désolée d'avoir un peu gâché ton premier grand dîner, samedi.

— Ne t'inquiète pas, tu étais affolée et nous l'étions tous. Après votre départ, ton grand-père n'a pas eu le cœur de rejouer du piano. Mes invités ont vite pris congé.

— Il faudra recommencer à la belle saison. Cécile, tu sembles gênée ! Que veux-tu me dire exactement ?

— J'aurais une faveur à te demander, Abi, dit-elle tout bas. Si tu acceptais, Samuel serait d'excellente humeur et j'aurais moins peur de lui avouer mon envie de travailler.

— Je suis prête à t'aider ! De quoi s'agit-il ?

— En fait, Samuel voudrait que tu utilises ton don de médium pour essayer de résoudre l'enquête dont le commissaire Rigaud et lui sont chargés. Tu dois te souvenir de ce policier. À l'époque de l'enlèvement d'Agnès et de Philippe, il était inspecteur.

Abigaël pâlit sous le coup de l'indignation. La démarche de Cécile la révoltait et elle perdit patience.

— Non ! s'écria-t-elle. Jamais !

— Je t'en prie, laisse-moi t'expliquer. Il y a eu trois meurtres à Ruffec : le notaire et son épouse, poignardés tous les deux, et leur cuisinière. Les journaux en font des gros titres depuis plusieurs jours. Samuel ne m'en a pas dit plus, mais il suffirait que tu l'accompagnes au moins une fois sur les lieux où les corps ont été retrouvés.

— Je refuse, Cécile, j'en suis navrée. J'ai eu un an de sérénité, sans aucune manifestation de l'au-delà, et je n'ai aucune envie d'en provoquer de nouvelles. Alors c'est un non catégorique. Tu peux appeler Samuel et lui donner ma réponse.

Sur ces mots énoncés d'un ton ferme, Abigaël se pencha sur Édith pour s'assurer qu'elle allait bien.

— Je suis à peine remise de l'immense frayeur que j'ai eue en voyant mon bébé suffoquer à l'hôpital. Comprends-moi, je voudrais vivre en paix.

— Tu refuses d'aider la police ? Tu préfères laisser courir un criminel ? Tu as changé. Pendant la Résistance, tu étais plus courageuse…

— C'était la guerre et je n'avais pas d'enfants ! Tu es injuste de me dire des choses pareilles.

— Et zut, je me suis brûlée !

Cécile s'était renversé un peu d'eau bouillante sur la main gauche en attrapant la tasse que lui tendait Abigaël. Sous l'effet de la douleur, elle éclata en sanglots.

— Ne pleure pas, je vais te soigner. Tu es trop nerveuse, ce matin.

— Pardon, Abi, je n'aurais pas dû te faire des reproches. Je savais que tu refuserais. J'avais averti Samuel, mais il est têtu.

Abigaël souffla sur la brûlure, puis elle versa de l'eau froide dans une cuvette pour y plonger les doigts atteints.

— Déjà, ton mari n'avait qu'à venir lui-même me solliciter ! Sèche tes larmes, d'ici deux minutes, tu ne sentiras plus rien.

Elles se souriaient, renouant avec leur tendre complicité, lorsqu'un vase en porcelaine tomba du buffet. Il contenait un bouquet de houx cueilli par Adrien la veille de Noël.

— Qu'est-ce qui se passe ? murmura Cécile. Il n'y a pas de courant d'air pourtant…

Le bruit avait réveillé Édith qui poussa des cris aigus. Vite, Abigaël la prit dans ses bras pour la bercer. Elle scruta la pièce sous tous les angles, sans rien voir d'anormal.

— Quelqu'un est là, Abi ? Mon Dieu, je n'aime pas ça.

— Ne crains rien, c'est à moi qu'on en veut, affirma la jeune femme. Uniquement à moi !

Château de Torsac, même jour, une heure plus tard

Pierre Lussac avait entouré les épaules de Claire d'un bras protecteur. Très pâle, elle regardait sans parvenir à y croire les flammes monstrueuses qui ravageaient les anciennes écuries du château.

En approchant de Torsac, ils avaient tout de suite vu des panaches d'une fumée noirâtre s'élever de l'enceinte de la propriété. Jakob, qui les conduisait à destination, s'était empressé d'aider les pompiers, alertés dès le départ d'incendie.

— Comment est-ce possible, en cette saison froide et humide ? dit-elle à voix basse. Je plains Louis, qui avait des projets pour cet été. Il ne pourra plus organiser de visites.

— Nous sommes là depuis notre arrivée, Claire, il vaudrait mieux aller à l'intérieur. Je m'inquiète pour Annabelle. Certes, la nurse est venue la chercher, mais je préfère garder un œil sur la petite.

— Vous avez raison, et nous pourrons aussi réconforter Béatrice.

Deux camions rouges occupaient une partie de la cour d'honneur, tandis que des hommes casqués en tenue de cuir noir arrosaient les bâtiments séculaires. Jakob se démenait lui aussi, le visage cramoisi.

— C'est une catastrophe, déplora Pierre. Dieu soit loué, le feu sera bientôt éteint.

— Et notre vieux château sera épargné, fit la voix de Louis de Martignac qui les rejoignait. Excusez-moi, je vous ai faussé compagnie pour téléphoner à ma compagnie d'assurances. Je ne comprends pas ce qui s'est passé. Les flammes ont dû prendre dans la paille, mais je ne sais pas comment. Un mégot mal éteint peut-être ? Pourtant aucun de mes employés actuels ne fume, il me semble.

— Vous voulez dire qu'il restait de la paille dans les stalles ? demanda Claire. Les écuries ne sont plus utilisées depuis des années. Elle devait être humide et moisie.

— Non, j'avais fait livrer des bottes de l'été dernier, pour la décoration. Ciel, je vous aurais expliqué tout cela au cours du repas. Je misais sur l'attrait de ces écuries centenaires lors des visites, aussi je les avais fait nettoyer et garnir de paille neuve.

— Je suis vraiment navrée, Louis, soupira-t-elle.

— C'est le mauvais sort, ou un sort contraire, répliqua le châtelain. D'abord les lettres anonymes adressées à mon fils, qui auraient pu mettre son mariage en péril, ensuite cet incendie. Venez, Béatrice nous attend dans le grand salon. Elle ne fait que pleurer. Ne vous inquiétez pas pour les enfants, ils sont avec Garance.

Claire observait encore les hautes flammes qui dévoraient la toiture des écuries. Leur grondement terrifiant lui rappelait un autre incendie.

— Le Moulin du Loup aussi avait failli brûler, il y a des années de cela. Mais le pire avait été évité grâce à la mise en garde de Nicolas, murmura-t-elle, le cœur serré.

— Qui était Nicolas ? s'enquit Pierre qui avait écouté.

— Mon demi-frère, décédé après la Première Guerre mondiale. Il m'est apparu, comme une forme floue et bleuâtre, et j'ai su qu'un danger nous menaçait.

Louis de Martignac hocha la tête, accoutumé à ce genre de propos, surtout depuis qu'il connaissait Abigaël.

— Hélas, aucun fantôme ne m'a averti, ce matin, nota-t-il avec un sourire amer.

Le châtelain les fit entrer dans le hall monumental, éclairé par un lustre gigantesque, dont les pampilles de cristal scintillaient. Ils se dirigèrent vers le grand salon, aux boiseries ouvragées, où Béatrice les attendait. Elle se leva aussitôt de son fauteuil pour courir se jeter dans les bras de Claire.

— Madame Dumont, c'est affreux ! J'ai eu tellement peur. J'étais prête à emmener mes enfants loin du château.

— Calmez-vous, il n'y a plus de danger, Béatrice, affirma Pierre Lussac. Les pertes matérielles ne peuvent se comparer aux pertes humaines.

— Je comprends votre chagrin et votre émotion, renchérit Claire, mais vos fils vont bien, c'est le plus important.

Des éclats de rire, assortis d'une cavalcade dans le grand escalier intérieur, semblèrent confirmer ces mots. Annabelle et Philippe accoururent, main dans la main.

— Papi, on s'amusait bien ! s'écria la petite fille. On est montés dans le grenier.

— Et même en haut de la tour ronde, se vanta le garçon d'un air insolent.

— Philippe, tu n'as pas le droit de monter dans la tour et tu le sais, s'indigna Louis de Martignac. Encore moins d'y emmener Annabelle.

— C'est moi qui voulais, protesta celle-ci.

— Pourquoi Garance vous a-t-elle laissés faire ? s'égosilla Béatrice. Je vais tout de suite le lui demander !

Échevelée, vêtue à la hâte d'une robe en laine, la jeune femme semblait à bout de nerfs. Son mari la retint par le coude.

— Ils ont dû échapper à sa surveillance, Béa, nous aurons des explications un peu plus tard. À présent, tu devrais songer à offrir un repas froid à nos invités.

— Oui, bien sûr, Armelle préparait le déjeuner quand les pompiers sont arrivés. Je ne me sens pas bien, j'ai un vertige.

— En effet, vous êtes très pâle, s'alarma Claire. Asseyez-vous, Béatrice. De l'eau fraîche vous ferait du bien.

Louis voulut prendre sa femme par la taille. Elle lui lança un regard anxieux avant de tituber.

— Courage, Béa, tu n'as rien avalé ce matin. Tu vas boire un café bien sucré et manger de la brioche.

— Maman, tu es malade ? gémit Philippe. Maman ?

La nurse apparut sur le seuil de la pièce, la mine consternée. Elle jeta un coup d'œil dépité à Annabelle et Philippe.

— Pardonnez-moi, Madame, j'endormais Antoine et comme les enfants avaient faim, je leur ai dit de descendre dans le salon, auprès de vous. Ai-je eu tort, Madame ?

— Ces sacripants vous ont désobéi, mademoiselle, répondit le châtelain. La prochaine fois, ne faites pas confiance à mon fils. Il désobéit souvent et ce n'est pas un jour à le laisser sans surveillance. Si vous pouviez les faire déjeuner… Descendez aux cuisines.

— Oui, Monsieur, je suis désolée, Monsieur.

Mortifiée, Garance retenait ses larmes. Annabelle, qui était très observatrice et sensible malgré son jeune âge, éprouva immédiatement de la peine pour elle et la précéda sagement vers l'office, situé en contrebas du hall. On y accédait en empruntant une porte voûtée qui donnait sur des marches en pierre creusées en leur milieu par des milliers de pas affairés.

— C'est mon endroit préféré du château, avoua-t-elle à la nurse. Maman aussi l'aime beaucoup.

Claire les avait suivies, afin de rapporter une boisson chaude à Béatrice. Armelle, la domestique du couple, la salua avec respect.

— Bien le bonjour, madame Dumont ! Quel malheur, hein ? Un peu plus et on grillait tous !

— Ne dites pas ça, le pire a été évité, Dieu merci. Faites manger les enfants. S'il y a du potage, ce sera parfait pour Annabelle. Avec du pain et du fromage.

— Et vous, madame Dumont, j'avais préparé un bon repas pour ce midi, se désola Armelle.

Au service de la famille depuis six ans, c'était une veuve du bourg au langage parfois peu étudié. Malgré tous ses efforts, il lui arrivait encore de temps en temps de parler à son idée.

Claire regagna bientôt le salon, une tasse de bouillon à la main. Béatrice était blottie contre son mari. Le couple avait pris place sur la banquette à dosseret près de la cheminée.

— Tenez, du potage bien chaud, dit Claire. Je voudrais vous soutenir dans cette épreuve, mais Pierre et moi, nous ne pouvons guère aider et je crains surtout de vous déranger. Nous partirons dès qu'Annabelle aura déjeuné.

Un pompier déboula au pas de course, foulant le parquet ciré de ses godillots englués de cendre et de boue.

— Il faut appeler une ambulance ! clama-t-il, essoufflé. Il y a un blessé grave, le monsieur qui nous aidait ! Une poutrelle est tombée et l'a touché en plein crâne.

— Jakob ! Oh non, non, s'affola Claire.

Vallée des Eaux-Claires, même jour, un peu plus tard

Cécile était repartie. Songeuse, Abigaël allaitait Édith, tout en regardant par la fenêtre. La pluie avait dispersé la fine couche de neige et le paysage lui semblait triste, avec ses arbres dénudés secoués par le vent.

— Dès qu'il fera meilleur, mon trésor, nous irons passer deux ou trois jours chez oncle Yvon avec ta grande sœur. Je vous emmènerai à la fontaine. C'est un lieu protégé… Tu ignores encore tout de ta maman, murmura-t-elle. J'ai aidé beaucoup d'âmes égarées à s'élever vers la lumière.

Tout à coup, on tambourina à sa porte. Elle alla ouvrir, Édith serrée sur son sein, à l'abri de son châle en laine. Son mari entra aussitôt, Bertille cramponnée à son bras.

— Abi, il me faut les clefs de la voiture, jeta-t-il d'un ton angoissé.

— Adrien me conduit en ville. Jakob a eu un accident, souffla Bertille, livide.

— Un accident, mais comment ?

— Claire m'a téléphoné, Abi, les écuries du château ont brûlé. Bien sûr, Jakob a joué les héros en aidant les pompiers.

La petite femme aux frisettes blond platine tremblait de tout son corps. Son élocution s'en ressentait.

— Si je le perds, je mourrai après l'avoir enterré, ajouta-t-elle dans un sanglot.

— J'ai cru comprendre qu'il est blessé à la tête, dit Adrien.

Bouleversée, Abigaël recula pour coucher Édith dans le landau. Elle tentait d'assimiler ce que Bertille et son mari venaient de lui dire.

— Pauvre Jakob, nous ne pouvons pas le perdre, lâcha-t-elle d'une voix faible. Mais Annabelle est là-bas !

— Notre fille va bien, mon ange, la rassura Adrien. Claire et ton grand-père veillent sur elle. Ils vont te la ramener d'ici peu. Louis les raccompagne.

— Il faut partir, je vous en prie, insista Bertille.

Jamais elle n'avait paru si frêle et si âgée au jeune couple. Abigaël l'étreignit tendrement, afin de lui insuffler du courage et de l'énergie.

— N'ayez pas peur, Jakob est une force de la nature, chuchota-t-elle à son oreille. Il vous reviendra et vous dira encore des « ui ui » mosellans pour vous taquiner.

— Que Dieu vous entende, Abi ! Mais vous avez raison, je dois garder espoir. Claire nous rejoindra à Girac, elle le soignera.

Cinq minutes plus tard, la voiture grise d'Adrien roulait sur le chemin des falaises. Désemparée, Abigaël demeura immobile quelques minutes.

« Pourquoi ces choses se produisent-elles ? s'interrogea-t-elle, en serrant entre ses doigts sa médaille de baptême. La maladie d'Édith, l'incendie au château… Sans oublier les crimes ! Non, c'est impossible, je suis sûre qu'ils n'ont aucun rapport. »

Fébrile, elle chercha un calepin et un crayon afin de noter ses déductions. À sa grande surprise, ses doigts tracèrent un mot, contre sa volonté, comme si on guidait sa main.

— « Abigaël », lut-elle tout haut. Mon prénom ? Mais je n'avais pas l'intention d'écrire ça.

Mal à l'aise, elle s'obstina et le phénomène se renouvela. Un cri de révolte lui échappa, auquel répondirent les pleurs du bébé.

— J'en ai assez, partez !

Inquiète et furieuse, Abigaël rangea le calepin et le crayon à leur place, au fond d'un tiroir. Elle reprit sa fille qui n'avait pas suffisamment tété. L'enfant finit par s'endormir, nichée sur la poitrine maternelle, au moment où un bruit de moteur résonnait à l'extérieur, brisant le silence. Des portières claquèrent.

— Maman, appela Annabelle. On est là !

Abigaël s'empressa de coucher son nourrisson dans le landau et se rua sur le pas de la porte. Elle souleva sa fille et la couvrit de baisers.

— Belle, tu me manquais !

— Il y avait un gros feu au château, maman !

— Je sais. As-tu eu peur ?

— Non, j'ai joué avec Philippe.

Claire s'approchait, entourée de Pierre Lussac et du châtelain. Elle avait l'air aussi malheureuse que Bertille.

— Ne nous en veuillez pas, Abi, nous allons vite à l'hôpital. J'ai pu examiner Jakob avant l'arrivée de l'ambulance, il était très loin, très faible. Pierre reste avec vous, toutes ces émotions l'ont épuisé. N'est-ce pas, mon tendre ami, reposez-vous.

Louis de Martignac embrassa Abigaël. Il avait une expression pathétique qui acheva de la désespérer.

— Mais Jakob va vivre ? demanda-t-elle tout bas. Bertille était terrassée, totalement perdue.

— Ma pauvre princesse, son cœur fragile cessera de battre sans l'amour de Jakob, soupira Claire. Au revoir, Abi, je vous donnerai des nouvelles. Allez au moulin, je pourrai ainsi vous téléphoner de l'hôpital. Sauvageon est enfermé dans l'ancienne bergerie, vous le libérerez en même temps.

Personne ne prêta attention à la petite fille blonde qui fixait le ciel gris, cependant Annabelle priait à sa manière. Elle avait la foi des innocents et implorait la guérison du bon géant roux, comme elle le surnommait.

Angoulême, hôpital de Girac, même jour

Ludivine de Martignac faisait les cent pas dans le couloir qui menait à une des salles d'opération. Son large manteau de fourrure, d'une teinte fauve, dissimulait son état. Elle avait immédiatement demandé un taxi en apprenant l'accident de Jakob. Claire la sermonna d'une voix soucieuse.

— Viens t'asseoir à côté de moi. Tu t'agites en vain. Nous ne pouvons rien faire pour l'instant.

— Je vous donne le même conseil, Ludivine, insista Louis, son beau-père. M. Kern est entre de bonnes mains.

— Mais j'en suis malade, avoua-t-elle. Je connais Jakob depuis treize ans, j'étais une gamine lorsque sa famille et lui sont arrivés dans la vallée. C'est un homme d'une rare bonté, un véritable chrétien des premiers temps. Sans lui, notre moulin ne se serait pas relevé de ses cendres. Il a été maître d'œuvre, artisan, ouvrier.

Touchée par ce petit discours énoncé d'une voix ardente, Claire eut les larmes aux yeux. Louis de

Martignac, qui n'avait guère de relations avec le Mosellan, hocha la tête d'un air rêveur.

— Une chose est évidente, avança-t-il. M. Kern rend votre cousine très heureuse, Claire. Comme quoi, un second mariage peut se révéler bénéfique.

— Je suppose que vous pensez à votre union avec Béatrice, lui dit Ludivine.

— Bien sûr. Excusez-moi, je lance des conversations anodines, alors que la vie d'un ami se joue, marmonna le châtelain.

Il entretenait des relations en dents de scie avec sa jeune belle-fille. Ludivine, par son caractère fort et ses reparties, le désorientait souvent.

— Où est Bertille, maman ? demanda-t-elle.

— Dans une salle de repos, un médecin lui a donné un calmant car elle frôlait la crise de nerfs, expliqua Claire. Ma princesse paraît faite en acier, mais parfois, je la compare à un cristal qui pourrait se briser en mille éclats.

— Pourquoi ce surnom de princesse ? interrogea Louis. Je vous pose la question afin de meubler cette pénible attente.

Très pâle, les traits tirés, Claire appuya sa tête contre le mur. Elle évoqua en silence la lumineuse créature de quinze ans qui, devenue orpheline et infirme, avait échoué au moulin.

— Bertille a perdu ses parents lors d'un accident de diligence. Elle ne pouvait plus marcher. Mon père, qui était son oncle, l'a accueillie de grand cœur. Ma cousine et moi avons vite été très proches, comme des sœurs. Elle se faisait belle, assise au milieu de notre lit. Sa chevelure de lune faisait sa fierté, et moi, pour la consoler de son triste sort, je l'appelais ainsi, « princesse »... Bertille était d'une rare beauté avec ses yeux gris et son visage délicat. Ensuite Bertrand Giraud, son premier mari, m'a imitée.

Ludivine, qui avait déjà entendu toutes ces histoires, s'éloigna un peu. Sa main droite se glissa dans la poche de son manteau, où était enfouie une quatrième lettre anonyme.

«Je ne peux pas la montrer à maman, ni à Louis, songea-t-elle. J'aurais dû la brûler.»

Ce dernier mot lui rappela brusquement qu'elle ne s'était pas inquiétée une seconde de l'incendie qui avait ravagé les écuries du château de Torsac. Elle s'en voulut aussitôt d'avoir été si froide avec son beau-père.

— Pardonnez-moi, Louis, dit-elle en se rapprochant de lui. J'étais tellement émue et effrayée pour Jakob que je ne me suis pas préoccupée du malheur qui vous frappe.

— Vous faites allusion au feu de ce matin, Ludivine? L'unique malheur, c'est l'accident survenu à M. Kern. Il secondait les pompiers, courageusement m'ont-ils précisé. Les dégâts matériels m'importent peu. Ne m'en veuillez pas, je vais vous laisser, car je dois retourner à Torsac. Je reviendrai en début d'après-midi. Surtout donnez-moi des nouvelles.

— Allez-y, nous n'y manquerons pas, affirma Claire.

Son départ soulagea Ludivine. Avide de réconfort, elle prit place à côté de sa mère.

— Maman, Jakob ne peut pas mourir, souffla-t-elle. J'ai admiré deux hommes dans ma vie, papa et lui.

— Et ton mari?

— Je l'aime à la folie, malgré ses défauts, répliqua sa fille. La situation actuelle n'arrange rien. Regarde.

Elle lui tendit une feuille de papier pliée en quatre. Le message, toujours composé à l'aide de mots découpés dans un journal, distillait du venin:

Tel père, tel fils. Vous portez l'enfant d'un affreux coureur de jupons. L'avenir le prouvera.

— Quelle infamie! s'indigna Claire. Est-ce que tu les reçois par la poste? Y a-t-il un cachet indiquant le lieu de l'envoi?

— Les deux premières ont été mises sans timbre ni oblitération dans notre boîte à lettres. Les deux autres ont été postées d'Angoulême.

— C'est sûrement une femme frustrée, amoureuse de Quentin, qui tente de gâcher votre bonheur. Ludivine, j'ai parlé à Samuel Claudin pendant le dîner à Ponriant. Il a accepté de vous aider. Il faudra lui remettre les enveloppes pour chercher des empreintes digitales.

La jeune femme haussa les épaules. Ses belles lèvres d'un rose vif esquissèrent une moue.

— Cette personne aura pris ses précautions, maman, alors à quoi bon ! Je sais que je ne dois pas y croire. Quentin en souffre et il devient d'une gentillesse presque absurde. Mais une chose m'intrigue, pourquoi accuser aussi mon beau-père... Je ne suis pas très à l'aise avec lui, pourtant il m'a toujours paru sérieux, attentionné envers Béatrice.

Claire prit la main de sa fille et lui dédia un regard attendri. Elle étreignit ses doigts pour la rassurer.

— Quelqu'un s'évertue à répandre des calomnies. Louis et Quentin sont des hommes très séduisants. Avant de se marier, ils ont eu des aventures. Rien n'a été facile non plus quand j'aimais ton père.

Un bruit de porte les alerta. Le chirurgien fit son apparition, escorté de trois infirmières.

— Alors, docteur ? demanda Claire en se levant.

La mine austère du médecin lui fit imaginer le pire. Elle le fixa néanmoins, pleine d'un espoir insensé.

— Nous avons jugulé une hémorragie intracrânienne, mais le patient a sombré dans le coma.

— Mais il se réveillera, n'est-ce pas ? s'enquit Ludivine.

— Je ne peux pas vous répondre. Cependant c'est un homme d'une constitution robuste, en bonne santé. Il faut patienter pour établir un diagnostic favorable.

Nul n'avait prêté attention à une petite silhouette mince, couronnée de frisettes blondes. Bertille s'était approchée sur la pointe des pieds, après avoir quitté la salle de repos.

— Jakob ne m'abandonnera pas, murmura-t-elle. Dès qu'il entendra ma voix, il se réveillera.

Moulin du Loup, même jour, même heure

Abigaël ne s'était jamais retrouvée seule aussi longtemps dans la grande cuisine du moulin, sans la présence de Claire ou de Bertille. Elle berçait Édith dans une panière ovale que Jakob appelait un « moïse », qui était posée sur la longue table en bois sombre.

— Grand-père fait une sieste, Annabelle aussi, dit-elle au bébé qui suçait son pouce. Il faut dormir, ma mignonne.

La jeune femme regarda autour d'elle d'un air soucieux, affligée par l'éventualité d'un deuil qui briserait à jamais l'harmonie des lieux.

— Mon Dieu, faites que Jakob revienne ! Pitié, épargnez-le. Ne séparez pas ce couple qui s'adore, je vous en supplie. Oh, tu m'as écoutée, Sauvageon ?

Le loup, étendu sur le carrelage rouge, redressa la tête. Abigaël alla le caresser.

— Le téléphone va bien finir par sonner. Je n'en peux plus d'attendre des nouvelles.

Elle se redressa et marcha vers l'appareil en Bakélite noire, fixé sur un panneau. Soudain on lui effleura le front.

— Laissez-moi ou bien montrez-vous !

Un tintement métallique fit écho à cet ordre jeté d'un ton exaspéré. Vite, Abigaël décrocha. C'était la voix de Ludivine.

— Abi ? Jakob a été opéré, mais il est dans le coma. On va bientôt l'installer dans une chambre particulière. Bertille tient à rester près de lui nuit et jour. Quentin me conduira ce soir au moulin, je dois récupérer des affaires pour ma pauvre tantine.

— Allez-vous essayer de le soigner, ta mère et toi ?

— Le plus discrètement possible, dès demain. Pour le moment, Jakob doit se reposer. Si tu le voyais, la tête bandée d'un gros pansement et d'une pâleur sinistre…

— Merci, Ludivine, je me rongeais les sangs. Je vais prier pour notre cher Jakob et grand-père également.

— Pourvu que Dieu en tienne compte, répondit Ludivine. À plus tard, Abi.

Au moment où Abigaël raccrochait, la porte sur le perron s'entrouvrit. Adrien entra sans bruit.

— Je suis de retour, dit-il en la prenant dans ses bras. Une fois à l'hôpital, j'ai attendu l'arrivée de Claire. Je devais soutenir Bertille, j'ai cru qu'elle allait s'effondrer quand elle a découvert Jakob sur une civière, le crâne en sang. J'ai ensuite passé une heure à l'imprimerie. Mon ouvrier va finir la commande en cours. Je ne te quitte plus de la journée. Où est Belle ?

— Là-haut, avec grand-père. Ils étaient fatigués tous les deux, sans doute les émotions de ce matin. Ludivine vient de téléphoner, Jakob est dans le coma.

Elle se serra contre son mari. Il lissa ses cheveux blonds du bout des doigts, en l'embrassant sur le front.

— Toi aussi, il faut te reposer, recommanda-t-il. Prends le fauteuil de Bertille, je m'occupe de tout. Je dois entretenir les feux et nourrir les animaux en fin d'après-midi.

— Je me repose un peu tant qu'Édith dort, mais j'irai donner leur ration aux chevaux avec Annabelle, sinon elle m'en voudra.

Abigaël se nicha au creux d'un fauteuil en osier rembourré de coussins moelleux. Elle ferma les yeux pour mieux se délasser et s'endormit, un léger sourire sur les lèvres.

Dès qu'Adrien sortit chercher des bûches, une bouche effleura la sienne, dont elle ne sentit pas le doux contact.

5

Le pouvoir de l'amour

Angoulême, hôpital de Girac, dimanche 18 janvier 1953

La nuit tombait sur les faubourgs d'Angoulême. L'hôpital, édifié au bord de la route nationale menant à Bordeaux, dressait ses bâtiments illuminés sous un ciel opaque, d'un bleu profond.

Dans une des chambres, la lumière était éteinte. Bertille, allongée sur un lit d'appoint, tenait la main de Jakob dans la sienne. Elle refusait de rompre le contact avec lui, hormis pendant de courtes périodes de sommeil.

— Je t'en prie, réveille-toi, dit-elle d'une voix lasse.

Une aide-soignante frappa à la porte et entra aussitôt.

— Madame Kern, est-ce que je peux allumer? Je vous apporte votre repas.

— Je n'ai pas faim, mais s'il y a du potage, j'en prendrai un peu. Posez le plateau sur la table. Merci, mademoiselle.

— Une infirmière ne va pas tarder, pour les soins de M. Kern.

Bertille ne daigna pas répondre. Elle fit l'effort de se lever, dans l'unique but de donner un peu d'eau à son mari, comme on le lui avait indiqué. Régulièrement aussi, elle humectait ses yeux et ses lèvres.

— Qu'est-ce que tu me fais, Jakob? déplora-t-elle. Ce n'est pas toi, cet homme inerte, au teint blafard. Tu es une force de la nature, tout le monde le répète.

Malgré cette courte diatribe, elle l'embrassa sur les joues, puis arrangea sa barbe, où le roux se teintait de gris.

— Quelle idée de jouer les héros, lui reprocha-t-elle d'un ton câlin. As-tu pensé à ta Poupette en secondant les pompiers ? Et zut à la fin, ils font leur métier, ce n'est pas le tien.

Depuis vendredi, Bertille Kern avait beaucoup pleuré, pesté, prié, enragé. D'un tempérament de fer, elle baissait rarement les bras devant l'adversité.

— Écoute, mon Jakob, mets-y de la bonne volonté. Claire et Ludivine ont essayé en vain de te ranimer. Ce sont les meilleures guérisseuses du pays, peut-être même de France. Pourquoi tu refuses de te réveiller ?

On frappa encore et cette fois une jeune infirmière se présenta, en tirant derrière elle le chariot de soins.

— Si vous pouviez sortir, madame ?

— Oui, d'accord. Je ne vous ai jamais vue, vous êtes nouvelle ?

— J'avais trois jours de congé, mais il y a déjà deux ans que je travaille ici. Je connais bien Ludivine, votre nièce, je crois.

— Pas vraiment, mademoiselle. Mais ce serait beaucoup trop compliqué de vous expliquer nos liens de parenté. Je vous confie mon mari.

Bertille décida de sortir un peu. Elle prit son sac à main, son manteau et son chapeau.

« Qu'est-ce qui nous arrive ? se demanda-t-elle. Nous étions tellement heureux, Jakob et moi, Claire et Pierre Lussac. Tant de bonheur et il suffit d'un accident pour changer la donne. »

L'air froid la revigora. Elle marcha doucement vers le parking, avant de s'asseoir sur un banc. Là, en scrutant les environs, elle alluma une cigarette, malgré les recommandations de son docteur qui lui avait interdit de fumer.

Sous la clarté des lampadaires, son visage menu était d'une blancheur de lys. Les fines rides témoignant de son âge se devinaient à peine, grâce à la poudre de riz dont elle abusait.

Une voiture se gara à proximité. Bertille reconnut Louis de Martignac, la dernière personne qu'elle souhaitait rencontrer. Il la salua d'un signe de tête, avant de se diriger vers elle.

— Bonsoir, comment va votre époux ? Ludivine m'a dit qu'il n'est toujours pas sorti du coma.

Toute l'angoisse et le chagrin accumulés au cours des dernières heures submergèrent Bertille. Il lui fallait un exutoire et le châtelain en subit les conséquences.

— En quoi êtes-vous concerné, Louis ? fulmina-t-elle. Ah, oui, j'oubliais, Jakob aurait pu mourir parce que vous êtes incapable d'entretenir votre vieux château dont vous tirez tant d'orgueil ! Si je perds mon mari, je vous maudirai comme je vous ai déjà maudit par le passé !

— Mais enfin, chère amie, je…

— Je ne suis pas votre chère amie, je suis une femme qui souffre le martyre, au chevet de l'homme qu'elle adore.

Bertille jeta son mégot aux pieds de son ancien amant et voulut s'éloigner, mais un étourdissement l'obligea à se rasseoir.

— Vous n'en pouvez plus, laissez-moi vous aider.

— Ne me touchez pas, Louis. Mes jambes tremblaient, encore par votre faute ! s'écria-t-elle. J'espère que vous n'aviez pas prévu de rendre visite à Jakob afin de le voir amoindri, presque déjà mort ?

— Non, je n'en avais pas l'intention. Ludivine ne vous a rien dit ?

Louis de Martignac semblait fébrile. Il ne tint pas compte des protestations de Bertille, qu'il prit par la taille.

— Je vous escorte jusqu'à la chambre de votre époux, ensuite j'irai revoir Béatrice qui a été hospitalisée ce matin. De toute évidence, Claire et ma belle-fille ont estimé inutile de vous confier mes soucis.

— Qu'a donc votre femme ?

— Béa a fait une fausse couche la nuit dernière. Elle était en tout début de grossesse, nous patientions avant d'annoncer qu'elle était enceinte.

L'aveu du châtelain doucha Bertille. Confuse d'avoir montré autant de hargne, elle se radoucit.

— Je suis navrée d'avoir passé mes nerfs sur vous, Louis. Excusez-moi.

— Vous êtes tout excusée, en souvenir de l'amour que nous avons partagé, il y a si longtemps.

L'ancienne dame de Ponriant en eut la gorge nouée. Silencieuse, elle ne songea pas à rejeter le bras secourable du châtelain. Il la quitta dans le couloir du premier étage.

— Transmettez à Béatrice mes vœux de bon rétablissement, dit-elle enfin tout bas.

De retour au chevet de Jakob, Bertille versa quelques larmes. Assise au bord du lit, elle se sentait vieille et solitaire. Une longue nuit s'annonçait, ponctuée par un autre passage de l'infirmière.

— Jakob, réveille-toi, implora-t-elle en lui reprenant la main et en la couvrant de baisers. Il paraît que tu m'entends peut-être, alors pourquoi tu n'ouvres pas les yeux ? Tes chers yeux qui me regardent avec tant d'amour. Sans toi, je dépéris, je m'étiole. Je refuse d'être ta veuve, de survivre, toute vêtue de noir, privée de ta tendresse. Jakob, reviens, c'est moi, ta Poupette.

Elle s'étendit contre lui, en posant sa tête au creux de son épaule.

— Tu te souviens, Jakob, de notre première nuit ? C'était à la fin du mois de juin 1940, il faisait chaud. La vallée embaumait, car les giroflées jaunes étaient en fleurs sur les falaises. Tu m'as soulevée comme si je pesais moins qu'une plume et tu m'as emmenée sur le plancher à foin de la grange. Tu étais un réfugié accueilli au moulin, avec ta famille. Sans la guerre, je ne t'aurais jamais connu.

Bertille ferma les yeux, afin d'évoquer la folie de leurs corps, sur une couche d'herbes sèches au parfum de prairie. Soudain, des doigts effleurèrent le bas de son dos.

— Jakob ?

Vite, elle se redressa et alluma la veilleuse au-dessus du lit pour scruter le large visage du Mosellan. Il clignait des paupières, la bouche entrouverte.

— Seigneur ! Tu es réveillé, Jakob ?

Enfin il la regarda. Bertille avait envie de crier de joie, mais elle se domina et sonna pour appeler l'infirmière.

— Poupette, articula-t-il dans un souffle à peine audible.

— Oui, je suis là, Jakob. Dieu m'a exaucée encore une fois ! Qu'il est bon et charitable pour moi qui suis parfois mauvaise et égoïste.

Ivre d'un bonheur délirant, elle l'embrassa en pleurant. Une heure plus tard, un médecin prononçait un diagnostic optimiste.

— Je ne pouvais pas te laisser, Poupette, dit Jakob du bout des lèvres, lorsqu'ils furent seuls dans la chambre.

— Bien sûr que non, mon cher amour. Maintenant je dois aller téléphoner. Tous ceux qui te chérissent étaient si inquiets.

Ce soir-là, un immense courant de joie pétilla d'une maison à l'autre, dans la vallée des Eaux-Claires. Abigaël n'hésita pas à réveiller Annabelle pour lui annoncer la merveilleuse nouvelle.

— Je savais que le bon géant reviendrait, balbutia la petite, somnolente. Mais j'ai quand même prié Dieu, et il m'a écoutée.

Vallée des Eaux-Claires, chez Abigaël et Adrien,
mercredi 21 janvier 1953

Pierre Lussac apprenait ses lettres à son arrière-petite-fille. Tous deux assis à la table de la cuisine, ils composaient un tableau émouvant aux yeux d'Abigaël. Le profil altier de son grand-père aux cheveux de neige contrastait avec le minois aux joues roses d'Annabelle.

— Je peux réciter l'alphabet, maintenant, papi !

Très sérieuse, l'enfant secoua ses nattes blondes. De sa voix flûtée, elle énonça sa leçon.

— Bravo, Belle, tu ne t'es pas trompée une seule fois, dit le noble vieillard.

— Tu as écouté, maman ?

— Oui, bravo ma douce enfant. Maintenant, veux-tu m'aider à faire le gâteau ? Jakob sort aujourd'hui de l'hôpital. Claire nous a invités à goûter et j'ai insisté pour apporter un roulé à la confiture.

— On mettra du sucre glace dessus ?

— Bien sûr !

Troublant la quiétude du moment, une voiture se gara devant la maison. Abigaël s'approcha de la fenêtre et aperçut Samuel Claudin au volant. Elle enfila une veste en laine et s'apprêta à sortir.

— Belle, reste avec grand-père. Je dois parler au mari de Cécile.

— Mais fais-le entrer, Abi, s'étonna Pierre.

— Je ne préfère pas, je devine les raisons de sa visite.

— Ah, je comprends. Ce que tu m'as confié un soir et qui te pose problème ?

— Tout à fait. Belle, ta petite sœur est réveillée, montre-lui son hochet.

Samuel Claudin n'eut pas le temps de toquer à la porte. Il vit apparaître Abigaël, dont le gracieux visage exprimait une réelle contrariété.

— Chère belle-sœur, ne soyez pas sur la défensive, déclara-t-il. Accordez-moi quelques minutes pour plaider ma cause. J'admire tellement votre don exceptionnel.

— Samuel, c'était inutile de vous déplacer, coupa-t-elle. Cécile a dû vous transmettre ma réponse. Je ne changerai pas d'idée.

Il recula et marcha un peu sur le chemin. Elle le suivit par politesse. Un rayon de soleil filtra entre les nuages, ce qui fit lever la tête à Abigaël. Un pan de ciel bleu se dessinait, tout là-haut, comme une fragile promesse de beau temps.

— Nous sommes dans l'impasse. La personne que nous suspections est morte elle aussi, les époux Buissonnier n'avaient a priori aucun ennemi, et le tueur n'a laissé aucun indice. Le commissaire Rigaud ne sait plus quoi dire au préfet, reprit le jeune inspecteur. Si vous feuilletez les journaux, vous verrez combien cette affaire prend de l'ampleur.

— Je les lis parfois au Moulin du Loup, Bertille est abonnée à un quotidien, admit-elle. Samuel, je suis désolée, mais je ne peux pas accepter ce que vous me demandez.

— Ce serait une tentative unique, je vous le promets ! Et nous ferions ça dans la plus grande discrétion, cela resterait entre vous et moi.

— Comment puis-je en être certaine ?

Samuel Claudin haussa les épaules, dépité. Il lui jeta enfin un regard plein de rancune.

— Mettre un assassin hors d'état de nuire ne vous intéresse pas !

— Qu'insinuez-vous ? Quand Agnès et son petit frère ont été enlevés, j'ai fait de mon mieux pour les retrouver, mais c'était ma famille.

Sur ces mots, Abigaël lui tourna le dos et se précipita vers sa maison.

— Est-ce que ça vous aurait coûté beaucoup de venir une seule fois à Ruffec ? lui cria-t-il.

Il se remit au volant après avoir claqué violemment la portière de sa voiture. Abigaël, le cœur survolté, s'enferma vite chez elle.

— Pourquoi oncle Samuel était en colère, maman ? demanda Annabelle.

— Ce sont des histoires de grandes personnes, Belle.

Sa fille approuva en continuant à agiter le hochet à grelots au-dessus du landau où, rieuse, Édith gigotait. Pierre Lussac attira Abigaël près de lui.

— Ce jeune homme manque d'éducation, souffla-t-il à son oreille. J'avais envie de vous rejoindre et de le remettre à sa place.

— Si j'en crois Claire et Bertille, il aurait hérité non seulement de Ponriant mais aussi du tempérament colérique de sa mère, qui se prénommait Corentine.

— Ah, les mystères de l'hérédité, soupira son grand-père. Alors, ce gâteau ? Avons-nous tous les ingrédients ?

— Je dois d'abord nourrir Édith, je monte dans ma chambre. Belle, sois bien sage.

La jeune femme avait besoin de réfléchir à sa propre attitude. Les dernières paroles de Samuel la perturbaient. Elle s'allongea sur le lit pour faire téter son bébé.

— Je ne lui ai laissé aucune chance, dit-elle tout bas, comme si elle s'adressait à Édith. Je refuse catégoriquement d'aider la police, mais si le criminel fait une nouvelle victime, ce sera peut-être de ma faute. Je pourrais quand même essayer…

Abigaël prit conscience qu'elle voulait surtout préserver la tranquillité de son foyer. Ces trois derniers jours, il n'y avait eu aucune visite de l'au-delà ni voyage dans le passé. Adrien était tendre et très amoureux.

— Je refuse de contrarier ton papa, Édith, murmura-t-elle. Si je vais à Ruffec, il sera furieux, et je ne veux pas lui mentir. Je ferais mieux de ne plus y penser.

Deux heures plus tard, tandis qu'Annabelle jouait au soleil devant la maison, Pierre Lussac aborda le sujet, ce qui empêcha Abigaël d'oublier cet épineux problème.

— Avant d'aller goûter au moulin, Abi, je souhaitais discuter avec toi, commença-t-il de sa voix bien timbrée. Je désapprouve les manières de notre jeune Samuel, cependant il faut que justice soit faite. Certes, je suis âgé, mais je pourrais te remplacer, même si mes capacités de médium sont beaucoup moins développées que les tiennes.

— Tu ferais ça, grand-père ?

— Les âmes des gens morts de façon injuste et brutale ont souvent du mal à s'élever. Elles peuvent errer des siècles en quête de vérité ou parfois plonger dans des ténèbres angoissantes. Je songe notamment à l'épouse du notaire. J'ai lu tous les articles sur ces meurtres sordides. Et la malheureuse a été mutilée et poignardée sous la voûte d'une cave.

Stupéfaite, Abigaël concentra son regard sur le gâteau roulé et saupoudré de sucre glace. La suggestion de son grand-père venait de lui faire comprendre quelque chose. Au fond, elle désirait se rendre à Ruffec et, dans la mesure du possible, secourir l'âme de cette femme assassinée et celle des autres victimes.

Pierre Lussac vérifiait l'ordonnance de sa chevelure blanche dans le miroir ovale suspendu près du buffet. Il ajusta son nœud de cravate.

— C'est à cause de ton mari que tu refuses, dit-il.

— Oui et non, grand-père. Certes, Adrien n'apprécierait pas s'il était au courant, admit-elle. Mais j'étais également sur la défensive à cause de tous les événements récents. En deux semaines, j'ai vécu la peur innommable de perdre Édith, puis celle de voir mourir Jakob. Sans compter Béa, la pauvre, qui a fait une fausse couche.

— D'après Louis, ce serait à cause de l'incendie qui a détruit les écuries, ajouta Pierre. Béatrice était terrifiée et la nuit suivante, elle a perdu son enfant... En fait, c'est une suite de circonstances malheureuses. Sinon, t'importune-t-on encore ?

— J'ai un peu de répit, mais il m'est arrivé un phénomène bizarre.

Abigaël fouilla dans un tiroir et lui tendit un calepin, ouvert sur deux pages où était inscrit plusieurs fois son prénom. Le vieil homme lui lança un coup d'œil perplexe.

— Je voulais noter des dates en relation avec la maladie d'Édith et j'ai écrit ça, contre ma volonté. J'avais l'impression qu'une main invisible guidait la mienne. Alors j'ai vite renoncé.

— Ma chère enfant, professa-t-il, on désigne ce phénomène sous les termes d'écriture automatique. Le fondateur du spiritisme, Allan Kardec, en fait état en 1861 dans son œuvre *Le Livre des médiums.* Claire a lu cet ouvrage par curiosité et moi aussi. Ensuite nous avons eu de longues conversations sur ce livre. En principe, un esprit communique par ce moyen, en termes très simples. Dans ton cas, pourquoi te faire écrire ton prénom ?

Un élan d'affection poussa Abigaël à se réfugier un instant dans les bras de son grand-père. Il lui donna un léger baiser sur le front.

— Je suis si heureuse de t'avoir, avoua-t-elle.

— Et je suis comblé moi aussi, Abi. Si nous partions à présent, Bertille n'aime pas attendre. L'heure du thé approche.

Annabelle tapota un des carreaux de la fenêtre.

— Dépêchez-vous, leur ordonna-t-elle, le nez à la vitre. Mon Sauvageon est là, il est venu nous chercher.

Le loup les précéda de son trot régulier sur le chemin des falaises. Un vent tiède semblait annoncer le précoce printemps charentais.

Ruffec, vendredi 23 janvier 1953

Il faisait nuit quand l'inspecteur Claudin se gara devant la demeure bourgeoise du défunt notaire, sans en avoir informé son supérieur. Avec un soupir anxieux, il prit des clefs dans la boîte à gants.

Assise sur la banquette arrière, Abigaël jeta un regard déterminé à l'extérieur pour observer la haute façade en calcaire, dont les volets étaient tous fermés.

— Faisons vite, dit Samuel, la rue est déserte. Nous passerons par la porte de l'office, la principale entrée est sous scellés.

Sans l'aimable insistance de Claire et les discours de Pierre Lussac, jamais Adrien n'aurait consenti à cette expédition. Mais le couple avait su trouver les mots susceptibles de convaincre le jeune homme.

— C'est un lieu chargé de mauvaises ondes, décréta Abigaël à peine arrivée dans le hall.

La maison étant désormais vide, la chaudière avait été coupée et il y régnait un froid rebutant. Mais par chance, l'électricité fonctionnait toujours et la lumière rendrait l'atmosphère un peu moins lugubre.

— Vous sentez vraiment des ondes ?

— Je ne sais pas si c'est le terme exact. J'emploie ces mots car je ne sais pas définir autrement ce que je ressens. Patientez ici, je vais visiter les étages.

— Pourquoi monter ? Il vaut mieux que vous descendiez tout de suite à la cave, protesta-t-il.

Abigaël le fixa un court instant et Samuel subit le feu azuré de ses grands yeux. L'éclat du lustre en cristal conférait au teint clair de la jeune femme une transparence de fine porcelaine.

— Une âme féminine préférera toujours la chambre où elle a vécu à l'endroit sombre et humide où elle est morte. Cette dame est là, je sens sa présence. Elle se prénomme Mathilde, n'est-ce pas ?

— Oui, tout à fait.

Samuel lança des coups d'œil inquiets autour d'eux tandis qu'Abigaël gravissait les marches. Plus elle avançait, plus les battements de son cœur ralentissaient. Le malaise familier l'accablait, avec la sensation d'être transie et d'avoir un poids sur la nuque.

Parvenue sur le palier du premier étage, un souffle glacé frappa son visage. Une forme humaine, floue et lumineuse, se tenait au fond du couloir, à sa gauche.

— Madame, je vous vois, dit-elle très vite. Je suis venue vous aider.

— Il serait temps, lui répondit-on. Qui vous envoie ? La bonne a disparu, la cuisinière aussi. Je sonne, personne n'accourt. Et mon mari doit se distraire en ville... Il vous a engagée sans mon avis, vous êtes sa nouvelle maîtresse ?

— Non, pas du tout, madame. Êtes-vous Mathilde Buissonnier ?

— Et qui d'autre ?

L'épouse du notaire demeurait une silhouette imprécise aux gestes saccadés, dont le faciès grimaçait horriblement. Abigaël était confrontée à un cas de figure assez ordinaire pour elle. La défunte se croyait encore en vie.

— Madame, calmez-vous. Si votre maison est déserte, si aucun domestique ne vous répond, c'est pour une raison précise.

— Laquelle ?

Cette voix étouffée, hargneuse, résonnait dans l'esprit de la jeune médium qui cherchait comment annoncer la terrible vérité à cette âme en colère.

— Madame, même si quelqu'un de votre famille arrivait et se tenait près de moi, il ne vous verrait pas. Je suis la seule à en être capable.

— Je ne comprends rien à votre charabia ! Sortez de chez moi, petite insolente ! Ah, mon mari les prend de plus en plus jeunes.

— Je vous le répète en toute franchise, je n'ai jamais approché maître Buissonnier. De quoi l'accusez-vous ?

— Il me trompe, ce crétin ! Depuis des années, il s'offre de jolies filles dans votre genre. L'argent peut tout, n'est-ce pas ?

— Si nous allions parler dans votre chambre...

— Pourquoi pas. C'est cette porte-là, la seule qui est ouverte !

Abigaël perçut un début de capitulation. Peu à peu, elle vit le visage et le corps de la femme se colorer. Vêtue d'une robe noire, brune aux cheveux ondulés, elle lui parut séduisante.

— Vous êtes-vous vengée en trompant aussi votre époux ?

— Non, bien sûr que non, affirma Mathilde Buissonnier qui déambulait entre une armoire Louis XV et un lit à baldaquin. Je me suis vengée autrement, si vous tenez tant à le savoir. Je l'ai tué, j'ai tué mon mari de trois coups de couteau dans le cœur ! Il le méritait !

Sur cet aveu, elle disparut, mais Abigaël entendit de terribles sanglots résonner dans tout l'étage. Désemparée, elle quitta la pièce et descendit au rez-de-chaussée.

— Alors ? l'interrogea Samuel. Vous avez vu quelque chose ? Je vais vous accompagner à la cave.

— C'est inutile. Je suis désolée, je n'ai pas pu apaiser l'âme de cette dame. Elle m'a fuie sans apprendre son propre décès. Sortons d'ici, il s'est joué des drames atroces sous ce toit.

— D'accord. J'ai besoin d'air frais. Donc vous n'avez obtenu aucun renseignement ? Pardonnez-moi, je vous ai imposé ce long trajet pour rien.

— Non, le déplacement n'aura pas été vain. Mathilde Buissonnier, enfin son âme tourmentée, prétend avoir assassiné son mari. Elle a précisé qu'elle lui avait donné trois coups de couteau en plein cœur. Est-ce exact, Samuel ?

— Oui, cela correspond aux blessures révélées par l'autopsie. Comment exposer cette théorie au commissaire ? Et si c'est le cas, l'enquête se complique encore. Admettons que le notaire ait été tué par son épouse. Mais qui l'a tuée, elle ?

— À vous de trouver la solution, je ne reviendrai pas. J'ai fait de mon mieux. Maintenant je suis transie.

Pelotonnée dans son manteau en laine doublé d'un châle, Abigaël fut silencieuse pendant tout le trajet du retour. Elle n'avait plus qu'une hâte : retrouver ses filles gardées par Cécile et Adrien.

Cette nuit-là, Abigaël dormit d'un sommeil agité, au point de réveiller deux fois Adrien. Il l'avait attendue, plongé dans la lecture d'un roman, mais elle s'était montrée taciturne, se disant épuisée à cause de l'aller-retour en voiture. En ce samedi matin pluvieux, il s'attarda dans le lit conjugal en la contemplant.

— Tu as encore fait des mauvais rêves, mon ange, avança-t-il. J'ai même reçu un coup de coude dans la poitrine.

— Je suis désolée. Hier soir, en rentrant, j'étais oppressée. Sincèrement je regrette d'y être allée. Je ne rendrai plus ce genre de service à Samuel.

Il faisait encore sombre dans la chambre. Adrien déposa un baiser dans l'échancrure de la chemise de nuit d'Abigaël, à la naissance de ses seins.

— J'en suis heureux, j'aime te savoir à la maison, sans esprit errant pour te troubler, souffla-t-il. Édith dort bien, Annabelle aussi. Elle s'est couchée un peu tard, nous avons fait trois parties de jeu de l'oie. Si on en profitait?

Son mari chercha ses lèvres pour un baiser où il exprima son désir d'elle. Il glissa une main caressante entre ses cuisses mais Abigaël lui échappa en se levant.

— Je t'en prie, je ne suis pas d'humeur, murmura-t-elle. Notre bébé dort juste à côté de nous. Belle peut débouler sans bruit et nous surprendre.

— Tu me débites ces arguments depuis la naissance d'Édith. C'est exaspérant.

— Parle moins fort, les cloisons sont fines, si mon grand-père nous entendait, je serais très gênée.

— Nous n'avons plus d'intimité, enragea-t-il en se levant à son tour. Très bien, je ferais mieux d'aller travailler plus tôt.

Hirsute, en pyjama, Adrien vint lui parler à l'oreille.

— Nous avons fait l'amour quatre ou cinq fois en deux mois, précisa-t-il. Dans la précipitation et en silence, comme des coupables. Je t'adore, Abi, mais je suis frustré.

— Viens, dit-elle en l'enlaçant. Ne fais pas ta mine outragée.

Elle l'entraîna dans leur salle de bains, refaite à neuf pour leur mariage, grâce à la générosité de Bertille. Vite, elle tourna le verrou et ôta sa longue chemise blanche.

— Que tu es belle, gémit-il.

La lampe murale, à l'abat-jour d'opaline rose, nacrait la peau claire d'Abigaël, dont les cheveux blonds s'épandaient sur ses épaules rondes.

— Je ne t'avais pas vue depuis si longtemps, tu es irrésistible. Mais tu dois avoir froid ?

— Réchauffe-moi, si je tremble ! Tu te souviens de notre nuit de noces ?

— Comment l'oublier ? Nous avons étrenné la douche et c'était un moment magique. Toi et moi enfin libres de nous aimer, de nous caresser. Mais c'était en été...

— Ne sois pas si terre à terre, lui reprocha-t-elle en souriant.

Ils furent bientôt sous un ruissellement d'eau tiède, serrés l'un contre l'autre, leurs bouches unies pour un baiser passionné. Un désir intense les enflamma et chacun osa des caresses plus audacieuses. Enfin Abigaël tourna le dos à son mari, lui offrant la vision exaltante de sa chute de reins.

— Viens, mon amour, j'ai envie de toi, implora-t-elle.

Incapable de dire un mot, il étouffa une plainte de plaisir. Sous son apparence sage et discrète, la jeune femme cachait une sensualité exacerbée. Adrien en retrouva la saveur infinie, après des semaines de privation et d'étreintes hâtives sous les draps, dans le noir.

— Ma fée ensorceleuse, chuchota-t-il, joue contre joue, une fois tous les deux apaisés par une subtile jouissance. Je n'ai pas fait attention, pardonne-moi.

— Ne t'inquiète pas, je ne serai pas enceinte, puisque j'allaite.

Ils se séchèrent mutuellement en se souriant, encore alanguis par la volupté éprouvée ensemble. Mais des cris stridents de bébé les alertèrent. Ils remirent leur tenue de nuit respective dans la précipitation.

— Édith pleure très fort, s'affola Abigaël. Ce n'est pas normal, je n'aurais pas dû la laisser seule !

La fenêtre de la chambre était grande ouverte. Le vent et la pluie s'engouffraient dans la pièce. Son minuscule visage rouge de colère, Édith hurlait, le corps tétanisé.

— J'étais pourtant sûr d'avoir bien crocheté l'espagnolette, s'étonna Adrien. Elle a dû avoir froid ou bien elle est vraiment affamée.

La jeune mère avait tout de suite pris son enfant pour tenter de la consoler. Rien n'y faisait. Annabelle accourut, suivie de près par son arrière-grand-père.

— Maman, elle a mal, Édith ?

— On dirait que notre petiote souffre beaucoup, hasarda Pierre Lussac. Elle n'est pas tombée, au moins ?

— Non ! Adrien, prends-la et descends à la cuisine. Rassure-la de ton mieux. Grand-père, Belle, sortez, je vous en prie, je dois m'habiller.

Tout le monde obtempéra, au vif soulagement d'Abigaël. Son regard bleu se fixa alors sur un angle de la pièce.

— Que faites-vous ici, madame Buissonnier ? dit-elle tout bas.

— Je l'ignore. J'ai pensé à vous et je me suis retrouvée là... Mon cousin Herbert est venu chez nous, mais il refusait de me parler et ne m'écoutait pas. Je peux discuter avec vous, alors j'ai voulu vous revoir.

— Madame, je n'ai pas pu vous l'expliquer hier, mais vous êtes désormais une âme errante et en souffrance. On vous a inhumée il y a quelques jours dans le caveau de la famille Buissonnier. Je perçois une violente colère en vous. Il faut renoncer à notre monde et vous élever vers la lumière.

Mathilde portait la même robe noire, d'une coupe élégante. Sa silhouette était comme embrumée.

— Qu'est-ce que vous racontez, mademoiselle ? Je le saurais, si j'étais morte !

— Vous ne vous souvenez de rien ? Une de vos domestiques a découvert votre corps dans la cave de votre domicile. On vous a poignardée en plein cœur et on a arraché vos boucles d'oreilles. Il faut me dire le nom du coupable, madame. La police l'arrêtera et il sera jugé.

Les pleurs chevrotants d'Édith parvenaient à Abigaël qui ne se sentit pas en mesure d'assumer son rôle de passeuse d'âmes dans ces circonstances. Elle soupira d'impatience.

— J'en ai assez de vos sottises, affirma la visiteuse de l'au-delà. Herbert me sera plus utile, cet idiot finira par me répondre.

L'épouse du notaire disparut, à l'instar d'une image à la craie sur un tableau noir effacée d'un coup d'éponge. La tête lourde, la jeune femme s'approcha de la commode où elle avait dressé une sorte de petit autel dédié à ses parents.

— Maman, qu'aurais-tu fait ou dit à ma place, confrontée à cette malheureuse ? J'ai été maladroite, car mes filles sont ma priorité…

Une photographie de Pascaline Monteil était sous verre, dans un cadre doré. Selon sa tante Marie, ce portrait datait de l'époque de ses fiançailles. Abigaël alluma un bâtonnet d'encens et une petite bougie, au creux d'un récipient en porcelaine. Ensuite elle admira le cliché représentant son père, Pierre Mousnier.

— Vous m'êtes apparus si rarement, déplora-t-elle.

Quelqu'un montait l'escalier au pas de course. Adrien entra et la découvrit en chemise de nuit.

— Abi, tu n'es pas encore habillée ? Édith continue à pleurer ! Cette fois, elle a faim et nous ne pouvons pas la calmer. Je dois aller à l'imprimerie.

— Excuse-moi, je me dépêche.

Il lui fallut quelques minutes pour enfiler une combinaison en satin, un gilet et une jupe. Enfin elle dévala les marches et s'installa dans un fauteuil pour donner le sein au bébé. La cuisine fleurait bon le café et le pain grillé.

— Tu as mangé, Belle ? demanda-t-elle.

— Oui, deux grandes tartines et un chocolat chaud, maman. Maintenant je vais faire mon coloriage.

Adrien parti, Pierre Lussac prit une chaise pour s'installer près de sa petite-fille.

— Je me fais du souci, avoua-t-il à mi-voix. Dans la chambre, tout à l'heure, j'ai senti une présence néfaste.

— Sois tranquille, même si l'âme de cette visiteuse est rongée de remords et de colère, je réussirai à la sauver. C'était l'épouse du notaire.

— Est-ce que je peux t'aider, Abi ?

— Tu ferais mieux de passer le reste de la journée au moulin. Jakob est convalescent, les mots croisés que vous faites l'amusent beaucoup. Et Claire est si contente quand tu es à ses côtés.

Le noble vieillard lissa sa chevelure de neige d'une main qui tremblait un peu. Ses traits altiers étaient tirés et son regard fuyait celui de sa petite-fille.

— Qu'est-ce que tu as, grand-père ? demanda Abigaël. J'ai vécu des rencontres bien pires.

— Un cas de conscience me tourmente, lâcha-t-il.

— Moi, je sais ! s'écria Annabelle. Marraine Claire voudrait que papi habite avec elle au Moulin du Loup. Il n'ose pas te le dire, mais lui aussi il voudrait bien.

— Belle, c'était un secret, la sermonna Pierre gentiment.

— Mais grand-père, pourquoi tu ne m'en as pas parlé ? s'étonna Abigaël. Bien sûr, tu dois vivre auprès de Claire. Vous vous aimez beaucoup et je trouve que vous ne passez pas assez de temps tous les deux.

— Tu as raison, Abi. À mon âge, je dois profiter du moindre moment de bonheur.

— Et tes affaires, tous tes livres, grand-père ? Auras-tu une pièce à toi ?

— Nous aviserons plus tard. Pour être franc, j'avais renoncé à ce projet. Depuis l'accident de Jakob, Bertille insiste. C'est une grande dame, malgré sa petite taille, et ses prières ressemblent souvent à des ordres, au point qu'on redoute de la contrarier. Elle estime que je serais mieux logé au moulin, et plus utile, voire indispensable.

La façon dont il dépeignait la fantasque Bertille fit rire Abigaël.

— Ne tarde pas, grand-père. Nous resterons proches l'un de l'autre, mais préviens Claire que je viendrai fréquemment te voir.

— J'y compte bien, mais tu n'auras plus personne pour garder Annabelle et Édith, toi qui voulais refaire du cheval.

— Papi, maman nous confiera à ma marraine, et moi je serai ravie, car je verrai Sauvageon tous les jours.

Le mot « ravie » prononcé avec application par l'adorable fillette acheva d'égayer Abigaël et le vieil homme.

— Si nous allions annoncer la bonne nouvelle à Claire, après le déjeuner ? suggéra ce dernier.

— Oh oui, papi ! s'enthousiasma la petite.

Belle se remit à colorier, en rêvant qu'un jour ses parents, Édith et elle iraient aussi habiter au Moulin du Loup.

6

Les ombres de Ponriant

Vallée des Eaux-Claires, dimanche 25 janvier 1953

Le soleil perçait enfin l'épais manteau de nuages. Des rayons de soleil éclairaient la route où Abigaël marchait en poussant le landau d'Édith. Le bébé dormait, à l'abri de la capote et couverte d'un drap fin et d'une peau de mouton blanche.

— L'air est presque printanier, lui avait dit Adrien, satisfait de rester seul à la maison après une longue semaine de travail.

La jeune femme s'était décidée pour une raison bien précise à monter jusqu'à Ponriant, espérant que Samuel serait au domaine un dimanche. Un coup de klaxon l'obligea à se réfugier sur le bas-côté. La voiture s'arrêta à sa hauteur.

— Abi ! Où vas-tu ? lui cria Béatrice, qui se démenait pour baisser la vitre du siège passager.

— Je rends une visite à Ponriant.

— Où est Annabelle ?

— Je l'ai confiée à Claire et à mon grand-père.

— Moi, je dois parler au mari de Cécile ! C'est dommage, je ne peux pas t'emmener, le landau ne logerait pas dans la malle arrière.

— J'ai besoin d'exercice et d'air frais, je te rejoins là-bas.

Sa cousine avait obtenu le permis de conduire après la guerre. En règle générale, peu de gens appréciaient sa manière de rouler ou de manœuvrer.

— À tout à l'heure, je suis pressée, indiqua celle-ci en accélérant brusquement.

Abigaël eut un pincement au cœur. Elle avait reçu une lettre de Béatrice deux jours plus tôt, dans laquelle la jeune femme exprimait son chagrin d'avoir fait une fausse couche. Un passage surtout l'avait marquée :

Je ne comprends pas pourquoi j'ai perdu mon enfant, et malgré ce que pense Louis, ce n'était pas à cause de l'incendie. Non, j'ai eu terriblement mal au ventre après le dîner. Armelle a pu cuisiner des denrées avariées qui m'ont empoisonnée, qui ont tué le bébé.

Elle arriva en haut de l'allée gravillonnée du domaine encore obsédée par ces phrases.

« Béa a déjà subi la même épreuve après avoir été arrêtée et battue par des miliciens, se remémora-t-elle. J'ai eu tant de chagrin, moi aussi, quand j'ai perdu l'enfant d'Adrien, à la Libération. J'aurais voulu mourir, emportée par ce flux de sang qui coulait de mon ventre. »

D'atroces images lui revinrent, chargées de violence. On tondait les femmes en ville, à grand renfort de cris vengeurs. Dans le quartier d'Angoulême où vivait Abigaël à l'époque, le cruel cérémonial avait eu lieu près de chez elle. Elle avait voulu secourir une jeune apprentie coiffeuse accusée à tort, mais des hommes l'avaient bousculée, et elle avait perdu son bébé.

Un joyeux appel en provenance de la terrasse la tira de ses tristes songeries. Cécile lui faisait signe.

— J'envoie Samuel t'aider, disait sa belle-sœur. Vous pourrez porter le landau sans réveiller bébé.

Le nouveau maître de Ponriant insista pour s'acquitter seul de cette délicate tâche. Abigaël, un peu inquiète, l'escorta avec vigilance.

— Comment allez-vous, Abi, depuis notre expédition à Ruffec ? demanda le jeune homme dès qu'ils furent dans le hall.

— Je venais en discuter avec vous, peut-être en tête à tête.

— Vous boirez bien quelque chose, d'abord ! Cécile est au salon, nous avons la visite de Mme de Martignac, mais vous êtes déjà au courant.

— Oui, nous nous sommes croisées sur la route.

Cette fois, les deux cousines purent s'embrasser. Béatrice jeta un regard affligé sur la voiture d'enfant.

— J'aurais tant voulu avoir une petite fille, avoua-t-elle très bas. Louis aussi en rêvait.

En pantalon de jersey bleu foncé et pull à col roulé, elle ne s'était pas maquillée et un bandeau retenait ses cheveux bruns en arrière. Abigaël remarqua les cernes sous ses yeux et le pli amer de sa bouche charnue.

— Béa, tu es encore jeune, tu auras un autre bébé, dit-elle pour la réconforter.

— J'aurai trente ans l'année prochaine, ce n'est pas si jeune. Et Louis ne veut plus que j'aie d'enfant, il a eu tellement peur de me voir mourir.

Très embarrassé par la discussion, Samuel sonna Monique. La gouvernante apparut aussitôt, avec son sourire habituel.

— Ces dames prendront peut-être du thé, préparez-nous celui de Chine, il est excellent.

Béatrice s'installa sur une méridienne en velours rose. Elle croisa les jambes et fixa le jeune inspecteur.

— Les pompiers et l'expert de la compagnie d'assurances ont conclu à un incendie criminel, annonça-t-elle d'un ton sec. Louis a prévenu la gendarmerie mais je voudrais que vous enquêtiez, Samuel. Un pompier a découvert des bidons d'essence vides de l'autre côté du mur d'enceinte. Hélas, il n'y avait aucune empreinte digitale, comme sur les lettres anonymes que reçoivent Ludivine et Quentin. On en veut à mon mari, à sa famille.

Je tremble pour mes fils, des petits innocents à qui l'on pourrait s'en prendre. Dieu merci, nous avons Garance. Notre nurse est une perle. Si elle ne m'avait pas promis de veiller sur Philippe et Antoine, je ne serais pas là.

— M. de Martignac a-t-il établi la liste des gens qui pourraient lui en vouloir depuis la fin de la guerre ? interrogea Samuel. Les rancœurs sont parfois tenaces. Il me semble que sa sœur, Marie de Martignac, dirigeait un réseau de résistance, mais qu'elle aurait trahi ses compagnons. L'un d'eux cherche peut-être à se venger.

— Vous êtes bien renseigné, nota Abigaël.

— Une des obligations de mon métier. J'ai consulté des dossiers sur toute ma parenté.

L'atmosphère changea aussitôt. Après la cordialité venaient des suppositions déplaisantes. Cécile en fut déçue, elle qui se réjouissait d'avoir de la visite.

— Louis ignore où est sa sœur, sans doute à l'étranger, soupira Béatrice en échangeant un coup d'œil alarmé avec Abigaël.

— Cela peut aussi être l'œuvre d'un pyromane, déclara celle-ci, contrariée par le tour que prenait la conversation.

La gouvernante entra dans la pièce, menant une table roulante en bois verni sur laquelle était disposé le service à thé.

— J'ai aussi apporté du café et du lait chaud, précisa-t-elle. Les biscuits à la cannelle sont sortis du four ce matin.

Édith s'éveilla au même moment, ce qui permit à sa jeune mère de monter à l'étage pour l'allaiter. Cécile la guida vers une chambre fraîchement tapissée d'un joli papier bleu ciel, à motifs de papillons. Un lit aux montants de cuivre occupait un des angles.

— Je l'ai aménagée en pensant à toi, Abi. Quand tu voudras passer la nuit ici, tu auras ta chambre personnelle.

— Oh merci, Cécile, c'est une charmante attention.

— Abi, je t'en supplie, dis-moi ce qui s'est produit dans la maison du notaire.

— Pas maintenant, tu devrais retourner au salon, tu manques à tes devoirs d'hôtesse.

— Au diable mes devoirs d'hôtesse ! répliqua-t-elle. Béatrice voulait parler en privé à Samuel. Et je suis mieux ici, près de toi.

Abigaël s'était assise près de la fenêtre, voilée de rideaux en mousseline blanche. Un début de malaise l'oppressait, malgré le sourire tendre de Cécile qui contemplait Édith concentrée sur la tétée.

— Je ne suis toujours pas enceinte ce mois-ci, Abi. Parfois, je me demande si Ponriant n'est pas un lieu maudit.

— Quel est le rapport ? Tu es très jeune et vous n'êtes pas mariés depuis longtemps. En quoi le domaine pourrait nuire à une grossesse ?

— Il y a eu tant de tragédies entre ses murs ! Je le sais par Bertille. On peut la croire sur parole.

— Cécile, à part les maisons neuves, juste construites, il y a peu d'habitations où aucun drame ne s'est déroulé.

— Si, la tienne ! Ta modeste chaumière au bord du chemin des falaises n'a abrité aucune mort violente, Claire est formelle.

On caressa alors les joues d'Abigaël. Elle perçut nettement le contact de doigts tièdes. Son cœur s'emballa car elle reconnut les manifestations si particulières de ce mystérieux esprit qui l'importunait depuis le début du mois.

— Qu'est-ce que tu as ? s'enquit Cécile. Tu as sursauté.

— Rien, j'ai eu un frisson. Tu devrais descendre, à présent. Si Samuel est disponible, demande-lui de monter, j'aurais besoin du sac en toile qui est suspendu au landau. Je dois langer Édith, elle s'est mouillée.

Convaincue qu'il s'agissait d'un prétexte, sa belle-sœur sortit en soupirant de façon exagérée. Elle alla jusqu'à claquer la porte pour signifier son agacement.

— Qui êtes-vous ? interrogea Abigaël tout bas. Pourquoi ne pas vous montrer ?

Elle avait à peine posé la question qu'une statuette ornant le marbre de la cheminée se brisa en deux. Aussitôt on effleura ses cheveux. De plus en plus intriguée, la jeune femme se leva, son bébé dans les bras. Elle commença à penser que cette âme errante était condamnée à l'invisibilité.

— Si c'est vous qui m'avez forcée à écrire mon prénom, ce soir je reprendrai le calepin et un crayon. Vous me direz peut-être le vôtre…

Samuel entra à cet instant précis, après avoir frappé. Il avait l'air perplexe.

— Vous parliez à quelqu'un, Abi ?

— À mon bébé, mentit-elle à mi-voix. Samuel, je suis venue vous donner de nouveaux renseignements. Hier matin, Mathilde Buissonnier est apparue dans ma chambre. Elle refusait de croire à sa propre mort. C'est une attitude qu'ont de temps en temps les défunts. Mais elle m'a parlé d'un cousin, Herbert, qui est venu à leur domicile et ne l'a pas vue, évidemment.

— Le commissaire et moi avons convoqué ce monsieur la semaine dernière. Il s'appelle Herbert Guillard. Il réside près de Poitiers. Un médecin, coopératif et très affecté par ce double décès. Il a pris un congé pour assister aux obsèques.

— Un cousin de Mathilde ou du notaire ?

— De Mathilde Buissonnier.

— Je m'en doutais, car hier soir, cette dame est revenue. J'étais dans la grange, où je rangeais des conserves. Elle semblait moins furieuse et pleurait beaucoup. J'ai été touchée par sa détresse. J'ai rapidement compris qu'elle acceptait enfin sa mort. Cependant, elle tenait à punir ses assassins.

— Ciel, c'est très impressionnant, murmura-t-il. Prétend-elle encore avoir tué son époux ?

— Je le lui ai demandé sans obtenir de réponse, mais elle affirme que son cousin a vidé un coffre-fort situé dans la bibliothèque de leur maison. Aviez-vous trouvé ce coffre-fort ?

— Non, je vous assure. Nous allons le chercher, grâce à votre aide inestimable.

Édith s'était endormie sur le lit, comme enchantée par le tissu fleuri et soyeux. Abigaël déplorait son rôle. Elle eut la soudaine envie de quitter le domaine pour oublier les crimes et le visage tourmenté de l'épouse du notaire.

— J'espère que cela vous aidera dans votre enquête. Si vous n'arrêtez pas le ou les coupables, l'âme de cette femme sera prisonnière dans notre dimension terrestre.

Il hocha la tête, puis ses yeux d'un brun doré se posèrent sur l'enfant assoupie.

— Comment ferez-vous, Samuel, pour justifier ces recherches auprès de votre supérieur ? s'inquiéta Abigaël.

— Figurez-vous que le commissaire m'a justement appelé hier matin pour me suggérer de faire appel à vous. Il se souvenait du rôle que vous avez joué au moment de la disparition du petit Philippe et de sa sœur Agnès.

— Dans ce cas, transmettez-lui ce que je vous ai dit.

Un long silence suivit. Abigaël se sentait fatiguée et elle s'allongea à côté d'Édith, le dos appuyé aux montants du lit.

— Je jongle avec les heures, entre mon métier et les caprices de Cécile, confessa le jeune inspecteur. Je pensais naïvement qu'elle serait heureuse de se prélasser ici. J'ai engagé deux employées de maison, mais elle ne supervise pas leur travail. Si vous vous installiez à Ponriant, pour une ou deux semaines ? Il paraît que votre grand-père emménage au moulin. En voiture, Adrien n'est pas loin de son imprimerie. Et ma femme ne serait plus seule.

— C'est très aimable, cependant je chéris mon foyer, si humble soit-il. Je peux juste vous promettre de venir plus souvent tenir compagnie à Cécile.

Déçu, Samuel s'en alla sans avoir prononcé un mot. Il fut remplacé immédiatement par Béatrice, qui s'apprêtait à frapper à la porte de la chambre.

— Ah, tu te reposes, Abi. Je suis montée te dire au revoir. Je viens de téléphoner au château, mes petits vont bien mais Philippe me réclame.

— Bonne route, et sois prudente !

— Bah, pour quelques kilomètres. Le jour où tu voudras venir déjeuner à Torsac, écris-moi et je te servirai de chauffeur. Tu sais, j'en ai gros sur le cœur. Louis accuse le coup aussi. Si l'assurance ne nous indemnise pas, nous aurons de sérieux soucis d'argent.

Abigaël se leva et s'approcha d'elle pour la serrer dans ses bras. Elle l'étreignit en lui soufflant à l'oreille des paroles pleines de tendresse et de compassion.

— Ta lettre m'a fait de la peine, Béa. As-tu vérifié en cuisine si Armelle avait préparé des aliments avariés ?

— Louis s'en est chargé, il n'a rien trouvé d'anormal. Moi j'étais couchée la moitié du temps et je ne faisais que pleurer. Merci, Abi, j'avais besoin d'un câlin.

Elles se séparèrent à regret. Cinq minutes plus tard, un bruit de moteur résonna dans l'allée du domaine.

— Je devrais peut-être passer mon permis de conduire, moi aussi, se dit Abigaël.

Elle prit sa fille et mit son sac en toile à l'épaule. Avisant la statuette brisée sur la cheminée, elle décida de la réparer, ayant de la colle forte chez elle.

— N'y touchez pas, c'est à moi, fit une voix grave et hostile. Un des bibelots épargnés par l'ennemi, et vous l'avez cassé.

Sidérée, la jeune femme aperçut une silhouette dans le miroir. Elle sut tout de suite que c'était une âme en souffrance, une ombre amère qui hantait Ponriant.

— Mon fils sera triste. Tout petit, Samuel aimait cette statuette. Je l'avais achetée pour notre appartement parisien.

Abigaël comprit ainsi que Corentine Giraud, la mère de Samuel, décédée à Dachau, ne reposait pas en paix dans la lumière et demeurait près de son unique enfant.

Vallée des Eaux-Claires, le soir, chez Abigaël

Annabelle avait du mal à s'endormir. Couchée dans son petit lit, elle secouait les jambes, se tournait d'un côté puis de l'autre.

— Comme tu es agitée ce soir, soupira Abigaël. Tu as pourtant passé une bonne journée au Moulin du Loup.

La petite fille fit la moue en dévisageant sa mère de son regard limpide.

— Papa est venu me chercher à l'heure du goûter. Marraine Claire l'a invité mais il n'a pas voulu rester. Pourtant, il y avait de la tarte aux pommes.

— Mais Bertille t'en a donné une part que tu as mangée ici, Belle. Je crois que tu es fatiguée.

— J'voulais aller à Ponriant avec toi, maman. Tous les grands du moulin parlaient et personne ne me faisait jouer.

— Tu te serais ennuyée au domaine, car il n'y a ni loup, ni poules ni chèvres. Tu as pu brosser ton poney?

— Oui, mais à Ponriant, il y a la dame rousse.

Ces mots firent frissonner Abigaël. Elle avait prié pour qu'Annabelle ait une enfance normale. Mais sa petite fille, à quatre ans et six mois révolus, voyait des événements à venir, anodins encore. Si à présent les âmes errantes lui étaient perceptibles, son existence future serait éprouvante.

— Tu l'as vue aussi, maman, la dame rousse? Elle était dans le salon quand tante Cécile nous a invités à manger. Je l'ai vue, alors elle a fait ça!

Annabelle mit son index devant sa bouche, en écarquillant les yeux d'un air farouche.

— Elle t'a fait comprendre de ne rien dire.

— J'ai obéi, parce que j'avais un peu peur.

— Belle, je suis désolée que tu aies eu peur. Cette dame rousse m'est apparue aujourd'hui dans une des chambres de Ponriant. Tu n'iras plus là-bas tant que je ne l'aurai pas aidée à partir.

— Oui, maman. Tu n'es pas fâchée alors?

— Bien sûr que non.

Soulagée de s'être confiée, la petite fille cligna des paupières avant de sucer son pouce.

Abigaël rejoignit son mari et son grand-père dans la cuisine. Édith dormait dans son landau, à l'abri d'un voile de tulle.

— C'est la dernière nuit que je passe sous ce toit, ma chère petite, lui dit Pierre Lussac d'un ton songeur. Je suis assez ému à cette perspective. J'avais un peu naïvement l'impression de veiller sur toi et tes filles.

— Et c'était le cas, déclara Adrien. Je ne m'inquiétais pas, vous sachant auprès d'Abi et de mes enfants. Cela dit, vous serez plus à votre aise au moulin, où les chambres sont grandes et ont une vue agréable sur la vallée.

— Tu vas me manquer, grand-père, ajouta Abigaël. Nous avions nos habitudes, tous les deux.

Elle prépara de la tisane, mais son mari replia la gazette qu'il feuilletait.

— Je monte me coucher, je dois être très tôt à l'imprimerie. Ne veillez pas trop tard.

Il adressa un sourire complice à Abigaël. Elle comprit qu'il les laissait seuls pour leur offrir une ultime soirée en tête à tête. La jeune femme éteignit le plafonnier et alluma les bougies d'un chandelier.

— Je préfère cette lumière tamisée, grand-père, précisa-t-elle.

— Comme Claire, qui déplore souvent la clarté trop vive des ampoules électriques. Vous avez beaucoup de points communs, Abi, mais cet après-midi, elle m'a fait une remarque intéressante en te comparant à Bertille.

— Moi, mais pourquoi ?

— Nous étions dans son jardin potager et nous parlions de Belle et d'Édith, de tes qualités de maman. Soudain Claire m'a dit que sous ton apparence délicate, tu étais forte et volontaire. Je la cite : « Abi me fait souvent penser à Bertille, elle a la même blondeur, une allure mince et presque fragile, mais leur cœur est un diamant pur et elles sont capables de tout affronter sans céder à la peur. » J'ai trouvé que c'était là un magnifique compliment.

Très touchée, Abigaël approuva, du rose aux joues. Son regard bleu étincelait de joie.

— Je suis obligée d'être forte, confessa-t-elle. Mais encore une fois, Claire se met en retrait par modestie. C'est la plus courageuse des femmes, la plus admirable par sa bonté et son intelligence. Je suis heureuse qu'elle te chérisse, grand-père.

— Et moi donc, plaisanta-t-il en souriant.

Ils discutèrent longuement, sur le ton des confidences. Enfin Pierre Lussac embrassa sa petite-fille et monta à son tour dans la petite chambre qu'il occupait depuis plus de cinq ans.

Restée seule, Abigaël s'empressa de prendre un crayon et le calepin sur lequel on lui avait fait écrire son prénom. Elle avait patienté des heures avant de pouvoir se livrer à cet essai de communication, et à présent elle se sentait étrangement exaltée.

— Si vous souhaitez me dire qui vous êtes, souffla-t-elle. Vous connaissez mon prénom, je voudrais savoir le vôtre.

Elle attendit, prête à laisser le crayon tracer des lettres révélatrices, sous l'impulsion d'un être invisible. Cependant, sa furtive rencontre avec Corentine Claudin, née Giraud, lui revint en mémoire.

— Vous étiez deux dans la chambre du domaine, chuchota-t-elle encore. Mais la mère de Samuel ne m'aurait pas caressé le visage ni les cheveux. Que craignez-vous ?

Subitement sa main se déplaça, comme mue par une volonté indépendante de la sienne. Un mot s'inscrivit, tracé par la mine en graphite sous les yeux surpris d'Abigaël.

— « Maladroit », lut-elle. Qu'est-ce que ça signifie ?

Une chaleur insolite se répandit jusqu'au bout de ses doigts lorsqu'ils obéirent à nouveau au visiteur de l'au-delà pour aligner un singulier message.

« Sommeil… néant… réveil »

— Vous dormiez, c'était le néant et vous vous êtes réveillé, demanda-t-elle tout bas. Et vous êtes maladroit ?

On effleura son front, tandis qu'Abigaël respirait un parfum exquis, proche de celui du lilas. Elle comprit que l'âme errante ne lui voulait aucun mal.

— Qui êtes-vous ? insista-t-elle. Nous sommes-nous rencontrés quand vous étiez en vie ?

On lui fit écrire un « OUI » en majuscules. La jeune femme posa d'autres questions, mais plus rien ne se passa.

— De quoi avez-vous peur ? soupira-t-elle. Si vous êtes une des âmes que j'ai aidées à s'élever, comment et pourquoi revenez-vous dans une dimension intermédiaire ? Par quel prodige ?

Abigaël avait souvent relu le cahier de sa mère, où Pascaline s'était appliquée à relater ses expériences de médium.

— Maman ne parle pas de ce genre de situation.

Pensive, accoudée à la table, elle chercha dans ses souvenirs. Il s'agissait d'un esprit masculin, de toute évidence.

« Il y a eu M. Goldstein, dans le souterrain, mais il a retrouvé son épouse et ses enfants au sein d'une merveilleuse luminosité rose et or, se dit-elle. Arthur, le demi-frère de Claire, qui jouait du violon sur le chemin de la fontaine, non… Il se serait montré. Et si c'était Patrick, le frère de Béatrice ? Mais il a gagné son paradis, en sauvant sa sœur pendant la guerre. »

Les pleurs plaintifs d'Édith la tirèrent de sa songerie. Elle se leva et se pencha sur le landau.

— Il est presque minuit, d'habitude tu dors jusqu'à l'aube, ma petite fée ! As-tu encore faim ?

Un courant d'air glacé frôla les joues de la jeune femme qui se redressa. Mathilde Buissonnier se tenait dans l'angle de la pièce, toujours vêtue de noir.

— Il faut m'aider, mademoiselle. À qui est ce bébé ?

— C'est ma fille, madame.

— Je n'ai pas eu d'enfant, hélas. Personne ne viendra fleurir ma tombe. Je suis si malheureuse.

La visiteuse baissa la tête. Son apparence était terne, ses traits grisâtres. Sa voix, qui résonnait dans l'esprit d'Abigaël, avait des accents tragiques.

— Avez-vous tué votre époux, Mathilde? interrogea celle-ci.

— Mais non, tout s'est passé comme ce que j'ai dit à la police. J'ai trouvé mon mari mort, plein de sang. Alors je me suis mise à hurler et le clerc est venu. Il a prévenu les gendarmes.

— Pourquoi vous accusiez-vous à tort?

— Je ne sais plus, peut-être parce que j'ai souhaité plusieurs fois sa mort. Il me trompait depuis trois mois.

— Pas avant?

— Sans doute. Mais sa dernière liaison, je l'ai apprise par mon cousin Herbert.

— L'homme qui a vidé le coffre-fort dans votre bibliothèque?

— Ce n'était pas lui. J'ai cru voir mon cousin, car le voleur portait les mêmes vêtements et il était de la même taille, coiffé d'un chapeau. J'ai accusé Herbert parce que j'étais furieuse. Il ne me répondait pas, jamais.

— Je sais, vous ne deviez rien comprendre. Et votre meurtrier, avez-vous vu son visage? Un des policiers en charge de l'enquête m'a confié qu'on vous a endormie au chloroforme, mais avant, que s'est-il passé?

— Il faisait nuit noire, il y avait deux silhouettes sombres dans ma chambre. Je n'ai même pas eu le temps d'appeler au secours. Seigneur, je me souviens de ma frayeur, juste de ma frayeur. Mademoiselle, j'erre toute seule, tout est gris et brumeux quand je ne suis pas avec vous. Où aller maintenant?

Pleine de compassion, Abigaël hésitait, gênée par la présence du bébé qui ne s'était pas rendormi et gazouillait.

— Mathilde, je peux vous aider à quitter le monde terrestre, décida-t-elle. Quant à ceux qui vous ont tuée, la police les arrêtera, ne vous en souciez pas. Votre envie de vengeance vous retient et vous égare. Ayez confiance en moi. Nous allons prier toutes les deux. Pensez aussi de tout votre cœur à un être cher que vous avez perdu. Il pourrait vous tendre la main et vous emmener vers la lumière divine, vers l'Amour absolu.

Investie de son rôle de passeuse d'âmes, elle alluma un cône d'encens tout en souriant à la défunte qui se rapprochait de la table.

— Regardez les flammes des bougies, apaisez-vous, lui conseilla-t-elle. Si vous voulez bien réciter le Notre Père avec moi.

La visiteuse de l'au-delà se mit à prier, ce qui se devinait au mouvement de ses lèvres.

— Dieu de bonté, faites que cette âme en souffrance trouve le repos, ajouta Abigaël d'un ton très doux. Anges du Ciel, si l'un d'entre vous la connaît, emmenez-la vers la lumière.

Un profond silence régna soudain dans la pièce. Une forme éblouissante se dessina près du plafond, d'abord assez petite, puis plus grande. C'était une dame âgée, à l'expression suave, aux bras tendus.

— Ma grand-mère, murmura Mathilde dont l'aspect s'irisa également de clarté dorée. Comme je suis heureuse de la revoir.

— Elle vient vous chercher.

— Mamili, c'est vrai ? J'étais si triste !

L'apparition resplendissait d'amour et de tendresse. Abigaël en eut les larmes aux yeux, bouleversée par des ondes célestes. Le cœur en paix, elle vit les deux silhouettes se confondre et disparaître.

— Je vous remercie, mon Dieu, dit-elle tout bas. Oui, merci de m'avoir offert ce don qui me permet de secourir les âmes errantes.

Tremblante d'émotion, la messagère des anges prit Édith dans ses bras et l'emporta à l'étage, en couvrant de légers baisers son petit front innocent.

Gendarmerie de Ruffec, mardi 27 janvier 1953

Le commissaire Rigaud fumait une cigarette, en relisant d'un œil perplexe le dossier sur les trois crimes commis récemment dans une région d'ordinaire tranquille. Assis en face de lui, de l'autre côté d'un bureau, Samuel Claudin ressassait en son for intérieur les félicitations qu'il avait reçues de son supérieur la veille, après lui avoir confié les propos d'Abigaël.

— On avance, on avance, marmonna ce dernier. Bravo, Claudin ! Je me répète, mais c'était une excellente initiative de faire appel à cette jeune femme. Qui l'aurait cru, hein ?

— De quoi parlez-vous, commissaire ?

— Eh bien, qu'en menant des investigations dans la vallée de l'Anguienne il y a cinq ans, vous feriez la connaissance de votre future épouse et de votre exceptionnelle belle-sœur qui nous aide aujourd'hui. Mais attention, Claudin, le préfet et le procureur ne doivent rien savoir. Ils pousseraient les hauts cris s'ils savaient qu'on tient certains renseignements d'une médium.

— Bien sûr, je comprends tout à fait. De son côté, Abigaël Lafaurie désire aussi la plus totale discrétion sur l'aide qu'elle nous apporte.

Un peu nerveux, Samuel guettait le moindre bruit qui proviendrait de l'extérieur, la petite pièce où ils se trouvaient étant située au fond de la gendarmerie.

— Bien, il ne nous reste plus qu'à interroger à nouveau le cousin de Mme Buissonnier maintenant que nous avons découvert le coffre-fort, reprit le commissaire. C'est notre principal suspect désormais.

— Tenez quand même compte des éléments que m'a transmis ma belle-sœur, comme quoi l'épouse du notaire aurait blanchi le fameux cousin Herbert.

— J'ai tout noté, Claudin. Les assassins de cette malheureuse étaient deux, ils l'ont agressée dans sa chambre où il faisait très sombre. Avec un peu de chance, nous aurons enfin des empreintes digitales. Une équipe est en plein travail.

Le jeune inspecteur approuva. Il se mit à mordiller le bout de son stylo, en se remémorant l'appel téléphonique d'Abigaël, la veille. Elle était allée jusqu'à Ponriant pour le joindre sur la ligne du commissariat d'Angoulême. On frappa à la porte et un gendarme l'entrebâilla.

— Le docteur Guillard est arrivé, je le fais entrer ?

— Oui, nous l'attendions.

Un homme de bonne stature, âgé d'une quarantaine d'années, se présenta, son chapeau de feutre à la main. Très brun, mais les tempes déjà grisonnantes, il salua les policiers d'un signe de tête.

— Bonjour, dit-il sèchement. J'avoue ne pas bien comprendre cette deuxième convocation. J'ai dû fermer mon cabinet médical alors que j'avais de nombreux patients cette semaine.

— Asseyez-vous, docteur. Selon vos réponses, vous pourrez rentrer rapidement chez vous, ou non…

— De mieux en mieux, rétorqua Herbert Guillard. Je vous écoute, commissaire.

Samuel en profita pour observer du coin de l'œil les attitudes et les mimiques du médecin.

— Connaissiez-vous l'existence d'un coffre-fort dissimulé derrière les rayons de livres, dans la bibliothèque des époux Buissonnier ?

— Oui, ma cousine m'en avait parlé. Cela dit, je n'ai jamais su son emplacement exact. Pourquoi cette question ? Jacques et Mathilde ont finalement été victimes de voleurs ?

— C'est possible, en effet, admit Rigaud. Cependant le vol aurait été commis plusieurs jours après les meurtres.

— Comment les coupables ont-ils pu entrer dans la maison ? s'étonna Herbert Guillard.

— Ce n'est a priori pas compliqué. Vous avez vous-même pénétré dans le domicile, il me semble.

— Effectivement, vous êtes bien informé, j'y suis allé deux fois. Mais j'avais un double des clefs et je passais par la porte de l'office, puisque l'entrée principale était sous scellés. Je tenais à récupérer des photographies de famille.

— Pouvez-vous me donner les dates précises de vos visites ?

— À vos regards, commissaire, j'ai la désagréable impression d'être soupçonné de je ne sais quel méfait.

Après un silence pesant, le docteur communiqua les dates de ses passages à Ruffec, puis il s'étonna :

— Mais une minute… Il n'y avait personne à chaque fois, les domestiques étaient partis, fit-il remarquer. Et il était tard ! Comment êtes-vous au courant ? Je doute que des voisins aient témoigné, ou bien les gens n'ont vraiment rien d'autre à faire que d'épier entre leurs volets !

Le commissaire Rigaud jeta un regard soucieux à Samuel. Il ne pouvait fournir aucune explication sensée.

— Peu importe, docteur, nous l'avons su, trancha-t-il. Pouvez-vous maintenant nous dire quelles étaient vos relations avec votre cousine Mathilde ?

— En fait, nous ne sommes pas apparentés par les liens du sang, mais à la suite d'un remariage, quand nous étions enfants. La sœur de ma mère a épousé un veuf fortuné, en l'occurrence le père de Mathilde. C'est suffisant ? Nous avons grandi ici, à Ruffec, et nous avions beaucoup d'affection l'un pour l'autre.

— Est-ce pour cette raison que vous lui avez révélé l'infidélité de son mari ? s'enquit le policier. Il y avait de quoi provoquer un divorce ou un crime passionnel…

Cette fois, le médecin écarquilla les yeux, l'air sidéré.

— Je tombe des nues, dit-il d'une voix moins assurée. Qui vous a informé ? Oui, j'ai averti ma cousine de la conduite honteuse de son époux, mais nous étions seuls dans son salon. Quelqu'un écoutait à la porte, une des domestiques ?

— En effet, fut obligé de répondre le commissaire.

Il choisit d'évoquer la cuisinière, retrouvée morte au fond d'un puits.

— Janine Coudert, qui a peut-être payé cher sa curiosité, dit-il d'un ton froid.

— J'aurais mieux fait de me taire ce jour-là, je l'admets, plaida Herbert Guillard. Du moins si cela a entraîné ces trois décès.

Samuel avait lu de nombreux articles relatant des procès sulfureux et il était toujours prêt à voir le vice et la perversité chez son prochain.

— Il n'y a jamais eu d'ambiguïté entre Mme Buissonnier et vous ? insinua-t-il.

— Je ne vous autorise pas à salir la mémoire de ma cousine ! s'enflamma le médecin. Je considérais Mathilde comme une sœur, j'étais son aîné de quatre ans. Qu'allez-vous chercher ?

— La vérité, docteur, rétorqua le commissaire. J'ai là vos relevés de banque, vous ne roulez pas sur l'or. Êtes-vous sûr de ne pas avoir obtenu de Mathilde Buissonnier la combinaison du coffre-fort ? Nous l'avons ouvert, il était vide.

— Mais j'ignore ce qu'il contenait ! protesta Guillard. Peut-être des documents importants ! Dois-je prendre un avocat ou puis-je repartir ?

Il se leva, indigné, le teint coloré et le regard noir. Samuel fit un signe à son supérieur pour lui indiquer d'en rester là. Cinq minutes plus tard, leur unique suspect sortait en maugréant des invectives et avec l'obligation de ne pas quitter la commune.

— Ce n'est pas lui, commissaire.

— Qu'est-ce que vous en savez, Claudin ?

— Je fais confiance à ma belle-sœur. Mathilde Buissonnier a innocenté son cousin avant de s'élever vers la lumière. Pourquoi mentir dans des moments pareils ? Mais nous avons un indice important, l'homme ayant ouvert le coffre-fort était habillé comme le docteur Guillard et avait la même allure, sans doute volontairement.

— Ouais, vous me fichez froid dans le dos, avec vos histoires d'élévation vers la lumière. Je veux bien y croire, mais quand même…

— Nous n'avons pas le choix, insista Samuel.

Tous deux étaient loin d'imaginer qu'une âme errante les écoutait et estimait le commissaire stupide et déplaisant. Liée à son fils unique par des sentiments confus depuis qu'il s'était installé en Charente, Corentine Giraud le suivait dans certains de ses déplacements.

Quand il prit la route pour Angoulême, elle le devança au domaine de Ponriant. Si Abigaël et sa fille l'avaient entrevue sous l'aspect d'une femme très maigre de quarante-cinq ans environ aux boucles rousses, Cécile en avait une autre idée.

— Ah, la pauvre maman de mon mari, disait-elle souvent à la gouvernante, devant une photographie couleur sépia. Qu'elle était jolie et chic !

Le cadre trônait sur la cheminée en marbre noir de la salle à manger. Elle avait fait agrandir pour Samuel un négatif déniché dans le grenier. Le cliché représentait sa mère à dix-huit ans, en tenue de bal, et il avait été enchanté de cette délicate attention.

Ce jour-là, l'âme tourmentée de Corentine découvrit sa belle-fille en train de l'admirer encore une fois.

« Jeune idiote, pensa-t-elle. Je voulais une épouse digne de mon enfant, ce que tu n'es pas. Je te hais. Si seulement je pouvais vous séparer. »

À cet instant précis, elle perçut l'acuité d'un regard très bleu qui la fixait. Abigaël venait d'entrer dans la pièce, en pantalon d'équitation, chaussée de bottes en cuir. Un manteau court en lainage brun la faisait paraître encore plus blonde et lumineuse. Sans la quitter des yeux, la jeune femme s'approcha de sa belle-sœur.

— Cécile, ça y est, la statuette que j'avais cassée par maladresse est à sa place, dans la chambre. Adrien l'a réparée avec de la colle forte, on ne voit presque pas la fêlure.

— Ce n'était pas urgent, Abi ! Samuel ne s'en était pas aperçu. Il est tellement préoccupé par l'enquête. Mais tu peux l'attendre, il ne devrait pas tarder. Je t'offre une tasse de lait chaud ?

— Volontiers.

— Ne bouge pas, je vais en cuisine, Monique prépare le dîner. Et où sont mes adorables petites-nièces ? J'étais toute surprise de te voir arriver seule, à cheval en plus !

— Claire les garde, j'ai une heure encore avant la tétée d'Édith.

Cécile s'esquiva en virevoltant, tandis qu'Abigaël continuait à dévisager la mère de Samuel, dont la silhouette se dessinait sur un pan de mur orné d'une peinture ancienne.

— Corentine, que faites-vous ici ? lui demanda-t-elle tout bas. Je sais dans quelles atroces conditions vous avez perdu la vie, mais il ne faut pas rester là. Votre fils est heureux. La haine qui brûle en vous pourrait lui nuire.

L'apparition s'estompa puis disparut, mais une voix résonna dans l'esprit de la jeune femme.

— Je suis chez moi à Ponriant, ombre parmi les ombres, et vous ne me ferez pas quitter ces lieux.

L'intonation était menaçante. Abigaël retint un soupir avant de vite sourire, car Cécile revenait, une tasse à la main.

— Voilà, servie par la maîtresse du domaine en personne, Abi. J'ai sucré le lait avec du miel.

— Merci, sœurette. Je viendrai plus souvent, désormais, je te le promets…

7
Dans une autre vallée

Moulin du Loup, jeudi 29 janvier 1953

Avant de s'absenter pour trois jours, Abigaël avait déjeuné au moulin avec son mari et Annabelle, sur l'invitation de Claire et de Pierre Lussac. Ils étaient tous attablés dans la grande cuisine, hormis Jakob, qui souffrait encore de pénibles migraines et demeurait au calme, à l'étage.

— C'était un repas délicieux, commenta Adrien d'un ton aimable. Mais nous n'allons pas trop tarder à partir, je dois être de retour à l'imprimerie vers 14 heures.

— La vallée de l'Anguienne n'est pas loin, mais par la route, il faut faire un détour, c'est vrai, fit remarquer Bertille. Prenez au moins une tasse de café !

— Non, je vous remercie. Je suppose que M. Mousnier insistera pour m'en offrir un.

— Oncle Yvon doit être tellement content que je vienne à la ferme, tu auras aussi droit à une goutte d'eau-de-vie, renchérit Abigaël. Tu devrais installer le landau dans la voiture pendant que grand-père tient Édith dans ses bras.

— Et j'en suis bien content, car mon arrière-petite-fille me fait des sourires, s'extasia Pierre. Elle vous a souri également, Claire.

— Oui, j'ai eu droit à ce cadeau, le sourire d'un petit ange aux yeux noirs, répliqua celle-ci. Je suis d'autant plus impatiente de faire la connaissance du bébé de Ludivine. Ma fille a déjà prévu de me la confier souvent, car elle veut très vite retravailler à l'hôpital.

— Ma sœur aussi se plaint d'avoir arrêté l'enseignement, soupira Adrien. J'ai de la chance, Abi se plaît à la maison. C'est à l'homme de ramener de l'argent.

Bertille, assez nerveuse, haussa les épaules. Même si elle l'appréciait à sa juste valeur, Adrien l'agaçait parfois.

— Vous êtes vieux jeu pour votre âge, lui assena-t-elle d'une voix pointue. Pendant la Première Guerre mondiale, les femmes ont su remplacer ces messieurs dans les usines et aux champs. Peut-être qu'Abigaël aimerait exercer un métier, elle aussi !

— Je n'ai pas étudié et je n'ai aucun diplôme, Bertille, alors je me consacre au ménage et à l'éducation de mes enfants. Et puis, il m'arrive d'être très accaparée... Vous savez par quoi.

Adrien avait compris l'allusion à ses activités discrètes de guérisseuse et à son rôle de passeuse d'âmes. Il préféra sortir en emportant le landau.

— Nous sommes dans le même cas que vous, Abi, avoua Claire afin de la réconforter. Ma cousine et moi étions des femmes au foyer.

— Clairette, tu trimais dur ici du matin au soir, protesta Bertille. Je monte rejoindre Jakob, cette discussion m'irrite. Je me suis épuisée à faire fructifier le reliquat de ma fortune, mais personne n'a considéré ça comme un travail. Transmets mes amitiés à ton oncle Yvon, Abi, et amuse-toi bien là-bas.

Le visage durci, ses prunelles grises brillant d'exaspération, elle se dirigea vers l'escalier de sa démarche un peu claudicante.

— Votre cousine me semble d'humeur morose, aujourd'hui, s'inquiéta Pierre. J'espère que ma présence ne la dérange pas, Claire...

— Pas du tout, puisqu'elle rêvait de vous savoir auprès de moi, le rassura-t-elle. C'est autre chose. Bertille dort mal depuis deux nuits et se réveille trempée de sueur à cause de mauvais rêves.

Intriguée, Abigaël pensa immédiatement à ce qui lui était arrivé trois semaines plus tôt.

— J'ignore pourquoi, mais elle revoit Corentine Giraud, et à l'écouter, leur relation en songe est encore pire que jadis, précisa Claire en baissant le ton.

— Que voulez-vous dire ?

— Abi, ce serait une longue histoire et votre mari est pressé. Je vous en parlerai à votre retour.

Nul n'avait prêté attention à la petite Annabelle, assise sur le carrelage près du loup. L'enfant caressait Sauvageon, sans perdre une miette de la conversation. Elle revoyait le visage anguleux de la dame rousse, dont les yeux verts en amande l'avaient apeurée.

— Maman, je vais avec papa dans la voiture ! s'écria-t-elle en bondissant sur ses pieds. Au revoir, papi, au revoir, marraine.

Annabelle les gratifia d'un baiser sur la joue et s'empressa de rejoindre son père. Le soleil dorait les toitures ocre rose des dépendances du moulin, et sur le toit de la grange des pigeons blancs battaient des ailes.

— Belle, tu seras bien sage chez M. Mousnier et tu aideras maman à s'occuper du bébé, dit Adrien en la prenant à son cou.

— Oui, papa. On va se promener et on ira voir la fontaine.

— Je m'en doute. Dimanche, quand je viendrai vous chercher, nous y retournerons tous les quatre.

Ce projet enchanta la petite fille qui essaya d'oublier la dame rousse de Ponriant, après l'avoir comparée aux méchantes fées des contes. Abigaël traversa la cour pavée, Édith nichée sur sa poitrine.

— En route, leur dit-elle en riant. Mon oncle Yvon doit déjà guetter notre arrivée. Dans ma lettre, j'ai promis que nous serions à la ferme après le repas de midi.

Vallée de l'Anguienne, même jour, même heure

Pélagie et Yvon Mousnier s'étaient levés à l'aube. Le fermier avait brossé et lustré la robe de ses deux chevaux, Fanou, la vieille jument de trait, et son fils, un robuste hongre surnommé Grison. Pendant qu'il balayait la cour, son épouse se livrait à un grand ménage, secondée par Paulette, la femme de leur ouvrier agricole.

La matinée était passée très vite à leur goût. Maintenant ils attendaient Abigaël et ses filles, dans la cuisine où flottait le fumet d'une poule au pot, mise à cuire en prévision du dîner.

— Depuis quand on ne l'a pas vue, la petite Belle ? demanda Yvon.

— Mon pauvre homme, ça ne fait pas si longtemps, on a soupé chez eux le lendemain de Noël.

— Ouais, un bon mois, le bébé a dû changer, pardi !

Le cœur du fermier battait d'impatience. Grand, musculeux, il arborait des tempes et une moustache grisonnantes, mais à soixante-quatre ans, ses épais cheveux demeuraient d'un brun intense.

— Hé, Pélagie, tu es sûre que la chambre est impeccable ?

— Paulette a fait la poussière et j'ai mis des draps propres. On a même descendu un petit lit en fer pour Annabelle.

— Bien, bien, as-tu du café ? Ils vont débarquer !

Son épouse, maigre et petite, esquissa un sourire moqueur. Elle avait souffert de son physique ingrat dans sa jeunesse, mais la maturité lui conférait un certain charme.

— Moi, c'est notre Antoine que je voudrais revoir, déplora-t-elle en lissant les plis de son tablier. Béa conduit, pourtant elle ne nous rend jamais visite. Et même si tu as acheté une voiture, on n'ose pas aller au château.

Yvon, qui était assis au coin du feu, se leva tout à coup, certain d'avoir entendu un bruit de moteur.

— Non, j'ai rêvé, marmonna-t-il. Et puis le chien aboierait. Je me suis dit qu'il valait mieux l'attacher, il pourrait sauter sur Belle. Hé, Pélagie, tu paries qu'à peine là, cette petiote me demandera de monter sur le dos de Fanou ?

— Je parie une nouvelle jupe, plaisanta-t-elle. On ira à la foire d'Angoulême me l'acheter.

— Si ça te fait plaisir... Ah, cette fois, ils sont là.

Le couple sortit aussitôt. Le corps de logis de leur ferme, d'une architecture typiquement charentaise, avait belle allure. La porte principale s'ouvrait sur un jardin d'agrément que dominait un immense sapin. Un portillon communiquait avec la grande cour entourée de bâtiments.

— Tiens, regarde donc, Adrien manœuvre pour être dans le bon sens, indiqua Yvon. Le gars doit être pressé.

— Sûr, avec son imprimerie ! Les affaires marchent bien, paraît-il.

Annabelle fut la première à descendre de l'automobile. Elle les aperçut et agita la main.

— Qu'elle est mignonne ! s'écria Pélagie. Encore plus blonde que sa maman, et dégourdie, hein ! Pas timide pour un sou !

La fillette accourait, en pantalon et anorak à capuche. Abigaël l'avait coiffée de deux nattes ornées d'un ruban rouge.

— Au cou, grand-tonton, minauda-t-elle.

— On doit d'abord dire bonjour, coquine ! s'esclaffa Pélagie.

Mais le fermier avait déjà soulevé l'enfant et l'admirait en riant pour ne pas verser une larme d'émotion.

— Maman veut rester trois jours, annonça Annabelle.

— J'en suis bien content ! On ne se voit pas assez souvent, ma petiote.

Abigaël approchait, Édith dans ses bras. Le bonheur infini qu'elle éprouvait en revenant chez son oncle se lisait sur son joli visage rayonnant de joie. Sous le soleil d'hiver, sa chevelure claire scintillait et ses yeux bleus faisaient concurrence au ciel limpide.

— Bienvenue, Abi ! s'exclama Yvon. Mais tu es de plus en plus belle, ma parole !

Il y eut encore des embrassades et des compliments. Adrien se présenta le dernier, en poussant le landau vide.

— Hé, m'sieur l'imprimeur, une p'tite goutte de ma gnôle pour la route du retour ? lui proposa le fermier.

— Sans façon, monsieur Mousnier ! Je ne prendrai même pas le café, j'ai une commande urgente en cours.

— Moi aussi je ne bois pas le café, affirma Annabelle. Parce que je veux monter sur le dos de Fanou tout de suite !

Un éclat de rire général ponctua les mots de la fillette. Mais Abigaël la reprit.

— Belle, on dit « je voudrais », quand on est poli.

Pélagie frappa dans ses mains, puis elle embrassa la jeune femme avec affection.

— Entre donc t'installer, Abi ! C'est gentil de venir passer du temps chez nous. Paulette et Jorge sont en train de semer de l'orge. Je garde Paola, leur fille. Dieu soit loué, je peux pouponner, parce que si je comptais m'occuper de mes petits-fils, ce ne serait pas demain la veille. Béa joue les châtelaines et on n'est plus assez bien pour madame.

Accoutumée aux jérémiades de la fermière, Abigaël la suivit à l'intérieur. Une solide bambine de un an jouait aux cubes dans son parc. Très brune, elle avait le teint mat de son père, un réfugié espagnol.

— Bonjour, Paola, tu me reconnais ? dit tout bas la jeune femme. Que tu es belle !

Elle récolta une réponse incompréhensible et un sourire. Pélagie servait déjà le café, presque fébrile.

— Ton mari n'en veut vraiment pas ? Dis, vous mangez à votre faim quand même ? Tu es toute fine et lui, Adrien, il ne pèse pas lourd non plus. Faut vous remplumer.

— Ne vous inquiétez pas. Prenez Édith, elle a profité depuis Noël. C'est la preuve que mon lait lui réussit et que je me nourris suffisamment. Je vous la confie le temps d'aller dire au revoir à mon mari.

Abigaël ressortit en contemplant d'un regard charmé le décor qui lui était si cher.

— Tout est à sa place : le sapin, le puits, le potager derrière la barrière en bois, dit-elle tout bas. Je devrais venir plus souvent, je me sens si bien ici.

Elle avait pourtant enduré de terribles épreuves sous le toit de la ferme, mais elle refusait d'y songer. Son oncle Yvon et Annabelle avaient déjà disparu.

— Ils sont dans la grange avec les chevaux, lui dit Adrien qui l'attendait près de sa voiture. C'est bizarre de revenir là, car à chaque fois je me souviens de notre rencontre un soir de novembre et aussi d'un vieux saule pleureur, là-bas, près du ruisseau.

Il l'enlaça pour effleurer ses lèvres. Abigaël approuva d'un signe de tête, troublée par l'allusion à leur première nuit d'amour, à l'abri des feuillages du saule.

— Tu devrais boire une tasse de café, sinon Pélagie sera vexée, souffla-t-elle à son oreille. Rien que cinq minutes.

— Non, je ne peux pas, Abi, mais je déjeunerai là dimanche. Repose-toi bien. Nous sommes rarement séparés, et j'ai déjà hâte de te retrouver.

Adrien enveloppa son visage de ses paumes tièdes pour lui donner un dernier baiser. Elle eut un sourire lumineux, plein de tendresse, qui sublimait sa beauté angélique.

— Au revoir, sois prudent. Pendant la guerre, tu t'en es allé d'ici et je t'ai cru perdu pour toujours.

Sur ces mots dits tout bas, elle embrassa encore son mari. Il se remit au volant en lui souriant.

— Les temps ont changé, ne crains rien.

Deux heures plus tard, Abigaël avait chassé de son esprit et de son cœur ce triste souvenir. Escortée par sa fille, elle avait repris possession de son ancienne chambre et même visité le grenier. Annabelle s'était promenée, presque intimidée, dans la pièce cloisonnée de planches où sa mère dormait les premiers jours de son arrivée à la ferme.

— Maman, Édith a tété et elle dort. Je suis montée sur le dos de Fanou, j'ai donné du grain aux poules et aux canards. Alors maintenant, s'il te plaît, tu m'emmènes à la fontaine ? demanda la petite qui sautillait d'excitation.

— Oui, mais ne fais pas de bruit, si tu réveilles ta sœur, nous ne pourrons pas partir toutes les deux.

Elles descendirent l'escalier sur la pointe des pieds pour rentrer dans la cuisine. Pélagie, un peu rouge, ses cheveux raides rangés sous un foulard, battait de la pâte à crêpe.

— Ah, vous sortez ! Il y aura un bon goûter à votre retour.

— Nous ne serons pas longues, c'est promis, répliqua Abigaël. Je prends les clefs de la maison dans la falaise, Belle voudrait la voir aussi.

— Comme il fait bon, ouvre un peu les fenêtres, ça doit sentir le moisi là-dedans ! Pardi, ta tante Marie et monsieur Jacques n'y viennent plus depuis des mois, ils se trouvent mieux en ville. Mais je ne vais pas me plaindre, à présent qu'ils gardent Grégoire. Figure-toi, Abi, que mon pauvre garçon apprend l'alphabet.

Annabelle entraîna discrètement sa mère vers le vestibule. Dès qu'elles furent dans la cour, une question fusa :

— Pourquoi il n'est plus là, Grégoire, maman ?

— Ma tante Marie s'occupe bien de lui et il l'aime beaucoup.

Abigaël eut une pensée émue pour le benjamin des Mousnier, un jeune handicapé mental, âgé de vingt-deux ans, qui aurait pu mourir pour avoir voulu les protéger, Adrien et elle.

— Il sera là cet été, Belle, je te parlerai de lui ce soir, quand nous serons au lit. Maintenant, chut, dit-elle en lui serrant un peu plus fort la main. C'est un moment solennel, nous marchons vers la fontaine aux arches.

— Qu'est-ce que ça veut dire, solennel ?

— Ça signifie que c'est très important.

Bientôt, elles passèrent devant la singulière maison construite sous une avancée de falaise. Les volets étaient clos, le jardinet à l'abandon, envahi de ronces et d'orties.

— Attends-moi, Belle, je vais ouvrir et je te ferai visiter au retour, l'air sera plus sain.

La petite fille suivit sa mère des yeux, mais son attention fut vite attirée par un étrange personnage qui marchait sur le chemin, droit dans sa direction. Vêtu d'un vêtement en tissu brun, une cordelette nouée à la taille, il portait une croix en bois sur la poitrine. Cependant, il disparut après avoir dépassé l'enfant d'un pas tranquille.

— Je suis là, Belle, dit Abigaël. Viens, ce n'est plus loin.

— Maman, j'ai vu un drôle de monsieur. Il avait l'air très gentil et il brillait un peu. Je lui ai dit bonjour, mais je ne sais pas où il s'est caché.

— Est-ce qu'il portait une cruche ?

Troublée, Annabelle marmonna un « non » hésitant. Elle décrivit de son mieux l'inconnu. La jeune femme songea qu'il devait s'agir de l'ermite qui lui était souvent apparu près de la fontaine, chargé d'un récipient en grès. Elle le considérait comme un pur esprit dont le décès remontait à plusieurs siècles.

— Ne t'inquiète pas, Belle, il devait être pressé, ce monsieur.

Des mésanges au plumage de saphir et au plastron jaune menaient un joyeux tapage dans la haie. Leurs chants servirent de musique aux deux promeneuses lorsqu'elles s'arrêtèrent près de la fontaine. Tout de suite, le parfum de la végétation humide et de la roche leur parvint, à peine dominé par la senteur si particulière des buis aux feuillages vert sombre.

Sous un fouillis de lierre, se dessinaient des arcades grises, taillées dans la pierre par les anciens habitants de la vallée. Un fossé envahi d'ajoncs et d'herbes brunies par le gel séparait ce lieu mystérieux du chemin. D'une fente du rocher coulait une eau claire et vive, sur des cailloux.

Muette de ravissement, Annabelle suivit sagement sa mère qui l'entraîna vers une porte étroite comme sertie dans un gros pan de falaise. Les planches qui la composaient étaient délavées et fendillées, cependant elles tenaient encore sur leurs ferrures rouillées.

— Entre, Belle, dit Abigaël après avoir ouvert.

— Comme c'est beau, maman !

— Je venais souvent me recueillir ici, je comparais cet endroit à un sanctuaire secret, avoua-t-elle.

Elle désigna à sa fille une grande table en pierre aux allures d'autel, puis elle la guida jusqu'au ruisselet surgi des profondeurs de la terre, coulant au fond d'un étroit canal moussu.

— Mettons-nous à genoux, Belle. Il faut prendre de l'eau au creux de tes menottes pour en boire un peu. Elle sera glacée mais délicieuse.

Consciente de vivre un moment solennel, comme l'avait dit sa mère, l'enfant blonde fit le geste demandé. Après deux gorgées, elle plongea ses doigts pour sentir la caresse du léger courant. Attendrie, Abigaël l'observa, en adressant une courte prière à Dieu.

« Protégez-la, Seigneur, je vous en supplie. »

Enfin elle puisa de l'eau à son tour. Dès qu'elle but, un infini sentiment de sérénité l'envahit. La magie de la source lui redonnait énergie et espérance.

— Maman, je voudrais rester là toujours, déclara tout bas Annabelle. On habiterait dans une grotte, comme tante Cécile quand elle était petite. Papa m'a raconté qu'ils étaient venus se cacher près de la ferme, pendant la guerre.

— Mais ils avaient froid la nuit et Cécile avait peur des bêtes qui rôdaient.

Assaillie de souvenirs, Abigaël plongea à nouveau ses doigts dans l'eau aussi douce que de la soie. Soudain elle distingua les traits d'un homme sur la paroi la plus proche. L'image s'effaça au bout de quelques secondes.

« Qu'il était beau, pensa-t-elle. Peut-être un autre ermite des temps jadis… Si jeune ? Non, ce serait surprenant. »

Elle se releva à regret, le cœur serré. La réalité reprenait ses droits.

— Nous devons partir, Belle, sinon je n'aurai pas le temps de te faire visiter la maison dans la falaise, où logeaient ta grand-tante Marie et son époux Jacques.

— On reviendra demain, dis, maman ?

— Je te le promets, nous reviendrons.

La jeune femme eut l'impression que sa promesse s'adressait également à la furtive apparition. Avec la vivacité et le besoin de mouvement propres aux enfants, sa fille gambadait déjà sur le chemin.

— Attends-moi ! lui cria-t-elle.

— Non, je vais à la petite maison, répondit Annabelle.

Abigaël imagina le passage d'une camionnette de maraîchers, la voie étant carrossable, ou bien une rencontre risquée avec l'énorme chien d'un des voisins de son oncle, un beauceron qui déambulait parfois dans les champs. Elle courut à son tour pour la rattraper, mais la petite fille traversait déjà le jardinet. Aussi rapidement, elle pénétra seule à l'intérieur de la pittoresque bâtisse.

— Belle, tu as désobéi, la sermonna-t-elle en la rejoignant enfin. Ne recommence pas ! Mais…

— C'est mal rangé, dis donc !

— Tout à l'heure, la porte de la chambre était grande ouverte et il n'y avait pas autant de désordre.

Un paquet de farine était répandu sur le sol et une pile de magazines avait été étalée. Abigaël remarqua des empreintes boueuses, ainsi qu'un courant d'air significatif. Elle reconnut l'odeur d'argile et d'humidité des grottes, mêlée à un relent de tabac.

— Il doit y avoir un renard ou un chien affamé, Belle. Ne bouge pas, je monte sur la mezzanine.

Le professeur Hitier, un savant historien, nommait de la sorte un surplomb de la roche, qu'on avait aménagé à grand renfort de ciment pour obtenir un espace de couchage. Un placard, dont le fond pivotait, donnait accès à un souterrain.

— Quelqu'un s'est enfui par là, surpris par l'arrivée de Belle, se dit-elle à mi-voix. Oncle Yvon avait pourtant prévu de murer cette issue.

Assise en haut des marches poussiéreuses, Abigaël cherchait à comprendre. L'irruption du fermier mit fin à ses cogitations.

— Et alors, on lambine ! s'exclama-t-il. Les crêpes sont prêtes et le bébé est réveillé. Elle a de la voix, Édith, autant que ta chanteuse préférée, la môme Piaf...

Fier de sa plaisanterie, Yvon caressa la joue d'Annabelle, puis il constata lui aussi l'état de la pièce.

— C'est quoi, ce bazar ?

— Je ne sais pas, mon oncle. On dirait qu'un visiteur s'est introduit ici par le souterrain, or il n'a que deux accès, la crypte de la cathédrale et l'habitat troglodyte en dessous du sentier de Tivoli.

L'aspect peu engageant de cette maison désertée depuis un an et les paroles de sa mère inquiétèrent la petite fille. Elle sortit sans bruit pour retrouver l'ambiance plus agréable du jardinet.

— Laisse-moi voir, Abi, décréta le fermier en grimpant l'escalier intérieur.

Il la rejoignit et scruta les ténèbres d'un air méfiant. Un détail l'intrigua, qu'il énonça en marmonnant.

— Bon sang de bois, le fond du placard a été forcé, sûrement en faisant levier avec un pied-de-biche. Abi, passe-moi donc la lampe torche qui est sur l'étagère.

— Que voulez-vous faire, mon oncle ? N'y allez pas ! Ce sont peut-être des gamins qui ont voulu explorer le souterrain. Il faudrait surtout changer les targettes.

— Gamins ou pas, je vais leur faire passer l'envie de revenir ! Rentre à la ferme, Pélagie va ronchonner, sinon.

Abigaël lui remit la lampe mais un mauvais pressentiment la poussa à retenir son oncle par l'avant-bras, comme pour l'empêcher de se faufiler dans l'étroite ouverture.

— Soyez raisonnable, mon oncle, venez goûter avec nous. En plus, Belle est seule dans le jardin. Je n'aime pas ça.

— Hé, Abi, pourquoi tu te tracasses ? On n'est plus en guerre !

— S'il vous plaît, mon oncle, suivez mon conseil.

Le fermier balaya du faisceau lumineux le départ du passage taillé dans la roche, puis il capitula, peu désireux en fait de se maculer de boue après des gesticulations laborieuses.

Une détonation éclata à l'instant précis où il éteignait la lampe et reculait un peu pour se redresser.

Moulin du Loup, même jour, même heure

Claire cherchait en vain Sauvageon. Elle avait appelé le loup et fouillé les dépendances du moulin avant d'aller jusqu'au jardin potager. L'animal était introuvable.

— Où a-t-il été courir ? s'interrogea-t-elle, en s'arrêtant devant le local de l'imprimerie.

Adrien l'aperçut par une des fenêtres et lui fit signe d'entrer.

— Vous venez rarement voir mon lieu de travail, madame Claire, dit-il en souriant. Mon ouvrier et moi composons la première page d'un livret touristique sur votre chère vallée. J'aimerais bien avoir votre avis.

— Je suis désolée, Adrien, ça me semble très intéressant, mais une autre fois. Je ne trouve pas Sauvageon. Je reviens du chemin des falaises, mais je ne l'ai pas vu.

— Souvent, votre loup trottine jusque chez nous. Il se balade. Pourquoi vous inquiéter ?

En robe de laine et gilet, coiffée d'un chignon bas, Claire Dumont passa une main sur son front. Elle posa sur le jeune imprimeur son regard de velours noir.

— La saison des amours débute pour les canidés, renards, loups ou chiens. Les gens du pays connaissent Sauvageon, cependant je redoute toujours un incident. Certains chasseurs retors ont la gâchette facile. Mais je ne vous dérange pas davantage… Bertille est de mauvaise humeur à cause des migraines persistantes de Jakob. Ce matin, il prétendait que sa vue baissait. Il lui faudrait sans doute des lunettes.

Adrien la considéra avec une pudique tendresse. Adolescent, il avait perdu ses parents et il voyait parfois en cette charmante dame à la voix suave une mère de substitution.

— Je peux conduire Jakob chez un médecin, si nécessaire. Mais, pardonnez ma curiosité, vous ne parvenez pas à le soulager ?

— C'est bien le problème, j'atténue la douleur, Dieu merci, mais sans la supprimer vraiment. Je vous laisse travailler et puisque Abigaël n'est pas là ce soir, venez dîner avec nous.

— Merci beaucoup.

Claire s'éloigna d'une démarche toujours vive et légère. Une fois en haut du perron, elle observa encore les environs, des falaises baignées d'un pâle soleil aux prés des chevaux. Enfin elle rentra, dépitée.

— Alors, Clairette ? demanda Bertille, lovée dans un fauteuil près du feu.

— Rien, mais Adrien est de mon avis, Jakob devrait consulter un docteur le plus vite possible.

— Si seulement il ne vous avait pas emmenés au château, le matin de l'incendie, mon mari irait bien, récrimina-t-elle. De toute façon, les problèmes n'en finissent pas. À croire qu'on nous veut du mal.

— Ne dis pas des choses pareilles, princesse ! Pour le moment, Louis et Quentin de Martignac sont les premiers visés.

— Tu oublies notre Ludivine ! Je l'ai eue au téléphone il y a une heure, pendant que tu étendais le linge. Elle a encore reçu une lettre anonyme où on lui prédit qu'elle mourra en couches.

— Quoi ? Et tu me le dis juste maintenant ? Je vais la rappeler. C'est d'une cruauté infâme. Qui ose la torturer ainsi ?

— Je l'ignore, mais si je tenais le coupable, je lui tordrais le cou, comme ça !

La petite femme leva les mains et fit un geste significatif. Toute menue sous sa couronne de boucles lunaires, elle n'était pas du tout crédible. Claire ne put s'empêcher de sourire.

— J'espère que la police mettra fin à ces attaques stupides, princesse. Tu devrais monter voir Jakob, il doit s'ennuyer sans sa Poupette. Tiens, nous avons de la visite, annonça-t-elle en se postant à une fenêtre.

Une luxueuse voiture noire aux chromes étincelants venait de se garer au milieu de la cour pavée. Quentin en descendit et se précipita pour ouvrir la portière du passager. Il aida Ludivine à sortir, en la soutenant par la taille.

— Mon Dieu, c'est ma fille. Elle pleure.

Claire se rua dehors, alarmée. La mine défaite de son gendre n'augurait rien de bon.

— Je viens habiter là jusqu'à la naissance du bébé, balbutia Ludivine en se réfugiant dans les bras de sa mère.

— Tu as raison. Bertille m'a avoué le contenu de la dernière lettre, j'en ai eu des frissons.

— Nous avons pris cette décision par prudence, ajouta Quentin. Je suis vraiment inquiet, la situation devient critique. Vous ne savez pas tout...

Il prit deux valises sur la banquette arrière et se dirigea vers le perron.

— Que veut dire ton mari ? s'enquit Claire, en relâchant un peu son étreinte. Seigneur, tu trembles, Ludivine. N'aie pas peur, nous sommes plusieurs ici et nous te protégerons. La journée il y a Adrien et son ouvrier, le soir Quentin pourra dormir près de toi. Je peux écrire à ton oncle Mathieu de hâter son retour.

Ludivine, malgré sa réputation de jeune femme intrépide et courageuse, était à bout de résistance nerveuse.

— Je me sentirai en sécurité au moulin, maman, admit-elle. Après la lettre de ce matin, glissée sous la porte de la rue, j'ai quand même regardé dans notre boîte aux lettres. Il y avait un rat blanc égorgé, poissé de sang. Heureusement, Quentin était là. Il m'a entendue hurler et m'a emmenée au salon. J'ai fait un début de malaise. Je n'en peux plus, maman.

— Calme-toi, respire. Ton enfant ressent l'état d'angoisse où tu es. Je vais veiller sur toi, Ludivine.

— Je voudrais que papa soit encore vivant, sanglota-t-elle avec des intonations puériles. Il me manque tellement.

— Bien sûr, viens à la maison.

Bertille accueillit la jeune femme en l'enlaçant et chuchotant des paroles de réconfort.

— Plus de larmes, Ludivine, prends mon fauteuil, nous allons boire du thé.

— Et Sauvageon ? s'écria celle-ci. Où est-il ? Je rêvais de le caresser, maman. Il ne doit plus vagabonder.

— Un problème à la fois, répliqua Claire. Il faut te reposer et si tu n'as pas envie d'être seule à l'étage, nous t'installerons un lit dans la cuisine. Nous l'avions fait pour Faustine, quand elle était enceinte d'Isabelle.

L'enchantement distillé par la grande pièce du moulin fit son œuvre, sous le regard anxieux de Quentin. Il vit son adorable épouse se nicher au creux du confortable fauteuil réservé à Bertille. Peu après, un pouf rembourré était calé sous ses pieds et une couverture en laine se posait sur ses jambes.

— Je me sens déjà mieux, soupirait Ludivine. J'aime tellement être là, chez moi, chez nous. Mon bébé semble content lui aussi, il bouge beaucoup.

— Ma chère Claire, je vous confie ce que j'ai de plus précieux au monde, déclama Quentin. J'ignore si je pourrais venir dormir tous les soirs, je suis débordé de travail. Mais je téléphonerai souvent. Je t'abandonne, mon trésor.

Sur ces mots dits tout bas, il lissa du dos de la main les longs cheveux noirs de Ludivine dont les yeux d'un bleu intense avaient perdu leur expression égarée.

— Au revoir, souffla-t-elle en lui caressant le visage. J'espère qu'on ne s'en prendra pas à toi.

— Mais non, aie confiance. Je te laisse sous bonne garde.

Vallée de l'Anguienne, ferme des Mousnier,
même jour, même heure

Abigaël soignait la plaie qui marbrait le bras de son oncle. Il avait enlevé seulement une manche de sa chemise, en homme pudique. Affolée et révoltée, Pélagie roulait des crêpes après les avoir nappées de confiture.

— Mais qui t'a tiré dessus, Yvon ? s'écria-t-elle pour la troisième fois. Si j'pouvais me douter d'une histoire pareille, Seigneur ! Et le loup de madame Claire qui se pointe chez nous, en plus…

Annabelle, satisfaite en dépit de l'accident survenu au fermier, gratta Sauvageon sur le haut du crâne.

— C'est mon loup aussi, il nous a retrouvées, maman et moi, affirma-t-elle de sa voix flûtée. Ou alors il voulait sauver mon grand-oncle.

— Ouais, si tu le dis, mignonne !

Paulette et Jorge Pérez, les employés des Mousnier, étaient venus chercher leur fille pendant l'absence d'Abigaël. Pélagie avait dû néanmoins bercer Édith, qui réclamait sa tétée.

— Il faut prévenir les gendarmes, mon oncle, déclara Abigaël. La balle vous a juste effleuré, mais ça aurait pu être très grave.

— Bah, je ne sais même pas si le type me visait. Il devait se planquer au départ du souterrain et je l'ai ébloui avec la lampe. Il a tiré mais, à mon avis, la balle a dû ricocher sur la paroi.

— Peu importe, vous pouviez la prendre en pleine tête ! Est-ce que vous souffrez encore ?

— Tu m'as soulagé, Abi, et puis j'en ai vu d'autres. Mais tu dis vrai, je ne peux pas laisser passer ça. Demain matin, je monterai en ville pour porter plainte. Tu sais à quoi je pense ? Si des gosses ou des voyous ont trouvé l'entrée du souterrain, à Angoulême, ils ont pu dénicher de vieilles armes. En dessous du sentier de Tivoli, c'était une planque des résistants. Va savoir s'ils n'avaient pas oublié un revolver.

— Un revolver qui fonctionnerait encore après des années dans un lieu humide, je n'y crois pas, affirma Abigaël. Et il fallait des balles aussi.

Pélagie leva les yeux au ciel en poussant un gros soupir, consternée par la discussion et les propos fatalistes de son mari. Annabelle l'imita, car les manières de la fermière lui plaisaient beaucoup.

— Tu te fiches de moi, petiote, avança celle-ci. Tu es une sacrée coquine. Raconte plutôt comment le loup t'a fait peur !

— J'étais entrée dans le cabanon du jardin, devant la maison de la falaise, répondit la fillette. J'avais ramassé un arrosoir mais la porte s'est refermée et une bête grattait les planches. Et puis il y a eu un gros bruit. J'ai appelé maman et je suis sortie pour aller la voir… La bête, c'était mon Sauvageon. Il m'a léché le nez et le menton.

— Mazette, il est plus finaud que moi, ce loup, blagua Pélagie. Faut croire qu'il avait senti où vous étiez, ta maman et toi.

Silencieuse, Abigaël appliquait sur la blessure de son oncle une compresse imbibée de pommade. Pour elle, ce qui s'était passé dans la maison du professeur Hitier n'avait rien d'anodin.

« J'ai beau me raisonner, je suis certaine que ce n'étaient pas des voyous en train de jouer aux durs, pensait-elle. Mais si je n'étais pas allée là-bas, il ne serait rien arrivé à mon oncle. Celui qui a tiré était affolé, il devait se cacher dans le souterrain. »

— Ne te creuse pas la cervelle, Abi, je vois que tu te fais du souci, décréta Yvon. Les émotions, ça me donne la fringale !

— Maman, c'est une maladie, la fringale ? s'étonna Annabelle.

Yvon Mousnier éclata de rire. Pourtant il était pâle sous son teint tanné par la vie en plein air.

— Tu seras maîtresse d'école, Belle, prêcha-t-il. La fringale, c'est avoir faim, petiote. Pélagie, si on débouchait du cidre ?

Abigaël se força à manger une crêpe. En survol de son anxiété légitime, elle revoyait aussi les traits harmonieux, presque sublimes, du jeune homme, mystérieusement tracés sur le rocher.

« Qui est-ce ? se demandait-elle. Je le saurai peut-être demain, ou jamais. »

Le loup vint poser sa belle tête grise sur ses genoux. Elle le caressa, touchée par son arrivée impromptue dans la vallée de l'Anguienne.

— Claire doit le chercher, dit-elle à voix haute. Après le goûter, j'irai chez votre voisin, celui qui a fait mettre une ligne, pour téléphoner au moulin.

— Béa voulait qu'on se branche, nous autres, soupira Pélagie, et elle était prête à payer, mais Yvon a refusé.

— Tu en profiteras pour causer aux gendarmes, Abi. Quand même, je ne suis pas tranquille.

— Oui, mon oncle, j'emmènerai Édith en landau, ça lui fera une petite balade.

À 22 heures, quand les deux petites furent endormies, Abigaël et le fermier purent enfin évoquer les récents événements, assis au coin du feu.

— Mon oncle, vous êtes au courant pour l'incendie qui a détruit les écuries du château ?

— Évidemment, mais devant ta gamine, je n'ai pas abordé le sujet. Béa et son aristo de mari sont venus nous raconter ça. Et puis la fausse couche qui a suivi. Quand le diable s'en mêle, comme on dit !

— Oh, le diable sert de couverture à des gens malfaisants qui ont besoin de semer le malheur, déplora la jeune femme. Mon grand-père évoque une suite de circonstances malheureuses, mais plus j'y réfléchis, plus j'ai la conviction qu'on veut nuire à notre famille.

Yvon hocha la tête, sa pipe au coin de la bouche. Il tisonna les braises avant de répondre.

— Notre famille, ça en fait du monde. Les Martignac, ceux du moulin, Pélagie et moi, et ton mari, vos filles. Pourquoi on nous chercherait des noises, hein ? En tous les cas, la prochaine fois, je t'écouterai. Tu avais un pressentiment, en me conseillant de ne pas aller dans le souterrain.

— Dieu soit loué, vous êtes sain et sauf. Les gendarmes seront là demain matin. Quand il a su ce qui était arrivé, Adrien voulait venir aussitôt. J'ai eu du mal à le convaincre de rester chez nous. Et puis je suis contente, Claire m'a dit de garder Sauvageon cette nuit, mais Ludivine est triste sans lui.

Abigaël caressa le loup couché à ses pieds, puis elle évoqua les lettres anonymes, ce qui scandalisa Yvon.

Ils discutèrent encore longtemps, tandis que l'horloge murale égrenait son tic-tac monotone.

— Misère, c'est peut-être bien une autre guerre qui commence, conclut le fermier au moment de monter se coucher.

— Peut-être, mon oncle.

Lorsqu'elle s'allongea, très lasse, sur son lit de jeune fille, on effleura à nouveau son visage. Un parfum de rose lui fut offert, qui la grisa.

— Merci, dit-elle dans un murmure. Merci…

8

Le retour à la fontaine

Vallée de l'Anguienne, vendredi 30 janvier 1953

Adrien tenait la main d'Abigaël. Ils suivaient de près Yvon, le commandant de gendarmerie et ses deux subalternes, qui étaient arrivés chez les Mousnier en milieu de matinée. Le faisceau des lampes éclairait surtout le sol argileux et glissant.

Après quelques palabres, il avait été décidé d'explorer le réseau de souterrains qui partait de la petite maison dans la falaise.

— Misère, c'est très humide, en cette saison, commenta le fermier. Il a tellement plu cet automne, l'eau s'infiltre.

L'écho des gouttelettes qui tombaient dans des flaques confirmait ses dires.

— Au moins, on voit bien les empreintes de l'individu qui vous a tiré dessus, fit remarquer un des gendarmes. On pourra même déterminer sa pointure. Faites attention à ne pas marcher sur les traces.

— Ce n'est pas toujours facile, répliqua Adrien.

Silencieuse, Abigaël éprouvait des sentiments mitigés. Elle ressentait une certaine satisfaction à parcourir de nouveau le souterrain, cependant elle gardait aussi de ces lieux de très mauvais souvenirs.

— Tout va bien, Abi ? lui demanda son mari.

— Oui, je suis contente que tu sois là. Tu as eu une bonne idée de venir avec Claire, sinon je n'aurais pas pu t'accompagner. Pélagie ne pouvait pas garder trois enfants toute seule.

Il étreignit plus fort ses doigts, en esquissant une moue inquiète.

— C'est quand même bizarre, dit-il. Les incidents s'enchaînent. On peut penser au hasard, mais Claire est de mon avis et elle se fait du souci.

— Elle devait être contrariée de laisser Ludivine ?

— Quentin a pris sa journée pour rester au moulin, de ce côté il n'y a pas de problème.

Soudain, un juron retentit sous la voûte rocheuse. Le couple reconnut la voix grave d'Yvon.

— Ne touchez à rien, monsieur Mousnier ! ordonna tout de suite un des gendarmes.

Adrien aperçut une malle en fer dont le couvercle était ouvert. On l'avait posée sur des planches, sans doute pour éviter le contact avec l'argile boueuse.

— Bon sang, il y a un petit arsenal là-dedans, s'étonna le fermier. Qui a stocké ça ici ?

— J'aimerais bien le savoir, rétorqua le commandant qui s'était déplacé en personne, intéressé par cette affaire peu commune. Est-ce qu'on est encore loin de l'issue par le sentier de Tivoli ?

— Non, une vingtaine de mètres. Voyez, sur votre gauche, il y a une autre galerie, celle qui mène au lac situé sous la cathédrale d'Angoulême. Elle est beaucoup plus longue, mais plus facile à prendre. Une partie a été consolidée par des pierres, ça lui donne un aspect de tunnel.

Abigaël se sentit oppressée. Elle s'accrocha au bras d'Adrien, en quête de réconfort.

— Je préfère rentrer à la ferme, souffla-t-elle. J'ai eu tort de vouloir venir. Je vais prendre ta lampe. Je connais bien le parcours, il n'y a aucun danger.

— Tu en es sûre, Abi ? Sinon je te ramène.

— Mais non, oncle Yvon était soulagé que tu sois là. Je t'en prie, je dois sortir d'ici.

Il hésitait, partagé entre l'envie de savoir quelles armes contenait la malle et son devoir d'époux. Abigaël ne lui laissa pas le temps de réfléchir davantage. Elle prit sa lampe et après lui avoir donné un rapide baiser, elle s'éloigna précipitamment.

— Qu'est-ce qui se passe ? interrogea le fermier qui avait assisté à la scène du coin de l'œil.

— Sûrement de pénibles réminiscences, expliqua Adrien.

— Ouais, je comprends ça, il y a eu du grabuge, ici, pendant la guerre. Abi n'aurait même pas dû nous suivre. Viens par là, les gendarmes ont fait une autre découverte.

Abigaël percevait encore leurs voix, sans distinguer le sens de leurs paroles. Elle s'en moquait, poussée par une force étrange vers la lumière et l'air libre. Les bottes en caoutchouc qu'elle avait empruntées à Pélagie lui étaient un peu trop grandes et l'empêchaient d'avancer aussi vite qu'elle le souhaitait.

— Il faut absolument condamner tous les accès à ces galeries, dit-elle à mi-voix. Pour moi, c'est aussi la tombe d'un mort sans sacrements.

Sa mémoire lui renvoya l'image d'un homme s'enfonçant dans l'eau noire du lac souterrain où son cadavre se trouvait toujours. Elle en eut un haut-le-cœur et s'arrêta un instant. Une main saisit alors la sienne pour l'entraîner en avant.

— Qui est là ? Adrien ?

Malgré les ténèbres environnantes, Abigaël constata qu'elle était bel et bien seule. Pourtant des doigts tièdes serrèrent encore les siens quelques secondes. Puis il y eut ces mots formulés dans son esprit :

— Je vous attends à la fontaine.

Elle ne répondit pas immédiatement, un peu surprise, car elle avait prévu de s'y rendre avant de retourner à la ferme. C'était comme un appel insistant, depuis son réveil.

— Est-ce vous dont j'ai vu le visage sur le rocher, hier? dit-elle tout bas. Vous aussi qui me dictiez des messages?

— Vous le savez, pourquoi le demander? répliqua-t-on.

Cette fois, la voix, d'une douceur caressante, avait résonné sous la voûte, amplifiée par les profondeurs de la terre. Sidérée par ce phénomène insolite, Abigaël était désemparée. Elle se hâta vers le rectangle faiblement lumineux qui se dessinait dans le noir et indiquait le placard de la maison des falaises.

— Quel soulagement, je n'en pouvais plus de l'obscurité, dit-elle en se retrouvant en bas de la mezzanine.

D'un geste rapide, elle posa la lampe sur la table. Tôt le matin, dès son lever, elle avait remis la pièce en ordre avec l'aide de Belle. La petite fille s'était beaucoup amusée en ramassant la farine qu'elle jetait ensuite dans le jardinet, équipée d'une pelle et d'une balayette.

— On dirait presque qu'il a neigé par endroits. Les oiseaux en mangeront, murmura Abigaël lorsqu'elle descendit la courte allée menant au chemin.

Tandis qu'elle marchait jusqu'à la fontaine aux arches, elle évoqua le beau visage aperçu fugacement la veille. N'ayant jamais connu une situation similaire, elle était très curieuse de savoir la raison des visites de cette âme errante, bienveillante mais maladroite.

«J'ai dû lutter contre des entités dangereuses, s'avoua-t-elle. L'ermite de la vallée m'a même aidée à vaincre un démon, mais là je sens qu'il n'y a aucun danger.»

Abigaël fit une courte halte devant la falaise qui abritait la fontaine, toujours fascinée par le chuchotis de l'eau vive et le parfum des buis. Elle franchit peu après la vieille porte, en quête de l'apparition espérée.

— Je suis là, dit-elle. Et vous?

Aucun visage ne se dessina sur la paroi. Un peu déçue, la jeune femme s'assit sur le sol et plongea sa main dans la source.

— J'ai aidé de nombreuses âmes égarées, parfois en souffrance, à s'élever vers la lumière, ajouta-t-elle.

Ma chère maman, morte très jeune, avait le même don et la même mission sur terre. Je peux voir les défunts, et ils sont souvent étonnés de rencontrer quelqu'un capable de les distinguer, de communiquer avec eux. Il faut vous montrer, je vous aiderai à quitter le monde terrestre.

— Je n'arrive pas à être visible, lui répondit-on à son oreille. Abigaël, je suis déjà dans la lumière dont vous parlez.

— Seigneur, je ne comprends rien, plaida-t-elle. Je vous entends comme si vous étiez vivant, alors que d'habitude je perçois la voix des défunts dans mon esprit. Pourquoi ? Et mon prénom, comment le connaissez-vous ?

— Il existe d'innombrables questions sans réponse au sein de l'immense Univers. Je n'ai pas pu oublier votre prénom, puisque vous êtes la dernière personne qui m'a souri avant que je sois tué, le 20 juin 1940.

— Le 20 juin 1940 ? répéta-t-elle. Tant de gens sont morts ces jours-là, pendant l'exode.

— Grâce à Dieu, je vous ai sauvé la vie. Cinq minutes plus tard, j'ai perdu la mienne.

Le cœur d'Abigaël s'emballa. Elle regarda partout avec le vif désir de voir celui qui lui parlait.

— Je sais, enfin peut-être... À cette date, je fuyais Tours, les avions allemands volaient bas et mitraillaient les fugitifs. Seriez-vous ce jeune homme qui m'a relevée, quand un attelage allait me piétiner ?

Au même moment, un brouhaha de voix, bien humaines celles-ci, troubla le silence. Le professeur Jacques Hitier appela la jeune femme, en lui faisant signe. Derrière lui marchait son épouse Marie, la tante d'Abigaël. Vêtue d'un manteau d'astrakan noir, elle avait noué un foulard chamarré sur ses boucles grises.

— Abi, Claire nous a dit que tu étais dans le souterrain avec Yvon, Adrien et des gendarmes ! s'écria-t-elle. Nous venions à votre rencontre. Que fais-tu ici ?

— Je me sentais mal, tantine, je suis sortie. Mais, et vous ?

— En fait, hier soir, j'ai téléphoné au Moulin du Loup, pour avoir des nouvelles de Ludivine. En ville, nous sommes voisines, j'étais au courant pour ces ignobles lettres anonymes. Claire nous a expliqué ce qui s'était passé dans le souterrain. Jacques était bouleversé en apprenant qu'on avait blessé ton oncle.

Abigaël regagna le chemin pour embrasser sa tante, qui lui avait servi de mère. Le professeur Hitier l'attira dans ses bras et déposa un baiser sur son front. L'éminent historien avait encore, à quatre-vingt-deux ans, une physionomie agréable. Il portait ses cheveux d'un blanc argenté coupés ras et derrière ses lunettes, son regard clair demeurait incisif.

— Nous voici revenus au temps agité de la Résistance, dit-il, en ancien chef de réseau. Je me demande qui a osé tirer sur ce brave Yvon. Je ne pouvais pas tenir en place, alors nous avons pris un taxi.

— Nous avons amené Grégoire. Il était tout content de revoir sa mère, précisa Marie. Oh, tu as une petite mine, Abi. J'ai cru que tu discutais avec quelqu'un, mais tu étais seule, ou bien ? Tu me comprends, une âme errante, peut-être ?

— J'exprimais tout haut ce que je pensais, tantine. Il n'y a personne, mentit la jeune femme, estimant qu'il était prématuré de se confier à Marie.

— Hum, fit celle-ci, un peu méfiante. Je ne sais plus rien de ta vie et de tes expériences, désormais. Pourtant, avant ton mariage, nous partagions bien des choses.

— Tantine, si c'est un reproche, il est injustifié. Vous ne me rendez guère de visites, Jacques et toi. De même, nous sommes rarement invités chez vous depuis votre installation rue de l'Arsenal, il y aura bientôt un an, lui signifia Abigaël. Adrien a pu acheter une voiture, nous viendrions avec plaisir. Annabelle rêve de jouer dans le jardin de l'hôtel de ville.

— Allons, allons, inutile d'aborder ce sujet, il y a plus grave, trancha le professeur. Nous pourrions être en train de pleurer Yvon à l'heure présente. Retournons à la ferme, madame Claire berçait ta petite Édith qui pleurait fort.

— Elle était sûrement affamée, renchérit Marie.

— J'en doute, je l'ai allaitée avant de partir, mais je rentre vite. Prenez votre temps.

Une atmosphère sereine régnait dans la cuisine de la ferme quand Abigaël y pénétra, inquiète pour son bébé. Elle vit Édith endormie dans les bras de Claire, et Annabelle occupée à dessiner, assise à la grande table. Grégoire contemplait la fillette d'un air extasié. Ses mèches rousses bien peignées, il gardait des traits enfantins.

— B'jour, Abi, dit-il en riant aux éclats. J'suis content de voir Belle, jolie, Belle.

— Maman, je fais un dessin pour Grégoire, c'est mon ami.

Le jeune handicapé se tenait bien droit sur sa chaise et il avait une allure soignée, due aux exigences de Marie en matière d'hygiène et d'éducation.

— Bonjour, Grégoire, répondit Abigaël en allant l'embrasser. Tu portes un costume et une cravate ! Et tu as les cheveux tout brillants.

— Oui, tu as vu ça, comme il est fier, mon fiston, se rengorgea Pélagie. Montre donc que tu connais tes lettres, Grégoire ! Tu as apporté ton livre de lecture.

— Pas maintenant, m'man.

— Mais oui, nous avons le temps, protesta Abigaël. Tantine et le professeur me suivent. Il faudrait préparer un déjeuner pour tout le monde. Je vais vous aider, Pélagie.

Claire demeurait d'un calme olympien, penchée sur Édith. Elle aimait les tout-petits, car pendant des années, elle s'était désespérée de ne pas avoir d'enfant.

— Votre dernière-née est vraiment adorable, Abi, dit-elle avec un soupir ravi.

— Merci, j'avoue qu'Édith fait preuve d'un bon caractère. Je suis désolée si vous avez dû la calmer, tantine m'a dit qu'elle pleurait.

— Cette mignonne devait avoir de l'air qui la gênait, mais une fois dans mes bras, elle a gazouillé, affirma Claire.

Abigaël approuva, consciente d'être dans un état d'exaltation anormal. La voix qu'elle avait entendue à la fontaine semblait chanter encore à ses oreilles et elle déplorait la venue inopinée de sa tante et du professeur Hitier. Le beau visage aperçu sur la paroi rocheuse l'obsédait tout autant.

« Il n'a pas eu le temps de me répondre, se disait-elle. Mais c'est lui, forcément, s'il est mort ce jour-là. »

Pélagie s'affairait autour de la gazinière. Elle avait pris deux grands bocaux dans le cellier afin de nourrir ses invités imprévus.

— C'est du civet de lièvre, annonça-t-elle. Par chance, j'ai du pain, maintenant qu'un boulanger passe dans la vallée. Mazette, on sera plus de six à table au lieu de trois. Sans compter la petite Belle. Je mets du riz à cuire, ça fera un accompagnement. Tu aimes toujours le riz, Grégoire ?

— Oui, m'man, c'est bon, le riz.

Annabelle releva le nez de son dessin pour sourire au jeune handicapé. Il lui inspirait une vive compassion et une affection spontanée.

— Je t'aime beaucoup, Grégoire, dit-elle tout bas. Tu es un héros, papa me l'a raconté.

— Non, pas héros, moi, pouffa-t-il en rougissant.

— Tu as sauvé la vie d'Adrien, ou la mienne, on ne saura jamais, déclara Abigaël.

Elle accorda une brève pensée à son premier mari, le notaire Maxence Vermont, qui avait été condamné à huit ans de prison pour tentative de meurtre. Depuis un replat de rocher, il avait tiré sur Adrien et elle, mais Grégoire s'était jeté devant eux et avait été gravement atteint aux poumons.

« Il a dû purger sa peine. Quentin s'est renseigné à son sujet et il paraît qu'il vit désormais à Lille. Ses parents aussi ont quitté la région. »

Marie et Jacques Hitier arrivaient enfin, bras dessus bras dessous, mais ils n'étaient pas seuls. Béatrice de Martignac les suivait.

— C'est-y pas possible ! s'exclama Pélagie. Qui voilà ? Notre Béa ! Et les petits ?

— Maman, j'ai une nurse, alors je suis passée en coup de vent. On a failli tuer mon père, dès que je l'ai su, j'ai pris ma voiture.

— Qui te l'a dit ? demanda Abigaël en embrassant sa cousine.

— Quentin a téléphoné au château pour donner des nouvelles de Ludivine et nous avertir qu'elle était installée au moulin. Bien sûr, il nous a raconté ce qui s'est passé. Oh, Grégoire, quel beau jeune homme tu fais !

Béatrice gratifia son frère de deux petites bises sur les joues, puis elle étreignit sa mère.

— Encore une histoire de fous, ce type planqué dans le souterrain, déplora-t-elle en saluant Claire d'une respectueuse poignée de main. Le professeur m'a expliqué que le commandant de la gendarmerie s'est déplacé en personne. J'espère qu'ils trouveront vite le coupable. De notre côté, rien de neuf, l'incendiaire court encore. Je dors mal, j'imagine sans cesse qu'une nuit le château brûlera.

— Non, le château ne brûlera pas, décréta Annabelle en se levant de sa chaise. Parce que j'ai vu... Rien... Je n'ai rien vu.

Abigaël s'accroupit pour faire face à sa fille qui faisait une moue chagrine.

— Belle, si tu as vu quelque chose, tu peux nous le dire. C'est peut-être important, surtout pour rassurer Béatrice.

— Mais après, papa est fâché, murmura la petite.

— Ton père ne le saura pas, mignonne, insista Pélagie. Dis-nous donc, y a mes deux petits-fils là-bas, à Torsac. Même si je ne les vois pas souvent, je les aime, ces chérubins.

Marie Hitier assistait à la scène d'un air soucieux. Elle qui n'appréciait guère Adrien, nul ne savait vraiment pourquoi, était pourtant d'accord avec lui sur un point : le don précoce de voyance de Belle la dérangeait et l'effrayait un peu.

— Il ne faut pas l'écouter, avança-t-elle à mi-voix. À son âge, elle peut inventer certaines choses pour se rendre intéressante.

— Tu te trompes, tantine, ma fille n'est pas comme ça. Viens, allons parler dehors, Belle. Je te fais confiance, tu le sais.

Elles se promenèrent dans les étroites allées du potager. La petite fille cueillit un brin de thym et le respira, les yeux fermés.

— Il y aura une grande fête au château, maman, lâcha-t-elle enfin. J'ai vu des feuilles sur les arbres et plein de fleurs. La fête sera dans le parc, et toi tu auras une jolie robe bleue et tes cheveux en l'air.

— Coiffés en chignon, c'est ça ?

— Euh, oui, en chignon. En plus, bébé Antoine marchait, tante Béa lui tenait la main.

— Donc ce serait cet été. Je vais le dire à Béatrice, ça la tranquillisera. Belle, tu ne dois pas avoir peur de mettre papa en colère. Tu es née ainsi, personne ne pourra te changer, d'accord ?

Soudain l'enfant éclata en sanglots, en tendant les bras vers sa mère. Elle paraissait prise de panique.

— Maman, et si c'était pas vrai ce que j'ai vu ? Si Philippe et Antoine ils meurent dans le feu !

Attendrie, Abigaël souleva sa fille et la câlina, en la serrant fort contre son cœur.

— Ne crains rien, le château est très grand, même s'il y avait le feu, mon oncle Louis pourrait faire sortir tout le monde. Viens, rentrons, tu vas attraper froid.

Une heure plus tard, la cuisine de la ferme retentissait du bruit des discussions, où dominait la grosse voix grave d'Yvon, assis en bout de table. Pélagie ne pensait même pas à trouver une place, occupée à servir du pain, du vin, du pâté.

— Je me fie aux compétences du commandant de gendarmerie, déclara le professeur Hitier entre deux gorgées d'eau.

— Ouais, si le loustic qui m'a tiré dessus ne portait pas de gants, on aura une chance de l'identifier. Il reste le couteau. Il a été nettoyé en vitesse, du coup il y a des traces de sang.

— Seigneur, quelle horreur, j'en ai des frissons, se plaignit Marie.

— On aurait pu passer à côté, précisa Adrien. L'arme était enveloppée dans un tissu et enfouie dans une faille de la roche. Les gendarmes pensent qu'une bande de voyous a élu domicile dans la cave qui donne accès au souterrain.

— Nom d'un chien, ça sautait aux yeux, renchérit Yvon. Les gars avaient laissé des bouteilles de bière vides et des boîtes de conserve récurées. Une vraie planque.

— Le commandant tient à alerter le commissaire Rigaud, d'après ce que j'ai compris, commenta Hitier. Une mesure va s'imposer, Yvon, il faut condamner le faux placard.

— C'est prévu, prof, de toute façon, la maison dans la falaise m'appartient, les travaux me reviennent, admit le fermier. J'irai acheter du ciment et des briques, enfin après l'enquête, parce que la police et les gendarmes vont faire d'autres fouilles.

— Je t'aiderai à payer les frais, papa, déclara Béatrice.

— Hé, fifille, déjà tu es venue voir si ton vieux père tenait encore debout, ça me suffit. Gardez vos sous, ton châtelain et toi. Vous n'êtes pas si riches, à ce qu'il paraît.

— Oh, papa, nous avons plus d'argent que toi.

— Pour sûr, renchérit Pélagie.

Claire mangeait du bout des lèvres, en observant Abigaël qui n'avait pas prononcé un seul mot. Après le dessert, composé de noix et de biscuits, la fermière servit du café.

— Bien, nous allons partir sans trop tarder, annonça Adrien. Tu devrais monter prendre tes affaires, Abi.

— Je suis désolée, mais je reste ici. Belle serait déçue et je veux continuer à soigner mon oncle. Reviens nous chercher dimanche, comme prévu.

— Mais je préférerais vous ramener, insista-t-il.

— Je t'en prie, ne changeons rien, mon chéri.

Abigaël ponctua ce terme qu'elle utilisait rarement d'un grand sourire. Vaincu, son mari capitula.

— Je m'incline devant la volonté de ma belle épouse, plaisanta-t-il, un peu vexé néanmoins.

— En tous les cas, je rentre avec vous, Adrien, lui dit Claire gentiment. J'ai promis à Ludivine d'être de retour pour le goûter. Mais d'abord, je voudrais aider Pélagie à débarrasser la table.

La remarque porta ses fruits. Tout de suite, Marie, Béatrice et Abigaël se mirent au travail. Les trois hommes sortirent afin de discuter. Annabelle en profita pour entraîner Grégoire dans le jardin, car elle voulait jouer au ballon.

— Je vous remercie d'être venue ce matin, dit Abigaël à Claire, dans le vestibule. Vous savez apaiser les bébés, sans vous, je ne serais pas allée dans le souterrain avec mon mari.

— Pour en ressortir bien vite, si j'en crois votre oncle Yvon. Ma chère Abi, vous êtes différente aujourd'hui. Votre aura a la couleur merveilleuse d'une aube d'été, rose et or.

— Mon aura, vous l'avez perçue ?

— Par instants, oui. Vous savez que cette capacité m'a été en quelque sorte léguée par le vieux père Maraud, ce fantasque rebouteux. Il nous a rendu visite à toutes les deux en rêve, toujours à bon escient. J'étais très émue de distinguer cette clarté exquise autour de votre jolie tête. Ne rougissez pas, je ne voulais pas vous mettre mal à l'aise.

— En fait, je suis gênée, peut-être que vous m'avez trouvée très distraite pendant le repas. Mais j'avais perdu l'habitude d'une telle assemblée.

— Je vous l'accorde, c'était très bruyant et agité. N'ayez pas cet air contrit, Abi. Que se passe-t-il ?

— Si je dois en parler, Claire, ce sera à vous, qui êtes la seule à pouvoir comprendre.

— Je patienterai, ma chère petite, affirma-t-elle en lui caressant la joue. Prenez bien soin de vos adorables filles.

Béatrice était repartie pour Torsac en milieu d'après-midi. Maintenant, Yvon et Abigaël regardaient s'éloigner le taxi qui était venu chercher Marie et Jacques Hitier à 18 heures. Grégoire avait pleuré en embrassant ses parents, mais il était monté sagement dans la voiture.

— Pauvre gosse, soupira le fermier. On l'a confié à ta tante pour son bien, j'espère qu'il le sait. J'en ai le cœur brisé.

— Vous devriez le reprendre, mon oncle. Tantine est une excellente éducatrice, cependant vous êtes sa famille.

— Bah, Marie s'est mis en tête de le faire lire et ensuite de lui trouver un emploi adapté à son handicap. Comment s'y opposer ? On ne sera pas toujours là. Tiens, un exemple, je pourrais être mort hier et la ferme serait tombée à vau-l'eau.

La jeune femme glissa son bras sous celui d'Yvon. Elle avait trouvé en lui un père de substitution, malgré des débuts ardus, dix ans auparavant.

— Non, vous vivrez très vieux, répondit-elle. Et autant mettre les choses au clair, même s'il se produisait un malheur, jamais je n'abandonnerais Grégoire. Je l'aime beaucoup.

— Je m'en doute, tu es un ange, Abi.

— Pas du tout. Rentrons au chaud, il fait froid dès que le soleil se couche.

— Ce n'est pas de refus. Avant ça, donne-moi ton avis sur Béa ! On dirait qu'elle va laisser ses petiots à la nurse la moitié du temps. Tu l'as entendue appuyer sur le mot « nurse », en imitant les dames du monde. Fichtre, je n'la reconnais plus, ma gamine.

— Béatrice est une excellente maman, je vous assure, mais l'entretien du château l'accapare. Avant d'engager Garance, la nounou, elle avait du mal à surveiller Philippe, qui est très turbulent, tout en s'occupant d'Antoine.

— Garance, en voilà un prénom bizarre, commenta Yvon en s'esclaffant. Allez, à la soupe. Je suis vanné ce soir, on ira au lit comme les poules.

Abigaël approuva, déterminée à se rendre seule à la fontaine. Toute la maisonnée dormait lorsqu'elle sortit sur la pointe des pieds quatre heures plus tard.

« Pourvu qu'Édith ne se réveille pas, elle fait ses nuits, mais on ne sait jamais, se disait-elle. Je ne m'attarderai pas. »

Son escapade lui rappelait l'époque de ses rendez-vous secrets avec Adrien, lorsqu'ils se cachaient, Cécile et lui, dans une des grottes haut perchées d'une falaise voisine. Elle s'exhorta à voix basse, en courant sur le chemin.

— Je dois connaître son prénom, son nom. Pourquoi prétend-il être déjà dans la lumière ? Est-ce son visage que j'ai vu ? Il ne ressemblait pas vraiment au jeune homme qui m'a sauvée.

Elle avait emporté une lampe à pile, mais la lune éclairait assez pour ne pas l'utiliser. Son cœur s'affola en approchant de la fontaine, comme si elle était en faute.

— Je ne fais rien de mal, se dit-elle comme pour s'en persuader.

Une fois sous l'avancée rocheuse, Abigaël s'apaisa. Du bout des doigts, elle effleura la surface de la table en pierre puis elle s'agenouilla au bord de la source. L'eau lui sembla brillante, captant la moindre luminosité.

— Je suis là, fit un timbre mélodieux contre sa joue. Je vous attendais. Nous avons été importunés par votre tante.

— Ma tante ? Comment le savez-vous ?

— Ce jour là, à Tours, vous l'avez nommée « tantine ». J'ai l'impression que c'était hier.

— Je vous en prie, je n'ai pas beaucoup de temps, dites-moi votre nom !

— Gabriel, mon nom de famille n'a plus d'importance.

— Gabriel, une chose m'étonne. Si vous vous êtes élevé vers la lumière, pourquoi revenir sur terre, parmi nous ? J'ai déjà vu des défunts apparaître durant quelques secondes pour emmener une âme égarée. Le plus souvent, il s'agit de parents proches ou d'un être aimé. Ils sont magnifiques, nimbés d'or ou d'argent et si lumineux, mais je ne vous vois pas et... même invisible, je doute que vous veniez chercher une âme errante.

— Je suis là pour vous, Abigaël.

Complètement désemparée, la jeune femme préféra s'asseoir et s'appuyer à la paroi la plus proche.

— Je comprends de moins en moins, déplora-t-elle.

— On m'a envoyé vous protéger, puisque votre existence terrestre est très précieuse. Enfin, je vous confie ma déduction. Quand je dis qu'on m'a envoyé, il s'agit d'un message reçu dans mon esprit. J'essaie de vous expliquer un peu mieux. J'ai eu conscience de ma mort, atteint par une balle près du cœur. Pendant quelques secondes, j'ai su que j'étais condamné, puis j'ai sombré. Il s'est ensuivi une longue période de sommeil, une sorte de néant.

— Étiez-vous croyant ? l'interrompit Abigaël. Conceviez-vous la survie de l'âme ?

— Absolument pas, cependant mes parents m'avaient éduqué avec des valeurs morales strictes et j'étais enclin à la bonté, à la charité. Pourquoi cette question ?

— J'ai beaucoup étudié le paranormal, ma tante aussi. Si l'on meurt en étant certain qu'il n'y a rien après, on plonge dans le néant. Enfin, je ne peux pas en discuter ce soir.

— Une autre fois alors... Je voudrais juste vous dire que je me suis réveillé de ce doux néant en pensant à vous, à l'adolescente de Tours que j'avais tenue dans mes bras. Je revoyais votre joli visage innocent, vos yeux si bleus, vos longs cheveux couleur de miel. Soudain des prières ont résonné en moi, une musique céleste, et j'ai été transporté vers un univers d'harmonie, au sein de la plus belle lumière qui soit. Je me sentais un pur esprit et c'était extraordinaire.

Les paroles de Gabriel faisaient trembler d'émotion la jeune femme. Elle n'osait rien envisager, pourtant une idée la traversa.

— Seriez-vous un ange ?

— J'ignore ce que je suis vraiment, aucun mot ne me semble correspondre. J'ai une certitude, je dois veiller sur vous car vous êtes menacée. Cela dit, j'en suis enchanté et j'ai l'impression que vous avez bien des choses à m'enseigner.

Abigaël répondit un « oui » presque inaudible. Elle faisait un violent effort pour tenter de voir la physionomie du visiteur de l'au-delà. S'il était incapable de se montrer, elle pouvait l'aider à se matérialiser.

— Ne craignez rien, ajouta-t-il. Je sais être discret, il me suffit de fermer mon esprit à votre image et je vous laisse mener votre quotidien.

— Je vous remercie de me rassurer sur ce point.

Elle regarda du côté où le visage s'était dessiné sur la paroi. Une forme floue, laiteuse, flottait au-dessus du sol. Soudain la vision se précisa, irradiée d'une clarté sublime. Comme à Tours, treize ans plus tôt, la beauté du jeune défunt fascina Abigaël, dont les yeux s'embuèrent de larmes.

— Qu'avez-vous ? s'étonna-t-il. Pourquoi pleurer ?

— Dieu m'accorde des grâces infinies, répondit-elle, tandis que l'obscurité reprenait ses droits.

Elle ne le voyait plus. Il parla de nouveau à son oreille.

— Vous étiez pressée, disons-nous au revoir.

— Au revoir, Gabriel.

Sur le chemin du retour, survoltée par ce qu'elle venait de vivre, Abigaël fut prise d'un doute effrayant. Exhortée à la méfiance par sa tante Marie, elle redouta tout à coup d'être victime d'un esprit démoniaque.

« Quel meilleur déguisement, au fond, qu'une apparence aussi belle ? Il se dit maladroit, mais dans le salon de Ponriant, j'ai eu la sensation qu'il me bousculait intentionnellement après m'avoir empêchée de toucher Adrien. »

Ces pensées la blessaient, à l'instar d'une offense envers ce messager de la lumière divine.

— Non, un esprit mauvais animé d'intentions néfastes ne pourrait pas être nimbé d'une clarté aussi magnifique, raisonna-t-elle à mi-voix. Et il m'a sauvé la vie à Tours.

Doutes et certitudes la tinrent en éveil des heures, ainsi qu'une envie lancinante de se retrouver en présence de Gabriel.

— Dimanche soir, j'en parlerai à Claire et à grand-père, se promit-elle.

Moulin du Loup, samedi 31 janvier 1953

Ludivine somnolait sur un divan acheté par Quentin le matin même. Allongée sous une couverture, des oreillers sous la tête, la jeune femme avait le teint cireux. Claire, assise à son chevet, se tourmentait beaucoup.

— Tu soupires sans arrêt, lui fit remarquer Bertille tout bas. Si tu me disais ce qui te tracasse ?

— Regarde bien ma fille, elle est souffrante. Je tiens sa main depuis dix minutes et je reçois des ondes inquiétantes sur son état de santé.

— Et le bébé ?

— L'enfant n'est pas affecté. Je vais appeler un médecin, je suis trop inquiète. Quitte à se déplacer, il auscultera Jakob et toi aussi, princesse.

— Je me porte comme un charme, se défendit sa cousine.

— Tu ne me tromperas pas, protesta Claire. Tu dors à peine, tu ne manges presque rien et la nuit, je t'entends crier.

— D'accord, je fais des cauchemars, et alors? Ce n'est pas une maladie. Mais je pourrais faire une cure de vitamines ou d'iode. De toute façon, dès que Jakob ira mieux, nous passerons un mois au bord de la mer. Où est Quentin ?

— Il devait rendre visite à son père. Louis souhaitait lui parler des travaux à faire dans le château.

— Tout va de travers, trancha Bertille, son fin visage tendu par l'angoisse. Et Corentine continue de me torturer en rêve !

— Je sais, princesse, mais ce ne sont que de mauvais rêves. Je t'ai recommandé de prier pour l'âme de ton ancienne belle-fille. Cette malheureuse a connu l'enfer sur terre et d'après mes lectures, sa mort a pu être épouvantable.

— Ce n'est pas une raison pour se venger sur moi, se rebiffa l'intraitable Bertille. J'ai souffert de son caractère lorsque j'étais mariée à son père, mon cher Bertrand, mais lors de notre toute dernière rencontre, elle m'avait semblé sereine et m'avait même présenté des excuses. De toute évidence, sa haine contre moi est en réalité intacte. Je demanderai l'aide d'Abi dès qu'elle sera revenue.

Pierre Lussac, qui descendait l'escalier, avait entendu. Il prit place sur le banc et s'accouda à la table.

— Je voudrais tant vous soulager, ma chère amie, dit-il. Hélas, si je perçois des présences et si j'ai pu voir des défunts chers à mon cœur, je ne serai jamais un passeur d'âmes.

Attendrie par cet aveu, Claire adressa un grand sourire à son compagnon. Elle n'aurait lâché la main de Ludivine pour rien au monde, mais elle puisa du réconfort dans le regard très bleu du noble vieillard.

— Vous avoir près de nous, Pierre, est déjà bénéfique. Chacun apporte son soutien à sa manière.

Il approuva d'un air songeur, avant de déclarer d'un ton jovial :

— Je vais me rendre utile en vous préparant du thé à la bergamote. Nous goûterons aux biscuits anglais que Quentin vous a offerts.

On toqua deux coups à la porte, puis Martine entra. C'était une jeune femme de Puymoyen employée au moulin depuis trois ans. Efficace et dévouée, elle faisait le ménage et s'occupait des lessives. Jakob étant convalescent, elle soignait aussi les animaux.

— Je suis navrée de vous déranger, dit-elle dans un souffle.

— Vous ne nous dérangez jamais, Martine, affirma Claire. Si vous preniez une tasse de thé avec nous ?

— Oh non, ce n'est pas le moment, Madame. J'ai nourri la basse-cour et remis de l'eau aux chevaux qui sont dans le pré derrière les étendoirs, mais...

— Mais quoi ? s'impatienta Bertille.

— Les chèvres sont mortes !

— Quoi ? s'écria Claire en se levant. Mes chèvres ?

— Toutes les quatre, Madame. Ce matin, elles étaient en bonne forme, je vous assure. Et là, je voulais leur donner du foin et de l'eau propre... Mon Dieu, le choc que j'ai eu en les voyant couchées sur la paille.

Livide, Claire porta une main à son cœur. Elle vouait une réelle affection à ses biquettes, comme elle les appelait.

— Les deux plus jeunes allaient avoir des petits, gémit-elle.

Pierre s'était précipité pour la soutenir. Effarée, Bertille se mordillait la lèvre inférieure.

— Maman, ça continue, fit une voix.

Ludivine s'était réveillée et se redressait, en appui sur un coude. Son sublime regard d'un bleu profond se voila de larmes.

— Tes pauvres biquettes, maman, sanglota-t-elle. On te les a tuées, j'en suis sûre.

— Calme-toi, par pitié, lui dit Claire. Les chèvres peuvent attraper des maladies et si c'est contagieux, tout va très vite.

— Elles ont pu manger une plante toxique, avança Pierre, accablé par le chagrin de sa bien-aimée.

— Le souci, monsieur Lussac, c'est qu'elles ne sont pas sorties hier, Madame préférait les garder au chaud, précisa Martine, rouge de confusion.

— Le mieux est d'appeler le vétérinaire, soupira Claire. Et le médecin pour toi, Ludivine. Seigneur, quelle journée ! Pierre, restez ici, je vais à la bergerie.

Elle s'enveloppa d'un châle et enfila des bottes. Bertille, consternée par ce nouveau coup du sort, s'empressa de s'asseoir au bord du divan afin de consoler Ludivine.

— Ne pleure pas autant. Pense à ton bébé. Toi qui es toujours si forte, si courageuse, pourquoi te mets-tu dans des états pareils ?

— Je perds pied, tantine ! Ce doit être la grossesse, je me sens dix fois plus fragile, cent fois plus nerveuse. Tout ce qui se passe ces derniers jours me rend folle. Les lettres, le rat égorgé, l'incendie des écuries, et maintenant les chèvres de maman. Sans oublier qu'on me prédit un accouchement fatal.

— En effet, il y a de quoi céder à la panique, concéda Bertille. Ce sont peut-être des incidents sans rapport les uns avec les autres, mais si c'est le cas, on doit réagir et ne pas tomber dans le piège.

Pierre Lussac acquiesça d'un signe de tête. Tout en préparant du thé, il confia son opinion.

— Vous dites sans doute vrai, Bertille. Le but de ces gens si mal intentionnés pourrait être de semer la peur, de nous faire vivre dans un climat d'insécurité.

Un pas pesant ébranla alors l'escalier. Jakob Kern apparut en bas des marches. Il s'était habillé d'un costume en velours côtelé et d'un pull, sa tenue lorsqu'il travaillait à l'extérieur.

— J'arrête de me prélasser au lit alors qu'on a des ennuis, annonça-t-il. Pour l'heure, je veux voir les chèvres de Claire, je saurai aussi bien que le véto si elles ont été empoisonnées ou si c'est autre chose.

— Jakob, vous n'êtes pas rétabli ! s'écria Ludivine.

— Oui, c'est imprudent, renchérit Bertille.

— Ne vous faites pas de bile, mes jolies dames, blagua-t-il sans joie. On a besoin de moi, c'est le meilleur des remèdes.

Pendant qu'il chaussait des bottillons, son épouse le câlina, éperdue de joie de le revoir aussi vaillant.

— Courage, Poupette, murmura-t-il en l'embrassant. Et vous, Ludivine, tenez bon, pour l'enfant que vous attendez.

Jakob découvrit Claire à genoux près de sa chèvre la plus âgée, sa favorite. Elle caressait le front de la jolie bête blanc et noir, qui gisait sur le flanc.

— Ah, monsieur Kern, balbutia Martine. On a du chagrin, dites.

— Je comprends ça. Moi aussi, j'en ai gros sur le cœur.

Claire se tourna vers lui, son regard noir brillant de larmes. Elle désigna d'un geste las les trois autres cadavres.

— Pourquoi, Jakob ? demanda-t-elle d'une voix faible. Qui m'en veut à ce point ? Regardez dans la mangeoire, il reste des grains roses... C'est ignoble de s'en prendre à des animaux innocents.

— De la mort-aux-rats, marmonna le Mosellan en inspectant la mangeoire en pierre, adossée au mur du fond. Bon sang de bois, si je tenais le coupable !

Il aida Claire à se relever et lui tapota doucement l'épaule. Dans le regard amical qu'ils échangèrent se lisaient la même anxiété et la même tristesse.

9

La beauté des anges

Vallée des Eaux-Claires, dimanche 1er février 1953

Adrien roulait toujours au ralenti sur le chemin des falaises. Il réprima un soupir en passant devant le porche du Moulin du Loup. Abigaël, assise à l'arrière, tenait Édith dans ses bras.

— Dépose-moi ici, s'il te plaît, lui demanda-t-elle. Rentre à la maison.

— Mais, et les petites ?

— Je ne serai pas longue. Prépare de la soupe aux vermicelles. Je veux voir Claire, elle doit être tellement triste.

— Tu iras demain, Abi, rien ne presse. Déjà ce matin, Claire semblait remise de ses émotions. Il est tard, il faut faire dîner Annabelle.

— Je vais t'aider, papa, affirma la fillette. Je suis un peu grande maintenant.

— Prends le bébé, Belle. Tiens-la bien, je fais au plus vite.

Sans attendre de nouvelles protestations de son mari, Abigaël descendit de la voiture et s'éloigna en courant. Adrien lui avait appris la mort suspecte des chèvres en toute discrétion, afin de ne pas choquer Annabelle, qui les aimait beaucoup.

« Alors ça continue », avait pensé la jeune femme, désolée.

Les fenêtres de la cuisine, toutes illuminées, se dessinaient parmi les ombres bleuâtres du crépuscule. Elle traversa la grande cour pavée et grimpa les marches du perron. La porte s'ouvrit sur Jakob.

— On vous a vue arriver, expliqua le Mosellan en la saluant de son bon sourire. Entrez vite, il fait froid.

Le tableau que découvrit Abigaël avait cette note familière et chaleureuse qu'elle appréciait tant. Ludivine, bien installée sur un divan, disputait une partie d'échecs avec Pierre Lussac, un excellent joueur. Claire, un tablier noué à la taille, était penchée sur la colossale cuisinière en fonte, où elle remuait avec une cuillère le contenu d'une marmite. Quant à Bertille, assise à la longue table, elle feuilletait une revue féminine.

— Voici notre Abi ! s'écria-t-elle. Bienvenue dans la tourmente.

— Je venais tenter de vous réconforter, répliqua la visiteuse. Quand Adrien m'a raconté ce qui s'était passé, j'ai eu mal au cœur.

— Telle que je vous connais, Abi, je m'en doutais, admit Claire en l'embrassant. Mais Yvon a été blessé. Le sort d'un fidèle ami doit davantage nous préoccuper que celui de nos animaux.

— Bien sûr, cependant mon oncle était désolé pour vous. Il partage votre peine. Si on faisait du mal à ses chevaux…

— Et aux nôtres, renchérit Jakob. Ce soir, j'ai mis Perle, Vulcain et Éclair à l'écurie, en cadenassant la porte.

Pierre abandonna l'échiquier, sur le conseil de Ludivine, pour aller embrasser Abigaël.

— Ma douce enfant, c'est gentil d'être venue, soupira-t-il. Nous pensons tous à de la malveillance. Reste à trouver la cause de ces actes.

— Ces derniers jours, Martine, notre employée, était un peu débordée car elle faisait aussi le travail de Jakob, ajouta Claire. Mais je soignais souvent les chèvres et les chevaux avec elle. La pauvre, elle pleurait encore plus que moi.

— Évidemment, elle craignait d'être soupçonnée, indiqua Bertille d'un ton sec. Nous ne sommes pas idiots à ce point.

— Mais comment de la mort-aux-rats est-elle arrivée dans la mangeoire des chèvres ? s'étonna Abigaël. Pour s'introduire dans la bergerie, il faut passer par la cour et, des fenêtres de l'imprimerie, on voit les gens qui viennent ici.

Claire secoua la tête pour avouer son incompréhension. Elle était très pâle, les paupières meurtries.

— Désormais, je vais vivre dans la peur, Abi, confessa-t-elle. On peut empoisonner Sauvageon ou blesser les chevaux.

— Il faut déposer une plainte, tempêta Bertille. Au fait, comment va ton oncle ? Les gendarmes ont mis la main sur le coupable ?

— Non, hélas, mais le couteau qu'ils ont découvert avait encore des traces de sang. Ils vont le faire analyser. Soyez très prudents, je dois rejoindre Adrien à qui j'ai confié les petites. Et toi, Ludivine, est-ce que tu te sens mieux ? Quentin n'est pas là ?

— Il préfère dormir à Angoulême, il doit être très tôt au tribunal.

Abigaël étudia le visage amaigri de son amie. Ses yeux cernés et son teint cireux l'inquiétèrent.

— Repose-toi, je reviendrai demain matin.

Pierre Lussac raccompagna sa petite-fille sur le perron. Il tira la lourde porte cloutée derrière lui.

— Claire n'a pas osé t'en parler, murmura-t-il, mais nous voudrions tous que vous vous installiez quelques semaines ici. L'union fait la force, dit-on.

— Oh ! Vraiment ? Je vais le suggérer à Adrien, grand-père. Je crains qu'il refuse.

— Ce serait pourtant pratique pour son travail, Abi.

— Moi, ça me plairait beaucoup, et Belle serait ravie. Grand-père, je suis troublée en ce moment. J'avais l'intention de vous demander conseil, à Claire et à toi. Je patienterai un peu.

— De quoi s'agit-il ? Je me ferai du souci si je dois attendre demain.

— Crois-tu qu'un esprit se prétendant bienveillant, doté de la beauté des anges, puisse être en vérité une âme noire, capable de me tromper par son apparence ?

Sidéré, Pierre Lussac parut chercher une réponse dans le ciel étoilé, d'un bleu profond.

— Ma chère petite, nous ignorons tout de l'au-delà, un monde plein de mystères. On t'a permis d'entrevoir certains secrets et tu as le don inouï de communiquer avec des défunts, mais à mon humble avis, toi seule peux savoir si on te dupe ou non…

Le vieil homme frissonnait. Abigaël l'étreignit un court instant avant de reculer.

— Retourne vite au chaud, tu as raison.

La jeune femme se hâta vers le porche, puis elle marcha le plus vite possible sur le chemin des falaises. Soudain une voix résonna à son oreille.

— Ainsi, vous doutez de moi, Abigaël ?

— Vous écoutiez, Gabriel ? Alors vous m'avez menti en disant que vous seriez discret. Allez-vous m'épier nuit et jour ? Je ne le supporterai pas.

— Pardonnez-moi, mais en vous voyant prête à affronter la tombée de la nuit dans ce paysage austère, j'ai cru devoir vous protéger.

Exaspérée, en proie à une déroutante sensation d'irréalité, Abigaël s'arrêta net pour regarder autour d'elle.

— Ce paysage n'est pas austère, je l'aime beaucoup. Et en effet, je n'ai pas confiance en vous.

— Très bien, je ne vous importunerai plus.

L'espace d'une poignée de secondes, le sublime visage de Gabriel, nimbé d'une clarté dorée, dissipa la pénombre, puis il s'effaça. À la fois soulagée et déçue, Abigaël eut envie de pleurer.

« J'ai bien fait de le repousser, c'est mieux. »

Elle se jeta dans les bras d'Adrien à peine entrée dans leur cuisine où flottait une odeur de bouillon chaud. Annabelle mettait le couvert et le bébé dormait dans son landau.

— Je suis désolée, dit-elle tout bas.

— Pourquoi ? Tu n'as pas mis longtemps et je me suis débrouillé comme un chef, répliqua son mari en la cajolant. Maintenant que ton grand-père a déménagé, je ferai en sorte de te seconder davantage dans les tâches quotidiennes. Je me suis rendu compte de tout ce que faisait Pierre, ici. Mais nous aurons plus d'intimité à présent, c'est appréciable.

Abigaël approuva d'un léger signe de tête. Certaine d'un refus, elle renonça à entretenir son mari de la proposition de Claire.

— Eh bien, passons à table si la soupe est prête, dit-elle gaiement. En dessert, nous ouvrirons le bocal de prunes au sirop que nous a donné Pélagie.

— Dis, maman, pourquoi on va tous habiter le Moulin du Loup ? demanda alors Annabelle.

Devant la mine interloquée d'Adrien, Abigaël eut un petit rire attendri. Leur fille venait une fois de plus d'avoir une vision de leur proche avenir et il fallait en prendre son parti.

— Qu'est-ce que tu racontes, Belle ? Tu es au courant, Abi ?

Le couple discuta longuement ce soir-là, après avoir couché Annabelle. Ce fut la première nuit où Adrien, furieux, abandonna le lit conjugal pour coucher sur le divan du rez-de-chaussée. Une heure plus tard, il sentit un baiser sur ses lèvres.

— Je ne dors pas, marmonna-t-il.

— Je sais faire la différence, souffla Abigaël à son oreille. Mon amour, pourquoi piquer une telle colère ? Je n'avais même pas l'intention de t'en parler. Grand-père m'en a touché un mot en me disant au revoir.

— Embrasse-moi encore, ce sera le meilleur remède contre ma mauvaise humeur, avoua-t-il en l'attirant contre lui. Abi, c'est toi que j'ai épousée, dans l'espoir de vivre en famille, notre petite famille. Et si Belle nous a vus installés au moulin, je suis sûr qu'elle ne s'est pas trompée, donc je devrais me plier à la volonté générale et...

Abigaël le fit taire d'un baiser passionné. Adrien plongea ses doigts dans la masse soyeuse de ses longs cheveux dont le parfum le grisait. Ensuite il caressa à pleines mains les formes adorables de son épouse.

— Pardonne-moi, dit-il. Je t'aime tant. Tu es tellement douce et belle.

Le désir altérait sa voix. Avec des gestes brusques, il lui ôta sa chemise en linon. Seule la lucarne rougeoyante du poêle les éclairait, mais Adrien put admirer à loisir le gracieux corps féminin allongé à ses côtés.

— Tu me rends fou, Abi. Même à l'imprimerie, en travaillant, j'ai envie de toi. J'ai dû être frustré, ces derniers mois.

— Chut, ne dis rien, je suis là, toute à toi.

Ils s'embrassèrent encore, étroitement enlacés. Adrien reprit son souffle pour parcourir de ses lèvres chaudes les seins et le ventre de sa femme, avant de nicher sa tête entre ses cuisses. Elle oublia tout sous cet ardent baiser qui la mena au paroxysme du plaisir. Enfin il se perdit en elle avec de lents mouvements voluptueux, encouragé par les plaintes de joie qu'il faisait naître.

— Mon ange, mon petit amour, soupira-t-il un peu plus tard, terrassé par la jouissance.

En retrouvant sa lucidité, Abigaël eut une pensée incongrue qui la fit rougir.

« Et si Gabriel n'est pas ce qu'il prétend ? S'il nous a regardés, par malice et curiosité ? »

Vite, elle s'enveloppa dans la couverture qu'Adrien avait descendue, puis elle scruta la pénombre d'un air méfiant.

Vallée des Eaux-Claires, mardi 3 février 1953

Annabelle jouait avec la boucle d'une petite valise, remplie de quelques-uns de ses vêtements. Elle posa son ours en peluche sur l'ensemble pour ne pas l'oublier.

— Maman, on viendra quand même nourrir nos poules ? cria-t-elle d'un ton impatient.

— Bien sûr, et on ramassera les œufs si elles se remettent à pondre, répondit Abigaël de la salle de bains.

Toute à son bonheur d'aller habiter le Moulin du Loup, la fillette esquissa un pas de danse, un sourire muet illuminant son joli visage.

Un coup de klaxon la fit se précipiter à la fenêtre, dont elle écarta les rideaux.

— Maman, c'est oncle Samuel !

— Ah, je descends, sois sage, Belle. Regarde ton livre d'images.

— D'accord, maman.

Abigaël reçut le jeune inspecteur dans la cuisine. Elle arrangea un peu son chignon fait à la hâte une heure plus tôt et enleva son tablier.

— Bonjour, Samuel. Est-ce que Cécile va bien ? Je n'ai pas eu de nouvelles depuis jeudi dernier.

— Elle souffre de migraine et d'insomnie. Mais ma visite est professionnelle, Abi. Nous parlerons de mon épouse plus tard. De surcroît, je suis pressé.

— Moi aussi, Adrien vient chercher nos bagages à midi car nous allons loger au moulin pendant quelques jours.

— Je suis au courant, Bertille téléphone souvent. Tout cela à cause des chèvres de Claire, mortes empoisonnées. Si vous voulez mon opinion, c'est une erreur de leur domestique.

— Martine n'aurait jamais commis ce genre d'erreur, c'est un acte de malveillance.

— Peu importe, il y a plus grave. Le commissaire Rigaud et moi-même avons été informés de l'incident qui a eu lieu dans le souterrain. Nous y sommes même allés.

Il s'avère que le couteau découvert là-bas appartenait aux ustensiles de cuisine des époux Buissonnier. Le manche était maculé de boue séchée, mais en le grattant, des initiales gravées dans le bois sont apparues, celles d'une branche aristocratique de la famille du notaire, à savoir ses ascendants maternels.

Stupéfaite, Abigaël fixa intensément Samuel. Il hocha la tête en réponse à son regard. Enfin il ajouta en haussant la voix, avec des intonations dramatiques :

— Nous tenons l'arme du crime, peut-être même des deux crimes perpétrés à Ruffec. Selon nos déductions, l'assassin se cachait dans l'ancienne planque des résistants, en utilisant le souterrain pour prendre la fuite en cas de danger.

— Ce serait donc lui qui aurait blessé mon oncle Yvon ?

— Il y a de fortes chances, oui.

Annabelle s'était assise au milieu de l'escalier pour écouter. Elle n'avait pas compris grand-chose au discours de Samuel, mais certains mots lui causaient un malaise.

« L'arme du crime, l'assassin, en cas de danger, se répétait-elle, soudain tremblante. Et si le méchant qui a blessé mon grand-oncle faisait pareil avec papa... ou maman ? »

Effrayée, la fillette remonta sans bruit et se réfugia sur le lit de ses parents, près de la valise. Vite, elle serra son ours en peluche dans ses bras.

— Pourquoi êtes-vous venu me l'annoncer ? demandait au même instant Abigaël à son beau-frère.

— C'était la moindre des choses, puisque vous avez collaboré avec la police, Abi !

— Le terme « collaborer » me hérisse, Samuel. Mais je vous remercie de vous être déplacé, c'était aimable de votre part. J'espère que le coupable sera arrêté rapidement. J'ai eu très peur pour mon oncle.

— Nous avons affaire à un individu fort dangereux. D'après le commissaire, c'est un nerveux, capable d'agir de façon impulsive sans guère réfléchir. Bien, je vous laisse, ma chère Abi. Si vous avez un peu de temps, soyez gentille, allez voir Cécile. Je suis souvent absent et je m'inquiète pour elle.

Samuel Claudin la salua en soulevant son chapeau de feutre noir et sortit. Abasourdie, Abigaël regagna l'étage où elle trouva sa fille en larmes.

— Belle, qu'est-ce que tu as ?

— J'ai peur, maman !

— De quoi as-tu peur ?

— Des méchants, comme l'assassin qui a tiré sur mon grand-oncle Yvon.

La jeune femme devina que la fillette avait dû surprendre une partie de la discussion. Elle la câlina pour la consoler.

— Belle, je t'avais dit de rester dans la chambre, mais tu as dû désobéir, lui dit-elle ensuite. Samuel est policier, alors quand il vient, il parle de choses effrayantes pour un enfant. Ne crains rien, au Moulin du Loup, nous serons sous la protection de Claire et de Jakob, sans oublier papa et Sauvageon.

— Et si on tue mon poney ? Les pauvres biquettes sont mortes, je le sais. J'ai entendu oncle Samuel le dire.

Attristée, Abigaël resserra son étreinte en embrassant la petite sur le front.

— Je n'ai pas voulu t'en parler, mais tu l'aurais su tôt ou tard. Belle, chez ta marraine Claire, il ne faudra pas écouter en cachette les conversations des grandes personnes. Tu dois le promettre.

— Promis, maman.

Annabelle se consola bien vite. Une fois réconfortée, elle échappa aux bras de sa mère et se mit à jouer avec son ours en peluche.

Abigaël, installée près de la fenêtre, contempla la rivière dont l'eau vive miroitait au soleil d'hiver. Elle ne vit rien des regards émerveillés que sa fille posait soudain sur un angle de la pièce, où un personnage était apparu, plus beau que tous les anges des églises.

Domaine de Ponriant, mercredi 4 février 1953

Le trot rapide d'un cheval dans l'allée attira Cécile à l'une des fenêtres du salon. Elle poussa un bref cri de soulagement en reconnaissant Abigaël, qui montait son hongre noir, Vulcain. Tout de suite, elle sonna la gouvernante.

— Monique, ma belle-sœur me rend visite, faites-nous du thé, je vous prie.

— Oui, Madame. Peut-être prendrez-vous du café ? Je sais que vous n'aimez guère le thé.

— Comme vous voulez, Monique !

Cécile sortit sur la terrasse, une veste en laine sur les épaules.

— J'étais impatiente de te voir ! s'écria-t-elle dès que la jeune femme apparut en bas du grand escalier en pierre. J'avais dit à Samuel que j'avais besoin de toi.

— Je suis venue le plus vite possible. Hier, nous nous sommes installés au moulin, je n'ai pas pensé à te téléphoner.

Elles s'embrassaient quand Cécile éclata en sanglots, en se serrant contre Abigaël.

— Je n'en peux plus, je deviens folle, Abi. Samuel refuse de me croire, alors nous nous querellons sans cesse. Vivement que je travaille à l'école, au moins je ne passerai pas mes journées ici.

— Viens, tu vas me raconter tes soucis. Je suis désolée de te consacrer si peu de temps, Cécile. Vous n'auriez peut-être pas dû habiter Ponriant. En ville, tu t'ennuierais moins.

Elles s'assirent l'une près de l'autre sur le sofa du salon. La gouvernante apporta aussitôt un plateau bien garni, d'où s'élevait l'odeur du café, mêlée à celle du thé de Chine. Mais elle esquissa une grimace de contrariété devant les bottes d'équitation de la visiteuse, d'où dépassaient des brins de paille.

— Merci, Monique, vous pouvez disposer, déclara Cécile sans conviction.

— Que tu es pâle, nota Abigaël. Samuel m'a confié que tu avais des migraines et des insomnies. Bertille se plaint des mêmes symptômes.

— S'il n'y avait que ça ! Je prends de l'aspirine et Monique me prépare des infusions de tilleul, mais je m'endors au lever du jour, quand Samuel est déjà debout ou parti. La nuit, je le dérange en m'agitant, du coup il couche dans une autre chambre. Abi, aide-moi, le domaine est hanté, j'en suis sûre.

— Oui, tu dis vrai. Ne m'en veux pas, Cécile, les catastrophes s'enchaînent et avec les deux petites, j'ai retardé le moment de me confronter à l'âme perdue qui s'est attachée à ces lieux.

— Une âme perdue ? Abi, j'ai vécu des années près de toi, aussi j'en sais plus sur ce plan que d'autres gens. Je me souviens de la fillette en robe ancienne qui m'a fait tomber du tourniquet, au Jardin vert. Tu m'as expliqué plus tard qu'un esprit démoniaque s'était emparé d'elle et de son cousin. Seigneur, j'étais terrifiée. J'éprouve la même chose depuis plusieurs jours. Ta prétendue âme perdue me veut du mal et pire, elle réussit à m'en faire.

En apparence très calme, Abigaël prit les mains de Cécile et les serra doucement.

— Raconte-moi, sœurette. Je t'appelais ainsi, quand tu étais fillette.

— Adrien aussi à cette époque, balbutia la jeune femme, au bord des larmes.

Une forme féminine apparut dans l'embrasure d'une fenêtre. Toute vêtue de noire, d'une maigreur affreuse, la défunte arborait des boucles d'un roux flamboyant. Ses yeux verts étaient rivés sur Cécile, brillants de haine.

— Dis-moi exactement ce qu'on te fait, insista Abigaël, en évitant de regarder du côté de Corentine Giraud.

— Samuel se moque quand je m'en plains ! Bien sûr, ça n'arrive jamais s'il est là. La semaine dernière, j'ai voulu changer les rideaux de notre chambre, l'escabeau s'est mis à remuer. Je me suis tenue à la tringle et elle s'est décrochée. Je suis tombée, pas de haut, mais je me suis blessée au coude. Avant-hier, en branchant une prise, j'ai reçu de l'électricité. Monique m'a entendue qui hurlait et elle m'a trouvée le souffle coupé. Tu vois, j'ai une marque de brûlure sur le pouce. Oh, je ne sais plus, ce sont des menus incidents. Les tasses m'échappent des mains brusquement et elles se cassent.

— Des incidents qui peuvent passer pour des maladresses de ta part, d'où l'incrédulité de Samuel.

— Et même de la gouvernante et de la femme de ménage, Abi. Pourtant la nuit on me pince les pieds sous l'édredon ou parfois on me secoue par l'épaule. J'ai beau allumer la lumière et prier la Sainte Vierge, ça recommence.

Un rire sarcastique résonna dans l'esprit d'Abigaël qui se tourna vers l'apparition. De toute évidence, l'âme pétrie de haine de Corentine se réjouissait des tourments qu'elle infligeait à sa belle-fille.

— Tu dois résister, Cécile. Sois forte, je vais parler à ton mari. Il sera obligé de me croire.

Ces mots, énoncés d'une voix déterminée, eurent le don de chasser la défunte.

— Oui, c'est la meilleure solution, ajouta Abigaël. J'ai besoin du soutien de Samuel. Je refusais de te le dire, mais tu subis la rancœur et le mépris de sa mère. Elle était d'ailleurs là pendant que nous parlions, près de la fenêtre.

Prise de panique, Cécile se leva brusquement. Elle tourna dans la pièce en se tordant les mains.

— Abi, je vais au moulin, chez madame Claire. Je téléphonerai au commissariat pour demander à Samuel de passer me prendre ce soir. Je le supplierai de m'emmener à l'hôtel, que je puisse avoir une nuit tranquille. Elle n'osera pas quitter Ponriant, n'est-ce pas ?

— Je ne peux rien te promettre, Cécile. Va te changer, mets un pantalon, tu monteras en croupe, derrière moi. Une petite balade au pas dans la campagne te fera du bien.

Pendant les dix minutes où elle fut seule dans le salon, Abigaël parla tout bas, ignorant si Corentine l'écoutait ou non.

— Madame, vous avez tort de malmener la jeune femme que votre fils aime sincèrement. En brisant leur couple, vous ferez souffrir Samuel, qui s'est engagé devant Dieu à chérir Cécile sa vie durant. La haine vous ronge et noircit votre âme éternelle.

— Qui êtes-vous, à la fin ? lui répondit-on d'une voix intérieure hargneuse.

— Je suis Abigaël et bientôt je saurai vous apaiser et vous rejoindrez votre époux adoré, Joachim.

Cette fois, un sanglot ébranla la jeune médium. C'était un premier pas de Corentine vers la lumière céleste.

Moulin du Loup, même jour, le soir

En pyjama, Adrien se déclara encore une fois surpris et satisfait de disposer du logement situé au-dessus de l'ancienne salle des piles du moulin. Il jeta un coup d'œil attendri dans la chambre où Annabelle dormait, son ours en peluche niché contre elle. Quant à Édith, elle faisait des petits bruits de bouche, couchée dans sa bercelonnette.

— Nous sommes vraiment chez nous, dit-il à Abigaël, occupée à rincer la vaisselle.

— Grâce à Faustine, qui s'est installée dans l'appartement que l'école attribue aux enseignantes.

— Ça me gêne un peu, c'est comme si on l'avait mise dehors. Je la croisais souvent le matin, on se saluait.

— Ne t'inquiète pas, Faustine était enchantée, car elle ne se plaisait pas trop ici, surtout sans son mari. Tu devrais aller au lit toi aussi si tu veux te lever à 6 heures pour terminer ta commande de prospectus.

Mais Adrien, qui était assis sur une chaise de leur modeste cuisine, attira Abigaël sur ses genoux. Elle constata, troublée, qu'il la désirait, et se releva vite.

— Je suis désolée, j'ai promis à Ludivine de boire une tisane avec elle.

— Donc tu m'abandonnes ? plaisanta-t-il, les sourcils froncés.

— Tout à fait.

Elle sortit sans attendre une éventuelle protestation, qui, même sur le ton de l'humour, l'obligerait à discuter. Tout son être tressaillait d'exaltation à l'idée de vivre dans l'enceinte du Moulin du Loup, auprès de Claire, qu'elle surnommait naguère sa « belle dame brune ».

— Ah te voilà, soupira Ludivine en la voyant entrer. J'avais peur que tu ne puisses pas venir.

— Je n'avais qu'une dizaine de mètres à faire, et puis je tiens toujours mes promesses.

— Nous le savons, Abi, dit Claire en souriant. C'est un tel réconfort de vous avoir, Adrien et vous.

Claire, Bertille, Pierre et Jakob veillaient autour de la grande table, sous la suspension à l'abat-jour d'opaline rose. Ils se penchaient tous les quatre sur une grille de mots croisés.

— Ton grand-père remplace le dictionnaire, un puits de science à côté de qui nous faisons figure d'incultes, indiqua Bertille de son ton pointu.

— Je prépare de la tisane pour tout le monde, annonça Abigaël. Et toi, Sauvageon, tu t'accommodes de ton manque de liberté ?

Le loup redressa la tête qu'il reposa ensuite sur ses solides pattes avant.

— Il veille sur moi, affirma Ludivine. Depuis que j'ai élu domicile sur ce divan, il ne me quitte guère. Tant qu'il est là, près de moi, je n'ai pas peur.

— J'ai tout vérifié ce soir, précisa Jakob. Il y a un cadenas à la porte de l'écurie et le volet de la petite fenêtre est bien fermé. Je ferai une dernière ronde tout à l'heure.

— Nous avons reçu un appel de Cécile, ajouta Claire. Samuel et elle sont à l'Hôtel de France. Je suppose qu'il ne faut pas trop s'interroger sur cette escapade ?

— Ils ont suivi mon conseil après une semaine à se quereller, avoua Abigaël. Mais ils ne sont pas responsables de cet état de choses.

Sa déclaration provoqua un silence intrigué, que troubla bientôt le sifflement de la bouilloire.

— Dans ce cas, qui est en cause ? demanda Ludivine.

— Corentine Giraud, la mère de Samuel. Son âme erre dans Ponriant, malade de haine et de rancœur. Je l'ai vue plusieurs fois et Annabelle aussi. Cécile est terrifiée et je la comprends. Elle m'a confié des incidents déplorables. Je dois vite intervenir car elle pourrait être gravement blessée.

— Seigneur, Corentine, balbutia Bertille. Alors je ne suis pas la seule à qui elle en veut.

— Elle en veut au monde entier, sûrement en raison des sévices subis dans les camps de concentration, répliqua Abigaël. Je dois l'aider à trouver la paix et j'espère que son mari, Joachim, se manifestera.

Pierre Lussac adressa un doux sourire à sa petite-fille, tout en prenant la main tremblante de Claire.

— Je suis là, Poupette, je te protégerai, murmura Jakob à sa femme, devenue livide.

Ludivine se leva et vint prendre place à la table. Elle était vêtue d'une longue robe bleu nuit, et ses cheveux noir de jais ruisselaient sur ses épaules.

— Je me sens beaucoup mieux, dit-elle. À partir de demain, je resterai debout, comme me l'a préconisé Abi pendant le dîner.

— Sage décision, et nous irons en balade sur le chemin des falaises, renchérit celle-ci. Ton bébé en bénéficiera, l'exercice et l'air frais lui donneront des forces, à toi également.

— Je te fais confiance, Abi !

— Merci...

Ils la regardèrent tous à cet instant-là, fine jeune femme dont la blondeur de miel servait d'écrin à un visage de madone aux yeux d'un bleu limpide. Claire fut de nouveau éblouie par l'aura couleur d'aurore de leur précieuse amie.

Pierre Lussac replia le journal qui contenait la grille de mots croisés. Il ôta ses lunettes et les rangea dans leur étui.

— Nous sommes une famille, décréta-t-il d'un ton grave. Il ne faut pas céder à la peur malgré les chagrins qu'on nous inflige. S'il y a des esprits mauvais, des âmes perdues acharnées à nous nuire, il existe aussi des entités bienveillantes qui peuvent voler à notre secours.

Abigaël prit pour elle les propos de son grand-père, tout en s'étonnant, car il paraissait avoir acquis une certitude dont elle pressentait l'objet.

— Si nous buvions la tisane, suggéra Ludivine. Je crains qu'il soit bientôt trop tard pour notre partie de cartes, Abi.

Un grognement sourd du loup ponctua ces mots. Sauvageon courut vers la porte et poussa un hurlement rauque.

— Bon sang, il y a quelqu'un qui rôde dans la cour, vociféra Jakob en bondissant de son siège. Cette fois, je ne le laisserai pas s'échapper.

Le Mosellan ouvrit le tiroir d'un des buffets pour prendre un revolver et se rua vers la porte.

— Jakob, non, n'utilisez pas cette arme ! s'écria Abigaël en le retenant. Vous n'avez jamais tué personne, il ne faut pas...

— Je tirerai dans les jambes ! Claire, tenez bien Sauvageon, qu'il ne me suive pas.

Poussée par son intuition, Abigaël sortit avec lui sur le perron, prête à l'empêcher de commettre un acte irréparable. Ils virent tous deux, à la faveur du clair de lune, une silhouette d'homme dans le pré des chevaux. De la brume montait du sol humide, estompant les contours des arbres et de l'inconnu.

— Il ne perd rien pour attendre, ce saligaud, bougonna Jakob en descendant les marches. Réveillez Adrien, Abi, qu'il vienne m'aider à coincer ce type.

— Je vous en supplie, ne tirez pas, insista-t-elle.

Elle avait distingué malgré la pénombre une voiture noire, dont les chromes luisaient faiblement. Au même moment, le Mosellan trébucha et lâcha le revolver.

— Nom d'un chien, jura-t-il, éberlué. C'est quoi, ce bazar ?

— De la chance, rétorqua Abigaël. Vous auriez pu blesser Quentin, c'est lui dans le pré.

— Quoi ?

Alerté par leurs éclats de voix, le jeune avocat arrivait en courant. Claire, qui guettait d'une fenêtre, alluma la lampe extérieure et se rua à son tour sur le perron.

— Je suis désolé si je vous ai effrayés, débita Quentin, haletant. Je n'avais pas prévu de venir ce soir, mais j'ai reçu une autre lettre, glissée sous la porte de notre domicile. Lisez, Abi !

La jeune femme déchiffra tout bas le message écrit à l'aide de mots découpés dans un journal :

Après les chèvres, ce sera les chevaux, et après les chevaux, les enfants innocents du péché des adultes.

— Dès que j'ai trouvé l'enveloppe, j'ai pris ma voiture et j'ai foncé jusqu'ici. Quand vous êtes sortis, Jakob et toi, je venais de me garer à côté du pré des chevaux pour m'assurer qu'il n'y avait rien de suspect. J'aurais dû téléphoner pour vous prévenir, mais j'ai paniqué.

— Mon Dieu, mais c'est épouvantable, gémit Claire. Ludivine ne doit rien savoir.

— Ne vous en faites pas, je ne lui dirai rien. En revanche, il faut avertir Samuel Claudin, dit Quentin. Cette fois les menaces sont trop graves, la police doit enquêter.

Sous le choc, Abigaël songea à ses filles, au bébé que portait Ludivine. Elle jeta des regards anxieux vers les ténèbres qui entouraient les bâtiments du moulin. Quand elle se tourna vers Jakob, le bon géant roux se massait la cheville, assis sur le banc en pierre le long du mur, hébété.

— Nous ferions mieux de rentrer, avança-t-elle. Quentin, allez vite auprès de Ludivine. Claire, ne restez pas là, je vais aider Jakob, il a dû se faire une entorse.

Dans certains cas, l'autorité tempérée de douceur d'Abigaël faisait merveille. Elle se retrouva seule avec le Mosellan et s'accroupit devant lui.

— Je vais vous soigner, reprenez votre souffle, mon pauvre ami, lui dit-elle.

— Non, Abi, ça me gêne, Claire s'en chargera.

— Ne soyez pas stupide, je peux déjà vous soulager.

Elle enveloppa sa cheville de ses paumes, qui, d'abord tièdes, devinrent très chaudes.

— J'ai moins mal, déjà. Dites, c'était quoi ? Je ne suis pas fou, on m'a fait un croche-patte et puis lâcher le revolver.

Abigaël remercia Gabriel en pensée, certaine qu'il était intervenu afin d'éviter une tragédie.

— Peut-être une de ces entités bienveillantes dont parlait mon grand-père, répondit-elle.

— Hé, aurait-on un ange dans le coin, à part vous, Abi ?

— Jakob, ne me contrariez pas, j'ai souvent protesté lorsque mon mari m'appelait ainsi. Nous, les humains, ignorons tout des anges et des puissances divines.

— Sans doute, mais dans le livre d'Ézéchiel[1], ce prophète nous dit que « créés par Dieu, les anges sont d'une beauté et d'une splendeur qui dépassent tout ce que l'homme peut concevoir ».

— Je suis donc loin du compte, répliqua-t-elle en riant sans réelle joie.

Cependant, la gorge nouée, Abigaël revit les traits sublimes et harmonieux de Gabriel, nimbés d'une lumière splendide.

---

1. Ézéchiel, prophète de l'Ancien Testament qui aurait vécu au IVe siècle avant Jésus-Christ.

— Peu importe, soupira-t-elle. Ne cherchez plus à utiliser cette arme. Si vous aviez tiré sur Quentin, nous serions tous au désespoir.

Les larmes aux yeux, Jakob Kern acquiesça d'un « ui » étouffé, en scrutant le ciel étoilé d'un air craintif. Il était très pieux et se désolait d'avoir cédé à la colère et à d'autres sentiments proches de la haine.

Toute la maisonnée dormait, du moins Ludivine le croyait. Blottie entre les bras de Quentin, elle écoutait le battement régulier de l'horloge comtoise.

— C'est gentil d'être venu dormir avec moi, même très tard, chuchota-t-elle avant de l'embrasser.

— Nous sommes à l'étroit sur ce divan, mais je suis mieux que dans notre grand lit, où tu me manques. Je m'inquiète pour toi du matin au soir. Comment te sens-tu ?

Il déposa un baiser sur son front, en caressant son ventre rebondi.

— Très bien, surtout depuis qu'Abigaël s'est installée ici. J'ai l'impression étrange qu'elle est la sagesse et la bonté incarnées. Maman voit son aura, d'une belle couleur de lever de soleil.

Quentin approuva sans conviction. À l'instar de bien des gens, il doutait toujours un peu des phénomènes surnaturels. Mais ayant épousé une guérisseuse, il se gardait de nier l'évidence dans certains cas.

— Et toi ? De quelle teinte est ton aura ? Si ta mère voit celle d'Abi, elle voit les nôtres...

— Je n'en sais rien et je m'en moque. Tu es là, Quentin, et je suis au paradis.

Son mari retint un soupir. Il songeait à leur enfant, petit être innocent niché là, sous la peau veloutée de Ludivine.

— Oh, il a bougé, dit-il tout ému. Un mouvement très net. J'ai hâte de le voir.

— Ou de la voir ?

— Qui sait. Tu accoucheras à la maternité, comme prévu ? C'est plus rassurant.

— Mais oui, sois tranquille. Si l'on cherchait des prénoms ?

— Demain soir, je suis épuisé. Nous avons déjà fait une liste, nous choisirons quand nous le verrons.

Ludivine consentit, infiniment heureuse de sentir Quentin tout proche. Lui ne se lassait pas de respirer son parfum, de guetter sa respiration qui se faisait régulière.

« Qui nous menace ? s'interrogeait-il. Nous avons affaire à un fou, un envieux du bonheur des autres. Il ne fera pas de mal à notre enfant, ni à Belle ni à Édith. Je suis prêt à tuer s'il le faut. »

Dans la chambre située à l'angle du corps de logis, Bertille demeurait les yeux bien ouverts, de crainte de s'endormir. Sa tête appuyée au creux de l'épaule de son époux, elle guettait le moindre bruit insolite.

— J'ai encore peur, Jakob, avoua-t-elle. Comment faire pour rester éveillée ? Tu as entendu Abi : Corentine est bel et bien revenue de chez les morts. Et elle me rend visite dans d'affreux cauchemars.

— Calme-toi, Poupette, tu dois tenir le coup. Cette femme ne peut rien te faire. Prie Dieu, notre Seigneur Jésus et la Vierge Marie, ils t'aideront. Tu m'as souvent dit que Dieu t'avait accordé sa miséricorde, malgré tes fautes.

La petite femme s'agita, d'une nervosité extrême. Jakob devina ses boucles blond platine dans la pénombre de la pièce. Il lui donna un baiser.

— Oui, Dieu s'est montré généreux, pourtant j'ai mal agi plusieurs fois, envers Claire, envers mon premier mari. Je suis une grande pécheresse.

— Plus maintenant, Poupette, tu as le cœur sur la main. Ton pauvre petit cœur fragile. Respire bien à fond et essaie de dormir. Tiens, j'ai une idée, tu n'as qu'à parler à Corentine.

— Comme ça, tout haut ?

— Tu n'es pas obligée, dis-lui des choses dans ton esprit. Abi nous a expliqué un jour qu'elle seule peut entendre les voix des âmes errantes. J'en déduis qu'une défunte t'écoutera peut-être.

Bertille se redressa et s'assit, en appui contre ses oreillers. Les bras croisés, elle fixa le paravent en laque noire, à motifs orientaux, qui dissimulait un lavabo.

— Corentine, nous nous étions réconciliées, il y a longtemps. Je t'ai pardonné en toute sincérité et tu semblais regretter ta conduite de jeune fille. Alors, s'il te plaît, laisse-moi passer une bonne nuit de sommeil, sans ces maudits rêves ! Et même, fiche-moi la paix !

— Allons, Poupette, ce ne sont pas des manières, protesta le Mosellan.

— Mais cette peste de rouquine m'a gâché la vie durant des années ! Elle était jalouse de ma beauté, de mon élégance et pire que tout, elle m'appelait la « boiteuse » !

Navré, Jakob l'enlaça et la fit se rallonger. Tremblante de colère rétrospective, Bertille s'accrocha à lui, en l'embrassant sur la bouche. Lorsqu'il mit fin au baiser, elle souffla quelques mots à son oreille. Ensuite, mince et vive en dépit de son âge, elle se coucha sur lui.

— Tu veux vraiment, Poupette ? dit-il.

— Nous n'avons pas fait l'amour depuis une éternité, Jakob. Tu n'as plus de migraines, tu es guéri... Ou bien admets que je ne suis plus désirable.

— Toi ? Je te désirerai jusqu'à l'heure de ma mort. Tu es si jolie, ta peau est toute douce, Poupette.

— Alors prouve-le-moi.

Il l'étreignit en relevant sa chemise de nuit pour pétrir son dos et ses cuisses de ses larges mains habiles. Bertille obtint ce qu'elle voulait, ces instants de jouissance où s'abolissaient le monde alentour et ses tristes constats. Au summum du plaisir, elle redevenait la princesse éblouissante de sa jeunesse.

Pierre Lussac avait emménagé dans l'ancienne chambre de Claire et de Jean Dumont. C'était une grande pièce dont l'unique fenêtre donnait sur la cour pavée. Le nouvel habitant du moulin en appréciait l'espace et le calme.

— Je suis bien logé, admit-il. Les livres qui remplissaient ma modeste location de Ribérac ont enfin de la place.

— Jakob vous fera des étagères au printemps, puisque vous refusez le cadeau que je voudrais vous offrir, une bibliothèque à vitrine, dit Claire, étendue près de lui. Pierre, je vous remercie de m'accueillir pour cette nuit. J'étais incapable de rester seule.

— Mais c'est un immense bonheur, ma tendre bien-aimée.

— Que vous êtes galant, et si romantique. Je ne demande rien d'autre que votre merveilleuse tendresse.

— Et je suis comblé de vous avoir à mes côtés.

Effarée par le message anonyme qui menaçait des enfants innocents, Claire s'était réfugiée chez son compagnon de cœur. Dès le début de leur relation, d'un commun accord, ils avaient renoncé aux joies de la chair, selon le terme désuet employé par le noble vieillard. Ils s'enivraient cependant de câlins, de chastes baisers et surtout de longues et passionnantes discussions.

— Pierre, je regrette maintenant d'avoir fait venir Abigaël et ses petites au moulin. S'il leur arrivait malheur, je ne me le pardonnerais jamais.

— J'ai eu la même pensée, ma douce amie. Nous serons encore plus vigilants. Demain matin, Adrien saura ce qu'il en est, nous aviserons. Et Quentin tient à alerter la police.

La flamme dansante d'une bougie leur servait de veilleuse. Claire se serra contre Pierre afin de fuir ses plus beaux et ses plus douloureux souvenirs.

— Vous pouvez me parler de Jean, dit-il soudain. C'était votre grand amour.

— Comment savez-vous que je pensais à lui ?

— Disons que je suis guidé par l'intuition et la logique. Vous partagiez cette chambre avec lui.

— Ludivine tient beaucoup de son père, au point que j'en suis parfois troublée. Jean avait les mêmes yeux d'un bleu intense, ourlés de cils drus et très noirs. Le même charme magnétique aussi. Il était fort et fragile selon les circonstances, coléreux et très jaloux. Un homme inoubliable.

La voix suave de Claire avait eu des accents déchirants. Son compagnon l'apaisa d'un baiser sur le front.

— Dormez, ma bien-aimée. Avez-vous assez chaud ?

— Oui, je suis à l'abri, rien de mauvais ne se produira cette nuit, car vous êtes là, Pierre. Peut-être est-ce mon Jean, du Ciel, qui vous a envoyé vers moi ?

10

Des enfants menacés

Commissariat d'Angoulême, jeudi 5 février 1953

Quentin de Martignac et Adrien Lafaurie étaient assis en face du commissaire Hervé Rigaud. Un imposant bureau en chêne clair les séparait, en partie encombré de dossiers cartonnés. Samuel Claudin, lui, se tenait debout derrière son supérieur, ses traits légèrement masqués par le contre-jour, les fenêtres étant inondées de soleil.

— L'affaire devient sérieuse, en effet, admit Rigaud. Cela dit, la gendarmerie peut s'en charger. Monsieur Lafaurie, je sais que vous avez des liens de parenté avec l'inspecteur Claudin, et bien naturellement, vous comptez sur son soutien. Cependant nous enquêtons sur les meurtres commis à Ruffec et nous ne pouvons pas courir deux lièvres à la fois, pour reprendre une expression populaire.

Satisfait de sa boutade, le policier alluma une cigarette. Il étudia encore une fois les pièces à conviction que lui avait confiées Quentin.

— Ce genre de lettres anonymes est souvent le fait d'un individu lâche, sournois et sans envergure. Soyons lucides, il peut s'agir de n'importe qui. Vous êtes avocat, monsieur de Martignac, ce ne doit pas être une première pour vous.

— Si, commissaire, trancha celui-ci. J'exerce ma profession depuis deux ans et j'ai d'excellentes relations avec mes confrères du barreau. Ils m'ont parlé de beaucoup de dossiers insolites, mais il n'y a eu aucun cas de lettres anonymes depuis des années.

L'éloquence et la morgue de ce bel homme aux boucles blondes impressionnaient le commissaire Rigaud qui éprouva un début d'humiliation.

— Croyez-en mon expérience, monsieur de Martignac, je pense qu'il n'y a pas grand danger.

Adrien avait écouté le début de l'entretien sans intervenir. Exaspéré, il prit la parole :

— Comment osez-vous affirmer cela ? Relisez le message d'hier soir. On nous menace de s'en prendre aux enfants. J'ai deux filles, dont un bébé de quatre mois, l'épouse de M. de Martignac est enceinte, et on a tué sous notre nez les chèvres de Mme Claire Dumont avec de la mort-aux-rats !

— Ce n'est que du bétail, trancha le policier. Au fond, il pourrait s'agir d'une vengeance de paysan.

— De paysan ? Mais pas du tout ! s'indigna Quentin en haussant le ton. Ces maudites lettres arrivent à mon domicile, rue de l'Arsenal. On a donné des noms précis, comme celui de Victoire de Géré et d'une autre personne de ma connaissance.

— Laissez-nous tout ça, nous procéderons à des analyses, déclara Samuel. Je doute qu'on trouve des empreintes digitales, les voyous sont en général au courant du procédé et ils sont prudents, du moins s'ils ont un minimum d'intelligence.

— Autre chose, ajouta le commissaire. Que signifient ces mots, « les péchés des adultes » ? À votre place, je chercherais dans le passé de votre famille, messieurs. Peut-être une sombre histoire d'adultère ?

Furieux, Quentin repoussa sa chaise et se leva en toisant le policier d'un air méprisant.

— Vos insinuations sont insultantes ! jeta-t-il sèchement. Si vous ne prenez pas cette affaire au sérieux, tant pis. Faudra-t-il un décès suspect pour obtenir de l'aide ? Yvon Mousnier a déjà failli être tué la semaine dernière.

— Mais il n'y a aucun rapport, se défendit Rigaud. Le coupable de cette agression est lié aux crimes de Ruffec, nous en avons la preuve formelle. Soyez tranquille, je demanderai à mes hommes de faire des rondes dans la vallée des Eaux-Claires et rue de l'Arsenal.

— On veut surtout vous faire peur, à mon avis, insinua Samuel. Reste à savoir pourquoi !

— Je me fiche de votre avis, lui assena Adrien. Venez, Quentin, nous nous débrouillerons seuls.

Les deux hommes se retrouvèrent sur la place du Champ-de-Mars, où se tenaient des foires chaque mois.

— Si nous buvions une bière ? proposa le jeune avocat. Je suis outré par l'attitude du commissaire.

— Et moi par celle de mon beau-frère ! Cécile n'a pas décroché le gros lot avec ce type. J'ai eu tort de l'apprécier pendant leurs fiançailles. Il cachait son jeu, ou alors hériter de Ponriant lui est monté à la tête.

Quentin eut un geste de lassitude. Ils marchèrent jusqu'à la terrasse d'une brasserie, située à l'angle de la rue de Périgueux.

— Je me sens démuni face à ces menaces, soupira-t-il.

— Moi aussi, déplora Adrien. Nous venons de nous installer au moulin et je ne sais plus si c'est une bonne idée. D'un côté, Abi et mes filles sont entourées, mais elles peuvent en pâtir également.

— Je vous comprends, j'ai tenu le même raisonnement.

Ils passèrent la commande, chacun perdu dans ses pensées en attendant d'être servis. Une voix féminine les fit sursauter.

— J'espérais vous trouver ici, avoua Cécile en s'asseyant à leur table. J'ai téléphoné au moulin tôt ce matin et Abi m'a expliqué que vous alliez au commissariat. Je suis montée en ville avec le car. Mon Dieu, ça n'en finit pas !

Malgré cette remarque, Cécile paraissait fort contente. Adrien le remarqua.

— De quoi parles-tu exactement ?

— Faustine Roy doit partir pour Paris aujourd'hui. Elle m'a appelée au domaine pour me demander de la remplacer à la direction de l'école durant son absence. L'inspection académique a donné son accord.

— Qu'est-ce qui motive ce départ ? s'inquiéta Quentin.

— Comme vous le savez peut-être, Mathieu Roy séjournait dans la capitale, chez leur fille Gaby. Il s'est cassé la jambe dans le métro.

— Au moins, cet accident n'a rien à voir avec nos problèmes, indiqua Adrien. Et toi, tu vas devoir annoncer à ton mari que tu travailles dès demain.

Cécile secoua ses courtes boucles brunes, un éclat de malice dans ses yeux verts, en songeant que la nuit passée à l'Hôtel de France avait présidé à une exquise réconciliation sur l'oreiller.

— Samuel sera ravi pour moi, il m'adore. Nous déjeunons ensemble à midi, dans cette brasserie.

— Souhaitez-vous boire quelque chose, Cécile ? lui demanda galamment Quentin.

— Une limonade, merci. Ensuite j'irai aux Nouvelles Galeries m'acheter une blouse neuve et des fournitures scolaires, je n'ai presque plus rien de correct.

Un court instant, Adrien revit sa sœur à l'âge de dix ans, lorsqu'elle l'accueillait en pleurant dans une des grottes de la vallée de l'Anguienne. À l'époque, elle était pauvrement vêtue, échevelée, amaigrie par les privations.

— Tu es à l'abri du besoin, désormais, marmonna-t-il. Ton mari m'agace souvent, mais s'il te permet de mener une belle vie, je m'en accommoderai.

Cécile éclata de rire, puis elle caressa la joue de son frère qui déposa un léger baiser sur sa main. En les regardant, Quentin s'attrista. Il pensait à sa sœur Agnès qui lui manquait beaucoup.

— Vous avez de la chance d'être voisins, vous deux, dit-il d'un ton mélancolique. J'ignore quand je reverrai Agnès. Elle est en Afrique depuis trois mois et je n'ai presque pas de nouvelles.

Les trois jeunes gens discutèrent un quart d'heure avant de se séparer. Adrien fut le seul à reprendre la route menant au bourg de Puymoyen.

Vallée des Eaux-Claires, chez Abigaël et Adrien, vendredi 6 février 1953

Abigaël était venue à vélo nourrir ses poules, avec la crainte de les découvrir mortes, comme les chèvres du Moulin du Loup. Mais elles étaient bien vivantes et se jetèrent sur le grain.

— Ce ne doit pas être assez cruel de tuer des volailles, se dit la jeune femme. Seigneur, menacer des enfants, quelle bassesse…

Elle avait confié Annabelle et Édith à Claire et à son grand-père, tous les deux secondés par Bertille et Ludivine. Elle avait ainsi un peu de temps devant elle pour préparer ce dont elle aurait besoin pour Corentine.

Sa maison lui sembla froide et triste, privée du ronronnement familier du poêle à bois. Dominant son émotion, Abigaël monta à l'étage d'un pas aérien. Elle entra dans sa chambre et poussa un cri de surprise. Un homme était assis au bord du lit, en costume de velours brun, une écharpe blanche autour du cou. Il tourna la tête dans sa direction, et elle reconnut le visage de Gabriel.

— Je vous attendais, dit-il de sa voix bien timbrée.

— Mais comment avez-vous fait ? Cette fois, je vous vois très bien.

— Une question de volonté. Je ne faisais pas assez d'efforts pour vous apparaître tel que j'étais avant ce jour fatal de l'exode. Laissez-moi me présenter, Gabriel Aubrun, athée et étudiant en philosophie, proche de l'agrégation. J'étais aussi passionné de théâtre et même comédien à mes heures. J'avais pris des cours avec le célèbre acteur Louis Jouvet. En résumé, je n'avais guère le profil pour jouer les bonnes âmes.

D'abord sidérée, Abigaël éprouva une joie timide, teintée de soulagement.

— Ce n'était sans doute pas à vous d'en juger, répliqua-t-elle.

— Sans doute, la preuve en est.

Il lui présentait l'aspect ordinaire d'un vivant, tout en étant très différent des esprits qui se matérialisaient grâce à son don de médium. Dépouillé de son nimbe lumineux, Gabriel était d'une beauté plus humaine, mais toujours d'une rare séduction.

— Je voudrais bien savoir pourquoi vous êtes venu vers moi ? demanda-t-elle sans oser l'approcher.

— C'est pourtant simple, je vous l'ai dit, tous ceux que vous chérissez et vous-même êtes menacés. Je dois vous aider, si je le peux.

Ses paroles correspondaient à la situation angoissante qui les affectait tous. Abigaël aurait voulu en savoir davantage.

— Mais quelle menace, quel danger, Gabriel ?

— Je l'ignore, c'est comme avant une tempête ou un orage, on voit les nuages s'accumuler, il y a de l'électricité dans l'air, sans pouvoir déterminer où la foudre va s'abattre.

Il la regardait intensément, de ses yeux en amande aux reflets d'ambre. Troublée, elle baissa la tête.

— Avez-vous encore de la famille ? s'enquit-elle tout bas.

— Peut-être. Je n'ai pas cherché à la revoir. Mes parents habitaient encore Paris lorsque les troupes allemandes ont envahi la Belgique et l'est de la France. Ils avaient prévu de rejoindre la Provence où nous possédions une maison en pleine garrigue, pour mettre à l'abri ma sœur de douze ans. J'espère qu'ils sont sains et saufs.

— Pourquoi vous n'êtes pas resté près d'eux ? Que faisiez-vous à Tours ?

— J'étais parti en éclaireur, pour ainsi dire, à la demande de mon père. J'étais à moto et je devais établir un itinéraire le moins dangereux possible. Et je me suis retrouvé piégé dans le chaos de l'exode, épouvanté par les cadavres, les avions ennemis, la mort et la souffrance. On m'a volé la moto après m'avoir assommé. Ensuite j'ai tenté de secourir des blessés, de rassurer des enfants terrifiés, de fermer des paupières à la fin d'une agonie. J'avais en même temps un dégoût de l'humanité et le besoin viscéral d'agir charitablement.

— Et vous m'avez sauvé la vie, dit Abigaël avec douceur. Je suis certaine d'une chose, vous n'êtes pas une âme errante.

— Ni un esprit malveillant.

— Je sais... Vous avez empêché Jakob de tirer sur mon cousin Quentin, l'autre soir.

— Avec ma maladresse habituelle, mais je ferai des progrès.

Le cœur d'Abigaël cognait dans sa poitrine. La singularité de Gabriel la désorientait. Il paraissait vivant, jusqu'à son teint hâlé et sa voix qui résonnait dans la chambre.

— Votre petite fille m'a vu, ici, un matin, dit-il en souriant. J'en déduis que vous êtes une lignée de femmes hors du commun. Mais je vous retarde, nous discuterons une prochaine fois. Et pour être honnête, je dois me reposer.

Il disparut en quelques secondes. Abigaël sentit alors un délicat parfum de lilas. Les jambes tremblantes, elle dut s'asseoir au bout du lit.

— Mon Dieu, je suis en pleine confusion, dit-elle tout bas. Je n'étais pas préparée à une telle rencontre.

Une lassitude anormale lui donnait envie de s'allonger et de dormir. Elle lutta contre cette somnolence étrange de toute sa volonté et parvint à se relever.

— Je n'irai pas à Ponriant aujourd'hui, je ne suis pas en état d'aider l'âme de Corentine. Peut-être qu'elle va renoncer d'elle-même à tourmenter Cécile.

Malgré tout, elle prit de l'encens et son chapelet dans le tiroir de sa commode. L'air frais exhalé par la rivière et les falaises la revigora. Elle rentra au moulin sur son vélo, obsédée par le sourire mélancolique de Gabriel et par chacun de ses mots.

Adrien guettait son retour, debout sur le seuil de l'imprimerie. Il fumait une cigarette qu'il écrasa sous son talon en la voyant arriver.

— Abi, je m'inquiétais, tu en as mis du temps !

— Le temps nécessaire, répliqua-t-elle gentiment. Mais c'était pénible de me retrouver à la maison. Il faisait sombre et froid.

Il l'aida à ranger la bicyclette sous le hangar. Là, elle se jeta à son cou, fébrile.

— Serre-moi fort, mon amour. Je suis tellement triste.

— Il ne faut pas, Abi.

Elle le fit taire d'un baiser, avide du contact de ses lèvres tièdes, de l'odeur de sa blouse, un mélange d'encre et de tabac. Ses doigts se crispaient sur les épaules musclées de son mari. En l'embrassant, elle imaginait le sang dans ses veines et dans son cœur, tout ce miracle de la nature qu'était un corps en parfaite santé et vivant.

Enchanté par cet élan amoureux, Adrien l'étreignit avec passion et elle savoura la chaleur de ses bras, de son souffle.

— Ne meurs jamais, chuchota-t-elle.

— Petite folle, je n'ai pas l'intention de mourir avant des années, nous vieillirons ensemble, mais d'ici là, nous serons heureux, très heureux.

— Pardonne-moi, soupira-t-elle. Je demande l'impossible, mais tant de jeunes gens ont connu une fin injuste pendant cette guerre atroce. Et même avant et par la suite.

Il la savait d'une extrême sensibilité et sujette à des phases de détresse qui la rendaient fragile.

— Viens, je t'accompagne jusqu'au perron. Pour l'instant, il n'y a pas de danger, ni de grand chagrin, Abi. Claire et Ludivine ont veillé sur nos filles, Bertille voudra bientôt prendre le thé, un moment que tu apprécies. Ce soir, Cécile dîne avec nous tous, après son premier jour de classe à Puymoyen. N'aie pas peur, nous serons les plus forts.

Le couple traversa la grande cour pavée en se tenant par la main. De l'esplanade de la grotte aux Fées, d'où l'on pouvait observer le moulin et ses bâtiments, un autre couple les épiait à l'aide d'une paire de jumelles, le regard plein de haine.

Village de Torsac, dimanche 8 février 1953

Béatrice et Louis de Martignac sortaient de l'église Saint-Aignan, voisine du château, où ils avaient assisté à la messe dominicale. Tous les deux très élégants, ils saluaient d'un signe de tête les paroissiens de la commune.

— Il faut montrer que nous sommes d'honnêtes catholiques, souffla le châtelain à sa jeune épouse. Il y a eu tant de rumeurs après l'incendie des écuries, un peu plus on m'accusait d'avoir allumé le feu moi-même pour toucher l'argent de l'assurance.

— Louis, c'étaient des ragots de jaloux. Les gens du pays t'admirent, affirma Béatrice. Dimanche prochain, Philippe nous accompagnera dans son joli costume en velours vert. Il va sur ses sept ans, il devra bientôt apprendre son catéchisme.

— Tu as raison, Béa, concéda-t-il distraitement.

— Sais-tu, j'ai beaucoup prié pour Ludivine, qui a si peur de l'accouchement. La date se rapproche, dans un mois environ.

— Je compte sur Claire et Abigaël pour la soutenir. J'aime à croire qu'elles sont capables de faire des miracles.

Son mari ouvrit la porte étroite sertie dans le grand portail en bois du château. Il jeta un regard sur sa droite, vers les ruines noircies des écuries édifiées par ses ancêtres.

— Je les ferai reconstruire, lâcha-t-il, amer. Mais ce ne seront plus les mêmes, celles de jadis. Je comprends la réaction violente de Claire devant son Moulin du Loup refait à neuf.

— Oh, ça n'a pas duré longtemps. Maintenant, madame Claire est tout heureuse.

Un hurlement strident, en provenance du hall du château, les figea sur place un court instant.

— C'est la voix d'Armelle ! s'écria Louis. Vite, allons voir.

Mais leur domestique apparut dans l'encadrement de la porte principale. Elle agitait un torchon, les traits crispés.

— Madame, Monsieur, quel malheur !

— Parlez donc, ce sont les enfants ? s'affola Béatrice en la bousculant pour entrer.

— Non, Madame, les petits vont bien. Mais misère, je viens de trouver Garance étalée sur le parquet du salon, le front en sang. Monsieur Philippe pleure tout ce qu'il peut, le mignon.

— Et Antoine ?

— Il est dans sa chaise haute, à la cuisine. Je lui préparais sa purée, mais quand Monsieur Philippe m'a appelée, j'ai dû confier Monsieur Antoine à ma tante, qui me rendait visite comme chaque dimanche, pardi.

— Très bien, j'ai confiance en votre tante, balbutia Béatrice.

Ils se retrouvèrent autour du corps inerte de la nurse, que Louis examina rapidement.

— Béa, appelle le docteur, déclara-t-il. Et toi, Philippe, arrête de gémir. Dis-nous plutôt ce qui s'est passé ! As-tu fait tomber ta nounou ?

Le châtelain souleva la jeune femme inconsciente et l'allongea sur la banquette à dossier, près de la cheminée.

— Mais papa, il y avait un voleur ! clama l'enfant. C'est lui qui a frappé Garance, parce qu'elle essayait de l'arrêter.

— Un voleur ? répéta Béatrice, hébétée. Je téléphone au médecin et à la gendarmerie. Armelle, ne restez pas plantée là, apportez-nous de l'eau, de l'alcool et la mallette de pharmacie.

Peut-être ranimée par les éclats de voix, la malheureuse nurse cligna des paupières et voulut s'asseoir. Louis l'empêcha de se redresser.

— Ne vous agitez pas, Garance. Mais soyez franche, Philippe dit-il la vérité ? Un voleur s'est vraiment introduit ici, ou mon fils invente cette histoire parce qu'il vous a joué un mauvais tour ?

— C'est la vérité, Monsieur. Mon Dieu, j'ai eu tellement peur.

— Expliquez-moi en détail ce qui est arrivé. Béa, ton mouchoir, Garance saigne encore. Et va donc téléphoner !

Douchée par le ton autoritaire de son mari, Béatrice s'éloigna à reculons en le regardant tamponner le front de la nurse.

— En fait, nous étions dans la salle à manger pour prendre un coquetier dans la vitrine quand j'ai entendu du bruit dans votre bibliothèque. Comme vous étiez à la messe, je me suis inquiétée et je suis allée voir. Avant, j'ai dit à Philippe de se cacher derrière un fauteuil. Madame m'a raconté qu'il s'est déjà fait enlever, je ne voulais pas que ça se reproduise.

Garance éclata en sanglots. Gênée, elle essuya ses larmes avec le mouchoir maculé de sang de Béatrice, ce qui apitoya Louis. Il lui tapota l'épaule.

— Allons, calmez-vous. Je vous trouve très courageuse d'avoir voulu arrêter le voleur. Pourriez-vous le décrire aux gendarmes quand ils seront là ?

— Je ferai de mon mieux, Monsieur, renifla-t-elle. C'était un homme assez grand, il avait des gants en cuir et il tenait un joli coffret en marqueterie sous le bras. J'ai crié que j'allais appeler la police, mais comme il levait le poing, je me suis enfuie. Hélas, il m'a rattrapée et frappée avec un objet en fer. Après, je ne sais plus, j'ai dû marcher et m'écrouler.

Louis se mit à déambuler dans le salon, l'air désespéré. Béatrice le surprit ainsi.

— Notre docteur sera là dans vingt minutes et les gendarmes dans une heure, annonça-t-elle.

— Béa, c'est une catastrophe, on a volé tous les bijoux de ma mère, ce qui représente une petite fortune, avoua-t-il. La nurse pourra en témoigner, l'individu qui l'a frappée emportait mon coffret en bois de cèdre et en marqueterie. Cette fois, nous sommes pratiquement ruinés... J'avais prévu de vendre certaines pièces de joaillerie très anciennes, des pendentifs en diamant.

— Mais comment cet homme savait-il que les bijoux étaient dans ce coffret en particulier ? s'étonna-t-elle.

— Il l'aura ouvert en cherchant des objets de valeur ! Le coffret ne fermait pas à clef. J'avais prévu de le déposer à la banque, et je retardais sans cesse le moment de le faire. Mon éternelle négligence… J'en suis bien puni.

— C'est ma faute, Monsieur ! s'exclama Garance en pleurant de plus belle. J'aurais dû appeler à l'aide plus fort. Je suis désolée.

Béatrice lança un regard noir à la nurse, car son fils s'était assis près d'elle et essayait de la consoler.

— Viens là, Philippe ! ordonna-t-elle à l'enfant. As-tu vu par où le voleur s'est enfui ?

— Non, maman, j'étais caché, répliqua le petit garçon en la rejoignant.

— Il ne faut pas chercher bien loin, soupira le châtelain. Ce type aura emprunté le passage dans le mur qui monte à la tour ronde. De là, il a dû se sauver par les toits.

— Encore une fois, Louis, on l'aura renseigné. Il a sûrement un complice ou une complice qui connaît le château.

Accablé par ce nouveau coup du sort, Louis de Martignac prit place dans un fauteuil en cuir. Il se frotta le visage d'un geste nerveux, comme s'il voulait effacer son désarroi et sa lassitude.

— Béa, réfléchis un peu, dit-il enfin. Nous avons eu des ouvriers ici pendant des semaines pour restaurer les fresques médiévales et changer les lambris de la salle à manger. Je leur ai confié mon projet de faire visiter le château pour améliorer nos finances et je leur ai montré l'escalier aménagé dans le mur, une curiosité datant de la forteresse initiale.

— Je suis tellement désolée, Monsieur, gémit encore Garance.

Elle adressa au châtelain un regard fervent de ses grands yeux couleur noisette. Fine mouche, Béatrice s'en alarma et décida de congédier la nurse rapidement.

« On ne peut pas dire qu'elle soit jolie, pensa-t-elle, mais elle est très bien faite et plus jeune que moi. »

— Je vais à l'office, déclara-t-elle d'une voix glaciale. Philippe doit déjeuner et je m'occuperai personnellement d'Antoine. Reposez-vous, Garance, le docteur ne va pas tarder.

— Oui, Madame, merci Madame.

Béatrice serra la main de son fils si fort qu'une faible plainte lui échappa. Elle traversa ainsi les pièces en enfilade, ses talons hauts claquant sur les parquets cirés. Dans le hall, Philippe lui demanda s'il pouvait se rendre aux commodités récemment installées au premier étage.

— Dépêche-toi, je t'attends.

Elle avança néanmoins vers la porte en ogive ouvrant sur les six larges marches en pierre qui descendaient aux cuisines. Le timbre éraillé d'Armelle lui parvint, car la domestique parlait toujours fort, ce qui soulignait son accent du terroir.

— C'est comme je t'le dis, tata, cette fille, Garance, elle en pince pour Monsieur. Tiens, l'autre jour, voilà qu'elle grimpe sur un escabeau, dans la bibliothèque. J'apportais son café à Monsieur et j'ai tout vu. La nurse a lancé un petit cri de moineau parce qu'elle avait raté une marche et allait tomber. Pardi, notre châtelain l'a attrapée à bras-le-corps et l'a tenue un peu contre lui. Oh, tata, si tu avais vu les yeux qu'elle lui faisait ! J'te dirai, tata, elle n'a que ça de beau, la pauvre.

— Bah, les hommes, c'est autre chose qui les intéresse, et ton Monsieur Louis, il est pareil, va.

Ulcérée, Béatrice appela Philippe bien fort pour les faire taire en signalant sa présence. L'enfant revenait au pas de course.

— J'avais mal au ventre, maman, à cause du voleur.

— Ton père te sermonnerait, s'il t'entendait, dit Béatrice d'un ton vibrant de rancune. Dans son monde, on doit être pudique sur ce genre de détails. Mais ce sont des apparences, mon chéri, rien que de l'hypocrisie.

La gorge serrée, elle luttait pour ne pas sangloter à son tour. Le silence régnait à présent dans les cuisines où elle fit irruption, très digne dans son élégante toilette du dimanche.

— Il ne fallait pas vous déranger, Madame, avec ce qui arrive en plus, protesta Armelle, la face cramoisie. Avez-vous faim, mon petit Monsieur ?

Philippe murmura un « oui » presque inaudible, tandis que Béatrice parcourait d'un regard amer cette pièce, la plus ancienne du château. Le plafond était une voûte en pierre et l'on pouvait tenir debout sous le manteau de la cheminée, orné des armoiries des Martignac.

— Monsieur Antoine a fini de manger, précisa la tante de la domestique, une villageoise de Fouquebrune, qui avait une soixantaine d'années et la langue bien acérée.

— Très bien, je monte le coucher, viens avec maman, mon trésor. Toi aussi, Philippe. Armelle, apportez-lui un plateau dans la nursery. Je refuse de quitter mes enfants, on ne sait jamais.

Sur ces mots, Béatrice se réfugia au premier étage. Elle laissait de son plein gré la nurse seule avec son mari, malgré la jalousie qui la dévastait.

— J'en étais sûre, se dit-elle tout bas. Je savais qu'un jour ou l'autre, Louis aurait envie d'une autre femme. Et même s'il ne la désire pas, il est trop attentionné envers cette Garance. Il me le disait un soir, il se fait un devoir de secourir les chats perdus. Il a dû épouser Angéla pour la sortir de sa misère.

L'évocation de la première femme de Louis lui broya le cœur. Angéla était morte pendant le massacre perpétré au Moulin du Loup par les miliciens et la Gestapo. Quentin et Agnès vouaient toujours à leur mère une véritable adoration.

— Philippe, après ton repas, nous irons à la ferme voir tes grands-parents, Pélagie et Yvon, annonça-t-elle à mi-voix. Tu aimes bien aller là-bas, n'est-ce pas ?

— Et papa ?

— Il sera très occupé, il ne pourra pas nous accompagner.

Louis entra au même instant, la mine défaite. Suivi de près par Armelle, il prit Béatrice par le bras.

— Occupez-vous des enfants, Armelle, je dois discuter quelques minutes avec mon épouse.

Il entraîna la jeune femme dans leur chambre, dont il tourna le verrou de la porte d'un geste vif.

— Béa, tu m'abandonnes en pleine tourmente, en dépit des serments échangés le jour de notre mariage ? Je suis obligé de rester au château, car il va y avoir une enquête. J'ai besoin de toi à mes côtés, de mes fils. Sans vous trois, je suis perdu.

— Tu auras Garance, rétorqua-t-elle, aussitôt consciente d'avoir proféré une énorme sottise.

— Quoi ? Cela n'a aucun sens, Béa. L'allusion est grotesque et tu me déçois. De surcroît, je croyais que tu l'emmenais, pour veiller sur les petits à la ferme.

— Vraiment ? gémit-elle. Pardon, Louis, pardon. Mais j'ai entendu Armelle raconter à sa tante l'histoire de l'escabeau et je me suis imaginé des choses horribles.

Consterné, le châtelain secoua la tête. Il saisit Béatrice par le coude et la fixa.

— L'histoire de l'escabeau ? Je ne comprends pas.

— La nurse a failli en tomber, et tu l'as prise contre toi !

— Ah, oui, j'avais totalement oublié. J'aurais agi de la même manière pour n'importe qui. Béa, comment peux-tu douter de mon amour et de ton emprise sur moi ? Après des années, tu me rends toujours aussi fou de désir dès que tu me frôles. Je pourrais te le prouver maintenant, ici, mais le docteur ausculte cette malheureuse jeune fille, une pupille de la Nation qui suscite surtout de la compassion, voire de la pitié.

Béatrice enlaça son mari et le dévisagea. Il l'embrassa sur la bouche et dans le cou, ce qui la fit frémir.

— Descends vite, Louis, je ne m'en irai pas, je te le promets. Je t'aime tellement et je suis d'une jalousie féroce.

— Non, une jalousie aveugle et stupide, rectifia-t-il. Et nous sommes unis pour le meilleur et pour le pire, dans la fortune ou le dénuement. N'oublie pas ces paroles du prêtre, Béa.

Seul un sanglot lui répondit. Il entrouvrait la porte lorsque sa femme ajouta dans un souffle :

— Je comptais partir chez mes parents, pas uniquement sous le coup de la colère, Louis. J'avais peur pour nos fils. Je refuse de revivre l'enfer que nous avons connu quand Philippe et Agnès ont été enlevés.

— Dans ce cas, tu remercieras ta nurse, qui a protégé de son mieux Philippe. Et ne confonds pas un voleur avec l'individu rongé par le vice et la drogue qu'était Lucas, ton ancien fiancé.

Béatrice reçut en plein cœur ce rappel d'un passé qu'elle s'efforçait de chasser de sa mémoire. Elle sortit juste après son mari de leur chambre et regagna la nursery. Là, elle congédia Armelle pour étourdir ses deux enfants de câlins et de baisers.

— Nous irons la semaine prochaine déjeuner chez tes grands-parents, confia-t-elle enfin à Philippe. Papa serait trop triste sans nous... Et dès qu'Antoine sera endormi, nous irons remercier Garance.

Moulin du Loup, mardi 10 février 1953

Après une période de redoux, qui semblait annoncer le précoce printemps charentais, la neige ruisselait à nouveau sur la vallée. Les toits du moulin et des bâtiments alentour se nappaient de blanc, à la grande joie d'Annabelle.

— Maman, tu m'emmèneras faire des glissades demain matin ? demanda la fillette.

— Peut-être, Belle, si tu es sage cet après-midi. Ludivine se sent très fatiguée et tu fais beaucoup de bruit.

— Ne la gronde pas, Abi. Elle chante des comptines, ça me plaît. Moi aussi, j'aimerais aller jouer dans la neige, si je n'avais pas si mal au dos.

Claire brassait de la pâte à crêpe en prévision du goûter. Coiffée d'un chignon bas, un grand tablier bleu protégeant sa robe en lainage d'un brun chatoyant, elle lançait des coups d'œil soucieux à Ludivine, qui s'agitait beaucoup.

— Reste allongée, surtout, lui recommanda-t-elle. Je termine ça et je viens te soigner.

— Maman, tu atténues à peine la douleur. J'ai dû me bloquer quelque chose hier, dans la douche. Mon pied a glissé et j'ai voulu me redresser.

— Je suis de l'avis de Claire, Ludivine, repose-toi et n'essaie pas de te lever. Quentin t'a promis de rentrer tôt, tu iras marcher avec lui.

Depuis la dernière lettre anonyme menaçant les enfants de la famille, Abigaël avait pris l'habitude de vérifier souvent si tout allait bien. Elle pensait à chacun des habitants du moulin et s'assurait de leur sécurité en son for intérieur.

« Bertille et Jakob sont là-haut, ils font une petite sieste, mon grand-père également. Adrien et son ouvrier sont à l'imprimerie, prêts à intervenir si je les appelle. Édith dort dans son landau, presque sous mes yeux. »

Rassérénée, elle s'autorisa à évoquer Gabriel, qui ne s'était pas manifesté ces derniers jours.

— Mais je suis sûre qu'il veille sur nous, dit-elle tout bas.

— Qui veille sur nous, maman ? interrogea Annabelle, en levant le nez de son coloriage.

— Papa, évidemment, répliqua-t-elle.

Soudain Ludivine se leva et marcha autour de la table. Elle avait mis une robe fluide en jersey, qui moulait sa poitrine épanouie par la grossesse.

— Quentin exagère, déplora-t-elle. Il n'avait pas besoin de retourner au château. Je ne veux pas te blesser, Abi, mais Louis aurait pu confier ses bijoux à la banque. Il prenait des risques inconsidérés, surtout après l'incendie des écuries.

— Je l'ai connu jeune homme, commenta Claire d'une voix rêveuse. Il se donnait des allures de poète, les cheveux mi-longs, des écharpes nouées sur des chemises à jabot. Et il était déjà très dépensier. Sa mère, Edmée, a dû vendre des terres pour éponger ses dettes.

— Je suis au courant, maman, répliqua Ludivine qui faisait les cent pas, les mains sur les hanches. Mon beau-père s'est dépeint lui-même sous cet angle. Au moins, il a la loyauté de l'admettre.

Abigaël posa les chaussettes qu'elle raccommodait. Personne ne la vit pencher un peu la tête et acquiescer en silence.

— Louis est le demi-frère de mon père et, pour ma part, je l'aime sincèrement. Je lui pardonne volontiers ses négligences car il est revenu sain et sauf des camps de prisonniers dans l'espoir de retrouver ses enfants.

Claire approuva d'un sourire, puis elle passa dans le cellier où Bertille avait fait installer un réfrigérateur. Après avoir pris une bouteille de lait dans l'appareil, elle inspecta ses confitures, indécise sur le choix des fruits.

— Vous venez m'aider, Abi ? s'étonna-t-elle en voyant entrer la jeune femme, qui referma la porte derrière elle.

— Oui et non. Claire, j'ai beau me raisonner, je suis inquiète pour Ludivine. Vous n'avez rien senti d'anormal quand vous l'avez soignée, tout à l'heure ?

— Ma fille est très crispée et trop nerveuse. Je l'ai perçu en étalant mon baume de consoude le long de son dos.

— Il y a autre chose, j'en suis sûre, insista Abigaël. Son teint est un peu cireux, ses pupilles dilatées comme si elle avait de la fièvre.

— Que craignez-vous ?

— Eh bien, Ludivine pourrait accoucher cette nuit. J'ai envie de téléphoner au château pour dire à Quentin de ne pas tarder. Ce serait plus prudent qu'ils dorment en ville ce soir.

Troublée, Claire reposa le pot de confiture de groseilles qu'elle tenait. En guérisseuse expérimentée, elle s'accorda un temps de réflexion.

— Excusez-moi, Abi, mais Ludivine n'a pas de contractions et la naissance est prévue pour le mois prochain.

— Mais son mal au dos persistant peut masquer une douleur moins forte. Et Quentin veut absolument qu'elle accouche à la maternité.

— Je le sais bien, cependant ma fille refusera de coucher rue de l'Arsenal. L'idée en elle-même la révulse.

— Ma tante Marie pourrait l'accueillir ! Claire, j'ai un mauvais pressentiment, aidez-moi à convaincre Ludivine. Si je me suis trompée, tant mieux, Quentin et elle auront juste passé une nuit à Angoulême.

Le doux visage d'Abigaël parut resplendir sous la faible clarté de l'ampoule électrique du plafonnier. Son regard bleu avait un tel éclat que Claire en fut impressionnée.

— D'accord, nous lui en parlerons après le goûter. Rien ne presse vraiment. Ma fille avait tellement envie de crêpes. C'est une tradition chez nous quand il neige.

— Je vous remercie. Peut-être pourriez-vous examiner Ludivine, je veux dire, comme une sage-femme. Vous avez accouché de nombreuses parturientes en difficulté dans la vallée et au village.

— Seigneur, je n'oserai jamais lui demander. Ma fille est très pudique. Elle refusera. Quand même, Abi, en tant qu'infirmière diplômée, Ludivine doit être à l'écoute de son corps.

Oppressée, Abigaël approuva en silence, certaine que Gabriel ne l'avait pas alertée en vain en lui chuchotant quelques mots à l'oreille, cinq minutes auparavant.

— Claire, pardonnez-moi d'insister, dit-elle encore d'un ton grave. Les enfants menacés ne sont peut-être pas des tout-petits, comme Belle et Édith. Si cela s'adressait à votre fille ou à Quentin ? Ou bien à leur bébé ?

— Mon Dieu, vous me faites peur, Abi. Qui pourrait faire du mal à Ludivine ? Elle est en sécurité ici, avec nous. Mais je vous prends au sérieux. S'il le faut, j'irai en ville avec Quentin et ma fille. Retournons dans la cuisine, les petites sont seules avec elle.

Claire fut infiniment soulagée de découvrir Jakob assis à la grande table, près d'Annabelle. Quant à Ludivine, elle s'était postée à la fenêtre et contemplait la danse des flocons, les mains plaquées sur son ventre.

— Vous teniez un conciliabule dans le cellier, leur dit-elle d'un ton moqueur. À quel sujet ?

— Nous en discuterons plus tard, répliqua Claire. Il est l'heure de faire sauter les crêpes.

— Poupette va descendre, et ton grand-père aussi, Abi, précisa le Mosellan avec son bon sourire. Je m'équipe et je sors nourrir les chevaux et la basse-cour. On dirait qu'il va neiger dru, ui, demain on aura une bonne couche et s'il gèle, tu pourras faire des glissades, Belle.

Le goûter se déroula dans la bonne humeur. Jakob avait invité Adrien et Denis, son ouvrier, à manger des crêpes avec un verre de cidre. Bertille présida en bout de table, après avoir exigé d'écouter un disque de musique classique.

— On est comme des rois, au moulin, déclara Annabelle, la bouche luisante de graisse et de sucre.

Pierre Lussac admirait Claire qui continuait à verser de la pâte dans une poêle à l'aide d'une louche. De nature frugale, il s'était contenté d'un café au lait et tenait Édith dans ses bras.

— Mon dos va mieux, affirma Ludivine. Et c'était délicieux, maman, je suis rassasiée. Il faut en garder pour Quentin. Je commence à m'inquiéter, il devrait être là.

— Le vent du nord souffle fort, ça peut verglacer, ui, ui... Il roule sans doute au ralenti, avança Jakob.

— J'ai appelé deux fois au château, renchérit Abigaël, personne ne répond. En fait, la ligne grésille.

— Par mauvais temps, c'est fréquent, la rassura Bertille.

Comme par malice, le téléphone fit entendre sa sonnerie métallique. Ludivine fut la plus rapide.

— Ah enfin c'est toi, Quentin ! Tu n'es pas encore parti, mais pourquoi ? Oh non, je t'en prie. Viens à pied ou à vélo.

La jeune femme raccrocha brutalement le combiné. Ils la virent tous refouler ses larmes.

— Sa voiture ne démarre pas et celle de son père non plus. C'est impossible une malchance pareille, on a dû les saboter. On continue à nous gâcher la vie ! J'étais si impatiente d'être avec mon mari.

— Les pannes peuvent provenir du froid, hasarda Adrien. Si vous voulez, je vais chercher Quentin.

— Vous feriez ça pour moi ? s'extasia Ludivine. Je veux bien, mais soyez très prudent. Je m'en voudrais si vous aviez un accident.

— Ne vois pas tout en noir, protesta Bertille. Adrien a vécu bien pire pendant la guerre.

— Je sais, tantine. Mais il neige et il y aura du verglas... Jakob vient de le dire.

Ludivine se plia soudain en deux, sous le coup d'une douleur aiguë au creux des reins. Livide, les lèvres serrées pour ne pas crier, elle se mit à respirer par saccades. Sa mère se précipita pour la soutenir jusqu'au divan.

— Maman, je crois que j'ai perdu les eaux, murmura-t-elle une fois allongée. Et j'ai mal, très mal. Regarde, s'il te plaît. Abi, ta petite ne doit rien voir.

— D'accord, je tiens la couverture en l'air.

Affolée, Claire souleva un peu la robe de sa fille et passa la main entre ses cuisses, tandis qu'Abigaël dissimulait la scène en étendant un plaid à bout de bras, en guise de paravent.

— Mon Dieu, tu perds du sang, avoua Claire en chuchotant.

— Est-ce que c'est normal, maman ?

— Pas tout à fait, mais ça peut se produire. Ne crains rien.

Un nouveau spasme fit gémir Ludivine, qui se tordit de douleur. Mais confrontée à l'épreuve, sa nature volontaire reprit ses droits et elle retrouva sa force de caractère et son courage.

— Eh bien, je vais accoucher plus tôt que prévu, murmura-t-elle. Abi, je t'en prie, rappelle Quentin, préviens-le qu'Adrien va me conduire à la maternité.

— Oui, je m'en occupe.

— Je t'accompagne, Ludivine, dit Claire. Ta valise est prête.

Malgré Bertille qui tentait de la distraire, Annabelle avait peur, sensible au changement d'atmosphère. Elle vit son père sortir en criant qu'il allait démarrer sa voiture et se garer au plus près du perron. Son ouvrier l'escortait. Pierre Lussac, lui, agitait les lèvres, les paupières mi-closes, comme elle l'avait vu faire quand il priait à l'église.

— Ludivine est très malade, c'est ça ? se plaignit-elle à mi-voix.

Aucun des adultes ne lui répondit pour la rassurer, mais une main très douce caressa ses joues. À travers ses larmes, l'enfant distingua le merveilleux sourire de Gabriel penché sur elle.

Abigaël aperçut aussi son protecteur surgi des mystérieuses dimensions célestes. Il disparut au bout de quelques secondes.

« Restez, par pitié, songea-t-elle. Aidez-nous. »

Elle venait en vain d'utiliser le téléphone qui n'émettait plus aucun son, hormis le déclic du cadran.

— La ligne est coupée, annonça-t-elle.

— Tant pis, répondit Claire, déjà en manteau et chaussée de bottillons. Nous devons partir. Que fait Adrien ?

Le jeune homme entra en trombe, au même instant, les traits tendus, le regard presque halluciné.

— On a crevé les pneus de ma voiture et ceux de la vôtre, Jakob. Je suis désolé, cette fois on ne peut pas accuser le froid. Il vaut mieux appeler une ambulance.

— Le téléphone ne fonctionne plus, expliqua Abigaël.

Il y eut un court silence incrédule, devant l'évidence d'une sordide machination. Et dans ce silence angoissant, la voix de Ludivine s'éleva, vibrante de révolte et d'une souffrance contenue.

— D'accord, on peut trafiquer des moteurs, crever des pneus et on peut même couper la ligne du téléphone, déclara-t-elle. Mais l'unique intérêt de ces actes, ce serait de nous bloquer ici, au moulin, pour m'empêcher d'aller à la maternité. Comme si on avait provoqué mon accouchement ? C'est de la folie pure !

Après ce coup d'éclat, elle crispa ses doigts sur le plaid en laine, les dents serrées, pour affronter une nouvelle contraction.

— Maman, ôte ton manteau, demanda-t-elle, haletante. Mon enfant va naître ici, sous le toit de notre moulin. Avec toi et Abi, je ne risque rien, dis… Plus tard, on cherchera la solution.

— Calme-toi, quelle solution ? demanda Claire.

— Pourquoi mon bébé va venir au monde avec un mois d'avance, balbutia Ludivine. Je veux savoir, oui je veux comprendre…

Le crépuscule bleuissait les fenêtres. Il neigeait toujours et des rafales de vent sifflaient dans la cheminée. Le loup s'était assis au pied du divan, comme pour veiller sur celle qui lui avait sauvé la vie treize ans plus tôt, dans la grotte aux Fées.

Une longue nuit approchait, avec son cortège de peurs, de cris et de douleurs.

11

Défier le destin

Vallée des Eaux-Claires, Moulin du Loup,
même soir, mardi 10 février 1953

Bertille réfléchissait intensément à la question que venait de poser Ludivine et en arriva à la même conclusion : on pouvait saboter des voitures, mais non déclencher un accouchement.

— Je pense que nos ennemis ont un plan bien précis pour ce soir ou cette nuit, décréta-t-elle. Peu importe, nous devons nous organiser pour que la naissance se passe dans les meilleures conditions. Jakob, monte chercher le paravent de notre chambre pour ménager un espace plus intime à notre future maman.

— C'est une bonne idée, merci princesse, admit Claire, un peu affolée.

— Et il faudra éloigner Annabelle, renchérit sa cousine.

Pour l'instant, la petite était assise sur les genoux de son arrière-grand-père qui lui racontait une histoire. Pierre avait eu soin de tourner le dos au divan sur lequel Ludivine était allongée, très pâle et dolente.

— Je m'occuperai de Belle, dit-il d'un ton faussement enjoué. Nous irons dîner dans ma chambre et je la coucherai. J'estime plus prudent de l'avoir sous les yeux, près de nous tous.

— Merci grand-père, c'est plus sûr en effet, concéda Abigaël. Je suis de l'avis de Bertille, on veut nous empêcher de sortir du moulin ou d'appeler qui que ce soit. Mais pourquoi ?

— Et si ces gens avaient prévu de mettre le feu au moulin, comme ils l'ont fait au château ? murmura Claire. Seigneur, j'ai hâte que ton mari revienne, Abi. Je voudrais tant savoir Ludivine en sécurité.

Adrien était parti pour Ponriant sur le cyclomoteur que son ouvrier lui avait prêté. Il espérait pouvoir appeler une ambulance depuis le domaine, et si la ligne téléphonique était également coupée, il comptait emprunter la voiture de Samuel Claudin.

Jakob s'était empressé de descendre le paravent. Tandis qu'il l'installait, Ludivine jeta un regard terrifié à sa mère, assise à son chevet.

— Maman, dis-moi que la naissance se passera bien, demanda-t-elle d'une voix sourde. Je t'en prie, écoute encore une fois le cœur du bébé.

— Je l'ai fait il y a cinq minutes et je te promets que ton enfant n'est pas en souffrance. Si je me fie à mon expérience, il n'y a pas de loi exacte en matière d'accouchement. Tu ne saignes plus, c'est déjà bon signe. Abigaël et moi, nous ferons de notre mieux. Je te le dois, ma fille chérie, toi qui m'as sauvée la nuit où tu es née.

Bertille se rapprocha du divan, en appui sur sa canne, car elle boitait davantage par temps froid et humide.

— Tu oublies mon rôle, Clairette, dit-elle. J'ai eu l'idée de poser cette demoiselle sur toi, que nous étions sûrs de perdre, et tu as survécu. J'avais eu le pressentiment que ta fille était aussi une guérisseuse. Bon, trêve de souvenirs, nous ferions mieux d'être sur nos gardes. Jakob, si tu t'équipais pour inspecter la cour et faire le tour des bâtiments ? Demande à Denis de t'accompagner. Ensuite il pourra dormir sur place.

— J'allais justement faire une ronde, Poupette ! Je dois nourrir les chevaux et leur donner de l'eau.

Abigaël écoutait la conversation, tout en étant attentive aux plaintes étouffées de Ludivine qui avait eu une contraction plus forte que la précédente. Soudain elle perçut des mots à son oreille, prononcés par la voix douce de Gabriel : « Ils sont plusieurs, mais le danger sera écarté. »

Elle sentit ensuite une caresse sur sa joue et un fugace parfum de lilas. C'était peu, cependant elle reprit confiance.

— Grand-père, si vous montiez maintenant, Belle et toi ? Je vais préparer du potage et je vous apporterai un plateau bien garni dans une heure environ, dit-elle en souriant.

— Bien sûr. Je prends la mallette de jeux.

— On fera une partie de petits chevaux ou un nain jaune, papi ? demanda la fillette.

— Mais oui, ma mignonne.

Cinq minutes plus tard, il ne restait dans la grande cuisine que Bertille, Abigaël, Claire et Ludivine.

— J'ai mal dans tout le bas du corps, se plaignit celle-ci. Une collègue de l'hôpital m'a raconté son accouchement, elle ne souffrait pas entre les contractions.

— Chaque femme est différente, prêcha Claire.

— Je voudrais me changer et faire un peu de toilette, maman. Mes bas et ma combinaison sont sales.

— Bien sûr, j'avais l'intention de te le proposer. J'ai ce qu'il faut. Tu as une chemise de nuit dans ta valise et tout le nécessaire. Abi, pouvez-vous nous donner une cuvette d'eau tiède et du savon ?

— Tout de suite, Claire.

— Tu aurais été plus à ton aise dans une des chambres, soupira Bertille. Tu n'oses pas crier.

— Si je peux, je ne crierai pas, tantine. Et surtout je suis les conseils de maman. Je m'efforce de respirer à fond et de me détendre. Je crois que je préfère être là qu'à la maternité. C'est chez moi, j'ai grandi sous ce toit. Tant mieux si mon bébé vient au monde entre les murs du moulin.

— Je te comprends, approuva Claire, mais ce sont des conditions peu clémentes. Pour ma part, je serais rassurée de te savoir confiée aux bons soins d'un médecin et d'une sage-femme.

— Si tu restes près de moi, maman, je ne m'y opposerai pas.

Pendant ce temps, Abigaël alla chercher des bûches de chêne dans le cellier. Elle voulait faire chauffer une grande quantité d'eau et préparer de quoi dîner tant qu'Édith dormait. Malgré son calme apparent, elle était tendue à l'extrême. Sans le dire ni le montrer, elle essayait de deviner d'où viendrait le danger mentionné par Gabriel.

Elle revenait du cellier quand les hurlements du vent redoublèrent. Des coups de boutoir ébranlèrent les volets.

— On dirait une tempête ! s'exclama Bertille. Comme si ça ne suffisait pas qu'il neige et qu'il gèle !

— Prévois des bougies et sors les lampes à pétrole du placard, princesse, lui conseilla Claire. Nous pourrions aussi être privés d'électricité.

Abigaël commençait à s'inquiéter pour Adrien. Le domaine n'était pas loin et il aurait dû être de retour. Après avoir remis du bois dans la cheminée et dans la cuisinière en fonte, elle entrouvrit la porte donnant sur le perron.

— Mon Dieu ! s'effara-t-elle. On n'y voit pas à deux pas…

Des bourrasques projetaient des flocons sur la façade de la maison et un concert de craquements et de sifflements résonnait dans toute la vallée, répercuté par les falaises.

Pourtant la jeune femme distingua un rond lumineux qui se déplaçait le long des étendoirs et un second, plus faible, près de la bergerie. Bertille la rejoignit et poussa un cri de surprise.

— On se croirait au pôle Nord ! Jakob devrait rentrer ! Où est-il ? Quand même, il est à peine rétabli.

— N'ayez pas peur, votre mari est une force de la nature, et j'ai aperçu le halo des lampes. Denis est avec lui.

— Que Dieu t'entende ! Abi, je te le dis en confidence, mais je voudrais que tu examines Ludivine, souffla Bertille en lui prenant le bras. Le jugement de Claire pourrait être altéré, car c'est sa fille. Et au fond de moi, je crains le pire ! Prends ton exemple, tu as failli mourir à la naissance d'Annabelle. Sans l'arrivée de Claire...

— Je sais, Claire m'a sauvée et Ludivine a sauvé Belle. Aussi je ferai l'impossible pour les aider cette nuit.

— Une nuit d'épouvante, comme si le diable s'en mêlait, déclara Bertille. Enfin, des diables à forme humaine.

Abigaël ne fit aucun commentaire. Elle referma vite la lourde porte cloutée pour ne plus entendre le vacarme de la tempête. Mais elle fut surprise de découvrir Claire perchée sur une chaise, en train de suspendre un grand drap à une corde tendue entre deux poutres.

— Fais attention, maman, si jamais tu tombais, disait Ludivine.

— Je refuse que tu sois exposée aux regards. Voilà, j'ai fini. Abi, tenez-moi la main, pour rassurer ma fille. Elle pense qu'à mon âge, on n'est bonne qu'à cuisiner ou repriser.

Claire ponctua sa boutade d'un léger rire un peu forcé. Elle cachait courageusement son anxiété.

— Vous auriez dû me demander de le faire, lui reprocha gentiment Abigaël. Je tiens à me rendre utile.

— Nous avons beaucoup de travail, Abi, soyez tranquille, vous ne chômerez pas.

Les ampoules clignotèrent à l'instant où quelqu'un entra après avoir frappé. Cécile baissa l'écharpe qui lui dissimulait la majeure partie du visage. Sa veste fourrée et son bonnet étaient blancs de neige.

— Bonsoir tout le monde, dit-elle à mi-voix. Je vais vous expliquer pourquoi je suis là. Oh, je vous mets de la neige fondue partout.

— Enlève ta veste, elle est trempée, recommanda Abigaël. Donne-moi ton bonnet aussi, je vais les mettre à sécher près de la cuisinière. Où est Adrien ? Avez-vous pu contacter une ambulance ou les pompiers ?

— Non, hélas ! J'ai croisé Adrien alors que je descendais la route pour venir me réfugier au moulin. Samuel m'a appelée il y a une heure, il tenait à m'avertir qu'il dormirait en ville, chez un collègue, à cause de la neige et du verglas. Juste après, la ligne de téléphone a coupé. On a compris pourquoi, mon frère et moi, un frêne s'est abattu sur le fil. S'il n'y avait que ça…

À la surprise générale, Ludivine se leva, enveloppée d'un large châle en laine angora.

— J'ai envie de marcher un peu, dit-elle. Je ne suis pas très à l'aise allongée.

Debout près de la cheminée, elle fixait les flammes, les bras croisés sur sa poitrine. Nul ne pouvait soupçonner qu'elle implorait son père de la protéger.

« Papa, toi qui es mort en héros, je t'ai souvent revu en rêve, mais ce soir, je voudrais tant que tu sois là, à mes côtés, bien vivant. J'aurais moins peur si tu me tenais la main. Veille sur mon enfant, je t'en supplie. »

Elle se tourna enfin vers Cécile, en apparence survoltée par un événement bien précis. Bertille, la plus impulsive de la famille, aurait volontiers secoué la jeune femme pour savoir ce que signifiaient ses derniers mots.

— Allons, dites-nous vite ! « S'il n'y avait que ça », c'est vague, nous avons besoin de détails.

— Je reprends mon souffle, madame Bertille, se défendit Cécile. Je suis tombée deux fois tellement ça glisse. En fait, quand mon frère a compris que c'était inutile de monter à Ponriant, il m'a prise sur le porte-bagages du cyclo, mais en passant sur le pont, on a vu une voiture dans la rivière. L'arrière du véhicule était encore sur la berge, mais le capot était à moitié sous l'eau. Le conducteur avait dû perdre le contrôle. On l'apercevait, inanimé, affalé sur son volant.

— Seigneur, pauvre homme, déplora Claire, toujours encline à la compassion. Je suppose qu'Adrien s'est précipité pour le secourir…

— Bien sûr, mais c'était trop tard, annonça Cécile, au bord des larmes. Mon frère a décidé de monter au village sur le cyclo, dans l'espoir de prévenir les gendarmes et aussi d'appeler l'hôpital pour toi, Ludivine. Moi j'ai continué à pied.

— Si un téléphone fonctionne à Puymoyen, j'aurais préféré qu'il tente de joindre Quentin, rétorqua celle-ci. Qu'il sache au moins que notre bébé va naître cette nuit.

— Ou demain matin, Ludivine, avança sa mère en lui caressant le front. J'ai l'impression que tu vas un peu mieux.

— En effet, je n'ai pas eu de contraction depuis dix minutes, je vérifie sur ma montre.

— Ah ! Madame Bertille, votre mari vous fait dire qu'il va jusqu'au pont avec Denis pour voir la voiture accidentée, mais qu'il revient vite. Il ne veut pas que vous vous inquiétiez.

— C'est bien Jakob ! Il devrait être là, au lieu de nous laisser seules. Abi, s'il te plaît, je ne tiens plus sur mes jambes. Peux-tu me servir un verre de vin ou de cognac ? Je m'installe dans mon fauteuil et je n'en bouge plus.

Les discussions se poursuivirent, auxquelles Abigaël prit à peine part. Elle fit téter Édith, tout en indiquant à Cécile ce qu'il fallait cuisiner.

— Je suis contente d'être là, en bonne compagnie, avoua celle-ci en souriant timidement. Même si c'est plus tranquille au domaine, ces derniers jours.

— L'âme errante de Corentine ne vous torture plus et je dors mieux moi aussi, lui dit Bertille. Il y a fort à parier que nous le devons à Abi.

— Non, je ne suis pas encore allée à Ponriant, mais j'ai pu lui parler et peut-être que cette pauvre dame a renoncé à la haine.

Ludivine continuait à marcher de long en large, suivie des yeux par le loup qui s'était assis devant la porte. Elle rejetait souvent en arrière la masse de sa chevelure noire d'un mouvement nerveux.

— Tant que tu souffres moins, j'en profite pour monter. Il nous faut des linges propres et des draps, précisa

Claire. Cécile, comme le potage est prêt, si cela ne vous ennuie pas, pouvez-vous préparer le plateau pour Pierre et Annabelle ?

— Oui, demandez-moi tout ce que vous voulez, madame.

La grande horloge comtoise égrena huit coups sonores. Abigaël songea que le temps s'écoulait avec une pénible lenteur. Tout en refusant de céder à la peur, elle déplorait l'absence de son mari, de Jakob et de Quentin.

— Qu'elle est jolie avec son regard sombre et sa bouche toute rose, s'extasia Ludivine qui était venue l'observer alors qu'elle changeait les langes d'Édith.

— Oui, mignonne à croquer et d'une rare sagesse. Là, elle est rassasiée, j'espère qu'elle dormira toute la nuit. Dès qu'Adrien sera de retour, il m'aidera à monter le berceau à l'étage, dans la chambre de mon grand-père.

— La chambre de mes parents, lorsque j'étais petite. Je rêvais d'y entrer en cachette pour ouvrir le placard donnant accès au souterrain. Papa avait posé un verrou muni d'une clef, par prudence, et j'étais furieuse.

Un léger ronflement parvint aux deux jeunes femmes, du fauteuil à haut dossier où s'était installée Bertille.

— Tantine fait un somme, elle a dû boire un peu plus d'alcool que prévu, avança Ludivine. Abi, tant que nous sommes seules, j'ai un affreux doute, mais je n'oserai jamais en parler à maman. Toi, c'est différent, nous avons presque le même âge.

— Dis-moi, ce ne doit pas être si grave.

— J'ai consulté une sage-femme renommée, à Angoulême, et à la demande de maman, un gynécologue. C'était il y a environ quinze jours. Ils ont eu le même diagnostic, à savoir un risque d'accoucher plus tôt, mon col de l'utérus étant déjà un peu ouvert. Je devais éviter les efforts physiques, les émotions violentes et aussi les relations sexuelles. Si je n'ai pas fait d'efforts, j'ai eu largement mon compte d'émotions, avec les lettres anonymes et ce rat égorgé. Pour le troisième conseil, je n'ai rien dit à

Quentin et ce matin, nous avons fait l'amour dans la salle de bains, nous en avions tellement envie. Maintenant je m'en veux terriblement. Si notre enfant est en danger, ce sera ma faute, j'aurais dû m'abstenir. Tu n'aurais jamais fait une chose pareille, toi...

— Si, ça aurait pu m'arriver, Ludivine, admit Abigaël, heureuse de la confiance que lui témoignait son amie. Ce n'est pas un sujet que l'on aborde sans gêne, mais je t'ai répondu franchement. Sinon, ne te fais aucun reproche, ton bébé va naître plus tôt que prévu mais s'il fait un bon poids, il se portera bien tant qu'il a chaud et que tu l'allaites. Et peut-être qu'il s'agit simplement d'une fausse alerte, ça se produit souvent.

— Non, je connais mon corps et le travail a commencé. Merci, Abi, je suis un peu rassurée. Les gens qui nous en veulent ne pouvaient pas provoquer mon accouchement, je suis stupide d'avoir imaginé ça.

Ludivine se pencha pour embrasser Édith sur son petit front bombé. En se redressant, elle eut soudain une mine sidérée. Quant à Abigaël, elle vit tout de suite une flaque de liquide rosâtre sur le carrelage et sur l'un des chaussons de la future mère.

— Cette fois, tu as perdu les eaux, nota-t-elle. Retourne sur le divan, je préviens Claire.

De son côté, Jakob avait constaté le décès du conducteur de la voiture. Sans être pratiquant, sa foi naïve lui conférait une piété sans faille et il répugnait à abandonner le mort.

— Crois-tu qu'il faut le sortir de là ? demanda-t-il à Denis, très impressionné par la vue du cadavre.

— Monsieur Kern, ce serait mieux de retourner au moulin, comme les dames sont toutes seules.

— Ui, ui, je sais bien. Tant pis, on doit rentrer, mais ce pauvre homme va rester dans le froid ! La vitre est cassée, il y a tant de vent que la neige tombe sur lui. Quelle misère, regarde ça, son visage est sanguinolent.

Cependant le jeune ouvrier recula, nauséeux, car Jakob avait éclairé le profil de la victime. Machinalement il balaya ensuite du faisceau de sa lampe l'intérieur du véhicule.

— Où pouvait-il aller par ce temps ? interrogea le Mosellan à voix haute. Il n'y a guère de passage la journée, alors un soir pareil !

— En tous les cas, il a roulé sur le chemin des falaises, commenta Denis. On devine encore les traces de roue.

— Ui, ça se pourrait, bougonna Jakob. Hé, c'est quoi ça, sur la banquette ?

Immédiatement, il essaya d'ouvrir la portière arrière, mais la carrosserie, déformée par le choc, l'obligea à forcer.

— Laissez faire les gendarmes, monsieur Kern ! Il vaut mieux que vous ne touchiez à rien.

— Bah, je ne fais pas grand mal. Et regarde ça ! Pourquoi ce type avait tout cet attirail, près du sac en cuir, là ? Une pince coupante, des tenailles, et même un couteau. Attends un peu, il y a quelque chose sous la banquette.

Jakob tira sur un emballage en carton sur lequel il dirigea le rayon jaune de sa lampe.

— Tiens donc, un paquet vide de mort-aux-rats. Quand même, c'est louche ! Denis, ouvre le coffre de la voiture.

Durant un court instant, les deux hommes furent muets de stupeur en découvrant des piles de journaux et six gros bidons en fer. Jakob dévissa le bouchon de l'un d'eux.

— J'avais senti une odeur d'essence, déclara-t-il. Avec tout ça, c'était facile de mettre le feu sous le hangar, à l'écurie et même à l'imprimerie. Tu as raison, il faut l'avis des gendarmes, mais je suis sûr que le moulin et ses bâtiments auraient brûlé un peu plus tard dans la soirée.

— Comment en être certain, monsieur Kern ? Un mécanicien pourrait transporter ce genre de matériel et de l'essence, pour dépanner quelqu'un.

Le Mosellan redressa sa haute taille et décocha une bourrade amicale à Denis.

— Tu es un brave gars et tu dis vrai, on ne doit pas condamner sans preuves formelles. Pareil pour le paquet vide de mort-aux-rats, beaucoup de gens en utilisent, mais…

— Mais c'est troublant, monsieur Kern, je suis d'accord.

Des éclats de voix retentirent à proximité, perceptibles malgré les rugissements du vent et la danse folle des arbres.

— Tiens, ce doit être Adrien qui revient, mais il n'est pas seul, dit Jakob en hochant la tête.

Bientôt trois silhouettes masculines apparurent en bas de la route, rendues imprécises par les tourbillons de neige.

— Ohé, par là ! cria Jakob en refermant le coffre du véhicule. Je suis avec Denis, on est derrière la voiture accidentée.

Adrien faillit glisser en se précipitant vers la berge de la rivière.

— Je suis avec monsieur le maire et son adjoint. Nous sommes descendus à pied, la route est impraticable sans chaînes. La ligne téléphonique est coupée aussi au village, je n'ai pas pu joindre l'hôpital ni prévenir Quentin.

— En ma qualité de représentant légal du gouvernement, je vais établir les premiers constats en ce qui concerne ce malheureux, décréta le maire qui les avait rejoints.

Jakob acquiesça, tout en attirant Adrien un peu à l'écart.

— Je peux me tromper, marmonna-t-il, mais je crois que cet homme se trouvait dans le coin pour faire un mauvais coup.

— Pourquoi ?

— Tu comprendras si tu examines la voiture, sous le contrôle de ces messieurs. Sans la tempête de neige et ce froid polaire, le moulin et ses bâtiments auraient pu brûler. On aura confirmation quand les gendarmes viendront.

Torsac, même soir, devant le portail du château

Le bourg de Torsac subissait les mêmes rafales de vent, d'une rare violence, et il neigeait là aussi. Louis de Martignac, vêtu d'un imperméable à capuche, éclairait à l'aide d'une lampe à pile le moteur d'une vieille traction avant noire, dont le capot levé vibrait parfois au gré des bourrasques.

— Alors, est-ce que cette antiquité va redémarrer? demanda-t-il à Quentin, en train de démonter la batterie.

À l'abri d'un parapluie, la nurse observait d'un air soucieux les manipulations du jeune homme.

— Si ce tacot parvient à me conduire dans la vallée des Eaux-Claires, vous aurez toute ma gratitude, mademoiselle Garance, lui cria Quentin. De moi-même je n'aurais pas pensé à prendre la batterie neuve de ma voiture pour remplacer celle-ci qui est presque à plat.

— Sans compter que Garance a eu l'idée de frapper à plusieurs portes du village afin de chercher quelqu'un pouvant te prêter une voiture, renchérit Louis d'un ton aimable. Et par chance, l'épicier avait gardé sa première automobile.

— Je voulais tant aider, admit la nurse d'une voix douce. Mais il faudra faire attention sur la route. Il y a beaucoup de verglas.

— Cela va de soi, répliqua le jeune homme. J'ai de la chance que vous vous y connaissiez en mécanique, mademoiselle.

La nurse approuva d'un timide sourire. Comme Quentin se désespérait depuis l'appel de Ludivine le suppliant de rentrer au moulin, la discrète Garance avait proposé d'examiner les deux voitures tombées en panne.

— Mon fiancé, paix à son âme, était un excellent mécano et je passais du temps dans son garage. Il m'expliquait tout ce qu'il faisait, avait-elle précisé. Je pourrai peut-être trouver de quelle panne il s'agit.

Cette allusion à un défunt fiancé avait attristé Béatrice et les deux hommes. Cependant, peu après, la nurse s'était avouée impuissante.

— On a cisaillé des câbles, même ceux des freins, c'est de la malveillance. On a profité du fait que vos voitures étaient garées à l'extérieur de l'enceinte du château.

— Et qu'on ne les ferme pas à clef, s'était désolé Louis de Martignac. La série noire continue, d'abord l'incendie, ensuite le cambriolage, et maintenant ce saccage !

— Si seulement ces bandits qui t'en veulent, papa, avaient choisi un autre soir, où je ne me retrouverais pas bloqué ici, avait enragé Quentin.

La remarque avait déplu au châtelain et une brève querelle s'était ensuivie. Maintenant l'altercation était oubliée, grâce à l'aide et au dévouement de la nurse. Elle poussa un petit soupir de soulagement lorsque le moteur de la traction avant commença à tourner.

— Formidable ! s'exclama Louis. Nous pouvons enfin rentrer au chaud, Garance. Et sois prudent, Quentin. Ludivine aurait pu se passer de toi, mais non, elle préfère que tu prennes des risques stupides.

— Tu n'as jamais été amoureux, papa ? Je dois être auprès de ma femme, qui est enceinte et déjà très affectée par ces maudites lettres anonymes. Heureusement, elle ignore tout des menaces odieuses concernant les enfants de la famille.

Un cri horrifié échappa à la nurse. Elle jeta un regard alarmé à Quentin, déjà au volant, puis à Louis.

— Je suis navré, Garance, vous n'étiez pas au courant et j'estimais préférable de garder le silence sur cette triste affaire.

— Mon Dieu, j'en suis toute tremblante, balbutia-t-elle. Dans ce cas, Philippe et Antoine sont en danger eux aussi.

— Peut-être, concéda-t-il, les traits tendus. Venez, nous avons mérité de boire un remontant.

Les yeux clairs du châtelain exprimaient une infinie mélancolie, tandis que la vieille voiture noire disparaissait dans la nuit.

Moulin du Loup, même soir

Abigaël était montée embrasser Annabelle et confier Édith à son grand-père, Cécile l'ayant aidée à porter le berceau en osier. L'ampoule du plafonnier, à l'abat-jour de papier ciré, clignotait souvent.

— Maman, on a besoin d'une bougie, s'inquiéta la fillette. Papi ne pourra pas me lire d'histoire s'il fait tout noir d'un coup.

— Le vent secoue les fils électriques, Belle, mais ils résistent. Ne crains rien. Je vais vous chercher une lampe à pétrole.

— Nous sommes bien à l'abri en pleine tempête, ma petiote, ajouta Pierre. Il faut dormir, après la bonne soupe que nous avons mangée. Et si je ne peux pas lire, je te raconterai un conte de fées, j'en connais beaucoup.

Annabelle, adorable en pyjama de pilou rose, serra son ours en peluche dans ses bras.

— Et papa ? gémit-elle. Il ne vient pas me dire au revoir ?

— Pas tout de suite, Belle. S'il arrive, je lui dirai de courir t'embrasser. Grand-père, je dois redescendre pour aider Claire, dit plus bas Abigaël. Mais Cécile peut rester encore.

— Si tu veux, lui répondit sa belle-sœur. Je m'occupe d'aller chercher la lampe à pétrole et je te chanterai une comptine, Belle.

Une fois seul avec ses arrière-petites-filles, Pierre prit place au bout du lit et contempla un moment Édith endormie. Enfin il se tourna vers Annabelle.

— À quoi penses-tu ? s'enquit-il, intrigué par l'expression rêveuse de l'enfant. Tu ne boudes pas, au moins ?

— Non, papi. J'essaie de voir le bébé de Ludivine, mais je n'y arrive pas.

— Il me semble qu'on ne peut pas avoir des visions sur commande, dit-il tendrement. Pourquoi veux-tu autant le voir ?

— Parce que si j'ai une jolie image dans ma tête de Ludivine et de son bébé, je n'aurai plus peur d'un malheur, papi.

Il comprit le raisonnement de l'enfant et une fois de plus, il s'étonna de sa précocité.

— Nous pouvons prier tous les deux à voix basse, car Dieu nous entend même si on murmure, déclara-t-il. Allez, fais-moi un sourire, Belle. Je te prête mon chapelet, que l'on m'a offert lors de ma communion solennelle.

Ravie, la fillette posa son ours au creux de l'oreiller et s'empara de l'objet, dont les grains noirs étaient polis par un usage régulier, depuis des années.

Depuis plus d'une heure, Ludivine endurait en silence les contractions devenues plus fréquentes. Assise à son chevet, Abigaël consultait à chaque fois sa montre.

— Courage, souffla-t-elle. Respire bien, surtout.

— Je ne pensais pas qu'on souffrait autant, Abi, je t'assure, je n'aurai pas d'autre enfant. Que fait maman ?

— Elle te prépare une tisane pour faciliter l'accouchement. Moi aussi, j'avais si mal pour la naissance d'Annabelle que je me suis promis de ne pas avoir un autre bébé. Pourtant Édith est là ! C'est le premier, Ludivine.

— Et le dernier, gémit son amie. J'ai l'impression d'être broyée, écartelée. Heureusement, Quentin ne me voit pas dans cet état. J'espère qu'il dormira au château.

Claire écarta un pan du drap et prit place sur une chaise. Son sourire dissimulait mal l'angoisse qui la rongeait. Elle tendit une tasse à sa fille.

— Tu peux boire tout de suite, c'est tiède. Si je t'installais dans ma chambre ? Tu seras gênée quand Jakob et Adrien seront là, à côté. Tu as le droit de crier, de te plaindre, mais te connaissant, tu n'en feras rien.

— Maman, je t'ai dit non ! s'exaspéra Ludivine. Bertille et Cécile sont à l'étage, Jakob et Adrien n'auront qu'à monter eux aussi. Je veux rester ici. Sauvageon veille sur moi.

Elle caressa du dos de la main la tête du loup, assis contre le divan. L'animal semblait savoir ce qui se passait.

— Sauvageon t'adore, Ludivine, dit Abigaël.

— Il remplace papa, jeta celle-ci en haletant, secouée par un nouveau spasme.

Les yeux mi-clos, elle aspira profondément en crispant ses doigts sur la couverture, puis elle se détendit.

— Je t'examinerai après la prochaine contraction, annonça sa mère. Allons, bois ta tisane.

Soudain des raclements de semelles et des voix familières leur parvinrent du perron. Abigaël se leva pour aller ouvrir la porte, qu'elle avait verrouillée.

— Qui est là ? demanda-t-elle néanmoins.

— C'est moi, Jakob, avec Denis et Adrien.

Les vêtements des trois hommes étaient constellés de flocons. Ils avaient les joues colorées par le froid.

— Nous sommes affamés, bougonna le Mosellan, doté d'un solide appétit.

— Je vais réchauffer la soupe, Jakob, dit la jeune femme. Nous étions très inquiètes, vous êtes restés dehors longtemps. Adrien, ôte vite ta veste et réchauffe-toi près du feu.

Son mari l'enlaça avec passion et la garda serrée contre lui. Abigaël percevait les battements de son cœur et elle l'étreignit à son tour, le sentant bouleversé.

— Nous avons échappé au pire, chuchota-t-il à son oreille.

Bertille et Cécile descendirent l'escalier pour venir aux nouvelles. Ce fut au tour de Jakob de câliner son épouse.

— Ma Poupette, ma jolie Poupette, répétait-il.

Les explications eurent lieu quelques minutes plus tard, tandis que Cécile et Abigaël s'empressaient de servir du potage, du pain et du fromage.

— L'homme qui s'est tué en bas du pont avait des intentions criminelles, commença Adrien. Le maire du village a décidé de procéder lui-même à une fouille minutieuse de la voiture, puisqu'il était impossible d'alerter les gendarmes ce soir. La valise qui se trouvait sur la banquette arrière contenait des pages de journaux découpées. Si l'on ajoute les bidons d'essence, le paquet vide de mort-aux-rats, les pinces coupantes, le doute n'est pas permis. Cet individu s'apprêtait à incendier le moulin et ses bâtiments. Le destin a joué en notre faveur.

— Ui, ui, renchérit Jakob, car il y avait de quoi provoquer un terrible incendie. On aurait pu s'en sortir en fuyant, mais rien n'est sûr.

Denis approuvait par des signes de tête, tout en mangeant avidement. Cécile lui servit une deuxième assiette de soupe, apitoyée par sa maigreur et son air contrit.

— Vous êtes certains que cet homme a perdu le contrôle de sa voiture à cause du verglas ? demanda Abigaël. Le chemin n'est pas goudronné.

— D'après le maire, il aura tenté un demi-tour sur la route et il a dérapé, précisa son mari. J'ai pu inspecter les lieux, son capot a d'abord heurté un arbre.

— Ah, ce n'était pas beau à voir, déplora Jakob. Ce pauvre Denis a failli vomir.

Claire et Ludivine écoutaient, à l'abri du paravent et du drap. Elles échangèrent un regard de terreur rétrospective, auquel répondit l'exclamation outrée de Bertille.

— On voulait mettre le feu au Moulin du Loup ! s'écria-t-elle. Comme si cela n'avait pas suffi, pendant la guerre ! Pourquoi s'en prendre à nous ? Les gendarmes ont intérêt à enquêter sérieusement. Seigneur, je vais me trouver mal.

Elle était vraiment livide, les lèvres décolorées, et elle semblait suffoquer. Abigaël se précipita pour l'apaiser, en ayant soin de poser ses mains à l'emplacement du cœur.

— Je vous en prie, calmez-vous, Bertille, recommanda-t-elle. Les preuves sont accablantes, celui qui voulait détruire le moulin est mort. Pensez à Ludivine ! Elle va s'inquiéter pour sa chère tantine, et ce n'est guère le moment.

— Oh oui, tu as raison, Abi. Mais j'ai consacré tant d'énergie et d'argent à ressusciter notre moulin. À l'idée de le revoir en ruine, j'ai cru m'évanouir. Donne-moi le bras, je veux embrasser Ludivine. Au fond ce n'est pas ma nièce, mais c'est la merveilleuse enfant de ma cousine, une cousine qui est plus qu'une sœur pour moi.

Claire abandonna un instant le chevet de sa fille pour cajoler Bertille dont la voix tremblante, proche des larmes, la touchait.

— Princesse, ne pleure pas. Tu as reconstruit notre moulin et je t'en remercie encore une fois, cependant tous ceux qui habitent sous ce toit sont plus importants pour moi que notre chère maison. Nous avons été sauvés, c'était le destin. À présent nous devons aider Ludivine. Ce serait mieux si nous étions seules avec elle, Abi et moi. Tout est prêt, je vais lui apporter une deuxième tasse de tisane.

— D'accord, affirma Bertille, déjà rassérénée. Je voudrais quand même l'embrasser.

— Tantine, je t'aime tellement, débita à mi-voix la future mère. Je n'en peux plus, la douleur me rend folle, mais je tiens bon pour ne pas affoler maman.

— Ne lutte surtout pas. Accepte le travail de ton corps et si tu en as besoin, crie un peu. Seigneur, tu es en sueur. Courage, Ludivine, ce sera bientôt fini.

— J'espère…

Très inquiète derrière un sourire de convenance, Bertille rejoignit Jakob.

— Allons jouer aux cartes dans notre chambre, proposa-t-elle avec une mimique explicite. Cécile, Adrien, nous ferons une partie de rami. Venez aussi, Denis !

— C'est gentil, madame Kern, mais je vais me coucher. Tout à l'heure, j'ai déplié le lit de camp dans l'imprimerie. Je vous laisse en famille.

La grande horloge sonna les douze coups de minuit. À bout de forces, Ludivine éclata en sanglots. Claire l'examinait toutes les quinze minutes pour avouer dans un murmure que le bébé ne se présentait pas encore.

— Le col de l'utérus n'est pas assez ouvert et ma fille saigne beaucoup, confia-t-elle tout bas à Abigaël pendant les tintements cristallins de la pendule. Je ne sais plus quoi faire.

— Je vais continuer à masser Ludivine, le bébé est peut-être mal placé. Il est assez gros, mais pour l'instant il ne souffre pas.

— Pour l'instant, oui, mais c'est si long, se désola Claire. Je me demande quand la médecine trouvera un moyen de soulager les femmes qui accouchent.

Abigaël ne lui répondit pas, concentrée sur les mouvements circulaires que ses doigts effectuaient autour du nombril de Ludivine. Elle priait en même temps, implorant Dieu de secourir son amie.

« Je vous supplie, Seigneur, de sauvegarder Ludivine et son enfant. Ayez pitié de ces innocents. »

Bizarrement, ces mots lui firent songer à Gabriel, puis à l'homme qui s'était tué au volant de sa voiture. Dans d'autres circonstances, elle aurait tenté de s'approcher du défunt, au cas où son âme égarée errerait au bord de la rivière. Soudain, une effroyable perspective la traversa.

« Vous n'avez pas fait ça, Gabriel ? pensa-t-elle. Répondez, êtes-vous responsable de l'accident ? Ce serait indigne de vous, même si vous vouliez nous sauver ! »

Un parfum de lilas lui fut tout de suite perceptible, précédant une caresse sur son front. L'énigmatique entité se manifestait, invisible et silencieuse.

— Excusez-moi, je dois remettre du bois dans la cuisinière, dit-elle à Claire. Ludivine, je reviens vite, n'aie pas peur.

Survoltée, Abigaël entra dans le cellier où elle vit apparaître Gabriel, vêtu d'une longue tunique blanche. Il était nimbé d'une clarté sublime, qui contrastait avec son air malheureux.

— Je n'ai rien fait de tel, déclara-t-il aussitôt. Cela me coûte de pénibles efforts de me montrer, comment pourrais-je agir sur une matière lourde et froide, et causer le décès d'un humain ? Si vous me soupçonnez encore, je serai incapable de vous protéger.

— Pardonnez-moi, souffla-t-elle. Je me sens impuissante face aux douleurs de mon amie et je crains pour sa vie et celle de son enfant. Alors j'en viens à considérer le monde entier hostile et animé d'ondes maléfiques.

— Je ne peux rien faire contre le destin, je n'en ai pas le droit, avoua Gabriel qui disparut en une seconde.

La gorge nouée, les larmes aux yeux, Abigaël rapporta des bûches et garnit les feux. Elle s'apprêtait à retourner au chevet de Ludivine lorsque Sauvageon bondit vers la porte et en gratta les planches de coups de patte frénétiques.

— Non, tu sortiras demain matin, dit-elle au loup.

L'animal poussa une plainte et reprit son manège. La jeune femme hésitait quand elle crut entendre appeler. La voix était faible, étouffée, pourtant familière.

— C'est Quentin !

Elle alluma la lampe extérieure avant d'ouvrir, puis elle fit un pas sur le perron tapissé de neige. Son cousin gisait en bas des marches, ses cheveux blonds poissés de sang.

— Mon Dieu, Quentin ! Qu'est-ce que tu as ? s'affola-t-elle en oubliant de le vouvoyer.

— Je crois que mon bras est cassé, et je suis blessé à la tête.

Abigaël essayait de le relever quand Adrien accourut pour l'aider. Il mit le jeune avocat debout avant de le charger sur son dos.

— Je descendais pour savoir comment allait Ludivine, et j'ai vu la porte entrebâillée. Abi, il fallait monter me chercher.

— Pourquoi… Ludivine irait mal ? marmonna Quentin.

— Elle accouche et elle souffre beaucoup, avoua Abigaël. Le téléphone ne fonctionne plus, je n'ai pas pu te prévenir.

La nouvelle fit son effet. Le futur père se laissa glisser au sol dès qu'ils se retrouvèrent dans la cuisine. Hébété, le visage maculé de sang, il fixa le drap tendu et le paravent, tout en tenant son bras gauche de la main droite.

— Qui est là, Abi ? demanda Claire. Je vous ai entendue qui parliez de Quentin.

— Oui, il est enfin arrivé.

— Qu'il patiente, ma fille est épuisée, pourtant il faudrait qu'elle pousse. J'ai besoin de vous.

— Ludivine, mon amour ! s'écria Quentin en titubant dans la direction du divan.

Il écarta le tissu, suivi de près par Abigaël. Claire eut un geste de protestation, mais elle capitula devant l'état du jeune avocat.

— Ludivine, répéta-t-il. Mon amour.

Ses jambes le trahirent. Il tomba à genoux et embrassa les lèvres pâles de sa femme qui le regardait, éperdue de joie.

— Quentin, tu es là ?

— Oui, je ne te quitte plus.

Claire et Abigaël, d'un accord tacite, étendirent un drap afin de cacher le bas du corps de Ludivine.

— Il faut pousser à présent, ordonna sa mère. Ton mari ne verra rien, mais il peut t'encourager.

Adrien remonta informer Bertille, Cécile et Jakob de l'arrivée de Quentin, de toute évidence victime lui aussi d'un accident. Quant à Pierre Lussac, incapable de dormir, il faisait des allées et venues entre les deux chambres. Ils discutaient à mi-voix, malades d'anxiété, lorsqu'un cri rauque retentit dans toute la maison. Un autre cri, strident, lui succéda.

— Le bébé est né, murmura Cécile. Merci mon Dieu !

Bertille se jeta en pleurant au cou de Jakob qui poussa un gros soupir de soulagement.

— Quelle nuit, dit Adrien. Je craignais une tragédie.

Des vagissements de nouveau-né s'élevaient de la grande cuisine, mais quelques minutes plus tard, une clameur désespérée résonna.

— Ludivine, non, non ! Ludivine ! hurlait Claire. Pas ma fille, Seigneur, pitié, ne prenez pas mon enfant adorée.

12

Remercier le Ciel

Moulin du Loup, nuit du 10 au 11 février 1953

Comme folle, Claire s'était jetée sur le corps inanimé de sa fille, pour l'étreindre avec une passion proche du délire. Confrontée à cette mère ivre de chagrin, Abigaël faisait de son mieux pour la raisonner.

— Je vous en prie, calmez-vous, laissez-moi prendre soin de Ludivine, implora-t-elle. Il y a une chance de la ranimer.

Aussi abasourdi que sa belle-mère, Quentin tenait le nouveau-né contre lui de son bras valide. L'enfant était enveloppé dans une couverture et ouvrait sur le monde des yeux gris-bleu.

— Qu'est-ce qui s'est passé ? demanda le père. Ludivine ne peut pas mourir. Elle va se réveiller, n'est-ce pas ?

— Son cœur s'est arrêté de battre, répondit Claire d'une voix rauque qui trahissait une réelle épouvante. Je ne sens plus son pouls !

— Je peux la sauver, décréta alors Abigaël. Mais je dois faire vite et j'ai besoin d'être seule. Claire, ayez confiance en moi. Occupez-vous du bébé, il faut le laver et l'habiller.

— Que pouvez-vous faire, Abi ? Seigneur, ma fille, ma petite fille ! Ce serait à moi de la sauver si c'était possible.

— Non, vous n'êtes pas en état de l'aider, Claire, justement car c'est votre fille, trancha la jeune guérisseuse.

Elle commença à effectuer les mêmes gestes qui avaient sauvé Bertille, victime huit ans auparavant d'un malaise cardiaque. Par pressions régulières et mesurées, elle appuyait ses deux mains à l'emplacement du cœur, tout en invoquant Dieu, Jésus-Christ et la Sainte Vierge.

Ludivine demeurait inerte, d'une pâleur fatale, et un léger sourire se devinait sur ses lèvres bleuâtres. Quentin avait confié le bébé à Claire et fixait le visage bien-aimé de sa femme d'un air hagard. C'était ce sourire qui l'horrifiait le plus.

— Notre médecin l'avait mise en garde, avoua-t-il soudain. Elle a un problème au cœur. C'est pour cette raison que je voulais absolument qu'elle accouche à l'hôpital.

Abigaël approuva d'un signe de tête, concentrée sur le massage qu'elle pratiquait, et les forces vives qu'elle insufflait à son amie grâce aux ondes bénéfiques qui sourdaient de ses doigts.

— Reviens avec nous, tu as une jolie petite fille à chérir, dit-elle tout bas. Ne t'en va pas.

Mais Ludivine était très loin du Moulin du Loup, de la grande cuisine où le feu pétillait. Elle n'entendait pas les plaintes de Sauvageon, assis près du divan, ni les pleurs de son bébé. Aussi aérienne qu'un flocon de neige, elle s'élevait vers des nuées teintées de reflets irisés, en quête de l'homme qui avait été le centre de son univers, durant des années.

— Papa, où es-tu ? croyait-elle murmurer. Papa, emmène-moi.

Le regard bleu profond de Jean Dumont la hantait, ainsi que son rire joyeux et ses expressions parfois si tendres. Elle voulait le rejoindre, être à nouveau fascinée par son charme magnétique.

— J'ai tellement souffert, papa, tu dois me consoler, comme quand j'étais toute petite. Je suis redevenue toute petite. Je vole comme dans mes rêves.

Des musiques sublimes semblaient naître des lumières magnifiques qui l'entouraient, tandis qu'elle cherchait son père en l'appelant d'une voix sans timbre. Soudain une main la saisit par le coude et l'empêcha d'aller plus haut.

— Vous ne pouvez pas mourir, lui dit un étrange personnage vêtu de blanc, d'une beauté éblouissante. Ce n'est ni le jour ni l'heure, Ludivine.

— Je suis trop fatiguée, répondit-elle. Et papa va venir. Mon père sera tellement heureux de me revoir.

— Jean Dumont n'est plus ici, alors cessez de l'appeler. S'il tentait de vous aider, ce serait une épreuve pour lui. Je vous accompagne là où vous devez être, près de ceux qui vous aiment et que vous aimez. Écoutez, c'est votre enfant, elle pleure. Cette innocente a été séparée de vous, le bruit familier de votre cœur lui manque.

— Qui êtes-vous ?

— Je suis Gabriel. Votre amie, la messagère des anges, me connaît. Il faut me suivre.

Quelques secondes plus tard, Ludivine éprouva le pénible retour de son âme à l'intérieur de son corps de chair et de sang. Elle se sentit pesante, dolente, oppressée, mais Abigaël eut une tout autre impression en la voyant sursauter et ouvrir la bouche pour respirer. Ensuite un gémissement lui échappa. Claire, qui faisait les cent pas, le bébé niché contre sa poitrine, s'immobilisa.

— Ludivine, souffla-t-elle, incrédule.

— Venez vite, lui cria Abi, émerveillée. Je sens son pouls et elle me regarde.

Quentin éclata en sanglots nerveux. Plus tard, il dirait à tous que bizarrement, il avait eu l'intime conviction qu'Abigaël ramènerait sa jeune épouse parmi les vivants.

— Maman, articula avec peine Ludivine.

— Je suis là, ma chérie, même si j'ai cru mourir moi aussi à l'idée de te perdre. Tu as une jolie petite fille.

— Je voudrais la voir.

— Nous allons la poser près de toi, tu pourras la regarder. Tu es très faible car tu as fait un arrêt cardiaque, expliqua Abigaël d'une voix douce. Je suis désolée, maintenant tu dois expulser le placenta.

En jetant un coup d'œil à sa montre, Quentin fut très étonné. Ces instants abominables avaient duré moins de cinq minutes. Il ferma les yeux pour rendre grâce à Dieu, qui avait doté de pouvoirs inouïs certaines de ses créatures, à l'instar de sa cousine Abi.

Incapable de patienter davantage, Bertille était descendue sans bruit. Elle le vit ainsi, comme abattu par le destin, figé sur une chaise. D'un geste anxieux, elle écarta un pan du drap.

— Que puis-je faire s'il est arrivé un immense malheur ? avait-elle dit à Jakob.

Cependant, un tableau émouvant et rassurant l'attendait. Ludivine, couchée sur le côté, admirait son enfant, une nouveau-née au teint rose qui agitait ses minuscules doigts. Peu importaient les mines affreuses de la jeune maman et de Claire, la tragédie avait été évitée.

— Merci Seigneur, dit Bertille en se signant. Clairette, nous avons tous prié avec ferveur après avoir entendu ta clameur désespérée. Personne n'osait descendre, mais je devais savoir.

— Oh, princesse, son cœur s'était arrêté, le cœur de ma fille, sanglota Claire, dont les nerfs cédaient. Et je n'ai rien fait pour la sauver, je suis devenue folle de chagrin. Par bonheur, Abi nous a ramené notre Ludivine.

Submergée de gratitude, Claire se précipita vers la jeune guérisseuse et l'étreignit.

— Jusqu'à mon dernier jour, Abi, je vous bénirai. Sans votre sang-froid et vos dons extraordinaires, ma fille serait morte. Je n'oserai plus soigner quiconque, désormais.

— Ne dites pas ça, vous n'aviez pas la force d'aider Ludivine car vous étiez terrorisée et affolée. Pour moi, c'était différent, on me guidait, affirma Abigaël.

— C'est formidable, extraordinaire, serinait Bertille, en larmes elle aussi. Je dois remonter annoncer la bonne nouvelle. Ils vont être tellement soulagés. Seigneur, merci.

L'exaltation était à son comble. Déjà, Quentin se préparait à des scènes bouleversantes, lorsque la sirène d'une ambulance retentit sur le chemin des falaises.

Stupéfaite, Abigaël poussa un cri de joie en se ruant sur le perron. Elle n'avait rien dit, mais elle était très inquiète pour Ludivine, épuisée par l'accouchement et qui perdait beaucoup de sang. Adrien la rattrapa et l'embrassa sur la joue.

— J'ai expliqué au maire, quand nous étions sur le lieu de l'accident, que Ludivine accouchait, dit-il très vite. Ce brave homme a tout de suite voulu nous aider. Il a proposé d'aller en tracteur jusqu'à l'hôpital de Girac pour nous envoyer une ambulance, mais il s'est souvenu que son engin était en panne. Je suppose qu'il a réussi à le réparer.

— Merci, mon amour. Pour moi, c'est un signe du destin ! Il faut savoir les reconnaître, parfois. Ludivine va pouvoir être hospitalisée, et c'était urgent. Ils doivent emmener Quentin également. Je n'ai pas eu le temps d'examiner ses blessures.

Une demi-heure plus tard, l'ambulance repartait, ses roues équipées de chaînes faisant crisser la neige gelée. Un peu remise de ses émotions, Claire était montée à bord pour veiller sur sa fille et tenir le bébé. Quentin, soutenu par un infirmier, avait pris place à côté de Ludivine, sur une banquette métallique.

Infiniment soulagés par l'issue heureuse de cette soirée dramatique, Bertille, Jakob et Pierre s'étaient couchés bien vite, après avoir discuté autour d'une tisane. Quant à Cécile, elle dormait à poings fermés, sur le divan dont elle avait changé la literie. Abigaël et Adrien veillaient encore, assis tous les deux au coin de la cheminée, le loup couché à leurs pieds.

— Mon cousin a pu me raconter son accident, confia la jeune femme à son mari. On lui a prêté une vieille voiture à Torsac mais il a dérapé dans un virage et il a été éjecté.

— Je suppose que c'était près d'ici ?

— Un peu avant le village. Quand il a repris connaissance, il a marché en empruntant le raccourci de Claire.

— Quelle imprudence ! Il aurait pu se briser le cou. Néanmoins, il remonte dans mon estime, lança Adrien.

Je ne le pensais pas aussi courageux et endurant. Ce doit être de famille ! Mon ange, je me doute que tu as usé de toute ta mystérieuse énergie pour sauver Ludivine. Tu dois être très lasse.

— Oui, un peu. Claire nous laisse sa chambre.

— Allons au lit, nous aussi. Les gendarmes peuvent se présenter au lever du jour, car le maire m'a promis de les alerter de n'importe quel poste de téléphone en état de marche.

— Je n'ai pas sommeil, on est si bien, restons encore un peu.

Abigaël s'était blottie contre son mari. Elle contemplait d'un air songeur les braises du foyer.

— À quoi penses-tu ? s'enquit-il en la serrant plus fort.

— Oh, à plusieurs choses.

— Dis-moi, Abi.

— Je suis triste pour cet homme qui s'est tué, même si c'était un criminel qui avait prévu d'incendier le moulin. Je l'imagine perdu dans le froid. Son âme doit errer au sein de sinistres ténèbres, j'en suis presque certaine.

Mal à l'aise, Adrien acquiesça. Il savait que la jeune femme qu'il aimait de tout son être était depuis l'adolescence initiée aux secrets de l'au-delà.

— Je serai toujours sidéré par ta façon simple d'aborder un sujet aussi étrange, soupira-t-il.

— Je me reproche aussi une maladresse, avoua-t-elle. Disons une erreur de jugement que je ne m'explique pas. Je voudrais ton avis. Si tu avais un ami fidèle, un peu original, qui s'est engagé à t'aider en cas de difficulté, est-ce que tu le soupçonnerais à la moindre occasion ? Et si un incident grave se produisait, l'accuserais-tu sans réfléchir d'en être responsable ?

— Tout dépend des circonstances, Abi. Et puis je n'ai pas d'amis, donc je ne peux pas me mettre à ta place. Mon ange, tu es fatiguée. Nous en discuterons une autre fois.

— Excuse-moi, je parle à tort et à travers. Monte te coucher, je te rejoins très vite.

Devinant qu'elle souhaitait être un peu seule, Adrien suivit son conseil.

— Je vous demande pardon, Gabriel, murmura la jeune femme au bout de cinq minutes. Je ne douterai plus jamais de vous.

Aucune voix suave ne se fit entendre, cependant on lui caressa le front et le parfum exquis des lilas se répandit autour d'elle.

— Merci, souffla-t-elle. À bientôt.

Angoulême, hôpital de Girac, vendredi 13 février 1953

En tailleur de lainage bleu à col de fourrure, Abigaël longeait un couloir ensoleillé du premier étage de l'hôpital, un bouquet de narcisses à la main. Elle était passée aux Halles, dans la haute ville, pour trouver des fleurs de serre. Adrien jouait les chauffeurs et il devait l'attendre deux heures plus tard sur le parking.

Elle s'arrêta devant une des portes, tout émue à la perspective de revoir enfin Ludivine et son bébé, après les affres de la naissance.

— Vous pouvez entrer, mademoiselle, lui dit une infirmière qui sortait de la chambre.

Abigaël la remercia, amusée d'être bien souvent considérée comme une jeune fille célibataire et sans enfants.

— Tu dois être flattée, lui dit tout de suite Ludivine. Mais j'admets que tu as l'air d'une lycéenne avec ta natte dans le dos. Je suis si contente que tu aies pu venir ! Comment as-tu fait pour Édith ?

— Bertille et mon grand-père ont promis de la faire patienter en lui donnant un biberon d'eau sucrée.

Elles s'embrassèrent affectueusement, au bord des larmes.

— Tu me sembles parfaitement rétablie, constata Abigaël. Claire me l'avait affirmé quand elle est rentrée hier soir, mais je tenais à vérifier.

— Oui, je vais bien, pourtant les médecins veulent me garder au moins une semaine. J'ai un traitement pour le cœur et je suis en observation.

Ludivine était souriante, adossée à deux gros oreillers. Un bandeau blanc retenait en arrière ses longs cheveux noirs, soigneusement brossés. Abigaël lui remit son bouquet.

— J'adore les narcisses, ils sont superbes et ils sentent si bon. Abi, approche-toi du berceau. Tu dois admirer ta future filleule. Je ne pouvais pas choisir une autre marraine pour Clémence.

— Elle est très belle, vraiment, dit la jeune femme en se penchant sur la nouveau-née. Vous allez donc la baptiser Clémence ? C'est un très joli prénom.

— Oui, nous y avons pensé ensemble, Quentin et moi. Sais-tu pourquoi ?

Abigaël fit non de la tête, sans pouvoir cesser de contempler l'enfant endormie, dont le crâne rond s'ornait d'un duvet blond.

— Eh bien, Dieu s'est montré particulièrement clément envers nous, cette nuit-là. Quentin aurait pu se tuer au volant de cette vieille voiture et moi j'ai eu la chance que tu sois à mes côtés. Une chance immense. Maman le répète à longueur de temps, en se fustigeant d'avoir cédé à une crise de panique.

— À quoi bon revenir sur ces instants éprouvants, Ludivine ? Je t'ai apporté des narcisses, qui sont à mes yeux le symbole de la prochaine arrivée du printemps. Et je crois que nos ennuis sont terminés, notamment les tiens.

— Tu fais allusion à cet homme, mort ce soir-là ?

— Quentin t'a peut-être informée des premiers résultats de l'enquête menée par la gendarmerie ?

— Non, il a refusé, il tenait à préserver le cercle magique où nous étions tous les trois, je le cite, « un couple fou d'amour et son bébé ». Mais je suis curieuse de savoir ce qu'il en est. Fais vite, Clémence peut se réveiller et je ne veux pas parler de choses sinistres en l'allaitant.

— D'accord, répliqua Abigaël en s'asseyant au bord du lit. La fouille minutieuse de la voiture a permis d'établir qu'il était bien l'auteur des lettres anonymes et de l'empoisonnement des chèvres. Sa prochaine action aurait été de mettre le feu au moulin et à ses bâtiments s'il n'avait pas eu son accident. La quantité d'essence qu'il transportait aurait provoqué un terrible incendie. Et c'est lui qui a coupé le fil du téléphone et saboté les voitures. Il avait donc tout prévu. C'était quelqu'un de rodé aux actes de ce genre.

— A-t-il été identifié ? s'enquit Ludivine, ulcérée par ces détails.

— Oui, c'était un ancien détenu, Loïc Naudier. En fait, l'affaire est plus compliquée qu'il n'y paraît. Le commissaire Rigaud et Samuel ont établi sa culpabilité dans les crimes commis à Ruffec grâce à un bijou retrouvé dans le double-fond de la valise contenant les journaux découpés. Il s'agissait de la boucle d'oreille volée sur le corps de Mme Buissonnier. Et ce serait également lui qui se cachait dans le souterrain de la vallée de l'Anguienne. D'autres investigations sont en cours, nous en saurons sans doute plus dans quelques jours.

— Mais pourquoi s'en prendre à moi, à nous ?

— Justement, le commissaire cherche un lien entre votre famille et ces gens de Ruffec, mais il n'en a trouvé aucun pour le moment.

Ludivine serra les poings sur le drap. La voyant très pâle, Abigaël lui fit boire un verre d'eau.

— N'y pense pas, cet homme est mort en emportant son secret dans l'au-delà. Sois heureuse, tu as une adorable petite fille.

— Tu as raison, laissons la police faire son travail. Abi, j'ai une question.

— Moi aussi, alors je commence. Ludivine, c'était un risque considérable de ne rien nous dire pour ta maladie de cœur. Ta mère et moi aurions trouvé un moyen de te conduire à l'hôpital si nous l'avions su.

— Je ne voulais pas vous effrayer, et le spécialiste que j'ai consulté était plutôt rassurant. Maintenant je suis maman, je serai prudente et je me ferai soigner. Es-tu satisfaite, Abi, notre messagère des anges ?

Tout de suite, Abigaël secoua la tête, indignée. Elle jugeait impropre et gênant ce surnom que lui avait attribué sa tante Marie, des années auparavant.

— Je t'en prie, Ludivine, ne m'appelle pas ainsi. Je rencontre des défunts, mais leurs âmes errantes ne sont pas des anges, ni elles ni les personnes nimbées d'une clarté dorée qui viennent parfois les aider à s'élever.

Ludivine eut un sourire rêveur. Elle se redressa un peu et s'empara des mains de son amie.

— Vous étiez deux pour me sauver. Toi qui t'obstinais à faire battre mon cœur à nouveau et un personnage lumineux vêtu de blanc, d'une beauté céleste. Il m'a ramenée dans mon corps alors que j'espérais rejoindre mon père.

— Vraiment ? dit tout bas Abigaël.

— Vraiment ! Il prétendait se nommer Gabriel et que tu le connaissais.

— Je le connais, oui, mais depuis peu de temps. Quand tu iras mieux, je te raconterai comment il s'est manifesté et qui il était avant de mourir pendant l'exode.

Un pleur plaintif coupa court à la discussion. Clémence avait ouvert les yeux et on devinait l'agitation de ses petits bras à travers le tissu du berceau.

— Donne-la-moi, Abi, s'il te plaît. J'aime tant la tenir contre ma poitrine. Je voudrais dormir avec elle mais l'infirmière me le déconseille.

— N'écoute personne ! Durant les premiers jours, je ne me séparais pas de mes filles.

Ludivine approuva en embrassant son bébé sur le front et les joues. Elle le mit au sein avec un bonheur évident. Peu après, on toqua deux coups discrets à la porte. Quentin apparut, son bras gauche en écharpe, le poignet plâtré, ce qui ne nuisait en rien à l'élégance de son costume et à la séduction de son grand sourire.

— Bonjour, ma précieuse cousine, déclara-t-il. Et bonjour mes petites femmes adorées. Je viens déjeuner ici, mais j'ai acheté des pâtisseries pour le dessert. Ludivine, mon père et Béatrice ont pensé te rendre visite en fin d'après-midi si cela ne te dérange pas.

— Pas du tout, je serai contente de leur présenter notre fille.

Abigaël resta encore un quart d'heure en leur compagnie puis, par souci de discrétion, elle s'en alla en promettant de revenir dimanche.

Moulin du Loup, samedi 14 février 1953

Claire regardait le cadran de l'horloge comtoise, qui indiquait 14 heures. Assis en face d'elle à la grande table au bois lustré, le commissaire Rigaud la fixait avec insistance. Quant à l'inspecteur Samuel Claudin, il gardait les yeux baissés sur le dossier posé devant lui.

— Pourquoi êtes-vous venus aujourd'hui sans avertir de votre visite, messieurs ? s'impatienta Bertille, toute vêtue de mauve, sa voilette relevée. Ma cousine et moi-même étions prêtes à partir pour Angoulême.

— Votre ligne téléphonique n'est pas réparée, nous aurions eu du mal à vous prévenir. Et lors d'une enquête difficile comme celle qui nous incombe, la police n'a guère de repos, répliqua Rigaud d'un ton froid. L'affaire devient complexe et j'ai besoin de tous vos témoignages et de certains renseignements.

Abigaël, Adrien, Jakob et Pierre Lussac se tenaient debout, derrière Bertille et Claire.

— Je suis à votre disposition, commissaire, dit poliment celle-ci. Que voulez-vous savoir ?

— Déjà, il me faudrait la liste des personnes susceptibles de chercher à vous nuire, quitte à remonter jusqu'à la période où votre époux, Jean Dumont, et vous-même, madame, dirigiez un réseau de résistance. En effet, il est évident que votre famille est visée, ainsi que celle de Louis de Martignac.

Ces mots sonnaient comme une menace. Le commissaire s'empara du dossier cartonné et l'ouvrit. Il prit d'un geste vif une page dactylographiée.

— Loïc Naudier avait trente-six ans, il a donc pu être milicien ou collaborateur. Son patronyme ne vous dit rien, madame Dumont ?

Pierre Lussac décida de prendre place à côté de Claire dont la pâleur l'attristait. Il toisa Rigaud de ses yeux très bleus.

— Commissaire, est-ce bien nécessaire d'obliger Mme Dumont à se souvenir des années de guerre, où elle a été douloureusement éprouvée ? De surcroît, après la tragédie qui s'est déroulée ici, elle souffrait d'amnésie.

— Je suis au courant, grâce à l'inspecteur Claudin, rétorqua le policier en jetant un coup d'œil sur Samuel. Néanmoins je n'ai pas le choix si nous voulons établir la vérité et arrêter le complice de Naudier, car il n'agissait pas seul.

— Qu'est-ce qui vous fait penser cela ? demanda Bertille.

Le commissaire Rigaud leva les yeux sur Abigaël. Il hésita un court instant et à sa grande surprise, la jeune femme le devança.

— C'est à cause de moi, déclara-t-elle. J'ai accepté d'aider la police après les meurtres de M. et Mme Buissonnier. J'ai pu entrer en contact avec l'âme de cette dame. Avant de s'élever vers la lumière, elle m'a confié certaines choses, dont le souvenir de son agression. Il y avait deux personnes dans sa chambre qui l'ont endormie au chloroforme, puis assassinée au fond de la cave.

— En lui arrachant une boucle d'oreille *post mortem*, ajouta Samuel. Le bijou retrouvé dans la voiture de Naudier, ce qui établit un lien entre les meurtres de Ruffec et les actes de malveillance commis envers votre famille et les Martignac.

Seuls Pierre Lussac et Adrien étaient au courant du rôle joué par Abigaël. Claire parut sidérée mais ne fit aucune remarque.

— Et tu ne nous en as rien dit, Abi ? s'étonna Bertille.

— En cela, Mme Lafaurie a respecté mes consignes, trancha Rigaud. Les preuves accusent formellement Loïc Naudier pour les lettres anonymes et l'empoisonnement des chèvres. Et le fait qu'il avait de toute évidence prévu de mettre le feu au Moulin du Loup laisse supposer qu'il était aussi l'incendiaire du château de Torsac. Mais pour le moment, nous restons dans le domaine des suppositions concernant son complice. Aussi je vous demande, madame Dumont, de bien réfléchir. Êtes-vous sûre de n'avoir jamais rencontré cet homme, Naudier ? Il portait peut-être un autre nom. Voici deux photographies de lui, une prise lors de son incarcération il y a sept ans et l'autre après son autopsie.

Le commissaire sortit deux clichés du dossier et les poussa vers Claire.

— Prenez votre temps, madame, insista le commissaire.

Abigaël recula vers le landau d'Édith, un peu à l'écart près de la cuisinière. Elle se pencha sur son enfant, dont le petit visage serein la réconforta. Mais Adrien la rejoignit, la mine soucieuse, et l'entraîna dans le cellier.

— Nous devrions être partis pour la maternité, Ludivine nous attend, murmura-t-il. Bon sang, je déteste les manières de Rigaud. Ce flic est sans gêne. Imposer la vision d'un cadavre à Claire !

— Moins fort, s'il t'entendait ! Il fait son métier.

— Une chose est vraie, ces bandits en voulaient aux gens du moulin et aux Martignac. Abi, je ne serai plus jamais tranquille. Les filles et toi n'êtes plus en sécurité ici.

— J'ai promis à Ludivine de rester là encore un mois, le temps de sa convalescence. Et de toute façon, retourner chez nous ne changerait rien.

— Tu aurais pu me demander mon avis. Et pourquoi dis-tu ça ?

— Car tu ne sais pas tout, avança-t-elle, en repensant aux paroles de Gabriel. Je suis peut-être menacée moi aussi. Nous en discuterons ce soir.

Ils revinrent près de la table. Claire s'était levée et se chauffait les mains au-dessus de la cuisinière en fonte. C'était maintenant Pierre Lussac qui étudiait les portraits de Loïc Naudier. Il fit non de la tête puis il les rendit à Samuel.

— Abi et Adrien, regardez-les aussi, leur dit-il. Vous avez pu croiser cet individu dans la vallée ou au village.

— Je ne l'avais jamais vu avant de le découvrir mort au volant de sa voiture, affirma le jeune imprimeur.

— Moi non plus, déclara Abigaël.

Le cœur serré, elle se détourna vite après avoir redonné les photographies. Le regard de l'homme sur le cliché pris sept ans plus tôt lui avait causé un malaise.

« Une âme noire, qui errera longtemps dans les ténèbres », se dit-elle.

— Commissaire, interrogea-t-elle ensuite à voix haute, où était emprisonné Loïc Naudier ?

— À Angoulême, pour vols et agressions. Bien, nous devons aller à Torsac, chez M. de Martignac. Soyez vigilants, le complice de Naudier pourrait rôder dans la région. Madame Dumont, réfléchissez à propos de ce que je vous ai demandé.

Les policiers prirent congé. Cécile, qui avait emmené Annabelle en promenade, guettait leur départ depuis le seuil de l'écurie. Elle salua son mari d'un signe de la main. Samuel répondit d'un sourire.

— Viens, Annabelle. Cette fois, vous pouvez partir voir le bébé de Ludivine. Regarde, ton papa sort lui aussi. Il va démarrer la voiture.

La fillette, très fière de la jolie robe en velours rouge qu'elle portait sous son manteau, esquissa un pas de danse sur les pavés humides. La neige avait fondu sous les averses du redoux et les premiers rayons de soleil.

Château de Torsac, même jour, une heure plus tard

Béatrice, en entrant en trombe dans la chambre de ses fils, trouva la nurse qui, en larmes, pliait du linge sous l'œil inquiet de Philippe. Le petit garçon observait chacun de ses gestes, sans oser lui prêter son propre mouchoir. Antoine jouait avec des cubes, assis dans son parc.

— Pourquoi pleurez-vous, Garance ?

— Oh, excusez-moi, Madame, je suis désolée.

— Vous ne répondez pas à ma question ! Et je vous prierai de penser à mes enfants, que votre triste mine doit gêner.

Philippe recula prudemment, ayant reconnu dans la voix de sa mère des notes de colère.

— Comment vous dire, Madame, balbutia Garance. Je me fais du souci. Hier soir, Armelle m'a confié que vous aviez décidé de me congédier. Je me plaisais ici et je me suis attachée à vos fils. Ils sont si mignons.

— Sans doute, mais ce sont les miens, pas les vôtres ! s'égosilla Béatrice.

— Je le sais bien, Madame.

— Et ne vous mettez pas d'idées en tête, on ne peut pas vous garder pour des raisons financières. Vous êtes au courant qu'on nous a volé des bijoux de grand prix et l'assurance couvrira à peine les frais si nous bâtissons de nouvelles écuries.

Garance frotta ses joues humides du dos de la main. Elle dit tout bas, le souffle court :

— Tant pis pour mes gages, Madame, je garderais volontiers ma place en étant seulement nourrie et logée. Les familles refusent souvent ma candidature parce que je suis orpheline et que je viens de l'Assistance publique.

Philippe éclata en sanglots, touché par la détresse de sa nurse. Il ignorait ce qu'était l'Assistance publique, mais il imaginait une sorte de pays sombre et terrifiant.

— Ne tentez pas de m'apitoyer, Garance. De toute façon, tel que je connais mon mari, il vous trouvera une autre place parmi ses relations. Soyez raisonnable, nous avons trop d'ennuis ces temps-ci. Quentin a eu un accident de voiture, Ludivine a failli mourir en couches. Sans compter l'incendie et le cambriolage. L'heure est à l'économie, aussi vous devez partir.

Survoltée, Béatrice obéissait à la jalousie qui la rongeait. Malgré les traits ingrats de la nurse, elle se méfiait de plus en plus de sa voix basse et sensuelle, de ses yeux très expressifs d'un brun doré et de son jeune corps aux formes parfaites.

— Bien, Madame, nous sommes samedi, est-ce que je peux rester jusqu'à lundi ?

— Évidemment, mon mari vous conduira en ville.

— Maman, pourquoi tu chasses nounou ? gémit Philippe entre deux hoquets larmoyants.

Garance eut un élan vers le petit pour le consoler, mais elle se retint à cause des précédentes remarques de sa mère.

— Enfin, je ne la chasse pas, mon chéri ! Nous avons vécu sans nurse depuis ta naissance et des mois après celle d'Antoine. Je m'occuperai de toi et de ton frère, comme avant.

Louis de Martignac fit irruption au même instant. Il avait entendu la fin de la discussion et en était effaré.

— Béa, ne prends pas ce genre de décision sans m'en parler ! s'écria-t-il. Certes, nous avons de sérieuses difficultés, mais pas au point de nous séparer d'une employée modèle. Remettons le sujet à plus tard, le commissaire Rigaud vient d'arriver avec Samuel Claudin. Il souhaite nous entretenir de son enquête.

— D'accord, je viens.

Le couple sortit et Béatrice ne put s'empêcher de claquer la porte derrière elle.

— Papa, il ne veut pas que tu partes, murmura Philippe à Garance en se serrant contre elle. Il est gentil, hein ?

— Oui, c'est le plus gentil des papas.

Hervé Rigaud faisait les cent pas dans le grand salon, orné sur un mur de fresques médiévales. Samuel, qui était déjà venu déjeuner au château en compagnie de Cécile, affichait un air indifférent.

— Commissaire, vous vous souvenez sûrement de mon épouse Béatrice, avança Louis en tenant sa femme par la taille.

— Bien sûr, nous avons fait connaissance dans de graves circonstances. Je dirais que le sort s'acharne sur votre famille, monsieur. Votre fille et votre garçonnet de dix-huit mois enlevés et séquestrés, il y a bientôt cinq ans, et maintenant vous voici victimes de sévères désagréments.

— C'est peu de le dire, renchérit Samuel.

— Pourquoi cette visite, commissaire ? s'enquit le châtelain, agacé par les paroles du policier. Mon fils, avec qui j'ai déjeuné hier en ville, m'a raconté en détail les événements de la nuit de mardi à mercredi. L'homme qui s'est tué à cause du verglas serait l'auteur des lettres anonymes et de l'incendie des écuries, n'est-ce pas ?

— Dans ces cas précis, nous avons en effet des preuves, mais nous ne pouvons pas encore affirmer que Naudier a mis le feu ici, à Torsac. Et il reste le cambriolage. Avant de montrer des photographies du suspect à votre nurse, j'aurai une autre question. Monsieur, auriez-vous eu récemment des nouvelles de votre sœur, Marie de Martignac ? L'inspecteur Claudin pense qu'il pourrait s'agir d'une vengeance tardive à son endroit, comme elle dirigeait un réseau pendant la Résistance et qu'elle aurait trahi ses compagnons.

Louis s'efforça de respirer à fond pour demeurer calme. Il se campa près d'une fenêtre et contempla le ciel bleu pâle, semé de nuages cotonneux.

— Ma sœur a disparu en Afrique du Nord, j'ignore où elle vit et même si elle est vivante, commissaire. Vos suppositions et celles de votre adjoint sont insultantes, car Marie n'aurait jamais trahi ses camarades. Le sujet est clos.

— Mon mari dit vrai, vous fouillez le passé au lieu de mener une enquête convenable ! s'enflamma Béatrice. Et le bandit qui a tiré sur mon père le mois dernier, l'avez-vous arrêté ?

— Madame, le coupable n'était autre que Loïc Naudier, des empreintes digitales sur la malle en fer contenant des armes, dans la cave du sentier de Tivoli, l'attestent.

Béatrice, désemparée, préféra se taire. Cinq minutes plus tard, elle remonta surveiller ses enfants, les policiers désirant entendre le témoignage de Garance.

— Mademoiselle, commença Rigaud, nous allons vous montrer deux photographies. Vous nous direz si vous identifiez votre agresseur. Je suis navré, l'un des clichés a été pris à la morgue.

La nurse, en robe noire et blouse blanche, avait fait une bonne impression au commissaire. Elle paraissait très jeune et sensible. Louis, également apitoyé par son air effrayé, l'encouragea en lui tapotant l'épaule.

— Oh, c'est lui, c'est bien cet homme, assura-t-elle d'une voix tremblante. Mon Dieu, il était terrifiant.

Elle se remit à pleurer, en adressant des regards pathétiques au châtelain. Il lui répondit de son sourire le plus charmeur, dans l'espoir de la réconforter.

Après le départ des policiers, Garance céda à une crise nerveuse. Elle balbutiait en sanglotant que le cliché du mort la hanterait désormais, avec sa peau blême marquée de taches sanglantes et le rictus de sa bouche.

— Calmez-vous, c'est terminé, lui répéta Louis. Vous avez entendu le commissaire, s'il démasque le complice du cambrioleur, j'ai une chance de récupérer les bijoux. Il va enquêter aussi du côté de certains revendeurs. Et séchez vos larmes, vous pouvez rester au château, je suis enchanté de vos services.

Éperdue de gratitude, Garance le remercia tout bas, en résistant à l'envie de lui embrasser les mains, qu'il avait fort belles et douces.

Vallée des Eaux-Claires, même jour, le soir

Le dîner achevé et Annabelle endormie, Adrien avait emmené Abigaël dans l'imprimerie, où il se sentait vraiment chez lui. La jeune femme se percha sur un tabouret, en observant les machines et tout l'attirail nécessaire au travail de son mari.

— J'aime l'odeur de l'encre, avoua-t-elle, tu la gardes sur toi. Grâce à elle, je pourrais te reconnaître les yeux fermés.

— Et te jeter au cou de mon ouvrier, plaisanta-t-il sans joie. Denis n'est pas mal, et moins austère que moi.

— Adrien, tu deviens jaloux et ça me fait de la peine. Claire m'a raconté le calvaire qu'elle a vécu lorsque Jean Dumont se montrait d'une jalousie exacerbée. Il allait jusqu'à l'enfermer dans leur chambre.

Il balaya la remarque d'un geste de la main. Abigaël le suivit des yeux tandis qu'il déambulait dans le local.

— C'est de nous deux et de nos filles qu'il faut discuter, déclara enfin Adrien. Je voudrais que nous retournions à la maison au plus vite. Tu désires veiller sur Ludivine et son bébé, ça, je peux le comprendre, mais de chez nous, tu es au moulin en quelques minutes. Rien ne t'empêchera de passer du temps avec ton amie.

— Mon amour, as-tu déjà oublié ce que je t'ai dit en début d'après-midi ? Je suis menacée moi aussi.

— Je m'en souviens, Abi, seulement je me demande pourquoi tu crois une chose pareille. Tu n'as pas reçu de lettres anonymes, on n'a pas tenté d'incendier notre logement.

Abigaël ne pouvait plus reculer. C'était le moment de révéler à son mari l'existence d'une entité bénéfique nommée Gabriel, mais elle éprouvait une gêne inexplicable à cette idée.

— On me l'a dit, Adrien. Quelqu'un de confiance et qui veille sur moi depuis plusieurs jours.

Très surpris, il se posta en face d'elle pour mieux la dévisager.

— Qui est-ce ? Je ne vois pas qui…

— Il vient de l'au-delà, déclara-t-elle en lui coupant la parole. Je suis incapable de le qualifier d'un terme ordinaire. Ce n'est pas une âme errante, plutôt un esprit protecteur.

— Un ange gardien ? On lit ça dans les romans à l'eau de rose.

— Ne te moque pas, Adrien. Il nie être un ange, il s'est élevé vers la lumière et on l'a envoyé me protéger, je n'en sais pas plus. Quand même, tu devrais être accoutumé à cette autre dimension, si mystérieuse, où je suis souvent appelée.

Radouci, son mari l'enlaça et déposa un baiser sur ses lèvres. Il lissa ensuite ses cheveux dorés.

— Ne te fâche pas, Abi. Tant que tu es sous la garde d'une créature céleste immatérielle, je n'ai rien à craindre. Tu es vexée ? Je plaisantais.

— Il se nomme Gabriel, lâcha-t-elle d'un ton un peu froid. Je l'ai rencontré de son vivant. C'est le jeune homme qui m'a sauvé la vie à Tours, pendant l'exode. Je t'ai parlé de lui. Il a été tué quelques minutes plus tard.

Cette fois, Adrien évita le moindre commentaire ironique. Il s'assit à son tour et hocha la tête.

— Je lui dois une reconnaissance éternelle, Abi. Sans lui, je n'aurais pas eu l'immense bonheur de t'aimer et de t'épouser. Pardonne-moi, je suis parfois d'une humeur sombre, alors que toi tu es si lumineuse, si généreuse. Alors, selon Gabriel, tu serais menacée ?

Infiniment soulagée par la tendresse qui vibrait dans la voix de son mari, Abigaël s'enhardit à évoquer la présence de Gabriel et ses premières manifestations assez maladroites. Néanmoins, d'instinct, elle fit silence sur les caresses prodiguées sur son visage et ses cheveux.

— Il a évité à Jakob de tirer sur Quentin, l'autre soir, relata-t-elle. Et c'est lui qui a ramené Ludivine dans notre monde. Je sentais sa présence à mes côtés, pendant que je faisais le massage cardiaque pour la sauver. Je suis sûre aussi qu'il est intervenu auprès de Corentine Giraud, au domaine de Ponriant.

Subjugué, Adrien soupira en prenant la main d'Abigaël.

— Soit, tu es menacée, dit-il. Et nos filles ?

— Peut-être !

— On doit redoubler de prudence, Abi. Il est sans doute préférable, en effet, de rester encore au moulin. Tu sais combien tout cet univers parallèle me désoriente et me trouble, mais je dois l'accepter. Viens dans mes bras, mon ange.

Abigaël se jeta à son cou. Ils s'étreignirent en s'embrassant et demeurèrent longtemps ainsi, pour savourer la force invincible de leur amour.

13

Le vent du printemps

Vallée des Eaux-Claires, jeudi 5 mars 1953

Après la neige et des pluies abondantes, la nature renaissait, se donnant des allures de printemps. Le climat d'ordinaire doux de Charente reprenait ses droits. Abigaël, qui promenait Édith dans son landau, admirait les prés étoilés du jaune d'or des pissenlits et le vert vif de la nouvelle herbe. Accompagnée d'Annabelle, elle lui montrait les bourgeons sur les arbres et les chatons des saules.

— Sens comme l'air est tiède, Belle ! Bientôt il y aura d'autres fleurs dans les prés et les giroflées embaumeront la vallée.

— Et les cloches vont passer à Pâques. Marraine m'a dit que j'irai ramasser des œufs en chocolat dans le jardin du moulin. Jakob me fabrique un petit panier exprès.

Les deux semaines qui venaient de s'écouler avaient été calmes et harmonieuses. Le décès accidentel de Loïc Naudier semblait avoir mis fin aux lettres menaçantes et aux incidents malveillants.

— Je vais te dire un secret, Belle. Jeudi, Jakob ramènera deux jolies chèvres qu'il a achetées à Fouquebrune. C'est une surprise pour Claire. Tu ne diras rien, tu me le promets ?

La petite fille eut un sourire gêné. Elle devança sa mère et sautilla sur le chemin.

— Regarde, maman, le premier papillon ! s'écria-t-elle.

— Belle, tu ne m'as pas répondu ! Tu ne diras rien pour les chèvres ?

L'enfant se retourna, une moue chagrine sur sa frimousse au teint rose. Ses yeux bleu-gris étaient embués de larmes.

— Je n'ai rien dit, maman. Je le savais, j'ai vu les chèvres pour marraine. Une blanche qui a de longs poils et une marron et noir qui a des cornes bizarres. Alors moi, je n'aurai pas la surprise.

La jeune femme bloqua le frein du landau pour courir vers Annabelle et la câliner.

— Tu es triste parce que tu aurais voulu avoir la surprise ? Grand-père m'a dit pour dimanche dernier, aussi. Tu as beaucoup pleuré car tu avais vu Philippe se faire très mal dans la cour du château.

Le chagrin de la fillette était sincère. Elle tenta de s'expliquer avec ses mots, tout en reniflant.

— Je vois des choses même quand je n'en ai pas envie, et puis si je demande, il ne se passe rien, maman. Quand Ludivine faisait son bébé, j'ai prié pour avoir une image d'elle et du bébé, je n'ai rien vu alors j'avais très peur d'un malheur.

— Belle, je suis désolée, tu es si petite encore. J'ai prié à la fontaine aux arches pour que tu sois délivrée de ce don, eh oui, on nomme ça un don, comme celui de guérir les malades ou de parler à la dame rousse de Ponriant, que personne d'autre ne voit.

— Pourquoi tu as prié à la fontaine ?

— Là-bas, tu as croisé un monsieur en longue robe brune. Il m'a déjà aidée, même s'il vivait il y a des centaines d'années. Je crois que c'est un saint, saint Marc.

— Mais il n'a rien pu faire, se plaignit Annabelle.

Abigaël s'était accroupie pour être à la hauteur de sa fille. Elle contempla ses joues rondes, sa bouche pareille à une fleur rose et l'azur de ses yeux brillants.

— Je voudrais tellement que tu sois tranquille. Tu iras à l'école au mois d'octobre et ce sera parfois difficile pour toi si tu as des visions.

— Eh bien, demande à Gabriel !

— Gabriel ? Tu le connais, Belle ?

— Oui, il me parle dans mes rêves. La nuit où le bébé de Ludivine est né, il me disait de ne pas avoir peur. Lui, il est gentil. Et puis il a endormi la dame rousse de Ponriant parce que tu n'avais pas le temps de t'en occuper.

— Je m'en doutais, admit Abigaël en se relevant. Gabriel nous protège, Belle, depuis le ciel.

— On a de la chance, maman.

— Oui, tu as raison, mais j'ignore s'il peut t'aider. Et il ne s'est pas manifesté depuis la naissance de Clémence.

Elle prit la main de son enfant et elles poursuivirent leur promenade en poussant tour à tour le landau. Parvenues au pont sur la rivière, elles s'apprêtaient à traverser lorsqu'une voiture descendit la route, en provenance de Puymoyen. Le conducteur klaxonna en freinant pour s'arrêter.

— Bonjour, Abi, bonjour, Belle ! leur cria Samuel Claudin, qui avait baissé la vitre du passager. Dites à Claire que je passerai plus tard au moulin. Je rentre déjeuner avec ma petite épouse. Comme c'est jeudi, elle ne fait pas classe.

— Entendu, répondit la jeune femme. Si vous repartez ensuite, amenez-nous Cécile. Cet après-midi, nous faisons de la couture et des beignets pour le goûter.

— Un beau programme, dit-il en souriant.

Mais Abigaël perçut une note grave dans sa voix et son sourire un peu forcé. Elle recommanda à Annabelle de rester près du landau et d'amuser Édith, qui était réveillée.

— Rien de nouveau dans l'enquête ? s'enquit-elle une fois penchée vers la portière, pour mieux voir Samuel.

— Non, le complice doit être loin, avec les bijoux des Martignac et l'argent qu'il a dû trouver dans le coffre-fort des Buissonnier. Le commissaire a reçu l'ordre de boucler l'affaire si nous ne trouvons aucun élément intéressant. Pour ma part, je pense aussi que les hostilités sont terminées et que vous pouvez tous dormir sur vos deux oreilles.

— Je l'espère, répliqua Abigaël. Au revoir, Samuel, et merci.

Les déjeuners au Moulin du Loup, depuis presque trois semaines, se révélaient des moments chaleureux et animés. Claire était ravie de réunir plusieurs convives autour de la grande table rectangulaire. Désormais, Abigaël, Annabelle, Adrien et son ouvrier Denis y prenaient leur repas de midi, en compagnie de Bertille, Jakob, Pierre Lussac et la maîtresse des lieux.

— J'ai l'impression d'être revenue au temps où mon père, maître Colin, dirigeait la papeterie, déclara-t-elle ce jour-là. Je devais nourrir ses employés et la famille.

— Ce serait beaucoup trop de travail pour toi, Clairette, sans Martine et Abi qui t'aident toutes les deux, commenta sa cousine.

— J'en suis tout à fait conscient, avoua Adrien. Aussi, nous avons prévu de rentrer chez nous lundi prochain. Le danger semble écarté, autant reprendre notre vie habituelle.

Un pleur strident de bébé résonna à cet instant précis, ce qui fit dire à Ludivine :

— Clémence s'y oppose ! Elle veut garder tout son entourage.

La jeune mère trônait dans un grand lit à montants en bois ouvragé, assise parmi un fouillis de coussins. Du matin au soir et toute la nuit, elle avait sa fille à ses côtés, l'allaitant à la demande et la changeant sur le couvre-pieds en satin rose, protégé par une serviette-éponge.

— Adrien, vous pouvez rester encore, Abi et toi, insista-t-elle, sa petite dans les bras, qu'elle couvrait de légers baisers. Au moins jusqu'à la fin mars, où je retournerai habiter en ville.

À l'instar de Faustine Roy lors de la naissance de sa fille Isabelle, trente-deux ans auparavant, Ludivine aimait se trouver là, dans un angle de la cuisine et près d'une des fenêtres.

— Ah, toutes les bonnes choses ont une fin, renchérit Bertille. Je suis du même avis que Ludivine, Abi, ne nous abandonne pas si vite. Tu illumines notre quotidien.

Martine, qui faisait office de gouvernante, sortit alors du cellier où elle avait ouvert deux bocaux de compote de pommes.

— Excusez-moi, dit-elle tout bas, la mine confuse. Ce n'était pas de l'indiscrétion, mais je vous écoutais discuter et j'avais prévu de vous parler aujourd'hui, à vous madame Kern et à vous aussi, madame Dumont.

— Allez-y, Martine, répondit gentiment Claire.

— Je vais être obligée de vous quitter, murmura la jeune femme d'une voix tremblante. Oh, ça me fait bien de la peine, depuis trois ans que je travaille ici.

— Vous souhaitez une augmentation ? demanda Bertille. Nous vous versons un salaire convenable, je vous assure.

— Non, non, ce n'est pas ça du tout. Vous savez que j'habite avec ma mère, qui est veuve. Elle est très malade depuis deux semaines et je dois la soigner. Nous déménageons à Fléac, chez ma tante. Sa maison est plus confortable que la nôtre et puis mon fiancé travaille sur cette commune. On se verra plus souvent et, si on peut, on se mariera dans un an.

— Je suis navrée pour votre maman, soupira Claire aussitôt. Je l'ai croisée en janvier à l'église, elle semblait en bonne santé.

— Eh oui, ça lui a pris d'un coup, admit Martine. Elle souffre de terribles douleurs à l'estomac, des vomissements de sang. Le docteur pense à un ulcère ou à une tumeur.

Un sanglot sec l'empêcha de continuer. Tout de suite, Abigaël se leva pour la guider vers une place sur le banc.

— Allons, prenez un café avec nous. Il fallait nous le dire plus tôt, nous pouvons peut-être la soulager, Claire et moi.

— Je le lui ai proposé, mais ma mère est superstitieuse. Elle a refusé en se signant plusieurs fois de suite. J'avais tellement peur de vous en parler, ça m'ôte un poids du cœur.

Bertille, dépitée, triturait des miettes de pain.

— Encore un coup du sort, déplora-t-elle d'un ton âpre. Je n'ai aucune envie d'engager une étrangère si vous partez, Martine. Vous faisiez un peu partie de la famille et vous habitiez le village.

— Laisse donc, Poupette, il faut avoir de la compassion dans une situation pareille, la sermonna Jakob avec douceur. Et puis on se passera d'une employée. Je suis rétabli, je me chargerai des bêtes. Nous aurons juste besoin d'une femme de ménage deux fois la semaine.

— Je suis prête à vous aider pour le ménage et les soins des chevaux, indiqua Abigaël. Même si je ne loge plus ici.

— Faustine et Mathieu nous annoncent leur retour pour Pâques, ajouta Claire. Ils préfèrent habiter au-dessus de l'école, l'appartement a été refait à neuf et pour un couple, c'est assez spacieux. Mais je suis sûre qu'ils pourront tout de même nous aider de temps à autre. La discussion est terminée. Martine, séchez vos larmes, et veillez bien sur votre maman. Il faudra nous écrire la date de votre mariage.

— Nous vous enverrons un cadeau, lâcha Bertille, dissimulant mal sa mauvaise humeur. Tiens, une voiture !

— J'avais oublié, Samuel souhaite vous parler, Claire, et en principe, il doit déposer Cécile.

— Nous avons du boulot, marmonna Adrien. Tu viens, Denis, au passage j'embrasserai ma sœur si elle est là.

Les deux hommes traversaient la cour lorsqu'ils virent Cécile marcher vers eux, au bras de son mari. Samuel affichait une mine éblouie sous ses courtes boucles cuivrées.

— Bonjour, beau-frère, dit-il aimablement. Vous embauchez ?

Denis salua d'un signe de tête, sans oser regarder la jolie jeune femme en manteau de fourrure qui lui souriait. À ses yeux, Cécile Claudin représentait un rêve impossible.

— Oui, on a une nouvelle commande, rétorqua Adrien. Et vous, du nouveau ?

— Rien de concluant malheureusement.

Le couple entra peu après dans le logis du moulin, dont la façade se dorait au soleil.

Claire dépliait le paravent en laque noire lorsque sa fille donnait le sein à son bébé et qu'il y avait des visiteurs. En voyant apparaître Samuel et Cécile, Martine s'empressa de le faire avant de monter à l'étage, où elle comptait nettoyer les chambres.

— Eh bien, on ne frappe plus aux portes, quand on est inspecteur de police, monsieur Claudin ? protesta Bertille qui sirotait sa tasse de café au lait.

— Trop d'enthousiasme, sans doute, répliqua-t-il.

— Je lui ai dit de toquer, il ne m'a pas écoutée, je suis désolée, plaida Cécile. La joie lui monte à la tête.

— De quelle joie s'agit-il, après tous nos ennuis ? Votre commissaire n'est même pas capable d'arrêter le complice du criminel qui voulait incendier le moulin ! s'enflamma l'ancienne dame de Ponriant.

Jakob fut tenu d'apaiser encore une fois l'irritation de son épouse. Il lui caressa les cheveux et la nuque.

— Poupette, tu m'avais promis de ne plus te mettre en colère, c'est mauvais pour ton cœur, déplora-t-il. Samuel est gêné, à présent.

Abigaël accueillit Cécile à bras ouverts afin d'atténuer les critiques de Bertille.

— Tu vas passer la journée avec nous, sœurette, lui souffla-t-elle à l'oreille. Et tu as vu Clémence juste une fois, tu seras surprise. Elle a déjà changé et pris du poids. Une petite merveille.

Pierre Lussac, en homme du monde, proposa du café et un digestif à Samuel qui accepta en riant toujours. Soudain, il n'y tint plus et brandit son verre de cognac.

— Je vais être père, déclara-t-il à haute voix. Cécile n'osait pas le dire, elle m'a demandé de vous l'annoncer.

Tout de suite, des félicitations fusèrent, mais on embrassa surtout la future mère, rouge de confusion. Attendrie, Claire la conduisit derrière le paravent.

— Je suis une grand-mère comblée, confia-t-elle à Cécile. Je profite de ma petite Clémence et c'est un bonheur inestimable. Parfois, les enfants sont une source d'angoisse, ce doit être le prix à payer.

— Maman dit cela parce que mon accouchement aurait pu tourner à la tragédie, précisa Ludivine, radieuse. Par ma faute.

— Je sais, Abi m'a tout raconté. Je peux m'asseoir au bord du lit, ça ne te dérange pas ?

— Non, tu verras les sourires de Clémence lorsqu'elle est rassasiée. Tu te rends compte, elle pesait deux kilos et trois cents grammes, pourtant elle est née en avance.

Abigaël les rejoignit, suivie par Annabelle qui se jeta au cou de Cécile.

— Toi, tu n'as pas mal au cœur, dis ? demanda la fillette.

— Pas du tout, un docteur m'a examinée hier, je suis très solide et en bonne santé, Belle. Tu es mignonne de t'inquiéter pour moi.

— C'est un amour, un vrai petit ange, renchérit Ludivine.

— Je vous laisse, dit Claire. J'ai cru comprendre que Samuel voulait me parler.

Les jeunes femmes se lancèrent dans une conversation sur la layette et l'allaitement, tandis qu'Annabelle laissait Clémence lui serrer un doigt entre les siens, minuscules.

— En septembre, ce sera notre tour de causer brassières et couches autour d'un berceau, affirma Samuel quand Claire fut près de lui. Si seulement mes parents étaient encore de ce monde et pouvaient se réjouir de cet heureux événement.

Ce rappel à son statut d'orphelin le fit tressaillir d'émotion, mais il se reprit vite et sortit un calepin et un stylo de la poche de son veston.

— Je n'ai plus de famille, il me revient d'en fonder une, dit-il néanmoins. Madame, je suis désolé de vous imposer un autre interrogatoire. Où pourrions-nous être tranquilles ?

Il jeta un regard autour de lui, sur Bertille et Jakob, puis sur Pierre.

— C'est si grave, Samuel ?

— Je l'ignore, mais c'est confidentiel.

— Dans ce cas, autant faire un tour dehors, je vous montrerai les chevaux. Nous continuons à les enfermer à double tour dans l'écurie chaque soir. Quand la peur s'est installée, on peine à la chasser de notre esprit.

Samuel la suivit à l'extérieur. Il observa son profil de reine, en imaginant combien cette femme que l'âge marquait si peu avait dû être belle dans sa jeunesse.

— Que voulez-vous me demander de confidentiel ? dit-elle, quand ils longèrent la clôture du pré.

— Ne vous vexez pas, surtout, madame. Je vous respecte et j'ai d'abord déconseillé au commissaire de fouiller ainsi votre passé.

Perle, la jument de Claire, arriva au grand galop et pila au dernier moment, en lançant un hennissement amical.

— Je n'ai rien à te donner, Perle.

Elle flatta l'encolure du gracieux animal, que lui avait offert Bertille. Vulcain, le hongre noir d'Abigaël, et Éclair, le poney d'Annabelle, ne se déplacèrent pas, broutant l'herbe neuve.

— Le commissaire Rigaud est pointilleux. Il s'est penché sur de vieux dossiers. Votre époux, Jean Dumont, a comparu deux fois dans des procès pour meurtre. Certes, il a été acquitté, mais des éléments vous compromettaient, notamment lors de la seconde affaire où votre mari aurait tué votre amant, un papetier de nationalité britannique... Oh non, je ne pourrai jamais vous interroger sur ce genre de choses.

— Lesquelles ?

— Mon supérieur tient à son idée d'une vengeance visant votre fille et vous. Il a supposé que pendant la Résistance, vous auriez pu éconduire un homme amoureux appartenant à votre réseau, Sirius. Jean Dumont s'en serait débarrassé et à présent, les éventuels enfants de la victime s'acharneraient sur vous. Cette hypothèse ne tient pas debout, hélas j'ai été chargé de vous en parler et je le déplore. De surcroît, pourquoi s'en prendre à Louis de Martignac ? Même si son épouse, Angéla, avait rejoint votre réseau, cela n'a pas de sens.

Un grand froid pénétra Claire qui serrait les poings sous son châle. Déjà, entendre le nom de son amour perdu la torturait, mais si on le salissait, elle éprouvait presque de la haine.

— Samuel, veuillez quitter immédiatement le moulin, sinon je ne résisterai pas à l'envie de vous gifler, comme le petit inspecteur pédant que vous êtes. Allez dire à votre commissaire qu'il est idiot d'élaborer des théories injurieuses envers un homme mort en héros, l'homme que j'adorais. Partez et vite !

Consterné et honteux, Samuel recula prudemment avant de marcher au pas de course vers sa voiture. Claire n'avait pas bougé lorsqu'il démarra. Des larmes coulaient sur ses joues. Furieuse et désespérée, elle tentait d'apaiser son cœur meurtri en admirant sa jument, qui caracolait et piaffait, grisée par le vent printanier.

— Jean, mon amour, murmura-t-elle. Comment osent-ils salir ta mémoire, chercher dans notre passé la moindre erreur ? Ça ne les regarde pas. Jean, pardonne-leur.

Une main se posa alors sur son épaule.

— Ce n'est rien, soupira Claire, certaine qu'Abigaël s'était inquiétée et venait s'assurer qu'elle allait bien.

Personne ne répondit et, en se retournant, elle vit la cour déserte. Pourtant il lui sembla être irradiée d'amour et de tendresse.

— Jean, c'est toi ? demanda-t-elle tout bas. Oui, c'est toi, je le sais, merci mon amour.

Domaine de Ponriant, même jour

Le soleil s'était couché et la vallée s'emplissait peu à peu des ombres du crépuscule. Abigaël et Cécile montaient doucement la route menant au domaine de Ponriant, dont les larges fenêtres à petits carreaux étaient déjà illuminées.

— J'étais contente de passer l'après-midi avec vous, Abi, et j'ai pu tenir Clémence dans mes bras, mais ça m'ennuie pour madame Claire. Je me demandais pourquoi elle était si triste, maintenant je le sais, grâce à toi.

— Samuel s'est montré odieux, même s'il obéissait au commissaire.

— Personne n'apprécie mon mari, au moulin, et je crois que mon frère le déteste, déplora Cécile d'un ton boudeur.

— Adrien est ainsi, il se lie difficilement et, je l'admets, il juge sévèrement les gens. Pour lui, Samuel représente l'homme qui a épousé sa petite sœur et en a fait une femme, avança Abigaël.

— Tu as toujours réponse à tout ! Dis, est-ce douloureux d'accoucher ? Pendant que tu discutais avec Bertille, j'ai posé plein de questions à Ludivine. Elle m'a dit avoir eu des souffrances inimaginables. Et toi, Abi ?

— J'avoue que ce sont des moments éprouvants, mais certaines femmes les supportent mieux que d'autres. N'aie pas peur, je serai là, près de toi.

Elles étaient arrivées en haut de l'allée gravillonnée. Cécile, avant de s'engager dans l'escalier d'honneur en pierre de taille, jeta un regard soucieux au fond du parc.

— Il n'y a plus de manifestations à l'intérieur de la maison, expliqua-t-elle tout bas. Mais la gouvernante et la femme de chambre n'osent pas entrer dans le pavillon, là-bas.

D'un geste, elle désigna un modeste et charmant bâtiment en brique, au toit pointu, qui se dressait sur une ligne de sapins.

— Pour quelle raison ? s'enquit Abigaël.

— Elles entendent des cris et des sanglots, des coups dans les murs. J'en ai déduit que ma belle-mère, Corentine, enfin son âme, s'y est réfugiée.

— Très bien, je vais vérifier ce qu'il en est. Si je suis passée chez moi, en chemin, c'était pour prendre de l'encens. J'ai trop tardé à secourir cette malheureuse.

— Quel courage tu as ! s'extasia Cécile.

Monique, la gouvernante, entrouvrit la porte-fenêtre et pointa son nez.

— Madame revient tard, et sa belle-sœur est là ! Dois-je préparer le dîner pour trois personnes ? Monsieur a téléphoné, il sera là à 20 heures.

— Non, je vous remercie, Monique, j'ai seulement raccompagné Cécile. Rentre vite, sœurette, je te tiendrai au courant. Peut-être tout à l'heure.

Abigaël traversa une pelouse en pente douce pour rejoindre l'ancien pavillon de chasse de Ponriant. Parvenue devant la porte, elle vit une clef accrochée à un clou, sur le chambranle, mais on l'empêcha de la prendre.

— Ne faites pas ça, fit une voix à son oreille.

Elle devina le visage de Gabriel dans le clair-obscur du soir, puis le reste de son corps se matérialisa rapidement.

— Pourquoi ? Il n'y a aucun danger, je suis une passeuse d'âmes. Et j'ai une dette envers la famille Giraud, aussi je ne laisserai pas Corentine endurer les tourments de la haine et de la solitude.

— Quelle dette ?

— Pendant la guerre, Clara, la fille de Bertille et de Bertrand Giraud, le père de Corentine, a sauvé la vie d'Adrien. Nous n'étions pas encore mariés, à l'époque, mais je savais que je n'aimerais que lui jusqu'à mon dernier jour.

— Je comprends mieux. Vous me rendez nostalgique, aucune ravissante jeune fille n'a dû dire cela de moi de mon vivant.

Abigaël le regarda, encore une fois subjuguée par sa beauté si particulière. Vite, elle détourna les yeux.

— Au fait, je n'ai pas pu vous remercier pour Ludivine et son bébé. Merci, Gabriel. Vous m'avez aidée également, tout en rassurant ma fille en rêve.

— J'étais heureux de me rendre utile. Au fond, je débute dans cette nouvelle existence, que je considère comme une survie après la mort. Et je suis conscient que vous en savez beaucoup plus que moi.

— Vous apprenez vite, souffla-t-elle en prenant la clef. Je suis pratiquement sûre que vous avez obligé Corentine à s'exiler dans le pavillon.

— Peut-être, répondit-il.

Dès qu'elle ouvrit la porte, il disparut, sans laisser son habituel sillage parfumé. La jeune femme tâtonna le long du mur et actionna l'interrupteur. L'ampoule du plafonnier révéla une pièce déserte où il faisait très froid.

— Corentine, appela-t-elle. Je suis venue vous guider vers la lumière céleste. Ne craignez rien de moi.

Accoutumée à la patience dans ces relations paranormales, Abigaël alluma deux cônes d'encens. Ensuite elle sortit de son sac le cahier de Pascaline et elle lut doucement la prière rédigée jadis par sa mère, à l'intention des âmes égarées. Quand elle eut terminé, des mots résonnèrent dans son esprit : « Je ne veux pas quitter Ponriant. »

Soudain Corentine se manifesta, assise dans un des fauteuils dont le chintz beige, fleuri de roses, était délavé et déchiré aux accoudoirs. Toujours d'une maigreur affreuse, ses traits durs avaient une teinte cireuse. Mais ses prunelles vertes brillaient de haine.

— À quoi bon rester ici ? dit posément Abigaël. Vous errez dans l'obscurité du chagrin alors que vous pourriez trouver la paix parmi la beauté et l'harmonie du Ciel !

— Jeune fille, je séjournais souvent dans ce pavillon, indiqua Corentine du bout des lèvres. J'invitais mes amies et nous nous amusions bien. Il y avait du champagne, des pâtisseries exquises et j'étais amoureuse.

— De qui ? De Joachim ?

Le timbre de Corentine vibra de colère, au point de causer un léger malaise à Abigaël, car il ébranlait aussi son esprit.

— Joachim m'a sauvée du désespoir et je l'ai aimé. Avant lui, j'éprouvais une folle passion pour le beau Mathieu Roy. Il va revenir bientôt et je le ferai souffrir, car il adore Faustine. Elle aussi devrait payer, car ils sont heureux, oui, ils sont toujours heureux.

— Si vous continuez à vous griser de haine, Corentine, votre âme sera condamnée à une autre sorte d'errance, au sein d'un paysage sombre et brumeux. Vous ne pourrez même plus voir votre fils ni veiller sur lui et l'enfant qu'il a conçu. Je voudrais appeler Joachim, votre époux devant Dieu. S'il vient vous chercher, est-ce que vous le suivrez ?

— Je ne sais pas. Pauvre Joachim, ils l'ont tellement torturé. Dans le camp où nous étions, il a servi à des expériences. J'ai presque eu de la chance de mourir du typhus. Non, laissez mon mari, s'il a pu gagner son paradis. Soyez contente, je n'importune plus l'épouse de mon fils.

— Restez encore un peu, Corentine, supplia Abigaël.

Mais elle était de nouveau seule dans la pièce. Les cônes d'encens répandaient une odeur agréable et deux filets de fumée grise montaient vers le plafond, en traçant des arabesques. La jeune femme observa le décor austère qui l'entourait.

— Je dirai à Cécile d'aménager ce pavillon, murmura-t-elle. C'est dommage, tout est à l'abandon.

— Bertille avait dépensé une fortune pour cet endroit où elle se livrait à l'adultère, siffla une voix intérieure. Il y avait un lit à baldaquin aux rideaux de soie rouge, une banquette de style Empire et deux fauteuils. Un bureau en marqueterie trônait près de la fenêtre. Les murs étaient tapissés d'un papier doré à ramages et ma belle-mère avait fait installer une salle de bains.

Un chapelet d'insultes suivit, toutes destinées à Bertille et dont la grossièreté heurta la pudeur d'Abigaël.

— C'est vous qui êtes salie par ces horreurs, Corentine ! s'écria-t-elle. Je m'en vais, mais je reviendrai et vous finirez par avoir confiance en moi.

Abigaël retrouva avec soulagement l'air frais du soir bleuté. Elle contempla le ciel où se découpait un quartier de lune d'un blanc argenté. Ayant aperçu la voiture de Samuel sur l'esplanade, elle renonça à revoir Cécile et descendit vers le portail en longeant le mur d'enceinte.

Aussitôt, la présence de Gabriel lui fut perceptible. Il apparut, pareil à un dessin d'abord esquissé, puis précis et coloré.

— Vous avez échoué, soupira-t-il.

— Je réussirai une autre fois, répliqua-t-elle, heureuse d'avoir sa compagnie. J'ai interrogé les dames du moulin au sujet de Corentine. Son destin était propre à la blesser et à la rendre cruelle. Sa mère est morte très jeune, elle a perdu plusieurs frères et sœurs en bas âge, et elle n'a jamais admis le remariage de son père avec une femme éblouissante qu'elle jalousait. Mais je n'ai pas envie d'en parler.

Il faisait nuit à présent. Abigaël marchait sur la route, sous l'escorte de Gabriel, qui, seulement pour elle, pouvait passer pour un jeune homme bien vivant, en costume de velours et une écharpe blanche autour du cou.

— C'est étrange de pouvoir entendre votre voix, avoua-t-elle soudain. Les défunts communiquent avec moi, mais ce qu'ils me disent retentit dans mon esprit. Au début, quand j'étais fillette, ça m'effrayait un peu, plus tard, je m'y suis accoutumée.

— Dans ce cas, je peux me considérer comme privilégié.

— Sans aucun doute. Gabriel, j'aimerais vous présenter mes plus sincères excuses. Lors de vos premières tentatives pour vous faire connaître et lors des rencontres suivantes, je me méfiais, par simple prudence. Certains livres saints évoquent la beauté du diable, qui lui permet de séduire et de tromper les honnêtes gens.

— Surtout les honnêtes femmes, rectifia Gabriel.

— Oui, bien sûr. Mais j'avais des raisons de douter de vous, après avoir failli me suicider sous l'emprise d'un esprit pervers que l'on pourrait qualifier de démoniaque.

— Cependant vous n'avez pas eu peur de moi ?

— Jamais, je le répète, c'était juste de la méfiance. Je l'ai compris depuis, vous êtes une entité lumineuse et bienveillante. Ma fille Annabelle vous prend pour un ange.

Ils eurent un petit rire attendri. Gabriel désigna la lune et quelques étoiles scintillantes.

— Moi qui ne croyais en rien, me voici dans un rôle dont je n'aurais pas osé rêver, dit-il. Quand même, si j'avais su que je mourrais aussi jeune, j'aurais profité davantage des plaisirs du monde terrestre. J'étais gourmand, mais je me rationnais, j'aimais danser et m'amuser. Mais je ne me plains pas, c'est déjà beaucoup d'évoluer dans une autre dimension.

— Savez-vous que je suis avertie de votre présence grâce à un délicieux parfum de lilas ? fit remarquer Abigaël.

— Non ! En fait, j'ai une explication. Le jardin de mes parents était bordé de lilas, des arbustes de belle taille, dont la floraison me paraissait un miracle de la nature. À ce propos, c'est l'endroit où je souhaiterais retourner, si c'était possible, comme mon petit paradis. Hélas, il n'en subsiste rien. Nous avons dû vendre la propriété et selon mon père, notre successeur a fait déraciner les lilas.

Abigaël céda à l'émotion, mais aussi à un sentiment étrange, qui lui donnait l'impression d'être près d'un jeune homme bien vivant. Sa voix, ses sourires, sa démarche éveillaient un trouble insolite en elle.

Ils passèrent devant sa maison, aux volets clos, sans un nuage de fumée s'échappant de la cheminée.

— Nous allons bientôt revenir habiter ici, précisa-t-elle. Mon mari estime que nous avons suffisamment séjourné au moulin.

— Pourtant vous y êtes en sécurité, vos filles et vous !

— Gabriel, vos mises en garde remontent à deux semaines environ, et il n'est rien arrivé. Quelle est cette menace qui me concerne ?

— Je l'ignore et lorsque vous serez en danger, je ne pourrai pas changer le cours du destin. Mes moyens sont faibles, je suis simplement capable de vous prévenir.

Un appel retentit alors sur le chemin des falaises, répercuté par les larges pans de roche.

— Mais qu'est-ce qu'elle fait ? s'interrogea Adrien, après avoir crié le prénom de sa femme. On dirait qu'elle parle à quelqu'un.

Il était juché sur un vélo, un pied au sol, car il s'était arrêté en voyant Abigaël à une vingtaine de mètres de lui. L'inquiétude qu'il avait ressentie se muait en agacement.

— Abi, tu es en retard ! ajouta-t-il d'un ton véhément. Édith pleure et refuse le biberon d'eau sucrée. Dépêche-toi.

— Je viens, répondit-elle en accourant. Je monte sur le porte-bagages, on ira plus vite.

Sans réfléchir, elle jeta un coup d'œil vers l'ombre des frênes et des saules, en vis-à-vis de leur logement. La silhouette de Gabriel s'était fondue dans la nuit.

— Tu en as mis du temps à Ponriant, soupira son mari. J'ai préféré partir à ta rencontre. Tu sais combien je suis anxieux.

Assise derrière Adrien, elle noua ses bras autour de sa taille et serra un peu.

— Il y a un quartier de lune, il ne fait pas vraiment noir, dit-elle gentiment.

— Autre chose, Abi. Je t'ai observée deux minutes et tu te comportais bizarrement. Comme si tu parlais toute seule.

— Je n'étais pas seule, Gabriel m'a raccompagnée.

— Gabriel ? répéta Adrien, interloqué. Tout s'explique. Je suppose que je n'ai pas à être jaloux d'un fantôme ou de ton ange gardien.

— N'emploie pas ces mots ! s'indigna-t-elle.

Cependant, elle ponctua le reproche en étreignant plus fort son mari et en posant sa tête contre son dos. Une fois sous le hangar du moulin, ils s'embrassèrent longuement pour sceller l'amour qu'ils feraient plus tard, bien au chaud entre leurs draps, dans la pénombre complice de la nuit.

Château de Torsac, samedi 7 mars 1953

Louis et Quentin de Martignac s'étaient enfermés dans la bibliothèque du château. Le jeune avocat portait encore un bandage au poignet gauche, mais il se disait quasiment rétabli. L'heure était grave, puisque le père et le fils discutaient d'argent.

— Papa, tu ne pourras pas redresser la barre ! Tu n'as plus le choix. Il faut vendre le château. Des Anglais sont intéressés, ils te font une offre exceptionnelle. Tu pourrais acheter une maison bourgeoise sur le plateau d'Angoulême, nous serions voisins.

— Jamais je ne vendrai le château, Quentin ! se révolta son père, qui avait pâli.

— Pense à Philippe et à Antoine, ainsi tu leur éviterais d'être pensionnaires quand ils auront l'âge d'entrer au lycée. Et puis entretenir cette immense bâtisse devient difficile, tu as toujours quelque chose à réparer ou à restaurer. Un pan de toiture, un bout de mur, un plancher. Et maintenant tu envisages sérieusement de reconstruire les écuries à l'identique !

Le châtelain prit place dans un large fauteuil en cuir et alluma une cigarette. D'un geste, il fit comprendre à son fils d'ouvrir la fenêtre.

— Béa se plaint de l'odeur du tabac, précisa-t-il. Alors j'aère. Ne te soucie plus de mes problèmes financiers, je trouverai une solution. Je conservais précieusement les bijoux de ma mère afin de les vendre en dernière extrémité. Mais ils se sont envolés, je dois me résigner.

Quentin faisait les cent pas, les traits crispés par la colère. Le fatalisme de son père, à qui il vouait un amour inconditionnel, le désolait.

— Que fait la police ? s'emporta-t-il. Garance a identifié ton cambrioleur. C'était bien le type qui s'est tué en voiture, dans la vallée des Eaux-Claires. Où a-t-il caché les bijoux ?

— Le commissaire m'a téléphoné hier. Ils ont fouillé encore une fois le souterrain, au cas où ce bandit aurait osé y remettre les pieds, mais il n'y avait rien. Sinon, comment vont ta femme et ta fille ? J'ai prévu de leur rendre une brève visite demain, avec Béa et les petits. Ce sera l'occasion de saluer Claire et Abigaël, sans oublier ce cher Pierre.

Tout de suite, Quentin s'illumina d'un sourire rayonnant. Il s'assit en face de son père.

— Clémence est superbe, je crois qu'elle sera blonde, avec les yeux gris-bleu de notre lignée. Ludivine a repris des forces, elle est debout presque toute la journée.

— Sans Abigaël, nous aurions vécu une nouvelle tragédie. Vous n'auriez pas dû nous cacher sa maladie de cœur.

— J'en suis navré, papa. Nous ne voulions pas vous alarmer, Claire et toi.

— N'en parlons plus. Je te souhaite un mariage heureux et sans trop de nuages.

Louis passa une main lasse sur son front. Il n'avait pas d'ami et son fils recevait souvent ses confidences.

— S'il n'y avait que les ennuis d'argent, Quentin. Béa a changé de caractère, elle me mène une vie épuisante. J'ai droit à des crises de jalousie chaque soir. Je vais devoir congédier Garance, car ma femme l'exige. Et avec mes finances en berne, je n'ai plus d'excuses.

— Vous n'aviez pas vraiment besoin d'une nurse, de toute façon. Béatrice peut s'occuper de Philippe et d'Antoine. L'un est en âge d'entrer à l'école et le plus petit me semble très sage. Il faut garder Armelle, je paierai ses gages si c'est nécessaire. Mais franchement, je ne vois pas pourquoi Béa est jalouse de Garance ! Elle n'a rien à lui envier.

— Peut-être la douceur et le dévouement, répliqua le châtelain. Si tu pouvais te renseigner auprès de tes confrères, j'aimerais lui trouver une bonne place à Angoulême. Elle le mérite.

Quentin approuva d'un signe de tête. Il avait passé la nuit au moulin et il se souvint tout à coup d'une discussion, durant le dîner.

— Qui sait, j'en informerai Claire et Bertille demain. Martine doit les quitter car sa mère est très malade. Pourquoi ne pas proposer Garance ? Ce n'est pas le même travail, elle s'occuperait plutôt du ménage et des repas.

Les deux hommes poursuivirent leur conversation, sans imaginer une seconde que Garance les écoutait, la joue plaquée contre la porte.

Certaine d'être congédiée sous peu, elle avait prévu d'implorer le châtelain de la garder, en profitant de l'absence de Béatrice, partie chez ses parents avec ses fils. Maintenant, crispée par une sourde révolte, au bord des larmes, elle se demandait quelle attitude adopter.

« Je dois rester encore ici, songea-t-elle. Louis de Martignac est un homme merveilleux, moi qui le pensais hautain et dur. Et il me plaît. »

Des bruits de sièges déplacés dans la bibliothèque la firent reculer précipitamment. Elle alla se réfugier au fond du grand salon, le cœur cognant à se rompre. Armelle, qui la cherchait, l'avait aperçue et la rejoignit, la mine mauvaise.

— M'selle la nounou écoute aux portes, susurra-t-elle entre ses dents jaunies. Si je raconte ça à Madame, tu prendras ta valise et ouste, dehors.

La domestique la fixait de ses prunelles grises, entre ses paupières plissées, ce qui lui donnait un air féroce.

— Je ne suis point si bête, renchérit Armelle. Tu voudrais bien que Monsieur Louis te mette dans son lit, hein ? Pour ça, faudrait être un peu plus jolie, nigaude.

— Vous êtes méchante et stupide ! rétorqua Garance en la toisant d'un regard humide. Sale et ignorante, aussi. Fichez-moi la paix.

— Tu ne perds rien pour attendre, va, attends que Madame revienne.

Une heure plus tard, après le départ de Quentin, Louis passa à son tour dans le salon. Il avait acheté un billard français et commença à jouer, dans l'espoir de se détendre. Mais il perçut des sanglots saccadés, une respiration haletante.

— Qui est là ? demanda-t-il, même s'il s'en doutait.

Il découvrit Garance recroquevillée derrière un fauteuil, appuyée contre les lambris.

— Relevez-vous, enfin, ma pauvre enfant, soupira-t-il en la prenant par le coude.

— Je n'ai pas fait exprès, j'ai entendu ce que vous disiez à votre fils. Pitié, monsieur, laissez-moi rester.

Elle le dévisageait, la bouche tremblante. Louis, fasciné, se pencha et dévora ses lèvres comme un homme privé de femme et de joie depuis des années.

— Viens, dit-il.

Sans la lâcher, il l'entraîna dans un angle de la pièce et, d'une main, il ouvrit une porte étroite qui se devinait à peine parmi les lambris en chêne doré. Garance le suivit docilement dans le boudoir où Edmée de Martignac, la mère du châtelain, se retirait souvent pour lire.

— Non, Monsieur, non, gémit la nurse.

Mais il l'embrassa encore, surpris de la désirer avec autant d'ardeur. Elle reçut des caresses sur les seins, en bas du dos, sans oser se débattre. Pourtant, quand il voulut retrousser sa jupe, elle lui échappa.

— Ce n'est pas bien, Monsieur. Laissez-moi.

Louis avait toujours été la proie d'une sensualité exacerbée et il se révélait un amant passionné, parfois aveuglé par le besoin viscéral de satisfaire ses pulsions dans l'immédiat.

— S'il te plaît, Garance, implora-t-il en la saisissant à bras-le-corps. Je te veux, là, tout de suite. Au moins, ma femme aura de bonnes raisons d'être jalouse.

— Si je vous cède, Monsieur, je serai encore plus amoureuse de vous, avoua-t-elle d'une voix qu'il jugea envoûtante.

— Ne parle pas d'amour, se défendit-il.

Outrée, Garance le gifla deux fois, puis elle se mit à sangloter, tout en déverrouillant la serrure.

— Je quitterai le château ce soir, Monsieur, jeta-t-elle entre deux sanglots. Si vous ne pouvez pas me régler mes gages, je vous donnerai une adresse où m'envoyer un mandat.

— Très bien, faisons ainsi, je suis navré, marmonna-t-il en s'adossant à l'un des murs.

La honte et le remords le submergeaient déjà. Il s'effraya d'avoir malmené une jeune fille sûrement vierge et innocente.

— Je deviens fou, s'avoua-t-il. Il vaut mieux qu'elle parte, oui, et qu'on ne la revoie jamais.

14
Déchirures secrètes

Vallée des Eaux-Claires, chez Abigaël,
samedi 11 avril 1953

L'air sérieux, Annabelle tournait une cuillère dans un récipient garni d'une pâte d'un jaune crémeux. Elle continua à un rythme plus lent lorsque sa mère versa du chocolat fondu, dont l'odeur délicate et alléchante flottait dans la cuisine.

— Maman, tu es sûre que le gâteau sera cuit pour l'heure du goûter ? s'inquiéta-t-elle.

— Mais oui, il sera cuit et refroidi à temps. Nous pourrons même le décorer avec du sucre glace et des amandes.

Abigaël et Adrien étaient revenus vivre dans leur maison trois semaines plus tôt. Le soleil entrait à flots par la fenêtre grande ouverte, en cette journée printanière. Au sempiternel murmure de la rivière se mêlaient des chants d'oiseaux et, parfois, l'aboiement d'un chien au loin. La sérénité semblait régner de nouveau dans la vallée des Eaux-Claires.

— Belle, regarde Édith, elle essaie de s'asseoir en se tenant aux côtés du landau. Je serai bientôt obligée de l'attacher.

À sept mois, le bébé présentait une ressemblance frappante avec Adrien. De son père, elle avait les cheveux bruns, le grand front et le dessin des sourcils. Seuls ses yeux noirs différaient, d'un éclat surprenant.

— Tu lui mettras une jolie robe, maman, pour aller au moulin. Je t'aiderai à l'habiller, parce qu'elle bouge beaucoup.

Ludivine retardait sans cesse son retour en ville. Elle répétait qu'elle n'avait aucune envie de retourner dans son domicile bourgeois de la rue de l'Arsenal.

La jeune mère, désormais en parfaite santé, avait décidé de fêter les deux mois de sa petite Clémence. Pour l'occasion, elle avait invité Abigaël et ses filles, ainsi que son beau-père Louis de Martignac, son épouse et leurs petits garçons. Quentin avait promis de se libérer, malgré un procès qui l'accaparait.

— Toi aussi, tu auras une robe de fête, affirma Abigaël. C'est un cadeau de Bertille. La dernière fois qu'elle est allée en ville, elle t'a acheté une ravissante toilette. Je te la montrerai pendant la cuisson de notre gâteau.

Rieuse, Annabelle descendit de la chaise sur laquelle elle s'était mise à genoux pour mieux brasser la pâte. Abigaël remit du bois dans la cuisinière avant d'enfourner la pâtisserie.

— Maintenant, je veux voir ma robe, maman, vite ! Mais si elle est neuve, je ne pourrai pas jouer dans la cour avec Philippe, je me salirai.

— Dans ce cas, j'emporterai un pantalon et un gilet. Tu te changeras après le goûter.

Intriguée, Abigaël observa sa fille qui frappait des mains. De toute évidence, Annabelle était réellement surprise à propos de la robe.

— Allons dans ma chambre, dit-elle en prenant Édith dans ses bras.

Une fois à l'étage, la jeune femme posa sa benjamine dans le berceau, puis elle ouvrit l'armoire. Cependant, au moment de sortir la fameuse toilette, elle hésita.

— Belle, tu ne fais pas semblant d'être surprise ?

— Non, maman, je ne le savais pas. Je ne vois plus rien depuis plein de jours. Tu as demandé à Gabriel de me guérir, c'est ça ?

— Je n'ai pas pu, mais il a peut-être deviné.

Gabriel ne s'était plus manifesté depuis le soir où il avait accompagné la jeune femme de Ponriant jusqu'au chemin des falaises, le mois précédent.

— Peu importe qui c'est, trancha Abigaël en riant. J'espère que cela durera longtemps. En plus, tu entres à l'école après les congés de Pâques.

— Oui, et j'aurai Cécile comme maîtresse.

Annabelle trépignait d'impatience en fixant l'armoire aux battants entrebâillés. Sa mère lui montra enfin une robe en linon rose et au col Claudine blanc. Des boutons de nacre en forme de fleurs ornaient le corsage à manches ballons.

— Il faut mettre un jupon dessous. Bertille sera contente que tu l'étrennes aujourd'hui. Je vais défaire tes nattes et brosser tes cheveux, ils seront tout ondulés.

Ravie, la fillette effleura le tissu d'un doigt timide, puis elle poussa un soupir.

— Éclair ne me reconnaîtra pas, maman, si je suis trop chic !

Elle empruntait le mot « chic » à Bertille qui le disait très fréquemment d'un ton affecté.

— Ton poney se moque bien de ton apparence. Éclair saura que c'est toi à ta voix, à ton odeur.

Rassurée, Annabelle se pencha sur Édith en agitant un hochet en plastique aux couleurs pastel. Sa petite sœur lança aussitôt des éclats de rire et des gazouillis.

Quand Cécile les rejoignit deux heures plus tard, Abigaël achevait de décorer le gâteau.

— Que vous êtes belles toutes les trois ! s'écria-t-elle. Même bébé Édith est pomponnée ! J'ai marché au ralenti à cause de mes talons hauts, mais je suis à l'heure.

— Tout est calme au domaine, sœurette ? Et toi, tu n'as pas de nausées matinales ?

— Je suis sur un petit nuage, Abi ! Samuel est attentionné, il me traite comme si j'étais en sucre. Et je n'ai plus le temps de m'ennuyer, entre l'école et la layette que je tiens à confectionner moi-même.

— Tant mieux, je suis ravie pour toi.

Une automobile noire passa alors sur le chemin et s'arrêta à hauteur de la grange, sans couper le moteur. Une portière claqua, puis la voiture s'éloigna. Béatrice fit irruption dans la pièce, sans même avoir frappé.

— Abi, je dois absolument te parler, déclara-t-elle d'un ton pressant. Bonjour Cécile, bonjour Belle.

— Qu'est-ce que tu as, Béa ? s'alarma Abigaël.

— Je t'expliquerai, en tête à tête.

— Mais nous sommes attendues au moulin, protesta Cécile. Vous pourrez discuter là-bas.

— Non, c'est personnel. Je t'en prie, Abi, accorde-moi au moins dix minutes.

— D'accord, capitula celle-ci, certaine qu'il s'agissait d'un problème sérieux. Cécile, s'il te plaît, emballe le gâteau dans ce torchon propre et pars avec les petites. Édith est déjà attachée dans sa poussette. Nous vous rejoindrons vite.

Dès qu'elles furent seules dans la cuisine, Béatrice se servit un verre de vin et alluma une cigarette.

— J'ai l'intention de divorcer, annonça-t-elle d'un ton sec.

— Mais pourquoi, Béa ? Vous étiez heureux, Louis et toi !

— Tu as raison d'employer le passé, ce temps-là est fini. Je suis sûre que mon mari me trompe. Crois-moi, je suis navrée de ternir l'image de ton oncle, hélas monsieur doit être atteint du démon de midi. On l'avait déjà accusé de ça quand il m'a séduite. Je ne suis sans doute plus assez jeune à son goût. Oh, si tu savais combien je souffre !

La nouvelle accabla Abigaël, car elle chérissait Louis, qui le lui rendait bien. Pleine de compassion, elle prit sa cousine dans ses bras et lui caressa les cheveux.

— Je voulais avoir ton avis, Abi, avant de briser mon couple, ajouta celle-ci, les larmes aux yeux. Je suis si malheureuse.

— Allons, ne pleure pas, je t'en prie. Explique-moi ce qui se passe exactement. Avec qui Louis te tromperait-il ? Vous êtes toujours ensemble.

— Je suis sûre qu'il couche avec cette peste de Garance ! Elle nous a quittés il y a un mois, mais Louis peut la rencontrer en ville, je ne sais où. Ces derniers jours, il va souvent à Angoulême sans me dire pour quelles raisons. Si tu l'avais vue, Abi ! Elle faisait tout pour plaire à mon mari, Armelle m'avait avertie, je ne me suis pas assez méfiée.

Sans réfléchir, Abigaël regarda la pendule, ce qui eut le don d'exaspérer Béatrice.

— Je te casse les oreilles avec mes jérémiades, dis-le donc ! Tu voudrais courir au moulin et embrasser ton cher oncle !

— Mais non, Béa, par pitié, calme-toi. Tu es plus importante à mes yeux qu'un goûter au moulin. Maintenant, j'ai besoin d'en savoir plus. Déjà, as-tu des preuves ?

Abigaël relâcha son étreinte et fit asseoir Béatrice dans le fauteuil près de la fenêtre.

— Eh bien, le samedi 7 mars précisément, quand j'étais chez mes parents, Armelle a surpris Garance qui écoutait à la porte de la bibliothèque, où Louis discutait avec Quentin. Après le départ de mon beau-fils, comme elle cherchait la nurse, Armelle ne l'a pas trouvée. Mais elle a entendu des bruits qui provenaient du boudoir d'Edmée, des bruits et des murmures. Louis y était, elle a reconnu sa voix, sans comprendre ce qu'il disait. Alors elle a patienté. Garance est sortie un peu plus tard, les lèvres meurtries et très souriante. Si ce n'est pas une preuve ?

Troublée, Abigaël approuva en silence, tout en observant Béatrice, dont le corps superbe était moulé dans une robe en jersey noir. Ses traits un peu durs, radoucis par le chagrin, n'avaient rien perdu de leur beauté.

— Tu es une très jolie femme, Louis t'a toujours adorée, plaida-t-elle. Comment s'intéresserait-il à Garance ? Et si Armelle avait menti ?

— Non, ce jour-là, ils ont dû coucher ensemble. Je connais bien mon mari et sa facilité à s'enflammer. J'avais deviné qu'il désirait ce laideron. J'ai de l'instinct pour ce genre de chose.

Sur ces mots, Béatrice alluma une autre cigarette, le regard noyé de désespoir, ce qui inquiéta Abigaël.

— En as-tu parlé à Louis ?

— Bien sûr, mais il ose nier. Il me fixe d'un air excédé et il prétend qu'il ne s'est rien passé. Mais il a changé depuis le départ de Garance. Déjà, il ne m'approche plus, et nous faisons chambre à part. En somme, c'est la guerre froide au château. On s'évite soigneusement, et Louis s'occupe à peine de nos fils. Je suis à bout, je préfère divorcer.

— Je suis tellement désolée pour toi, Béa. Quand tu étais dans mes bras, à l'instant, j'ai senti combien tu souffrais et à quel point tu es nerveuse. Je pense que tu as été durement éprouvée par ta fausse couche et l'incendie. De là à demander le divorce, toi qui aimes tant Louis.

— Pendant le trajet jusqu'ici, j'ai tout prévu, indiqua sa cousine. Je m'installerai à la ferme avec les garçons. J'aurai droit à une pension alimentaire si je peux prouver l'adultère.

— Écoute-moi, ma Béa. Reste là et monte t'allonger un peu. Je vais aller parler à mon oncle. Il devra me dire la vérité, suggéra Abigaël. Et s'il est coupable, je le verrai dans son regard, dans sa façon de me répondre.

— Tu ferais ça pour ta pauvre cousine ? gémit Béatrice. Je veux bien. Raconte à tout le monde que j'ai une terrible migraine et que tu m'as soignée en me conseillant de me reposer. Prends ton temps, je ne veux pas te priver de la petite fête.

Il y avait de l'amertume dans la voix de sa cousine, ce qui attrista davantage Abigaël. Elle sortit le cœur lourd et courut presque jusqu'au porche du Moulin du Loup. Adrien, du seuil de l'imprimerie, la vit arriver, en robe de cotonnade fleurie, sa chevelure de miel relevée en chignon. Ses yeux avaient la teinte exacte du ciel d'un bleu pur.

— Si je ne t'avais jamais vue, j'aurais eu le coup de foudre, dit-il quand elle fut près de lui. Abi, tu es éblouissante.

— Merci, c'est gentil. Tu m'attendais ?

— Oui, il y a beaucoup de monde, je préfère entrer avec toi. Tu me connais, je suis un ours mal léché.

D'ordinaire, la jeune femme aurait répondu à la plaisanterie, mais elle paraissait soucieuse. Ils traversèrent la cour, où étaient garées trois voitures, dont une petite grise aux formes arrondies, que son mari lui désigna comme une 4 CV, un modèle tout récent.

— Faustine et Mathieu Roy viennent de l'acheter, précisa-t-il. Mais c'est madame qui conduisait.

— Alors elle a eu son permis. Je voudrais bien le passer moi aussi.

— Rien ne presse, trancha Adrien en l'embrassant.

La grande cuisine du moulin abritait une dizaine de personnes, certaines assises sur les bancs, d'autres penchées sur le berceau de Clémence ou sur la poussette d'Édith. Quant à Annabelle et Philippe, ils faisaient marcher Antoine en le tenant chacun par la main.

— Vous voici enfin ! s'exclama Bertille. Nous sommes presque au complet. Où est Béatrice, Abi ?

Il fallait mentir, ce qui gênait la jeune femme.

— Elle a une forte migraine, débita-t-elle à mi-voix. J'ai réussi à la soulager mais elle se repose encore un peu avant de nous rejoindre. Nous pouvons commencer à goûter sans elle.

Louis de Martignac, posté près d'une fenêtre, esquissa une mimique d'agacement. En costume trois-pièces de lin clair et chemise blanche, il émanait de lui une séduction indéfinissable. À cinquante-deux ans, il éclipsait presque son fils, aux traits moins fins et au regard moins clair.

— Bonjour, mon oncle, dit Abigaël en allant vers lui. Je suis désolée pour tous les ennuis qui vous accablent, et je voudrais vous parler en tête à tête.

— Bonjour, ma chère petite-nièce, toujours aussi charmante, répliqua-t-il tout bas. Nous irons discuter dans la cour, mais après les gâteaux, car déjà on se plaignait de votre retard et de l'absence de ma femme.

Claire disposait les pâtisseries sur la table, secondée par Faustine qui apportait des bouteilles de cidre. Abigaël se trouva soudain en face d'un bel homme très brun, aux yeux sombres, qui s'inclina devant elle.

— Je suis enchanté de vous revoir, dit Mathieu Roy en souriant.

— Moi aussi, monsieur. Claire doit être très heureuse d'avoir à nouveau son frère sous le toit du moulin. Comment allez-vous ? Votre jambe ne vous fait pas souffrir ?

— Disons que je ne peux pas encore conduire, ni grimper un escalier quatre à quatre.

Il raconta en quelques mots sa chute dans le métro parisien de façon amusante, en se donnant un rôle peu honorable.

— J'étais terriblement confus, car j'ai glissé après avoir bousculé trois jolies dames qui ont tenu à me relever, moi un malheureux quinquagénaire ! Hélas, je tenais à peine debout.

Bientôt tous les invités furent rassemblés autour de la table.

— Quand même, insista Bertille, Béatrice devrait être là au moins pour s'occuper de son plus jeune fils. Où l'asseoir ? Il nous faudrait une chaise haute.

— Je vais le prendre sur mes genoux, répondit Louis.

Mais Cécile le devança et installa l'enfant contre elle, en prétextant qu'elle devait se préparer à devenir maman. Il s'ensuivit des conversations sur l'éducation. Malgré sa hâte d'interroger son oncle, Abigaël, par politesse, dut prendre place entre son grand-père et Adrien.

— Toutes ces dames sont en beauté, aujourd'hui, commenta Pierre Lussac.

Ludivine et Cécile le remercièrent, Claire et Bertille aussi, tandis que Faustine faisait non de la tête, du rose aux joues.

— Pour moi, tu seras toujours la plus merveilleuse, lui souffla son mari.

— Tais-toi, Mathieu, répliqua-t-elle, secrètement ravie.

Préoccupée, Abigaël ne parvenait pas à être au diapason de la joyeuse ambiance qui régnait dans la pièce. Soudain, elle éprouva un début de malaise. Les bruits de voix et de couverts lui semblaient étouffés et sa part de gâteau n'avait aucun goût.

— Tu es bien pâle, ma petite, nota son grand-père.

Au même instant, le cœur de la jeune femme se mit à battre très vite. Elle perçut un parfum de lilas et Gabriel lui apparut, avec une expression anxieuse. Il désigna la porte d'un geste impérieux.

« Béa est en danger, se dit tout de suite Abigaël. Mon Dieu, je n'aurais pas dû la laisser seule. »

— Excusez-moi, dit-elle en se levant. Je retourne vite à la maison, Béa a dû s'endormir, elle sera vexée d'avoir manqué le goûter.

Gabriel avait disparu. Envahie par un pressentiment atroce, Abigaël s'empara d'un vélo sous le hangar et pédala comme une folle sur le chemin des falaises.

— Béa, où es-tu ? appela-t-elle en entrant chez elle.

Sa cousine n'était ni dans la cuisine ni à l'étage. Malade de panique, elle se rua à l'intérieur de la grange. Là, dans la pénombre, un corps féminin se contorsionnait au bout d'une corde.

— Béa, non ! Mon Dieu !

Abigaël comprit que Béatrice venait juste de commettre son acte désespéré. Dès lors, elle agit dans un état second, calant une échelle contre la poutre coupable. Par chance, une petite scie était posée sur le montant d'une stalle. Elle s'en empara et grimpa le plus vite possible, après avoir estimé que la distance entre sa cousine et le sol en terre battue, tapissé de paille, ne présentait pas de danger. Une fois la corde coupée, elle retint de toutes ses forces sa cousine par un bras, afin d'amortir sa chute.

— Pourquoi ? Seigneur, pourquoi vouloir mourir ? gémit-elle lorsqu'elle put défaire le nœud coulant. Ma petite Béa, réveille-toi, je t'en prie. Et tes fils, as-tu pensé à eux ?

Survoltée de chagrin et d'horreur, Abigaël tenta de ranimer la jeune femme qui vivait encore, le visage congestionné, une vilaine marque rouge autour du cou.

Plusieurs fois de suite, elle insuffla de l'air dans la poitrine de Béatrice, qui se soulevait et se creusait. Enfin elle lui apposa les mains autour du cou, après avoir perçu un pouls très faible.

Brusquement Gabriel se manifesta, agenouillé à ses côtés.

— Vous m'avez prévenue trop tard, lui reprocha-t-elle.

— Je ne dois pas intervenir sur le destin des vivants, plaida-t-il d'un air navré.

— Pourtant vous l'avez fait ! Alors pourquoi attendre, c'était stupide de la laisser se pendre, j'aurais pu l'en empêcher ! Mais je vais la sauver, elle ne peut pas mourir.

— Non, en effet, il est écrit qu'elle survivra et qu'elle...

Gabriel ne termina pas sa phrase, car Louis de Martignac fit irruption dans la grange. Une clameur rauque lui échappa en découvrant son épouse inanimée, la corde tranchée et l'échelle.

— Béa ! hurla-t-il. Béa, pourquoi ?

— Allez chercher votre voiture, Louis, ordonna Abigaël. Il faut vite la transporter à Girac. Je l'ai examinée, je suis presque certaine qu'elle n'a aucune lésion fatale. Dites-en le moins possible pour ne pas effrayer les enfants, mais arrangez-vous pour expliquer à Adrien que nous emmenons Béa à l'hôpital. Je vous accompagnerai.

Une quarantaine de minutes plus tard, Abigaël et Louis de Martignac patientaient dans un couloir de l'hôpital. La jeune femme tenait à la main une lettre écrite par Béatrice, avant sa tentative de suicide. Le châtelain avait d'abord refusé de la lire, puis il s'était résigné. Son épouse expliquait en quelques lignes son désir de mourir et de quelle manière. La suite du message consistait en recommandations pour ses fils.

— Si je n'avais pas emporté le sac à main de Béa, qu'elle avait laissé dans la grange, bien en évidence, les médecins ignoreraient qu'elle a avalé deux cachets de somnifère, lui fit remarquer Abigaël.

Louis haussa les épaules, les traits tirés par une douleur morale intolérable.

— Je ne la pensais pas capable de mettre fin à ses jours, dit-il d'une voix tremblante. Abigaël, vous connaissez Béatrice ! Elle a toujours été forte, prête à se battre ! Quand elle était toute jeune, ces brutes de la Gestapo l'ont frappée et torturée, mais elle n'a pas renoncé à son engagement dans la Résistance. Le soir où elle m'a confié ce sinistre épisode de sa vie, je l'ai admirée de tout mon être. Je n'ai jamais fait semblant de l'aimer et je l'aime toujours.

— Et Béa vous aime passionnément. Comprenez donc qu'elle craignait de vous perdre. La jalousie l'a rendue folle de chagrin. Je vous l'ai dit pendant le trajet, elle m'avait annoncé qu'elle voulait divorcer. Je m'en veux, j'ai eu tort de la laisser ! J'ignore ce qui s'est passé dans son esprit dès qu'elle s'est vue seule. Peut-être n'a-t-elle pas supporté l'idée d'être trahie. Trahie et trompée par vous, mon oncle. Dites la vérité, si vous avez du respect pour Béa et pour moi.

Le châtelain eut un geste d'extrême lassitude, cependant, au lieu de répondre, il posa la question qui l'obsédait.

— Comment l'avez-vous su, Abi ? Je me suis douté de quelque chose quand vous êtes partie précipitamment. Alors je vous ai suivie. Mon Dieu, sans vous, nous l'aurions retrouvée morte.

— J'ai eu un pressentiment, enfin plutôt un avertissement d'un autre monde. Louis, vous ne m'avez pas répondu ! Avez-vous trompé ma cousine ?

— Non, je vous donne ma parole, pourtant je suis responsable de ce désastre, déplora-t-il en la fixant d'un air affligé. Depuis plusieurs jours, j'étais froid et parfois méprisant envers Béatrice. Sa jalousie devenait obsessionnelle, et, déjà terrassé par de terribles soucis, je lui en voulais de me tourmenter avec ses accusations absurdes.

Encore indécise, Abigaël relut la lettre de Béatrice :

Ma chère Abi,

Pardonne-moi. Je ne supporte plus la vie que je mène. J'ai été trop heureuse avec Louis pour accepter cette situation. Je préfère mourir tant que je suis son épouse. Sur ma tombe, je tiens à m'appeler Béatrice de Martignac. Je te confie Philippe et Antoine.

Puisque j'ai perdu l'amour de mon mari et qu'il a désiré une autre femme, la vie ne m'intéresse plus. Avant de me pendre, je vais avaler des cachets de somnifère pour être certaine de ne jamais me réveiller.

Prie pour mon âme éternelle, toi la messagère des anges.

Ta cousine Béa.

— Quelle tristesse, soupira-t-elle. Je m'avance peut-être, mais Béatrice doit souffrir de dépression nerveuse, une maladie qui mène trop souvent au suicide, hélas.

Louis se détourna et marcha un peu, comme s'il avait envie de s'enfuir. Enfin il revint vers elle.

— J'ai failli tromper Béa, marmonna-t-il du bout des lèvres. Disons que j'ai cédé à un égarement passager, en consolant Garance. Armelle la déteste et lui serinait qu'elle allait être congédiée. Je ne sais pas ce qui m'a pris, Abi. Je me suis mis à la désirer, peut-être à cause du désarroi que j'ai lu dans ses yeux, et autre chose, comme un appel. Alors je l'ai emmenée dans le boudoir de ma mère. Dieu soit loué, elle m'a résisté et j'en étais quitte pour la honte et les remords. Bon sang, je ne suis qu'un homme ! Béatrice refusait que je la touche.

Ces paroles explicites auraient embarrassé Abigaël quelques années plus tôt. Elle fut simplement soulagée de savoir la vérité.

— Vous auriez dû l'avouer à Béa et solliciter son pardon. Elle vous aurait fait une scène épouvantable, mais vous vous seriez sans doute réconciliés ensuite. Ma cousine s'est fiée aux ragots d'Armelle, comme quoi Garance était sortie du boudoir la mine triomphante.

— C'est un mensonge, car vu la façon dont je l'ai traitée, elle devait être offensée et malheureuse. J'en ai assez de tolérer cette paysanne aigrie sous mon toit, décréta le châtelain. Je ne la garderai pas. Elle a dû inventer je ne sais quelle sale histoire, par vice, et voilà le résultat. Abigaël, vous avez l'air si pure, si droite. Je suis désolé si je vous ai choquée en avouant mes dérives.

— Non, je ne suis pas choquée, Louis, et je vous remercie d'avoir été sincère.

Une infirmière venait vers eux. Ils échangèrent un regard angoissé et se préparèrent à entendre le verdict du corps médical.

Moulin du Loup, même jour, deux heures plus tard

Adrien avait fait de son mieux pour justifier sans alarmer personne le départ précipité d'Abigaël et de Louis. Il s'en était tenu à la version que lui avait soufflée le châtelain : il fallait conduire Béatrice à l'hôpital.

Claire, se doutant d'un problème plus sérieux, s'était efforcée de distraire les enfants. Pierre l'avait aidée en jouant avec le petit Antoine, qui réclamait sa mère. Par chance, depuis une semaine, Édith appréciait le lait de chèvre et Cécile lui en fit boire un biberon.

Faustine et Mathieu prirent congé pour remonter au village, dans l'appartement de l'école où ils se plaisaient beaucoup. Quentin les suivit de près, afin de se rendre au tribunal où il devait rencontrer un des témoins du procès.

Bertille, un peu lasse, se reposait dans son fauteuil en osier, une parfaite réplique du siège où elle avait passé tant d'heures du temps où elle était infirme.

— Je sors soigner les chevaux, déclara Jakob. Poupette, fais un petit somme, tu n'as pas bonne mine.

La petite femme secoua ses frisettes blond platine et adressa un sourire attristé à son mari.

— La curiosité m'empêchera de dormir, répliqua-t-elle. Je me demande vraiment ce qui s'est passé. Béatrice n'a même pas daigné venir jusqu'ici nous dire bonjour.

— Ne te pose pas trop de questions, tantine, avança Ludivine, qui allaitait sa fille. Je parie pour une querelle d'amoureux. Mes beaux-parents ont tous les deux du caractère, mais heureusement ils s'aiment beaucoup.

— Au fond, ça ne nous concerne pas, trancha Claire. Belle, Philippe, l'heure de la traite approche, vous viendrez avec moi. Jakob a bien choisi mes nouvelles biquettes, elles sont très douces.

— D'abord, marraine, est-ce que je peux porter du pain dur à mon poney ? interrogea Annabelle. Regarde, je me suis changée pour ne pas salir ma jolie robe.

— Tu étais adorable, Belle, dans cette toilette, une vraie petite princesse, affirma Bertille. La prochaine fois, je t'offrirai une tenue d'équitation, puisque ta maman te donne des leçons.

— Oh merci, tantine ! s'émerveilla la fillette en courant l'embrasser. Dis, je peux t'appeler tantine, moi aussi, comme Ludivine ?

— J'en serai enchantée, mignonne.

Philippe, intimidé d'être seul au moulin, sans la présence rassurante de ses parents, ne quittait pas Annabelle. Il était tout étonné de la voir aussi à l'aise au milieu des adultes.

— On y va, chuchota-t-il en la prenant par le bras.

— Mais oui, répondit-elle tout bas.

Claire, quand elle sortit sur le perron, un seau en fer émaillé à bout de bras, chercha des yeux les deux enfants. Jakob revenait du pré, tenant en longe Perle et Vulcain. Il lui fit un signe de tête amical.

— Où sont Annabelle et Philippe ? s'écria-t-elle en descendant les marches. Ils m'ont dit qu'ils allaient avec vous.

— Eh non, je ne les ai pas vus. Je croyais qu'ils étaient dans la maison, répondit le Mosellan de sa grosse voix sonore. Bah, ils doivent gambader du côté du potager. Je rentre les chevaux et je vais les chercher. Commencez à traire, Claire.

— Les chèvres peuvent attendre un peu. Ces deux petits sont sous ma garde et ils m'ont menti, je n'aime pas ça.

Elle posa le seau et s'éloigna en appelant tour à tour Belle ou Philippe. Adrien, qui l'avait entendue, abandonna son travail pour venir aux nouvelles.

— Aidez-moi, lui dit Claire. Votre fille et Philippe doivent se promener autour du moulin. Ils n'ont pas vraiment désobéi, car je ne leur avais rien interdit, mais je suis contrariée.

— Annabelle a dû suivre ce gamin qui n'en fait qu'à son idée chez lui. Je prends un vélo et je regarde sur le chemin.

Dix minutes s'écoulèrent, sans voir le retour des enfants et sans obtenir de réponse aux appels de plus en plus véhéments. Au bout d'un quart d'heure, Denis se proposa pour explorer les prés de fauche situés à l'arrière de l'ancienne salle des piles.

— Où sont-ils ? s'affola Adrien quand Jakob le rejoignit, après avoir tiré le lait des chèvres dont les bêlements l'avaient apitoyé. Et s'ils étaient tombés dans la rivière ? À certains endroits, l'eau est assez haute en cette saison, après les pluies de février.

— Misère, ne causez pas d'un malheur pareil, balbutia celui-ci. Je vais longer la rive.

Ludivine, une fois son bébé endormi, sortit à son tour et libéra le loup.

— Sauvageon les trouvera, il fallait le lâcher bien avant ! cria-t-elle à Claire qui multipliait les allées et venues, le cœur serré.

Pierre Lussac se rongeait les sangs, pourtant il mettait un point d'honneur à rester près de Cécile. La jeune femme avait fort à faire avec Édith et Antoine.

— Quel âge ont-ils déjà, grand-père ? demanda-t-elle, épuisée à force d'apaiser les pleurs de l'une et de suivre les déambulations de l'autre.

— Sept et treize mois, précisa-t-il. Au moins, eux ne risquent pas d'échapper à notre surveillance. Je suis très inquiet pour Belle et Philippe, Cécile.

— Moi aussi, grand-père. Que va dire Abi ? Louis devrait la ramener sous peu, il est tard.

Assis côte à côte sur le sable froid qui tapissait le fond de la grotte aux Fées, Annabelle et Philippe ne se décidaient pas à rentrer au moulin, malgré les cris qui résonnaient en bas de la falaise. Apeurés par les conséquences de leur escapade, ils osaient à peine bouger.

— Papa me battra, c'est sûr, et maman me punira, répétait le petit garçon. On n'aurait pas dû grimper ici.

— Mais c'est toi qui voulais, gémit la fillette.

— Oui, parce que tu te vantais de connaître le chemin.

— Je le connais, maman m'a emmenée deux fois dans la grotte.

— Et il n'y avait pas la mallette en fer ?

— Non. On l'aurait vue, avec maman. Et ce n'est pas une mallette en fer, mais un trésor. Je l'ai bien caché, personne ne le trouvera.

— Moi, je ne viens pas souvent, alors je ne pourrai pas jouer à déterrer le trésor.

— Je t'attendrai, je le jure, Philippe, déclara Annabelle.

— Pas la peine, je m'en moque de ton trésor. Ce sont des gants et une paire de jumelles, il n'y a même pas de pièces d'or.

— Mais avec les jumelles, on voit toute la cour du moulin et sous le hangar.

Malgré sa fanfaronnade, la petite fille appréhendait les ombres du soir et une punition inévitable. Soudain, Philippe l'attrapa par la taille.

— J'entends une bête, dit-il. Elle monte vers la grotte.

Annabelle le repoussa et bondit sur ses pieds, puis elle avança sur l'esplanade.

— C'est Sauvageon ! N'aie pas peur, mon loup vient nous protéger.

Cependant, derrière le loup il y avait Adrien, essoufflé tellement il se hâtait de suivre l'animal.

— Mon papa arrive, avoua-t-elle à Philippe. Il a l'air très fâché.

Les deux enfants se serrèrent l'un contre l'autre. Le loup se coucha à leurs pieds, un peu haletant.

— Mon beau Sauvageon, tu nous as retrouvés, dit Annabelle en imitant les intonations d'Abigaël.

— Oui, moi aussi, du coup ! hurla Adrien. Bon sang, on vous cherche depuis plus d'une heure ! Philippe, tu t'expliqueras avec ton père. Belle, c'est très mal ce que tu as fait !

— Pardon, papa !

Le jeune homme avait prévu un vigoureux sermon, mais il était si heureux de revoir sa fille saine et sauve qu'il la souleva et la couvrit de baisers.

— Allez, il faut redescendre, faites bien attention, c'est dangereux, soupira-t-il en la déposant sur le sol sablonneux, où affleuraient des pans de pierre grise.

— Maman doit être en colère aussi, hasarda Annabelle.

— Elle n'est pas rentrée, ni ton père, Philippe. Mais Claire et Bertille étaient malades d'inquiétude. Il ne faut pas venir dans cette grotte sans un adulte.

Le garçon, un peu rassuré par l'absence de ses parents, défia Adrien du haut de ses six ans.

— Pourtant il y a des gens qui viennent, on a trouvé des affaires à eux !

— C'était un secret ! se révolta Annabelle, prête à pleurer de fatigue et de déception.

— Quelles affaires ? Je ne vois rien, Philippe. Inutile de mentir pour te rendre intéressant ! vociféra Adrien.

— Je ne mens pas, monsieur ! Belle a enterré une mallette en fer dans le sable, là, près du rocher. Dedans, il y a une paire de jumelles et des gants. Ah, et aussi une carte de la vallée.

Intrigué, le jeune homme creusa à l'endroit indiqué. Il fut désemparé en inspectant le contenu de la mallette. Lorsqu'il essaya les jumelles, il constata qu'elles étaient de qualité et assez puissantes.

— Des gants de femme et des gants masculins, en cuir fin, marmonna-t-il. Et si on avait épié nos faits et gestes de la grotte ?

Il enleva sa veste pour envelopper la trouvaille des enfants qu'il cala sous son bras gauche. Ensuite, l'esprit en alerte, il les guida sur la pente, tous les trois précédés par le loup.

Hôpital de Girac, même jour, même heure

Abigaël et Louis veillaient sur Béatrice, plongée dans une bienheureuse léthargie. Le châtelain tenait la main de son épouse entre les siennes, et souvent il l'embrassait sur le front.

— J'ai l'impression de l'avoir tuée, dit-il à mi-voix. Si j'avais imaginé un seul instant qu'elle souffrait autant, par ma faute.

— Je voudrais tant que Béa se réveille, mon oncle. Comment annoncer ce qui s'est passé à ses parents ? Pélagie aussi a tenté de se pendre, il y a des années, après la mort de son fils Patrick. Je l'ai sauvée également *in extremis.* Mais une heure plus tard, elle avait recouvré ses esprits, tout en étant désespérée d'avoir survécu.

— Je l'ignorais et Béa ne m'en a rien dit. Je la pensais forte, parfois capricieuse, peut-être qu'elle est fragile et ne le montre pas.

— Oncle Louis, il faudra prendre soin d'elle à l'avenir. Sa jalousie vous a exaspéré, cependant on est rarement jaloux sans raison. Votre aveu le prouve. Je vais descendre dans le hall pour téléphoner au Moulin du Loup. Ils doivent se demander pourquoi nous tardons autant. Je dirai à mon mari d'aller à la ferme, prévenir mon oncle Yvon et Pélagie. On ne peut pas leur cacher davantage le geste de Béatrice.

Le châtelain, qui semblait abattu et résigné, se ranima tout à coup.

— Non, Abi, ne faites pas ça ! Je connais Béatrice, elle refuserait cette démarche. Attendons son réveil et nous aviserons à ce moment-là. Yvon Mousnier suspectera le monde entier s'il apprend que sa fille a voulu se supprimer. Je vous en conjure, il vaut mieux taire la vérité au moins ce soir.

— Excusez-moi, Louis, mais j'agirai en mon âme et conscience.

Irritée et déçue par la lâcheté de son oncle, Abigaël éprouva un peu de répit en se retrouvant seule dans les couloirs de l'hôpital. Elle croisa des infirmières, des gens à la mine soucieuse qui venaient de rendre visite à un patient, puis, au milieu d'un escalier, se dessina la silhouette de Gabriel.

— Votre cousine est sauvée, dit-il en souriant, nimbé de lumière et toujours d'une beauté fascinante.

— Oui, elle dort, l'air serein. Je l'ai soignée de mon mieux, entre les passages de l'infirmière.

— Vous m'en voulez encore ?

— Non, je ne suis pas rancunière et j'ai pu réfléchir. Je me sentais très mal avant votre apparition dans la cuisine du moulin. J'aurais sûrement pensé à Béatrice, même sans vous.

— Sûrement, Abigaël, mais il s'en est fallu de peu. Vous tardiez à réagir, d'où mon intervention.

La jeune femme ressentit à nouveau l'étrange impression d'être en compagnie d'un homme bien vivant, en dépit de la clarté qui auréolait Gabriel.

— Je débute et je suis maladroit, déplora-t-il. J'étais différent avant mon décès. On me disait habile, réactif, prompt à saisir les situations à risque.

— J'admets que vous vous êtes montré très rapide pour m'éviter d'être piétinée par ce cheval, en 1940. Soyez tranquille, je ne vous en veux pas. Si j'avais un reproche, il porterait sur ces périodes où vous ne vous manifestez pas. Je me dis alors que c'était une sorte de rêve.

— Je vous manque, c'est ça ? s'enthousiasma Gabriel.

Parvenue devant la cabine téléphonique, Abigaël lui adressa un sourire mélancolique.

— Je n'aurais jamais cru entendre une entité bienveillante dire une chose pareille, avoua-t-elle tout bas. Il y a du monde, on va me croire folle si je parle toute seule. À bientôt, je dois appeler Claire et discuter avec mon mari.

Il s'inclina et disparut, la laissant songeuse et beaucoup moins triste. Elle fut surprise d'entendre la voix d'Adrien lorsqu'elle obtint la communication.

— Abi, enfin ! Où es-tu ? Tu aurais pu appeler plus tôt. Je suis au moulin, et nous attendions tous des nouvelles. Tu dois rentrer, il est tard. Édith refuse de se calmer, elle qui est si sage d'habitude. Antoine pleure lui aussi, il réclame sa mère.

Adrien se lança dans le récit de leur après-midi mouvementé, sans oublier l'escapade de leur fille et de Philippe. Il enchaîna sur la découverte d'une mallette en fer en insistant sur son contenu.

— J'ai prévenu Samuel, ajouta-t-il. On ne sait jamais. Et toi, que s'est-il passé ? Béa est malade ? Est-ce que c'est grave ?

Quand Abigaël lui raconta brièvement la tentative de suicide de sa cousine, son mari murmura des excuses.

— Adrien, je voudrais que tu partes pour le Lion de Saint-Marc. Dis juste à Yvon que sa fille est hospitalisée et qu'il doit venir la voir. Ramène-le à Girac. Je rentrerai avec toi. Fais vite, je t'en prie. Béa a besoin de son père.

Après avoir raccroché, elle remonta dans la chambre. Louis de Martignac s'était agenouillé au chevet de son épouse et pleurait. Elle vit tout de suite le regard sombre de Béatrice, qui clignait des paupières.

— Je voudrais qu'il s'en aille, Abi, articula péniblement sa cousine. Emmène-le, par pitié. C'est papa que je veux, mon petit père chéri. Lui, il n'a jamais trompé maman.

— Il vaut mieux que vous sortiez, oncle Louis, déclara Abigaël d'un ton ferme.

Le châtelain consentit, sans dire un mot, mais il avait l'air d'un homme foudroyé.

— C'est toi qui m'as sauvée, Abi, souffla Béatrice dès qu'elles furent seules dans la chambre.

— Oui, et j'en remercie Dieu. Moi aussi, je te dois des excuses, je n'avais pas compris combien tu étais désespérée. De là à vouloir mourir, en abandonnant tes enfants que tu aimes tant, je ne te reconnais plus. Béa, tu as le droit de divorcer si tu as les preuves de l'infidélité de ton mari, mais tu dois vivre, être heureuse et, peut-être un jour, aimer quelqu'un d'autre.

La malade fit non d'un signe de tête, tandis que des larmes coulaient sur ses tempes.

— Tu t'es laissée dominer par la jalousie, ajouta Abigaël avec affection. C'était hasardeux de faire confiance à Armelle, qui a toujours été encline aux ragots. À ce propos, Louis m'a donné sa version des choses, au sujet de ce fameux samedi. J'estime important de te la dire. La vérité est souvent moins dangereuse que de folles imaginations.

— Je t'écoute, Abi, même si mon mari a pu te mentir.

— Non, il était sincère, sinon il aurait inventé une autre explication. Il s'en veut beaucoup, ma Béa.

Abigaël prit la main de sa cousine entre les siennes. Elle lui relata les aveux du châtelain.

— Si tu n'avais pas été aussi jalouse et en colère, jamais Louis n'aurait été tenté, du moins je l'espère, avança-t-elle après avoir terminé son court récit. Il faut te rétablir et avoir confiance en la vie, Béa. Tu dois garder envers et contre tout celui que tu aimes et élever tes fils au sein d'un foyer paisible. Sois tranquille, je t'aiderai, notamment en allant interroger Garance, qui a indiqué une adresse où elle pourrait recevoir ses gages. Si elle confirme que tout s'est déroulé ainsi, tu voudras bien pardonner à ton mari ? Le pardon permet de se réconcilier. Réponds-moi vite, j'ai demandé à Adrien de ramener ton père ici.

Abasourdie, Béatrice gardait le silence. Des ondes de chaleur sourdaient des doigts de la jeune guérisseuse et pénétraient les siens. Elle se mit à pleurer, une expression égarée sur le visage.

— Tout allait de travers, Abi. J'avais perdu le bébé que j'attendais, les écuries avaient brûlé et Quentin voulait vendre le château. Et puis il y avait cette fille, ce laideron, qui faisait des yeux langoureux à mon mari. Il ne couchait plus avec moi, alors j'étais sûre qu'il me trompait. Tu ne sais pas ce que c'est, d'imaginer l'homme qu'on aime vautré sur le corps d'une autre femme, l'embrassant et la caressant. J'aurais pu les tuer, si je les avais découverts ensemble.

— Je t'en crois tout à fait capable, déplora Abigaël. Béa, pense en priorité à tes fils, qui méritent de grandir sous ton aile. Tu devrais t'installer une semaine ou deux à la ferme avec eux. Tes parents seront contents et je viendrai te tenir compagnie.

Plus Abigaël parlait, d'une voix douce et câline, plus sa cousine s'apaisait, libérée de la haine et de la fureur par de gros sanglots. Enfin des pas lourds résonnèrent dans le couloir, assortis du timbre rocailleux d'Yvon Mousnier, qui apostrophait sans doute une infirmière.

— C'est papa, chuchota Béatrice. Abi, est-ce qu'il sait, pour Louis et la nurse ?

— Non, ni pour ton geste désespéré. J'ai recommandé à Adrien, qui est allé le chercher, d'en dire le moins possible.

— Alors je préfère être toute seule avec papa.

— Je reviendrai demain, Béa.

Elles s'embrassaient au moment où la porte s'ouvrait en grand sur la robuste silhouette du fermier. Il avait gardé ses vêtements de travail et ses épais cheveux grisonnants étaient ébouriffés, mais ce fut comme un courant chaud d'amour et de tendresse qui se répandit dans la chambre.

— Et alors, fifille ! clama-t-il. Qu'est-ce qui t'arrive ?

Abigaël adressa un sourire à son oncle en lui effleurant l'épaule et elle sortit sur la pointe des pieds.

15

D'autres aveux

Vallée des Eaux-Claires, chez Abigaël
dimanche 12 avril 1953

Claire était venue de bon matin chez Abigaël. En apparence sereine, elle tenait Édith sur ses genoux pendant que la jeune femme préparait du café. Le beau temps persistant, Annabelle jouait devant la maison, au soleil.

— Dites-moi toute la vérité, à présent, ma chère Abi, soupira-t-elle. Jamais vous ne seriez rentrée aussi tard, en nous laissant vos deux petites, si ce n'était pas une affaire sérieuse. Hier soir, la mine défaite de Louis m'a effrayée. Dieu soit loué, il s'est montré câlin et patient envers ses fils. Ces pauvres enfants me faisaient de la peine, en réclamant leur maman. Du coup, Ludivine a téléphoné au château pour s'assurer que son beau-père était bien rentré. Armelle l'a aidé à coucher les enfants.

— Je vous aurais bien expliqué ce qui s'est passé à mon retour, Claire, mais Belle et Édith étaient épuisées. J'ai suivi le conseil de mon mari, nous sommes vite revenus chez nous.

— Peu importe ! Nous avons tous compris que Béatrice était hospitalisée. De quoi s'agit-il, Abi ?

— Je suis certaine qu'elle souffre d'une grave dépression nerveuse. En fait, hier après-midi, à l'heure du goûter, Béa a voulu mourir. Elle a pris des somnifères avant de se pendre à une poutre de la grange. Si je n'avais pas été avertie, nous l'aurions retrouvée morte.

Très pâle, Abigaël prit place à la table. Elle donna un biscuit à Édith, puis elle servit du café à Claire, qui était épouvantée.

— Seigneur, quelle tragédie vous avez évitée, Abi ! Mais je ne comprends pas. Hormis leurs soucis d'argent, Béatrice et Louis forment un couple heureux et amoureux.

— Ma cousine était à moitié folle de jalousie. Elle s'est monté la tête au point de devenir agressive à l'encontre de son mari et surtout de leur nurse, Garance.

Le regard de Claire se voila d'un nuage de tristesse. Ses yeux de velours noir s'embuèrent de larmes.

— Pauvre Béatrice, je peux concevoir sa douleur. Lorsque Jean a eu une liaison avec Angéla, notre fille adoptive, j'étais une sorte d'épave. Je m'assommais de sédatifs, sans songer à la détresse de ceux qui m'entouraient. Sans Bertille, je serais morte de chagrin, mais je vous ai déjà raconté cette épouvantable partie de ma vie.

Tout en approuvant d'un signe de tête, Abigaël se demandait comment elle réagirait si Adrien lui était infidèle. Malgré tous ses efforts, une telle éventualité lui parut inconcevable.

— Le destin a suivi son cours, dit encore Claire. J'ai pardonné à Jean et nous avons eu Ludivine. Abi, selon vous, Louis a-t-il vraiment trahi son épouse ?

— Il aurait été tenté de le faire, par exaspération et lassitude. C'est gênant pour moi d'en parler, car j'ai toujours vu en lui un oncle charmant et non un homme séduisant.

Ces deux derniers mots troublèrent la jeune femme qui évoqua la beauté inouïe de Gabriel. Malgré le fervent amour que lui inspirait Adrien, elle avait trop souvent envie de voir apparaître cette mystérieuse entité surgie de l'au-delà.

— J'aimerais rendre visite à Béatrice, avança Claire. Si elle y consent, bien sûr. Riche de mon expérience, je pourrais peut-être la réconforter.

— Nous pourrions y aller toutes les deux, si Jakob nous conduit à Girac. J'ai promis à Béa de revenir aujourd'hui, mais il y a mes filles… Ludivine s'occupe beaucoup de son bébé, et Bertille me semble très fatiguée en ce moment. Je ne peux pas demander à Adrien de garder Belle, il est débordé de travail.

— Martine vient à 13 heures, nous lui confierons Édith, proposa Claire. Pierre saura distraire Annabelle. Ils s'entendent à merveille, tous les deux. Nous nous absenterons deux heures à peine.

— Parfait, ça laissera à Jakob le temps de m'emmener rue Saint-Ausone. Oncle Louis m'a donné l'adresse où j'aurai une chance de trouver Garance. J'ai décidé de parler à cette jeune fille, pour rassurer Béatrice. C'est un peu compliqué, je vais vous expliquer. Et puisque vous avez eu la gentillesse de venir ce matin, Claire, j'ai un autre aveu à vous faire, sans doute pour connaître votre opinion.

Vingt minutes plus tard, Édith dormait dans son landau et Annabelle continuait à jouer avec des osselets, assise sur la pierre du seuil. Claire réfléchissait avant de lui confier son avis sur les manifestations de Gabriel.

— Je n'aurais jamais imaginé une chose pareille, admit-elle enfin. Mais je ne doute pas une seconde de vous, Abi. Je sais que vous voyez des âmes errantes et que vous les aidez à s'élever. Au fond, j'en ai toujours été très impressionnée, car on dirait que pour vous, c'est presque simple et même ordinaire.

— Oh non, Claire, vous faites erreur, j'en suis souvent très affectée, et ce sont des instants éprouvants.

— Pardonnez-moi, dans ce cas. Quoi qu'il en soit, Gabriel prétend devoir veiller sur vous. Pour ma part, je suis émerveillée et ce personnage me fait songer à un ange, même s'il nie en être un. Mais que savons-nous des anges ? Ce terme appartient à présent au vocabulaire de tout un chacun. On le dit même aux enfants s'ils sont sages.

Souriante, Abigaël savourait le plaisir de discuter avec Claire, sa « belle dame brune », dont la sensibilité et la bonté étaient une évidence touchante.

— Le vieux père Maraud aurait peut-être pu nous renseigner sur votre Gabriel, hasarda-t-elle tout bas. Je ne le vois plus en rêve, depuis que j'ai repris ma place au Moulin du Loup. Je me souviens très bien de sa longue barbe blanche, de sa petite calèche tirée par l'âne Figaro, du tintement joyeux des grelots.

— Vous avez eu la chance de le connaître, Claire, moi il m'est juste apparu en rêve, déplora Abigaël.

Leur conversation fut interrompue par l'entrée soudaine d'Annabelle.

— Maman, une voiture noire arrive, annonça-t-elle. Tu m'as dit de faire attention.

— C'est bien, Belle.

L'automobile freina dans un crissement de roues sur les cailloux du chemin et s'arrêta devant la maison. Le commissaire Rigaud et Samuel Claudin en descendirent. La porte étant grande ouverte, ils firent irruption dans la cuisine après avoir toqué un coup sur le battant.

— Bonjour mesdames, navré de vous déranger encore une fois.

— Vous venez à cause de l'appel de mon mari, hier? supposa Abigaël en se levant.

— Oui, nous venons chercher la mallette que les enfants ont découverte et nous comptons monter jusqu'à cette fameuse grotte aux Fées, rétorqua le commissaire. Il faudrait nous indiquer son emplacement exact.

— Nous devons procéder à des fouilles minutieuses, renchérit Samuel, qui avait troqué son costume de ville pour une tenue de campagne. Abi, j'espère que vous n'avez pas trop puni Belle et Philippe de Martignac. Ces chenapans ont mis la main sur un élément fort intéressant.

— Un mal pour un bien, insista Rigaud avec un clin d'œil qui agaça Claire.

— Je vous contredirai sur ce point, monsieur, répliqua-t-elle. Ils auraient pu se blesser en faisant une mauvaise chute, aussi nous les avons sermonnés, sans nous réjouir de leur découverte. Un élément intéressant, dites-vous,

Samuel ? Sans doute, mais la police aurait dû procéder à des investigations plus poussées, surtout ici, dans la vallée où il y a de nombreuses grottes. On menaçait ma famille, ma fille, mais je n'ai pas vu de gendarmes mener des recherches. C'était plus facile de fouiller de vieux dossiers concernant mon mari et moi.

— Mais... madame Dumont, voyons, lâcha le commissaire d'un ton embarrassé.

— Au revoir, Abi, dit Claire. Je vous attends au moulin après le déjeuner. Messieurs, vous avez sûrement une carte détaillée de ce secteur, vous finirez par trouver la grotte aux Fées.

Sur ces mots pleins d'ironie, superbe de dignité, Claire quitta la maison de sa démarche toujours élégante et énergique.

— Quand même, Abi, nous avons fait de notre mieux, se rengorgea Samuel. Soyez gentille de nous montrer par où accéder à la grotte.

— Je vais vous donner des indications, mais d'abord je vous remets la mallette. Adrien l'a tout de suite enveloppée dans sa veste et nous n'y avons plus touché, au cas où il y aurait des empreintes digitales.

— Merci de votre coopération, madame, décréta le commissaire qui eut l'idée de chatouiller Annabelle sous le menton.

La fillette recula comme si on l'avait brûlée et se cacha derrière sa mère.

— Pourquoi tu donnes mon trésor, maman ? soufflat-elle de son refuge.

— Papa te l'a dit et redit, ce n'est pas un trésor, Belle.

— Ah ces gosses, lança Hervé Rigaud avec un rire qui sonnait faux. La vôtre n'a pas meilleur caractère que cette vieille dame ! On dirait que c'est la reine du pays, avec ses grands airs.

— Si vous parlez de Mme Claire Dumont, je vous prie de sortir de chez moi ! s'enflamma Abigaël. Pour la grotte aux Fées, bon courage, je renonce à vous aider. Après tout, il vous suffit de dénicher une caverne d'où on voit bien le Moulin du Loup.

Ce jour-là, Samuel Claudin jugea sa belle-sœur détestable et le commissaire Rigaud insulta en son for intérieur toutes les femmes de la Création. Les deux policiers eurent cependant la chance de croiser un agriculteur compatissant qui les guida jusqu'à la grotte aux Fées.

Angoulême, rue Saint-Ausone, même jour, l'après-midi

Jakob jetait des coups d'œil méfiants sur la façade sombre et étroite de l'immeuble décrépit où était censée loger Garance.

— Je vous attends dans la voiture, Abi. Cette rue ressemble à un vrai coupe-gorge. Je plains les gens qui habitent ce quartier.

— Ne vous inquiétez pas, je fais au plus vite.

Abigaël poussa la porte entrebâillée ouvrant sur un couloir obscur et malodorant. Elle étudia les noms des locataires sur les huit boîtes à lettres.

— Ah ! Garance Michaud, c'est au troisième étage.

Elle s'élança dans l'escalier, affligée par le décor misérable qui l'entourait. Des relents d'ordures l'écœuraient et sur le second palier, l'écho d'une querelle entre deux hommes lui parvint.

— Si on compare cet immeuble au château, cette pauvre nurse doit regretter d'avoir perdu sa place, se dit-elle à mi-voix.

Parvenue au troisième étage, Abigaël inspecta chaque porte. Sur l'une d'elles, elle vit un carré en carton, où était inscrit à la main : *Mademoiselle Michaud.*

— Qui est-ce ? demanda-t-on quand elle frappa.

— Abigaël Lafaurie, la nièce de Louis de Martignac.

— Une minute, s'il vous plaît.

Garance la fit entrer, vêtue d'une blouse grise, un foulard sur les cheveux. Son aspect aurait apitoyé un cœur moins tendre que celui de sa visiteuse.

— Êtes-vous malade, mademoiselle ? Vous tremblez, lui dit-elle aussitôt.

— Non, je suis seulement émotive. J'espère encore un miracle.

— Quel miracle ? Vous manquez d'argent ? Mon oncle ne vous a pas envoyé le mandat pour solder vos gages ?

— Ce n'est pas ça ! Est-ce que vous venez de sa part ?

Désorientée par cet accueil, Abigaël regarda discrètement la pièce où logeait l'ancienne nurse. Il y avait un petit évier, un réchaud à alcool sur une commode en contreplaqué, deux chaises, une petite table ronde et un lit sommaire.

— Asseyez-vous, madame. Maintenant, je vous reconnais, on s'est vues au domaine de Ponriant, dans la nursery. Mon Dieu, si j'avais pu être employée là-bas, je serais moins malheureuse.

Un terrible soupçon traversa l'esprit d'Abigaël. Sans montrer son trouble, elle prit place sur un des sièges, tandis que Garance restait debout.

— Mademoiselle, je suis pressée et on m'attend en bas. Je voulais vous poser une question, ensuite je ne vous ennuierai plus.

— Appelez-moi donc Garance, je ne suis plus nurse ni rien du tout. Je travaille de nuit dans un atelier de Saint-Cybard, je gagne de quoi acheter du pain et payer le loyer.

Les traits un peu lourds de la jeune fille se crispèrent et elle respira vite, sans pouvoir retenir ses larmes. De plus en plus gênée, Abigaël faillit abandonner son projet, mais elle revit Béatrice sur son lit d'hôpital et elle se lança.

— Garance, je suis désolée de vous rappeler un incident pénible, entre vous et M. de Martignac. Son épouse, ma cousine en l'occurrence, est tombée malade de chagrin, si bien qu'hier, mon oncle m'a raconté ce qui s'est passé dans le boudoir du château. À ce propos, je lui ai reproché de ne pas vous avoir présenté des excuses, puisqu'il se disait honteux de sa conduite et plein de remords. Et je vous félicite de l'avoir repoussé.

Bizarrement, Garance lui tourna le dos pour se poster à la fenêtre dont elle écarta un rideau jaunâtre.

— Qu'est-ce que vous voulez savoir au juste ? demanda-t-elle d'un ton plaintif.

— Si la version de mon oncle est vraie, ce qui rassurerait ma cousine qui croit que vous étiez la maîtresse de Louis. Autant être honnête avec vous. Hier Béatrice a tenté de se suicider.

— Mme de Martignac s'est fait des idées à cause de sa domestique, Armelle, une langue de vipère.

— Regardez-moi, Garance, s'impatienta Abigaël. Tout cela est regrettable. Quand je vois où vous vivez, je suis sincèrement navrée pour ce malentendu.

La jeune fille lui fit face, une expression pathétique sur le visage. Ses grands yeux d'un brun doré révélaient un profond désarroi.

— Je suis tombée amoureuse de Monsieur, alors il valait mieux que je parte du château ce jour-là. Je suis bien sotte, j'espérais le revoir s'il se déplaçait pour me payer les gages en retard. Mais vous pouvez dire à Madame Béatrice qu'il ne s'est rien passé, parce que je tiens à ma vertu.

— Merci de votre franchise, Garance. Je voudrais vous aider, vous ne pouvez pas rester ici. Ma belle-sœur Cécile pourrait peut-être vous prendre au domaine de Ponriant, ou ma tante Marie qui habite rue de l'Arsenal. Elle emploie déjà quelqu'un, mais vous pourriez l'aider à veiller sur mon cousin, un jeune handicapé.

— Je me plairais n'importe où et je n'ai pas peur de travailler. Même nourrie et logée, ça me suffirait. Vous êtes très généreuse, madame Lafaurie.

— J'écrirai à cette adresse si j'ai une bonne nouvelle, déclara Abigaël en se relevant pour prendre congé.

Jakob fut soulagé de la voir réapparaître, même si la jeune femme lui semblait bouleversée. Dès qu'elle fut assise à côté de lui, il démarra et se dirigea vers la route de Bordeaux.

— Je ne veux pas être indiscret, Abi, mais pourquoi vous aviez besoin de rendre visite à cette personne ? Si elle n'avait pas quitté le château, les petits garçons ne seraient pas seuls avec leur père.

— Croyez-moi, mon cher Jakob, Garance n'a pas eu le choix.

Le Mosellan énonça une suite de « ui » dans sa barbe. Très instinctif, il suspectait un drame conjugal d'envergure.

— Pour que Béatrice veuille se supprimer, ajouta-t-il tout bas, il a dû y avoir du grabuge. Mais si vous ne pouvez rien me dire, je n'insiste pas.

— De toute façon, ce soir Bertille nous interrogera, Claire et moi, jusqu'à obtenir satisfaction, alors je peux bien vous confier toute l'histoire, capitula Abigaël.

Elle avait résumé l'essentiel avant d'arriver sur le parking de l'hôpital. Là, Jakob hocha la tête d'un air perplexe.

— Bon sang, je suis déçu par votre oncle Louis, dit-il. Un peu plus, il abusait de cette pauvre fille.

— Je suis consternée, moi aussi. Pourtant, plus j'y pense, plus une chose m'étonne. Garance n'a pas fait allusion aux enfants dont elle s'occupait si bien, avec tant de dévouement. Mais elle a dû être surprise que je vienne la voir et gênée par mes questions.

— Ne vous tracassez donc pas, Abi. Allez vite embrasser votre cousine et transmettez-lui mes amitiés.

Château de Torsac, même jour, même heure

Louis de Martignac eut un long frisson dans le dos en voyant son beau-père, Yvon Mousnier, au milieu de la cour, depuis une des fenêtres à meneaux du grand salon. Le fermier n'avait pas sonné et il était sûrement entré par la porte latérale, jouxtant le grand portail. Son épouse Pélagie se tenait derrière lui, dans une attitude intimidée.

— C'est l'heure des règlements de compte, se dit-il tout bas.

Il se tourna vers ses fils, d'une sagesse exemplaire depuis leur lever. Philippe amusait Antoine en construisant un édifice avec des cubes en bois. Tous deux assis sur le tapis d'Orient, ils jouaient presque en silence. Le châtelain eut une idée.

— Nous avons la visite de vos grands-parents, dépêchez-vous d'aller les embrasser. Philippe, tiens bien la main de ton petit frère, qu'il ne tombe pas sur les pavés. Je vais vous rejoindre.

— Oui, papa, répliqua le garçon.

Soudain Louis eut honte de sa lâcheté. Il envoyait ses enfants en guise de bouclier contre les foudres d'Yvon.

— Allons-y, dit-il en prenant Antoine à son cou pour se diriger vers le hall.

Yvon Mousnier vit son gendre et ses petits-fils apparaître par la porte-fenêtre donnant sur la cour d'honneur. Il marcha droit sur eux, suivi de Pélagie.

— Bonjour, Louis ! s'exclama-t-il. Beau temps pour la saison, n'est-ce pas ?

— Bonjour, monsieur, bonjour madame, répliqua-t-il. Avez-vous vu comme Antoine marche bien ?

— Eh non, la dernière fois que notre Béa est venue chez nous, il se traînait à quatre pattes.

Le châtelain posa le petit et le guida vers sa grand-mère qui lui tendait les bras. Philippe reçut du fermier une caresse sur la joue et une pichenette sous le menton.

— Dites, ça ne doit pas être facile de s'occuper d'eux sans ma fille et sans la nounou, hasarda Yvon. Bah, il y a cette femme, Armelle.

— Je l'ai congédiée hier soir, après le coucher de mes fils. Mais je m'en sors honorablement.

— Sans doute, n'empêche, vous avez une sale mine, mon gendre. En fait, on vient chercher ces petits gars. Ils vont passer quelques jours chez nous, avec leur maman. Je ne pouvais pas refuser ça à ma Béa.

— Notre fille sort demain de l'hôpital, elle va se reposer à la ferme, renchérit Pélagie. Il me faut des habits pour les enfants, qui ne craignent pas trop, car ils vont se salir, et aussi des bottes en caoutchouc.

Louis acquiesça d'un sourire plein de bonne volonté. Il tenait à respecter la volonté de Béatrice.

— C'est une excellente idée, affirma-t-il. Les enfants étaient inquiets de ne pas voir leur mère. Mais soyez vigilants, hier mon aîné a entraîné Annabelle dans une escapade risquée. Ils ont grimpé seuls jusqu'à la grotte aux Fées. Dans d'autres circonstances, je l'aurais puni sévèrement, je n'en ai pas eu le cœur. Philippe, accompagne ta grand-mère à l'étage. Tu l'aideras à faire une valise pour ton frère et toi.

— J'emmène Antoine, précisa Pélagie.

Elle jeta un regard effaré à son mari qui l'encouragea d'un air bienveillant. C'était la deuxième fois seulement en six ans que son épouse venait au château et il savait combien elle était mal à l'aise.

— Fais comme chez toi, lui cria-t-il d'un ton moqueur.

— Entrez, vous aussi, monsieur, proposa Louis. Je vous offrirai un café.

— Sans façon, je préfère discuter dehors. Alors, môssieur l'aristo, vous avez fait un beau gâchis ! Béa refusait de me dire pourquoi elle avait voulu en finir, mais j'ai réussi à savoir de quoi il retournait. Fichtre, je ne vous jette pas la pierre, on a tous des moments de faiblesse.

Malgré ces paroles rassurantes, Yvon serrait les poings et, le constatant, Louis recula d'un pas.

— Je suis désolé, monsieur, je n'ai aucune excuse, d'autant plus que j'aime ma femme, je n'ai jamais cessé de l'aimer.

— Ouais, c'est possible. Ah, j'oubliais ! Pélagie n'est pas au courant de tout, Béa m'a supplié de cacher à sa mère les vraies raisons de son geste. De mon côté, j'ai causé avec un docteur hier soir. Il était question de dépression nerveuse, une maladie dont je n'avais jamais entendu parler. Le résultat est le même, si ma fille était morte, je n'aurais pas donné cher de votre peau.

— Je vous comprends, monsieur, plaida le châtelain. Mais je n'ai pas trompé Béatrice et si j'ai été tenté de le faire, c'était excédé par ses soupçons et frustré d'être chassé du lit conjugal.

Contre toute attente, Yvon décocha une bourrade amicale à son gendre qui le considéra d'un air incrédule.

— Au moins, vous êtes honnête de l'avouer, ajouta le fermier. N'ayez pas peur ! J'avais envie de vous esquinter le portrait pendant le trajet mais ça ne me dit plus rien, rapport aussi à mes petits-fils. Ils seraient tristes de voir leur père la tête en sang. Et puis, entre nous, Béatrice a un sacré caractère. Vous savez quoi, mon gendre ? J'espère qu'après toutes ces embrouilles, ma fille vous pardonnera. Il vous restera de belles années ensemble.

L'émotion submergea Louis, touché par la bonté secrète de cet homme qu'il connaissait peu, au fond. Les larmes aux yeux, il alluma une cigarette, après en avoir offert une à son beau-père.

— Reprenez-vous, insista Yvon. Profitez du séjour de Béa et des petits à la ferme pour arranger vos affaires. Pardi, ça aussi, ma fille me l'a avoué. Tous ces ennuis qui vous sont tombés dessus, jusqu'au vol des bijoux. Il paraît que vous êtes obligé de vendre le château !

Louis se redressa, un air déterminé sur ses traits émaciés. Il lança un regard de défi sur les ruines noircies des écuries, puis sur les vieilles tours à créneaux qu'il chérissait.

— Non, je me battrai jusqu'au bout. Je suis revenu vivant des camps de la mort, j'ai surmonté la perte de ma première épouse, alors j'arriverai sûrement à reconquérir Béatrice et à garder le château de mes ancêtres.

— Bien dit, le félicita Yvon. Je ne vais pas vous mentir, si je suis d'assez bonne humeur, c'est uniquement parce que ma fille a été sauvée grâce à Abigaël. Cette petite, Dieu l'a fait naître pour aider les morts et les vivants. Sans elle, Ludivine et son bébé seraient peut-être au cimetière, et ma Béa prête à y aller. On nous a envoyé un ange, alors il faut se montrer bons chrétiens.

— Vous avez tellement raison, monsieur, soupira Louis. Si je préparais aussi une valise pour Béatrice ? Elle aura besoin de vêtements chez vous et de ses affaires de toilette. Mais je vous en prie, entrez !

Le fermier refusa encore une fois. Il s'éloigna, les mains dans les poches de son pantalon en velours élimé.

— Je fais vite, lui cria le châtelain.

Yvon haussa ses larges épaules. Ses pas le menèrent dans le parc auquel on accédait par une porte voûtée. Là, il déambula parmi les massifs de jonquilles et de narcisses, tout songeur.

— Bah, ouais, comment lui jeter la pierre à cet homme qui a eu tant d'épreuves dans sa vie ? marmonna-t-il. Et moi, de quel droit je ferais des leçons de morale, hein ? J'étais fou amoureux de Pascaline, l'épouse de mon Pierrot. Le jour de leurs noces, j'avais envie de me pendre, comme Béa, et comme ma pauvre Pélagie après la mort de Patrick, notre fiston. Faut croire que c'est de famille, la manie de vouloir se supprimer !

Il esquissa une grimace d'amertume, puis il fuma sa pipe, assis sur un banc en pierre.

Une demi-heure plus tard, il sifflait un refrain à la mode, au volant de sa voiture, tout heureux d'emmener ses petits-fils et de rentrer sur ses terres, au bord de l'Anguienne. Souvent, il jetait un coup d'œil dans le rétroviseur et il souriait à Pélagie, installée sur la banquette arrière avec Philippe et Antoine.

— On va prendre du bon temps, à la ferme, répétait-il. Et demain, votre maman sera là, les p'tits gars.

Vallée des Eaux-Claires, chez Abigaël,
mardi 14 avril 1953

Après quelques jours de soleil, la pluie était de retour. Assise à la table de sa cuisine, Abigaël écoutait son chant discret sur les tuiles du toit, sur les feuillages à peine déployés des grands frênes et des saules.

— Le premier jour de classe d'Annabelle, dit-elle à mi-voix. Heureusement, il ne pleuvait pas ce matin, j'ai pu emmener Édith en landau.

Elle se revit devant le portail de l'école, la petite main de sa fille dans la sienne. Faustine Roy et Cécile étaient venues pour accueillir la nouvelle élève, qui hésitait entre les larmes et un sourire plein de vaillance.

« Tout se passera bien, pensa-t-elle en soupirant. Je vais écrire à tantine pour lui raconter ce petit événement et lui parler de Garance Michaud. Je dois aussi la prévenir que je serai chez oncle Yvon dès vendredi soir, jusqu'à dimanche après-midi. Elle pourrait nous rendre visite avec Grégoire. »

Abigaël préférait la correspondance au téléphone, dont elle ne disposait pas encore. Il lui paraissait suffisant de pouvoir utiliser le poste de l'imprimerie et celui du Moulin du Loup.

Son stylo-plume à la main, un cadeau de son mari, elle lissa la feuille de papier encore immaculée. Soudain lui revint l'instant étrange où des mots s'étaient inscrits sur la page d'un carnet, contre sa volonté.

— Maladroit, sommeil, néant, réveil, murmura-t-elle. C'était un premier contact vraiment mystérieux, Gabriel.

La jeune femme ferma les yeux pour se remémorer chacune de ses rencontres avec cette entité masculine d'une rare beauté. Une douce lassitude la plongea dans un état second et bientôt ses doigts soulevèrent le stylo et elle écrivit plusieurs lignes. Ce fut en traçant un point d'exclamation qu'elle retrouva sa lucidité.

« Pourquoi ? se demanda-t-elle aussitôt. Ce n'est plus la peine de communiquer ainsi puisque j'entends sa voix, puisqu'il n'est plus invisible. »

Un malaise indéfinissable fit battre son cœur à grands coups. Enfin Abigaël comprit. Elle avait peur de découvrir un message d'adieu et de ne plus jamais revoir Gabriel. Le souffle court, elle se décida à lire.

Ma tendre amie, j'ignore ce qui se passe, on me retient loin de vous. Soyez très prudente, car je ne peux plus vous protéger en ce moment, pourtant la menace que j'évoquais se rapproche. Certaines images de votre destin me sont montrées, mais tout est confus. J'ai dû commettre une faute et je crains de retomber dans ce sommeil si proche du néant. Pensez à moi !

Sidérée, elle relut encore une fois, tremblante de nervosité.

— Mais je pense à vous ! s'écria-t-elle.

Adrien entra au même instant. Il s'arrêta net sous l'effet de la surprise. Il ôta son ciré en la fixant d'un air inquiet.

— Abi, à qui parlais-tu ?

Comme elle ne lui répondait pas, son mari approcha et il vit la lettre posée sur la table.

— Explique-moi ! Tu écrivais à quelqu'un, alors pourquoi as-tu crié comme ça ?

— Tu peux lire, mais c'est de l'écriture automatique, mon grand-père connaît ce phénomène. Gabriel a voulu me mettre en garde, car il ne peut plus se manifester.

D'abord perplexe, Adrien céda à une colère imprévisible dès qu'il eut parcouru la première ligne. Il secoua la feuille de papier.

— « Ma tendre amie », énonça-t-il en appuyant sur chaque syllabe. De quel droit il t'appelle ainsi ? Bon sang, qu'est-ce que ça signifie, Abi ?

— Rien du tout, ne sois pas ridicule ! Nous disons bien des mots doux à Belle et à Édith.

— Mais toi, tu penses à lui, insista Adrien, livide.

— Tu ne vas quand même pas être jaloux ? Deux jours après la tentative de suicide de Béa, devenue presque folle de jalousie ?

— Gabriel, ton sauveur de Tours, débita-t-il. Celui que tu avais trouvé si beau, à l'époque. Comprends-moi, Abi. Je t'aime depuis dix ans et en dix ans, pas une seconde je n'ai pensé à une autre femme que toi, même pendant la guerre, lorsque j'étais à Paris. Je n'ai jamais eu de sentiments amoureux pour une autre femme, alors que toi tu penses à ton ange gardien !

Édith se mit à pleurer, réveillée par les éclats de voix de son père. Abigaël la berça en agitant tout doucement le landau, dans l'espoir de la rendormir.

— Et si c'était l'âme d'un frère ou d'un cousin, est-ce que tu réagirais de la même manière ? avança-t-elle d'un ton ferme. Ce jeune homme est mort pendant l'exode et je lui dois sans doute la vie. Je me représente l'au-delà comme plusieurs dimensions parallèles et parfois j'ai voyagé au sein de nuées lumineuses. J'ai pu revoir mes parents, mais il faut me croire, Adrien, cet autre monde demeure aussi mystérieux pour moi que pour toi et des millions de gens sur terre. Gabriel était athée, pourtant il a reçu la mission de me protéger. J'en ignore la raison. Adrien, je pense à lui surtout à cause de cette menace dont il parle si souvent.

— Quelle menace ? déplora son mari en l'enlaçant.

Il enveloppa son visage de ses paumes et la contempla, puis il lissa sa chevelure blonde.

— Qui te voudrait du mal, Abi ? Pardonne-moi, j'ai été idiot. Mais je n'ai que vous dans mon cœur, toi et nos filles. Si je te perdais…

— Chut, ne pense pas à ça, répondit-elle avant de l'embrasser. Tu es mon amour et je suis désolée.

— Désolée de quoi ?

— Depuis dix ans, tu dois supporter ma particularité, ce don qui me confronte à l'au-delà, à des âmes errantes.

— Tu es d'autant plus fascinante, et je ne suis pas le seul à le ressentir. Mais toi, tu ne t'en rends pas compte.

Bertille t'adore, Jakob te vénère, Ludivine te chérit comme une sœur. Quant à Claire, elle te regarde avec une tendresse infinie. Je pourrais citer le respect timide de mon ouvrier, qui s'incline devant toi s'il te croise. Et tes oncles, Yvon, Louis. Abi, pardon de m'être comporté comme le dernier des imbéciles.

— Je n'ai pas à te pardonner, je t'aime trop pour t'en vouloir.

Adrien l'attira dans ses bras. Elle se laissa câliner, heureuse d'être blottie contre son mari.

— J'étais rentré avant l'heure du déjeuner, car je me disais que tu devais être triste, sans Belle, avoua-t-il enfin à mi-voix.

— La maison me semblait bien vide et silencieuse, mais c'était son souhait d'aller à l'école et de manger à la cantine avec les autres élèves. Je commence à regretter de lui avoir cédé, à cause du message de Gabriel. Si on s'en prenait à notre fille ?

— Dans ce cas, je la conduirai le matin en voiture et j'irai la chercher aussi.

— Oui, c'est plus sûr. Nous devons redoubler de prudence. Ceux qui ont voulu faire brûler le moulin devaient nous épier de la grotte aux Fées, la paire de jumelles l'atteste. Belle et Philippe auraient très bien pu se retrouver en face de ces criminels.

La pluie redoublait de violence et le vent secouait les arbres. Abigaël eut froid, soudain, malgré le feu dans le poêle. Adrien la vit frissonner et l'étreignit.

— Je te promets de veiller sur toi et sur nos petites filles, dit-il gravement. Personne ne vous fera de mal.

Vallée de l'Anguienne, ferme des Mousnier
vendredi 17 avril 1953

Abigaël veillait dans la cuisine de la ferme, assise près de la cheminée en compagnie de son oncle Yvon et de

Béatrice, qui était en robe de chambre, un foulard en soie autour du cou.

— Je me sens rajeunir ici, papa, déclara-t-elle. Tu es là toi aussi, Abi, c'est gentil de rester jusqu'à dimanche. On se croirait dix ans auparavant, quand nous étions dans la Résistance.

— Bah, fifille, on est en temps de paix, pourtant je suis toujours sur mes gardes depuis que j'ai failli prendre une balle dans la tête. Et toi, tu fais des tiennes !

— Bois ta tisane, Béa, recommanda Abigaël. Claire a choisi un mélange de plantes susceptible de t'aider.

— Eh oui, bois tant que c'est chaud, renchérit le fermier. Je suis bien content, moi, de vous avoir toutes les deux. Et mes petits-fils dorment à l'étage, dans notre chambre. Pélagie est vite allée se coucher, pour mieux profiter d'eux. Je vous parie qu'elle ne peut pas fermer l'œil. N'oublie pas d'avaler ton cachet contre la douleur, fifille.

Béatrice souffrait encore de la gorge et de la nuque. Très pâle, les yeux cernés, elle fixait les flammes d'un air absent.

— Je suis désolée, papa, dit-elle à voix basse. Je vous ai mis à l'écart, après mon mariage. Philippe vous connaît un peu, maman et toi, mais pas assez. Mon Dieu, j'ai l'impression d'avoir fait erreur sur erreur.

— Je me demande lesquelles, répliqua son père.

Pensive, Abigaël regrettait l'absence d'Adrien, qui l'avait amenée au Lion de Saint-Marc avant l'heure du dîner. Tout de suite, Pélagie et Yvon l'avaient invité à partager le repas et même à dormir là. Durant quelques minutes, son mari avait hésité, puis il était reparti, sous le prétexte de boucler une commande le lendemain matin.

— Qu'est-ce que tu en penses, Abi ? insista le fermier.

— Je suis de votre avis. Béa, tu vois tout en noir. Je t'assure que tu étais très heureuse avec Louis. Avant et après la naissance de vos fils.

— Sans doute, jusqu'à l'arrivée de cette fille, Garance. Au début, je ne me suis pas méfiée. Elle était plus jeune que moi, mais je la trouvais laide. Petit à petit, j'ai remarqué combien Louis était gentil avec elle. Si je le lui reprochais, il me répondait qu'il se montrait galant, ayant été éduqué ainsi. Et puis je me suis aperçue que Philippe l'aimait beaucoup et qu'elle le cajolait trop souvent à mon goût.

— C'était normal, pour une nounou, soupira Yvon. Tu ferais mieux de monter te coucher, Béa, tu en trembles de raconter ça.

— Laissez ma cousine nous dire ce qu'elle a sur le cœur, oncle Yvon, elle en a besoin, indiqua gentiment Abigaël. Sur ce point, je me sens également en faute. Si tu avais pu me confier tes angoisses et tes doutes, Béa, je t'aurais soutenue et raisonnée.

Un faible sourire naquit sur les lèvres de Béatrice qui lui tendit la main et étreignit la sienne.

— Abi, tu m'as sauvée, c'est bien suffisant. Maintenant je suis terrifiée à l'idée du chagrin que j'aurais causé à Philippe, à vous tous. Antoine m'aurait vite oubliée, il est si petit.

— Ne crois pas ça, tu lui aurais manqué toute sa vie. Si tu savais combien de fois j'ai pleuré de ne pas grandir avec mes parents.

— Pardon, j'avais oublié, se désola Béatrice.

Tout à coup, Yvon leur fit signe de se taire. Il avait acheté deux épagneuls qu'il enfermait chaque soir dans un ancien toit à cochon.

— Mes chiens aboient, il y a une bête autour du poulailler ou bien un individu qui rôde. Je sors faire une ronde. Fichtre, les flics n'ont toujours pas arrêté le complice de ce Naudier.

Le fermier décrocha son fusil de chasse, ce qui alarma Abigaël.

— Pourquoi prenez-vous votre arme ? Faites attention, mon oncle, Sauvageon a pu s'échapper et venir jusqu'ici.

— Ne te fais pas de bile, je n'ai jamais tiré à l'aveuglette ! Je reviens vite. Continuez à causer, mes belles.

Béatrice regarda sortir son père d'un air mélancolique. Elle dévisagea ensuite sa cousine.

— Je ne pourrai jamais assez te remercier, Abi, quoi qu'il arrive, même si je divorce de Louis. J'ai honte de mon geste.

— Explique-moi ce qui s'est passé dans ton esprit, dans ton cœur, Béa !

— C'était affreux, j'imaginais tout le temps des scènes où mon mari embrassait Garance, à cause de ce que m'a raconté Armelle. Que veux-tu, une veuve d'une cinquantaine d'années, qui a grandi à la campagne, faire des commérages est sa seule distraction. Elle a commencé à me rapporter des petits incidents, des gestes de Louis, des sourires de la nounou. Je n'en dormais plus et j'ai pris l'habitude d'écouter Armelle en cachette, dès que sa tante ou une voisine lui rendait visite. Et c'était toujours le même refrain.

Abigaël rapprocha sa chaise du fauteuil de sa cousine qui respirait mal et toussait. Doucement elle dénoua le foulard en soie et apposa ses paumes sur le cou encore meurtri par la corde qui aurait dû la tuer.

— Armelle répétait que « Monsieur » ne m'avait jamais aimée vraiment, qu'il adorait encore sa première épouse, Angéla. Oh, je ne peux pas te dire en détail tout ce que j'ai entendu.

— Selon moi, ta domestique savait que tu avais pris cette manie de l'écouter et elle exagérait pour te faire du mal, affirma Abigaël. C'était aussi une façon de te pousser à congédier la nounou qu'elle devait avoir prise en grippe, j'ignore pourquoi. Béa, je t'ai raconté ma visite chez Garance.

— Oui ! Évidemment, avec ton grand cœur, tu as eu pitié d'elle.

— En effet, et tant que nous sommes seules, je tiens à t'avertir. Ce n'est pas contre toi, j'ai agi par charité chrétienne. J'ai écrit à ma tante Marie, pour lui demander de l'engager, et si elle refuse, Cécile accepte de la prendre à l'essai pour seconder la femme de chambre.

— Je te fais confiance, Abi, tu sais juger les gens. En plus, tu m'as dit toute la vérité sur cette histoire du boudoir. Au fond, Garance est une fille sérieuse puisqu'elle a repoussé Louis. Que je suis stupide, j'aurais dû réfléchir un peu, et au lieu de tourmenter mon mari, être encore plus douce, plus amoureuse. Abi, il me manque tant.

Une détonation retentit alors du côté de la cour. Aussitôt les chiens hurlèrent à la mort. Les jeunes femmes échangèrent un regard anxieux, tandis qu'Édith et Antoine, tirés du sommeil par le coup de feu, pleuraient de toutes leurs forces.

— C'était papa, j'en suis sûre, avança Béatrice, livide.

— Monte consoler les enfants, je vais voir ce qui se passe.

— Sois prudente !

Sans hésiter, Abigaël se rua dans le vestibule, puis elle ouvrit la porte principale et alluma la lampe extérieure.

Une brume épaisse pesait sur la vallée de l'Anguienne. Malgré tout, la jeune femme avança vers la silhouette imprécise et déformée de son oncle. Yvon ployait sous le poids d'un corps, qu'il avait chargé sur son dos et maintenait par les poignets.

16

La douceur du pardon

Vallée de l'Anguienne, ferme des Mousnier,
vendredi 17 avril 1953, le soir

Yvon Mousnier était entré d'un pas rapide dans le vestibule de la maison, suivi d'Abigaël. Elle n'avait pas eu le temps de bien voir le visage du blessé, vêtu de sombre et coiffé d'un chapeau de feutre.

— Est-ce que c'est grave, mon oncle ? demanda-t-elle, prête à soigner l'inconnu. Vous ne deviez pas utiliser votre fusil !

— J'ai tiré en l'air, Abi, rétorqua-t-il. Ouvre le salon, il y fait froid, mais tant pis. Si un enfant descend, on sera mieux dans cette pièce.

Le salon en question servait rarement à la famille. Pélagie l'aérait et cirait les meubles, au cas où il y aurait une occasion spéciale, un grand repas de famille, un baptême ou un décès.

— Voilà, je pose ce monsieur sur la table, que tu puisses le soigner, bougonna le fermier. Tu peux allumer le plafonnier.

Elle s'exécuta, après avoir écouté si les bébés pleuraient encore. Rassurée par le silence qui régnait à l'étage, elle supposa que Pélagie et Béatrice avaient pu les rendormir.

— Que s'est-il passé ? dit-elle en se retournant.

Un cri de stupeur et de frayeur lui échappa lorsqu'elle reconnut Louis de Martignac, le front en sang et inanimé.

— Mais ce n'est pas possible !

— Mon gendre fait un beau crétin, enragea Yvon. Il vient ici complètement saoul, habillé en maraudeur.

— Oncle Louis, ivre ? Non, ça ne lui ressemble pas, s'étonna Abigaël, penchée sur le châtelain.

Consternée, elle prit le pouls du blessé, avant de toucher ses joues et d'examiner la plaie de son front.

— Il s'est assommé quand il a essayé de monter dans sa voiture qui était garée au milieu du chemin, expliqua le fermier. Déjà, il avait du mal à marcher.

La porte de la pièce, restée entrebâillée, s'ouvrit sans bruit. Béatrice avança vers la table, sidérée de voir un homme allongé là, en apparence inerte. Elle écarquilla les yeux, bouche bée.

— C'est Louis ? Papa, qu'est-ce que tu as fait ? Tu l'as tué ? Louis, mon amour !

Hébétée, elle se jeta sur le corps de son mari en poussant de petites plaintes.

— Il est vivant, Béa, n'aie pas peur, la rassura vite Abigaël. Je vais nettoyer sa plaie et ensuite je lui ferai boire du café.

— Ouais, ça lui remettra les idées en place, ronchonna Yvon. Môssieur l'aristo est fin saoul, Béa. Cet idiot s'est éclaté la tête contre le bord du toit de sa voiture. Pardi, la ferraille, c'est dur et coupant. Sans doute qu'il a pris peur en me voyant avec le fusil !

Sa fille lui décocha un regard incrédule, comme s'il énonçait une énormité ou qu'il lui mentait.

— Jure-moi que tu n'as pas tiré sur Louis, sur le père de mes fils, sur l'homme que j'adore, demanda-t-elle à mi-voix.

— Bon sang de bois, si je te le dis, Béa ! Flûte, à la fin, je ne suis pas un assassin ! Tiens compagnie à ton cher époux, moi j'ai besoin d'une goutte de gnôle. J'ai le cœur à l'envers, avec tout ça.

Restée seule, Béatrice considéra son mari d'un air éperdu. Elle effleura ses joues hérissées de courts poils blonds, puis glissa sa main sous sa nuque.

— Tu ne t'es pas rasé depuis quand ? murmura-t-elle. Et tu as bu, toi qui es si sobre d'habitude. Dans quel état tu es, mon amour. Qu'est-ce qui nous arrive, Louis ?

Des souvenirs la bouleversèrent, ceux de leurs premières étreintes dans les combles du château ou au bord d'un ruisseau, et même là, sur le plancher de la grange à foin. Son bel amant était venu, comme ce soir, rôder autour de la ferme dans l'espoir de la voir.

— Je t'ai poussé à bout, avoua-t-elle, mais il y avait de quoi ! Tu étais si distant, si froid, sauf avec cette affreuse nounou. Abi dit vrai, je dois me battre et te garder. Personne ne te prendra à moi, Louis. Et si Dieu le veut, je te donnerai la petite fille dont tu rêves.

Dans la cuisine, Abigaël préparait le nécessaire pour nettoyer la blessure de son oncle, aux prises avec la colère d'un autre oncle au faciès furibond.

— Il mériterait de se réveiller dans un des toits à cochon, cet aristo au verbe haut, bougonnait Yvon. Ah, il ne faisait pas le fier quand il m'a vu débouler, le fusil sur l'épaule.

La jeune femme acquiesça d'un mouvement de tête, en remplissant une cuvette d'eau tiède.

— Et si Philippe avait vu son père tituber, pris de boisson, hein ? renchérit le fermier.

— À l'heure qu'il est, les enfants sont couchés, répliqua-t-elle gentiment. Le risque était moindre. Béa semblait très émue de le voir blessé et inconscient.

— Ils font la paire, ces deux-là, ouais. Une qui se pend sans penser aux siens, et l'autre qui a failli abuser d'une pauvre gosse de l'Assistance publique.

— Oncle Louis vous a tout avoué ?

— Bien sûr, le jour où on est allés chercher les gamins à Torsac. Je ne peux pas lui ôter ça, à mon gendre, il m'a débité sa petite histoire. Bah, à nos âges, on veut se prouver qu'on plaît encore.

Stupéfaite, Abigaël lui lança un regard alarmé. Elle faillit lâcher la boîte à pharmacie qu'elle tenait.

— Vous aussi, oncle Yvon ?

— Ne va pas imaginer des sottises, je suis fidèle à Pélagie, mais l'an dernier, quand on faisait les foins, je trouvais plaisant de blaguer avec Paulette, qui riait, toute rose de l'effort. Hé, Pérez s'est choisi un joli petit bout de femme.

À l'écoute de ces paroles qui avaient le mérite d'être franches, Abigaël eut un léger pincement au cœur.

— Vous appréciez sa compagnie, vous en avez le droit, dit-elle rêveusement. Et Paulette est ravissante, je suis contente pour Jorge Pérez, il méritait d'être heureux en ménage.

Elle regagna le salon, en portant la cuvette et une serviette sur le bras. Béatrice se tenait au même endroit, debout près de la table sur laquelle gisait son mari.

— Louis a parlé, Abi. Il répète mon prénom. Même ivre et blessé, il m'appelle. Je peux t'aider à le soigner ?

— Mais oui, commence à laver sa plaie, je dois encore préparer du café. Tu sais faire aussi bien que moi.

— Dans le maquis, j'en ai pansé des camarades qui avaient reçu une balle ou un coup de crosse en plein visage, admit sa cousine. Mais Louis serait mieux avec un coussin sous la tête.

— Prends-en un sur le fauteuil, Béa. Je reviens vite. Il y a un lit de camp dans le grenier, je monterai le chercher. Ton mari pourra dormir là cette nuit.

Devant le sourire tremblant de Béatrice, une joie pure envahit Abigaël. Elle eut la certitude que le couple se réconcilierait et serait peut-être encore plus uni.

— Tu en mets du temps pour faire couler le café, remarqua Yvon qui fumait sa pipe, assis au coin du feu.

— Oncle Louis reprenait ses esprits et Béa tenait à le soigner elle-même.

— Ah, les femmes ! Toujours prêtes à pardonner, par amour ou par intérêt. Et toi ? Que ferais-tu si Adrien allait voir ailleurs, comme on dit ?

— Je ne me pose pas la question, j'ai confiance en lui.

— Tu fais bien. Ce gars-là, il en pince surtout pour ses lettrages en plomb, ses machines et ses encres. Et puis toujours sérieux, pas du genre à se saouler ou à blaguer.

— Je suis de votre avis, mon cher petit oncle, s'esclaffa Abigaël. Pour moi, Adrien est l'homme idéal.

Rassérénée, elle huma avec délice l'odeur du café chaud dont elle se servit une tasse.

Louis de Martignac percevait de furtives caresses sur son visage, assorties d'une sensation d'eau tiède. Il entrouvrit les yeux et devina d'abord des boucles brunes, brillantes, un dos gracieux. Sa lucidité revenue, il ressentait aussi la dureté de la table et une forte migraine.

— Béa, c'est toi, Béa ?

Béatrice, qui trempait un carré de linge dans la cuvette, se tourna vers lui. Sans maquillage, très pâle, il lui trouva l'air très jeune et il tendit la main, comme pour vérifier que son épouse était vraiment là, bien réelle.

— Ne t'agite pas, recommanda-t-elle. Tu as une grosse entaille à la racine des cheveux, je vais appliquer de la teinture d'iode. Louis, qu'est-ce que tu faisais ici, près de la ferme, ivre en plus ?

— Je voulais te voir, te parler, Béa. Ces jours que j'ai passés sans toi et nos fils, dans le château désert, ont été un calvaire. Le soir, je buvais de l'alcool, dans l'espoir de dormir. Mais c'était ma punition. Et toi, dis, comment vas-tu ? Pourquoi tu n'es pas au lit, bien au chaud, à te reposer ?

Son élocution était pâteuse, incertaine. Il poussa un soupir en essayant de se redresser. Béatrice protesta aussitôt :

— Ne bouge pas, Abigaël prépare du café, ça te fera le plus grand bien.

— Et ensuite je m'en irai, d'accord ? Je vous ai dérangés, je suis navré.

— Même si je te haïssais, je refuserais que tu conduises dans cet état. Philippe et Antoine ont besoin de leur père.

Les dents serrées, Louis retint un cri de douleur lorsque sa femme tamponna la plaie.

— Abi m'a raconté ce que tu as fait, dans le boudoir de ta mère, déclara-t-elle en lui enroulant une bande de pansement autour du crâne. C'était méprisable, honteux et si j'avais été là, j'aurais sans doute frappé la nurse, avant de t'écorcher vif. Cela dit, j'ai ma part de responsabilité, une très faible part, mais j'en tiens compte… pour te pardonner, Louis.

La voix de Béatrice vibrait d'accents douloureux, si bien qu'il douta de sa sincérité.

— Ne le fais pas pour arranger la situation, soupira-t-il. Même si tu m'es hostile, si tu m'accables de reproches au quotidien, je voudrais juste reprendre notre vie commune, te ramener au château avec nos fils. Peu à peu, je réussirai à obtenir ton vrai pardon.

Louis parvint à s'asseoir, et les mains en appui sur la table, il adressa un timide sourire à son épouse.

— Tu seras toujours mon rayon de soleil, ajouta-t-il. Tu te souviens, je te surnommais ainsi, au début de notre amour. Même si un nuage voile ce soleil, il brille encore et me réchauffe.

La jeune femme reconnut bien là l'éloquence teintée d'un romantisme désuet du châtelain, qui, dans sa jeunesse, en usait à outrance. Très émue malgré tout, elle se rapprocha de lui.

— Je t'aime tant, Louis. Alors je te pardonne vraiment, ce soir et pour toujours, j'espère. J'ai voulu mourir parce que je refusais de vivre sans toi, sans ton amour, sans ton désir.

Elle se jeta à son cou et il l'enlaça. Ils retrouvaient, éblouis, le contact l'un de l'autre, la chaleur de leurs corps. Abigaël, en apportant des tasses de café sur un plateau, les surprit en plein baiser de réconciliation et ils ne l'entendirent même pas entrer. Aussi elle recula sans bruit pour retourner à la cuisine.

La pièce était vide, son oncle Yvon étant monté se coucher.

— Merci mon Dieu, de leur offrir la douceur du pardon, dit-elle en souriant, son beau visage tendu vers le ciel.

Un léger soupir lui échappa, car une fois encore, ses pensées se cristallisaient sur Gabriel.

Une heure plus tard, toute la maisonnée dormait. Béatrice, le cœur en fête, était blottie contre Philippe, qui partageait le grand lit avec elle. Il lui semblait être sur le seuil d'une nouvelle vie et elle s'effrayait d'avoir failli mourir.

Le petit Antoine disposait d'un lit-cage dans la chambre de ses grands-parents. Pélagie s'était assoupie, bercée par le souffle régulier de l'enfant, à qui elle trouvait une ressemblance avec son fils Patrick, mort à la fin de la guerre.

Dans le salon, Louis somnolait, sur sa couchette de toile, en se réveillant par instants en sursaut. Il se maudissait alors pour son coup de folie du samedi 7 mars.

« C'était une pulsion imbécile, à cause des yeux implorants de Garance, se torturait-il. J'aurais été responsable du suicide de ma femme et j'aurais porté ce poids de culpabilité jusqu'à mon dernier jour. Je ne comprends pas ce qui m'a pris. »

Après avoir eu du mal à trouver le sommeil, Abigaël rêvait, une ombre de sourire sur les lèvres. La mystérieuse alchimie des songes lui disait qu'elle était à Paris, sur un trottoir longeant une rue pavée du Quartier latin, bordée de boutiques. Exaltée, elle avançait d'un bon pas, avec une sensation d'impatience.

Parfois, elle admirait les vitrines d'une librairie, mais vite elle poursuivait son chemin. Tout à coup, de joyeux éclats de voix annoncèrent l'arrivée en sens inverse d'un groupe d'étudiants. Sans éprouver de timidité à la perspective de les croiser, elle les observa d'un regard curieux.

— Abigaël, appela l'un d'eux en lui faisant un signe de la main.

Il avait les cheveux très noirs, un peu raides, et des yeux en amande, couleur de l'ambre et d'une rare brillance. Il était surtout d'une beauté époustouflante.

— Gabriel, répondit-elle. Mon train avait du retard, mais je suis là. J'ai même su prendre le métro.

L'étudiant, en costume de velours marron et une écharpe blanche au cou, lui ouvrit grand les bras où elle se réfugia. Ils allaient échanger un baiser lorsque des avions foncèrent sur eux, dans un atroce vacarme de rafales de mitrailleuse.

Abigaël se réveilla en criant, secouée de frissons. Son cœur cognait à se rompre dans sa poitrine.

— Mon Dieu ! Oh ce rêve, gémit-elle. Pourquoi ?

— Maman ? J'ai peur maman, se plaignait Annabelle.

La jeune femme se leva pour réconforter sa fille. La petite se cramponna à son cou.

— J'veux dormir avec toi, m'man, balbutia-t-elle.

— Oui, Belle, viens dans mon lit. J'ai dû te réveiller, je suis désolée. Édith n'a rien entendu, tant mieux.

L'enfant se rendormit aussitôt, nichée entre les bras de sa mère, qui, bouleversée, s'interrogeait sur la signification de cet étrange songe.

« J'étais tellement heureuse, se disait-elle. Je me sentais libre, toute contente d'être à Paris. J'ignore quel âge je pouvais avoir ! Et c'était Gabriel, habillé de la façon dont il m'apparaît. Nous n'avons pas pu nous embrasser... »

Troublée, Abigaël s'avoua qu'elle regrettait ce baiser. Quant à l'arrivée des avions, il n'y avait aucun doute, elle faisait référence aux tueries perpétrées par les forces ennemies, sur les routes de l'exode.

— Je dois comprendre, chuchota-t-elle en se relevant le plus délicatement possible.

En peignoir et chaussons, elle descendit dans la cuisine. Son cœur refusait de s'apaiser, décuplant l'angoisse qui l'oppressait.

Dédaignant la lumière électrique, elle alluma une bougie et remit une bûche dans la cheminée rougeoyante de braises.

— Gabriel ne peut pas se montrer, mais il pourra sans doute m'écrire, murmura Abigaël.

Équipée d'une feuille de cahier et d'un crayon, elle prit place à la table. Après avoir respiré lentement, l'idée lui vint de s'adresser à Gabriel la première.

— Voilà, dit-elle tout bas, après avoir relaté le contenu de son rêve, en terminant par « répondez-moi, je vous en prie ».

Elle attendait, déjà plus calme, sans lâcher le crayon. Bientôt sa main se positionna au-dessus du papier et la mine de graphite traça des mots, beaucoup de mots. Comme un automate, Abigaël tourna la feuille lorsqu'elle fut tout en bas.

— Merci, dit-elle quand ses doigts s'immobilisèrent.

Au même instant, un parfum de lilas se répandit autour de la jeune femme qui refoula une vague envie de pleurer. Elle se pencha sur le texte.

Abigaël,

Je découvre des horizons insoupçonnés dans la dimension merveilleuse où je suis. Il m'est permis d'agir sur l'esprit des vivants et oui, je vous ai envoyé ce rêve.

Un être d'une infinie lumière m'enseigne les secrets du destin de chacun. Je le surnomme mon « guide ». Il évoque nos existences terrestres comme si elles étaient consignées dans un grand livre, dont les pages sont innombrables.

Nous étions promis l'un à l'autre, Abigaël. La guerre a brisé net ce qui aurait dû naître en nous deux. Nul n'a de réponse sur ce triste coup du sort.

La scène que vous avez vécue endormie se serait passée s'il n'y avait pas eu le conflit mondial. Vous m'auriez rejoint à Paris, en train, car nous nous aimions déjà.

La mort n'a rien changé pour moi. Je vous aime toujours et c'est sans doute ce sentiment qui m'a entraîné vers vous, à Tours. Si j'étais condamné, vous deviez vivre pour accomplir votre mission sacrée de passeuse d'âmes et de guérisseuse. En fait, nous sommes restés liés, ma fiancée perdue.

D'abord sidérée, Abigaël demeura impassible, puis des larmes coulèrent sur ses joues. Pas une seconde, elle ne mit ces mots en doute. Ils lui permettaient de comprendre enfin la tendre attirance qu'exerçait Gabriel sur elle.

— Seigneur, si vous présidez à nos petites vies sur terre, pourquoi nous avoir séparés ? Et Adrien ? Je l'aime, je l'adore, c'est lui qui m'était destiné.

Abigaël pleura longtemps, accoudée à la table, puis elle croisa les bras pour y poser sa tête lasse. Elle s'endormit ainsi, sur la feuille de cahier où était notée une surprenante révélation.

Vallée des Eaux-Claires, Moulin du Loup,
lundi 20 avril 1953

Claire et Abigaël se promenaient sur le chemin des falaises, poussant tour à tour le landau d'Édith. En ce début d'après-midi, il faisait chaud mais gris. Le loup gambadait devant elles, d'un trot toujours alerte. Chaque souffle de vent leur apportait la senteur sucrée des giroflées jaunes qui poussaient sur les pans de roche.

— J'ai tout de suite deviné que vous vouliez me parler sans témoin, Abi. Pierre s'est empressé de monter faire la sieste pour ne pas s'imposer. Quel homme plein de tact et de bonté ! Vous avez un grand-père en or, ma chère enfant.

— Oui, j'ai eu tant de chance de le retrouver, grâce à Edmée de Martignac, qui, se voyant mourir, s'est confiée à Louis, son fils unique.

— Je suis moins curieuse que Bertille, Abi, mais je voudrais quand même savoir quelle décision va prendre Béatrice. Souhaite-t-elle toujours divorcer, maintenant qu'elle est rétablie ?

Abigaël eut un doux sourire, en lançant à Claire un regard malicieux.

— Je suis vite venue au moulin pour vous raconter les événements de vendredi soir. C'était peut-être un prétexte, car la maison me paraît si triste, sans Annabelle.

— Rendez-nous visite aussi souvent que vous le voulez, Abi. Je me sentirai seule cette semaine, car ce soir Quentin emmène Ludivine et le bébé. La décision est prise, ma fille retourne rue de l'Arsenal. Mon gendre affirme qu'il n'y a plus de lettres anonymes depuis le décès de Loïc Naudier. Alors, que s'est-il passé vendredi, chez votre oncle Yvon ?

La jeune femme avait d'instinct l'art de raconter de manière concise et intéressante. Claire fut impressionnée par l'anecdote du coup de fusil dans la nuit, tout en ayant du mal à imaginer le châtelain fin saoul.

— Louis, lorsque j'ai fait sa connaissance, était selon sa mère une « vraie tête brûlée », dépensier, insolent, poète et coureur de jupons, précisa-t-elle. La vie s'est chargée de le rendre un peu plus sérieux. Jamais assez, cependant, à mon humble avis.

— Donc, le couple s'est réconcilié ?

— Tout à fait, le lendemain matin, Philippe était enchanté de voir son père dans le salon de la ferme. Pélagie un peu moins, mais elle s'est résignée. Louis est resté avec nous et il a aidé oncle Yvon à changer la litière des vaches et des chevaux. Si vous l'aviez vu, son pansement autour du front, en train de manier la fourche ! s'esclaffa Abigaël.

— Parfois, il faudrait pouvoir prendre des photographies en cachette, avança Claire.

— Vous avez raison, j'aurais dû emmener l'appareil que mon mari m'a offert à Noël. En conclusion, Louis est reparti pour Torsac hier après le goûter. Béa préfère séjourner encore un peu chez ses parents, mais je suis certaine qu'elle brûle d'envie de rejoindre son grand amour.

Elles approchaient de la haute falaise abritant la grotte aux Fées. Une voiture noire était garée en partie sur le talus. Des voix masculines leur parvenaient.

— Le commissaire Rigaud et Samuel sont de retour, nota Claire d'un ton agacé. Ils ont fouillé la grotte dimanche dernier, et Jakob les a croisés mercredi et jeudi. Ils s'étaient équipés de lampes à pile pour explorer le souterrain et une caverne voisine. Qu'espèrent-ils trouver ?

— Peut-être les bijoux d'Edmée de Martignac.

— Votre grand-mère, Abi. Quand vous parlez d'elle, vous ne l'appelez jamais ainsi.

— Je n'ai pas eu le temps de la considérer comme telle. Edmée m'a acceptée comme sa petite-fille juste avant de s'éteindre. Venez, rentrons, Édith se réveille, elle voudra téter. J'ai prévu de la sevrer avant l'été, mais j'ai l'impression d'être une mauvaise mère dès que j'y pense.

— Vous ? Abi, vous êtes une maman attentionnée et dévouée, faites ce que vous ressentez. J'ajouterai qu'Édith apprécie le lait de chèvre et que vous lui avez fait goûter de la compote de pommes.

— Sur vos conseils, et je vous en remercie. Si vous saviez combien je suis heureuse de vivre près du moulin, près de vous. Votre compagnie est tellement agréable et nous nous entendons si bien, toutes les deux.

Touchée par ces paroles pleines d'affection, Claire prit la main de sa jeune amie. Elle lui dédia un regard attendri.

— Vous m'êtes très précieuse, ma chère Abi. Et depuis tout ce temps passé avec vous, j'ai appris à vous cerner. Aujourd'hui, pour vous donner un exemple, je suis sûre que vous n'osez pas aborder un sujet qui vous tient à cœur.

Désemparée, Abigaël approuva d'un signe de tête. Constatant qu'elles approchaient du Moulin du Loup, elle s'arrêta et prit Édith dans ses bras.

— Quelle jolie poupée, s'extasia Claire. À sept mois, elle sourit et babille à merveille, avec du bonheur dans ses prunelles noir de jais. D'où lui viennent ces yeux ? Ceux de votre mari sont verts, les vôtres et ceux de Pierre d'un bleu très pur. Votre maman ou votre papa, sans doute ?

— Non, ils avaient eux aussi les yeux bleus, ce sont les mystères de l'hérédité, les secrets du destin.

Il y avait des vibrations de chagrin dans la voix si douce d'Abigaël. Sans plus hésiter, elle sortit de la poche de sa jupe une feuille de cahier d'écolier, pliée en deux.

— Je ne peux montrer ce message qu'à vous, Claire. Je suis sans doute trop sensible, mais depuis que je l'ai lu, j'éprouve une pénible nostalgie. La nostalgie d'une existence différente, où j'aurais probablement été moi-même une autre personne. Il me vient des envies de voyage, vers Paris. Oui, je voudrais visiter la capitale, étudier et m'amuser.

Sur ces mots, la jeune femme embrassa sa petite fille et la cajola, comme si l'enfant était le meilleur rempart contre ses idées insolites et ses regrets. Claire la regarda d'un air désolé.

— Gabriel vous a dicté ceci et il vous a envoyé le rêve que vous relatez ? Il ne faut pas en souffrir, Abi ! Est-ce réellement une entité bienveillante chargée de vous protéger ? S'il vous aime toujours, il devrait vous épargner le moindre chagrin.

— Mais il avait besoin de me le dire. Dans un premier temps, j'ai été rassurée, puisque je m'inquiétais de m'attacher à lui. À présent, je suis bouleversée et affreusement triste.

— Rentrons, Édith semble prête à pleurer. Nous allons boire de la limonade et grignoter des biscuits avec Ludivine. Tout à l'heure, je vous raccompagnerai chez vous et nous pourrons en discuter à nouveau. Ne vous affligez pas pour un passé qui n'a pas eu lieu. Seigneur, si seulement notre brave père Maraud nous aidait...

Claire entraîna Abigaël vers l'asile chaleureux de sa chère maison. Elle lui désigna le rosier rouge centenaire qui grimpait sur la façade.

— Il est couvert de boutons, la floraison sera éblouissante. Je vous apporterai des bouquets, Abi.

— Merci, ces roses sentent si bon. Je me sens un peu mieux, après vous avoir parlé. Ce soir, Adrien va chercher Annabelle en voiture, par prudence.

— Votre mari m'a expliqué votre décision d'être extrêmement vigilants, tous les deux. Vous faites bien, puisque la police n'a pas retrouvé l'autre criminel.

Ludivine sortit au même instant sur le perron, l'air affolé. En pantalon et chemisier blanc, sa chevelure noire nattée, elle dévala les marches.

— J'allais vous chercher et avertir Adrien, expliqua-t-elle. Abi, demande à ton mari de te conduire à Puymoyen, c'est urgent. Faustine vient de téléphoner.

— Il est arrivé quelque chose à Annabelle ?

— Non. Cécile perd du sang. Maman et moi, on s'occupera d'Édith, dépêche-toi. Ton grand-père nous aidera.

— Seigneur, ça ne s'arrêtera donc jamais, déplora Claire. Partez vite, Abi.

Très inquiet pour sa sœur, Adrien conduisit à vive allure malgré les protestations d'Abigaël. Dans un des virages, un peu avant le bourg, il faillit percuter la voiture de Jakob, qui revenait d'Angoulême avec Bertille.

Il évita le choc d'un coup de volant, et le Mosellan klaxonna, surpris et furibond, ayant reconnu le conducteur.

— Quelle poisse ! enragea Adrien. Tout va mal en ce moment. Tu crois que Cécile fait une fausse couche ?

— Je n'en sais rien, mais si nous avions eu un accident, ça n'aurait pas arrangé la situation, répliqua la jeune femme. Alors ralentis.

— Je suis désolé, Abi. Tout ce qui touche ma sœur me rend beaucoup trop nerveux, plaida-t-il pour sa défense.

— Moi aussi, Cécile est vraiment ma petite sœur, depuis des années.

Ils échangèrent un regard anxieux, une fois devant l'école. Abigaël descendit la première et entra dans la cour déserte. En longue blouse bleue, très pâle, Faustine Roy apparut aussitôt.

— Ah, Dieu soit loué, vous êtes là, Abigaël. J'ai regroupé les deux classes dans une seule. Mais les petites élèves de votre belle-sœur ont eu peur. Votre fille pleurait, en répétant que sa tante Cécile s'était fait mal.

— Que s'est-il passé précisément ?

— Elles ont vu leur maîtresse tomber en arrière, sur l'estrade, expliqua Faustine. Je pense que Cécile a fait un malaise. Nous en discuterons plus tard. Allez vite à son chevet. Le médecin ne devrait pas tarder. Quand j'ai eu son épouse en ligne, elle m'a dit qu'il était du côté de Ronsenac. Prenez l'escalier au fond à droite.

Pendant longtemps, Abigaël se souviendrait de l'odeur de craie et d'encre du couloir et elle reverrait l'alignement des vêtements accrochés à des patères, à hauteur des écolières. Ces sensations resteraient liées à une expérience aussi marquante que fascinante.

— L'âme de Corentine est là, fit soudain la voix de Gabriel à son oreille, alors qu'elle s'élançait sur la volée de marches. Je ne peux pas vous suivre dans l'immédiat, mais j'ai appelé Joachim, son époux devant Dieu. Il vient la chercher.

— Merci de m'avoir avertie, Gabriel.

La porte de l'appartement était entrebâillée. Des plaintes s'élevaient d'une des pièces, qui guidèrent Abigaël vers sa belle-sœur. Elle sanglotait, allongée sur un lit.

— Abi, tu es là, gémit Cécile en la voyant. J'ai très mal au ventre et j'ai saigné. Je perds mon bébé, c'est ça ? Je veux que tu regardes ce que j'ai, toi seule. Faustine a demandé au docteur de venir mais je refuse qu'il m'ausculte, c'est trop gênant.

— Je vais le faire, sœurette, cependant tu devras t'habituer, lorsque tu consulteras un gynécologue. Calme-toi, respire et, si tu préfères, ferme les yeux. Je serai délicate.

— Abi, Cécile ! cria Adrien. Où êtes-vous ? Je n'ai croisé personne au rez-de-chaussée, alors je suis monté.

— Je t'en prie, reste dans la cuisine, répondit sa sœur. Si le docteur arrive, fais-le patienter un peu. Abi doit m'examiner.

— D'accord, j'attends, concéda-t-il.

Lorsque Abigaël releva la jupe de sa belle-sœur, une douce chaleur l'enveloppa. Une légère musique résonnait dans son esprit, qui la réconforta. Corentine se matérialisa, toujours vêtue de noir, mais le visage serein sous ses boucles rousses.

— Vous êtes là, Corentine, lui dit-elle tout bas. Cécile porte l'enfant de votre fils Samuel, votre descendance. J'espère que ce bébé innocent n'est pas en danger. En lui survivront Joachim, que vous aimiez tant, mais aussi votre père, vos frères et sœurs morts en bas âge.

— Je le sais et je suis venue implorer le pardon de cette jeune femme que mon fils aime tant.

— Je sens que vous êtes en paix, répondit Abigaël d'un ton amical.

Elle adressa un sourire à la visiteuse de l'au-delà. Cécile, qui entendait uniquement les paroles de sa belle-sœur, jeta des coups d'œil angoissés autour du lit. Quant à son frère, stupéfait, il écoutait, le souffle court, n'ayant jamais été témoin de ce genre de chose. Un petit cri de sa sœur le fit sursauter.

— Abi, j'ai peur !

— Il ne faut pas, sœurette, sois courageuse.

À cet instant, Corentine disparut, comme pour la laisser procéder à un examen attentif de l'intimité de la future mère, dont les frissons ne cessaient pas.

— Tout va bien, ma Cécile, déclara-t-elle en se redressant. J'ai perçu la vitalité de ton bébé. Le sang vient d'une plaie à un endroit très mal placé. Pour les spasmes que tu ressens, ils vont diminuer si tu demeures allongée. Claire te préparera une tisane qui agit sur les contractions précoces.

— Tu es sûre, Abi ?

— Mais oui ! Tu trembles, mets-toi sous l'édredon, tout ira bien désormais.

Presque aussitôt, une lumière éblouissante envahit la chambre et Gabriel fut à ses côtés. Un autre homme apparut, grand et distingué. C'était Joachim Claudin, mort à Dachau. Corentine se tenait près de lui.

— Je voulais voir l'épouse de notre fils Samuel, dit-il d'un ton très doux. Et bénir leur enfant, maintenant que ma femme bien-aimée et moi sommes enfin réunis. Nous avions promis de nous retrouver au Ciel et je l'ai attendue longtemps.

— Je vous remercie d'être là, Joachim, déclara Abigaël d'une voix chaleureuse.

Cécile grelottait encore, un plaid remonté jusqu'au menton. Elle ne voyait rien, cependant elle savait que des défunts étaient là, surgis d'un mystérieux monde parallèle. Adrien, intrigué, avait quitté la cuisine et se tenait sur le seuil de la chambre.

— Nous devons partir, Corentine, ne lâche pas ma main, conseilla Joachim, nimbé d'une clarté rose et or. Tu es sauvée, ma femme bien-aimée, toi qui m'as suivi dans l'enfer sur la terre alors que tu aurais pu être épargnée.

Le couple enlacé étincelait, enveloppé de nuées irisées et dansantes. Corentine était méconnaissable, comme rajeunie par une expression extatique.

— Soyez heureux, tous les deux, dans la lumière de Dieu, dit gravement Abigaël. Là-bas, vous reverrez des êtres chers et vous serez délivrée de tous vos chagrins.

La tension qui émanait de cette scène sublime la bouleversait au plus profond de son cœur. Elle aurait sangloté d'émotion si Gabriel, ne pouvant la toucher ni la prendre dans ses bras, ne l'avait réconfortée en la submergeant d'un amour infini, grâce à la puissance de ses sentiments.

Cécile et Adrien, impressionnés, osaient à peine respirer. Ils observaient Abigaël, qui leur semblait différente, d'une beauté angélique. Son regard bleu brillait d'un éclat étrange, sa peau laiteuse évoquait de la porcelaine éclairée de l'intérieur. Elle resplendissait en fixant des personnages qu'eux ne pourraient jamais voir.

Au silence paisible qui régnait, Cécile comprit que sa belle-mère allait s'élever vers la lumière.

— Madame, si l'enfant que j'attends est un garçon, je le baptiserai Corentin ! s'écria-t-elle. Je vous pardonne et je prierai pour vous. Merci d'être venu, monsieur... Merci, Joachim.

— Ils t'ont remerciée, dit Abigaël. C'est fini, ils se sont élevés, ils sont partis, tous. Tu peux entrer, Adrien.

Elle incluait Gabriel dans ce « tous » énoncé d'un ton ému, pleine de gratitude envers lui, qui l'avait aidée en retrouvant Joachim Claudin.

Son mari acquiesça d'un signe de tête et il prit place au bord du lit. Il caressa le front de sa sœur avant de l'embrasser sur le bout du nez.

— Comment te sens-tu, ma petite Cécile ? s'enquit-il.

— J'ai moins mal au ventre, déjà.

— Sans doute, mais il faut te soigner, sœurette, avança Abigaël. Il y a forcément un nécessaire de pharmacie dans l'appartement. J'expliquerai au docteur ce que tu as eu. Maintenant, j'aimerais savoir comment tu t'es blessée.

— Oui, dis-nous, renchérit Adrien.

— Eh bien, j'écrivais l'alphabet au tableau noir et souvent je me tournais vers mes élèves, pour articuler chaque lettre et le son correspondant. Je faisais attention, car l'estrade est un peu étroite. Brusquement, j'ai eu des bourdonnements d'oreille et un chaud et froid. Je me suis dit, ça y est, tu fais un malaise. Ma vue se brouillait et j'ai essayé de m'asseoir sur ma chaise, mais je me suis cognée au dossier en fer. Après, tout est confus, je me souviens d'être tombée en arrière. Les enfants ont crié, les pauvres petites, Annabelle aussi, sans doute.

— Faustine m'a précisé que Belle pleurait, tellement elle avait peur pour toi.

— Mme Roy est entrée dans la classe, alertée par les cris, poursuivit Cécile. Elle m'a relevée et m'a conduite ici, dans une chambre que son mari et elle n'utilisent pas. Quand je suis allée dans le cabinet de toilette, j'ai vu que je saignais, ma culotte était tachée. Excuse-moi, Adrien, de parler de ça.

Son frère esquissa une mimique dépitée. À l'instar de bien des hommes, certains aspects de l'intimité féminine l'embarrassaient.

— Bah, si j'étais médecin, je serais accoutumé à ces détails d'ordre pratique, plaisanta-t-il. Tiens, à ce propos, quelqu'un frappe à la porte, sûrement le docteur.

— S'il te plaît, va lui ouvrir, Adrien. Tu peux descendre, ensuite, et m'attendre dans la voiture. Nous ramènerons Annabelle à la maison.

Un quart d'heure plus tard, Abigaël raccompagnait le médecin jusqu'à la porte principale de l'école.

— Votre belle-sœur est enceinte de deux mois et deux semaines, d'après la date de ses dernières règles, lui confia-t-il. Les spasmes sont dus à sa chute de l'estrade. Elle doit rester alitée au moins trois jours afin d'éviter tout risque de fausse couche. Encouragez cette jeune dame à consulter un spécialiste qui procédera à un examen complet.

— Je suivrai vos conseils, docteur. Je vous remercie, je vais demander à son mari de venir la chercher.

Faustine avait entendu leurs voix. Elle sortit dans le couloir et fit signe à Abigaël qui la rejoignit.

— J'ai demandé aux élèves de faire un dessin sur le thème du printemps, indiqua-t-elle tout bas. Nous pouvons discuter ici, elles seront sages pendant dix bonnes minutes.

— Est-ce que ma fille va mieux ? Je voudrais la rassurer. Cécile se repose. Selon le docteur, il n'y a pas à craindre une fausse couche. Mais elle doit rester alitée quelques jours.

— Quel soulagement ! Ne vous inquiétez pas pour Annabelle. Elle a retrouvé le sourire d'un coup.

— Si vous êtes d'accord, je voudrais l'emmener, cela évitera à mon mari de revenir la chercher.

— Il n'y a pas de souci ! Annabelle est une enfant précoce. Elle sait son alphabet et commence à lire des mots. Je vais l'appeler.

— Cécile doit se reposer, comment ferez-vous pour la classe des petites ?

— Je m'arrangerai, j'ai déjà géré un plus grand nombre d'élèves. L'Inspection académique m'enverra quelqu'un si votre belle-sœur ne peut pas reprendre son poste.

Annabelle parut surprise de devoir quitter l'école avant ses camarades.

— Je n'ai pas fini mon dessin, maman !

— Tu le termineras demain, lui répondit Faustine. Rentre à la maison avec tes parents. Et ne t'inquiète pas, je veille sur ta tante Cécile. Elle va mieux.

— Je sais, murmura la petite d'un ton malicieux.

Pendant qu'Abigaël et la fillette traversaient la cour, le vent d'avril leur offrit un léger parfum de lilas.

— C'est Gabriel, il nous dit au revoir, se réjouit Annabelle. Je l'ai vu dans la classe quand je pleurais, et il m'a fait de si jolis sourires que je n'ai plus eu peur. Moi, je l'appelle notre ange gardien.

— Oui, appelons-le ainsi, puisqu'il nous protège, Belle.

La jeune femme regarda le ciel. Malgré l'issue heureuse de cette journée, la nostalgie dont elle souffrait reprenait ses droits.

Quelques heures plus tard, Abigaël et Adrien discutaient sur leur divan, près du poêle qu'ils allumaient encore le soir. La lucarne rougeoyante faisait office de veilleuse.

— Tout va bien à présent, avança la jeune femme d'une voix douce. Samuel est passé chercher Cécile, en promettant de lui imposer un repos de trois jours pour respecter les prescriptions du docteur.

— Je ne dirais pas que tout va bien, déplora son mari. Tu viens de me raconter tes rencontres avec Corentine Claudin, en m'annonçant que notre fille l'avait vue à Ponriant. Même si elle n'a plus de visions de l'avenir proche, notre fille est médium. Ce qui signifie qu'elle vivra comme toi, confrontée aux manifestations de l'au-delà.

— Adrien, aie confiance, je l'aiderai.

— Tu ne pourras pas toujours. Belle va grandir, nous ne pourrons pas être à ses côtés en permanence.

Très lasse, Abigaël se blottit contre lui. Elle était consciente des épreuves qui attendaient leur fille, néanmoins elle refusait de se tourmenter ou de prévoir le pire.

— Nous affronterons le problème au jour le jour, mon amour, dit-elle tout bas. Peut-être que le destin d'Annabelle est de suivre ma voie et celle de ma mère. Peut-être aussi qu'un événement surviendra et bousculera l'ordre des choses, établi par l'univers. Le cours d'une destinée peut changer… N'y pensons plus, ne pensons plus à rien.

C'était un conseil qu'elle se donnait à elle-même, Adrien ne pouvait pas le deviner. Apaisé, il déposa un baiser sur ses cheveux, puis sur son front, enfin sur ses lèvres tièdes et satinées.

— Tu as raison, n'y pensons plus, Abi, répondit-il. L'important c'est de te tenir dans mes bras, d'être si bien tous les deux, près de nos petites filles. Et que tu m'aimes toujours, pour l'éternité.

Il guetta en vain sa réponse. Abigaël s'était endormie.

17
Les secrets de la grotte aux Fées

Vallée des Eaux-Claires, Moulin du Loup,
mercredi 22 avril 1953

Tôt le matin, Claire avait eu la pénible surprise de voir arriver dans la cour le commissaire Rigaud, escorté par un autre policier qui portait une petite valise en aluminium.

Ils venaient d'entrer dans la grande cuisine avec des airs hautains. Pierre Lussac, penché sur un mot croisé, les salua d'un signe de tête et posa son crayon pour les regarder tour à tour de ses yeux très bleus, où se lisait un début d'agacement.

— Asseyez-vous, messieurs, dit Claire en désignant un des bancs. Voulez-vous une tasse de café, il est tout frais ?

— Non, merci, madame Dumont, répondit Rigaud. Il n'y a pas grand monde chez vous aujourd'hui !

— Ma fille Ludivine a regagné son domicile de la rue de l'Arsenal et ma cousine Bertille garde la chambre, étant très lasse. Quant à son mari, M. Kern, il travaille dans le potager. Êtes-vous satisfait ?

Claire toisait le policier avec un brin d'ironie. Il lui rendit un coup d'œil inquisiteur.

— Comme vous avez dû le constater, mes hommes et moi avons effectué des fouilles dans la fameuse grotte aux Fées, et dans d'autres cavernes de la vallée. Selon le cadastre, deux de ces cavités sont situées sur vos terres, exact ?

— Oui, monsieur, admit-elle.

— La grotte aux Fées n'a peut-être pas livré tous ses secrets.

— Que voulez-vous dire ?

— La semaine dernière, l'inspecteur Claudin et moi-même sommes descendus dans la galerie qui part de la grotte. Il y a trois embranchements, deux couloirs naturels s'arrêtent sur de la roche, un autre plus praticable a été muré.

— En effet, répondit Claire. C'était une mesure de précaution, prise par mon mari et M. Kern. Un éboulement avait eu lieu, cependant il restait d'étroits passages où un enfant de chez nous ou du voisinage aurait pu se faufiler. La grotte aux Fées nous appartenant, nous devions éviter le moindre accident. Sinon, avez-vous trouvé quelque chose d'intéressant ?

Pierre Lussac avait remarqué les regards furtifs que jetait Claire sur la valise en aluminium. L'adjoint de Rigaud la tenait sur ses genoux, les mains posées de chaque côté de la poignée.

— Tout à fait, madame Dumont, répliqua le commissaire. Il s'agit même d'une découverte étonnante. Je suppose que vous avez reconnu cette valise ? Elle était enterrée près du mur édifié par votre mari.

— Je ne suis pas sûre, hasarda Claire qui avait pâli.

— Pressigout, veuillez montrer à madame ce que nous avons trouvé.

Rigaud paraissait fébrile pendant que le jeune stagiaire, qui remplaçait exceptionnellement Samuel, ouvrait la valise, après l'avoir placée au milieu de la table.

— La mémoire ne vous revient toujours pas, madame Dumont ? demanda-t-il. Pourtant ce sont des documents concernant Sirius, le réseau de résistance créé par votre époux et vous-même. Des cartes, des tickets de rationnement, des tracts. Le plus intéressant, c'est un cahier où figure la liste de ceux qui en faisaient partie. Quel risque insensé de conserver ça !

Le cœur de Claire s'emballa. Elle se leva pour se servir un verre d'eau, ce qui lui donna le temps de reprendre son calme.

— Il y a un sérieux problème, commissaire, annonça-t-elle en s'asseyant de nouveau à la table.

— Je vous écoute !

— En effet, je reconnais cette valise, mais j'ignore pourquoi elle était enterrée au fond de la grotte et par qui ? Je la pensais détruite depuis des années, du moins son contenu. Jamais nous ne l'aurions laissée ainsi. Je ne comprends pas.

— Moi non plus, madame !

Pierre entoura d'un bras câlin les épaules de sa compagne. Il la sentit frissonner et en fut désolé.

— Même si je ne suis pas concerné, commissaire, décréta-t-il de sa belle voix grave, je me permets de déplorer vos méthodes. Encore une fois, vous semblez suspecter Claire et d'admirables combattants de l'ombre.

— Pas du tout, monsieur… monsieur Lussac, c'est ça ? J'essaie de trouver des pistes plausibles pour mener à bien mon enquête.

Sur ces mots, Rigaud toussota en se grattant le menton. Il sortit un cahier de la valise et l'ouvrit à la deuxième page.

— Ici figurent les noms de ces combattants, dit-il d'un ton sec. Après mûre réflexion, j'ai décidé de demander des précisions à propos de cette liste à Mme Dumont. Un des résistants pourrait avoir eu un fils désireux de se venger de quelque chose.

— Se venger ? Mais de quoi ? s'enflamma Claire. Qu'avons-nous fait de mal ? Le Moulin du Loup a été brûlé, les membres du réseau Sirius massacrés par la Gestapo, sûrement renseignée par un ignoble personnage, Lionel Dubreuil, le chef de la milice angoumoisine, qui, lui, voulait se venger de nous. Commissaire, cette valise a été cachée récemment dans la grotte, j'en suis certaine.

— Une énigme de plus si vous dites vrai, conclut Rigaud. J'en prends note. Passons à la liste des résistants du réseau Sirius. Plusieurs sont malheureusement décédés mais nous avons pu retrouver la trace de certains membres. Des noms vous sont d'ailleurs familiers si je ne me trompe pas : Jacques Hitier, Yvon Mousnier, sa fille Béatrice... Sans oublier ces dames, Angéla et Marie de Martignac, ajouta Rigaud, l'épouse et la sœur de Louis de Martignac. Ah ! Marie de Martignac, qu'on dirait rayée de la carte. Son frère prétend ignorer où elle vit actuellement, néanmoins elle pourrait très bien être impliquée. Selon certains témoignages, cette femme avait parfois des comportements douteux.

— J'ai connu Marie à l'âge de onze ans, elle était gravement malade et je l'ai soignée de mon mieux, expliqua Claire. Ensuite elle a été institutrice à Torsac. Ces prétendus comportements douteux ont dû être évoqués par des gens avides de calomnier. On a voulu la faire passer pour une traîtresse et une collaboratrice de la milice, à la fin de la guerre, mais j'affirme que c'est une ineptie.

— C'est possible, trancha Rigaud. Mais vous avez parlé de Lionel Dubreuil en des termes peu flatteurs, c'est le moins qu'on puisse dire. Et si quelqu'un d'apparenté à cet homme souhaitait venger sa mort ?

— Dans ce cas, commissaire, il s'agirait d'un individu aussi malsain et féroce que lui, rétorqua Claire. Je suppose que vous avez dû chercher de ce côté-là ?

— Sans résultat, je vous l'accorde.

— Eh bien, il vous incombe de trouver qui avait récupéré cette valise, confiée à Marie de Martignac, et surtout qui a eu l'idée de la placer dans un endroit où vous aviez toutes les chances de la découvrir. Il pourrait s'agir des personnes qui nous épiaient depuis la grotte. Faites votre travail et laissez-nous un peu tranquilles, commissaire. Ce n'est guère délicat de votre part de réveiller mes pires souvenirs. Je suis une vieille dame, comme vous l'avez dit à une de mes amies il n'y a pas longtemps, j'ai besoin de me reposer.

Malgré toute sa volonté, Claire tremblait, la gorge nouée. Elle se releva à nouveau pour aller ouvrir la porte donnant sur le perron.

— Messieurs, je crois qu'on vous invite à sortir, précisa Pierre Lussac. Votre démarche ne s'est révélée d'aucune utilité.

Furibond, Rigaud indiqua au jeune stagiaire qu'ils partaient. Celui-ci referma la valise, la mine gênée.

— Vous n'êtes pas au bout de vos ennuis, à mon avis, jeta le commissaire en sortant. Le complice de Naudier court toujours et il reviendra peut-être. Au revoir, madame.

Le policier enrageait intérieurement de ne pas démêler les différents éléments de cette affaire qui l'obsédait. Il démarra sa voiture en dévidant sa rancœur sur son adjoint.

— Quel détestable personnage, dit Claire à Pierre.

Il l'avait prise dans ses bras et lui caressait les joues et les cheveux. Elle l'étreignit, encore parcourue de frissons.

— Là, là, c'est terminé, cet odieux policier vous a malmenée, ma douce, murmura-t-il.

— Et il ne vous a même pas salué en partant, Pierre. On aurait dit qu'il vous dédaignait, j'en ai été choquée.

— Je m'en moque, seule compte l'attention que vous me portez, Claire. Au moins, j'étais à vos côtés et j'espère avoir pu vous soutenir.

— Bien sûr ! Sans vous, j'aurais peut-être perdu mon sang-froid. J'ai tant de chance de vous avoir.

Ils échangèrent un tendre baiser, lèvres contre lèvres, qui eut le don de les réconforter.

— Cette histoire de valise réapparue comme par magie me rend malade, avoua ensuite Claire. Je revois Marie de Martignac nous accabler de reproches à cause de cette liste de noms. Jean lui promettait de la faire brûler, mais elle s'est mise en colère et elle a emporté la valise.

Pierre la conduisit jusqu'au fauteuil occupé le plus souvent par Bertille. Il la fit asseoir et lui apporta un verre d'eau.

— J'admets que c'est vraiment bizarre, soupira-t-il. Un détail m'a intrigué, en écoutant le commissaire. Yvon et Jakob ont muré la galerie souterraine partant de la grotte aux Fées, mais personne de votre famille n'a eu la tentation d'explorer plus avant cette galerie ? Je vous pose la question par simple curiosité archéologique.

À sa grande surprise, Claire eut une expression pathétique avant de fondre en larmes.

— Je dois vous dire ce qu'il en est, Pierre, répliqua-t-elle d'une voix étouffée. Il vaut mieux que vous sachiez la vérité.

Angoulême, vendredi 24 avril 1953

Abigaël marchait sur le rempart Desaix pour descendre jusqu'à la rue Saint-Ausone. Il faisait un temps gris et frais, si bien que les promeneurs étaient rares. Elle s'en félicitait, car Gabriel l'escortait. À l'instar de jeunes gens ordinaires qui se seraient rencontrés, ils avaient d'abord discuté de banalités.

— Je me tairai si nous croisons quelqu'un, suggéra-t-elle soudain. Sinon on me prendra pour une jeune femme un peu dérangée qui parle toute seule.

— Pourquoi ? Il m'est arrivé de soliloquer sans personne autour de moi quand je me baladais dans les rues de Paris, répondit-il. Abigaël, venons-en à l'essentiel. Comme vous pouvez le constater, je peux enfin me montrer à vous. J'en suis enchanté.

— On vous récompense peut-être pour avoir sauvé l'âme de Corentine, hasarda-t-elle gentiment. Je sais combien vous l'avez raisonnée et à quel point vous m'avez aidée, en retrouvant Joachim Claudin.

Abigaël s'abandonnait à la joie de revoir Gabriel. Il avait surgi près d'elle dans le jardin de l'hôtel de ville et son cœur avait bondi dans sa poitrine en le voyant.

— Contemplez notre cathédrale Saint-Pierre, lui conseilla-t-elle lorsqu'ils arrivèrent à hauteur de l'édifice. Le professeur Hitier la désigne comme un chef-d'œuvre de l'art roman.

— Je préfère vous admirer, Abigaël. Pourquoi ne pas me dire tout de suite ce qui vous préoccupe ? Je suis responsable de votre chagrin, n'est-ce pas ? J'ai eu tort d'écrire la vérité sur nos destins brisés net en 1940.

— Non, je devais le savoir, mais depuis que vous m'avez dicté ce message, je suis infiniment triste. Surtout pour vous, Gabriel. Moi j'ai un mari que j'adore et deux enfants à chérir.

— Il ne faut pas me plaindre, j'ai la joie de veiller sur vous et de vous aimer de toute mon âme, sans les affres des passions terrestres.

— Je vous en prie, c'est très gênant, protesta-t-elle.

— Très bien, je ne dirai plus un mot sur le sujet. Sinon, où allez-vous si vite ?

— Chez Garance Michaud, qui était nounou au château de mon oncle Louis. Cette jeune fille loge dans un taudis et travaille de nuit pour gagner de quoi se nourrir. Je lui ai écrit que je viendrais aujourd'hui pour la présenter à ma tante Marie, susceptible de l'engager.

— Et vos filles ?

— Annabelle est à l'école et tantine garde Édith. En fait, ma tante et son époux, Jacques Hitier, habitent rue de l'Arsenal, non loin de la maison de Ludivine et Quentin. Nous avons déjeuné tous ensemble à midi.

Gabriel ne fit aucun commentaire, absorbé par le passage très pentu que la jeune femme empruntait d'un pas vif, parmi des pans de pelouse.

— Nous sommes sous les remparts, dit-elle. Lorsque je vivais à Angoulême, je faisais de longues promenades avec Cécile, qui était encore fillette. Mais j'y pense, Gabriel, cet esprit supérieur dont vous dépendez dans l'au-delà, vous a-t-il renseigné sur moi ?

— Absolument pas, Abigaël. Cependant je serais ravi si vous me racontiez tout ce qui vous est arrivé depuis Tours.

— Je le ferai peut-être un jour, si le temps ne vous est pas compté, je veux dire, auprès de moi.

— Qui sait ? Tout dépend de la tournure des événements. Je vous laisse, ne m'en veuillez pas. C'est épuisant pour moi d'être là et de vous parler. Soyez prudente.

En l'espace d'une seconde, elle fut seule en haut de la rue Saint-Ausone.

— Au revoir, Gabriel, et merci de m'avoir tenu compagnie, soupira-t-elle en se dirigeant vers l'immeuble décrépit situé à une trentaine de mètres plus bas.

Au moment où elle s'apprêtait à entrer dans le couloir, la porte s'ouvrit sur Garance.

— Je vous guettais de ma fenêtre, madame, c'est si charitable de votre part de vous soucier de mon sort, dit-elle très vite.

Abigaël remarqua combien elle avait soigné sa tenue. Elle était vêtue d'un tailleur en flanelle grise et d'un corsage blanc et ses cheveux châtains étaient tirés en arrière et roulés en chignon sur la nuque.

— Vous êtes très bien, Garance, ma tante y sera sensible. Allons-y, nous parlerons en chemin.

— Oh oui, dites-moi un peu à qui j'aurais affaire dans la maison, je suis si timide, ça me rend maladroite.

— Tantine m'a élevée après le décès de mes parents. C'est une charmante dame très pieuse, soucieuse des convenances, mais d'une grande bonté. Elle a pris en charge mon cousin Grégoire, un handicapé mental d'un caractère affectueux.

— Je m'en souviens, vous me l'avez déjà dit. Et le monsieur ?

— Le professeur Hitier est plus âgé que ma tante. Il passe ses journées plongé dans ses livres d'histoire. Et ils ont une femme de ménage qui vient trois fois par semaine. Voilà, vous savez tout ou presque. Je crois que Ludivine, la belle-fille de Louis de Martignac et ma meilleure amie, sera encore là, avec son bébé de deux mois, la petite Clémence.

Garance approuva d'un hochement de tête, car elle était un peu essoufflée par l'allure rapide d'Abigaël, dans la côte qui rejoignait l'esplanade de la cathédrale.

— Excusez-moi, je n'ai rien mangé, ni ce matin ni ce midi, madame, plaida-t-elle en faisant une halte.

— Je suis désolée. Il y a un marchand ambulant qui vend des beignets, près du théâtre, je vous en achèterai deux.

— Vous êtes vraiment généreuse, merci beaucoup.

— Je déteste l'injustice, répliqua Abigaël. Vous étiez à votre aise au château et tout a basculé.

Elle évita d'ajouter que c'était par la faute de Louis, et aussi à cause d'Armelle qui avait jeté de l'huile sur le feu.

— En tout cas, j'étais bien contente d'apprendre dans votre lettre que madame Béatrice était rétablie, lui confia Garance. Je suis navrée, la première fois que vous m'avez rendu visite, je n'ai même pas demandé de nouvelles de Philippe et d'Antoine, pourtant ils me manquent, ces petits.

— Je comprends. Autant tourner la page et trouver une bonne place. Mais j'ai une question, tant que nous sommes toutes les deux. Vous étiez vraiment amoureuse de mon oncle Louis ? Vous le prétendiez l'autre jour.

— J'avais juste le béguin, parce qu'il est galant et bel homme. Je vous promets que c'est bien fini.

— Vous n'avez pas trop souffert, alors ?

— Non, je vous assure.

La conversation fut interrompue par l'achat et la dégustation des beignets saupoudrés de sucre. La jeune fille les avala avec une avidité qui raviva la compassion qu'éprouvait Abigaël.

— Je me rincerai les mains et la bouche à la borne-fontaine près du jardin de l'hôtel de ville, dit sa protégée en souriant. C'était délicieux, j'avais si faim.

— Ma tante vous nourrira correctement et c'est une excellente cuisinière. Dépêchons-nous.

Les présentations faites, Marie Hitier proposa du thé et de la limonade. N'ayant jamais eu d'enfants, elle affirma à plusieurs reprises qu'elle avait été très heureuse de s'occuper d'Édith.

— N'hésite pas à me confier cette jolie poupée, Abi, déclara-t-elle d'un ton fervent. C'est un plaisir de la garder, elle est d'une sagesse exemplaire.

Garance étudiait discrètement la maîtresse de maison, aux boucles argentées, vêtue d'une robe en lin beige d'une coupe stricte. Marie l'avait saluée sans un sourire, en lui serrant la main avec modération.

Ludivine les avait attendues, confortablement installée sur le canapé du salon, son nourrisson endormi dans les bras. Elle put observer les regards de côté que lançait Marie à Garance.

« Mme Hitier semble déçue, quelque chose lui déplaît, se dit-elle. Si elle refuse de la prendre à son service, je pourrai lui proposer de travailler pour moi. »

Quant à Grégoire, il s'était réfugié entre deux meubles, car les nouveaux visages l'inquiétaient. Une main sur les yeux, il épiait l'intruse entre ses doigts. Pourtant il répondit à Abigaël dès qu'elle l'appela.

— N'aie pas peur, Grégoire, viens m'embrasser ! Cette jeune fille est très gentille, elle pourra te donner ton goûter et te lire des histoires, si tantine l'engage.

Son cousin se jeta à son cou, mais il faisait non de la tête en se balançant d'un pied sur l'autre.

— Mais oui, mon pauvre garçon, renchérit maladroitement Garance.

Le professeur Jacques Hitier choisit ce moment pour quitter son bureau. Ses lunettes au bout du nez, sa chevelure blanche bien lissée, il considéra la scène d'un air ennuyé. Nul ne vit son épouse lui faire une mimique qu'il comprit aussitôt.

— Nous sommes navrés, Abi, déclara-t-il. Ta tante, toujours charitable, n'ose pas t'avouer notre situation financière. Je viens de consulter mes comptes, il est hors de question de payer une deuxième employée, à temps complet de surcroît.

— Mais, Jacques, il fallait me le dire à midi, pendant le repas, déplora la jeune femme. Je n'aurais pas donné de faux espoirs à Garance et j'aurais téléphoné à Cécile, qui voulait bien la prendre à l'essai.

Ludivine nicha sa fille entre deux coussins et se leva. De sa démarche gracieuse, elle rejoignit le petit groupe, debout au milieu du salon.

— Garance, j'ai une dette envers vous, Quentin aussi. Le soir où j'accouchais, je sais que vous vous êtes démenée pour réparer sa voiture, puis afin d'en emprunter une.

— Je l'ai bien regretté, madame, puisque votre mari a eu un accident pendant le trajet, répondit Garance.

— Les pneus étaient usés, je retiens uniquement votre bonne volonté et l'intention sincère d'aider mon mari. Pour ma part, j'ai besoin d'une personne sérieuse pour garder mon bébé. Je suis infirmière en pédiatrie et accoutumée à bouger, à sortir. J'ai même prévu de reprendre mon poste à l'hôpital à la fin de l'été. Alors je vous engage, Quentin sera tout à fait d'accord. Vous serez logée, nourrie et rémunérée.

Une expression éblouie sur son visage ingrat, Garance paraissait au bord des larmes. Elle s'inclina devant Ludivine.

— Merci de tout cœur, je ferai le ménage et je prendrai soin de votre petite fille. Avant de travailler au château, j'étais placée chez une famille qui appréciait ma douceur avec les enfants en bas âge. J'ai une lettre de recommandation de leur part.

Ludivine rayonnait, ayant trouvé une solution à son besoin de pouvoir aller en ville une heure ou deux entre les tétées. Elle s'imaginait déjà déjeunant avec Quentin sur la terrasse du Café de la Paix, un établissement renommé et qui proposait d'excellents menus. Ce lieu huppé avait aussi l'avantage d'être proche de leur domicile.

— Tout est bien qui finit bien ! s'exclama Marie. Ne nous en veuillez pas, mademoiselle Michaud. Je voulais tant donner satisfaction à ma nièce. Allons, asseyez-vous, nous pouvons quand même boire un thé. Il est parfumé à l'écorce d'orange. Nous verrons dans l'avenir, si jamais…

— Mais oui, tantine, il n'y avait aucune obligation et je te l'avais précisé, l'interrompit Abigaël. Ludivine a raison, de nous toutes, c'est elle qui a le plus besoin d'une nurse.

— Quand dois-je commencer, madame ? demanda Garance.

— Dès lundi matin, je préparerai votre chambre, et ce soir, j'informerai mon mari de ma décision. Je sais qu'il vous apprécie.

Grégoire s'était penché sur le landau où dormait Édith. Il effleurait de l'index ses fins cheveux bruns. Abigaël s'approcha et le prit par l'épaule.

— Jolie, Édith, balbutia-t-il. Toi aussi, Abi.

— Mais tu pleures, s'étonna celle-ci dans un souffle. Pourtant tu te plais, ici !

— J'suis mieux à la ferme, chez moi, avec m'man et p'pa.

— Sois patient, Grégoire, j'en parlerai à tes parents.

— Toi, gentille, Abi, pas les autres gens.

Attendrie, elle l'embrassa sur la joue, en s'inquiétant pour lui, dans le secret de son cœur sensible.

Moulin du Loup, même jour, en milieu d'après-midi

Pierre Lussac s'était assoupi après une longue discussion avec Claire, encore allongée près de lui. Elle le regardait, en appui sur un coude, touchée de le voir ainsi, livré au sommeil.

— Que vous deviez être beau, dans votre jeunesse, mon tendre ami, murmura-t-elle. Et vous l'êtes toujours à mes yeux.

De plus en plus souvent, elle cédait au rituel de la sieste, ce qui ne lui était pas coutumier auparavant. C'était aussi l'occasion de s'isoler avec son compagnon pour lire, bavarder ou échanger de tendres baisers.

— Je vais dormir un peu, se dit Claire.

Un grattement à la porte l'obligea à se lever. Elle fut à moitié surprise de découvrir Bertille dans le couloir. Sa cousine l'attira en la saisissant par le poignet.

— Viens, Clairette, je dois te parler. Allons dans ma chambre.

— Je me reposais, princesse ! Qu'est-ce qui se passe ? Es-tu souffrante ? Tu as mauvaise mine.

— Bien sûr, je vis dans l'anxiété. Jakob nourrit les chevaux, nous avons un peu de temps. Je ferme quand même à clef.

Elles s'assirent sur un sofa garni de coussins, près d'une des fenêtres.

— Clairette, tu vas me répéter que je ne devrais pas écouter aux portes, pourtant je l'ai fait. Ce matin déjà, du haut de l'escalier, j'ai entendu tout l'entretien avec ce fichu commissaire Rigaud. Ensuite tu disais à Pierre que tu devais lui parler. J'ai très bien compris de quoi ! De ce maudit souterrain dont nous avons dû murer l'accès au début de la guerre. As-tu osé expliquer pourquoi il y avait cet ouvrage de maçonnerie, sans même penser à Jakob ?

Impassible, Claire plongea son regard noir dans les prunelles grises de Bertille qui frémissait de colère par anticipation.

— Pierre s'intéressait à la grotte aux Fées. J'ai évoqué les recherches menées par Victor Nadaud, archéologue renommé, et certaines anecdotes, comme ce matin où Mathieu s'était perdu au fond des galeries.

— Rien d'autre ?

— Tu es vraiment trop curieuse, princesse ! Pierre est installé dans la chambre où il y a ce placard qui donne accès au puits vertical rejoignant le souterrain. Je tenais à le lui dire, car il m'avait demandé pourquoi deux verrous condamnaient le placard. Je voulais être honnête avec lui.

— Jusqu'à quel point, Clairette ?

— Eh bien, j'ai fait un schéma rapide pour qu'il ait une vision plus précise de ce passage secret qui, naguère, conduisait à la grotte aux Fées. Je lui ai même raconté comment William Lancester, mon amoureux transi, était venu me rendre visite en passant par là.

— Tu me promets que tu n'as rien dit d'autre !

— Je voulais le faire, mais je n'en ai pas eu le courage. Es-tu rassurée ? Notre grotte aux Fées gardera ses secrets, les drames comme les instants de folie amoureuse.

Bertille poussa un soupir exagéré. D'un mouvement souple, elle se rejeta en arrière pour s'étendre sur le sofa.

— Clairette, Jakob en fait encore des cauchemars, avoua-t-elle dans un sanglot. Pourvu que la police ne décide pas d'abattre le mur. Il a été construit en toute hâte, il serait facile à démolir.

— Le commissaire était satisfait d'avoir découvert la valise où nous rangions quelques documents. As-tu entendu ça aussi ?

— Oui, sans bien appréhender l'importance de cette liste de noms. Cependant je suis de ton avis, ceux qui nous épiaient de la grotte ont mal enfoui la valise volontairement.

Oppressée, Claire cacha son visage entre ses mains quelques secondes. Les pénibles incidents qui avaient eu lieu dans la vallée et au château de Torsac depuis l'hiver lui semblaient incohérents.

— Pourquoi s'en prendre à notre famille, princesse ? Et à Louis de Martignac, à ma fille ? Si tu savais combien je m'inquiète pour Ludivine maintenant qu'elle habite de nouveau Angoulême. Qu'en penses-tu, toi ?

Un hoquet affreux lui répondit. Claire se retourna et vit sa cousine secouée par de violents spasmes, en train de vomir sur un coussin en soie rouge.

— Bertille ! Seigneur, qu'est-ce que tu as ? Je t'emmène dans ton cabinet de toilette !

Des larmes jaillissaient des prunelles exorbitées de la petite femme au cœur fragile. Avant d'arriver près du lavabo, elle vomit encore, en gémissant.

— Mais nous n'avons rien mangé de mauvais à midi, lui dit Claire en la soutenant. De la salade, du rôti froid et du fromage, et en dessert, du…

Elle n'acheva pas sa phrase, car Bertille s'était effondrée sur le sol couvert d'un linoléum.

— Jakob, appelle-le, articula-t-elle.

Claire courut ouvrir la fenêtre et héla le Mosellan, qui, par chance, traversait la cour, un seau de grain à bout de bras, un râteau sur l'épaule.

— Venez vite, Jakob ! hurla-t-elle.

Il lâcha tout et s'élança vers le perron. Quand il entra dans la pièce, Claire avait réussi à redresser le buste de Bertille qui avait toujours des spasmes incoercibles.

— Poupette ! s'égosilla-t-il en tombant à genoux dans l'espace exigu du cabinet de toilette. Ma Poupette !

— Aidez-moi, Jakob, il faut la nettoyer et lui mettre d'autres vêtements. On dirait une violente indigestion.

— À coup sûr, elle aura mangé trop de truffes au chocolat, rétorqua-t-il. Je lui avais dit de vous en laisser. Moi, je n'y tiens pas.

— Quelles truffes au chocolat, Jakob ? Nous n'en avons pas.

— Mais le ballottin que votre gendre a envoyé par la poste, on l'a reçu hier matin. Poupette l'a caché et l'a monté dans notre chambre.

— Quentin ? Mais pourquoi aurait-il envoyé ça ? Ludivine et lui viennent déjeuner dimanche. Bon, nous verrons plus tard. On ne peut pas laisser Bertille ainsi. Je vous la confie, Jakob, je descends lui préparer une infusion.

— Ui, ui, balbutia-t-il. Je sais quoi faire, et je la mettrai en chemise de nuit. Il vaut mieux qu'elle reste au lit.

Le bon géant en aurait pleuré. Claire se rua sur le palier où elle croisa Pierre, réveillé par les éclats de voix.

— Que se passe-t-il ? s'alarma-t-il.

— Bertille est malade, si vous pouviez téléphoner au docteur du bourg, pendant que je fais de la tisane.

— Bien sûr, je m'en charge.

Lorsque Claire remonta dans la chambre d'angle, inondée de soleil à cette heure-ci, elle trouva sa cousine couchée, les paupières closes et d'une pâleur morbide.

— Poupette s'est endormie, lui dit Jakob. J'ai réussi à bien la nettoyer.

— Vous avez été rapide. C'était préférable, le médecin devrait arriver dans vingt minutes, après ses consultations.

Tous ses sens de guérisseuse en alerte, Claire prit le pouls de Bertille avant de parcourir son corps frêle de ses paumes. Elle s'attarda sur le bas du ventre, puis sur le foie et l'estomac, afin d'apaiser l'inflammation qu'elle percevait.

— Est-ce que ma Poupette souffre ? s'enquit Jakob, assis près du lit. Elle se plaignait pendant la douche.

— Rassurez-vous, notre princesse n'a plus mal, mais son organisme est épuisé, comme intoxiqué. Où sont ces truffes au chocolat ?

— Pardi, regardez donc ! Le ballottin est dans sa table de nuit. Tenez, j'étais sûr qu'il était caché là.

Il tendit une boîte en carton lustré, d'un brun surligné de fils dorés. Claire l'ouvrit et considéra le contenu d'un air méfiant.

— Quentin a dû joindre un message, avança-t-elle. Sinon vous ne sauriez pas que l'envoi venait de mon gendre.

— C'était écrit sur le paquet et ui, ui, il y avait une carte de visite, avec des remerciements pour le séjour de votre fille au moulin et une formule de politesse.

Le Mosellan fouilla en vain le tiroir de la table de nuit. Il eut un coup d'œil gêné à l'adresse de Claire.

— Je crois que ma Poupette l'a jetée dans la cheminée. Elle est si gourmande, et son médecin la prive de sucreries et de cigarettes.

Silencieuse, Claire cassa une truffe en deux. Les doigts maculés de sucre glace, elle sentit l'intérieur du chocolat.

— L'odeur me déplaît, il y a une note âcre, dit-elle. Jakob, ajoutez une couverture, Bertille est gelée. Je reviens tout de suite. Je dois en avoir le cœur net, je préfère interroger Quentin. J'ai son numéro au tribunal.

Pierre épluchait des légumes, en prévision de la soupe du dîner. Il la vit se précipiter sur le combiné téléphonique, un modèle ancien, suspendu à côté de l'œil-de-bœuf. Il s'ensuivit un long silence, des soupirs d'impatience et, enfin, la voix de Claire, plus dure que d'ordinaire.

— Bonjour, Quentin, je suis désolée de vous déranger, c'est important. Avez-vous envoyé un ballottin de truffes au chocolat chez nous, par la poste ?

La réponse de son gendre ne la surprit pas. Elle l'écouta en hochant la tête, avant de dire à mi-voix :

— Mais je vous crois, Quentin ! Hélas, Bertille aurait brûlé la carte de visite accompagnant le ballottin. Dieu soit loué, ce n'était pas du poison. Et venez dès demain, pour éclaircir cette énigme. Je reverrai plus vite ma fille et ma petite-fille.

Dès qu'elle raccrocha, Claire s'adossa au mur. Pierre se leva et s'approcha, en s'essuyant les mains à son tablier.

— De nouveaux ennuis, ma douce ?

— Encore un acte sournois qui nous visait tous, mais seule ma cousine en a fait les frais. Je voudrais faire analyser ces chocolats. Où m'adresser en ville ? Je ne connais personne. Je suis persuadée qu'il y avait du vomitif dans les truffes.

— Un produit chimique ?

— Ou des extraits de plantes. Le choix est restreint, soit du sceau-de-Salomon, du narcisse jaune ou de l'orpin des murailles. Nous avons affaire à quelqu'un d'expérimenté. J'en ai assez, Pierre, vraiment assez. Les pires craintes se bousculent dans mon esprit. Qu'est-ce que ce sera ensuite ?

— Et si ces chocolats étaient simplement périmés ?

— J'y ai pensé, mais même trop vieux, ils ne provoqueraient pas de tels vomissements. Mon Dieu, j'ai eu tellement peur pour Bertille. Quentin était bouleversé, car on l'incriminait, par cet envoi.

Claire se laissa câliner, en fermant les yeux pour se calmer. Pierre la berça tendrement.

— Il faut trouver ce qui a déclenché ces méprisables attaques contre votre famille, déclara-t-il tout bas.

Allez-vous prévenir le commissaire Rigaud ? La police dispose d'un laboratoire, où l'on pourrait analyser le contenu de ces truffes. Ainsi nous aurons la preuve formelle d'un geste de malveillance.

— Dans ce cas, autant demander ce service à Samuel. Je le contacterai ce soir, je dois remonter près de ma pauvre princesse.

En se réveillant, un peu avant l'heure du dîner, Bertille éclata en sanglots enfantins, malgré ses soixante-quatorze printemps. Elle se souvenait de son état déplorable, lorsque son mari l'avait transportée jusqu'à la salle de bains pour la doucher.

— Hé, Poupette, ne pleure pas si fort, recommanda Jakob, qui ne l'avait pas quittée.

— Je n'ai jamais eu aussi honte de ma vie, balbutia-t-elle en reniflant. Je lutte jour après jour contre les assauts de l'âge et tu m'as vue sale, souillée, à moitié inconsciente.

— Si tu crois que je pensais à ces choses, j'avais trop peur de te perdre ! J'étais même heureux de pouvoir m'occuper de toi, ma petite femme que j'aime. Et puis comme ça, tu étais toute jolie quand le docteur t'a examinée.

— Quoi, le docteur est venu ? Je ne m'en suis pas rendu compte du tout. Jakob, j'étais droguée ?

— Mal en point, comme victime d'une intoxication, nous a dit le médecin. Si tu n'avais pas mangé ces chocolats en cachette, aussi ! Sans ta gourmandise, on y aurait tous goûté et on aurait été malades tout pareil. Claire est sûre qu'ils contiennent un produit vomitif. Samuel a emporté le ballottin. Il reprend le travail demain, il le confiera à qui de droit pour une analyse. Veux-tu un peu d'eau citronnée ?

Jakob aida Bertille à s'asseoir et plaça deux oreillers dans son dos. Elle but avec délice, mais son regard avait l'éclat de l'acier.

— C'était à ma cousine de me laver et de me mettre en chemise de nuit, enragea-t-elle. Je me sens laide et vieille à présent, et toi tu es toujours beau, parce que tu es plus jeune.

Le Mosellan se mit à rire en contemplant son épouse d'un air ébloui. Il s'assit au bord du lit dont le sommier craqua sous son poids.

— Je suis encore plus content, Poupette, parce que tu as repris des forces, assez de forces pour rouspéter !

— N'emploie pas ce mot-là, il m'horripile. Bien sûr que je me sens mieux, il en faudrait davantage pour m'abattre. Jakob, viens près de moi, plus près.

Il s'allongea à ses côtés et tout de suite il l'enlaça. Bertille versa encore quelques larmes, mais les baisers de son mari lui firent tout oublier.

— Je t'aime tant, ma princesse, chuchota-t-il à son oreille. Pour moi, tu resteras la plus belle femme de la terre.

Moulin du Loup, samedi 25 avril 1953

Abigaël et Adrien étaient invités à déjeuner. Le couple flânait au soleil sur le chemin des falaises, en promenant Édith dans son landau pour l'endormir. Annabelle marchait devant eux, arborant fièrement la tenue d'équitation que lui avait offerte Bertille.

— Si cela ne t'ennuie pas, Abi, je travaillerai à l'imprimerie cet après-midi. Hier, quand je partais te chercher en ville, j'ai croisé Mathieu Roy. Il hésite à relancer la fabrication de papier, je peux le comprendre, dans les circonstances actuelles.

— On ne doit pas capituler et se terrer chez nous par crainte. Au fait, surtout n'oublie pas d'être discret sur la tentative de suicide de Béatrice. Tu es le seul à le savoir, avec Claire.

— Et ses parents, ainsi que Louis, rectifia-t-il.

— Béa m'a suppliée de taire cette histoire navrante. Elle serait très embarrassée si Ludivine et Quentin l'apprenaient, d'autant plus qu'ils ont engagé cette jeune fille comme nounou.

— J'aurais été ébahi si ta tante Marie l'avait tolérée sous son toit. Ne te vexe pas, mais ta chère tantine développe des opinions qui me hérissent.

Un léger sourire sur les lèvres, Abigaël glissa son bras sous celui de son mari. Elle était moins triste, depuis qu'elle avait revu Gabriel.

— Heureusement pour toi, mon amour, murmura-t-elle, tu vois très peu ma tante Marie. Seras-tu de plus en plus grincheux en vieillissant ?

Elle esquissa une moue faussement inquiète dont il s'amusa. Ils s'embrassèrent en riant. Claire, du perron, les vit franchir le porche, symbole à ses yeux des parfaits amoureux. Mais une voiture déboula, ses chromes reflétant la clarté vive de midi.

— Nous arrivons en même temps que Ludivine et Quentin, commenta Abigaël. J'ai aperçu un magnifique bouquet de fleurs sur la banquette arrière.

— Une manière de se disculper, plaisanta Adrien. Un avocat qui tente d'intoxiquer sa belle-famille, ça ferait un bon article dans le quotidien local.

— Oh, tu es incorrigible. Quentin n'y est pour rien. Tu te moques de tout le monde, parfois.

— Sauf de toi, mon ange, car tu es la lumière de ma vie, avec nos filles.

Claire accueillit Ludivine en l'étreignant doucement, puis elle déposa un baiser sur le petit front bombé de Clémence, nichée contre la poitrine maternelle.

— Est-ce que Bertille s'est remise, maman ? Je ne parvenais pas à croire Quentin, lorsqu'il m'a raconté cet envoi de chocolats. Ce n'était même pas anonyme, on s'est servi de son nom !

— Oui, j'ai l'impression qu'on ne nous laissera jamais en paix. Entre vite, le repas est prêt. Ma chère princesse a insisté pour descendre de sa chambre, hélas elle n'a aucun appétit.

Quentin accourait, son bouquet entre les mains. Ses cheveux blonds au vent, en costume bleu marine, il avait le teint blême et un air angoissé.

— J'avais hâte de voir votre cousine, Claire, et de lui présenter des excuses, bien que je sois innocent, avoua-t-il en la saluant. Tant que nous n'aurons pas le résultat des analyses, je serai inquiet.

— Venez, même affaiblie, Bertille doit s'impatienter en nous entendant discuter dans la cour. Je vous en prie, dites-lui des compliments pour lui faire plaisir.

La malade reçut les superbes fleurs en minaudant. Elle soupira d'aise quand le jeune avocat lui fit le baisemain. Malgré le maquillage et une coiffure soignée, ses frisettes blond platine ornées de peignes en strass, elle paraissait encore souffrante.

— Tu es ravissante, tantine, affirma Ludivine. La couleur de ton corsage te va à merveille.

— De la soie naturelle d'un violet intense, j'admire votre toilette, renchérit Quentin. Madame, je suis sincèrement navré de ce qui s'est passé.

Abigaël entrait à son tour. Elle avait cueilli ses dernières tulipes, d'un rose subtil, pour les offrir à Bertille qui les admira, émue aux larmes.

— Pourquoi es-tu triste, princesse ? s'étonna un peu Claire. On te couvre de fleurs et tu seras bientôt rétablie.

— Pardonnez-moi, je suis sotte, mais hier, j'ai cru mourir et maintenant je n'ose plus rien manger.

Un joyeux concert de protestations s'éleva. Jakob promit de lui servir un plateau garni dont elle se régalerait. Seule Abigaël put voir Gabriel, debout derrière le fauteuil de Bertille, et qui semblait pensif. Elle recula et alla embrasser son grand-père.

— Bonjour, ma chère enfant. Je sens une présence dans la pièce, dit-il tout bas. Est-ce bon signe ?

— Je l'ignore, grand-père. Mais si tu pouvais aller aider Adrien à monter le landau et, aussi, retenir un peu Annabelle dans la cour, j'en saurai davantage. Merci beaucoup.

Pierre acquiesça en la couvant d'un regard complice. Abigaël se faufila discrètement dans le cellier, où Gabriel l'attendait déjà.

— Pourquoi étiez-vous aussi près de Bertille ? demanda-t-elle à mi-voix. Ne me dites pas qu'elle est en danger, je vous en prie. Je l'aime et je l'admire tellement. Nous avons un lien particulier, toutes les deux. Les gens du pays la prenaient pour une fée, dans sa jeunesse, et je la considère un peu ainsi.

— Ne craignez rien, mais vous devez la soigner, son énergie la quitte. Claire est une excellente guérisseuse, cependant vous avez un don différent, celui de panser les plaies de l'esprit et du cœur. Un autre conseil, acceptez ce que cette charmante dame souhaite faire cet été. Elle a besoin de se projeter dans un avenir proche à sa convenance. Au revoir.

Déterminée, Abigaël retourna dans la pièce voisine. Adrien avait pris Édith à son cou, tandis qu'Annabelle était occupée à caresser Sauvageon. Pierre l'interrogea d'un signe de tête, auquel elle répondit d'un grand sourire qui le rassura.

Au cours de la journée, elle resta auprès de Bertille, en lui tenant la main. Et quand la malade parla de séjourner tous ensemble dans une villa au bord de la mer, elle fut la première à s'enthousiasmer.

— Je rêve de voir l'océan, Belle aussi. Elle pourra se baigner et construire des châteaux de sable !

— Ce serait formidable, tantine, admit Ludivine. L'air marin fera du bien à Clémence, qui aura environ six mois.

— Et toi, Clairette, viendras-tu marcher sur le sable avec moi ? s'enquit Bertille.

Mise dans la confidence, Claire préféra donner une réponse évasive.

— Il faudra s'organiser, princesse, mais pourquoi pas ?

— Ce serait merveilleux, maintenant je vais vite me rétablir, pour rêver à nos vacances.

Gabriel apparut un court instant à l'une des fenêtres. Il souriait à Abigaël et encore une fois, elle le remercia en silence, d'un autre sourire lumineux et tendre.

18

Avant l'été

Domaine de Ponriant, vendredi 1er mai 1953

Par cette magnifique matinée de printemps, Cécile attendait la visite de Claire et d'Abigaël. La gouvernante avait installé une chaise longue sur la terrasse, qu'un parasol ombrageait.

— Monique, avez-vous préparé de la citronnade ? demanda-t-elle à son employée, qui venait une fois de plus s'enquérir de son confort ou de ses moindres désirs.

— Oui, madame, le plateau est prêt, mais je laisse au frais à l'office. Il fait si chaud pour un mois de mai.

Satisfaite, Cécile effleura son ventre encore plat d'un geste familier. Enceinte de quatre mois, elle ne souffrait plus d'aucun inconvénient propre à un début de grossesse.

— Valentin doit attendre devant les écuries, il sait que mes invitées viennent à cheval. Même ma nièce !

La gouvernante indiqua d'un signe de tête véhément qu'elle avait compris, avant de faire mine de se retirer. Cependant des bruits de sabots, s'élevant de la route, la firent hésiter.

— Je crois que ces dames arrivent, dit-elle de sa voix mielleuse. Je suis en admiration devant Claire Dumont, qui pratique encore l'équitation à son âge. On lui donnerait dix ans de moins.

— Je sais, Monique. Je peux vous le dire en confidence, car ma belle-sœur m'en a parlé. Claire noircit ses cheveux blancs au brou de noix depuis longtemps et grâce à ses baumes à base de plantes, sa peau est très peu ridée. Chut, plus un mot, les voici.

Cécile vit apparaître en premier un poney à la robe blanche, tachée de brun, que dirigeait Annabelle, fièrement campée sur son dos. La fillette lança Éclair au grand trot pour amorcer l'allée gravillonnée qui menait à l'esplanade.

— Seigneur Dieu, marmonna la gouvernante. Est-ce possible, un bout de chou pareil !

— Eh oui, ma nièce se débrouille comme un chef, s'extasia Cécile. Quand je pense qu'elle aura cinq ans le mois prochain, et déjà cavalière.

Vulcain, monté par Abigaël, suivait le poney, mais aussi la jument Perle, sur laquelle trônait Claire, mince et altière dans son jodhpur noir et un chemisier blanc.

— Quel joli cortège, ajouta la jeune femme en se levant de la chaise longue. Monique, apportez-nous la citronnade d'ici à un quart d'heure.

À sa propre surprise, Cécile s'accommodait désormais très bien de son statut de maîtresse du domaine de Ponriant. Elle qui avait été une adolescente timide et discrète, puis une jeune fille modeste et dévouée, se donnait à présent des attitudes et des intonations de femme du monde. Son mari s'en disait ravi.

Toute joyeuse, elle décida de courir accueillir les visiteuses et, dévalant les marches de l'escalier d'honneur, elle se précipita vers les écuries.

— Bonjour ! J'aurais dû vous photographier toutes les trois ! s'écria-t-elle en riant. Au fait, je vous présente Valentin, notre jardinier qui peut être palefrenier si besoin.

Elle leur désigna un grand garçon aux cheveux ras, d'un brun roux. Il salua d'un air gêné en prenant les rênes de Vulcain.

— J'ai travaillé au haras de Saintes, dit-il. Soyez tranquilles, mesdames, je sais m'occuper des chevaux.

Abigaël se laissa glisser au sol, après avoir caressé l'encolure de son hongre noir. Elle portait un pantalon en toile et des guêtres, ainsi qu'un corsage bleu ciel, assorti à ses yeux. Le dénommé Valentin, qui l'admirait, eut tout de suite le rouge aux joues.

— Comment va votre cousine, madame Claire ? demanda Cécile. Si je m'écoutais, je téléphonerais au moulin tous les jours pour prendre de ses nouvelles.

Claire et Annabelle avaient mis pied à terre également. Après les embrassades rituelles, la fillette suivit Valentin qui emmenait Vulcain et Éclair dans leurs box respectifs.

— Bertille se remet doucement, répondit Abigaël. Comme les analyses l'ont prouvé, il n'y avait pas que du vomitif dans les chocolats, mais aussi du poison à faible dose. Si Belle en avait mangé, elle aurait pu être sérieusement malade.

— Hélas oui, et ma cousine a dû s'aliter dimanche dernier, alors qu'elle allait mieux le samedi. Abi et moi nous parvenons à lui redonner un peu de force, mais c'est un combat quotidien. Dorénavant, nous vivons sur le qui-vive, car de toute évidence, ce fameux complice en fuite a pris le relais de Loïc Naudier.

Affligée par ces paroles pessimistes, Cécile entraîna ses visiteuses vers la terrasse.

— Je suis vraiment désolée. Mais j'ai pensé qu'une promenade vous ferait du bien, d'où mon invitation, et j'étais contente que vous acceptiez de venir à cheval. Tu sembles soucieuse, Abi ?

— Bien sûr, la santé de Bertille m'inquiète, sans compter ce climat de peur permanent qui nous rend tous anxieux. Je vois qu'il n'y a pas la voiture de Samuel. Il s'est absenté un jour férié ?

— Dans la police, la fête du Travail ne veut pas dire grand-chose. Il est parti rejoindre son supérieur. Ils devaient retourner à Ruffec, pour prendre la déposition d'un témoin dans l'affaire qui vous concerne.

— Si seulement le commissaire Rigaud pouvait résoudre cette enquête, soupira Claire. Enfin, nous ne sommes pas là pour vous faire partager nos soucis.

— Je sais, et puis mon but était d'offrir à ma nièce une balade à poney, du Moulin du Loup à Ponriant. La dernière fois que Belle était ici avec Abi, elle m'a confié à l'oreille qu'elle en rêvait. Il faudra recommencer, ça me fait plaisir de vous recevoir.

— En parlant de Belle, elle a dû rester avec Éclair, constata alors Abigaël. Je vais la chercher.

— Mais elle ne risque rien, Abi, protesta Cécile. Il y a Valentin. C'est un expert en chevaux, ils doivent bavarder.

— Je préfère la ramener, je reviens vite.

Poussée par un vague pressentiment, la jeune femme pénétra au pas de course dans le grand bâtiment où il faisait presque sombre, après la vive clarté extérieure.

— Annabelle ?

Vulcain s'ébroua au son de sa voix, et le poney lança un hennissement strident, mais l'enfant ne répondit pas. Sa mère ne la trouva ni dans le box d'Éclair, ni dans la sellerie.

— Belle, où es-tu ? Valentin ?

Il lui sembla entendre du bruit à l'autre bout des écuries. Elle s'y précipita et mit en fuite un gros chat tigré qui devait chasser les souris dans l'ancienne réserve à grain.

— Où es-tu Belle ? Si tu te caches, c'est très mal !

Le souffle court, Abigaël essaya de se raisonner. Le bâtiment avait deux portes, la fillette pouvait être sortie du côté opposé et peut-être qu'elle était déjà sur la terrasse. Mais l'absence du nouvel employé lui paraissait bizarre.

— Je deviens folle, avec tout ce qui s'est passé, Belle doit être dehors, avec Claire. Et le dénommé Valentin est parti jardiner.

Elle s'apprêtait à quitter les écuries lorsque Gabriel lui barra le passage.

— Venez, dit-il. Passez par là ! Faites vite !

Il désignait une porte plus étroite, dans la réserve à grain. Jamais encore il n'avait eu ce ton affolé et autoritaire. Survoltée par un sentiment d'urgence, Abigaël poussa le battant et se retrouva au bord d'un vaste champ tapissé d'une herbe drue.

— Là-bas, courez, je ne peux pas vous aider, ajouta Gabriel. Enfin, j'en doute.

Abigaël n'entendit pas ses derniers mots, terrifiée par ce qu'elle voyait. Valentin emmenait sur son dos Annabelle qui se débattait. Sur un chemin longeant le pré, à une vingtaine de mètres, une automobile noire attendait, dont le moteur tournait au ralenti.

— Arrêtez-vous ! hurla-t-elle en s'élançant.

Elle avait compris. Si le prétendu palefrenier atteignait la voiture qui l'attendait, sa fille disparaîtrait. On lui ferait du mal et cette éventualité l'épouvantait.

La jeune femme n'avait jamais couru aussi vite, mais le grand garçon était plus rapide. Elle craignait de ne pas le rattraper quand il tomba en avant et s'étala, tête la première. Abigaël vit nettement Annabelle projetée en arrière. En deux foulées, elle put se jeter sur son enfant et la serrer convulsivement dans ses bras. La petite pleurait jusqu'à en suffoquer.

— Je suis là, Belle, ma chérie, mon trésor, je te tiens bien.

Valentin s'était relevé et, d'un bond, il enjamba la clôture. Une fois sur le chemin, il se jeta à l'intérieur de la mystérieuse voiture noire qui démarra aussitôt.

— Ils ont mis de la boue sur la plaque d'immatriculation, débita Abigaël, hébétée. Je n'ai pas pu lire les numéros. Belle, ma Belle, respire, c'est fini, tu es avec moi. Merci mon Dieu et merci mille fois à vous, Gabriel. Vous avez réussi à faire tomber ce voyou.

L'entité si séduisante qui veillait sur sa fille et elle ne se montra pas. Cependant il y eut ce fidèle parfum de lilas, doublé d'une caresse sur la joue de la jeune femme, puis sur le front de l'enfant.

— Ne pleure plus, Belle, raconte-moi tout ce qui s'est passé. Pourquoi tu ne nous as pas suivies tout de suite ? Es-tu blessée, est-ce qu'on t'a frappée ?

Mais rendue muette par la frayeur, la petite continuait à sangloter, cramponnée au cou de sa mère.

— Viens, allons-nous-en vite d'ici. Je vais te porter. Je ne te quitterai plus une seconde.

Abigaël se dirigea vers les écuries en marchant dans la sente qu'elle avait tracée en courant parmi les herbes déjà hautes. Claire et Cécile, qui étaient elles aussi sorties par la porte de la réserve à grain, lui firent signe.

— Votre Belle s'est fait mal ? cria Claire, alarmée.

— Qu'est-ce que vous fabriquez dans le pré de fauche, Abi ? s'étonna sa belle-sœur. Où est Valentin ?

Incapable de répondre immédiatement, Abigaël contourna les écuries pour conduire sa fille sur la terrasse. Là, elle s'assit sur une chaise et continua à câliner Annabelle.

— Regarde, il y a de la citronnade, tu dois en boire un peu, ça te fera du bien.

— Mais enfin, explique-moi ! s'impatienta Cécile qui s'était empressée de la suivre.

— Appelle les gendarmes, on a voulu enlever mon enfant avec la complicité de Valentin ! Cette fois, c'est très grave, plus grave que tout pour moi.

Claire, parvenue au milieu de l'escalier d'honneur, avait entendu. Elle s'immobilisa un instant, tétanisée et épouvantée.

— Seigneur, ma chère Abi, quelle horreur, comme vous avez dû avoir peur, gémit-elle en s'élançant vers les dernières marches.

D'un geste maternel, Claire enveloppa le fin visage de l'enfant entre ses paumes. De toute son âme, elle souhaita apaiser la terreur de la petite.

— Je serais peut-être morte de désespoir si les ravisseurs avaient pris Belle, murmura Abigaël. Ma petite fille est tellement choquée qu'elle ne peut plus dire un mot.

— Maman, articula péniblement Annabelle. Maman.

— Oui, Belle, je suis là. Repose-toi, je te tiens bien.

Bouleversée, Cécile avait dû s'asseoir. Elle était très rouge et avait le regard fixe. La gouvernante, intriguée par la scène qu'elle observait à travers les carreaux de la porte-fenêtre, décida de se renseigner.

— Madame, est-ce qu'il y a un problème ? Votre nièce n'a pas l'air bien.

— Téléphonez à la gendarmerie et au commissariat, répliqua Cécile. Qu'on laisse un message à mon mari, il doit rappeler le plus vite possible.

— Tout de suite, Madame.

Sans cesser de bercer sa fille et de l'embrasser, Abigaël se souvenait, le cœur lourd, des jours atroces où Agnès et le petit Philippe avaient été enlevés.

— L'histoire se répète, dit-elle tout bas. Cécile, quand as-tu engagé Valentin, et comment ?

— Abi, tu me parles durement, comme si j'étais en faute.

— Enfin, c'est un peu normal, votre belle-sœur a vécu un des pires moments de sa vie de mère, indiqua Claire.

— Pardonne-moi, sœurette, mais je dois savoir, soupira la jeune femme, d'une pâleur affreuse.

— C'était dimanche après le déjeuner, Abi. Nous étions là, sur la terrasse, avec Samuel. Un jeune homme a remonté l'allée, sa casquette entre les mains, correctement vêtu et très poli. Il s'est présenté et il nous a dit qu'il cherchait du travail. Mon mari avait passé une annonce dans le journal pour trouver un jardinier, comme c'était le printemps. On a pensé qu'il l'avait lue. Et puis il disait avoir été palefrenier dans un haras, alors j'étais ravie, puisque vous venez parfois à cheval, madame Claire et toi.

Abigaël respira profondément avant de dévisager Cécile.

— Il est venu chez vous exprès ! Ceux qui nous tourmentent l'ont envoyé, dit-elle à mi-voix. L'idée de notre balade jusqu'ici ne t'aurait pas été soufflée par lui ? Si jeune et déjà capable d'obéir à des criminels… Cécile, tu rougis encore, dis-nous.

— Tu as deviné, Abi, avoua celle-ci. Il était si gentil, depuis lundi. Tu sais que Samuel s'absente beaucoup. Alors Valentin bavardait avec moi, il me demandait quelles fleurs je préférais et de quelle façon il garnirait les massifs, ceux des pelouses. Un matin, je lui ai parlé des chevaux du moulin, du poney de Belle. Je suis sûrement une idiote, mais il me faisait un peu de peine, quand il disait combien ça lui manquait, de ne plus s'occuper de chevaux. En fait, on a eu l'idée de vous inviter ensemble.

Accablée par sa confession, Cécile pleura à chaudes larmes, en présentant ses excuses entre deux sanglots.

— Il faut prévenir Adrien, hoqueta-t-elle soudain. Il va me maudire.

— Le mari d'Abi ne sera pas là avant dimanche soir, mon frère Mathieu et lui sont en route pour Bordeaux. Ils veulent agrandir l'imprimerie et s'associer. Ils sont allés à une vente aux enchères pour trouver du matériel, expliqua Claire. Abi, vous ne pouvez pas rester seule chez vous. Il faut dormir au moulin.

— Je voulais vous le demander, répondit Abigaël.

— Vous prendrez le lit de Ludivine, que j'ai laissé dans la cuisine, au cas où elle reviendrait. Notre Sauvageon couchera à vos pieds.

Annabelle se redressa brusquement, une ombre de sourire sur sa frimousse inquiète.

— Moi aussi, je serai dans le lit? interrogea-t-elle.

— Bien sûr, ma mignonne, affirma Claire. Peux-tu nous raconter ce qui t'est arrivé, maintenant?

Ranimée et rassurée, l'enfant approuva, mais en se serrant contre sa mère.

— J'ai caressé Éclair, et puis je lui ai dit au revoir. J'allais sortir de l'écurie, mais Valentin m'a pris la main. Il disait qu'il y avait un grand cerf dans le champ et que je devais le voir, car il était tout blanc. Moi, je voulais voir le cerf. Il m'a emmenée dehors et là, là… Il m'a soulevée et il a couru très vite. J'avais peur, maman, j'avais trop peur, je ne pouvais pas t'appeler. Je n'avais plus de voix, alors j'ai appelé Gabriel.

— Qui est Gabriel? s'enquit Cécile. Je n'ai vu personne dans le champ.

— Un esprit bienveillant de l'au-delà, précisa Abigaël. Il était à l'école, aussi. C'est lui qui a retrouvé Joachim

Claudin pour sauver l'âme de Corentine. Aujourd'hui, il est intervenu. Grâce à lui, Belle est dans mes bras, ma précieuse enfant.

Claire constata les frissons nerveux qui secouaient Abigaël. Elle remarqua aussi l'éclat fervent de ses yeux si bleus.

« Si Gabriel était un être de chair, ma jeune amie voudrait l'enlacer et peut-être même l'embrasser, songea-t-elle. Mon Dieu, étaient-ils vraiment destinés l'un à l'autre ? »

La gouvernante, de retour sur la terrasse, apportait du café et des biscuits, de sa propre initiative.

— Merci, Monique, marmonna Cécile. Avez-vous pu alerter les gendarmes ?

— Ils viendront dès que possible, Madame. Et j'ai laissé un message pour Monsieur au commissariat.

Abigaël se leva en tenant toujours sa fille dans les bras.

— Je dois rentrer au moulin, annonça-t-elle. Grand-père garde Édith, je lui avais promis de ne pas m'attarder.

— Martine pourra aider Pierre, Abi. C'est le jour où elle fait le ménage, donc elle reste dans la maison, avança Claire. Imaginez que ces bandits rôdent encore dans la vallée ! Nous devons attendre les gendarmes.

— Mais oui, Abi, attends les gendarmes, insista sa belle-sœur, prise de panique.

— Eh bien, tu les recevras, Cécile, et tu leur diras ce qui s'est passé. Il faudrait inspecter le chemin où était garée la voiture et leur décrire Valentin. Tu connais son nom de famille ? Il vous a montré sa carte d'identité ?

— Non, il a dit s'appeler Castaing, mais il a dû mentir. Abi, je suis tellement désolée.

— Moi aussi, j'suis désolée, maman, parce que je ne vois plus les choses qui vont arriver, déclara soudain Annabelle. Pourquoi il a fait ça, ce garçon ? Qui c'était le monsieur dans la voiture ?

— Je ne sais pas, Belle. Dis-moi, auras-tu le courage de rentrer au moulin en montant Éclair ? Je suis obligée de rentrer sur Vulcain, et Claire sur Perle. Si tu ne peux pas, je te prendrai avec moi et ton poney nous suivra.

La fillette secoua la tête, ce qui fit danser ses nattes blondes. Son expression dolente disparut et elle prit une mine volontaire.

— Je monterai Éclair, maman, mais on se dépêchera, hein ?

Dix minutes plus tard, Pierre Lussac assista d'une fenêtre au retour d'Abigaël et d'Annabelle. Elles déboulèrent au grand trot dans la cour pavée et descendirent de leur monture aussitôt.

« Où est Claire ? » se demanda-t-il.

Il berçait Édith au creux de ses bras, toujours heureux de contempler son arrière-petite-fille et de chantonner pour elle. Il vit Jakob prendre les rênes de Vulcain et d'Éclair, mais pour une fois, le Mosellan ne souriait pas, comme atteint par les paroles de la jeune femme.

— Seigneur, protégez-nous du malheur, souffla-t-il. Claire a peut-être fait une mauvaise chute.

Des coups réguliers ébranlèrent le plafond. Bertille tapait sur le parquet de la chambre à l'aide de sa canne. Elle renouait ainsi avec une manie de sa tante Hortense, à l'époque où elle devait rester alitée, enceinte de Mathieu.

— Pierre ! cria-t-elle ensuite. Je n'ai entendu que deux chevaux ! Qui manque à l'appel ?

De nature réservée, le noble vieillard répugnait à hausser le ton. Il fit une exception, lui-même très inquiet.

— Claire ! Je vais aux nouvelles, répliqua-t-il d'une voix sonore.

Il n'eut pas le temps de sortir sur le perron. Abigaël entra, tenant Annabelle par la main.

— Grand-père, dit-elle, au bord des larmes. Si tu savais ! Je t'en prie, donne-moi Édith. J'ai besoin de la sentir contre moi. Tu pourras faire un câlin à Belle. Ils ont essayé de l'enlever, et sans Gabriel, ils auraient réussi. Dieu est bon de m'avoir envoyé un protecteur, car oui, je suis menacée. On m'aurait touchée en plein cœur, en me prenant Belle. Ne crains rien au sujet de Claire, elle s'est dévouée pour rester au domaine, avec Cécile.

Pierre accusa le coup. Livide, il tendit Édith à sa mère, pour étreindre la fillette. Il tremblait si fort que l'enfant se remit à pleurer.

— Ne sois pas triste, papi. On dort ici, ce soir.

— Ma petite Belle, je ne suis pas triste, je remercie de tout mon cœur votre ami Gabriel, que le Seigneur tout-puissant a chargé de veiller sur vous.

Vallée des Eaux-Claires, chez Abigaël,
quatre heures plus tard

Fébrile, Abigaël remplissait une valise avec des vêtements de rechange pour ses filles. Dans un cabas en cuir, elle avait mis l'ours en peluche d'Annabelle et les affaires de toilette dont elle aurait besoin, ainsi que des langes et des produits d'hygiène réservés à Édith.

— Je ne dois pas faire attendre Jakob trop longtemps, se dit-elle tout bas. Je crois que je n'ai rien oublié.

Le Mosellan l'attendait dans sa voiture, garée sur le bord du chemin. Il avait refusé de la laisser aller seule jusque chez elle.

— Vous serez chargée au retour, avait-il trouvé comme excuse.

Le cœur lourd, la jeune femme considéra la pièce où Adrien et elle passaient tant d'heures paisibles, depuis leur mariage.

— Vous n'êtes pas en sécurité ici, fit une voix familière dans son dos.

— Gabriel, murmura-t-elle en se retournant. Oh, je suis si heureuse de vous voir. Je voulais tellement vous remercier encore, pour avoir empêché ces hommes de me prendre Belle.

Il se tenait là, toujours habillé de son costume en velours côtelé brun, la même écharpe d'un blanc ivoire autour du cou. Ses yeux en amande brillaient de tendresse et un reflet de soleil faisait paraître bleutés ses cheveux très noirs. Il semblait si réel qu'Abigaël eut un élan vers lui. Vite il recula, l'air mélancolique.

— Je peux vous effleurer, dit-il, vous signaler ma présence grâce au parfum des lilas de mon enfance, hélas vous ne pouvez pas me toucher. Vos jolies mains ne rencontreraient que le vide.

— Alors pensez très fort que je vous serre contre moi et que je vous embrasse, en témoignage de ma gratitude, Gabriel, mon ami… Mon très cher ami.

Des larmes embuèrent son regard bleu, où il lut une immense tendresse, comme une réponse aux sentiments nouveaux qu'il éprouvait.

— Je suis là pour vous dire quelque chose d'important, Abigaël. Les puissances célestes, je les ai nommées ainsi, ont dû me faire évoluer au fil de nos rencontres. Je vous ai avoué mon amour, cependant cet amour se transforme en une profonde affection, que je qualifierais de fraternelle.

— Vous en êtes sûr ?

— Tout à fait, et je suis beaucoup plus serein. Mais je dois confesser mes écarts de conduite et obtenir votre pardon.

Troublée, Abigaël protesta d'un sourire éperdu.

— Je vous pardonnerai tout, alors c'est inutile.

— Il me faut être honnête si je veux continuer à veiller sur vous et vos petites filles. Voilà, j'ai abusé de mon statut d'esprit invisible, les premières fois où je vous observais. J'étais heureux de vous contempler quand Édith tétait, et j'ai même osé déposer un baiser sur vos lèvres, pendant votre sommeil. Désormais, je suis seulement plein de respect pour vous, votre beauté, votre gentillesse et votre dévouement. Je pense que peu à peu l'entité supérieure dont je vous ai parlé me forme à sa façon. Elle m'aide à me détacher des pulsions propres aux vivants.

Elle approuva en silence, la tête baissée dans l'espoir de dissimuler ses joues teintées de rose.

— Il n'y a pas d'autre choix, lâcha-t-elle d'un ton où perçait de l'amertume. Vous êtes pardonné, Gabriel. Sans vous, où serait Belle ? Je me la représente terrifiée, livrée à ces criminels.

— Chassez ces images, cela ne pouvait pas se produire. Votre adorable fille m'a appelé, mais j'étais déjà près d'elle, ayant été averti.

— Par qui ?

— Je l'ignore, une voix intérieure qui me donne souvent des conseils ou des ordres. Je déplore d'être prévenu *in extremis*, la plupart du temps. Et je regrette d'être aussi épuisé dès que je dois me manifester ou agir dans votre dimension.

Ils entendirent tous les deux une portière claquer, puis des pas lourds sur le chemin. Jakob frappa à la porte.

— Abi, tout va bien ? Je m'inquiète un peu !

— Excusez-moi, j'arrive. Vous pouvez entrer !

— Une grande âme et un cœur pur, votre ami Jakob, souffla Gabriel. À bientôt. Dites à la police que le conducteur de la voiture était chauve. J'ai juste aperçu son profil.

— Encore merci, je vous en prie, revenez me voir, implora Abigaël, la gorge nouée.

Il avait disparu et elle se sentit désespérément seule. Quand Jakob la rejoignit, un bon sourire sur son large visage, elle fut tentée de se réfugier contre lui, en qui elle trouvait parfois un père de substitution.

— Je transporte vos bagages dans le coffre, Abi. Oh, vous avez pleuré ! N'ayez pas peur, on veillera ce soir.

Au même moment, une voiture passa devant la maison et continua sa route.

— On a eu les gendarmes, je crois que voilà le commissaire et Samuel, indiqua le Mosellan. Dépêchons-nous, vous êtes l'unique témoin de la tentative d'enlèvement.

Le commissaire Rigaud ressemblait à un homme terrassé par un terrible coup du sort. Il était venu avec Samuel

Claudin et le jeune stagiaire de sa précédente visite. Mais le ton avait changé, et, assis en face d'Abigaël et de Claire, le policier avait perdu ses manières suspicieuses et son ton arrogant.

— Je suis vraiment navré, mesdames, dit-il d'emblée. Sincèrement, je ne tolère pas qu'on s'en prenne à des enfants. Nous sommes déjà passés au domaine de Ponriant où l'épouse de Claudin nous a communiqué tout ce qu'elle savait de ce prétendu Valentin Castaing.

— Et j'ai témoigné également, renchérit Samuel. Je m'en veux d'avoir engagé cet individu sans me méfier.

— Vous ne pouviez pas deviner ses intentions, plaida Abigaël, apitoyée de le voir aussi accablé.

— En possession des premiers éléments, reprit Rigaud, on peut affirmer que nous avons affaire à une bande de malfaiteurs très bien organisée. Selon le brigadier qui est venu à Ponriant, la terre du chemin était trop sèche, il n'y a pas de traces de roue. Madame Lafaurie, avez-vous vu le conducteur de la voiture ?

— Disons que je l'ai aperçu, commissaire, quand je courais dans le pré. Il me semble qu'il était chauve, mais ça ne vous sera guère utile.

— C'est déjà ça, marmonna-t-il. Où est votre petite fille ?

— À l'étage, avec son papi qui lui lit des contes de fées. Annabelle n'est pas remise de sa frayeur, mais par la grâce de Dieu, ces hommes n'ont pas pu l'emmener.

— Disons la chance, maugréa le policier. Si ce jeune type n'était pas tombé de tout son long, il aurait réussi son sale coup.

Abigaël acquiesça d'un hochement de tête, mais Claire, mise dans la confidence, ajouta d'une voix douce :

— Il faut croire que Dieu peut parfois nous envoyer des anges gardiens, pas assez souvent, je vous l'accorde. Il y a tant d'injustices et de misère, sur terre.

Hervé Rigaud la regarda d'un air songeur. Il fut surpris par la dignité et la beauté de cette femme âgée de soixante-treize ans.

— Eh bien, évoquons la providence, trancha-t-il. Reprenons. Si j'établis les faits, il y a eu tentative de rapt sur votre fille, madame Lafaurie, alors que votre mari était absent pour deux jours. Ce n'est pas un hasard, ces gens qui vous en veulent continuent sans aucun doute à vous surveiller. Ils sont au courant de vos faits et gestes. Pourtant, ils n'ont pas pu retourner dans la grotte aux Fées, sachant que nous l'avons fouillée à plusieurs reprises.

Jakob écoutait et observait, tout en préparant du thé pour Bertille. Il constata la nervosité de Samuel, dont le teint blafard trahissait l'embarras.

— Il faut noter, comme l'a dit mon épouse, avec quel aplomb Valentin Castaing nous a dupés, déclara le jeune inspecteur. Il a suggéré d'inviter Claire, Abigaël et Annabelle, sous le prétexte de voir les chevaux. Mais comment pouvait-il être sûr que votre fille, Abi, s'attarderait dans les écuries ? Elle aurait pu en sortir en même temps que vous !

— Claudin a raison, concéda le commissaire. La voiture était garée à proximité, derrière le domaine. Il fallait que leur plan soit élaboré avec soin.

— C'est vrai, déplora Abigaël. Il suffisait de retenir ma fille quelques minutes à peine. Ce prétendu palefrenier a dû lui parler de son poney, avant d'inventer cette histoire de cerf blanc ! Belle est si petite encore, elle croit aux fées, aux créatures de légende. À mon avis, il s'était engagé auprès de l'autre homme à agir dès notre arrivée. Et on a dû nous voir monter la route.

— La situation empire, trancha Rigaud. Chaque fois que l'on suit une piste qui pourrait résoudre l'enquête, elle n'aboutit nulle part.

— Vous deviez rencontrer un témoin aujourd'hui à Ruffec, lui rappela Claire. Je suppose que nous n'en saurons pas davantage à cause du secret professionnel !

Le policier eut un rictus ironique en tapotant le bois de la table. Il haussa ensuite les épaules.

— L'enquête vous concerne de très près, madame. De surcroît, la déposition du témoin n'a fait qu'étayer mon idée. Nous avons entendu à nouveau le mari de la cuisinière, cette pauvre femme retrouvée dans le puits de son beau-père. Le veuf avait omis de nous dire un détail d'importance. Son épouse lui avait confié que le coffre-fort du notaire renfermait une petite fortune. J'en ai déduit que cet argent sert à financer les actes criminels de vos ennemis. Ce serait en fait l'unique rapport entre les meurtres de Ruffec et votre famille. On tourne en rond ! Qui s'acharne ainsi et pourquoi contre les Martignac et contre vous, mesdames ?

Claire et Abigaël échangèrent un regard anxieux. Jakob s'approcha, le plateau du thé entre les mains.

— Je vous préviens, commissaire, moi je n'hésiterai plus à me servir de mon fusil, décréta-t-il. Je ne chasse plus, parce que les bêtes sont souvent meilleures et moins dangereuses que les humains, mais on a touché à la petite Annabelle, et ça, je ne le pardonnerai pas à ces bandits.

— Je vous ai donné mon opinion là-dessus, riposta Rigaud. Mais ne faites pas l'idiot, monsieur Kern. Madame Lafaurie, vous n'avez pas pu oublier l'enlèvement d'Agnès et de Philippe de Martignac, il y a cinq ans.

— Non, bien sûr. Commissaire, nous nous connaissons depuis ce drame, alors vous pouvez m'appeler Abigaël.

Le policier parut touché par cette faveur. Il approuva d'un signe de tête.

— Le coupable était l'ancien fiancé de Béatrice Mousnier, Lucas Thibaut. Revenu d'Indochine, il voulait se venger, car votre cousine l'avait rejeté pour épouser Louis de Martignac. Si nous nous trouvions dans le même cas de figure ? hasarda Rigaud d'un ton grave. Vers la fin de la guerre, vous avez été mariée à Maxence Vermont, le fils du préfet de l'époque.

— Oui, en effet, juste trois mois.

— Vermont a purgé sa peine de prison. Il faudrait savoir à quelle date exacte il a été libéré.

— J'ai eu un doute moi aussi, alors j'ai demandé à mon cousin Quentin de se renseigner. Cet homme vit dans le nord de la France et il s'est remarié.

— Je vais vérifier si les informations fournies par Quentin de Martignac sont toujours valides, proposa Samuel. Vermont peut vouloir se venger, je suis de l'avis du commissaire.

— Si c'était lui, il s'en prendrait à mon mari et à moi ! Quelle raison aurait-il d'envoyer des lettres anonymes à Ludivine qu'il n'a jamais vue, ou d'incendier les écuries du château ?

Soudain, la jeune femme éprouva un pincement au cœur. Son oncle Louis l'avait défendue contre Maxence, qu'il méprisait et traitait de haut.

— Je ne sais plus, avoua-t-elle, à bout de nerfs.

Pourtant la discussion se poursuivit, au point de lasser Claire qui se leva. Jakob étant parti à l'étage, elle décida de sortir traire ses deux chèvres, dont les bêlements lui parvenaient, lancinants.

— Abi, je vous abandonne un quart d'heure, annonça-t-elle. Et je crois entendre Édith pleurer.

— Messieurs, je dois monter chercher ma plus jeune fille, s'empressa de dire Abigaël. Je suis désolée.

— Faites, soupira Rigaud, nous avions terminé. Je compte demander à des gendarmes de patrouiller dans la vallée.

Claire, qui chaussait des sabots en caoutchouc sur le perron, rentra un court instant.

— Commissaire, ils sont déjà là, vos gendarmes, précisa-t-elle.

Les trois policiers bondirent du banc pour se ruer dans la cour. Claire et Abigaël assistèrent à un dialogue entre les forces de l'ordre, dont certains mots les intriguèrent.

— Ils parlent de Valentin Castaing, Abi !

— Oui, et ils sont venus en fourgon. Mon Dieu, ce jeune homme est mort, un gendarme a dit que son corps était à l'arrière du véhicule.

Abigaël tremblait convulsivement, très pâle. Claire lui caressa la joue d'un geste maternel.

— Rentrez, je vais me renseigner, dit-elle doucement.

La jeune femme recula à petits pas jusqu'au milieu de la cuisine, puis elle s'élança dans l'escalier. Jakob se trouvait sur le palier, Édith à son cou, qui éclata de rire en tendant les bras à sa mère.

— J'allais descendre votre petiote, dit-il en souriant. Je crois qu'elle est affamée.

— Merci, viens avec maman, Édith ! Comment va Belle ?

— Elle s'est endormie, blottie contre Bertille. Comme a dit votre grand-père, le lit de Poupette a dû lui paraître rassurant et très confortable.

— Jakob, rejoignez Claire. Elle voulait traire ses chèvres, mais des gendarmes sont arrivés. Le commissaire est allé leur parler. Valentin Castaing a peut-être été assassiné. J'aurais pu sortir pour en savoir plus, je n'ai pas pu. Et Adrien téléphonera ce soir, je me sens incapable de lui raconter ce qui s'est passé à Ponriant. Il voudra revenir aussitôt.

— Ne pleurez pas, Abi. On est là, avec vous. Tout se réglera au mieux. Belle a été sauvée, il n'y a rien de plus important. Allez dans notre chambre, je prends le relais.

En suivant le conseil du bon géant, Abigaël eut l'impression de franchir le seuil d'un petit paradis. Le soleil couchant irisait les fenêtres de lueurs orangées, teintées d'or rouge. Nichée parmi ses oreillers, Bertille lisait, de fines lunettes sur le nez. Pierre était assis à une élégante table ronde, en train de faire ses éternels mots croisés, un dictionnaire près de lui.

— Tu dois être épuisée, ma chère petite, s'inquiéta son grand-père.

La pièce, située à l'angle du corps de logis, était décorée avec un goût exquis. Les murs, peints en ocre rose, servaient de toile de fond à des tableaux champêtres. De luxueux rideaux en mousseline conféraient une atmosphère intime à la chambre.

— Viens, Abi, souffla Bertille. Belle sourit en dormant, elle qui a dû avoir une telle frayeur. Je lui ai lu de jolies histoires.

Déjà apaisée, Abigaël prit place au bord du lit. Elle put contempler le ravissant profil de sa fille, dépassant à peine des draps soyeux.

— J'ai encore du lait, même si Édith boit des biberons, est-ce que je peux lui donner le sein, en m'allongeant près de Belle ?

— Quelle question, bien sûr, j'en serais enchantée. Abi, tu es notre amie, presque notre fille, à Claire et à moi. Sans vos soins, j'aurais peu de chance de me rétablir, affirma Bertille.

— Je vous remercie, et vous guérirez bientôt.

— J'en ai la ferme intention, Abi. Je tiens à t'admirer en maillot de bain sur la plage, au mois de juillet.

— Quant à moi, déclara Pierre à mi-voix, je ferais mieux de me soucier du dîner. J'ai regardé par la fenêtre, en me levant. J'ai vu le fourgon de gendarmerie au milieu de la cour. Le commissaire est encore là, ainsi que ses adjoints. Jakob discute avec eux.

— Nous aurons l'explication plus tard, grand-père, oui, rien ne presse...

Abigaël s'étendit près de sa fille assoupie. Édith, un éclat de satisfaction dans ses prunelles noires, commença à téter. Le bruit ténu qu'elle faisait en se gorgeant de lait attendrissait Bertille, qui en délaissa son livre.

— Comme nous sommes bien, Abi, n'est-ce pas ? dit-elle tout bas. Ici, personne ne peut nous atteindre, sous le toit du Moulin du Loup.

Le fourgon de la gendarmerie s'éloignait, emportant son triste fardeau. Rigaud ébouriffa ses mèches brunes d'un geste rageur. Il toisa Samuel et le stagiaire d'un œil mauvais.

— Un nouveau cadavre, gronda-t-il. Ce jeune type n'a pas fait long feu après avoir raté sa mission. Je parie qu'on l'a payé pour enlever la fillette. Même s'il avait réussi à la monter dans la voiture, on l'aurait éliminé. Trois coups de couteau en plein cœur. C'est un maraîcher qui a trouvé son corps dans un fossé, du côté de Vœuil-et-Giget.

— Quel âge avait Valentin Castaing ? s'enquit Jakob, sa casquette entre les mains.

— Vingt ans, si je me réfère à sa carte d'identité, mais elle est sans doute fausse. Bon sang, qui sont ces gens ? Des gars de la mafia ou quoi ? Je dois les coincer, ça devient une affaire d'honneur. Vous m'entendez, Claudin, et vous, Pressigout ? Il faudrait passer à la vitesse supérieure !

— Oui, commissaire, répliqua Samuel. Mais ce soir, je voudrais rentrer au plus vite chez moi. J'ai promis à Cécile d'être là avant le dîner. Ma femme a été bouleversée.

— De toute façon, on ne fera rien de plus ce soir, trancha Rigaud. Le conducteur de la voiture ne repassera pas immédiatement à l'attaque. Nom d'un chien, c'est un vrai casse-tête, cette affaire. Au revoir, monsieur Kern. Si le père de la petite appelle, dites-lui de rentrer au plus vite au bercail. Et vous, attention, pas de coup de fusil intempestif.

— J'ai compris, commissaire, soupira le Mosellan.

Lorsque Claire quitta la bergerie, un bidon de lait à bout de bras, elle fut soulagée de trouver la cour déserte. Pierre, du perron, lui adressa un tendre sourire.

— Ils ont décampé ! leur cria Jakob. Je rentre les chevaux et après ça, je nourrirai les poules.

— Est-ce que nous retrouverons la paix et la joie de vivre ? déplora Claire lorsque Pierre l'enlaça.

— On dit : à chaque jour suffit sa peine, ce vendredi nous a suffisamment éprouvés, ma douce. J'ai mis du vermicelle à cuire dans le bouillon et nous pourrons manger une omelette aux herbes. Il faut savoir s'accorder une trêve, afin de reprendre force et courage.

— Pierre, combien je serais plus fragile sans vous, dit-elle à son oreille. Je vous aime tant. Restez longtemps à mes côtés, je vous en supplie.

— Si Dieu le veut, j'en serais très heureux, Claire. Après une existence bien terne, vous êtes apparue, pareille à un rêve, pour m'offrir votre lumière et votre cher cœur.

Gabriel les contemplait, de la dimension céleste où il évoluait. Très ému, il regretta encore une fois d'avoir été séparé de la femme qui lui était destinée. Il devait l'accepter et surtout la protéger.

19

Une amère vengeance

Moulin du Loup,
nuit du vendredi 1er au samedi 2 mai 1953

Il était minuit passé, cependant Abigaël ne dormait pas. Assise en tailleur au bout du lit où Ludivine avait fait sa convalescence, elle veillait sur le sommeil de ses filles. Annabelle s'était obstinée à prendre Édith avec elle, en prétendant que sa petite sœur n'avait jamais eu autant de place pour se coucher.

— Ma petite Belle, tu avais peut-être raison, notre bébé a pu gigoter à son aise et faire des sauts de carpe. Qu'elle était drôle ! Mais je me demande où m'allonger sans vous déranger.

Jakob venait de monter rejoindre Bertille, une heure après Claire et Pierre.

— Vous ne risquez rien, Abi, avait déclaré le Mosellan. La porte est solide et verrouillée. En allant faire une ronde autour des bâtiments, j'ai vu passer une voiture de gendarmerie.

— Et j'ai Sauvageon, il grognera si quelqu'un approche, avait-elle répondu.

Le loup s'était étendu au pied du lit. Souvent il redressait sa belle tête grise et dardait sur Abigaël ses yeux d'ambre. Quand il se hérissa en grognant sourdement, elle fut tout de suite sur le qui-vive.

— N'ayez pas peur, il a perçu ma présence, lui dit Gabriel à l'oreille.

— Vous êtes là ? Mais je ne vous vois pas.

La jeune femme caressa le loup qui s'était assis et fixait la fenêtre derrière elle.

— Sage, mon Sauvageon, sois tranquille, il n'y a pas de danger, murmura-t-elle.

L'animal se calma aussitôt et s'allongea en étirant ses robustes pattes. Abigaël regarda en vain autour d'elle.

— Je ne me montrerai pas, j'ai dépensé beaucoup d'énergie pour savoir ce qui s'est passé, ajouta Gabriel. Valentin Castaing avait besoin d'argent et la somme qu'on lui proposait était inespérée. Beaucoup plus tard, après le long sommeil de son âme tourmentée, il sera aidé et il pourra s'élever.

— Et vous ne savez rien sur l'homme ou les hommes qui l'ont payé pour ça ?

— Le conducteur de la voiture est dangereux. C'est lui qui l'avait engagé pour enlever votre fille. Mais il l'a tué, sûrement afin de le faire taire à jamais.

Malgré son ressentiment envers Valentin Castaing, Abigaël eut pitié de lui.

— Quelle tristesse, déplora-t-elle.

— Je dois vous laisser, mon amie. Au revoir.

— Au revoir, Gabriel.

Abigaël se coucha en travers du lit, les jambes repliées. Sans cesse, elle revoyait la scène qui l'avait épouvantée, quand le soi-disant palefrenier emportait Annabelle sur son dos, en la tenant par les bras.

— On aurait dit un pauvre petit pantin secoué de toutes parts. Belle ne pouvait pas crier au secours, elle ne faisait que se débattre.

Sauvageon se remit à grogner, puis il bondit en avant, le poil hérissé, et s'élança vers la porte. Aussitôt on frappa.

— Abi, ouvre, c'est moi, Adrien !

Elle se précipita et tourna les deux verrous. Le loup, ayant reconnu le visiteur, s'en désintéressa. Son mari entra en trombe, les traits tirés. Il y avait des larmes au bord de ses yeux verts. Il l'étreignit à lui faire mal.

— Abi, tu m'avais dit au téléphone de rester à Bordeaux, je n'ai pas pu. Je voulais voir notre Belle et m'assurer que vous alliez bien, les petites et toi, expliqua-t-il.

— Au fond, je t'attendais, mon amour, avoua Abigaël. Je me doutais que tu reviendrais. Viens, nos filles sont si mignonnes, toutes les deux nichées au milieu du lit.

Le couple enlacé se pencha pour contempler Annabelle et Édith. L'aînée suçait son pouce, la plus petite aussi.

— Nos deux trésors, soupira Adrien. Durant le trajet, j'ai remercié Dieu et je me suis surpris à prier. À l'heure qu'il est, nous serions fous d'angoisse, si Belle avait disparu. Nous avons eu une chance extraordinaire. Oui, heureusement, le saligaud qui l'emmenait est tombé. Je n'ai pas arrêté d'y penser, quand tu m'as raconté comment ça s'est passé. J'entendais mal, la ligne était mauvaise, il faut me donner des détails.

— Tu pouvais remercier Dieu, mais aussi Gabriel, dit Abigaël doucement. C'est lui qui a provoqué la chute de Valentin Castaing et il a également éloigné Belle, pour que je puisse la prendre dans mes bras et courir vers les écuries. Claire le sait, elle le considère maintenant comme un ange gardien. Pourquoi pas ?

D'abord, Adrien demeura silencieux et songeur. Enfin, il eut un faible sourire.

— Je viens d'exprimer toute ma gratitude à Gabriel, Abi. S'il ne m'a pas entendu, tu le lui diras, toi.

— Je te le promets, mon amour.

Ils s'embrassèrent tendrement, sans même se demander où ils pourraient dormir. Belle avait été sauvée, le reste ne comptait pas.

Moulin du Loup, dimanche 3 mai 1953

Bertille présidait à la longue table de la cuisine, toute fière de s'être levée et de reprendre sa place parmi les siens. Par coquetterie, elle avait abusé de la poudre de riz et du fard à joues, pour dissimuler la maigreur de son visage et son teint un peu jaune.

— Clairette m'a lavé les cheveux, confia-t-elle à Pierre, son voisin de droite. Avez-vous remarqué comme ils frisent ? Jakob me conduira mardi en ville, j'ai besoin d'une teinture, sinon vous verrez tous que j'ai beaucoup blanchi.

Chacun protesta gentiment. On lui répéta qu'elle était toujours ravissante, mais fine mouche, elle percevait dans ces propos flatteurs une fausse note.

— On ne peut pas attendre des miracles, à mon âge, soupira-t-elle. Nul n'a trouvé la fontaine de Jouvence, il faut se résigner à vieillir et à enlaidir.

— Veux-tu te taire, Poupette ! s'indigna Jakob. Tu es née jolie et ça ne changera pas.

Le Mosellan lui dédia un regard passionné qui émut ceux qui en furent témoins, notamment Abigaël et Adrien.

— Princesse, nous sommes si heureux que tu sois là, avec nous, lui dit Claire. Ne te soucie pas du reflet que te renvoie ton miroir. « On ne voit bien qu'avec le cœur ! » Je cite Saint-Exupéry, un de mes écrivains préférés. C'est dans *Le Petit Prince.*

— Je voudrais la lire, cette histoire, s'écria Annabelle, assise entre ses parents. Alors je dois aller à l'école demain.

— Non, tu n'iras pas après ce qui s'est passé, décréta son père. On ne peut pas prendre ce risque. Maman te fera la lecture.

— C'est mieux toute seule, insista la fillette.

Elle éclata brusquement en sanglots. Ces crises de larmes survenaient pour un rien, depuis la veille. Abigaël essaya en vain de la consoler.

— Allons, Belle, calme-toi. Je sais que tu as eu très peur et tout le monde est encore bouleversé, papa aussi. Nous préférons te garder ici, où tu es en sécurité.

— J'veux mon Sauvageon, gémit l'enfant.

Le loup, en entendant son nom, vint poser sa tête sur les genoux d'Annabelle. Vite, elle se leva et l'entraîna devant la cheminée, où il se couchait le plus souvent.

— Faut-il la laisser faire ? s'inquiéta Adrien. Regarde, Abi, elle se met en boule sur la couverture de Sauvageon.

— Et notre loup ne la quittera pas, dit Claire. Il sent la détresse de Belle et il s'allonge près d'elle.

— Mais cette pauvre mignonne n'a presque rien avalé, nota Bertille. Abi, apporte-lui son assiette. Elle mangera peut-être. Quel charmant tableau ! Belle tient Sauvageon à bras-le-corps et elle cache son visage dans sa fourrure. Il faudrait les photographier.

— Je suis désolé, ce n'est vraiment pas le plus urgent, trancha Adrien, d'humeur morose. La police doit arrêter ce type qui voulait emmener notre fille. Je me reproche à chaque instant d'être parti vendredi.

— Même si tu étais resté là, ça n'aurait rien changé, plaida Abigaël. Nous serions allées en balade jusqu'à Ponriant, pour faire plaisir à Cécile, pendant que tu travaillais à l'imprimerie.

— Il faut avoir du vent dans la cervelle pour écouter la suggestion d'un jardinier embauché depuis cinq jours, maugréa-t-il. Et s'il avait plu à verse, si vous aviez refusé, comment ces bandits auraient-ils mis leur sale plan à exécution ?

Pierre Lussac, très affecté par la situation, évitait de se mêler aux discussions. Il se contenta de serrer la main de Claire.

— Adrien, je comprends votre colère, dit celle-ci de sa voix aux accents suaves. Mais Valentin Castaing, en cas d'empêchement de notre côté, aurait recommencé un peu plus tard. Avec le retour du printemps, nous avions prévu des promenades à cheval régulières, puisque j'apprends l'équitation à votre fille.

— Il n'en est plus question tant que les coupables ne sont pas mis hors d'état de nuire, rétorqua-t-il. Abi, cet après-midi, nous retournons chez nous. Je vais fermer l'imprimerie au moins une semaine. Les nouvelles commandes attendront, Denis ne s'en plaindra pas. Il a rarement des congés.

— Nous en parlerons en tête à tête, Adrien, répliqua la jeune femme. Je porte son assiette à Belle.

— Oui, ce serait agréable de déjeuner dans le calme, admit Bertille. Déjà nous avons le passage régulier des gendarmes, censés assurer notre protection. Et toi, Clairette, tu pousses la gentillesse en leur offrant du café.

— Pourquoi pas, princesse ! Je servais aussi les ouvriers de mon père. Tu te souviens, j'avais eu l'idée d'un réfectoire, dans le local où se tient l'imprimerie maintenant.

Le repas s'acheva dans un silence relatif, ponctué de banalités sur le beau temps ou l'actualité. Abigaël avait recommandé à tous de ne pas évoquer l'assassinat de Valentin Castaing devant Annabelle. Jakob fit cependant une allusion malencontreuse à l'heure du café. Comme il voyait la voiture du commissaire entrer dans la cour, il jeta de sa voix bien timbrée :

— On en saura peut-être plus sur le meurtre de ce jeune voyou. Ah, quelle misère, s'abaisser à de vilaines choses pour de l'argent.

— Tu aurais pu réfléchir, Jakob, ou chuchoter, le sermonna Bertille.

À la surprise générale, Annabelle se leva et marcha vers la table. Elle s'arrêta près de Claire, mais fixa Abigaël.

— Je sais qu'il est mort, le grand garçon, déclara-t-elle. Je l'ai revu en rêve, cette nuit. Il m'a demandé pardon en pleurant.

Sidéré, Adrien repoussa sa chaise et alla prendre sa fille dans ses bras. Il avait une envie folle de clamer sa révolte et son incompréhension, confronté à cet étrange monde de l'au-delà qui dépassait son entendement.

— Belle, ma chérie, ce n'était qu'un rêve, balbutia-t-il, la gorge serrée. Abi, comment la protéger de tout ça ?

Il avait crié si fort qu'Édith se réveilla en hurlant. Claire s'empressa de la sortir de son landau. Hervé Rigaud et Samuel se présentèrent sur le perron au même moment.

— Je suis navré de vous déranger un dimanche, mais je n'ai pas le choix, lâcha le commissaire. Ah, tant mieux, vous êtes là, monsieur Lafaurie. Je voudrais m'entretenir avec votre épouse et vous. En privé.

— Allons dans mon bureau, à l'imprimerie, proposa Adrien qui reposa Annabelle délicatement, en l'embrassant sur le front.

Abigaël hésita un peu, à cause de ses filles. Son grand-père le comprit et la rassura.

— Nous nous en occuperons, ma petite Abi, ne crains rien, dit-il avec un bon sourire.

Les deux policiers et le jeune couple se retrouvèrent dans une pièce un peu sombre, encombrée de paperasse et meublée d'une table, d'une chaise et d'étagères.

— Je vais chercher des sièges dans la salle d'à côté, dit Adrien. Abi, tu peux déjà t'asseoir, toi.

Mal à l'aise, elle s'installa à la place où elle avait si souvent vu son mari penché sur son livre de comptes. Son cœur cognait fort, certaine que le commissaire leur dirait une mauvaise nouvelle. Mais ce fut Samuel qui prit la parole, dès le retour de son beau-frère, chargé de tabourets en fer.

— Je me suis renseigné sur votre premier mari, Abi, dit-il d'un ton solennel. Maxence Vermont habitait effectivement dans le Nord, en banlieue de Lille. En fait, sa peine avait été ramenée à six ans, ce qui nous donne comme date de sa libération l'année 1950. J'ai contacté le commissariat principal du département et la gendarmerie. Vermont vivait avec une femme, sans l'avoir épousée. Une dénommée Séverine...

— Séverine Naudier, pour être plus précis, leur assena Rigaud. Elle était originaire de Charente et rendait régulièrement visite à son frère en prison. Vermont et elle ont disparu.

— Donc c'est la sœur de Loïc Naudier, trancha Adrien. Alors il ne faut pas se creuser la tête plus longtemps. Maxence Vermont a mis au point tout ce bazar !

— Du bazar, c'est un euphémisme ! Je parlerais plutôt d'une vengeance savamment orchestrée, répondit le commissaire. Nous aurons d'autres informations en début de semaine. Mais j'ai pris connaissance, par téléphone, du rapport établi par le médecin de la prison où Vermont avait été transféré, près d'Orléans, à la demande de ses parents. Selon lui, Maxence Vermont était sujet à des accès de fureur incontrôlables et pouvait se montrer d'une rare violence envers les autres détenus. Il conseillait de le faire interner.

D'une pâleur extrême, Abigaël serrait entre ses doigts sa médaille de baptême, un geste instinctif lorsqu'elle cédait à l'angoisse.

— Ce serait lui, vous en êtes sûr, commissaire ? demanda-t-elle d'une voix altérée par l'émotion.

— Je n'ai aucune preuve, mais c'est la meilleure hypothèse.

Adrien alluma une cigarette, dans l'espoir de se calmer. Il s'adossa à un mur, une expression haineuse sur le visage.

— C'est lui, Abi, dit-il. Ce type est un dangereux malade. Ton oncle Louis pourrait en témoigner.

— Oui, ça se tient, décréta Rigaud. Vermont s'en prend à toute la famille. Pour agir, il lui fallait une grosse somme d'argent afin de payer des complices. D'où le meurtre du notaire et de sa femme.

— Vous pensez que c'était lui au volant de la voiture ? Il aurait prévu d'enlever ma fille pour me faire souffrir ? hasarda Abigaël.

— On doit nous poster des photographies prises à sa sortie de prison, précisa Samuel. Mais Cécile m'a affirmé que Maxence Vermont était pratiquement le sosie d'Adrien. Abi, si vous avez pu voir que l'homme était chauve, vous auriez reconnu votre ancien mari.

— Non, j'étais tellement affolée. Et il a dû changer, en dix ans. Quant à cette ressemblance, elle n'était pas si évidente.

— Pour ma part, je me suis trouvé en face de Vermont sur la falaise surplombant la ferme des Mousnier. Il me visait avec son arme et, franchement, il était loin d'être mon sosie, s'exaspéra Adrien. Sinon, que devons-nous faire, commissaire ?

Le policier haussa les épaules, un rictus de contrariété au coin des lèvres. Il considéra Abigaël d'un air soucieux.

— Nous avons une piste sérieuse. Nous devons tout mettre en œuvre pour arrêter Vermont. Si c'est lui, vous êtes sa cible.

Rigaud pointa l'index en direction de Samuel.

— Vous serez de planque cette nuit et la prochaine, Claudin. Pressigout vous secondera, il se révèle prometteur. Choisissez un endroit stratégique et équipez-vous du matériel nécessaire.

— Très bien, commissaire.

— Dans ce cas, Samuel, dites à Cécile de nous rejoindre ce soir pour dîner, suggéra Abigaël. Ici, au Moulin du Loup, le seul lieu où je me sens en sécurité. Tu es d'accord, Adrien ? Ta sœur ne doit pas se retrouver seule toute la nuit.

Son mari accepta d'un oui murmuré, mais il gardait les poings serrés, prêt à se battre. Il en venait à espérer la culpabilité de Vermont, cet homme qui avait abusé sans pitié du doux corps de sa femme, en quelques semaines d'une union regrettable.

Lorsque Rigaud et Samuel quittèrent l'imprimerie, Adrien empêcha Abigaël de sortir elle aussi, en la retenant par la taille.

— Attends, s'il te plaît, dit-il.

— Mais nos filles ?

— Elles sont entre de bonnes mains, Abi. Ne te vexe pas, je voudrais juste savoir pourquoi tu tiens autant à rester chez Claire et Bertille. Je le répète, je ne vous quitterai pas, les petites et toi. Vous serez en sécurité dans notre maison si je suis là. Quand même, c'est inconfortable pour dormir, surtout dans la pièce du bas.

— Toi, tu pourrais coucher dans le logement au-dessus de l'ancienne salle des piles, avança-t-elle.

— Ce n'est pas la question. Je suis gêné de prendre les repas au moulin de plus en plus fréquemment. Sans compter que ce sont des gens âgés, nous devons les fatiguer. Ils n'ont plus leur tranquillité habituelle. Martine, leur employée, me disait l'autre jour qu'elle-même avait un surplus de travail.

— Je seconde efficacement Martine lorsque je séjourne au moulin, se défendit la jeune femme. Je suis désolée, Adrien, mais je suis les conseils de Gabriel. Il m'a dit que j'étais protégée, au Moulin du Loup. Il a raison ! Si Maxence Vermont veut se venger et décide de nous massacrer, il entrera facilement dans notre petite maison. La porte de la grange ferme mal et celle qui communique avec le vestibule céderait d'un coup de pied. En plus, tu ne serais pas obligé de perdre des jours de travail.

Adrien s'écarta d'elle pour mieux la regarder. Il paraissait excédé et le prouva aussitôt.

— Tu fais davantage confiance à Gabriel qu'à moi, en somme, jeta-t-il d'un ton amer. Quand comprendras-tu que je ne peux pas me représenter cette sorte d'ange gardien ? Toi, tu le vois, tu l'entends. C'est vraiment pénible comme situation, Abi.

— Pense à ce qu'il a fait pour Belle !

— C'est toi qui me le dis, mais son ravisseur a pu trébucher et tomber sans intervention divine ! Bon sang, je voudrais tant avoir une vie normale. Je t'aime de tout mon être, Abi, et j'adore nos filles. Je t'ai aimée et épousée en sachant que tu étais médium, car j'en avais pris mon parti. Maintenant, Belle, à l'approche de ses cinq ans, développe des dons pareils aux tiens. Je suppose que notre fille peut voir Gabriel, elle aussi ?

— Oui, elle l'a vu. Adrien, j'ai l'affreuse impression d'avoir gâché ton existence. Tu as tellement changé ces derniers temps. Nous avons été heureux, pourtant ! Tu te plains de côtoyer un monde surnaturel par ma faute, mais sans les messages que le vieux père Maraud adressait à Claire par le biais des rêves, et sans Claire surtout, tu serais veuf et Annabelle n'aurait peut-être pas survécu à la naissance sans Ludivine. Tu oublies vite les bienfaits des gens comme nous, pour te souvenir des personnes qui te dérangent.

Révoltée, Abigaël s'éloigna en retenant ses larmes. Elle claqua la porte du local et courut vers le perron. Adrien renonça à la suivre, conscient de s'être montré ingrat et stupide. Cependant, une heure plus tard, il se laissa emporter par une colère aveugle, teintée de jalousie et d'un sentiment humiliant d'infériorité.

La nuit printanière envahissait la vallée. L'air tiède dispersait des senteurs délicieuses, qui ravivaient la nostalgie de Claire, accoudée à une fenêtre. Elle tenait Abigaël par l'épaule, dans l'espoir de la consoler.

— Si vous saviez combien de fois Jean et moi nous nous sommes querellés ! C'étaient des escarmouches sans gravité, à propos de différences d'opinions... Ma petite Abi, demain vous serez réconciliés. Admirez plutôt le ciel semé d'étoiles, la lune ronde qui semble posée à la cime de ce grand frêne. Et tous ces parfums !

— Ils sont exquis, Claire. Celui de la roche qui exhale la chaleur du soleil, dans la fraîcheur du soir, l'odeur de la rivière et de la terre humide. Et vos chères giroflées, poussant dans chaque repli des falaises.

— Dieu soit loué, vous êtes bien comme moi, Abi. Même le cœur lourd, vous demeurez sensible à la beauté de notre monde. Allons, du cran ! Au pire, Adrien reviendra ouvrir l'imprimerie demain matin, s'il n'arrive pas bientôt pour implorer votre pardon.

— Et s'il avait raison, Claire ? Cet après-midi, j'ai beaucoup réfléchi et j'ai fait l'effort de me mettre à sa place. Je me suis dit que j'aurais sans doute du mal à accepter ce genre de situation.

— Vous n'avez pas été sincère, dans ce cas. Telle que je vous connais, Abi, généreuse et tolérante, vous seriez prête à soutenir votre mari s'il était doté des mêmes dons.

— Pourtant c'est notre première dispute sérieuse, du moins depuis notre mariage. Évidemment, Adrien était fou de rage lorsqu'il a découvert que j'avais épousé Maxence Vermont, mais j'ai réussi à lui faire comprendre combien j'étais malheureuse et nous avons pris un nouveau départ.

Claire poussa un soupir à l'écoute de ce patronyme qui était souvent revenu dans les conversations à voix basse, au cours de la journée.

— Si c'est bien cet homme, il ne vous fera plus de mal, Abi. Les puissances divines veillent sur vous.

La jeune femme eut le courage de sourire, obsédée néanmoins par l'attitude d'Adrien. Il avait déserté le moulin pour retourner dans leur maison.

— Tu es très bien entourée, ici, avait-il lâché sèchement en franchissant le porche. Et tu es protégée par Gabriel, qui a plus de moyens que moi en tant qu'envoyé céleste. Je suis inutile, alors je vais chez nous, notre ancien chez-nous.

Blessée par cette courte tirade prononcée d'un ton froid, Abigaël n'avait pas cherché à le retenir, mais elle en souffrait encore.

— C'est le moment de fermer les contrevents, mesdames, annonça Jakob avec bonhomie. Mesure de prudence.

— Le paysage est si beau, déplora Claire. Les nuits du mois de mai sont les plus douces. Mais en effet, ne prenons pas de risque. Bertille est déjà montée ?

— Ui, Poupette était bien lasse, je l'ai portée dans l'escalier. Vos petiotes dorment comme des anges, Abi, ajouta le Mosellan. Cécile leur a chanté des berceuses. Elle m'a dit de ne pas vous inquiéter.

— Vous êtes tous tellement gentils, je ne pourrai jamais assez vous remercier, répliqua Abigaël. Grand-père, tu as l'air fatigué toi aussi.

— Je tiens bon, ma petite Abi, et je crains de ne pas fermer l'œil, car je pense sans arrêt à cette crapule de Maxence Vermont. Je suis de l'avis du commissaire Rigaud, c'est sûrement lui le responsable de tous ces malheurs. La prison l'a poussé sur une mauvaise pente, sur laquelle il s'était engagé de lui-même, à l'époque où il a voulu tuer Adrien. Le peu de temps où je l'ai fréquenté, je n'avais aucune confiance en lui et je n'étais pas dupe de ses crises de repentir. Il avait une propension au crime.

— Pierre, vous me donnez froid dans le dos, déplora Claire. Hélas, certains assassins peuvent d'abord paraître d'honnêtes citoyens, ou bien on pressent leur mauvaise nature très vite.

Silencieuse, Abigaël s'était assise sur la pierre de l'âtre, pour caresser Sauvageon. Toutes ses pensées allaient vers Adrien, seul dans leur maison. Il lui manquait et elle guettait le moindre bruit en provenance de l'extérieur, dans l'espoir de son retour.

« Est-ce qu'il y avait de quoi préparer un repas, je ne sais plus. Il doit regretter ce qu'il m'a dit, il viendra dormir là, près de moi. Claire a organisé les chambres pour que ce soit possible. Cécile couchera là, dans la cuisine, ça l'amusait. »

Elle songea aussi que son grand-père partagerait la chambre et le lit de Claire, de façon exceptionnelle, pour libérer sa propre chambre. Peu après, Cécile descendit sur la pointe des pieds.

— J'ai envie d'une infusion de verveine, dit-elle. J'en prépare pour tout le monde ?

— Volontiers, répondit Claire.

— Abi, je tombe de sommeil, lui avoua sa belle-sœur. J'ai failli m'assoupir une fois allongée. Je plains Samuel qui va devoir veiller jusqu'à l'aube. Monsieur Kern, tout est bien fermé à l'étage ?

— Claquemuré, ui, ui, affirma le Mosellan. Il n'y a qu'une entrée, cette porte cloutée, en chêne.

— À propos de Samuel, sœurette, est-ce qu'il t'a dit l'endroit qu'il avait choisi pour cette nuit ? s'enquit Abigaël.

— Pour leur planque ? Je crois qu'ils ont prévu de surveiller le chemin depuis un surplomb en aval de la rivière.

— Hélas, ils ne sont que deux. Même armés, seront-ils capables d'arrêter ces bandits ? déplora Pierre.

Claire s'était installée près de son compagnon, qui la serrait contre lui. Ils contemplaient le feu allumé par Jakob, pour égayer l'atmosphère. Une longue heure s'écoula ainsi, émaillée de mots échangés à mi-voix.

Chez Abigaël et Adrien, même soir, même heure

Rien ne parvenait à apaiser l'irritation d'Adrien. Il n'avait pas mangé, se contentant de boire du café au lait. Étendu sur le divan du rez-de-chaussée, il essayait de lire un roman que sa sœur lui avait offert à Noël, *Léon Morin, prêtre*[1], le prix Goncourt de l'année précédente.

— Je ne peux pas me concentrer, enragea-t-il en refermant l'ouvrage d'un geste vif. Bon sang, pourquoi tout va de travers en ce moment ?

Il se releva pour la deuxième fois et déambula dans la pièce éclairée uniquement par le lampadaire à abat-jour jaune qu'il avait acheté en automne aux Nouvelles Galeries d'Angoulême.

— C'est chez nous, ici, pesta-t-il. Je travaille dur pour ma famille. Nous avons une voiture, la radio, un confort suffisant. Mais tout est mieux au Moulin du Loup. Si ma femme et mes filles dormaient à l'étage, je me sentirais utile et déterminé à écarter tous les dangers.

Sans en avoir conscience, il repoussait par orgueil ses remords et son envie de rejoindre Abigaël. Fumant cigarette sur cigarette, il continua à faire les cent pas.

— J'ai sûrement tort, marmonna-t-il. Je n'y peux rien, ces histoires d'âmes errantes, d'esprits maléfiques et de défunts qui discutent avec elle, ça me hérisse. Abi, parfois je m'interroge sur toi. Qui es-tu vraiment ? Est-ce que tu méritais un homme aussi matérialiste que moi… aussi borné ?

1. Roman de Béatrix Beck.

Désemparé, Adrien se servit un verre de vin, puis un autre, lui qui ne buvait jamais beaucoup.

— Qu'est-ce que je fiche ici, au lieu de courir vers toi, mon ange ? Je ne serais pas dans cet état si Annabelle était une petite fille comme les autres. Je n'ai pas pu assumer son don de voyance, encore moins le fait qu'elle soit médium.

Étourdi par le vin, il se rallongea, dans une dernière tentative pour ne pas sortir de chez lui et se ruer vers le moulin. Son avant-bras droit sur les yeux, il ne s'aperçut pas tout de suite que la lumière s'était éteinte.

« Tiens, l'ampoule a grillé », se dit-il en changeant de position.

Il n'avait pas prévu de dormir, pourtant ses paupières se firent lourdes et il sombra dans un profond sommeil en trois secondes à peine, sous le regard sévère de Gabriel.

— Tu dédaignes la chance fabuleuse que le destin t'a octroyée, homme de peu de foi, murmura-t-il, tout en s'étonnant de ses propres paroles. Et je dois t'aider à trouver la voie de la bonté et de la tolérance. Je le fais pour Abigaël, parce qu'elle t'aime et mérite un infini respect, une infinie adoration. Fais de beaux rêves, toi qui peux chérir, caresser, embrasser la femme que j'aurais pu épouser devant Dieu.

Le lampadaire se ralluma, mais personne n'en fut témoin. Adrien, lui, voyageait parmi ses souvenirs d'enfance. Il était exalté par la netteté du décor où il évoluait et s'émerveillait de retrouver ses parents, de revoir Cécile fillette.

Sa mère, jeune et ravissante, aussi brune que ses deux enfants, ouvrait le panier du pique-nique, sur une couverture, au bord de la Charente. Son père surveillait le flotteur rouge et blanc de sa canne à pêche.

Cécile gambadait, menue et vive. Il la souleva dans ses bras et la fit tournoyer, heureux de l'entendre rire aux éclats. Mais sa sœur de huit ans disparut soudainement. Adrien, surpris, alla interroger sa mère, dont le sourire l'attirait comme un aimant.

— Ta sœur ne peut pas être avec nous, mon grand fils chéri. Papa et moi, nous pensons si fort à elle, qui attend un bébé, que nous croyons la voir. Et toi tu as une jolie femme et deux belles petites filles. Tu es venu dans notre paradis à nous. Ton père était si content, quand nous passions la journée ici.

Des larmes coulaient sur les joues et les tempes d'Adrien, tandis qu'il étreignait sa mère, dans une dimension parallèle où il n'avait jamais pénétré.

— Maman, pardon, balbutia-t-il. Moi, j'oublie de penser à vous.

— Ce n'est pas grave, fiston, nous prenons de tes nouvelles de temps en temps, lui dit son père.

Adrien fut ensuite projeté dans le grenier de la ferme des Mousnier, où il avait failli mourir après un rude combat entre résistants et miliciens. Il revit Abigaël penchée sur lui, en train de le soigner, si belle sous la clarté dansante d'une bougie. Puis ils étaient ensemble sous le feuillage d'un vieux saule pleureur. Elle était nue, abandonnée, ses beaux yeux fermés par pudeur. Il l'avait faite femme, elle qui avait seulement seize ans.

— Mon amour, gémit-il. Pardonne-moi. Tu ressemblais à un ange et je n'ai pas tenu compte de ton innocence. On s'aimait si fort. Ce soir-là ou un autre soir, nous avons conçu un enfant. Combien tu as dû souffrir, enceinte, alors que je me souciais peu de rentrer en Charente. Et ce pauvre bébé n'a jamais vu le jour, tu l'as perdu à cause de la brutalité de la foule. Je n'étais même pas près de toi. Pardon, pardon.

Mais il ne se réveilla pas, malgré l'aiguillon du repentir. Ce fut une heure plus tard que Gabriel revint dans la maison et lui toucha le front.

— Debout, Adrien ! Vite, cette fois je ne peux rien faire, toi si. Debout !

Abigaël avait cédé au besoin viscéral de rejoindre son mari, après l'avoir attendu jusqu'à minuit. Elle voulait le serrer dans ses bras, le griser de baisers. Claire, Pierre et Jakob étaient montés se coucher les premiers, mais Cécile avait insisté pour lui tenir compagnie, tout en bâillant souvent, le regard un peu vague.

— Je suis trop nerveuse, sœurette, je préfère rester là, avec Sauvageon, avait-elle déclaré. Tu n'en peux plus, alors tu n'as qu'à dormir dans la chambre où sont les filles, puisque Adrien ne viendra plus. Si l'une des deux se réveillait, je l'entendrais.

— Tu es sûre, Abi ? Tu me fais tant de peine, franchement mon frère exagère d'être allé bouder dans son coin.

Cécile n'avait pas insisté. Une fois seule, Abigaël avait évoqué ses plus précieux souvenirs de femme amoureuse et aimée. Des images, des scènes avaient défilé dans son esprit attristé.

« Nous avons connu la passion, la tendresse, la complicité, et nos sentiments sont toujours aussi forts, avait-elle pensé en reprenant pied dans le temps présent. Claire a raison, une querelle n'a pas grande importance. »

Exaltée à l'idée de se réconcilier avec Adrien, elle s'était décidée à sortir. Le plus difficile étant d'obtenir l'obéissance du loup, qui avait voulu la suivre.

— Sage, reste ici, je ne dois pas t'emmener. Veille sur mes petites filles, Sauvageon.

Abigaël n'avait pas peur, Samuel et son adjoint étant postés près du moulin. Il lui suffisait de courir vers leur maison, à l'ombre des frênes et des saules, car la pleine lune éclairait sûrement le chemin. Au dernier moment, cependant, elle prit un couteau de cuisine de taille moyenne, bien affûté par Jakob.

— Au cas où, mais je crois qu'il n'y a personne cette nuit. Les gendarmes ont patrouillé, tout est paisible, je le sens. Et Gabriel m'aurait mise en garde, disait-elle tout bas, en longeant la façade de l'imprimerie.

En trois foulées, elle s'abrita sous le hangar, où il faisait noir. De là, elle courut vers le porche pour se plaquer contre un des montants en pierre.

— Si Samuel me voit, il ne comprendra pas pourquoi je suis dehors à cette heure-ci.

La jeune femme put enfin marcher sous le couvert des arbres. Elle pressa le pas, fascinée par l'éclat jaune de leur fenêtre de cuisine, qui se dessinait à une centaine de mètres.

Tout à coup, une silhouette jaillit d'un bosquet de noisetiers et lui barra le passage. Un homme la gifla violemment avant de la ceinturer avec rudesse.

— Ne crie pas, sinon je t'égorge, souffla-t-il. Viens par là !

Tétanisée, Abigaël se laissa emmener, sonnée par les claques qu'elle avait reçues. Son agresseur la portait presque quand il se faufila derrière la grange, entre un pan de falaise et le mur, dans un fouillis de ronces et de sureaux.

— Tu fais moins la fière, hein, gronda-t-il en ôtant sa casquette.

L'homme se plaça sous un rayon de lune. En dépit de son crâne chauve et des cicatrices qui le défiguraient, elle reconnut le regard halluciné de Maxence Vermont.

— Tu vois où tu vas mourir, Abi ? Tout près de ton doux foyer, là où tu t'es vautrée dans le lit de ce type, Adrien. Et il t'a fait deux gamines ! Depuis le temps que j'attends ça, te rayer de la surface de la terre. Tu m'as envoyé en prison et, crois-moi, j'ai tout enduré pour pouvoir me venger. Hé, réponds, tu as perdu ta langue ?

Elle fit non d'un signe de tête, en se demandant comment prendre discrètement le couteau qui était au fond d'une poche de sa jupe.

— Vous avez tous une sacrée frousse, hein, lui dit-il avant de la secouer par les épaules. Allez, parle donc ! Je pourrais te prendre là, contre le mur, mais tu ne me fais plus envie, j'ai trouvé mieux. Je sais qu'il y a des flics dans le coin, alors je ne vais pas traîner. Adieu, Abi, tu iras sûrement droit au paradis.

Sur ces mots, Maxence Vermont la saisit par un bras et, de sa main libre, il sortit un revolver. Il appuya le canon de l'arme entre les seins de la jeune femme.

20

Des coups de feu dans la nuit

Maison du chemin des falaises, même heure

Adrien, hébété, doutait d'avoir vraiment entendu une voix qui lui ordonnait de se lever. Il hésita quelques secondes, hanté par le rêve où il avait revu ses parents.

— Qu'est-ce qui se passe ?

Il courut jusqu'à l'évier et s'aspergea la figure d'eau froide, pour mieux se réveiller. Les mêmes mots résonnèrent dans son esprit : « Debout, Adrien ! Vite, cette fois je ne peux rien faire, toi si. Debout ! »

D'instinct, il comprit que ce cri d'alarme véhément concernait Abigaël et que Gabriel l'avertissait.

— Où est-elle ?

Il enfila ses mocassins et chercha autour de lui un outil pour la défendre.

— Bon sang, il n'y a rien ! Ah, dans la grange !

Son choix se porta sur une barre à mine qu'il serra dans sa main droite. Il se retrouva sur le chemin, le cœur cognant à un rythme dément. Un cri rauque de panique lui échappa car il ne savait pas quelle direction prendre.

À moitié fou d'inquiétude, Adrien implora tout bas Gabriel de l'aider, en y mettant toute sa persuasion, puis appela Abigaël.

Derrière la maison, Vermont gardait un doigt sur la détente de son arme. Déstabilisé par cette voix qui troublait le silence de la nuit, il esquissa une grimace.

— Ton mari est par là, murmura-t-il. Attendons-le, ce sera encore meilleur si je te tue devant lui. Tu n'as pas peur de mourir ? Arrête de me fixer, nom d'un chien !

Sous son allure résignée et son calme apparent, Abigaël priait Dieu et Gabriel de la secourir. Elle avait pu saisir le manche du couteau, cependant, de crainte de provoquer un geste fatal de la part de Vermont, elle patientait encore.

« S'il voulait me tuer, il aurait déjà tiré, pensait-elle. Ou bien il se délecte de ce moment où il me tient à sa merci. »

L'appel anxieux d'Adrien la troubla. Si elle criait pour signaler sa présence à son mari, il accourrait sans se méfier. Vermont l'abattrait alors le premier, sans nul doute avec jubilation.

Pourtant il en fut ainsi, en dépit du mutisme héroïque de la jeune femme. Tout se déroula à une vitesse fulgurante, qui lui donna une impression de chaos et de totale confusion.

— Non, attention, Adrien ! hurla-t-elle en le voyant surgir à l'angle de la grange.

Comme elle le prévoyait, Maxence braqua le revolver sur le jeune homme qui cria :

— Au sol, Abi, baisse-toi !

Le coup de feu partit. Le bruit sec retentit dans toute la vallée, répercuté par les falaises. Accroupie au milieu des broussailles, Abigaël put voir son mari éviter la balle. En deux bonds, il se rua sur Vermont et le frappa avec la barre à mine, mais celui-ci ayant reculé, il lui toucha seulement l'épaule gauche. La douleur arracha à l'homme un rugissement de bête fauve.

Les traits crispés par la haine, Adrien s'apprêtait à cogner encore, en visant le crâne chauve de son adversaire. Titubant, ivre de rage, celui-ci braqua de nouveau son arme sur Abigaël, mais deux autres coups de feu résonnèrent. Atteint en pleine tête, il s'effondra, pareil à un pantin désarticulé.

Samuel Claudin et Pressigout se tenaient à l'angle du bâtiment. C'était le jeune stagiaire qui, affolé, avait tiré.

— Tout va bien, Abi ? Adrien ? Vous n'êtes pas blessés ? demanda leur beau-frère.

— Mon Dieu, il est mort, balbutia Abigaël qui se mit à claquer des dents, ses nerfs la trahissant. Il est mort !

Adrien tomba à genoux pour l'enlacer. Elle enfouit son visage au creux de son épaule afin de ne pas voir l'homme foudroyé, qui n'avait plus face humaine.

Les deux policiers les avaient rejoints pour examiner le cadavre.

— Le commissaire sera furieux, Pressigout, décréta Samuel d'un ton gêné. Il aurait mieux valu avoir ce type vivant.

— Je suis désolé, inspecteur, il était armé, et j'ai eu peur qu'il tue cette jeune dame. Il la visait.

— En tout cas, vous êtes un excellent tireur. Cela dit, Rigaud ne vous fera pas de cadeau.

Abigaël s'était relevée, soutenue par son mari. Elle tremblait de tout son corps et n'avait qu'une envie, s'éloigner au plus vite de ce lieu envahi de végétation où flottait l'odeur de la poudre.

— C'était bien Maxence Vermont, Samuel, lâcha-t-elle à mi-voix. Vous pourrez le vérifier facilement.

— J'emmène ma femme à la maison, décida Adrien. Elle est sous le choc, il lui faut du repos. Vous savez où nous trouver.

— Bien sûr, allez-y, concéda son beau-frère.

Il fallut presque une heure à Abigaël pour se remettre de l'immense frayeur qu'elle avait éprouvée. Blottie contre Adrien, qui la câlinait, elle revoyait sans cesse l'instant où Vermont avait appuyé le canon du revolver sur sa poitrine.

— Je suis restée impassible, je me répétais que je ne pouvais pas mourir, en vous laissant, toi et nos petites. C'était épouvantable.

— Abi chérie, c'est fini. Si Pressigout n'avait pas tiré, j'aurais éclaté la tête de ce saligaud à coups de barre à mine. Dieu soit loué, j'ai pu te défendre.

— Mais tu as failli mourir sous mes yeux, mon amour.

— Tu oublies que j'étais un maquisard, j'ai souvent esquivé de mauvais coups. Abi, je ne peux pas attendre pour te demander pardon. Pardon pour ces mots injustes que je t'ai dits, pardon pour mes humeurs maussades, pour le chagrin que j'ai dû te causer. À dater de cette nuit, je ne serai plus le même.

— Adrien, je t'aime tel que tu es !

Ce cri du cœur raviva les remords du jeune homme. Il étreignit Abigaël en la couvrant de petits baisers.

— Que veux-tu boire ? Je t'ai donné de l'eau, mais tu aurais besoin d'un remontant, murmura-t-il après avoir effleuré ses lèvres. J'ai ouvert une bouteille de vin, ça te ferait du bien.

— Non, pas de vin, je préférerais un café bien sucré.

— D'accord, un café.

On frappa à leur porte alors que la bouilloire sifflait sur le réchaud à alcool. Samuel entra sans attendre de réponse.

— Excusez-moi, est-ce que vous auriez une bâche ou un vieux drap pour couvrir le corps de Vermont ? s'enquit-il. Je suis monté au domaine téléphoner au commissaire, il se met en route avec le légiste. Comment ça va, Abi ?

— Mieux, merci.

— J'ai une question. Pourquoi étiez-vous dehors à plus de minuit ? De notre planque, j'ai cru voir une femme marcher dans l'ombre des arbres, mais je doutais que ce soit vous.

— C'était imprudent, je sais. Adrien comptait dormir chez nous, moi j'étais chez Claire. Je venais le voir, expliqua-t-elle.

— Tout est ma faute, affirma celui-ci. Une querelle stupide et mon caractère épineux. J'ai un morceau de bâche dans la grange, je te le donne.

Le tutoiement lui était venu naturellement. Avec un sourire surpris, il tendit la main à Samuel.

— Réflexion faite, il serait temps de se tutoyer, beau-frère ! Ma petite sœur t'aime et tu la traites en princesse, soyons amis.

— Voilà une initiative sympathique, Adrien ! s'extasia le jeune policier.

Ils quittèrent la cuisine pour passer dans la grange. Abigaël, revigorée par la tendresse de son mari, se leva pour préparer le café. Elle espérait entendre la voix de Gabriel, mais il ne se manifestait pas.

— Je suis pourtant persuadée que vous êtes venu à mon secours, d'une façon ou d'une autre, dit-elle tout bas.

Adrien était de retour. Il la fit asseoir et continua à verser l'eau sur le café moulu. Elle l'observa attentivement, étonnée de le trouver différent. Ses cheveux bruns en désordre, il gardait un sourire très doux et son regard vert exprimait une joie étrange.

— Tu dois être soulagé parce que Vermont est mort et ne pourra plus s'en prendre à nous, hasarda-t-elle. J'aurais préféré le savoir en prison à perpétuité.

— Je suis surtout soulagé de ne pas l'avoir tué, répliqua-t-il. Abi, écoute-moi, il s'est passé quelque chose durant mon sommeil. Déjà je n'ai jamais sombré aussi vite, ensuite j'ai rêvé, si on peut appeler ça des rêves.

Adrien lui servit du café, en ajoutant du sucre et du lait. Elle le remercia d'un sourire perplexe.

— J'ai revu mes parents, au bord de la Charente, à l'endroit précis où nous allions chaque dimanche, du printemps à l'automne. Maman avait son panier de pique-nique, papa surveillait sa ligne et son bouchon.

Sur sa lancée, son mari lui relata tout ce qu'il avait entendu et ressenti en songe. Ensuite il précisa comment il s'était réveillé, obéissant à un ordre venu de nulle part.

— Je suis certain qu'il s'agissait de Gabriel, Abi. Il disait ne pas pouvoir t'aider.

— C'est épuisant pour lui d'intervenir dans notre dimension. Qu'aurait-il pu faire, face à une arme ? Quant à ces rêves, je suis heureuse pour toi, mon amour. Nous en reparlerons. Il faut rentrer au moulin. Le lit de la cuisine est disponible. Je n'en peux plus. Et demain, nous aurons droit à la visite de la police.

— Tu as raison, si tu es trop fatiguée, je prends le vélo et tu monteras sur le porte-bagages. D'abord, je vais offrir une tasse de café à ce pauvre stagiaire. Je suis de l'avis de Samuel, Rigaud va l'accabler de reproches. Ne bouge pas, je reviens.

La soudaine métamorphose de son mari attendrissait Abigaël, qui l'attribua à Gabriel.

— Je vous remercie encore une fois, mon ami, dit-elle du bout des lèvres.

Angoulême, rue de l'Arsenal,
chez Ludivine et Quentin de Martignac, lundi 4 mai 1953

Marie Hitier s'était présentée tôt dans la matinée au domicile de Ludivine de Martignac. Voisine de la jeune femme, la tante d'Abigaël tenait à lui rendre de courtes visites pour le plaisir de voir Clémence, ronde et rieuse à l'approche de ses trois mois.

— Je vous ai apporté des biscuits que j'ai faits moi-même hier après-midi. Jacques se moque gentiment, car tous les dimanches, je m'adonne à la pâtisserie.

— Je vous remercie, Marie, je les goûterai en dessert, avec du lait chaud, répondit Ludivine. Clémence devient nerveuse, aussi je ne bois plus ni thé ni café puisque je l'allaite. J'ai lu dans un magazine que ces produits peuvent passer dans le lait maternel.

— Je n'y crois guère ! Les nouvelles revues que vous appréciez tant publient un peu n'importe quoi.

Garance, occupée à préparer le landau pour le bébé, eut soin de ne pas se mêler à la conversation. Elle tenait à sa place et se faisait discrète.

— Madame, je peux partir promener Clémence ? demanda-t-elle néanmoins, d'un ton aimable.

— Oui, elle vient de téter. Mettez-lui son petit bonnet en lin, il y a du vent aujourd'hui. Et couvrez-la bien.

— Seigneur, que vous êtes élégante, Garance, nota Marie. On ne dirait pas une nurse, habillée comme vous l'êtes !

Exaspérée, Ludivine se détourna pour pincer les lèvres. En dépit de sa bonne éducation et de son amabilité, Marie Hitier lui portait souvent sur les nerfs.

— Madame m'a donné des vêtements qui ne lui allaient plus, expliqua Garance.

— Mais oui, vous êtes plus mince que moi. Depuis la naissance de bébé, j'ai dû renouveler ma garde-robe. Quentin était ravi de m'accompagner dans les magasins pour m'aider à choisir.

— Je comprends mieux, soupira Marie. Cependant, vous auriez pu me confier des tenues chaudes dont j'aurais fait profiter la Croix-Rouge. Il y a tant de misère sur terre.

Sans paraître blessée par les propos de la visiteuse, Garance prit Clémence, qui gazouillait dans son berceau, pour aller la coucher dans le landau, rangé dans le corridor aux lambris de chêne clair. Coiffée d'un chignon haut, son corps parfait moulé dans une jupe et un gilet en jersey bleu marine, elle avait un peu fardé ses yeux couleur noisette, aux longs cils.

— Madame, je ferai un tour dans le jardin de l'hôtel de ville, ensuite j'avancerai jusqu'au théâtre, dit-elle à Ludivine.

— C'est très bien, Garance.

Le téléphone sonna au même instant. Ludivine décrocha vite, avec un grand sourire.

— C'est sûrement Quentin ! Il devait m'appeler pour me dire si nous pouvons déjeuner en ville tous les deux.

Mais la jeune femme reconnut la voix d'Abigaël. Loin d'être déçue, elle la questionna immédiatement.

— Est-ce que tout va bien, Abi, depuis vendredi ? Nous avions prévu de venir au moulin, hier, maman nous l'a déconseillé.

Autant par curiosité que par politesse, Garance s'attarda sur le seuil du salon, Clémence dans les bras. Ludivine s'était tue pour écouter Abigaël. Marie Hitier s'alarma en voyant son expression horrifiée.

— Comment ? C'était Maxence Vermont ? Il a essayé de te tuer et il est mort ! Je sais de quelle manière ignoble il t'a traitée par le passé, Abi. Qui a tiré ? L'adjoint de Samuel… Tu as dû avoir terriblement peur !

Marie et Garance retenaient leur souffle, aussi pâles l'une que l'autre. Il y eut à nouveau un temps de silence. Ludivine hochait la tête en tortillant une mèche de sa chevelure noire entre ses doigts.

— Au moins, le cauchemar est terminé, dit-elle enfin. Mais oui, tout se tient, Vermont s'en est pris à mon beau-père parce que Louis t'avait aidée à t'enfuir, à l'époque. Je dois l'annoncer à Quentin. Nous viendrons ce soir pour te réconforter. Et je rêvais de serrer Annabelle dans mes bras. Je lui ai acheté une peluche de chien, puisqu'elle n'aime pas les poupées. Je t'embrasse, Abi. Embrasse bien fort maman et Bertille de ma part. Et même Adrien, qui a volé à ton secours en héros.

Ludivine raccrocha après un dernier silence. Elle poussa un gros soupir.

— Expliquez-moi, je vous en prie ! s'écria Marie. Abigaël a failli mourir ! Seigneur, Maxence Vermont était l'instigateur de tous ces actes odieux !

— Oui, c'est lui aussi qui a voulu enlever Annabelle. Son échec a dû le rendre fou furieux, et il a décidé de tuer Abi, débita Ludivine, secouée par la nouvelle.

Marie se leva brusquement en s'emparant de son sac à main. Elle suffoquait presque.

— Je vais prendre un taxi et me rendre tout de suite au Moulin du Loup, balbutia-t-elle. Je veux tenir Abigaël dans mes bras, m'assurer qu'elle va bien.

Impassible, Garance berçait Clémence qui pleurait.

— Je vais quand même promener la petite, n'est-ce pas, madame ? interrogea-t-elle. C'est affreux ce qui est arrivé à votre amie Abigaël. Une personne si généreuse, si douce. Vous lui transmettrez toute ma gratitude et mon respect, ce soir.

— Oui, ne tardez pas, sinon ma fille va se mettre à hurler et ça me fait trop de peine.

— Je sors en même temps que vous, Garance, précisa Marie. Au revoir, Ludivine. Mon Dieu, c'était Maxence Vermont...

Restée seule, Ludivine récapitula les propos d'Abigaël avant de téléphoner à Quentin. Elle posait les doigts sur le combiné lorsqu'il sonna à nouveau. Cette fois, c'était son beau-père, Louis de Martignac.

— Bonjour, Ludivine, dit-il d'un ton enjoué. Je voudrais vous inviter à dîner samedi prochain. Nous pourrons fêter une bonne nouvelle. Finalement, l'assurance me dédommage du vol des bijoux et pour l'incendie des écuries aussi, de façon avantageuse. La roue tourne, comme on dit, ma chère enfant. Béatrice et moi sommes très heureux.

— Mais, Louis, je pensais que vous m'appeliez au sujet des drames qui ont eu lieu au domaine de Ponriant et au moulin, s'étonna-t-elle, sidérée.

— De quoi parlez-vous ? Abigaël ne m'a pas téléphoné depuis plusieurs jours.

Ludivine se lança dans un récit rapide, dont la teneur eut raison de l'excellente humeur du châtelain.

— Pourquoi nous l'avoir caché ? déplora-t-il. Je vous remercie, je vais joindre Claire. Selon la suite des événements et avec son accord, j'irai ce soir au Moulin du Loup.

— Je comprends, Louis. Quentin et moi nous y serons également.

Son beau-père raccrocha aussitôt. Au bout de dix minutes, elle put parler à son mari, qui avait fini de plaider dans un procès de routine.

— Quel soulagement, ce criminel ne nuira plus à personne, déclara-t-il en conclusion. Nous pouvons tous respirer. Je reviens pour déjeuner, ma chérie.

En raccrochant, Ludivine respira profondément. Elle se souviendrait longtemps des courriers anonymes, du rat égorgé dont le sang souillait leur boîte à lettres, de la naissance de sa fille dans un climat de peur et d'insécurité, une nuit de neige.

— Dieu merci, oui, c'est terminé, soupira-t-elle.

Vallée des Eaux-Claires, Moulin du Loup,
même jour, une heure plus tard

Claire et Pierre disposaient sur la grande table une cafetière fumante et des tasses. Le commissaire Rigaud, arrivé depuis cinq minutes, les remercia tout en ouvrant le dossier cartonné qu'il avait apporté.

— Bien, personne ne manque, je peux commencer, décréta-t-il avec une jovialité un peu forcée.

Il y avait là Abigaël et Adrien, Bertille et Jakob, ainsi que Samuel Claudin et Pressigout.

— Vous pouvez parler à votre aise, commissaire, dit Claire. Cécile promène les deux petites filles.

— Merci, madame. Premier point, nous avons formellement identifié Maxence Vermont grâce à ses empreintes digitales. Si nous avions pu l'arrêter vivant, nous aurions obtenu ses aveux, mais nous devrons nous contenter de suppositions. Était-il l'instigateur des trois meurtres de Ruffec ? On peut l'incriminer pour la tentative d'enlèvement de l'enfant et le meurtre de Valentin Castaing, mais dans l'état actuel des choses, seul Loïc Naudier est suspecté en ce qui concerne l'incendie des écuries du château, les lettres anonymes et le vol des bijoux.

— Ces deux hommes sont morts, fit remarquer Adrien. Nous ne sommes plus menacés !

— Il reste la femme, Séverine Naudier, indiqua Samuel. Hélas, nous n'avons encore aucune photographie d'elle. Cet après-midi, j'interrogerai les gardiens de la prison d'Angoulême. Peut-être que l'un d'eux pourra en fournir une description, puisqu'elle rendait visite à son frère.

Rigaud lançait à Abigaël des coups d'œil circonspects. Il avait très mal pris l'annonce de la mort de Vermont, abattu par un jeune policier trop nerveux. Son humeur s'en ressentait.

— Que faisiez-vous sur le chemin, près de votre maison, au milieu de la nuit, madame ? demanda-t-il soudain en la fixant. À quoi servaient mes exhortations à la prudence, la mise en place d'une patrouille de gendarmerie et celle d'une planque ?

— Je suis désolée, commissaire. J'ai confié à Samuel ce qui m'a poussée à rejoindre mon mari. Et je pensais vraiment ne courir aucun danger.

— Vous vous trompiez, de toute évidence, puisque Vermont rôdait dans la vallée. Bon sang, nous en avions discuté hier matin ! Nous étions presque certains qu'il faisait le coupable idéal. Il devait avoir trouvé un endroit proche d'ici.

— À quoi bon accabler ma femme ? se rebiffa Adrien. Je suis le plus responsable dans tout ça. Si j'étais resté au Moulin du Loup, comme prévu, rien ne serait arrivé.

La logique de ce constat frappa Abigaël et son grand-père dut le penser aussi.

— Commissaire, je comprends votre irritation, dit-il de sa belle voix bien timbrée. J'ai été bouleversé quand j'ai su que ma petite-fille avait frôlé la mort. Et si le destin en avait décidé ainsi ? Je me permets d'avancer cette évidence. Certes, Abi et Adrien auraient dû se trouver au moulin, bien à l'abri, mais dans ce cas, un assassin ivre de vengeance courrait encore, en élaborant un nouveau plan meurtrier !

— C'est une façon de voir, monsieur Lussac, bougonna Rigaud en prenant sa tasse de café. Mais je ne crois guère au destin, tout en sachant que sous ce toit, je côtoie une guérisseuse et une médium qui se moque des consignes de la police. Revenons à l'enquête ! Claudin, je vous laisse la parole.

— Très bien, commissaire, approuva Samuel, une feuille du dossier entre les mains. À dater d'aujourd'hui, les recherches vont se concentrer sur Séverine Naudier. Il y a de fortes chances que ce soit elle, la femme ayant participé au meurtre de Mathilde Buissonnier, l'épouse du notaire. De même, elle doit être en possession de l'argent dérobé à Ruffec et des bijoux des Martignac. Son signalement, lorsque nous l'aurons, sera communiqué dans les gendarmeries de la région.

— Déjà, nous allons fouiller toute la vallée, l'interrompit son supérieur. Séverine Naudier se cache peut-être dans une des grottes ou dans un bâtiment à l'abandon. Et l'autopsie de Vermont est susceptible de nous fournir des éléments intéressants. Claudin, prenez les dépositions de Mme et M. Lafaurie, je vous prie.

Abigaël et Adrien firent un récit complet, chacun leur tour. Subjuguée, Bertille les écouta sans oser faire de commentaires. Jakob, lui, se reprochait de n'avoir pas veillé toute la nuit.

— Donc, Vermont savait que deux inspecteurs étaient en planque, décréta le commissaire. Mais ça ne l'a pas empêché de se tenir près de votre maison, monsieur Lafaurie, et en voyant la femme qu'il haïssait s'approcher, il a dû se dire qu'il tenait sa vengeance. Auparavant, il devait supposer que la famille était au complet à l'intérieur.

— Il nous aurait tous massacrés, s'effara Adrien.

— Nous ne saurons jamais ce qu'il comptait faire, trancha Rigaud. Ce sera tout. Mesdames, messieurs, je dirais qu'en principe, vous pouvez respirer et dormir en paix.

Tête baissée sur son café, le jeune stagiaire semblait porter le poids du monde sur ses épaules. Claire, qui l'observait, eut pitié de lui. Il n'avait pas prononcé un mot et il lui faisait penser à un accusé attendant la sentence de ses juges.

— Monsieur Pressigout, dit-elle gentiment, je tiens à vous remercier. Abigaël vient d'expliquer votre geste, vous avez tiré car cet homme braquait son arme sur elle. Je serais bien incapable de me réjouir de la mort de quiconque. Mais Maxence Vermont avait fait beaucoup de mal et il était avide de nuire et de tuer. Vous avez sauvé une jeune personne admirable, une maman de deux petites filles. Qui oserait vous le reprocher ?

— Merci, madame, souffla-t-il.

Claire riva alors ses beaux yeux de velours noir dans ceux du commissaire. Il se leva, maussade, et salua tout le monde d'un geste brusque. L'ambiance se détendit lorsque la voiture des policiers sortit de la cour.

— J'avais déjà remercié ce jeune homme, avoua Abigaël. Adrien aussi.

— Quelle histoire épouvantable, déplora Bertille. Je n'ai pas donné mon opinion, par souci de discrétion, cependant certains points me surprennent, comme ces chocolats prétendument envoyés par Quentin ! Abi, toi qui as connu ce monstrueux Vermont, l'imagines-tu se prêtant à ça ? Mettre le feu au château et au moulin, je n'en doute pas, mais les chocolats, non...

— Allons, Poupette, ce type devait jubiler à l'idée de nous rendre malades, ou bien ça visait surtout Annabelle, commenta Jakob. Les enfants ont la réputation d'être gourmands.

— J'ai bien fait de les garder pour moi, se vanta Bertille avec une mimique explicite.

Pierre caressa la joue d'Abigaël. La lassitude se lisait sur ses traits altiers, non dans ses yeux très bleus où brillait une joie timide.

— Je suis heureux, tu n'es plus en danger, ma chère petite. Le cours de nos vies va pouvoir reprendre.

— Oui, grand-père, ne t'inquiète pas, dit-elle en l'embrassant. J'ai envie de rejoindre Cécile et Belle. Il fait tellement beau.

— Bien sûr, allez-y, Abi, cela vous fera du bien, approuva Claire.

— Je t'accompagne jusqu'à l'imprimerie, décida Adrien. Denis est déjà au travail.

Ils marchèrent main dans la main, en se souriant. Une fois seule, la jeune femme se dirigea vers le bief, au lieu de franchir le porche. L'eau tranquille miroitait au soleil, survolée par des papillons. C'était un lieu à l'écart, où poussaient des herbes folles et des fleurs sauvages.

— Gabriel, appela-t-elle tout bas. Gabriel ?

Abigaël s'assit sur le rebord moussu du canal, le cœur serré. Des oiseaux chantaient dans les haies voisines, grisés d'air chaud et de lumière.

— Je suis là, fit une voix désormais familière.

Elle l'aperçut à l'ombre d'un mur, auquel il s'appuyait dans une attitude désinvolte. Vite, elle courut vers lui.

— Gabriel, je craignais que vous ne veniez pas. Je vous en prie, dites-moi la vérité ! Cette nuit, un homme est mort. Je l'avais épousé à la fin de la guerre et c'était une grave erreur. Il aurait pu me détruire corps et âme. Il a entretenu une terrible rancœur envers mon mari et moi, pendant son long séjour en prison. C'était lui qui me menaçait ?

— Oui. Il ne pourra plus vous nuire, son âme noire a plongé dans un sommeil qui durera très longtemps.

— Alors plus rien ne nous menace, Adrien, mes filles et moi. J'y pensais tout à l'heure, quand les policiers sont partis. Est-ce que vous allez partir vous aussi ?

— Sans doute, Abigaël.

— Parce que vous ne devez plus me protéger, ni m'aider, c'est ça ? Alors je ne vous verrai plus jamais.

— Ce terme signifie peu de choses dans la dimension où évoluent les entités bienveillantes. Un univers inconcevable et sublime. Ne soyez pas triste, je le suis suffisamment de me séparer de vous.

Il la dévisageait de ses yeux ambrés, dessinés en amande, et pour la première fois, elle compara son regard à celui du loup qu'elle chérissait. Un faible sourire naquit sur ses lèvres et s'effaça aussitôt.

— Pourquoi ce sourire fugitif? s'étonna-t-il.

— Oh, une sottise, vous avez un peu les prunelles dorées de Sauvageon. Lui aussi m'a souvent protégée. Vous n'êtes pas vexé au moins, Gabriel ?

— Loin de là, je serais plutôt flatté, si je pense à certains énergumènes de la race humaine, plus cruels et sanguinaires que des loups.

— Claire aimerait ce que vous dites, ou bien elle l'a sûrement dit un jour.

— Que de belles âmes au sein de cette vallée, soupira-t-il. Ma tendre amie, vivez heureuse et oubliez-moi.

— Je ne pourrai pas, ça non. Gabriel, je suis persuadée que vous reviendrez. Écoutez, j'ai une autre question qui me préoccupe, à propos du drame de cette nuit. M'avez-vous incitée à sortir du moulin et à rejoindre mon mari ?

— Je n'agis pas inconsidérément, aussi je ne vous aurais jamais poussée à courir vers le danger, répliqua-t-il. Le destin de cet homme était tracé, je l'ai su par cet esprit supérieur, proche de la sainteté, qui continue à me dévoiler les secrets de l'au-delà.

Un frisson parcourut le dos d'Abigaël. Malgré ses multiples expériences de médium, elle se sentait soudain novice dans ce domaine si mystérieux.

— Pourtant vous étiez là, près de notre maison, insista-t-elle. Adrien a changé, grâce à des rêves étranges qu'il a faits. C'était vous, n'est-ce pas ?

— Je devais aider votre mari à ouvrir son cœur et sa conscience aux êtres différents, comme vous, votre fille, Claire et Ludivine. Il vous avait blessée et votre chagrin était une injustice de plus, sur cette terre. Cela dit, ayant la consigne de ne pas mentir, j'avoue avoir vu ce qui se passait et j'ai réveillé Adrien, car je ne pouvais pas vous défendre.

Gabriel s'éloigna un peu, sans quitter l'ombre du mur, mais Abigaël le suivit, exaltée.

— Vraiment, c'était écrit ? demanda-t-elle. Maxence Vermont serait mort de toute façon au cours de la nuit ? Même si j'étais restée sagement au moulin ?

— Ce jeune policier l'aurait tué, en effet, mais dans d'autres circonstances. Je vous en prie, Abigaël, ne cherchez pas à en savoir davantage. À cette condition, nous

nous reverrons peut-être. Comment résister lorsque vous m'appelez de toute votre âme ? J'entends un rire d'enfant. Votre adorable petite fille rentre de promenade. Je vous laisse !

— Revenez bientôt, Gabriel, nous avons encore beaucoup de choses à nous dire.

Il lui fit face, avec un sourire merveilleux d'amour et de tendresse. Elle le contempla, éblouie par tant de beauté. Tout à coup, il disparut. Prête à pleurer, Abigaël fut surprise d'éprouver de façon fulgurante une sensation de pur bonheur.

— C'est encore vous, mon tendre ami, murmura-t-elle. J'ai compris, vous me défendez d'être triste, alors j'obéirai. Merci...

D'un pas aérien, elle s'élança vers le porche, pressée de câliner ses filles.

— Belle, ma petite Belle !

Son enfant courait, vive et gracieuse, tenant un bouquet des premières marguerites. Cécile, aussi gaie, poussait le landau.

— Abi, tu es radieuse ! s'écria sa belle-sœur. Le cauchemar est fini, on dirait !

— Oui, bien fini.

— Maman, on a vu un écureuil et une belette, annonça Annabelle.

Abigaël étreignit sa fille, avant de la soulever et de la faire tournoyer à bout de bras. Il n'y avait plus de menaces ni de peurs larvées au fond du cœur, en ce doux matin du mois de mai.

Coiffée d'un chapeau de paille, Claire rapportait dans un panier des légumes du potager. Voyant approcher les jeunes femmes et Annabelle, elle les attendit.

— Je réquisitionne des volontaires pour cuisiner, dit-elle avec un sourire malicieux. Pendant votre absence, Abi, le téléphone n'a pas cessé de sonner. Votre tante Marie, avertie par ma fille, voulait venir dès maintenant, mais elle sera là après le déjeuner.

— C'est vrai, j'ai appelé Ludivine tôt ce matin, tantine devait être chez elle.

— Tout à fait ! Et ma fille s'est chargée de tout raconter à Louis qui l'avait appelée. Il était un peu vexé, car nous ne lui avions rien dit des derniers événements. Aussi, nous aurons beaucoup de monde pour le dîner. Louis et Béatrice, leurs petits, Ludivine et Quentin. Je n'ai plus l'habitude des grandes tablées. Mon gendre achète deux gâteaux et votre cousine m'a promis de prendre du vin dans la cave du château.

— Faites un buffet froid, madame Claire, proposa Cécile. C'est plus simple et je vous donnerai un coup de main, avant de retourner à Ponriant. J'ai croisé la voiture du commissaire sur le chemin, Samuel m'a dit qu'il rentrerait très tard.

— Dans ce cas, reste avec nous, répliqua Abigaël. Maintenant, au travail ! Claire, nous allons préparer le déjeuner, Cécile et moi.

Bertille, confortablement installée dans son fauteuil en osier, les pieds sur un pouf, se fit un plaisir de les regarder s'affairer. Pierre, assis à table, continua à lire *Le Petit Prince* à son arrière-petite-fille, qui l'écoutait d'un air sérieux.

— À présent, on peut laisser la porte grande ouverte, se réjouit Jakob lorsque le soleil inonda la façade du moulin.

Un incident imprévisible et amusant se produisit à midi, dont ils se souviendraient tous longtemps. Le loup bondit sur ses pattes en grognant. Un peu hérissé, il fixait quelque chose sur le perron. Claire fut la première à voir un chaton sur le seuil de la pièce.

— Sois gentil, Sauvageon, ordonna-t-elle. Ne bouge pas, ce visiteur est inoffensif.

Le petit animal, au pelage tigré, se mit à miauler. Fascinée, Annabelle avança vers lui sur la pointe des pieds.

— Est-ce que je peux lui donner du lait, marraine ? demanda-t-elle. Il doit avoir faim !

— Oui, bien sûr. Ne l'effraie pas, ma chérie, recommanda Claire en s'empressant de remplir une soucoupe d'un peu de lait.

— Mais il n'a pas peur, s'esclaffa la fillette. Regardez, il va près de Sauvageon.

Le comportement du nouveau venu les stupéfiait tous. Il lapa le liquide crémeux, puis il se frotta aux pattes du loup, qu'une telle familiarité intriguait.

— Sois gentil, hein, Sauvageon, s'inquiéta Annabelle.

— Ne crains rien, ma douce, la rassura sa mère. Sauvageon est habitué aux chats.

— Mais d'où sort-il ? s'étonna Bertille. Une chatte a dû avoir des petits dans un des bâtiments.

— Moi qui suis très souvent dehors, j'aurais aperçu la mère, hasarda Jakob. Notre matou blanc a disparu depuis deux ans et la chatte tigrée aussi.

Claire était émue. Pendant des années, elle avait eu seulement des loups, les descendants de son chien Moïse et d'une louve sauvage.

— J'ai commencé à apprécier les chats en recueillant celui du vieux père Maraud, dit-elle d'un ton mélancolique.

— Oh, notre visiteur est adorable, s'écria Bertille. Voyez donc, il fait sa toilette entre les pattes de Sauvageon !

— Il faut adopter le chaton, marraine, implora Annabelle.

Un tablier noué à la taille, un foulard sur ses cheveux blonds, Abigaël observait la scène. Son grand-père faisait de même, d'un regard songeur.

— Les chats sont des animaux doués de facultés particulières, professa-t-il. On raconte qu'ils sentent les courants magnétiques des profondeurs de la terre. Celui-ci semble avoir choisi de vivre parmi nous.

— Maman, le visiteur a les yeux bleus, comme papi et toi, précisa Annabelle. On pourrait le baptiser « Visiteur » !

Retenant son envie de pleurer, Claire se pencha et prit le chaton dans ses bras. Tout de suite il ronronna et lui lécha le menton. Un rapide examen la renseigna.

— Belle, ton visiteur est une demoiselle. Si nous l'appelions Plume, comme elle ne pèse rien ?

— Oui, marraine, ça me plaît, Plume ! s'exclama Annabelle.

— Si tu es contente, je le suis aussi, répliqua Claire. Un jour, je te parlerai de ce vieux monsieur extraordinaire, le père Maraud. Il me manque toujours. Je ne l'ai pas vu souvent, de son vivant, mais il me rendait visite lui aussi, en rêve.

— Clairette, ne pleure pas, sinon je pleure moi aussi, protesta Bertille.

— Ce sont de bonnes larmes, princesse, l'étau qui me broyait le cœur se desserre, après toutes ces semaines où nous avons vécu dans la peur.

— Je ressens la même chose, Claire, concéda Abigaël. Un poids terrible, écrasant, dont on est libéré brusquement. Mais j'aurai du mal à oublier ce qui s'est passé, vendredi et la nuit dernière.

— Changeons vite de sujet, s'écria Bertille, qui avait remarqué l'expression anxieuse d'Annabelle. Dans quelques jours, je serai parfaitement rétablie. J'en ai parlé à Jakob. Nous irons tous les deux à Royan, dans un hôtel, afin de dénicher la villa idéale sur la côte. Je verserai des arrhes pour la location en juillet. Tu entends ça, Belle ? Cet été, tu joueras dans le sable et tu pourras te baigner dans les vagues.

— Mais tu possèdes encore ton cabanon sous les pins, près de Pontaillac, princesse, nota Claire.

— Non, je l'ai vendu une coquette somme, par le biais de mon notaire. Je préfère avoir tout le confort et une terrasse qui donne sur la plage. Abi, il te faudra un maillot de bain de couleur foncée, car tu as la peau laiteuse. Pour Ludivine, je verrais bien un deux-pièces blanc ou rouge.

Fidèle à elle-même, Bertille s'enthousiasma sur ces futures vacances où ils profiteraient ensemble de l'air océanique. Elle avait l'art d'évoquer les plaisirs à venir et son auditoire se croyait déjà au bord de la mer.

— Le repas est prêt, Poupette, annonça Jakob un peu plus tard. Reprends des forces, en vue de notre voyage.

Ce fut à l'heure du café que Claire entraîna Abigaël dans le cellier, sous le prétexte d'inspecter les conserves en prévision du dîner. Après avoir refermé la porte, elle prit les mains de la jeune femme entre les siennes.

— Abi, je voulais vous parler sans témoin. J'ai un service à vous demander.

— Je ferai n'importe quoi pour vous, Claire.

— Voudriez-vous m'accompagner un jour prochain jusqu'au bourg de Vœuil, sur la tombe du père Maraud ? Il m'avait laissé l'argent nécessaire à ses obsèques, car il tenait à être enterré près de son épouse qu'il adorait et de leurs fils, des jumeaux décédés dans leur enfance. Pierre accepterait de grand cœur de venir avec moi, mais j'ai l'intuition que nous devons y aller toutes les deux.

— J'en serais ravie, je vous assure.

— C'est ce chaton surgi de nulle part, comme un signe divin. Abi, j'ai honte de l'avouer, je n'ai jamais fleuri la tombe du père Maraud. Après sa mort, il y a eu la tragédie que vous savez, Jean et Angéla. J'ai tant souffert... Ensuite Ludivine est née, nous nous sommes consacrés à cette enfant inespérée. Puis la guerre, notre réseau de Résistance, enfin je vous ai raconté ma vie peut-être trop souvent.

— Non, ne dites pas ça, je vous en prie. J'en étais enchantée, et j'ai appris à mieux vous connaître. Nous irons dès que possible. Je confierai mes filles à mon grand-père, un matin où Martine pourra l'aider.

Tremblante d'exaltation, Claire acquiesça, en essuyant les larmes qui perlaient à ses yeux.

— Dans quelle dimension s'est élevée sa grande âme, Abi ? Au Ciel, cet homme ferait figure de saint. Les gens du pays le craignaient ou se moquaient de lui, pourtant il les soignait et les réconfortait. Parfois j'aimerais revoir sa petite charrette peinte en jaune arriver sur la place du village, tirée par l'âne Figaro, au son des grelots. Il était bizarrement accoutré, un large chapeau noir, des haillons aux vives couleurs et sa longue barbe blanche.

— Tel qu'il m'apparaissait en rêve.

Leur conversation prit fin, car Cécile les appelait tout bas, en toquant de légers coups à la porte du cellier.

— Abi, ta tante Marie vient de descendre d'un taxi, tu devrais aller l'accueillir.

— Oui, bien sûr.

Marie témoigna à sa nièce toute l'affection et l'amour qu'elle lui montrait rarement depuis son mariage avec Adrien. La ronde des visites continuerait, tourbillon poignant d'embrassades, de murmures et de soupirs de soulagement, sous le regard bleu du chaton, perché au coin du buffet.

21

Au gré des vagues

Vallée des Eaux-Claires, chez Abigaël,
mercredi 6 mai 1953

Le commissaire Rigaud paraissait gêné d'être seul avec Abigaël. Samuel lui avait demandé de monter jusqu'au domaine, pour rendre une brève visite à Cécile.

— L'inspecteur Claudin ne tardera pas, soupira-t-il. J'ignorais que sa petite épouse était enceinte, il me l'a appris hier. Depuis lundi, nous sommes sur le terrain du matin au soir, et la nuit au commissariat. Il faut se montrer humain, même dans la police, n'est-ce pas ?

— C'est tout à votre honneur, répondit Abigaël.

— Et votre mari ne viendra pas ?

— Adrien est parti livrer une commande à Nersac, il sera là vers midi. Si vous nous aviez prévenus, il y serait allé un peu plus tard.

— Dans notre métier, c'est difficile d'avoir un emploi du temps à l'avance. Vous lui transmettrez les informations que je vous confie. Ensuite nous irons à Torsac, pour passer en dernier lieu chez Quentin de Martignac. Déjà je vous communique les résultats de l'autopsie de Maxence Vermont, rapport qui s'est révélé fort instructif, ainsi que l'étude de ses effets personnels.

Un peu anxieuse, Abigaël approuva en silence. Contre son gré, des images lui revinrent, fugaces mais chargées d'émotion. Elle se revit marchant vers l'autel au bras de Maxence, dans la modeste église de Puymoyen. Ses parents, Pascaline et Pierre, lui étaient apparus pour la première fois, eux qu'elle n'avait pas connus. Ce jour-là, ils semblaient la féliciter pour son mariage.

— Je ne pouvais pas imaginer ce qui se passerait, murmura-t-elle sans réfléchir.

— Quoi donc? s'enquit le commissaire.

— Excusez-moi, mais je tiens à me justifier. Lorsque j'ai épousé Maxence Vermont, je croyais Adrien mort, fusillé. J'attendais un enfant de lui, et on me répétait que j'étais une fille déshonorée. Notamment ma tante Marie et le professeur Hitier. Ils alternaient les arguments solides et les conseils affectueux. J'ai fini par capituler, comme un automate à l'esprit vide. Pensez-vous, le fils du préfet me faisait la cour! Il m'adorait et me promettait d'être un père pour le bébé d'un autre.

Hervé Rigaud oublia un moment son statut de policier pour céder au charme de la jeune femme. Il avait l'impression de n'avoir jamais remarqué la douceur mélodieuse de sa voix, ni la beauté angélique de son visage.

— Je serai honnête: à cette époque, Maxence était séduisant, bien éduqué et il se montrait galant et généreux. Bien sûr, il y avait cette prétendue ressemblance avec Adrien.

— Qui a dû vous troubler, suggéra-t-il.

— Sincèrement, elle perturbait tous ceux qui avaient connu Adrien. Mais quand il est revenu, bien vivant, je me suis aperçue de différences évidentes. Enfin, c'est le passé, un passé qui a eu des conséquences dramatiques. Au fond, j'avais parfois peur de voir Maxence surgir devant moi, dès qu'il s'est retrouvé libre. Il a pris le temps de préparer sa vengeance.

Il reçut l'éclat de son regard très bleu, embué de larmes, tandis qu'Abigaël rejetait en arrière ses longs cheveux couleur de miel, d'un léger mouvement de tête.

— Je vous écoute, commissaire.

— Oui, où en étions-nous? Le rapport d'autopsie! Vermont se rasait le crâne, sûrement afin de ne pas être identifiable dans le département. Il buvait beaucoup, ce qui ne me surprend guère. Renseignements pris auprès des gardiens de prison, les cicatrices sur ses joues et à la base du cou sont la conséquence de nombreuses bagarres avec ses codétenus. Mais il n'avait pas perdu ses facultés mentales, comme l'avait supposé un docteur. Sans quoi il n'aurait pas pu mettre au point des crimes crapuleux ni diriger ses complices.

Soudain Abigaël se souvint d'une remarque de Maxence, lorsqu'il la menaçait de son arme.

— Je n'ai pas tout dit dans ma déposition, je suis désolée, commissaire. En fait, c'est embarrassant de le préciser, quand je l'ai reconnu, j'ai surtout eu peur qu'il me viole. Mais non, il parlait juste de me tuer, en ajoutant qu'il avait trouvé mieux, sur ce plan-là, comprenez-vous ?

— Tout à fait ! Il faisait sans doute allusion à Séverine Naudier. L'inspecteur Claudin a pu en obtenir une description un peu vague auprès d'un des gardiens de prison d'Angoulême. Une petite jeune femme brune, un brun tirant sur le roux, d'allure discrète, vêtue de noir.

— Si elle avait une carte d'identité, vous devriez trouver une photographie, avança Abigaël.

— En effet, voici le cliché fourni par la préfecture. Elle avait quinze ans.

— Je ne l'ai jamais vue, commissaire. Mais elle semble jolie.

Rigaud reprit la photographie, en posant une feuille imprimée sur la table.

— Derniers points, les vêtements de Vermont. Son pantalon était trempé jusqu'aux genoux, nous en avons conclu qu'il avançait dans la rivière, du moins au bord, pour se déplacer autour d'ici. Les arbres le dissimulaient, ce qui explique pourquoi Claudin et Pressigout ne l'ont pas vu ce soir-là. Quant aux chaussures, des godillots de style militaire, la terre prise dans les semelles a fourni une indication. Du sable et de l'argile mêlés, ce qui correspond à un souterrain, une grotte ou une cave. Les recherches se poursuivent. Il reste à appréhender la sœur de Naudier, qui nous en dira long, à mon avis. Peut-être même qu'on récupérera les bijoux dérobés à M. de Martignac.

Le policier repoussa sa chaise pour se lever, à l'instant où une voiture se garait devant la maison.

— C'est Samuel, constata Abigaël. Il arrive au bon moment, ma fille se réveille.

Elle désigna le parc en bois où Édith s'était endormie une heure plus tôt, couchée sur un épais édredon. Entourée de jouets, la petite de huit mois fixa Rigaud de ses prunelles noires.

— Édith tient assise désormais, elle se plaît beaucoup dans le parc, au point d'y passer une partie de la journée à s'amuser.

— Où est sa grande sœur ?

— À l'école. Belle tenait à y retourner, et comme il n'y a plus de danger, nous avons accepté.

Samuel entra, son chapeau à la main. Il fit un grand sourire à Édith qui suçait son pouce.

— J'ai mis plus longtemps que prévu, commissaire, plaida-t-il d'un air ébloui. Abi, notre bébé a bougé. Cécile avait mis ma main sur son ventre et j'ai senti mon fils. J'en aurais pleuré.

— Votre fils, rien que ça ! s'esclaffa Rigaud, égayé. Vous êtes sûr de vous ou bien une de ces charmantes dames de la vallée a eu une vision ?

— Non, non, protesta Abigaël, attendrie. Nous saurons ce qu'il en est au mois d'octobre. Messieurs, je dois faire manger ma petite fille. Samuel, vous faites plaisir à voir. Il faudra venir dîner un soir.

— Abi, mon beau-frère me tutoie, alors pourquoi pas vous ?

— J'y penserai, c'est promis.

Les policiers s'en allèrent. La jeune femme mit un tablier sur sa robe en cotonnade fleurie et prépara une purée. Depuis lundi soir, Adrien et elle avaient repris possession de leur modeste foyer.

— Édith, j'allume la radio, dit-elle à l'enfant qui avait réussi à s'asseoir toute seule. Nous aurons peut-être une chanson d'Édith Piaf, ma mignonne. C'est un peu ta marraine, avec Ludivine.

Mais la station choisie diffusait une valse et Abigaël esquissa quelques pas de danse. La visite du commissaire avait achevé de la rassurer. Le lendemain matin, Claire et elle iraient à cheval jusqu'au village de Vœuil, pour fleurir la tombe du père Maraud.

— Je suis heureuse, Gabriel, grâce à vous, dit-elle tout bas. Si vous me voyez du Ciel, vous aurez la preuve que c'est vrai.

Aussitôt, elle se moqua d'elle-même et souleva Édith pour la cajoler, avant de l'installer dans sa chaise haute.

— Vous êtes sûrement loin, très loin, occupé à veiller sur un autre humain en détresse ou menacé.

Une vingtaine de minutes plus tard, Adrien entra, tout souriant. Il dissimulait un bouquet de roses rouges dans son dos.

— C'est pour toi, Abi, dit-il en lui offrant les fleurs. Le symbole de mon amour.

Il l'embrassa sur les lèvres avec passion. Serrée contre lui, elle le remercia d'un autre baiser, en gage de leur bonheur retrouvé.

Sur le chemin de Vœuil, jeudi 7 mai 1953

Claire et Abigaël venaient de trotter sur une ligne droite du chemin empierré qu'elles suivaient. Contraint de reprendre le pas, Vulcain, le grand hongre noir de la jeune femme, piaffait en secouant sa longue crinière.

— Il voudrait galoper, indiqua sa cavalière, en jodhpur beige et hautes bottes de cuir brun.

Coiffée d'une natte dans le dos, elle portait un corsage blanc à manches courtes, car il faisait déjà chaud.

— Il faut attendre un peu, le sol est trop dur, répliqua Claire. Je sais où nous pourrons piquer un petit galop. Perle aussi en a envie. Regardez comme elle secoue la tête.

La jument grise, à la robe soyeuse, était plus fine que son compagnon de pré. Bertille disait souvent que c'était la monture idéale pour sa cousine, toujours mince et énergique.

— Je vous admire, Claire, vous êtes tellement à l'aise à cheval.

— Merci, Abi. Je continuerai le plus longtemps possible. Jadis, personne ne s'étonnait de voir des hommes pratiquer l'équitation jusqu'à quatre-vingts ans. Pierre m'a raconté que lorsqu'il était adolescent, un de ses voisins suivait les chasses à courre même devenu nonagénaire.

— Grand-père me l'a raconté à moi aussi, répliqua Abigaël. Il faudra s'arrêter avant le village pour cueillir des fleurs des champs. C'est dommage, il n'y a plus de jonquilles. Vous m'avez dit que le père Maraud les aimait beaucoup.

— Non, c'était son épouse. L'an prochain, le 26 mars, la date où cette dame est décédée, je me ferai un devoir d'en porter sur sa tombe.

— Je vous accompagnerai encore, Claire, quoi qu'il arrive.

— Abi, que signifient ces derniers mots un peu pessimistes ? Depuis notre départ du moulin, je sens que vous êtes soucieuse. Pourtant, quand vous êtes venue goûter hier, vous étiez toute gaie. Dites-moi, sinon je vais m'inquiéter.

— Cette nuit, j'ai fait un mauvais rêve, avoua la jeune femme. J'en faisais de semblables pendant la guerre, où l'on me montrait des images atroces, soit des camps de concentration, soit des massacres perpétrés par l'armée allemande, comme à Oradour-sur-Glane. Tout était vrai, je l'apprenais peu de temps après, ou bien, pour les horreurs des camps, j'en ai eu la preuve à la fin du conflit. Claire, je crains une autre guerre, qui impliquera la

France. Et une fois encore, ce sera le règne de la destruction, de la barbarie et de la mort. Oh, je suis navrée de gâcher notre promenade, Claire, vous êtes triste à présent.

— Juste affligée, Abi, car nous écoutons beaucoup la radio et Pierre s'est abonné à un journal parisien. Des centaines, peut-être des milliers d'appelés ont été envoyés en Algérie depuis l'année dernière. Et notre gouvernement continue à convoyer des militaires là-bas. Adrien doit le savoir, mais il ne vous en parle pas.

— Je comprends mieux à présent, je vous remercie.

— La guerre sera peut-être évitée. Profitons de l'instant, ma petite Abi, et de cet épais tapis d'herbe sur le chemin pour un bon galop.

Vulcain et Perle s'élancèrent, stimulés par leurs cavalières qui souriaient au vent de la course.

Les chevaux étaient attachés sous un pommier et broutaient. Claire et Abigaël s'apprêtaient à entrer dans le petit cimetière où reposaient le vieux rebouteux et sa famille. Elles avaient fait halte au bord d'un grand pré dont les hautes herbes, promises à la fenaison, abritaient aussi des bleuets, des marguerites et les premiers coquelicots.

— Nos bouquets sont en harmonie avec le printemps, si chaud et ensoleillé. Venez, Abi. Les tombes sont au bout de l'allée, à gauche. Je m'en souviens bien, j'étais la seule à assister à l'enterrement du père Maraud.

La jeune femme éprouva un sentiment étrange, en marchant derrière Claire. Des ondes de joie parcouraient son corps et elle avait l'impression que ses pieds touchaient à peine le sol.

— Comme tout est paisible, ici, murmura-t-elle.

Son regard bleu erra parmi les croix de pierre ou de fer, puis suivit l'envol d'une mésange. Un chat surgit à l'angle d'une stèle et courut se réfugier à l'ombre d'un cyprès.

— Nous y sommes, dit Claire à mi-voix. Sous cette pierre tombale sont réunis Angélique et Jérôme Maraud.

— Oh, il se prénommait Jérôme... Et son épouse, Angélique, c'est si joli.

— Vous auriez pu vous appeler ainsi, Abi. Leurs jumeaux sont enterrés près d'eux, au pied de cette croix. Ils ont été emportés par la diphtérie, à huit ans.

— Mais il n'y a aucune date sous les noms.

— C'était la volonté du père Maraud, il l'avait écrit dans ses cahiers. Il voulait démontrer ainsi le peu d'importance du temps terrestre, comparé à l'éternité.

Bouleversée, Claire se signa avant de déposer ses fleurs sur la pierre grise, parsemée de lichen jaune.

— Pardonnez-moi, père Maraud, de venir si tard vous rendre visite, dit-elle avant de prier, les mains jointes et les yeux fermés.

Abigaël allait placer son bouquet contre la croix des deux enfants lorsqu'un vertige la prit. Cette fois, elle se sentit vraiment comme dédoublée. Une lumière éblouissante l'aveugla, assortie d'un tintement de grelots en cuivre et d'un parfum de lilas. Enfin une voix résonna dans son esprit. Pour l'avoir entendue en rêve, elle reconnut celle du vieux rebouteux : « Et alors, Abigaël, tu as eu grand besoin d'aide ces temps-ci ! Moi, petiote, je suis en paradis et je suis sollicité de toutes parts. Il y a tant de bonnes œuvres à accomplir, sans contrarier le destin ! Sais-tu que j'ai beaucoup d'apprentis, au royaume des cieux ? Peut-être vas-tu comprendre... Sinon, demande à ma belle Claire. »

La lumière et le parfum de lilas se dispersèrent et les grelots se turent. Abasourdie, la jeune femme suffoqua, le cœur en folie, le souffle court.

— Abi, qu'avez-vous ? s'effraya Claire.

— Non, n'ayez pas peur. Je vous dirai ce qui s'est passé, mais tout à l'heure.

Poussée par son instinct maternel, Claire la prit dans ses bras en la berçant un peu.

— Vous êtes glacée et très pâle, Abi. Je n'aurais pas dû vous amener ici.

— Si, il le fallait ! Le père Maraud nous a appelées. Il avait un message pour moi. Je vous raconterai, Claire. Je voudrais prier moi aussi, ce ne sera pas long.

— Alors je vous laisse un peu seule. J'entends Perle qui hennit, je vais vérifier si elle n'essaie pas de se détacher. Mais je reviens vous chercher.

Dès qu'elles furent de nouveau à cheval, sur le chemin du retour, Abigaël lança un regard très doux à Claire, qui attendait patiemment ses explications.

— Excusez-moi de vous avoir inquiétée, dit-elle en souriant. J'étais vraiment dans un état second quand je suis entrée dans le cimetière. Soudain, il y a eu cette lumière si belle, le bruit des grelots et, bien sûr, le parfum de lilas. Dans son infinie bonté, le père Maraud m'a donné une réponse, à une question que je ne me posais pas.

— Vous avez eu une vision de lui ?

— Non, j'ai juste entendu sa voix. Ce qu'il a voulu me faire comprendre est à la fois merveilleux et étonnant. Gabriel me parlait souvent d'un esprit supérieur, qu'il surnommait son guide dans l'au-delà, au début de nos rencontres. Il me disait qu'il pourrait faire figure de saint, dans l'univers où ils se trouvaient tous les deux, sans doute ce que nous appelons le paradis. Et vous avez exprimé la même idée au sujet du père Maraud.

— Abi, ai-je bien saisi ? L'esprit supérieur dont vous parlait Gabriel, ce serait mon cher père Maraud ? avança Claire.

— Oui, j'en suis certaine. J'aurais dû m'en douter. Il ne nous rendait plus visite en rêve, mais il veillait sur nous tous. D'où les recommandations de Gabriel. Il insistait pour que je reste au moulin, le seul lieu où j'étais en sécurité.

Une expression fascinée sur le visage, Claire arrêta sa jument un instant. Abigaël fit de même, en laissant Vulcain arracher des graminées sur le talus.

— Comme nous avons de la chance, ma petite Abi, d'être en mesure de communiquer avec l'au-delà, d'avoir reçu des dons peu ordinaires et de bénéficier de protections divines. Avons-nous assez remercié le Seigneur ? Mais vous en êtes vraiment sûre et certaine ?

La jeune femme lui relata les paroles exactes du père Maraud, en insistant sur le parfum de lilas, censé l'aider, car aussitôt elle avait pensé à Gabriel.

— En effet, cela me semble significatif. Et il m'a appelée sa « belle Claire » ! Soyez béni, Jérôme Maraud.

Abigaël formula le même souhait tout bas, en proie à une joie ineffable. Elle pressentait que Gabriel réapparaîtrait un jour ou l'autre, et qu'ils discuteraient sans doute du mystérieux destin d'un vieux rebouteux, devenu au Ciel un esprit supérieur, plein de mansuétude et d'amour.

— Rentrons dans notre vallée, Abi ! s'écria Claire. Tous ceux que nous chérissons nous attendent. Mais nous reviendrons, n'est-ce pas ?

— Je vous le promets. À l'époque des jonquilles.

Moulin du Loup, samedi 20 juin 1953

Annabelle venait de souffler ses cinq bougies, entourée de toute la famille. Après des semaines de sérénité absolue, Claire avait tenu à fêter l'anniversaire de sa filleule sous le toit du moulin. Tôt le matin, Jakob et Adrien avaient dressé une table dans l'angle de la cour où s'élançait jadis un vénérable tilleul. Un arbre de même essence lui avait succédé, de taille plus modeste.

— Je les ai toutes éteintes d'un coup, se vanta la fillette.

— Ce doit être l'heure des cadeaux, alors, lui dit Marie Hitier, assise près de l'enfant.

— Et tu vas être gâtée, renchérit Jacques, son mari, coiffé d'un chapeau de paille.

Il faisait très chaud en ce milieu d'après-midi. Ludivine et Quentin avaient placé le moïse en osier de Clémence à l'ombre. Leur fille, âgée de cinq mois, admirait sagement les feuilles qu'une brise tiède agitait.

— Viens m'aider, Philippe, murmura Abigaël au petit garçon. Il y a beaucoup de paquets.

Le petit Antoine les suivit en trottinant, et de crainte de le voir trébucher sur les pavés, Béatrice se leva et alla lui prendre la main.

— Qu'il fait frais dans la cuisine, Abi, nous aurions dû faire le goûter ici, déplora-t-elle. La chaleur me fatigue.

— Nous étions trop nombreux, quinze personnes en tout. Et encore, il manque Cécile et Samuel. Ils sont allés se promener à Libourne, mais ils viendront demain embrasser Belle. Ajoutons Martine qui nous a bien aidés. Elle mangera du gâteau avec nous.

— Tu as raison, et c'était gentil de la part de Claire d'inviter mes parents et nous.

Béatrice s'approcha de sa cousine, avec une mine de conspiratrice.

— J'ai du retard, Abi, souffla-t-elle. Nous avons prié à l'église, Louis et moi, dans l'espoir d'avoir une fille. Que j'ai été sotte, cet hiver, de vouloir mourir.

— Chut, Philippe pourrait t'entendre. Dépêchons-nous, Belle attend ses cadeaux.

Tout le monde se mit à applaudir et à rire devant les paquets enrubannés que transportaient le petit garçon et Abigaël.

— Vive la fêtée, déclara Bertille, radieuse.

Adrien attira Annabelle sur ses genoux, car elle avait rougi et baissait la tête, gênée d'être le centre de l'attention générale.

— Pauvre petiote, on lui fait peur à faire du tapage, bougonna Yvon, le teint cramoisi par la chaleur et le bon vin.

Pierre approuva d'un sourire attendri, en serrant la main de Claire. Depuis la nuit où ils avaient dormi ensemble, ils s'étaient habitués à partager le lit de l'un ou de l'autre, au moins deux fois par semaine.

— Ouvre d'abord ce gros paquet rose, Belle, conseilla Bertille. C'est de Jakob et de moi.

Le carton coloré contenait d'adorables ustensiles destinés aux jeux de plage, ainsi qu'un maillot de bain rouge à pois blancs et une bouée à gonfler.

— C'est pour le bord de la mer, tantine, merci, balbutia Belle, impressionnée.

— Mais oui, trésor! Oh, j'adore quand tu m'appelles tantine avec ta petite voix.

— Moi, j'ai choisi des lunettes de soleil, pour protéger tes yeux, indiqua le Mosellan. C'était nécessaire, disait Poupette. Je les ai prises en forme de cœurs.

Annabelle découvrit aussi des livres illustrés, un baigneur en Celluloïd qui la rendit perplexe.

— J'ai pensé que tu pourrais le tremper dans les vagues, lui dit Béatrice. Louis m'a expliqué que sa fille Agnès en avait un, à ton âge, et qu'elle le baignait dans la fontaine, à Villebois.

Bientôt le coin de table où étaient assis Adrien et la petite fêtée fut rempli des cadeaux déballés. Marie et Jacques Hitier avaient acheté un accordéon miniature, quant à Pélagie et Yvon, ils s'étaient mis d'accord pour offrir une tirelire en porcelaine, qui renfermait déjà des pièces de monnaie.

— Papa et moi, annonça enfin Abigaël, nous avons décidé que tu étais assez grande pour avoir un vélo. Il est caché sous le hangar, à toi de le trouver.

En extase, la fillette courut avec Philippe jusqu'au bâtiment. Ils revinrent vite, en tenant une bicyclette argentée par le guidon.

— Après le gâteau, je t'apprendrai à en faire, déclara Adrien.

— Les gâteaux, rectifia Ludivine. Il y en a trois. Mais tu n'as pas ouvert mon paquet, Belle. Je t'ai acheté ce cadeau il y a plus d'un mois, mais ta maman m'avait dit de te le donner aujourd'hui.

Annabelle, quand elle s'empara du chien en peluche, eut un sourire exquis.

— On dirait un peu Sauvageon, soupira-t-elle afin de libérer le farouche bonheur qui faisait battre plus fort son jeune cœur.

Environ une heure plus tard, presque tous les invités étaient partis, excepté Ludivine et Quentin. Le soleil déclinait au bout de la vallée et l'air était plus frais. Bertille fit tinter un des verres en cristal du tranchant d'un couteau.

— Je souhaiterais parler un peu de nos vacances, dit-elle de son ton pointu. Nous partons le 1er juillet, soit dans dix jours. Jakob et moi nous avons déniché la villa idéale, construite après les bombardements de 1944 sur la côte.

— La villa est superbe, insista le Mosellan. Il y a un jardin et une terrasse sur la mer, à Pontaillac. C'est tout près de Royan. Poupette était enchantée.

— Subjuguée même, nous avons un accès direct à la plage, renchérit Bertille. J'espère que nous aurons beau temps. Abi, reste assise, j'ai besoin de tout mon auditoire.

— Mais j'allais aider Martine pour la vaisselle.

— Rien ne presse, affirma Claire. Moi aussi je voudrais discuter de ces fameuses vacances.

Tout de suite, sa cousine lui décocha un regard suspicieux, ce qui ne l'empêcha pas de poursuivre son discours.

— Nous sommes bien d'accord. Ludivine, tu viens avec le bébé, évidemment. Quentin, vous m'avez précisé que vous nous rejoindrez les fins de semaine. Et la nounou ? D'ailleurs, pourquoi vous ne l'avez pas emmenée, aujourd'hui ?

— J'ai donné sa journée et celle de demain à Garance, tantine. Si ça ne te dérange pas, je voudrais qu'elle m'accompagne. Je profiterais mieux de la plage et des bains de mer.

— Aucun souci, trancha Bertille. Abi et Adrien, je compte sur vous. J'ai loué une villa avec cinq chambres, ne me faites pas faux bond.

— Bien sûr, répondit vite la jeune femme. Je n'ai jamais vu l'océan, j'en rêve tout éveillée.

— Début juillet, j'aurai encore du travail, mais je conduirai Abi et les petites là-bas, ajouta Adrien. J'essaierai de passer quelques jours avec vous tous. Autre chose, je tiens à participer aux frais.

— Je comprends, nous aviserons sur place. Bon, je renonce à convaincre Faustine et Mathieu de nous suivre. Dès la fin des classes, ils vont à Paris, dorloter notre chère Gaby, qui aurait un fiancé. Et toi, Clairette ?

Les prunelles grises de Bertille se faisaient suppliantes. Mais Claire détourna le regard, avant de désigner les chevaux au pré, l'enclos de ses chèvres. Elle caressa ensuite le chaton endormi sur ses genoux.

— Princesse, je ne peux pas m'en aller en abandonnant nos animaux. Pierre est de mon avis. Et j'ai déjà vu l'océan lorsque nous étions en Normandie, avec Faustine et Jean. Il y a trop de vent et les vagues me font peur.

— Les vagues ! À Pontaillac, elles sont rarement fortes. Je t'en prie, Clairette, accorde-toi une échappée de quelques jours au moins. Martine peut s'occuper de la maison et des bêtes.

— Mais oui, je vous l'ai dit, madame, renchérit leur employée qui revenait chercher des assiettes sales. Tant que j'habite Puymoyen, c'est facile de venir. Vous savez bien que je vous quitte en septembre, pour me marier.

— Je vais y réfléchir encore, répliqua Claire.

— Pourquoi pas, ma douce, insinua Pierre. Nous irions en train, tous les deux.

Bertille joignit les mains et leva les yeux au ciel de façon exagérée. Le seul résultat fut de faire rire Annabelle aux éclats.

Pontaillac, samedi 11 juillet 1953

Abigaël contemplait la mer du matin au soir, et même la nuit, de la terrasse. La première fois où elle avait aperçu une immense étendue d'un bleu pur, parsemée de vagues, son cœur avait bondi dans sa poitrine, sous le coup d'une vive émotion.

— Je n'oublierai jamais cet instant, il y a déjà dix jours, se dit-elle à mi-voix. Le temps passe vite, nous rentrons dans une semaine. Et Claire n'est pas venue, ni grand-père.

Elle était assise sur la plage, un peu à l'écart d'Adrien qui construisait un château de sable sous les yeux impatients de leur fille. Annabelle avait accueilli son père, la veille au soir, en lui sautant au cou et en lui racontant tout de suite toutes les choses passionnantes qu'elle faisait.

— Je me baigne beaucoup, je ramasse des coquillages, et le soir, on va manger des gaufres à Royan. Il y a plein de boutiques qui allument des lampes de toutes les couleurs.

Pour la fillette, c'était le comble du bonheur d'avoir enfin ses deux parents dans ce lieu si merveilleux.

— Abi, Édith est peut-être réveillée de sa sieste ? lui demanda son mari en se retournant un peu.

— Garance doit me l'amener. La pauvre, ce ne sont guère des vacances pour elle, même quand elle vient à la plage avec nous, elle s'occupe beaucoup de Clémence.

Adrien se redressa en s'étirant. Abigaël se leva et courut se blottir contre lui. Le contact de sa peau chauffée par le soleil la troubla.

— C'est un peu bizarre de te voir en maillot, murmura-t-elle. Des femmes te regardent, car tu es très beau et musclé.

— Je pourrais te dire la même chose, Abi. Tu exhibes ton joli corps et je ne suis pas habitué.

Il la prit par la taille, le regard brillant de désir. La chair nacrée d'Abigaël avait légèrement doré et ses cheveux étaient plus clairs.

— Papa, la marée monte, lui cria Annabelle.

Des appels retentirent du côté de la mer. Ludivine et Quentin leur faisaient signe. Après avoir nagé assez loin, le jeune couple les invitait à se baigner.

— Viens, Abi, on les rejoint, dit Adrien, enthousiaste. Je ferais bien quelques brasses.

— Vas-y, toi. Je reste avec Belle. Maintenant que tu es là, il faudra m'apprendre à nager, je n'y arrive pas, alors je m'amuse dans les vagues.

— Cet après-midi, je te le promets, je jouerai les professeurs de natation, pour le plaisir de te tenir dans mes bras, chuchota-t-il à son oreille.

— Je suis impatiente, plaisanta Abigaël.

Son mari s'élança vers la mer en longues foulées. Elle le vit se jeter tête la première dans les vagues qui grossissaient, avec la marée montante.

— Maman, regarde, tout le monde arrive. Il y a Édith, elle va jouer à démolir mon château, ce sera drôle.

Sa fille désignait d'une main nappée de sable humide les trois personnes qui marchaient dans leur direction. Garance portait Clémence sur son bras et Jakob tenait Édith à son cou, encombré aussi des serviettes et d'un pliant en toile.

— Je vais les aider, Belle, ne bouge pas.

Bertille avançait doucement, en pantalon et boléro d'un blanc pur. Une capeline la protégeait du soleil, ainsi que des lunettes noires.

— Pour une fois, nous serons ensemble sur la plage, nota Abigaël. Vous pourrez enfin nager plus longtemps, Garance. Je surveillerai les petites.

— C'est gentil, madame. Merci.

— S'il vous plaît, appelez-moi Abigaël ou Abi.

— Non, je n'oserai pas, je suis désolée, protesta la nurse.

Annabelle sautilla de joie lorsque Jakob déposa Édith près du château de sable. À dix mois, sa petite sœur se déplaçait à quatre pattes et, en l'occurrence, elle s'empressa de renverser le seau d'eau de mer à sa portée.

— Je vais aller le remplir, proposa Garance. Tu veux, Belle ?

— Non, mademoiselle, je sais faire, rétorqua l'enfant en la défiant de ses yeux limpides.

— Belle, on remercie poliment dans ce cas, la sermonna sa mère. On dit « non merci ».

— Pardon, maman !

— Il ne fallait pas la gronder, déplora la nounou, qui ôtait sa robe, une simple tunique longue en lin beige. Je vais vite nager, j'adore les vagues.

Garance portait un maillot de bain deux-pièces rouge qui dévoilait un corps parfait. Elle dénoua ses cheveux châtains et se dirigea sans hâte vers la bande de sable plus sombre où rampaient les vagues mourantes, dans un bruissement chantant.

Ludivine, Quentin et Adrien, qui s'apprêtaient à sortir de l'eau, échangèrent quelques mots avec elle. Bertille, assise sur son pliant, se pencha sur Abigaël qui tenait Clémence sur ses genoux.

— Tu as vu ça, la nounou à la triste figure possède des atouts bien cachés. Elle a des formes superbes, vraiment, et une peau sans défaut. Si un jour Garance n'a plus de travail, elle pourrait poser pour un sculpteur.

— Veux-tu te taire, Poupette, s'indigna Jakob. Ce n'est pas très charitable de la détailler comme ça.

Bertille eut un petit rire moqueur. Leur séjour se déroulait selon ses désirs, entre balades sur le front de mer, à Royan, et escapades pour déguster une tarte aux prunes tiède du côté de Saint-Georges-de-Didonne. Chaque soir, on veillait sur la terrasse, afin de contempler le paysage et les bateaux de passage.

— Quentin et Adrien veulent nager encore, annonça Ludivine qui s'approchait, ruisselante.

Elle avait acheté un maillot de bain une-pièce, en coton bleu marine, se plaignant de ne pas avoir retrouvé sa ligne d'avant la grossesse.

— Garance n'a pas de souci sur ce point, marmonna-t-elle. Abi, tu l'as vue ? Je crois que sa plastique, comme on dit, a fait de l'effet sur nos maris.

— Peut-être, ça ne m'inquiète pas, Adrien me répète que je suis très jolie.

— Et toi, tantine, qu'en penses-tu ? interrogea Ludivine, sûre d'obtenir un commentaire pertinent.

— Nous en causerons lorsque Jakob ira nager lui aussi. Voici un bel homme, le mien, fanfaronna Bertille.

Le Mosellan se débarrassait de son short en toile et de sa chemisette. Flatté, il adressa un clin d'œil à sa chère Poupette. Une fois en maillot, il bomba le torse et lissa sa courte barbe d'un roux mêlé d'argent. À soixante-sept ans, il gardait son allure de géant et une musculature impressionnante, sans une once de graisse. Deux minutes plus tard, il se lançait dans un crawl énergique.

— Ah, voici nos hommes, soupira Ludivine en s'enroulant dans sa serviette-éponge.

Elle dédia un regard amoureux à Quentin, qui s'attirait beaucoup d'œillades intéressées de la part d'un groupe de jeunes filles. Le jeune avocat alliait en effet une peau hâlée à ses boucles blondes, tout en étant doté d'une silhouette athlétique.

— Tu es très belle, avec tes longs cheveux noirs et tes yeux au charme irrésistible, lui souffla Abigaël.

— Et toi tu es un ange de me réconforter, Abi.

Adrien s'allongea sur le sable, en caressant le dos de sa femme. Ce fut Bertille qui donna soudain l'alarme.

— Mes enfants, je ne vois plus Garance, dit-elle à mi-voix. J'observais pour voir jusqu'où elle nagerait, mais je vous assure, sa tête a disparu. Je crois avoir aperçu ses bras, comme si elle appelait au secours. Oh, Jakob a obliqué vers le large.

— Elle aura eu une crampe, hasarda Quentin. J'y retourne.

— Non, je t'en prie, gémit Ludivine. C'est trop loin, même si tu nages vite, tu mettras longtemps à rejoindre Jakob.

Le cœur serré par l'appréhension, Abigaël se leva après avoir confié Clémence à sa mère. Elle entra dans les vagues qui la heurtaient à hauteur du ventre.

— Mon Dieu, faites qu'il n'arrive pas un malheur, implora-t-elle. Nous étions tellement heureux.

Adrien accourut et la prit par la taille. Il scrutait la mer d'un air soucieux. Soudain il tendit le bras.

— En ligne droite, après une balise de pêcheur, je vois Jakob, affirma-t-il. On dirait qu'il se débat. Il a besoin d'aide. J'y vais !

Abigaël ne songea pas à le retenir, car elle aurait fait comme lui si elle avait été excellente nageuse.

Pendant qu'Adrien luttait contre la marée montante, Jakob essayait de maîtriser Garance qui se débattait, en pleine crise de panique. Il l'avait vue couler et remonter à la surface, disparaître encore, replonger comme si on l'entraînait vers le fond.

— Du calme, je vais vous ramener sur la plage ! criait-il. Vous avez eu une crampe ou vous vouliez en finir, hein ?

Elle le fixait avec une expression épouvantée, les yeux écarquillés, la tête renversée en arrière.

— Ne m'obligez pas à vous assommer, bon sang ! hurla-t-il.

Mais Garance ouvrit la bouche au moment où une forte vague déferlait et se remit à suffoquer.

— J'ai peur, je vais mourir, gémit-elle.

Brusquement, avec une force insolite, elle posa ses mains sur le crâne ruisselant du Mosellan et appuya, comme pour se hisser au-dessus de l'eau.

— Au secours, sauvez-moi, répétait-elle.

Jakob résista, mais il s'enfonça un peu, le visage frappé par les remous. Les lèvres pincées pour ne pas boire la tasse, il sentait le poids de la jeune femme qui agitait les jambes, sans cesser d'appeler à l'aide. Après avoir reçu deux coups de genou dans l'estomac, le Mosellan décida qu'il n'avait plus le choix.

Adrien les avait presque rejoints. Il put voir Jakob repousser Garance violemment. Elle lâcha enfin prise, provoquant une gerbe d'éclaboussures. Aussitôt, le bon géant fit ce qui lui répugnait.

— Désolée, petite, sinon on se noie tous les deux, cria-t-il.

Il la gifla sur les joues avec rudesse et l'attrapa à bras-le-corps. Elle se laissa emporter, les paupières closes.

— Tenez bon, Jakob ! s'égosilla Adrien. Je vais vous aider.

— Nom d'un chien, pauvre gosse, j'ai dû la cogner pour la sauver. J'y suis peut-être allé un peu fort.

— C'était la seule chose à faire, elle vous remerciera.

Sur la plage, Bertille sanglotait de terreur, cramponnée à l'épaule d'Abigaël qui la tenait dans ses bras. Quentin étreignait Ludivine qui portait Clémence.

— C'est bon, ils reviennent, le courant facilite leur retour, dit-il, soulagé. Jakob est un formidable nageur.

— Oui, tantine, regarde, ils se rapprochent vite. Ils ramènent Garance, Dieu merci.

Le drame avait attiré beaucoup de curieux si bien qu'un véritable attroupement présida à l'arrivée du trio. Annabelle, chargée de garder sa petite sœur, s'était assise sur le pliant de Bertille et surveillait Édith, occupée à brasser du sable dans ses menottes.

La fillette assista d'un air étrangement neutre aux faits et gestes des adultes. Quentin se rhabilla pour courir téléphoner à un médecin, et Adrien, sur les conseils d'Abigaël, allongeait Garance sur le ventre pour lui faire cracher de l'eau.

— Maman va la soigner, bien sûr, murmura-t-elle. Moi j'ai eu peur pour Jakob.

Bertille serrait son mari dans ses bras, éperdue de joie. Il riait tout bas, en la cajolant.

— Je suis là, Poupette, ne pleure plus.

— J'ai cru te perdre, Jakob. Ne recommence jamais ça ! Qu'est-ce qui lui a pris, à cette idiote, de nager aussi loin et de couler !

— Va savoir, répondit très bas son mari. Elle nous le dira une fois remise.

Garance reprit vite ses esprits, réchauffée, consolée, puis auscultée par un médecin établi à proximité. Elle s'expliqua après qu'il se fut éloigné et lui eut recommandé du repos et une bonne nuit de sommeil.

— Je suis tellement navrée, monsieur Kern, avoua-t-elle d'une voix faible. Je vous ai mis en danger. Mon Dieu, quelle honte, j'étais comme folle, je ne savais plus où j'étais ni qui vous étiez. J'avais peur d'être entraînée au fond de la mer, de mourir.

— Vous avez dit au docteur que vous ne sentiez plus vos jambes, lui rappela gentiment Abigaël.

— Oui, ce sont des crampes, je n'en avais jamais eu.

Sur ces mots, la rescapée cacha son visage meurtri entre ses mains tremblantes. Bertille remit ses lunettes noires et la regarda avec une rancune évidente.

— Sans mon mari, vous seriez morte, en effet, décréta-t-elle d'un ton sec. Adrien a pris de gros risques lui aussi. Rentrons à la villa, vous irez au lit, Garance. Et demain, nous repartirons au Moulin du Loup. Le bord de mer, la plage, c'est terminé.

Personne n'osa s'opposer à la décision de Bertille, qui les avait tous invités, refusant la moindre participation financière de la part de Quentin et d'Adrien. L'incident avait brisé le charme de ces vacances en famille.

— Tant mieux, chuchota Annabelle à Édith, dont les prunelles noires reflétaient le vaste ciel bleu. Je vais revoir mon Sauvageon et le chaton.

Seule Abigaël entendit les paroles de sa fille. Elle jeta alors un regard songeur sur la mer, aux nuances de turquoise sous le soleil. Ensuite elle lui tourna le dos.

— Demain, je reverrai Claire et grand-père, et ma chère vallée. C'est ainsi, sans doute le destin.

Vallée des Eaux-Claires, Moulin du Loup,
mardi 1er septembre 1953

Claire veillait au ménage et cuisinait depuis le départ de Martine, qui avait travaillé pour eux durant cinq ans. Jakob se chargeait des corvées les plus pénibles et s'occupait des animaux, notamment du poulailler qu'il avait agrandi, pour acheter des canards et deux oies.

— Je vais accepter l'offre de Bertille et chercher quelqu'un pour nous aider, dit-elle ce matin-là au Mosellan. Pierre fait de son mieux, mais nous nous fatiguons vite, tous les deux.

Le bon géant fendait des bûches en prévision de l'hiver. Il arrêta net sa besogne pour hocher la tête.

— Il y a du boulot, ui, ui ! Poupette va être toute contente que vous acceptiez, Claire. Elle a encore eu des rentrées d'argent. Comment fait-elle, je ne le lui demande jamais.

— Je ne veux pas le savoir non plus. Je dirai à Pierre de faire passer une annonce dans le journal. Tiens, j'entends un bruit de moteur. Nous avons peut-être de la visite. J'espère que ce n'est pas le commissaire Rigaud.

— Mais non, regardez ! Ludivine et Quentin viennent nous voir, répondit Jakob.

— Quelle bonne surprise, se réjouit Claire en descendant le perron. Je crois qu'il y a Garance sur la banquette arrière.

Le jeune avocat descendit le premier de la voiture qu'il contourna pour ouvrir la portière de sa femme, puis celle de la nurse.

— Bonjour maman, bonjour Jakob ! s'écria Ludivine, en pantalon noir et corsage blanc.

— Bonjour, madame Dumont, souffla Garance, son sac à main sous le bras.

— Mais où est Clémence ? s'inquiéta tout de suite Claire. Et d'ordinaire, vous téléphonez pour annoncer votre visite.

— Nous ne faisons que passer, expliqua Quentin. Il y a des sujets plus faciles à exposer de vive voix.

Ludivine déposa un baiser sur la joue de sa mère, qui la trouva très en beauté, coiffée d'un chignon et maquillée.

— Clémence fait le bonheur d'une nouvelle nounou, maman, déclara la jeune femme. D'où notre démarche.

— Pour l'instant, je n'y comprends rien. Eh bien, entrez, je vous offre un café ou du thé. Bertille se plaint qu'on ne reçoit personne, ces temps-ci.

— Quentin, explique tout à maman, c'est toi l'avocat, je cours embrasser tantine.

De plus en plus surprise, Claire considéra son gendre d'un air circonspect.

— De quoi s'agit-il ? lui demanda-t-elle.

— C'est simple, Agnès vient de rentrer de son expédition en Afrique. Le climat l'a épuisée et elle souhaite s'installer chez nous, sans doute pour six mois ou même plus. Dès qu'elle a fait la connaissance de Clémence, ma sœur ne l'a plus lâchée une minute. Elle n'avait vu sa nièce qu'en photo. Comme Marie Hitier se propose quotidiennement de garder notre fille, nous nous retrouvons avec trois nounous. Et sachant que Martine vous a quittés, nous avons pensé à Garance, qui du coup n'a plus d'emploi.

La jeune fille acquiesça poliment, l'air intimidée par Claire.

— Je peux travailler dur, si je suis logée et nourrie, madame, dit-elle tout bas. Et je me plairais bien à la campagne.

— Garance excelle en tout, déclara Quentin. Elle repasse à merveille, se montre méticuleuse avec le linge et scrupuleuse pour le ménage. Certes, ma sœur n'en fera pas autant, mais c'est ma sœur. Je l'adore et je suis fou de joie de l'héberger. Ludivine a prévu de reprendre son poste en pédiatrie courant octobre. Agnès et Marie Hitier se relaieront auprès de Clémence.

On ne faisait jamais appel en vain au grand cœur de Claire. Devant la mine anxieuse de Garance Michaud, elle consentit immédiatement à l'engager.

— Je disais à Jakob que nous devions faire passer une annonce, ce n'est plus la peine. Bienvenue au moulin, Garance. Vous pourrez loger dans un petit appartement, où il y a le confort. Regardez, c'est cette fenêtre là-haut. On y accède par un escalier assez raide et étroit, mais vous êtes jeune.

— Merci beaucoup, madame, merci.

— J'en étais sûr, Claire ! s'écria Quentin, ravi. Je sors la valise de Garance du coffre. Nous l'avions prise, au cas où !

Ludivine revenait au pas de course. En voyant son mari chargé du bagage, elle frappa dans ses mains.

— Tu as accepté, maman, je le savais. Je me tracassais pour Garance, dont je n'ai pas eu à me plaindre une seconde. Elle est d'une patience ! Clémence pleure beaucoup, pique des crises dès qu'on la change, mais sa nounou demeurait d'un calme olympien. Nous sommes pressés, excusez-nous, mon adorable mari plaide dans une heure.

Claire eut droit à un baiser sur la joue, que sa fille lui donna en riant. Au bout de trois minutes, la voiture franchissait le porche et s'éloignait.

— Ah ça, si on s'attendait à trouver quelqu'un aussi vite, lança Jakob en dévisageant Garance. Au moins, par chez nous, on ne courra pas le risque de se noyer, la rivière n'est jamais très haute. Hé, vous vous souvenez, en juillet, au bord de la mer ? On a failli y rester tous les deux.

— Je me souviens très bien, monsieur Kern, répliqua-t-elle en soulevant sa valise. Je monte m'installer.

— Mais oui, prenez votre temps, Garance, recommanda Claire. Suivez-moi, c'est par là, la porte sur votre droite. Nous déjeunerons à midi et quart, le repas est déjà sur le feu. Je dois rejoindre ma cousine, qui souffre du dos ce matin, aussi elle a gardé le lit. Je lui annoncerai la bonne nouvelle, nous avons désormais une employée modèle.

— Je ferai de mon mieux, Madame.

Une fois seule, Garance grimpa les marches un peu raides et entra dans l'appartement. Elle jeta sa valise sur le sol, d'un geste vif. De la même manière brusque, elle ouvrit les placards.

— C'est confortable, oui. De la vaisselle, de l'épicerie, des torchons propres. Une vue pratique sur la cour !

Elle visita ensuite les deux chambres, équipées d'armoires en bois blanc.

— Je vais me plaire ici, murmura Garance. Et je travaillerai bien. Vous ne serez pas déçus, tous autant que vous êtes !

Avisant un vase en opaline sur une commode, elle le prit et le lança de toutes ses forces contre le mur.

Table des matières

De la même auteure

La saga de Val-Jalbert

I. *L'Enfant des neiges*, Chicoutimi, Éditions JCL, 2008 ; *L'Orpheline des neiges*, Paris, Calmann-Lévy, 2010
II. *Le Rossignol de Val-Jalbert*, Chicoutimi, Éditions JCL, 2009 ; Paris, Calmann-Lévy, 2011
III. *Les Soupirs du vent*, Chicoutimi, Éditions JCL, 2010 ; Paris, Calmann-Lévy, 2013
IV. *Les Marionnettes du destin*, Chicoutimi, Éditions JCL, 2011 ; Paris, Calmann-Lévy, 2014
V. *Les Portes du passé*, Chicoutimi, Éditions JCL, 2012 ; Paris, Calmann-Lévy, 2015
VI. *L'Ange du lac*, Chicoutimi, Éditions JCL, 2013 ; Paris, Calmann-Lévy, 2016

La saga du Moulin du loup

I. *Le Moulin du loup*, Chicoutimi, Éditions JCL, 2008 ; Paris, Les Presses de la Cité, 2008
II. *Le Chemin des falaises*, Chicoutimi, Éditions JCL, 2009 ; Paris, Les Presses de la Cité, 2009
III. *Les Tristes Noces*, Chicoutimi, Éditions JCL, 2008 ; Paris, Les Presses de la Cité, 2010
IV. *La Grotte aux fées*, Chicoutimi, Éditions JCL, 2009 ; Paris, Les Presses de la Cité, 2011
V. *Les Ravages de la passion*, Chicoutimi, Éditions JCL, 2010 ; Paris, Les Presses de la Cité, 2012
VI. *Les Occupants du domaine*, Chicoutimi, Éditions JCL, 2012 ; Paris, Les Presses de la Cité, 2013

La saga d'Angélina

I. *Angélina. Les Mains de la vie*, Chicoutimi, Éditions JCL, 2011 ; Paris, Calmann-Lévy, 2013, 2019

II. *Angélina. Le Temps des délivrances*, Chicoutimi, Éditions JCL, 2013 ; Paris, Calmann-Lévy, 2014, 2019
III. *Angélina. Le Souffle de l'aurore*, Chicoutimi, Éditions JCL, 2015 ; *La Force de l'aurore*, Paris, Calmann-Lévy, 2015, 2019

La saga des Bories

I. *L'Orpheline du Bois des Loups*, Chicoutimi, Éditions JCL, 2002 ; Paris, Les Presses de la Cité, 2003
II. *La Demoiselle des Bories*, Chicoutimi, Éditions JCL, 2006 ; Paris, Les Presses de la Cité, 2006

La saga du lac Saint-Jean

I. *Le Scandale des eaux folles*, Chicoutimi, Éditions JCL, 2014 ; Paris, Calmann-Lévy, 2016
II. *Les Sortilèges du lac*, Chicoutimi, Éditions JCL, 2015 ; Paris, Calmann-Lévy, 2017

La saga de Faymoreau

I. *La Galerie des jalousies*, Chicoutimi, Éditions JCL, 2015 ; Paris, Calmann-Lévy, 2017
II. *La Galerie des jalousies*, Chicoutimi, Éditions JCL, 2016 ; Paris, Calmann-Lévy, 2017
III. *La Galerie des jalousies*, Paris, Calmann-Lévy, 2017

La saga d'Abigaël

I. *Abigaël, messagère des anges*, Chicoutimi, Éditions JCL, 2017 ; Paris, Calmann-Lévy, 2018
II. *Abigaël, messagère des anges*, Chicoutimi, Éditions JCL, 2017 ; Paris, Calmann-Lévy, 2018
III. *Abigaël, messagère des anges*, Chicoutimi, Éditions JCL, 2017 ; Paris, Calmann-Lévy, 2018
IV. *Abigaël, messagère des anges*, Paris, Calmann-Lévy, 2018
V. *Abigaël, messagère des anges*, Paris, Calmann-Lévy, 2018
VI. *Abigaël, messagère des anges*, Paris, Calmann-Lévy, 2018

La saga de l'orpheline de Manhattan

I. *L'Orpheline de Manhattan*, Paris, Calmann-Lévy, 2018
II. *Les Lumières de Broadway*, Paris, Calmann-Lévy, 2019
III. *Les Larmes de l'Hudson*, Paris, Calmann-Lévy, 2019

La saga de Lara

I. *La Ronde des soupçons*, Paris, Calmann-Lévy, 2020
II. *La Valse des suspects*, Paris, Calmann-Léyy, 2020
III. *La Danse macabre*, Paris, Calmann-Lévy, 2020

Le Mystère Soline

I. *Au-delà du temps*, Paris, Calmann-Lévy, 2021
II. *Le Vallon des loups*, Paris, Calmann-Lévy, 2021
III. *Un chalet sous la neige*, Paris, Calmann-Lévy, 2021

Les enquêtes de Maud Delage

VOLUME I

1. *Du sang sous les collines*, Chicoutimi, Éditions JCL, 2012 ; Paris, Calmann-Lévy, 2021
2. *Un circuit explosif*, Chicoutimi, Éditions JCL, 2012 ; Paris, Calmann-Lévy, 2021

VOLUME II

1. *Les Croix de la pleine lune*, Chicoutimi, Éditions JCL, 2013
2. *Drame à Bouteville*, Chicoutimi, Éditions JCL, 2013

VOLUME III

1. *Cognac, un festival meurtrier*, Chicoutimi, Éditions JCL, 2013
2. *Vent de terreur sur Baignes*, Chicoutimi, Éditions JCL, 2013

VOLUME IV

1. *L'Enfant mystère des terres confolentaises*, Chicoutimi, Éditions JCL, 2013
2. *Maud sur les chemins de l'étrange*, Chicoutimi, Éditions JCL, 2013
3. *Nuits à haut risque*, Chicoutimi, Éditions JCL, 2013

Livres hors série

L'Amour écorché, Chicoutimi, Éditions JCL, 2003 ; Paris, Calmann-Lévy, 2020

Le Chant de l'océan, Chicoutimi, Éditions JCL, 2004 ; Paris, Les Presses de la Cité, 2007

Les Enfants du Pas du Loup, Chicoutimi, Éditions JCL, 2004 ; Paris, Les Presses de la Cité, 2005

Le Refuge aux roses, Chicoutimi, Éditions JCL, 2005 ; Paris, L'Archipel, 2005 ; Paris, Calmann-Lévy, 2018

Le Val de l'espoir, Chicoutimi, Éditions JCL, 2007 ; Paris, Calmann-Lévy, 2016

Le Cachot de Hautefaille, Chicoutimi, Éditions JCL, 2009 ; Paris, Calmann-Lévy, 2019
Les Fiancés du Rhin, Chicoutimi, Éditions JCL, 2009 ; Paris, Calmann-Lévy, 2019
Les Amants du presbytère, Chicoutimi, Éditions JCL, 2015 ; Paris, Calmann-Lévy, 2017
Abigaël, messagère des anges, Chicoutimi, Éditions JCL, 2017
Amélia, un cœur en exil, Paris, Calmann-Lévy, 2017
Astrid, la reine bien-aimée, Chicoutimi, Éditions JCL, 2017 ; Paris, Calmann-Lévy, 2018
Les Feux de Noël, Paris, Calmann-Lévy, 2020

Photocomposition Soft Office

Achevé d'imprimer en février 2022
par CPI FIRMIN-DIDOT (27650 Mesnil-sur-l'Estrée)
pour le compte des Éditions Calmann-Lévy
21, rue du Montparnasse, 75006 Paris

CALMANN LEVY s'engage pour l'environnement en réduisant l'empreinte carbone de ses livres. Celle de cet exemplaire est de :
1 kg éq. CO_2
Rendez-vous sur www.calmann-levy-durable.fr

PAPIER À BASE DE FIBRES CERTIFIÉES

N° d'éditeur : 1133960/01
N° d'imprimeur : 167737
Dépôt légal : février 2022
Imprimé en France.